Knaur

Von Maeve Binchy sind außerdem ershienen:

Sommerleuchten
Der Grüne See
Die Straßen von London
Jeden Freitagabend
Irische Freundschaften
Miss Martins größter Wunsch
Unter der Blutbuche
Echo vergangener Tage
Die irische Signora
Silberhochzeit
Ein Haus in Irland
Rückkehr nach Irland

Über die Autorin:

Maeve Binchy wurde in Dublin geboren, studierte Geschicht und wurde Lehrerin. 1969 ging sie als Kolumnistin zur *Irish Times*. Sie hat zahlreiche Romane, Kurzgeschichten und Theaterstücke geschrieben. Ihre Romane wurden in England, den USA und in Deutschand zu Bestsellern.

Maeve Binchy

IM KREIS DER FREUNDE

Roman

Aus dem Englischen von
Christine Strüh und Robert A. Weiß,
Kollektiv Druck-Reif

Knaur

Die englische Originalausgabe erschien unter dem Titel
»Circle of Friends« bei Coronet Books, London

Besuchen Sie uns im Internet:
www.droemer-knaur.de

Vollständige Taschenbuchausgabe März 1999
Droemersche Verlagsanstalt Th. Knaur Nachf., München
Dieser Titel erschien bereits unter den Bandnummern
60226 und 71101.

Copyright © 1990 by Maeve Binchy
Copyright © 1995 der deutschsprachigen Ausgabe bei
Droemersche Verlagsanstalt Th. Knaur Nachf., München
Alle Rechte vorbehalten. Das Werk darf - auch teilweise -
nur mit Genehmigung des Verlags wiedergegeben werden.
Umschlaggestaltung: Argentur Zero, München
Druck und Bindung: brodard & taupin, La Flèche
Printed in France
ISBN 3-426-61449-9

*Für meine große Liebe
Gordon Snell*

Kapitel 1

1949

In der Küche duftete es nach frisch Gebackenem. Benny stellte ihre Schultasche ab und ging auf Inspektionstour.
»Die Torte ist noch nicht glasiert«, erklärte Patsy. »Das macht die gnädige Frau selbst.«
»Was wollt ihr denn draufschreiben?« fragte Benny neugierig.
»Na, wahrscheinlich ›Happy Birthday Benny‹«, erwiderte Patsy, erstaunt über die Frage.
»Vielleicht schreibt sie auch ›Benny Hogan, Zehn‹ drauf.«
»Das habe ich noch nie auf einer Torte gesehen.«
»Doch, wenn man einen runden Geburtstag hat, dann schon.«
»Na ja, kann sein.« Patsy klang nicht überzeugt.
»Und ist der Wackelpudding fertig?«
»Er ist in der Speisekammer. Aber bohr nicht mit dem Finger drin rum, sonst sieht man die Abdrücke, und dann reißen sie uns beiden den Kopf ab.«
»Ich kann es gar nicht fassen, daß ich zehn werde«, schwärmte Benny.
»Ja, das ist schon ein großer Tag«, sagte Patsy geistesabwesend, während sie die Bleche für die Rosinenkuchen mit einem Stück Butterpapier einfettete.
»Was hast du gemacht, als du zehn geworden bist?«
»Ach, weißt du, für mich waren alle Tage gleich«, meinte Patsy fröhlich. »Im Waisenhaus war jeder Tag wie der andere, bis ich rausgekommen bin und hier angefangen hab.«
Benny hörte gern Geschichten vom Waisenhaus. Sie gefielen ihr

besser als alles, was sie in Büchern las. Es gab da den Schlafraum mit den zwölf eisernen Bettgestellen, die netten Mädchen und die garstigen Mädchen, und einmal hatten sie alle Nissen in den Haaren und mußten sich den Kopf rasieren lassen.

»Sie müssen doch auch Geburtstag gehabt haben.« Benny blieb hartnäckig.

»Ich erinnere mich nicht daran«, seufzte Patsy. »Es gab eine nette Nonne, die sagte zu mir, ich sei ein Mittwochskind, die machen immer Kummer.«

»Das war aber nicht nett.«

»Na, immerhin hat sie gewußt, daß ich an einem Mittwoch geboren bin ... da kommt deine Mutter, jetzt laß mich weiterarbeiten.«

Annabel Hogan kam herein, mit drei großen Taschen beladen. Erstaunt blickte sie auf ihre Tochter, die am Küchentisch saß und mit den Beinen baumelte.

»Na, du bist heute aber früh heimgekommen. Warte, ich trage erst mal die Sachen hinauf.«

Als man die schweren Schritte ihrer Mutter auf der Treppe hörte, rannte Benny zu Patsy.

»Meinst du, sie hat es?«

»Frag mich nicht, Benny, ich weiß es nicht.«

»Das sagst du nur, aber du weißt es doch!«

»Nein, wirklich nicht.«

»War sie in Dublin? Ist sie mit dem Bus hingefahren?«

»Nein, bestimmt nicht.«

»Das kann nicht sein.« Benny wirkte sehr enttäuscht.

»Sie war überhaupt nicht lange weg ... nur schnell mal im Dorf.«

Nachdenklich leckte Benny den Löffel ab. »Er schmeckt besser, wenn er nicht gebacken ist.«

»Das hast du auch früher immer gesagt.« Patsy sah sie liebevoll an.

»Wenn ich achtzehn bin und tun und lassen kann, was ich will, esse ich meinen Kuchen immer ungebacken«, verkündete Benny.
»Nein, das glaube ich nicht, denn mit achtzehn wirst du vollauf damit beschäftigt sein, auf deine Figur zu achten, und überhaupt keinen Kuchen mehr essen.«
»Ich werde immer Kuchen essen.«
»Das sagst du jetzt. Aber warte mal ab, bis du einem Mann gefallen willst.«
»Willst du einem Mann gefallen?«
»Na klar, was denn sonst?«
»Welchem Mann? Jedenfalls möchte ich nicht, daß du fortgehst.«
»Ich bekomme keinen Mann. Ein anständiger Mann könnte anderen nichts über mich erzählen ... wer ich bin und woher ich komme. Ich habe keine Vergangenheit, keine Vorgeschichte, verstehst du?«
»Aber du hast doch ein großartiges Leben geführt«, rief Benny. »Du könntest jeden dazu bringen, daß er sich für dich interessiert.«
Sie hatten keine Zeit, weiter darüber zu debattieren. Bennys Mutter war in die Küche zurückgekommen, hatte den Mantel abgelegt und nahm die Glasur in Angriff.
»Warst du heute eigentlich in Dublin, Mutter?«
»Nein, mein Kind, ich hatte genug damit zu tun, alles für die Geburtstagsfeier vorzubereiten.«
»Ich habe mich nur gefragt ...«
»Feste organisieren sich nicht von selbst, das muß dir doch klar sein.« Die Worte klangen hart, doch der Ton war freundlich. Benny wußte, daß ihre Mutter sich ebenfalls auf die Feier freute.
»Und wird Vater zu Hause sein, wenn es die Torte gibt?«
»Ja. Wir haben die Gäste für halb vier eingeladen, gegen vier werden alle dasein, also werden wir frühestens um halb sechs Tee

trinken. Und wenn dein Vater das Geschäft geschlossen hat und nach Hause kommt, haben wir mit der Torte noch nicht mal angefangen.«
Bennys Vater führte Hogan's Outfitters, das große Herrenbekleidungsgeschäft mitten in Knockglen. An Samstagen herrschte meist Hochbetrieb, denn dann kamen die Bauern in den Ort. Die Männer, die einen halben Tag frei hatten, ließen sich von ihren Frauen in den Laden schleppen, um sich von Mr. Hogan neu ausstaffieren zu lassen – oder von Mike, dem alten Verkäufer und Schneider, der seit undenklichen Zeiten dort arbeitete. Schon seit Mr. Hogan in jungen Jahren das Geschäft gekauft hatte.
Benny war froh, daß ihr Vater zurück sein würde, wenn die Torte angeschnitten wurde, denn dann würde sie ihr Geschenk bekommen. Vater hatte gesagt, es würde eine herrliche Überraschung sein. Benny *wußte* einfach, daß sie ihr das Samtkleid mit dem Spitzenkragen und den dazu passenden Pumps schenken würden. Das hatte sie sich seit Weihnachten gewünscht, als die Familie zum Krippenspiel nach Dublin gefahren war und sie die Mädchen auf der Bühne gesehen hatte, die in genau solchen rosafarbenen Samtkleidern getanzt hatten.
Wie sie erfahren hatte, konnte man diese Kleider bei Clery's kaufen, und das war nur ein paar Minuten von der Haltestelle entfernt, wo der Bus nach Knockglen abfuhr.
Benny war groß und kräftig, aber in einem rosafarbenen Samtkleid würde man ihr das nicht ansehen. Sie würde genau wie die zauberhaften Tänzerinnen auf dieser Bühne aussehen, und ihre Füße würden nicht klobig und breit wirken, weil die Schuhe schön spitz zuliefen und kleine Pompons hatten.
Die Einladungen zur Feier waren zehn Tage zuvor verschickt worden. Es würden sieben Mädchen aus der Schule kommen, vor allem Bauerntöchter aus der Umgebung von Knockglen. Und Maire Carroll, deren Eltern das Lebensmittelgeschäft besa-

ßen. Die Kennedys von der Apotheke waren allesamt Jungs, sie würden also nicht kommen, und die Kinder von Dr. Johnson waren noch zu klein und deshalb auch nicht eingeladen worden. Peggy Pine, die das schicke Modegeschäft führte, sagte, möglicherweise werde um diese Zeit ihre junge Nichte Clodagh zu Besuch dasein. Eigentlich wollte Benny niemanden dabeihaben, den sie nicht kannte, und mit Erleichterung hörte sie, daß auch die Nichte Clodagh nicht zu fremden Leuten wollte.

Schlimm genug, daß ihre Mutter darauf bestanden hatte, Eve Malone einzuladen. Eve war das Mädchen, das im Kloster lebte und alle Geheimnisse der Nonnen kannte. In der Schule sagten manche, schaut nur, an Eve hat Mutter Francis nie etwas auszusetzen, die ist ihr Liebling; andere meinten, die Nonnen müßten sie aus Nächstenliebe behalten und hätten sie nicht so gern wie die anderen Mädchen, deren Familien etwas zum Unterhalt des Klosters St. Mary beitrügen.

Eve war klein und dunkel. Manchmal sah sie aus wie ein Kobold, ihre wachen Augen waren stets in Bewegung. Benny brachte Eve weder Sympathie noch Abneigung entgegen. Sie beneidete sie, weil sie so flink und behende war und gut auf Mauern klettern konnte. Und sie wußte, daß Eve im Kloster ein eigenes Zimmer hatte, hinter dem Vorhang in jenem Bereich, den kein anderes Mädchen betreten durfte. Die Mädchen behaupteten, es sei das Zimmer mit dem runden Fenster und dem Blick über den Ort, und wenn Eve am Fenster sitze, könne sie jeden beobachten und sehen, wer mit wem wohin gehe. In den Ferien verreiste sie nie, sie blieb die ganze Zeit bei den Nonnen. Gelegentlich nahmen Mutter Francis und Miss Pine vom Bekleidungsgeschäft sie zu einem Ausflug nach Dublin mit, doch sie war nie über Nacht fortgeblieben.

Als sie einmal einen Naturkunde-Ausflug gemacht hatten, hatte Eve auf eine kleine Kate gedeutet und gesagt, das sei ihr Haus. Es stand zusammen mit einigen anderen Häuschen, die alle mit niedrigen Steinmauern voneinander abgetrennt waren, am Rande des großen, stillgelegten Steinbruchs. Wenn sie älter sei, hatte Eve verkündet, dann würde sie ganz allein darin wohnen, und Milchflaschen vor der Tür wären ebensowenig erlaubt wie Kleiderbügel. Sie würde all ihre Sachen auf dem Boden ausbreiten, denn das Haus gehöre ihr, und sie könne damit machen, was sie wolle.

Manche Kinder fürchteten sich ein wenig vor Eve, und so zweifelte niemand ihre Geschichte an, aber es glaubte ihr auch niemand richtig. Eve war so seltsam, sie konnte Geschichten einfach erfinden, und wenn sie alle neugierig gemacht hatte, sagte sie: »Reingefallen.«

Benny wollte eigentlich nicht, daß Eve zu ihrer Feier kam, aber in diesem Fall war ihre Mutter unnachgiebig gewesen.

»Das Kind hat kein Zuhause, also muß es zu uns kommen, wenn es etwas zu feiern gibt.«

»Aber sie hat doch ein Zuhause, Mutter, sie hat das ganze Kloster für sich.«

»Das kann man nicht vergleichen. Sie kommt zu uns, das ist mein letztes Wort.«

Eve hatte einen tadellosen, fehlerfreien Brief geschrieben, in dem sie die Einladung dankbar annahm.

»Sie haben ihr beigebracht, ordentlich zu schreiben«, hatte Bennys Vater anerkennend festgestellt.

»Sie wollen eben eine Dame aus ihr machen«, hatte Mutter gesagt. Aber niemand hatte Benny erklärt, warum das wichtig sein sollte.

»Wenn sie Geburtstag hat, bekommt sie nur Heiligenbildchen und Weihwasserbecken«, wußte Benny zu berichten. »Was anderes haben die Nonnen ja nicht.«

»Lieber Himmel, jetzt würden sich ein paar von denen drüben unter den Eiben im Grab umdrehen«, hatte Bennys Vater gesagt. Und das hatte ihr wieder niemand erklärt.

»Die arme Eve, sie hat's nicht leicht«, seufzte Bennys Mutter.
»Sagt mal, ist sie etwa auch an einem Mittwoch geboren – so wie Patsy?« Benny war plötzlich etwas eingefallen.
»Was macht das für einen Unterschied?«
»Dann hat sie Pech. Mittwochskinder machen immer Kummer«, plapperte Benny nach.
»Unsinn«, erwiderte ihr Vater mit einer wegwerfenden Handbewegung.
»An welchem Tag bin ich geboren?«
»An einem Montag. Montag, den achtzehnten September neunzehnhundertneununddreißig«, sagte ihre Mutter. »Um sechs Uhr abends.«
Ihre Eltern wechselten einen Blick, in dem die Erinnerung an die lange Zeit des Wartens auf das erste und – wie sich herausstellte – einzige Kind lag.
»Montagskind, schön anzuschauen«, sagte Benny und schnitt eine Grimasse.
»Na, das stimmt doch!« meinte ihre Mutter.
»Wer könnte denn ein hübscheres Gesicht haben als die junge Mary Bernadette Hogan, die seit knapp zehn Jahren alle in dieser Gemeinde mit ihrem Anblick erfreut«, bestätigte ihr Vater.
»Aber ich bin nicht mal blond.«
»Du hast die schönsten Haare, die ich je gesehen habe.«
Bennys Mutter strich ihr über die langen, kastanienbraunen Locken.
»Bin ich wirklich hübsch?« fragte Benny.
Ihre Eltern versicherten ihr, sie sei wunderschön, und da wußte Benny, daß sie ihr das Kleid gekauft hatten. Einen Augenblick lang hatte sie daran gezweifelt, doch nun war sie sich sicher.
Am nächsten Tag in der Schule gratulierten ihr sogar die Mädchen, die nicht zur Feier eingeladen waren, zum Geburtstag.
»Was kriegst du denn?«

»Ich weiß nicht, es ist eine Überraschung.«
»Ein Kleid?«
»Ich glaube schon.«
»Nun komm schon.«
»Ich weiß es wirklich noch nicht. Ich bekomme es erst bei der Feier.«
»Ist es aus Dublin?«
»Ja, ich glaube schon.«
Eve ergriff das Wort. »Vielleicht haben sie es auch hier gekauft. Bei Miss Pine gibt es eine Menge netter Sachen.«
»Nein, das glaube ich nicht.« Benny schüttelte den Kopf.
Eve zuckte mit den Achseln. »Na gut.«
Als die anderen weggegangen waren, wandte sich Benny an Eve.
»Warum hast du gesagt, sie hätten es bei Miss Pine gekauft? Was weißt du denn schon? Du hast keine Ahnung.«
»Ich hab doch gesagt, es ist schon gut.«
»Hast *du* denn ein Kleid?«
»Ja, Mutter Francis hat mir eines bei Miss Pine besorgt. Ich glaube aber nicht, daß es neu ist. Wahrscheinlich hat es jemand zurückgegeben, weil irgendwas damit nicht gestimmt hat.«
Eve suchte nicht nach einer Rechtfertigung. Ihre Augen blitzten, und sie sprach die Wahrheit offen aus, ehe ihr jemand einen Strick daraus drehen konnte.
»Woher willst du das denn wissen?«
»Ich weiß es nicht, aber ich nehme es an. Mutter Francis hat nicht genug Geld, um mir ein neues Kleid zu kaufen.«
Benny sah sie bewundernd an. Ihre Feindseligkeit schwand.
»Na, ich weiß auch nicht. Ich glaube, daß sie mir das hübsche Samtkleid schenken. Vielleicht aber auch nicht.«
»Jedenfalls haben sie dir etwas Neues gekauft.«
»Ja, aber in *dem* Kleid würde ich wirklich großartig aussehen«, meinte Benny. »Darin sieht jeder hübsch aus.«
»Denk lieber nicht zu oft daran«, warnte Eve.

»Ja, vielleicht hast du recht.«
»Es ist nett, daß du mich eingeladen hast. Ich habe immer gedacht, du kannst mich nicht leiden«, sagte Eve.
»Oh, doch, doch.« Die arme Benny wurde nervös.
»Gut. Solange man es dir nicht befohlen hat oder so.«
»Nein! Um Himmels willen!« beteuerte Benny viel zu nachdrücklich.
Eve musterte sie mit einem kritischen Blick. »Na schön«, meinte sie dann, »bis heute nachmittag.«
Am Samstag vormittag war noch Unterricht, und als um zwölf Uhr dreißig die Glocke ertönte, strömten alle zu den Schultoren hinaus. Alle mit Ausnahme von Eve, die in die Klosterküche ging.
»Wir müssen dich ordentlich füttern, bevor du gehst«, meinte Schwester Margaret.
»Schließlich wollen wir nicht, daß jemand denkt, ein Mädchen aus St. Mary schlingt alles rein, was es bekommen kann, wenn es zum Tee eingeladen wird«, erklärte Schwester Jerome. Sie wollten Eve nicht allzu deutlich spüren lassen, daß es in der Tat ein großes Ereignis war – ein Mädchen, das sie großgezogen hatten, wurde zu einer Feier eingeladen. Die ganze Klostergemeinschaft freute sich für sie.
Auf dem Heimweg durch das Dorf wurde Benny von Mr. Kennedy in die Apotheke gerufen.
»Die Spatzen pfeifen's von den Dächern, daß du heute Geburtstag hast«, sagte er.
»Ich bin jetzt zehn«, bestätigte Benny.
»Ich weiß. Ich erinnere mich noch an deine Geburt. Es war in der Notaufnahme. Deine Mam und dein Dad waren ja so froh. Es hat ihnen nicht mal was ausgemacht, daß du kein Junge warst.«
»Glauben Sie, daß meine Eltern lieber einen Jungen gehabt hätten?«

»Jeder, der ein Geschäft hat, wünscht sich einen Jungen. Andererseits, ich habe drei, und ich glaube nicht, daß einer den Laden übernehmen wird.« Er seufzte schwer.
»Tja, ich glaube, ich muß jetzt...«
»Nein, nein. Ich habe dich hereingerufen, um dir etwas zu schenken. Da hast du ein Päckchen Malzbonbons, ganz allein für dich.«
»Oh, Mr. Kennedy...« Benny war überwältigt.
»Nicht doch. Du bist ein prächtiges Mädchen. Wenn ich dich vorübergehen sehe, dann denke ich mir oft, schau, da kommt Benny Hogan, das kleine Pummelchen.«
Die Malzbonbons erschienen Benny mit einemmal nicht mehr ganz so verlockend. Ein wenig niedergeschlagen riß sie eine Ecke von der Packung ab und aß eines von den Bonbons.
Dessie Burns, dessen Haushaltswarengeschäft gleich neben Kennedys Apotheke lag, rief ihr freundlich zu.
»Ja, die gute Benny, genau wie ich, immer die Nase im Freßbeutel. Na, wie geht's denn so?«
»Ich werde heute zehn, Mr. Burns.«
»Jessas, das ist ja wunderbar! Wenn du sechs Jahre älter wärst, würde ich dich zu Shea's mitnehmen, dich auf meine Knie setzen und dir einen Gin ausgeben, das wär doch was.«
»Danke, Mr. Burns.« Ängstlich blickte sie ihn an.
»Was macht denn dein Vater da drüben? Sag bloß, der stellt noch jemanden ein. Das halbe Land drängt sich auf die Auswandererschiffe, und Eddie Hogan will sein Geschäft vergrößern.«
Dessie Burns' kleine Schweinsäuglein starrten mit unverhohlener Neugier zu Hogan's Gentleman's Outfitters auf der anderen Straßenseite hinüber. Bennys Vater schüttelte einem Mann die Hand – oder einem Jungen, das war schwer zu sagen. Er mochte etwa siebzehn sein, schätzte Benny, und war dünn und blaß. Er hielt einen Koffer in der Hand und sah zu dem Schild über der Ladentür hinauf.

»Davon weiß ich nichts, Mr. Burns«, sagte sie.
»Kindchen, ich sage dir, halte dich lieber aus geschäftlichen Dingen heraus, die machen einem nur das Leben schwer. Wenn ich eine Frau wäre, würde ich mich auch kein bißchen darum scheren. Ich würde mir einfach einen braven Trottel von einem Mann suchen, der mich den lieben langen Tag mit Malzbonbons füttert.«
Benny setzte ihren Weg fort, vorbei an dem leeren Laden, in dem angeblich bald ein echter Italiener aus Italien ein Geschäft eröffnen würde. Als sie am Schuhmachergeschäft vorüberkam, winkten ihr von drinnen Paccy Moore und seine Schwester Bee zu. Paccy hatte einen kranken Fuß. Er ging nicht zur Messe, aber es hieß, ein Priester besuche ihn einmal im Monat, um ihm die Beichte abzunehmen und ihn an der heiligen Kommunion teilhaben zu lassen. Benny hatte gehört, daß man in Dublin und womöglich sogar in Rom um einen Dispens ersucht hatte. Dabei war Paccy gar kein sündiger Mensch oder ein Abtrünniger der Kirche oder so etwas.
Schließlich war sie daheim angelangt, im Haus Lisbeg. Der neue Hund, halb Collie, halb Schäferhund, döste auf der Türschwelle und genoß die Septembersonne.
Durch das Fenster sah Benny den festlich gedeckten Tisch. Patsy hatte eigens das Messing geputzt, und Mutter hatte den Vorgarten in Ordnung gebracht. Benny schluckte das Malzbonbon hinunter, damit man ihr nicht vorwarf, sie würde in aller Öffentlichkeit Süßigkeiten essen, dann trat sie durch die Hintertür ein.
»Der Hund könnte wenigstens einen Ton von sich geben, damit ich weiß, wann du kommst«, brummelte ihre Mutter.
»Er darf mich nicht anbellen, ich gehöre doch zur Familie«, verteidigte Benny das Tier.
»Eher gibt es weiße Amseln, als daß Shep einmal bellt, außer weil es ihm gerade Spaß macht. Na, hattest du einen schönen Tag in der Schule, warst du die große Heldin des Tages?«

»Ja, Mutter.«
»Dann ist's ja gut. Wenn sie dich heute nachmittag sehen, werden sie dich nicht wiedererkennen.«
Bennys Herz schlug höher. »Bekomme ich etwas Besonderes zum Anziehen für das Fest, vielleicht was Neues?«
»Ja, das kann man wohl sagen. Wir werden dich richtig fesch machen, bevor die Gäste kommen.«
»Darf ich es jetzt schon anziehen?«
»Warum nicht?« Bennys Mutter schien selbst gespannt zu sein, wie ihre Tochter in dem neuen Kleid aussah. »Ich lege es dir gleich oben zurecht. Komm rauf, wasch dich ein bißchen, dann ziehen wir dich an.«
Benny stand im Badezimmer und ließ sich geduldig den Nacken schrubben. Jetzt würde es nicht mehr lange dauern.
Danach wurde sie ins Schlafzimmer geführt.
»Mach die Augen zu«, sagte ihre Mutter.
Als Benny die Augen aufschlug, erblickte sie einen dicken dunkelblauen Rock und einen Fair-Isle-Pullover in Dunkelblau und Rot. Ein Paar großer, klobiger Halbschuhe lag in einer Schachtel, daneben ordentlich zusammengelegt dicke weiße Socken. Aus einer Seidenpapierverpackung lugte eine kleine rote Umhängetasche hervor.
»Eine komplette Kombination«, rief ihre Mutter. »Von Kopf bis Fuß eingekleidet von Peggy Pine...«
Sie trat einen Schritt zurück, um Bennys Reaktion zu beobachten.
Benny war sprachlos. Kein Samtkleid mit schönen Spitzen, kein hübscher, weicher, kuscheliger Samt, der sich so angenehm anfühlte. Nur schrecklich rauher, grober Stoff wie Pferdehaar. Kein zartes Rosa, sondern gewöhnliche, biedere Farben. Und die Schuhe! Wo waren die Pumps, die so schön spitz zuliefen?
Benny biß sich auf die Lippen und unterdrückte die Tränen.
»Na, was sagst du?« fragte ihre Mutter, strahlend vor Stolz.

»Dein Vater hat gesagt, du sollst auch die Tasche und die Schuhe dazu bekommen, damit die Kombination komplett ist. Zum ersten runden Geburtstag, hat er gesagt, soll es schon etwas Besonderes sein.«
»Sehr hübsch«, murmelte Benny.
»Ist der Pullover nicht wundervoll? Eine halbe Ewigkeit habe ich auf Peggy eingeredet, sie soll etwas in dieser Art besorgen. Ich habe ihr gesagt, ich will nichts von diesem billigen Schund ... etwas Robustes, das nicht gleich kaputtgeht, wenn du dich herumbalgst.«
»Es ist großartig«, sagte Benny.
»Fühl doch mal den Stoff«, drängte ihre Mutter.
Doch das wollte sie nicht – nicht, bis sie den Gedanken an Samt aus ihrem Kopf verbannt hatte.
»Ich ziehe mich selbst um, Mutter, dann komme ich runter und zeige es dir«, erklärte sie.
Ihre Selbstbeherrschung hing an einem seidenen Faden.
Zum Glück mußte Annabel Hogan gehen, um die Biskuitrolle mit Liebesperlen zu verzieren. Sie war gerade auf dem Weg nach unten, als das Telefon klingelte. »Das wird dein Vater sein«, meinte sie fröhlich und lief mit schnellen Schritten die Treppe hinunter.
Während Benny ins Kissen schluchzte, drangen Gesprächsfetzen an ihr Ohr.
»Sie war hingerissen, Eddy, weißt du, es war beinahe zuviel für sie, sie konnte es kaum fassen, so viele Sachen, die Tasche, die Schuhe, und die Strümpfe noch dazu. Ein Kind in ihrem Alter ist es einfach nicht gewöhnt, daß es soviel auf einmal bekommt ... Nein, noch nicht, sie zieht es gerade an. Es wird ihr wunderbar stehen ...«
Mühsam rappelte Benny sich vom Bett auf und trat vor den Spiegel am Kleiderschrank, um zu sehen, ob ihr Gesicht wirklich so rot und verheult aussah, wie sie befürchtete. Sie erblickte

ein stämmiges Kind in Unterhemd und Schlüpfer, mit rotgeschrubbtem Hals und rotgeweinten Augen. Niemand würde je auf die Idee kommen, so ein Mädchen in ein rosafarbenes Kleid und hübsche spitze Pumps zu stecken. Da fiel ihr plötzlich Eve Malone ein. Sie erinnerte sich an das kleine, ernste Gesicht und wie sie sie gewarnt hatte, nicht zu viele Gedanken an das Kleid aus Dublin zu verschwenden.
Vielleicht hatte Eve es von Anfang an gewußt, vielleicht war sie im Geschäft gewesen, als ihre Mutter all diese ... all diese scheußlichen Klamotten gekauft hatte. Eine entsetzliche Vorstellung, daß Eve es vor ihr gewußt hatte! Andererseits hatte Eve noch nie etwas Neues bekommen, sie wußte, daß das Kleid, das *sie* heute bekam, zweite Wahl war. Benny erinnerte sich, in welchem Ton Eve gesagt hatte: »Jedenfalls haben sie dir etwas Neues gekauft.« Sie würde sich nicht anmerken lassen, wie enttäuscht sie war. Niemals.

Der Rest des Tages verlief – zumindest in Bennys Augen – nicht besonders heiter, denn die Enttäuschung überschattete alle nachfolgenden Ereignisse. Als die Feier begann, besann sie sich darauf, die richtigen Worte zu sagen, und machte artige Bewegungen wie eine Marionette. Maire Carroll erschien in einem echten Ballkleid. Es hatte einen Unterrock, der raschelte, und war in einem Paket aus Amerika gekommen.
Es wurden Spiele gespielt, bei denen jeder einen Preis gewann. Bennys Mutter hatte in Birdie Macs Laden Tütchen mit Süßigkeiten gekauft, die alle in verschiedenfarbiges Papier eingewickelt waren. Die Kinder wurden zusehends aufgekratzter, doch mit der Torte mußte gewartet werden, bis Mr. Hogan aus dem Geschäft nach Hause kam.
Das Angelusläuten war zu hören, der dunkle Klang der Glocken, der jedem in Knockglen zweimal am Tag, nämlich um zwölf Uhr mittags und um sechs Uhr abends, die genaue

Uhrzeit verkündete und zum Gebet rief. Doch Bennys Vater war weit und breit nicht zu sehen.
»Hoffentlich hat er sich nicht ausgerechnet heute mit irgendeinem Kunden verplaudert«, hörte Benny ihre Mutter zu Patsy sagen.
»Bestimmt nicht, Mam. Er muß schon unterwegs sein. Shep ist nämlich aufgestanden und hat sich ausgiebig gestreckt. Das ist immer ein Zeichen dafür, daß sein Herrchen nach Hause kommt.«
Und sie hatte recht. Eine halbe Minute später kam Bennys Vater mit banger Miene herein.
»Ich hab's doch nicht verpaßt, oder bin ich zu spät?«
Man setzte ihn mit beruhigenden Worten auf einen Stuhl und stellte zur Stärkung eine Tasse Tee und ein Wurstbrötchen vor ihn hin, während sich die Kinder versammelten und der Raum in verheißungsvolles Dunkel getaucht wurde.
Benny gab sich Mühe, das Kratzen des Wollpullovers in ihrem Nacken zu ignorieren, und mühte sich, ihrem Vater, der für den großen Augenblick aus dem Dorf herbeigeeilt war, ein aufrichtiges Lächeln zu schenken.
»Gefällt dir deine Kombination ... deine erste richtige Kombination?« rief er ihr zu.
»Sie ist entzückend, Vater, ganz entzückend. Du siehst ja, ich habe schon alles an.«
Die anderen Kinder in Knockglen hatten sich immer darüber lustig gemacht, daß Benny »Vater« sagte. Sie nannten ihre Väter Daddy oder Da. Mittlerweile hatten sie sich aber daran gewöhnt. So war es nun einmal. Benny war das einzige Kind, das keine Geschwister hatte; die meisten von ihnen mußten sich Mutter und Vater mit fünf oder sechs anderen teilen. Ein Einzelkind war eine Seltenheit. Eigentlich kannten sie überhaupt keines außer Benny. Und natürlich Eve Malone, aber das war etwas anderes, denn sie hatte überhaupt keine Familie.

Eve stand neben Benny, als die Torte hereingebracht wurde.
»Oh, und alles für dich«, flüsterte sie ehrfürchtig.
Sie trug ein Kleid, das ihr einige Nummern zu groß war. Schwester Imelda, die einzige Nonne im Kloster, die mit Nadel und Faden umzugehen verstand, mußte das Krankenbett hüten, und so war das Kleid nur ziemlich dürftig umgesäumt worden. Es hing wie ein Vorhang an Eve herunter.
Aber immerhin war es rot und offensichtlich neu. Daß es nicht gelobt oder bewundert werden würde, lag auf der Hand, doch Eve Malone schien über diese Dinge erhaben zu sein. Der Anblick von Eve in dem weiten, plumpen Gewand wirkte auf Benny irgendwie ermutigend. Ihr eigenes schreckliches Kostüm hatte zumindest die passende Größe, und obwohl es meilenweit von einem Ballkleid entfernt war, war es doch keine Zumutung wie das Kleid von Eve. Sie straffte die Schultern und lächelte das kleinere Mädchen plötzlich an.
»Ich gebe dir was von der Torte mit, wenn was übrigbleibt«, sagte sie.
»Danke. Mutter Francis ißt gern mal ein Stück Torte«, erwiderte Eve.
Und dann war es soweit: schummeriges Kerzenlicht, Happy-Birthday-Singen und das große Kerzenausblasen. Danach klatschten alle, und als die Vorhänge wieder aufgezogen wurden, sah Benny den dünnen jungen Mann, dem ihr Vater die Hand geschüttelt hatte. Er war viel zu alt für die Feier. Offenbar hatten sie ihn hergebracht, um mit den Erwachsenen, die später kommen würden, Tee zu trinken. Er war tatsächlich sehr dünn und blaß, und seine Augen blickten starr und kalt.

»Wer war das?« fragte Eve Benny am Montag.
»Das ist der neue Verkäufer. Er ist gekommen, um meinem Vater im Geschäft zu helfen.«
»Er ist schrecklich, findest du nicht?«

Sie waren jetzt Freundinnen und saßen in der Pause zusammen auf der Schulhofmauer.
»Ja. Irgendwas stimmt nicht mit seinen Augen, glaube ich.«
»Wie heißt er denn?« fragte Eve.
»Sean. Sean Walsh. Er wird im Laden wohnen.«
Eve zog die Nase kraus. »Ißt er etwa auch mit euch?«
»Nein, das ist das einzig Gute. Er will nicht. Mutter hat ihn eingeladen, Sonntag mittag mit uns zu essen, aber er hat irgendwas dahergebrabbelt, daß er betrauert und so.«
»Er bedauert.«
»Na ja, ist ja egal, jedenfalls will er nicht, und das heißt wohl, daß er nicht zum Essen kommt. Er sagt, er will für sich selbst sorgen.«
»Gut.« So etwas gefiel Eve.
»Mutter hat gesagt ...«, brachte Benny zögernd hervor.
»Ja?«
»Wenn du irgendwann mal zu uns kommen willst ... das wäre ... das wäre in Ordnung.«
Benny sprach die Worte in einem schroffen Tonfall, als fürchtete sie, Eve würde die Einladung ablehnen.
»Oh, ich würde gern kommen«, erwiderte Eve.
»Zum Beispiel wochentags zum Tee oder vielleicht auch mal zum Mittagessen an einem Samstag oder Sonntag.«
»Sonntag wäre mir sehr recht. Sonntags ist es immer ziemlich langweilig bei uns. Da wird viel gebetet, weißt du.«
»Gut, ich sag es ihr.« Bennys Miene hatte sich aufgehellt.
»Ach, eines muß ich dir aber noch sagen ...«
»Was denn?« Benny gefiel Eves angespannter Gesichtsausdruck nicht.
»Ich kann die Einladung nicht erwidern. Die Nonnen und ich, wir essen hinter dem Vorhang, weißt du.«
»Das macht gar nichts.« Benny war erleichtert, daß dies das einzige Hindernis war.
»Aber wenn ich erwachsen bin und mein eigenes Haus habe, du

weißt schon, die Kate, dann kann ich dich dort einladen«, sagte Eve in ernstem Ton.
»Ist es wirklich dein Haus?«
»Das habe ich doch allen erzählt«, entgegnete sie streitlustig.
»Ich dachte, das hättest du nur so gesagt«, meinte Benny entschuldigend.
»Warum sollte ich das? Das Haus gehört mir. Ich bin darin geboren, es hat meiner Mutter und meinem Vater gehört. Sie sind beide tot, nun ist es mein Haus.«
»Warum kannst du jetzt nicht dort wohnen?«
»Ich weiß nicht. Sie sagen, ich bin zu jung, um ein selbständiges Leben zu führen.«
»Na, sicher bist du dazu zu jung«, meinte Benny. »Aber doch nicht zum Anschauen, oder?«
»Mutter Francis hat gesagt, das ist eine sehr ernste Angelegenheit, mein eigenes Zuhause, mein Erbe, wie sie es nennt. Sie sagt, ich soll es nicht zu einem Puppenhaus, zu einem Spielplatz machen, solange ich nicht erwachsen bin.«
Die beiden dachten eine Weile darüber nach.
»Vielleicht hat sie recht«, sagte Benny mürrisch.
»Vielleicht.«
»Hast du mal durchs Fenster geschaut?«
»Ja.«
»Und war keiner dort und hat dir einen Schweinestall hinterlassen?«
»Nein, dort kommt nie jemand hin.«
»Warum denn nicht? Man hat doch eine hübsche Aussicht über den Steinbruch.«
»Sie fürchten sich vor dem Haus. Es sind dort Menschen gestorben.«
»Menschen sterben überall.« Benny zuckte die Achseln.
Das gefiel Eve. »Du hast recht. Daran habe ich noch gar nicht gedacht.«

»Wer ist denn in dem Haus gestorben?«
»Meine Mutter. Und kurz darauf mein Vater.«
»Oh.«
Darauf wußte Benny nichts zu sagen. Es war das erstemal, daß Eve über ihre Vergangenheit gesprochen hatte. Für gewöhnlich schleuderte sie jedem, der sie darauf ansprach, ein bissiges »Das geht dich nichts an!« entgegen.
»Aber sie sind nicht mehr in dem Haus. Sie sind jetzt im Himmel«, sagte Benny schließlich.
»Ja, natürlich.«
Das Gespräch schien wieder an einem toten Punkt angelangt.
»Ich würde gern mal mit dir hingehen und durchs Fenster gucken«, erbot sich Benny.
Eve wollte gerade etwas darauf erwidern, als Maire Carroll vorbeikam.
»Es war ein netter Geburtstag, Benny«, sagte sie.
»Danke.«
»Ich hab aber gar nicht gewußt, daß man sich verkleiden sollte.«
»Was meinst du damit?« fragte Benny.
»Na ja, Eve war doch verkleidet, oder, Eve? Ich meine dieses weite rote Ding. Das sollte doch kein normales Kleid sein, oder?«
Eves Gesicht nahm wieder den wohlbekannten harten Ausdruck an. Benny haßte es, sie so zu sehen.
»Ich fand es ganz lustig«, fuhr Maire fort und kicherte. »Das fanden wir alle, als wir nach Hause gingen.«
Benny blickte über den Schulhof. Mutter Francis sah gerade in die andere Richtung.
Mit ganzer Kraft stürzte Benny Hogan sich von der Mauer herab auf Maire Carroll, der es den Atem verschlug, als sie zu Boden stürzte.
»Ist dir was passiert, Maire?« erkundigte sich Benny scheinheilig.
Mit wehendem Habit eilte Mutter Francis herbei.

»Kind, was ist geschehen?« Sie versuchte, Maire zu beruhigen und sie auf die Beine zu stellen.
»Benny hat mich geschubst...«, keuchte Maire.
»Mutter, es tut mir leid, ich bin so ungeschickt. Ich wollte nur von der Mauer runter.«
»Ist schon gut, sie hat sich ja weiter nichts getan. Bringt ihr einen Stuhl.« Mutter Francis kümmerte sich um die schwer atmende Maire.
»Sie hat's mit Absicht getan.«
»Still, Maire. Hier ist ein Stuhl, setz dich.«
Maire weinte. »Mutter, sie hat sich von der Mauer auf mich drauffallen lassen wie ein Sack Steine... Dabei hab ich nur gesagt...«
»Maire hat mir erzählt, wie gut es ihr auf meinem Geburtstag gefallen hat. Es tut mir ja so leid«, fiel Benny ihr ins Wort.
»Na gut, Benny, aber paß in Zukunft besser auf. Sei nicht immer so wild. Komm, Maire, hör auf zu jammern. Das ist gar nicht nett. Benny hat sich doch entschuldigt. Du weißt selbst, daß es ein Versehen war. Du bist doch ein großes Mädchen.«
»So groß wie Benny Hogan möchte ich nie sein. Das will keine.«
Nun wurde Mutter Francis ärgerlich. »Jetzt reicht's aber, Maire Carroll. Schluß damit, hörst du? Nimm den Stuhl und setz dich in die Garderobe, und da bleibst du, bis ich dich rufe.«
Damit rauschte Mutter Francis davon. Und wie alle schon erwartet hatten, läutete sie die Glocke zum Zeichen, daß die Pause beendet war.
Eve sah Benny an. Einen Augenblick lang sagte sie gar nichts, sondern schluckte nur, als hätte sie einen Kloß im Hals.
Benny war ebenfalls um Worte verlegen, sie zuckte nur mit den Schultern und streckte in einer ratlosen Geste die Handflächen nach oben.

Plötzlich ergriff Eve ihre Hand. »Eines Tages, wenn ich groß und stark bin, dann schlage ich auch jemanden für dich zu Boden«, sagte sie. »Ganz im Ernst, das tu ich.«

»Erzählt mir von Eves Eltern«, bat Benny am Abend desselben Tages.
»Ach, das ist alles schon lange her«, meinte ihr Vater.
»Aber ich weiß nichts darüber. Ich war ja noch nicht auf der Welt.«
»Hat doch keinen Sinn, alte Geschichten wieder aufzuwärmen.«
»Sie ist meine Freundin. Ich möchte etwas über sie erfahren.«
»Früher war sie aber nicht deine Freundin. Ich mußte dich geradezu anflehen, damit du sie zu deiner Geburtstagsfeier einlädst«, erwiderte ihre Mutter.
»Das ist doch nicht wahr.« Benny konnte es schon gar nicht mehr glauben.
»Ich freue mich, daß das Kind am Sonntag zum Essen kommt«, sagte Eddie Hogan. »Ich wünschte, ich könnte den langen Lulatsch aus meinem Laden auch dazu überreden, aber er möchte uns ja um keinen Preis über Gebühr beanspruchen, wie er es nennt.«
Benny war froh, das zu hören.
»Macht er sich gut, Eddie?«
»Könnte nicht besser sein, meine Liebe. Wir können uns glücklich schätzen mit ihm, das sag ich dir. Er ist so erpicht darauf, was zu lernen, daß er beinahe zu hecheln anfängt wie unser guter Shep hier. Er wiederholt alles immer und immer wieder, als wollte er es auswendig lernen.«
»Mag Mike ihn?« erkundigte sich Bennys Mutter.
»Ach, du kennst ja Mike, der mag niemanden.«
»Was paßt ihm denn nicht?«
»Die Art und Weise, wie Sean die Bücher führt. Meine Güte, das

kann jeder lernen, das könnte sogar ein Kind, aber der alte Mike muß sich erst mal quer stellen. Er sagt, er kennt die Maße von jedem Kunden und weiß, wer was bezahlt hat und was noch aussteht. Er hält es für unter seiner Würde, alles aufzuschreiben.«

»Könntest du nicht die Bücher führen, Mutter?« schlug Benny unvermittelt vor.

»Nein, nein, das könnte ich nicht.«

»Aber wenn es so einfach ist, wie Vater sagt ...«

»Sie könnte es schon, aber deine Mutter muß hier sein. Das ist unser Heim, und sie führt den Haushalt für dich und mich, Benny.«

»Das könnte doch auch Patsy. Dann müßtest du Sean nichts bezahlen.«

»Unsinn, Benny«, beharrte ihr Vater.

Doch Benny blieb hartnäckig. »Warum denn nicht? Mike wäre es bestimmt recht, wenn Mutter da wäre. Er mag sie, und dann hätte sie auch den ganzen Tag was zu tun.«

Ihre Eltern lachten.

»Ist es nicht herrlich, ein Kind zu sein?« meinte ihr Vater.

»Die Vorstellung, ich hätte nicht genug zu tun ...«, pflichtete ihre Mutter ihm bei.

Benny wußte sehr wohl, daß der Tag ihrer Mutter alles andere als ausgefüllt war. Sie dachte, es würde ihrer Mutter vielleicht Spaß machen, im Geschäft mitzuarbeiten. Aber offensichtlich stieß ihr Vorschlag auf taube Ohren.

»Wie sind Eves Eltern ums Leben gekommen?« fragte sie.

»Darüber redet man nicht.«

»Warum nicht? Sind sie ermordet worden?«

»Nein, natürlich nicht«, entgegnete ihre Mutter ungeduldig.

»Aber warum ...?«

»Herr im Himmel, du kannst einem aber auf die Nerven gehen«, stöhnte ihr Vater.

»In der Schule heißt es immer, man soll Fragen stellen. Mutter Francis hat gesagt, wenn man wißbegierig ist, lernt man auch viel.« Benny wiegte sich im Gefühl des Triumphs.
»Eves Mutter ist bei ihrer Geburt gestorben. Und kurze Zeit später stürzte ihr armer Vater, Gott hab ihn selig, in geistiger Umnachtung den Abhang in den Steinbruch hinunter, als er das Haus verließ.«
»Das ist ja schrecklich!« Entsetzt riß Benny die Augen auf.
»Du siehst, es ist eine ziemlich traurige Geschichte, die lange zurückliegt, fast zehn Jahre. Und wir möchten nicht immer wieder damit anfangen.«
»Aber das ist noch nicht alles, oder? Es gibt irgendein Geheimnis.«
»Eigentlich nicht.« Der Blick ihres Vaters wirkte aufrichtig. »Ihre Mutter war eine sehr wohlhabende Frau und ihr Vater eine Art Hilfsarbeiter. Er machte sich im Kloster nützlich und arbeitete gelegentlich oben in Westlands. Es gab damals ein bißchen Gerede deswegen.«
»Aber es gibt kein Geheimnis und keinen Skandal oder so etwas.« Annabel Hogans Stirn hatte sich in bedrohliche Falten gelegt. »Sie haben katholisch geheiratet.«
Benny erkannte, daß aus ihren Eltern nicht mehr herauszubekommen war. Sie wußte, wann sie aufhören mußte.
Später fragte sie Patsy.
»Frag mich nicht irgendwelche Sachen hinter dem Rücken deiner Eltern.«
»Tu ich doch gar nicht. Ich hab sie gefragt, und da haben sie mir das erzählt. Ich wollte nur wissen, ob du mehr darüber weißt, sonst nichts.«
»Das war, bevor ich hierhergekommen bin, aber ich habe ein bißchen was von Bee Moore gehört ... das ist Paccys Schwester, weißt du, sie arbeitet oben in Westlands.«
»Was hast du erfahren?«

»Daß Eves Vater sich bei der Beerdigung schrecklich danebenbenommen hat, er hat geflucht und geschrien ...«
»Geflucht und geschrien, in der Kirche ...!«
»Nicht in *unserer* Kirche, nicht in der richtigen Kirche, sondern in der protestantischen, aber das war schlimm genug. Weißt du, Eves Mutter war aus Westlands – von dem Gutshaus da drüben. Sie stammte aus dieser Familie, und der arme Jack, das war der Vater, der meinte, sie würden sie schlecht behandeln ...«
»Und weiter?«
»Mehr weiß ich auch nicht«, sagte Patsy. »Und bring das arme Kind nicht mit deinen Fragen in Verlegenheit. Wer keine Eltern hat, mag's nicht, wenn man ihm dauernd Fragen stellt.«
Benny nahm sich diesen guten Rat zu Herzen, und zwar nicht nur im Hinblick auf Eve, sondern auch auf Patsy.

Mutter Francis beobachtete mit Genugtuung, wie sich die neue Freundschaft entwickelte, doch sie war im Umgang mit Kindern viel zu erfahren, um darüber zu sprechen.
»Du gehst wieder zu den Hogans, stimmt's?« sagte sie mit einem leicht verdrießlichen Unterton.
»Macht es dir etwas aus?« fragte Eve.
»Nein, nein, macht mir nichts aus.« Die Nonne gab sich große Mühe, ihre Freude zu verbergen.
»Ich gehe nicht dorthin, weil ich von hier fort möchte«, erklärte Eve ernst.
Mutter Francis unterdrückte das Bedürfnis, das Kind in die Arme zu nehmen. So wie sie es früher getan hatte, als Eve noch ein Baby war, das durch die Umstände seiner Geburt in ihre Obhut gegeben worden war.
»Nein, natürlich nicht, mein Kind. So fremd dir hier auch alles sein mag, es ist dein Heim.«
»Es war immer ein schönes Heim.«
Der Nonne traten Tränen in die Augen. »Jedes Kloster sollte ein

Kind haben. Ich weiß nur nicht, wie wir das machen sollen«, sagte sie leichthin.
»Bin ich euch nicht zur Last gefallen, als ich zu euch kam?«
»Wir hatten unsere helle Freude an dir, weißt du. Es waren die besten zehn Jahre, die St. Mary je erlebt hat ... deinetwegen.«
Mutter Francis stand am Fenster und beobachtete die kleine Eve, die, an diesem Sonntag ganz auf sich gestellt, die Straße vom Kloster hinunterschritt, um mit den Hogans zu Mittag zu essen. Sie betete, die Leute möchten nett zu ihr sein, und Benny möge es sich nicht anders überlegen und eine neue Freundin suchen.
Sie erinnerte sich an die Kämpfe, die sie durchfechten mußte, um Eve überhaupt behalten zu können. Schließlich hatten sich so viele andere Möglichkeiten angeboten. Zum einen gab es einen Cousin der Westwards in England, der sich bereit erklärte, das Kind zu sich zu nehmen und sie einmal wöchentlich in römisch-katholischer Religionslehre unterrichten zu lassen. Von den Healys, die das Hotel eröffnen wollten, hieß es, sie hätten Schwierigkeiten bei der Familiengründung. Sie würden Eve gerne bei sich aufnehmen, sagten sie, selbst wenn sich doch noch eigener Nachwuchs einstellen sollte. Doch Mutter Francis hatte wie eine Löwin um das kleine Bündel gekämpft, das sie am Tag seiner Geburt aus der Kate gerettet hatte. Das Kind sollte im Kloster aufwachsen, bis sich eine Lösung fand. Niemand hatte damit gerechnet, daß Jack Malones Lösung darin bestand, sich in einer finsteren Nacht den Steinbruch hinunterzustürzen. Danach konnte keiner einen berechtigteren Anspruch auf Eve geltend machen als die Nonnen, die sie in Pflege genommen hatten.

Für Eve war es das erste von vielen sonntäglichen Mittagessen im Haus Lisbeg. Sie kam gern dorthin. Jede Woche brachte sie Blumen mit, die sie in einer Vase arrangierte. Mutter Francis hatte ihr gezeigt, wo es an dem langen, windigen Weg hinter

dem Konvent wildwachsende Blumen und Blätter zu pflücken gab. Anfangs übte Eve mit den Nonnen das Arrangieren der Blumen, damit sie es konnte, wenn sie zu den Hogans kam, doch im Lauf der Wochen wurde sie zusehends geschickter. Sie brachte ganze Arme voller bunter Herbstblumen und ordnete sie auf der Flurkommode zu bezaubernden Sträußen. Es wurde ein richtiges Ritual. Patsy hielt immer schon die Vasen bereit, um zu sehen, was Eve diesmal mitbrachte.
»Sie haben aber ein hübsches Haus!« sagte sie wehmütig, und Annabel Hogan lächelte zufrieden und beglückwünschte sich dazu, daß sie die beiden Mädchen zusammengebracht hatte.
»Wie haben Sie Mrs. Hogan kennengelernt?« fragte sie Bennys Vater. Und: »Wollten Sie immer schon ein Geschäft führen?« Benny wäre nie darauf gekommen, Fragen dieser Art zu stellen, aber die Antworten interessierten sie immer.
So hatte sie nicht gewußt, daß ihre Eltern sich zum erstenmal bei einem Tennisspiel in einer weit entfernten Grafschaft begegnet waren. Es war ihr auch neu, daß ihr Vater in einem Geschäft in der Stadt Ballylee eine Lehre gemacht hatte. Oder daß ihre Mutter nach ihrem Schulabgang ein Jahr in Belgien gewesen war, um in einem Kloster Englisch zu unterrichten.
»Du bringst meine Eltern dazu, hochinteressante Sachen zu erzählen«, sagte sie eines Nachmittags zu Eve, als sie in Bennys Zimmer saßen und Eve darüber staunte, daß man den beiden erlaubte, das elektrische Heizgerät anzustellen – ganz für sie allein.
»Ja, sie können herrliche Geschichten von früher erzählen.«
»Na ja...«, meinte Benny zweifelnd.
»Weißt du, bei den Nonnen ist das nicht so.«
»Unmöglich. Sie können nicht alles vergessen haben«, erwiderte Benny.
»Aber sie sollen nicht an Vergangenes denken und an ihr Leben vor dem Eintritt ins Kloster. Für sie hat ein neues Leben

begonnen, als sie Bräute Christi wurden. Sie erzählen keine Geschichten aus den alten Zeiten wie deine Eltern.«
»Möchten sie, daß du auch Nonne wirst?« fragte Benny.
»Nein, Mutter Francis sagt, sie würden mich nicht nehmen, solange ich nicht einundzwanzig bin. Nicht einmal, wenn ich es wollte.«
»Warum denn das?«
»Sie sagt, es ist das einzige Leben, das ich kenne, und ich würde vielleicht nur deshalb eintreten wollen. Also soll ich nach der Schule weggehen und mindestens drei Jahre lang arbeiten. Vorher kann ich es mir aus dem Kopf schlagen, Nonne zu werden.«
»Es war ein großes Glück, daß du an sie geraten bist, nicht?«
»Ja, schon.«
»Ich meine, natürlich war es kein Glück, daß deine Eltern gestorben sind, aber da es nun mal so gekommen ist, war es doch gut, daß du zu ihnen und nicht zu irgendwelchen schrecklichen Leuten gekommen bist?«
»Wie im Märchen von der bösen Stiefmutter«, stimmte Eve zu.
»Ich frage mich, warum sie dich eigentlich bekommen haben. Nonnen haben doch sonst nichts mit Kindern zu tun, außer in Waisenhäusern.«
»Mein Vater hat für sie gearbeitet. Später haben sie ihn dann nach Westlands geschickt, damit er mehr Geld verdient, weil ihm das Kloster nicht viel zahlen konnte. Und da hat er meine Mutter kennengelernt. Ich glaube, sie fühlen sich irgendwie verantwortlich.«
Benny hätte schrecklich gern mehr erfahren. Doch sie erinnerte sich an Patsys Rat.
»Na ja, immerhin hat es ein gutes Ende genommen. Sie haben dich alle furchtbar lieb da oben.«
»Deine Eltern haben dich auch furchtbar lieb.«
»Ja, manchmal ist es aber ein bißchen schwierig. Zum Beispiel, wenn man mal raus möchte.«

»Das ist es für mich auch«, meinte Eve. »Oben im Kloster kann man schlecht raus.«
»Das ändert sich erst, wenn wir älter sind.«
»Nicht unbedingt«, sagte Eve weise.
»Wie meinst du das?«
»Ich meine, wir müssen ihnen beweisen, daß wir wirklich zuverlässig sind und so. Wir müssen ihnen zeigen, daß wir rechtzeitig zurückkommen, *wenn* sie uns mal raus lassen.«
»Wie könnten wir ihnen das zeigen?« Benny war ganz aufgeregt.
»Ich weiß nicht. Wir müßten mit etwas Einfachem anfangen. Könntest du mich zum Beispiel einladen, mal bei euch zu übernachten?«
»Natürlich.«
»Dann könnte ich Mutter Francis beweisen, daß ich rechtzeitig zur Messe in der Kapelle wieder da bin, und sie wüßte dann, daß sie sich auf mich verlassen kann.«
»Messe an einem Werktag?«
»Jeden Tag um sieben.«
»Nein!«
»Es ist ganz nett. Und so friedlich. Die Nonnen singen wunderschön. Es macht mir wirklich nichts aus. Pater Ross kommt eigens her und kriegt ein prächtiges Frühstück im Besuchszimmer. Er sagt, die anderen Priester beneiden ihn.«
»Ich wußte das gar nicht ... jeden Tag ...«
»Du sagst es aber niemandem weiter, versprochen?«
»Versprochen. Ist es ein Geheimnis?«
»Nein, überhaupt nicht. Es ist nur so, daß ich nicht alles weitererzähle, verstehst du? Das gefällt der Ordensgemeinschaft, sie haben das Gefühl, daß ich zu ihnen gehöre. Früher habe ich auch keine Freundin gehabt und niemanden, dem ich's hätte erzählen können.«
Benny strahlte übers ganze Gesicht. »An welchem Abend willst du kommen? Am Mittwoch?«

»Ich weiß nicht, Eve. Du hast doch keinen hübschen Schlafanzug und was man sonst so mitnimmt, wenn man woanders übernachtet. Einen richtigen Toilettenbeutel hast du auch nicht. Das sind alles Sachen, die man bei so einem Besuch braucht.«
»Mein Schlafanzug ist doch schön, Mutter.«
»Na ja, du könntest ihn natürlich bügeln. Und einen Morgenrock hast du ja.« Mutter Francis wirkte unentschlossen. »Aber einen Toilettenbeutel?«
»Könnte mir nicht Schwester Imelda einen machen? Dafür übernehme ich dann ihren Aufräumdienst.«
»Und wann wirst du zurück sein?«
»Ich werde rechtzeitig zur Messe am Betpult sein, Mutter.«
»Du wirst aber nicht so früh aufstehen wollen, wenn du dort zu Gast bist.« Mutter Francis sah sie gütig an.
»Doch, das will ich, Mutter.«

Es wurde ein herrlicher Abend. Sie saßen lange in der Küche und spielten mit Patsy Rommé, denn Mutter und Vater waren bei Dr. und Mrs. Johnson von gegenüber, die anläßlich der Taufe ihres jüngsten Kindes ein Essen gaben.
Eve fragte Patsy über das Waisenhaus aus, und Patsy berichtete ihr Dinge, die Benny nie von ihr erfahren hatte. Sie erzählte, wie sie immer Lebensmittel gestohlen hatte und wie schwer es für sie gewesen war, als sie bei den Hogans zu arbeiten anfing und begriff, daß es nun nicht mehr nötig war, heimlich ein Keks oder eine Handvoll Zucker in der Schürze verschwinden zu lassen.
Als die Mädchen später im Bett lagen, meinte Benny verwundert: »Ich weiß nicht, warum Patsy uns das alles erzählt hat. Erst neulich hat sie zu mir gesagt, Leute, die keine Eltern haben, mögen es nicht, wenn man sie ausfragt.«
»Ach, bei mir ist das was anderes«, entgegnete Eve. »Ich bin eine wie sie.«
»Nein, bist du nicht!« entrüstete sich Benny. »Patsy hatte gar

niemanden. Sie mußte in diesem garstigen Haus arbeiten, hat Läuse bekommen, mußte stehlen und ist geschlagen worden, weil sie ins Bett gemacht hat. Mit fünfzehn mußte sie fortgehen und ist hierhergekommen. Das ist was ganz anderes als bei dir.«
»Trotzdem, wir sind uns sehr ähnlich. Sie hat keine Familie, ich habe keine. Ein Heim, wie du es hast, gab es nicht für sie.«
»Hast du ihr deshalb mehr erzählt als mir?« Was Benny nämlich noch mehr verblüfft hatte, waren die Fragen, die Patsy Eve ganz unverblümt gestellt hatte. Etwa, ob Eve die Westwards haßte, die so reich waren, aber sie nicht in ihrem großen Haus aufnahmen. Nein, hatte Eve erklärt, sie könnten sie nicht zu sich nehmen, weil sie Protestanten waren. Und vieles mehr, was Benny nie zu fragen gewagt hätte.
»Du hast mich eben nie so etwas gefragt«, meinte Eve schlicht.
»Ich hatte Angst, dich vor den Kopf zu stoßen.«
»Einen Freund kann man gar nicht vor den Kopf stoßen«, erwiderte Eve.

Beide waren erstaunt, was die andere nicht über Knockglen wußte. Obwohl sie beide doch immer hier gelebt hatten!
Benny wußte nicht, daß die drei Priester, die im Pfarrhaus wohnten, ein Scrabble besaßen und jeden Abend ein Spielchen machten. Manchmal riefen sie im Kloster an, um Mutter Francis zu fragen, ob es beispielsweise ein Wort wie »quichottisch« gebe, weil Vater O'Brian dann den dreifachen Wortwert bekommen würde. Eve wiederum hatte nicht gewußt, daß Mr. Burns vom Haushaltswarenladen gern ein Glas über den Durst trank. Oder daß Dr. Johnson zu Wutausbrüchen neigte und sich angeblich lautstark über die Behauptung ausließ, Gott würde keine Kinder auf die Welt kommen lassen, ohne dafür zu sorgen, daß sie zu essen hatten. Dr. Johnsons Ansicht nach gab es eine Menge hungriger Mäuler, die Gott zu stopfen vergessen hatte – besonders in den Familien mit bis zu dreizehn Kindern.

Benny hörte zum erstenmal, daß Peggy Pine eine alte Freundin von Mutter Francis war, und zwar seit ihren Mädchenjahren. Wenn Peggy Mutter Francis im Kloster besuchte, redete sie diese mit Bunty an.
Dafür hatte Eve nicht gewußt, daß Birdie Mac, die den Süßwarenladen betrieb, einen Verehrer aus Ballylee hatte, der sie seit fünfzehn Jahren immer wieder besuchte. Doch sie wollte ihre alte, gebrechliche Mutter nicht verlassen, und er wollte nicht nach Knockglen ziehen.
Dank solcher Einblicke fanden die beiden Mädchen das Dorf viel interessanter. Vor allem, weil sie wußten, daß dies alles dunkle Geheimnisse waren, die sie niemandem anvertrauen durften. Sie tauschten ihr Wissen darüber aus, wie Kinder geboren werden, gelangten jedoch zu keinen neuen Erkenntnissen. Beide wußten sie, daß die Babys wie Kätzchen herauskamen, aber wie sie hineingekommen waren, konnten sie sich nicht erklären.
»Es hat wohl was damit zu tun, daß man sich nebeneinander legt, wenn man verheiratet ist«, meinte Eve.
»Ja, es geht nicht, wenn man nicht verheiratet ist. Stell dir vor, du würdest neben jemandem wie Dessie Burns hinfallen.« Der Gedanke beunruhigte Benny.
»Nein, man muß schon verheiratet sein.« Eve war sich da ganz sicher.
»Aber wie kommt es rein?« Das blieb das große Rätsel.
»Vielleicht mit dem Bauchknopf...«, meinte Benny nachdenklich.
»Bauchknopf?«
»Na, das da auf dem Bauch.«
»Ach so, der Nabel, wie Mutter Francis es nennt.«
»Das muß es sein«, rief Benny triumphierend aus. »Wenn sie verschiedene Namen dafür haben, dann ist es immer ein Geheimnis.«

Sie gaben sich große Mühe, zuverlässig zu sein. Wenn sie sagten, sie würden um sechs Uhr zu Hause sein, dann waren sie fünf Minuten vor dem Stundenschlag und dem Angelusläuten da. Wie Eve vorhergesagt hatte, konnten sie sich auf diese Weise tatsächlich viel mehr Freiheiten erobern. Wenn sie mal in hysterisches Gekicher ausbrachen, dann nie in der Öffentlichkeit.
Oft drückten sie sich die Nasen am Fenster von Healys Hotel platt. Sie konnten Mrs. Healy nicht ausstehen. Sie war so überheblich und stolzierte immer einher wie eine Königin. Kinder behandelte sie stets von oben herab.
Von Patsy erfuhr Benny, daß die Healys in Dublin gewesen waren, um ein Kind zu adoptieren, doch sie hatten keines bekommen, weil Mr. Healy lungenkrank war.
»Um so besser«, hatte Eve mitleidlos bemerkt. »Die wären bestimmt schreckliche Eltern.« Das sagte sie in aller Unschuld. Sie hatte nicht die geringste Ahnung, daß man in Knockglen einst gemeint hatte, sie sei das ideale Kind für dieses Paar.
Mr. Healy war wesentlich älter als seine Frau. Wie Patsy erzählt hatte, munkelte man, er habe kein bißchen Mumm in den Knochen. Eve und Benny zerbrachen sich stundenlang den Kopf darüber, was das bedeuten sollte. Hing das mit seiner Krankheit zusammen? Aber was hatten die Lungen mit den Knochen zu tun? Und überhaupt, was war Mumm?
Mrs. Healy sah aus wie hundert, war aber angeblich erst siebenundzwanzig. Sie hatte mit siebzehn geheiratet und steckte all ihre Zeit und Energie in das Hotel, denn Kinder hatte sie ja keine.
Gemeinsam erkundeten Benny und Eve Orte, an die sie sich allein nie getraut hätten. Beispielsweise Flood's, die Metzgerei, wo sie hofften, beim Schlachten zuschauen zu können.
»Aber wollen wir zusehen, wie die Tiere umgebracht werden?« wandte Benny ängstlich ein.
»Nein, aber wir möchten wenigstens am Anfang dabeisein,

damit wir zuschauen *könnten*, wenn wir wollen, und dann laufen wir weg«, erklärte Eve. Doch Mr. Flood ließ sie gar nicht erst in die Nähe seines Hofes, und damit hatte sich die Sache von selbst erledigt.
Sie waren auch neugierige Zaungäste, als der Italiener aus Italien kam und seinen Fish-and-Chip-Laden aufmachte.
»Ihr kleine Mädchen kommen jeden Tag und kaufen meine Fisch?« fragte er hoffnungsvoll die beiden Kinder, die von so unterschiedlicher Größe waren und mit ernster Miene jeden seiner Handgriffe beobachteten.
»Nein, ich glaube, das dürfen wir nicht«, meinte Eve traurig.
»Warum denn nicht?«
»Weil es heißen würde, das ist Geldverschwendung«, sagte Benny.
»Und weil wir nicht mit Fremden reden dürfen«, fügte Eve hinzu, um die letzten Zweifel auszuräumen.
»Meine Schwester ist verheiratet mit Mann aus Dublin«, erklärte Mario.
»Wir werden es weitersagen«, versprach Eve feierlich.

Manchmal gingen sie auch zum Geschirrmacher. Eines Tages erschien ein eleganter Mann auf einem Pferd und erkundigte sich nach einem bestellten Zaumzeug, das allerdings noch nicht fertig war.
Dekko Moore, der Cousin von Paccy Moore, dem Schuhmacher, war ganz kleinlaut und sah so jämmerlich drein, als wolle man ihn wegen der Verzögerung aufs Schafott führen.
Der Mann riß sein Pferd herum. »Na schön, dann liefern Sie es mir bis morgen ins Haus«, rief er.
»Natürlich, Sir, vielen Dank, Sir. Wirklich, Sir, es tut mir sehr leid, Sir.« Dekko Moore hörte sich an wie der Bösewicht in einem Theaterstück, der soeben entlarvt worden war.
»Himmel, wer war denn das?« fragte Benny erstaunt, während

Dekko ein Stein vom Herzen fiel, weil er noch einmal glimpflich davongekommen war.

»Das war Mr. Simon Westward«, erwiderte Dekko und fuhr sich mit der Hand über die Stirn.

»Das habe ich mir gedacht«, sagte Eve grimmig.

Gelegentlich besuchten sie Bennys Vater in Hogan's Gentleman's Outfitters. Er überhäufte die Mädchen immer mit Aufmerksamkeiten, ebenso wie der alte Mike und jeder andere, der sich gerade im Laden aufhielt.

»Werden Sie hier auch noch arbeiten, wenn Sie alt sind?« hatte Eve Mike flüsternd gefragt.

»Ich glaube nicht. Das überlasse ich dann einem jungen Burschen.«

»Warum denn einem Burschen?« wollte Eve wissen.

»Na ja, da muß man bei den Männern Maß nehmen. Ihnen Maßbänder um die Taille legen und so.«

Sie kicherten.

»Aber du bist ja die Tochter vom Chef, du brauchst das nicht zu tun. Du mußt nur vorbeikommen und deine Angestellten anschreien wie Mrs. Healy in ihrem Hotel.«

»Hm«, meinte Benny zweifelnd. »Muß ich aber dann nicht wissen, was ich schreien muß?«

»Das lernst du schon. Andernfalls übernimmt die Schlafmütze den Laden.«

So nannten sie Sean Walsh, der seit seiner Ankunft noch blasser und dünner geworden zu sein schien. Auch sein Blick wirkte noch stechender als früher.

»Nein, das geht doch nicht, oder?«

»Du könntest ihn ja heiraten.«

»Uff!«

»Und viele Kinder haben, wenn du dich mit deinem Bauchknopf neben ihn legst.«

»Ach, Eve, so was will ich gar nicht hören. Ich glaube, ich gehe ins Kloster.«
»Ich auch, glaube ich. Dann ist alles viel einfacher. Du kannst ja gehen, wann du willst, du Glückspilz, aber ich muß warten, bis ich einundzwanzig bin.« Eve war tieftraurig.
»Vielleicht lassen sie dich mit mir zusammen eintreten, wenn sie glauben, daß du dich wirklich berufen fühlst«, versuchte Benny sie zu trösten.
Ihr Vater war aus dem Laden verschwunden, doch nun kam er mit zwei Lutschern zurück, die er den Kindern stolz überreichte.
»Es ist uns eine große Ehre, die beiden Damen unter unserem bescheidenen Dach willkommen zu heißen«, sagte er so laut, daß jeder es hören konnte.

Bald wußte ganz Knockglen, daß sie ein unzertrennliches Paar waren: die große, stämmige Benny Hogan mit den festen Schuhen und dem praktischen, hochgeschlossenen Mantel und die etwas verwahrlost wirkende Eve, in Kleidern, die ihr stets zu lang waren und um den Körper schlotterten. Gemeinsam erlebten sie mit, wie der erste Fish-and-Chip-Laden des Ortes aufmachte, sahen, wie Mr. Healy vom Hotel mehr und mehr dahinsiechte, bis man ihn eines Tages ins Sanatorium brachte. Gemeinsam waren sie unbesiegbar. Niemand erlaubte sich ungestraft eine unbesonnene Bemerkung über eine von ihnen.
Einmal beging Birdie Mac im Süßwarenladen den Fehler, Benny zu sagen, daß die vielen Sahnebonbons nicht gut für sie seien. Sofort funkelte Eves kleines Gesicht sie zornig an.
»Wenn Sie sich deshalb so viele Sorgen machen, Miss Mac, warum verkaufen Sie dann überhaupt welche?« sagte sie in einem Ton, bei dem sich jede Antwort erübrigte.
Und als Maire Carrolls Mutter einmal nachdenklich zu Eve sagte: »Weißt du, ich verstehe nicht, warum eine vernünftige

Frau wie Mutter Francis dich wie ein armes Waisenkind herumlaufen läßt«, verfinsterte sich Bennys Miene.
»Ich sag Mutter Francis, daß sie es Ihnen erklärt«, hatte sie wie aus der Pistole geschossen erklärt. »Mutter Francis sagt, man soll immer fragen, wenn man etwas wissen möchte.«
Ehe Mrs. Carroll sie zurückhalten konnte, war Benny aus dem Laden hinausgestürmt und lief in Richtung Kloster.
»Ach, Mam, was hast du da angerichtet«, jammerte Maire Carroll. »Mutter Francis wird wie eine Furie über uns herfallen.«
Und das tat sie auch. Mrs. Carroll hatte nicht damit gerechnet, daß der Zorn der Nonne in voller Wucht über sie hereinbrechen würde, und sie wünschte nur, ihn niemals wieder spüren zu müssen.
Doch alle diese Dinge kümmerten Eve und Benny nicht im geringsten. Man konnte es in Knockglen gut aushalten, wenn man eine Freundin hatte.

Kapitel 2

1957

In Knockglen hatte man noch nicht viele Halbstarke zu Gesicht bekommen. Genaugenommen konnte sich überhaupt niemand erinnern, je einen gesehen zu haben – außer in Dublin, wo sie gruppenweise an Straßenecken herumlungerten. Benny und Eve saßen in Healys Hotel am Fenster und übten Kaffeetrinken, um sich nicht zu blamieren, wenn sie in Dublin in ein Café gingen.
Da sahen sie ihn vorübergehen, unbekümmert und selbstsicher, mit Röhrenhose und langer Jacke, der Kragen und die Ärmelaufschläge aus Samt. Seine Beine sahen spindeldürr aus, seine Schuhe wirkten riesig. Daß die ganze Stadt ihn anstarrte, schien ihn nicht zu stören. Erst als er die beiden Mädchen bemerkte, die eigens aufgestanden waren, um hinter Healys Fenster durch die Vorhänge zu spähen, zeigte er eine Reaktion. Er sah sie mit einem breiten Grinsen an und warf ihnen eine Kußhand zu.
Verwirrt und ärgerlich setzten sie sich wieder hin. Zuschauen war ja schön und gut, aber selbst Aufmerksamkeit auf sich zu ziehen war doch etwas anderes. Aufsehen zu erregen stand im Sündenregister von Knockglen an erster Stelle. Jeder, der gerade aus dem Fenster blickte, hätte mitkriegen können, daß sie sich mit einem Halbstarken abgaben. Bennys Vater etwa, wenn er, ein Maßband um den Hals, herausgeblickt hätte. Oder der widerliche, verschlagene Sean Walsh, dem nie ein Wort über die Lippen kam, bevor er sich dessen Wirkung genau überlegt hatte.

Oder der alte Mike, der ihren Vater seit Jahren Mr. Eddie nannte und keinen Grund sah, daran etwas zu ändern.
Und Eve war in Knockglen nicht weniger bekannt. Schon seit langem hatten die Nonnen ihren Ehrgeiz daran gesetzt, zu erreichen, daß man Eve im Ort als Dame betrachtete. Sie machte das Spiel sogar mit. Deshalb war sie nicht darauf erpicht, daß jemand den Nonnen hinterbrachte, sie kokettiere in Healys Hotel und werfe Halbstarken verliebte Blick zu. Während Mädchen mit richtigen Müttern allen Verlockungen, sich über ihren Stand zu erheben, widerstanden, studierten Eve und Mutter Francis Benimmbücher, blätterten in Zeitschriften mit Bildern von hübschen Kleidern und waren für jeden Hinweis über Verhaltensregeln dankbar.
»Ich möchte nicht, daß du dir einen künstlichen Akzent zulegst«, hatte Mutter Francis sie ermahnt, »und auch nicht, daß du beim Teetrinken den kleinen Finger abspreizt.«
»Wen wollen wir eigentlich beeindrucken?« hatte Eve einmal gefragt.
»Nein, sieh es mal von der anderen Seite. Es geht darum, wen wir nicht *enttäuschen* sollten. Alle meinten, wir wären verrückt, wir könnten dich nicht großziehen. Und es ist mir ein menschliches und nicht sehr frommes Bedürfnis, zu den Mißgünstigen sagen zu können: ›Seht ihr wohl?‹«
Das hatte Eve sofort begriffen. Und es gab auch nach wie vor Hoffnung, daß die Westwards eines Tages der eleganten Dame begegnen und dann bedauern würden, daß sie die Verbindung zu dem Kind abgebrochen hatten, das schließlich blutsverwandt mit ihnen war.
Mrs. Healy kam auf sie zu. Sie war mittlerweile verwitwet, aber noch immer dieselbe furchteinflößende Persönlichkeit, der man auf fünfzig Meter Entfernung ihre Mißbilligung anmerkte. Zwar gab es keinen Grund, warum Benny Hogan vom Laden gegenüber und Eve Malone aus dem Kloster nicht an ihrem

Erkerfenster sitzen und Kaffee trinken sollten, doch irgendwie hätte sie es lieber gesehen, wenn dieser Platz vermögenderen und wichtigeren Damen Knockglens vorbehalten geblieben wäre.
Sie rauschte zum Fenster. »Ich muß mal die Gardinen zurechtrücken, die habt ihr ja ganz zerknittert«, sagte sie.
Eve und Benny wechselten einen Blick. Es war alles in bester Ordnung mit den schweren Gardinen in Healys Hotel, sie waren so wie immer: dick genug, um die Gäste vor neugierigen Blicken von draußen zu bewahren, ohne die neugierigen Blicke nach draußen zu behindern.
»Na, was ist denn das für ein armer Irrer!« rief Mrs. Healy aus, nachdem sie ohne Mühe festgestellt hatte, was den Mädchen da draußen so interessant erschienen war.
»Ich glaube, er wirkt nur so wegen seiner Kleidung«, bemerkte Eve scheinheilig. »Mutter Francis sagt immer, man soll die Leute nicht nach ihrem Äußeren beurteilen.«
»Eine bewundernswerte Einstellung«, entgegnete Mrs. Healy, »aber sie legt natürlich größten Wert darauf, daß eure Schulkleidung immer einwandfrei ist. Mutter Francis ist die erste, die euch Mädchen nach euren Schuluniformen beurteilt.«
»Jetzt nicht mehr, Mrs. Healy«, erwiderte Benny fröhlich. »Ich habe meinen grauen Schulrock dunkelrot gefärbt.«
»Und ich meinen schwarz. Und meinen grauen Pullover knallrot«, ergänzte Eve.
»Sehr farbenfroh.« Mrs. Healy rauschte davon wie ein aufgetakeltes Segelschiff.
»Es paßt ihr nicht, daß wir erwachsen sind«, zischte Eve. »Sie würde uns lieber zurechtweisen, daß wir aufrecht sitzen und nicht die teuren Möbel anfassen sollen.«
»Sie weiß eben, daß wir uns nicht wie Erwachsene fühlen«, meinte Benny düster. »Und wenn die schreckliche Mrs. Healy das merkt, dann wird es jeder in Dublin merken.«
Das war ein schwerwiegendes Problem. Mr. Flood, der Metzger,

hatte sie ganz eigenartig angesehen, als sie die Straße entlanggegangen waren. Sein abschätziger Blick schien sie förmlich zu durchbohren. Wenn schon solche Leute ihnen ihre Unsicherheit ansahen, dann stand es wirklich schlecht um sie.
»Wir sollten üben – ein paar Tage hinfahren, vor den anderen, weißt du, damit wir nicht wie die letzten Trottel dastehen«, schlug Eve hoffnungsvoll vor.
»Es ist schon schlimm genug, daß wir irgendwann *hinmüssen*. Ich brauche gar nicht erst zu fragen, ob sie uns nach Dublin lassen, damit wir uns ein bißchen amüsieren können. Hältst du es für möglich, daß meine Eltern mir so was erlauben?«
»Wir sagen natürlich nicht, daß wir uns amüsieren wollen«, meinte Eve. »Wir nennen es irgendwie anders.«
»Wie denn?«
Eve dachte angestrengt nach. »Du kannst sagen, du müßtest dir eine Literaturliste machen und Stundenpläne aufschreiben – na ja, es gibt tausend Sachen, die du vorschieben könntest.« Ihre Stimme klang plötzlich kleinlaut und verzagt.
Zum erstenmal wurde Benny richtig bewußt, daß sie zwar in derselben Stadt wohnen, aber ein unterschiedliches Leben führen würden. Seit ihrem zehnten Lebensjahr waren sie die dicksten Freundinnen, doch nun trennten sich ihre Wege.
Benny hatte die Möglichkeit, am University College in Dublin zu studieren und mit dem Bachelor of Arts abzuschließen, weil ihre Eltern für sie gespart hatten. In St. Mary fehlte jedoch das Geld, um Eve Malone auf die Hochschule zu schicken. Mutter Francis hatte bereits den Finanzhaushalt des Klosters strapaziert, damit die Tochter von Jack Malone und Sarah Westward auf eine höhere Schule gehen konnte. Jetzt würde sie in ein Kloster desselben Ordens nach Dublin kommen und dort zur Sekretärin ausgebildet werden. Unterrichtsgebühren wurden keine erhoben, dafür mußte sie allerdings einige leichte Arbeiten im Haushalt übernehmen.

»Bei Gott, ich wünschte, du könntest auch aufs College gehen«, sagte Benny plötzlich.
»Ich weiß. Aber sag das nicht in diesem rührseligen Ton, sonst werde ich sauer.« Eves Stimme klang hart, doch nicht grob.
»Alle sagen, es ist schön, daß wir einander haben. Aber ich würde dich öfter sehen, wenn du in Knockglen bleiben könntest«, klagte Benny. »Dein Kloster liegt am anderen Ende von Dublin, und ich muß jeden Abend mit dem Bus heimfahren. Da können wir uns gar nicht mehr treffen.«
»Ich glaube auch nicht, daß ich viel vom Nachtleben haben werde«, meinte Eve zweifelnd. »Ein paar Quadratkilometer Klosterboden schrubben, ein paar Millionen Laken flicken, ein paar Tonnen Kartoffeln schälen.«
»Das können sie doch nicht von dir verlangen!« entrüstete sich Benny.
»Wer weiß, was die unter leichten Hausarbeiten verstehen. Was für die eine Nonne leicht ist, ist für die andere eine Zuchthausstrafe.«
»Kannst du das nicht im voraus herausbekommen?« Benny war in Sorge um ihre Freundin.
»In meiner Lage kann man nicht feilschen«, sagte Eve.
»Aber hier haben sie doch auch nie so etwas von dir verlangt.« Benny wies mit einer Kopfbewegung in Richtung Kloster.
»Das ist was anderes. Hier bin ich ja zu Hause«, erklärte Eve schlicht. »Ich meine, hier wohne ich eben. Und hier werde ich immer wohnen.«
»Wenn du dann eine Arbeit hast, wirst du dir eine kleine Wohnung leisten können.« Bennys Stimme klang wehmütig, denn sie befürchtete, sie würde diese Freiheit niemals kennenlernen.
»Klar, ich werde bestimmt eine Wohnung haben. Aber ich werde nach St. Mary zurückkommen, wie andere Leute in den Ferien von ihrer Stadtwohnung nach Hause fahren«, sagte Eve.

Eve ist sich ihrer Sache immer so sicher, dachte Benny voller Bewunderung. So klein und so entschlossen mit ihrem kurzen dunklen Haar und dem weißen Elfengesicht. Niemand hatte je zu sagen gewagt, es sei etwas Besonderes oder gar Ungewöhnliches, daß Eve im Kloster und innerhalb der klösterlichen Gemeinschaft lebte. Und niemals hatte jemand sie gefragt, wie das Leben hinter dem Vorhang war, wo nur die Nonnen sein durften, und sie hatte nie darüber gesprochen. Umgekehrt wußten die Mädchen, daß über sie selbst keine Geschichten in Umlauf gebracht wurden. Denn Eve Malone spionierte nicht, schon gar nicht für andere.

Benny hatte keine Ahnung, wie sie ohne Eve zurechtkommen sollte. Solange sie sich erinnern konnte, war Eve dagewesen und hatte ihr bei allen Streitigkeiten zur Seite gestanden. Zum Beispiel gegen die, die sie als Big Ben verspotteten. Eve hatte kurzen Prozeß mit jedem gemacht, der Bennys Sanftmut ausnutzte. Jahrelang waren sie ein Team gewesen: die kleine drahtige Eve mit ihrem rastlosen Blick, der nie lange auf einem Menschen oder Gegenstand ruhte; die große, hübsche Benny mit ihren grünen Augen und dem kastanienbraunen Haar, das stets mit einem Haarreif aus dem Gesicht gehalten wurde, der breit, geschmeidig und solide war – ein bißchen wie Benny selbst.

Wenn es nur eine Möglichkeit gegeben hätte, Seite an Seite durch die Pforten des University College zu gehen und jeden Abend zusammen nach Hause zu fahren! Oder – noch besser – sich eine Wohnung zu teilen! Was für ein Leben wäre das gewesen! Doch Benny war nicht in der Erwartung aufgewachsen, daß im Leben alles perfekt sein würde. Und sie konnte sich eigentlich auch nicht beschweren.

Annabel Hogan zerbrach sich den Kopf darüber, ob sie die Hauptmahlzeit von Mittag auf den Abend verlegen sollte. Es gab eine Menge Gründe dafür und eine Menge Gründe dagegen.

Eddie war es gewöhnt, mittags ein kräftiges Essen zu sich zu nehmen. Wenn er vom Laden zurückkam, stand sein Teller Fleisch und Kartoffeln mit einer Pünktlichkeit auf dem Tisch, die jeden Feldwebel beeindruckt hätte. Sobald Shep sich träge erhob und hinausspazierte, um sein Herrchen an der Straßenbiegung zu begrüßen, begann Patsy, die Teller anzuwärmen. Mr. Hogan wusch sich dann die Hände in der unteren Toilette und bekundete stets seine Zufriedenheit über die Lammkeule, den Schinken und den Kohl oder den Dorsch mit Petersiliensauce, den es freitags gab. Es wäre doch ein Jammer gewesen, wenn er extra das Geschäft zusperrte und nach Hause eilte, um dann nur einen mageren Imbiß vorgesetzt zu bekommen. Womöglich würde dadurch auch seine Arbeit beeinträchtigt, und er würde sich am Nachmittag nicht richtig konzentrieren können.

Andererseits mußte man bedenken, daß Benny abends nach einem langen Studientag in Dublin nach Hause kam: War es da nicht gescheiter, mit der Hauptmahlzeit bis zu ihrer Rückkehr zu warten?

Weder der Ehemann noch die Tochter wollten ihr die Entscheidung abnehmen. Beide sagten sie, es sei ihnen egal. Wie immer ruhte die ganze Bürde des Haushalts auf Annabels und Patsys Schultern.

Vielleicht war Fleisch zum Tee die Lösung. Ein großes Stück Schinken oder gebratener Speck, vielleicht auch ein paar Würstchen. Und für Benny konnten sie etwas aufheben, falls sie mit großem Hunger nach Hause kam. Annabel konnte es noch gar nicht fassen, daß sie eine Tochter hatte, die auf die Universität gehen würde. Nicht, daß sie sich zu jung dafür fühlte. Sie hatte spät geheiratet, in einem Alter, in dem sie schon fast die Hoffnung aufgegeben hatte, einen Mann zu finden. Und sie hatte ein Kind geboren zu einer Zeit, als sie nur noch mit Fehlgeburten rechnete.

Annabel Hogan machte eine Runde um ihr Haus: Es gab dort

immer irgendeine Kleinigkeit zu erledigen. Patsy war unterdessen in der großen, warmen Küche, allerlei Töpfe standen herum, doch bis zum Essen würde alles aufgeräumt und sauber sein.
Lisbeg war kein großes Haus, aber trotzdem machte es eine Menge Arbeit. Im oberen Stockwerk befanden sich drei Zimmer und ein Badezimmer. Das elterliche Schlafzimmer nahm zusammen mit Bennys Zimmer die Vorderseite des Hauses ein. Im hinteren Teil lagen ein dunkles, unbewohntes Zimmer sowie das geräumige, altmodische Badezimmer mit seinen rauschenden Leitungsrohren und der großen holzverkleideten Wanne.
Wenn jemand das Erdgeschoß durch die Vordertür betrat (was selten vorkam), fand er links und rechts ein weitläufiges Zimmer vor. Doch diese wurden kaum benutzt. Das Leben der Hogans spielte sich nämlich im hinteren Teil des Hauses ab, im großen, schlicht gehaltenen Eßzimmer, an das sich gleich die Küche anschloß. Im Eßzimmer mußte fast nie eingeheizt werden, denn der Küchenherd wärmte den angrenzenden Raum. Die große Flügeltür zwischen den beiden Räumen war immer offen, und man konnte sich kaum eine gemütlichere Stube vorstellen.
Besuch bekamen die Hogans selten, und wenn doch einmal Gäste erwartet wurden, dann mußte eben im vorderen Salon, der in Blaßgrün und Pink gehalten war und einige feuchte Flecken an der Wand aufwies, gelüftet und Staub gewischt werden. Aber in der Hauptsache war das Eßzimmer ihr Zuhause.
Darin befanden sich drei große rote Plüschsessel, und um den Tisch an der Wand standen drei Stühle, deren Sitzflächen ebenfalls mit Plüsch bezogen waren. Ein mächtiges Radiogerät thronte auf der großen Anrichte, an der Wand hingen wackelige Regale mit Nippes und alten Büchern darauf.
Seit die junge Eve ein so regelmäßiger Gast im Haus geworden war, hatte man einen vierten Stuhl hinzugestellt, einen Rohrstuhl aus einem der Schuppen. Patsy hatte ihn mit einem hübschen roten Sitzkissen versehen.

Patsy schlief in einer kleinen Kammer hinter der Küche. Das Zimmer war dunkel und hatte nur ein winziges Fenster. Doch Patsy schwärmte Mrs. Hogan immer vor, ein eigenes Zimmer sei für sie das Paradies. Bis zu dem Tag, als sie nach Lisbeg kam, hatte sie ihr Zimmer stets mit mindestens zwei Mitbewohnern teilen müssen.

Als Patsy damals über den kurzen Vorgartenweg auf das schlichte, ordentliche Haus mit den rankenden Kletterpflanzen und dem verwilderten Garten zuging, war es ihr wie ein Haus auf einem Kalenderblatt erschienen. Ihr Zimmerchen ging zum Hinterhof hinaus, und sie hatte auch einen Blumenkasten am Fenster. Die Pflanzen darin wollten zwar nicht so recht gedeihen, weil sie zuwenig Sonne bekamen und Patsy keine grüne Hand hatte. Aber sie gehörten ihr allein, niemand sonst rührte sie an, und es betrat auch nie jemand ihr Zimmer.

Patsy war ebenso aufgeregt wie die anderen, weil Benny auf die Universität gehen würde. Jedes Jahr, wenn Patsy ihren Urlaub hatte, stattete sie dem Waisenhaus, in dem sie aufgewachsen war, einen halbtägigen Pflichtbesuch ab. Danach ging sie zu einer Freundin, die mit ihrem Mann in Dublin lebte. Diesmal hatte sie ihre Freundin gebeten, ihr zu zeigen, wo Benny studieren würde. So stand sie dann vor den mächtigen Säulen des University College in Dublin und betrachtete das Gebäude höchst zufrieden: Nun wußte sie Bescheid.

Es war in der Tat ein großer Schritt für Benny, das begriff Annabel Hogan sehr wohl. Nicht mehr der gewohnte Alltagstrott in der Klosterschule, sondern ein neues Leben in der Großstadt, zusammen mit Tausenden anderer Studenten, die von überall her kamen und unterschiedliche Lebens- und Denkweisen hatten. Und keine Mutter Francis mehr, die einen zum Lernen anhielt. Da war es kein Wunder, wenn Benny den ganzen Sommer wie ein aufgescheuchtes Huhn herumlief und keine Minute stillsitzen konnte.

Aber es war eine Erleichterung zu wissen, daß sie den Vormittag mit Eve Malone verbrachte, denn die beiden konnten sich endlos miteinander unterhalten. Annabel Hogan wünschte, es hätte auch für Eve eine Möglichkeit gegeben, auf die Universität zu gehen. Das wäre gerechter gewesen. Doch im Leben ging es selten gerecht zu. Das hatte Annabel auch zu Pater Ross gesagt, als er letztesmal zum Tee gekommen war, und er hatte sie daraufhin über seinen Brillenrand hinweg streng angeblickt und bemerkt, wenn wir alle den Lauf der Welt verstünden, was hätte Gott uns dann am Jüngsten Tag noch zu sagen?
Insgeheim fand Annabel jedoch, daß es den Lauf der Welt nicht beeinträchtigen würde, wenn man genug Geld auftreiben könnte, um die Studiengebühr und den Lebensunterhalt für Eve Malone zu bezahlen, für ein Kind, das kein anderes Heim kannte als das große, trostlose Kloster mit den schweren Eisentoren.

Mutter Francis hatte Gott sehr oft gefragt, wie man Eve Malone auf die Universität schicken könnte, aber Gott war bislang nicht imstande gewesen, ihr einen Weg aufzuzeigen. Zwar wußte Mutter Francis, daß dies Teil der göttlichen Vorsehung sein mußte. Trotzdem fragte sie sich insgeheim, ob sie wirklich inbrünstig genug gebetet und tatsächlich alle Möglichkeiten ins Auge gefaßt hatte. Was den Orden betraf, hatte sie jedenfalls nichts unversucht gelassen. Sie hatte an die Generaloberin geschrieben und Eves Fall so eindringlich wie nur möglich dargestellt. Immerhin war der Vater des Mädchens, Jack Malone, sein Leben lang als Hilfskraft und Gärtner für das Kloster tätig gewesen.
Jack hatte die Tochter der Familie Westward geheiratet. Ein ungleiches Paar, wie man es im ganzen Land kaum je gesehen hatte, aber geheiratet mußte werden, weil ein Kind unterwegs war. Eve im katholischen Glauben zu erziehen, sei kein Problem

gewesen, hatte Mutter Francis geschrieben, da die Westwards von ihr nie etwas hätten wissen wollen. Und es sei ihnen auch gleichgültig, in welchem Glauben sie aufwuchs, wenn sie nur nichts mit ihr zu schaffen hätten.
Die Generaloberin war der Ansicht, für das Kind sei schon genug getan worden. Dem Mädchen ein Hochschulstudium zu ermöglichen, würde eine Bevorzugung gegenüber anderen bedeuten. Würden dann nicht andere Kinder aus ärmlichen Verhältnissen dieselben Ansprüche geltend machen?
Dabei ließ Mutter Francis es nicht bewenden. Sie war mit dem Bus zum Kloster ihrer Schwestern nach Dublin gefahren und hatte mit Mutter Clare gesprochen, die eine ziemlich schwierige Person war und dort ein strenges Regiment führte. Wenn so viele junge Nonnen im Herbst ein Universitätsstudium begannen und im Kloster in Dublin logierten, konnte da Eve nicht ebenfalls dort untergebracht werden? Das Mädchen würde gerne Hausarbeiten übernehmen, um sich seinen Platz unter den Kommilitoninnen zu verdienen.
Mutter Clare lehnte den Vorschlag kategorisch ab. Was für eine abwegige Vorstellung, ein Mädchen – ein Pflegekind, das keine Schwester, Novizin oder Postulantin war und nicht die geringsten Absichten hegte, Nonne zu werden –, so ein Mädchen über alle anderen zu stellen, über die vielen Schwestern der Ordensgemeinschaft, die alle hofften und beteten, die Chance für eine höhere Bildung zu erhalten ... was würden sie denken, wenn ein Mädchen, das anscheinend im Kloster von Knockglen bereits gehätschelt und verwöhnt worden war, auf die Hochschule geschickt wurde, während man sie überging? Es wäre eine Ungeheuerlichkeit!
Vielleicht ist mein Ansinnen wirklich ungeheuerlich, dachte Mutter Francis manchmal. Aber sie liebte Eve nun einmal wie eine Mutter ihre Tochter. Als eine im Zölibat lebende Nonne hätte sich Mutter Francis nie träumen lassen, daß es ihr vergönnt

sein würde, ein Kind unter ihrer Obhut aufwachsen zu sehen. Vielleicht liebte sie Eve wirklich so sehr, daß sie gegenüber den Gefühlen und Empfindungen anderer blind geworden war. Die Generaloberin und Mutter Clare hatten völlig recht: Es wäre eine Bevorzugung, wenn Eve ein Universitätsstudium aus den Mitteln des Ordens finanziert bekäme.

Als schließlich alles geregelt war, blieb Mutter Francis nur der innige Wunsch, daß Eve im Kloster von Mutter Clare auch anständig behandelt werden würde. Das Kloster St. Mary war immer Eves Zuhause gewesen; sie befürchtete, das Schwesternhaus in Dublin könnte Eve eher wie eine Anstalt vorkommen. Und noch schlimmer war die Vorstellung, daß man sie dort nicht mehr wie eine geliebte Tochter behandeln würde, sondern womöglich eher wie eine Dienstmagd.

Als Benny und Eve aus Healys Hotel kamen, erblickten sie Sean Walsh, der in der Tür von Hogan's auf der anderen Straßenseite stand und sie beobachtete.

»Wenn wir weiter miteinander reden, dann denkt er vielleicht, wir haben ihn nicht gesehen«, zischte Benny.

»Wohl kaum. Schau doch, wie er dasteht, die Daumen in die Hosenträger eingehakt, und deinen Vater imitiert.«

Eve kannte Sean Walshs Hoffnungen nur zu gut: Nach seiner langfristigen Zukunftsplanung würde er erst die Tochter des Hauses und Erbin von Hogan's Gentleman's Outfitters heiraten und dann das Geschäft übernehmen.

Es war ihnen nie gelungen, Sean Walsh sympathisch zu finden – schon vom ersten Tag an nicht, als er auf der Feier von Bennys zehntem Geburtstag aufgetaucht war. Er hatte nie gelächelt. In all den Jahren hatten sie nie auch nur den Anflug eines Lächelns auf seinem Gesicht gesehen. Er verzog es zwar oft zu Grimassen und gab manchmal heisere, bellende Laute von sich, aber er lachte nie richtig.

Weder warf er den Kopf in den Nacken wie Peggy Pine, wenn sie lachte, noch kicherte er hinter vorgehaltener Hand wie Paccy Moore; er fuchtelte nicht mit den Armen wie Mario aus dem Fish-and-Chip-Laden und bekam auch keine Keuch- und Hustenanfälle wie Dessie Burns. Sean Walsh schien die ganze Zeit nur zu beobachten. Erst wenn er andere lächeln und lachen sah, fing er mit seinem seltsamen Bellen an.

Nie konnten sie aus ihm herausbringen, was er gemacht hatte, bevor er nach Knockglen gekommen war. Er erzählte keine langen Geschichten wie Patsy und verstand es auch nicht, wehmütig die Vergangenheit zu beschwören wie Dekko Moore, wenn er von der Zeit erzählte, als er irgendwo unten in Meath Geschirre für Großgrundbesitzer machte. Sean Walsh ließ sich nicht aus der Reserve locken.

»Ach, ihr würdet meine Geschichte sowieso nicht hören wollen«, pflegte er zu sagen, wenn Benny und Eve ihn mit ihren Fragen bestürmten.

Im Lauf der Jahre hatte er sich nicht zum Besseren verändert: Er war immer noch verschlossen und auf heuchlerische Weise gefallsüchtig. Sogar sein Äußeres empfand Benny als abstoßend, obwohl sie wußte, daß es keinen vernünftigen Grund dafür gab. Er trug einen Anzug, der schon oft gebügelt worden war und auf den er offenbar sehr achtgab. Unter Lachanfällen stellten sich Benny und Eve vor, wie er in seinem kleinen Zimmer über dem Laden Stunden damit zubrachte, mit einem feuchten Tuch seinen ganzen Ehrgeiz in den Anzug zu pressen.

Benny wollte es eigentlich nicht recht glauben, daß Sean tatsächlich die Absicht hege, in das Geschäft einzuheiraten, wie Eve behauptete. Doch es lag in der Tat etwas zutiefst Beunruhigendes in der Art, wie er sie anblickte. Sie hatte immer von einem Mann geträumt, der sie liebte, doch die Vorstellung, es könnte womöglich ein so widerlicher Kerl wie Sean Walsh sein, schien ihr ein grausames Schicksal.

»Guten Morgen, die Damen.« Er machte eine übertrieben tiefe Verbeugung. Seine Stimme hatte einen beleidigenden, spöttischen Unterton, der den Mädchen nicht entging. Auch andere Leute hatten sie schon als »Damen« bezeichnet, sogar an eben diesem Vormittag, aber ohne geringschätzigen Unterton. Auf diese Weise gaben ihnen die Leute zu verstehen, daß sie sie nicht mehr als Schülerinnen betrachteten, weil sie demnächst ein selbständigeres Leben führen würden. Als sie in der Drogerie Shampoo kauften, hatte Mr. Kennedy sie gefragt, was er für die beiden jungen Damen tun könne, und sie hatten sich geschmeichelt gefühlt. Paccy Moore hatte sie zwei hübsche Damen genannt, als Benny sich neue Absätze auf ihre guten Schuhe machen ließ. Aber bei Sean Walsh war das etwas anderes.

»Hallo, Sean«, erwiderte Benny ohne große Begeisterung.

»Na, nimmst du die Metropole in Augenschein?« sagte er von oben herab. Er sprach immer ein wenig verächtlich von Knockglen, obwohl der Ort, aus dem er kam, noch kleiner und noch viel weniger eine Metropole war. Benny spürte, wie der Zorn in ihr hochstieg.

»Du bist doch ein freier Mensch«, fuhr sie ihn plötzlich an. »Wenn's dir in Knockglen nicht gefällt, kannst du ja auch woandershin gehen.«

»Hab ich denn gesagt, daß es mir hier nicht gefällt?« Er kniff die Augen noch mehr zusammen als gewöhnlich, so daß sie nur noch schmale Schlitze waren. Er hatte die Sache falsch eingefädelt. Jetzt galt es zu verhindern, daß Benny herumerzählte, er habe sich abfällig über Knockglen geäußert. »Ich wollte nur etwas Nettes über den Ort sagen – deshalb habe ich ihn mit der Großstadt verglichen. Was ich sagen wollte, war, daß du ja bald gar keine Zeit mehr für uns hier haben wirst.«

Aber das war auch wieder falsch.

»Ich werde kaum Gelegenheit haben, Knockglen ganz zu verges-

sen, weil ich jeden Abend nach Hause kommen werde«, erwiderte Benny bedrückt.
»Und das wollen wir auch gar nicht«, erklärte Eve und reckte das Kinn vor. Sean Walsh sollte nie erfahren, wie oft sie ihr Schicksal beklagt hatten, in einem so kleinen Ort zu wohnen, der den größten Nachteil hatte, den man sich nur vorstellen konnte: Er lag nur einen Katzensprung von Dublin entfernt.
Sean würdigte Eve nur selten eines Blickes, denn sie interessierte ihn nicht. Alles, was er sagte, war an Benny gerichtet. »Dein Vater ist ja so stolz auf dich! Es gibt kaum einen Kunden, dem er nicht von deinem großen Erfolg erzählt.«
Benny konnte diesen Schlauberger und sein Grinsen nicht ausstehen. Er mußte doch wissen, wie ungern sie daran erinnert wurde, daß sie der Augapfel ihrer Eltern war und daß sich die meisten ihrer schlichten, prahlerischen Erzählungen um sie drehten. Und wenn er es wußte, warum redete er dann darüber und ging ihr damit noch mehr auf die Nerven? Wenn er die Absicht hatte, die Tochter von Mr. Eddie Hogan zur Frau zu nehmen und ins Geschäft einzuheiraten, warum sagte er dann solche Dinge, die sie nur ärgerten und gegen ihn aufbrachten?
Vielleicht glaubte er, daß ihre eigenen Wünsche in dieser Angelegenheit wohl kaum berücksichtigt werden würden. Daß die gefügige Tochter des Hauses sich schon damit abfinden würde – wie mit allem anderen auch.
Benny erkannte, daß sie sich gegen Sean Walsh zur Wehr setzen mußte. »Erzählt er jedem, daß ich aufs College gehe?« fragte sie ihn lächelnd.
»Gesprächsthema Nummer eins.« Sean gefiel sich in der Rolle des Gewährsmannes, doch er war irritiert, weil Benny wider Erwarten nicht verlegen wurde.
Da wandte Benny sich an Eve. »Hab ich's nicht gut?«
Eve begriff. »Klar, verdammt gut«, bestätigte sie.
Sie mußten sich das Lachen verbeißen, bis sie außer Sichtweite

waren. Erst die lange, gerade Straße entlang, vorbei an Shea's Pub, aus dessen dunklen Fenstern säuerlicher Alkoholgeruch drang, vorbei an Birdie Macs Süßwarenladen, wo sie als Schulkinder soviel Zeit damit verbracht hatten, Süßigkeiten aus den Gläsern auszusuchen. Auf der anderen Straßenseite blickten sie ins Schaufenster des Metzgers, wo das Spiegelbild von Hogan's Outfitters zu sehen war, und stellten fest, daß Sean Walsh wieder in das Reich zurückgekehrt war, das ihm eines Tages gehören würde.
Erst dann konnten sie ohne Hemmung losprusten.
Mr. Flood, an dessen Ladentür »Floods Qualitätsfleisch aus eigener Schlachterei« stand, wunderte sich.
»Was ist denn so lustig an einer Reihe Hammelkeulen?« fragte er die beiden lachenden Mädchen vor seinem Schaufenster. Doch er erntete nur eine weitere Lachsalve.
»Los, verschwindet. Lacht euch woanders kaputt«, knurrte er. »Hört auf, euch über anderer Leute Angelegenheiten lustig zu machen.«
Mit äußerst sorgenvollem Gesicht trat er auf die Straße und sah zu dem Baum hoch, der sein Haus überschattete.
Mr. Flood hatte in letzter Zeit oft zu diesem Baum hinaufgestarrt, und was noch schlimmer war, er unterhielt sich mit jemandem, den er zwischen den Ästen zu sehen glaubte. Allgemein vermutete man, Mr. Flood habe irgendeine Vision gehabt, sei aber noch nicht bereit, sie seinen Mitbürgern zu offenbaren. Die Worte, die er an den Baum richtete, klangen ehrerbietig und nachdenklich, und er sprach das, was er dort oben zu sehen glaubte, mit »Schwester« an.
Benny und Eve beobachteten fasziniert, wie er mit kummervoller Miene den Kopf schüttelte und dem zuzustimmen schien, was ihm mitgeteilt wurde.
»Es ist auf der ganzen Welt dasselbe, Schwester«, sagte er, »traurig ist nur, daß es auch schon in Irland soweit gekommen ist.«

Andächtig lauschte er der Stimme aus dem Baum, dann wandte er sich ab. Vision hin oder her, im Laden wartete Arbeit auf ihn.
Die Mädchen hörten erst zu lachen auf, als sie an den Pforten des Klosters angelangt waren. Benny wollte sich schon verabschieden, um wie üblich nach Hause zu gehen. Sie hatte ihre Freundschaft mit Eve nie ausgenutzt, um sich mit ihrer Hilfe Zutritt zu den geheiligten Räumen zu verschaffen. In den Ferien war das Kloster tabu.
»Nein, komm doch rein, schau dir mal mein Zimmer an«, bat Eve.
»Aber Mutter Francis? Würden die Nonnen nicht denken . . .?«
»Es ist mein Heim, das haben sie mir immer gesagt. Außerdem bist du jetzt kein Schulmädchen mehr.«
Durch eine Seitentür traten sie ein. Der Duft von Gebackenem und einer warmen Küche lag in den Gängen; die breite Treppe roch nach Bohnerwachs. In der weiten, dunklen Halle hingen Bilder von der Gründermutter und der Jungfrau Maria, die einzig von der Herz-Jesu-Lampe beschienen wurden.
»Ist es hier nicht schrecklich still in den Ferien?«
»Du müßtest mal nachts hier sein. Manchmal, wenn ich vom Kino heimkomme, ist es so still, daß ich mich fast mit den Statuen unterhalten möchte.«
Sie gingen zu Eves kleinem Zimmer hinauf, in dem sie gewohnt hatte, solange sie sich erinnern konnte. Benny sah sich neugierig um.
»Ach, du hast ja ein Radio, gleich neben dem Bett!« Auf Eves Nachttisch stand das braune Bakelitradiogerät, mit dem sie, wie jedes Mädchen im Land, abends Radio Luxemburg hörte. Obwohl Benny als verwöhntes Einzelkind galt, mußte sie sich zu Hause stets das Radio aus der Küche borgen und auf einen Stuhl stellen, weil keine Steckdose nah genug bei ihrem Bett war.
Auf dem Bett lag eine hübsche Tagesdecke. Für ihr Nachthemd hatte Eve eine lustige Tasche in Gestalt eines Hasen.

»Die hat mir Mutter Francis geschenkt, als ich zehn geworden bin. Scheußlich, nicht?«
»Besser als Heiligenbildchen«, erwiderte Benny.
Eve öffnete eine Schublade, in der ganze Stapel von Heiligenbildchen lagen, alle mit Gummibändern zusammengehalten.
Benny betrachtete sie erstaunt. »Daß du sie nie weggeworfen hast!«
»Nicht hier. Ich könnte es nicht.«
Aus dem kleinen runden Fenster blickte man auf Knockglen hinab. Hinter der Klosterallee mit dem großen Tor sah man die breite Hauptstraße, die in den Ort führte.
Sie beobachteten Mr. Flood, der vor seinem Schaufenster stand, als würde er sich immer noch den Kopf darüber zerbrechen, was sie wohl so amüsant daran gefunden haben mochten. Kleine Kinder drückten sich die Nasen an Birdie Macs Fenster platt, und aus Shea's Pub kamen Männer mit tief in die Stirn gezogenen Schirmmützen.
Sie sahen, wie ein schwarzer Morris Cowley vor Hogan's anhielt, und wußten, daß es Dr. Johnson war. Zwei Männer betraten Healys Hotel und rieben sich die Hände. Das waren bestimmt Handelsreisende, die ihre Geschäftsbücher in Ruhe nachtragen wollten. Auf einer Leiter vor dem Kino erblickten sie einen Mann, der ein neues Plakat anklebte. Die kleine, rundliche Peggy Pine trat aus ihrem Bekleidungsgeschäft und stellte sich bewundernd vor das Schaufenster. Die kunstvolle Gestaltung eines Schaufensters bestand ihrer Ansicht nach darin, möglichst viel hineinzupacken, ohne daß etwas umkippte.
»Du kannst ja alles sehen!« rief Benny begeistert. »Wie der liebe Gott.«
»Nicht ganz. Gott kann um die Ecken sehen. Dein Haus kann ich nicht sehen, und auch nicht, wer bei Mario's Fish and Chips ißt. Über den Berg nach Westlands sehe ich auch nicht. Nicht, daß ich das wollte, aber es geht jedenfalls nicht.«

Ihre Stimme klang rauh, als sie von der Familie ihrer Mutter in jenem großen Gutshaus sprach. Benny wußte von früher, daß das ein heikles Thema war.
»Sie würden wahrscheinlich nicht ...«
»Nein«, antwortete Eve knapp.
Sie wußten beide, was Benny sagen wollte: Es bestand keine Aussicht, daß die vermögenden Westwards Eve das Universitätsstudium bezahlen würden.
»Meinst du, Mutter Francis hat sich an sie gewandt?«
»Da bin ich mir ziemlich sicher. Sie hat es im Lauf der Jahre oft probiert, und man hat ihr jedesmal die Tür vor der Nase zugeschlagen.«
»Aber du weißt es nicht sicher«, gab Benny zu bedenken.
Eve stand am Fenster und blickte auf das Dorf hinunter, wie sie es in all den Jahren wohl unzählige Male getan hatte.
»Mutter Francis hat alles Menschenmögliche versucht, um mir zu helfen. Sie hat sie bestimmt gefragt, und sie haben nein gesagt. Das hat sie mir nur nicht erzählt, damit ich nicht eine noch schlechtere Meinung von den Leuten dort kriege. Als ob das überhaupt möglich wäre.«
»Im Märchen würde einer von ihnen auf einem weißen Pferd die Straße heraufreiten und sagen, daß sie schon seit Jahren Sehnsucht nach dir haben«, sagte Benny.
»Und im Märchen würde ich ihm sagen, er soll abhauen«, erwiderte Eve lachend.
»Nein, das würde ich nicht zulassen. Du würdest sagen, vielen Dank, ich möchte eine hübsche Wohnung, mit Teppichen an den Wänden, und der Stromverbrauch für unsere Heizung wird nicht berechnet.« Benny geriet regelrecht ins Schwärmen.
»Ach ja, und natürlich Kleidergeld, pro Monat soundso viel bei Switzer's und Brown Thomas.«
»Und jedes Jahr Ferien im Ausland, als Ausgleich dafür, daß du sie früher so selten gesehen hast!«

»Und eine hohe Geldsumme für das Kloster, damit die neue Kapelle gebaut werden kann. Als Dank für die Nonnen, die mich aufgenommen haben.«

Benny seufzte. »Wer weiß, vielleicht könnte so etwas wirklich passieren.«

»Wie du gesagt hast – im Märchen«, meinte Eve. »Und was wäre das Beste, was *dir* passieren könnte?«

»Daß auf einmal zwei Männer mit einem Lieferwagen vorfahren und meinem Vater sagen, daß Sean Walsh ein Verbrecher ist, der wegen sechsfachem Mord in Dublin gesucht wird. Und daß er dann auf der Stelle in Handschellen abgeführt wird.«

»Dann hätten wir immer noch das Problem, daß du jeden Abend mit dem Bus von Dublin nach Hause fahren mußt«, sagte Eve.

»Ach, hör auf. Auch wenn du tausendmal bei uns warst, du kennst sie nicht wirklich.«

»Doch«, erwiderte Eve. »Sie vergöttern dich.«

»Was bedeutet, daß ich jeden Abend mit dem Bus um zehn nach sechs zurück nach Knockglen fahren muß. So sieht das nämlich aus, wenn man vergöttert wird.«

»Ab und an kannst du doch sicher mal in Dublin übernachten. Sie können nicht erwarten, daß du wirklich jeden Abend nach Hause fährst.«

»Und wo soll ich übernachten? Sehen wir die Sache mal ganz nüchtern – es wird für mich keine Nächte in Dublin geben. Ich würde wie ein dummes Aschenputtel dastehen.«

»Du wirst Freunde gewinnen, Leute kennenlernen, die ein Haus haben, und Familien. Das ist doch ganz normal.«

»Wann haben wir beide jemals ein normales Leben geführt, Eve Malone?« fragte Benny lachend, um ihre Freundin aufzuheitern und die Stimmung zu heben.

»Es wird Zeit, daß wir es selbst in die Hand nehmen, ganz im Ernst.« Eve war nicht nach Lachen zumute.

Benny wurde ebenfalls wieder ernst.
»Klar. Aber was bedeutet das? Du wirst doch Mutter Francis nicht verletzen wollen, indem du dich weigerst, in dieses Kloster zu gehen. Und ich will es mir auch nicht mit allen verscherzen und meinen Eltern sagen, daß ich mir wie ein Hund an der Leine vorkomme, wenn ich brav jeden Abend vom College heimfahre. Jedenfalls kommst du hier raus, du wirst eine prima Arbeit bekommen und über dich selbst bestimmen können.«
Eve lächelte ihre Freundin an. »Und eines Tages werden wir in diesem Zimmer sitzen und darüber lachen, wie schrecklich wir uns das damals alles vorgestellt haben.«
»Ja, genau. Und Sean Walsh hockt im Zuchthaus ...«
»Und die Westwards haben ihr ganzes Hab und Gut verloren.«
»Und Mrs. Healy hat ihr Korsett weggeschmissen und trägt kurze Röcke.«
»Und Paccy Moore besitzt eine große Schuhfabrik mit Filialen im ganzen Land.«
»Und Dr. Johnson hat lachen gelernt.«
»Und Mutter Francis ist die Generaloberin des ganzen Ordens und kann tun und lassen, was sie will – den Papst besuchen und all so was.«
Sie lachten, beglückt von der Vorstellung solcher Wunder.

Kapitel 3

Emily Mahon stand am Gasherd und briet wie jeden Tag außer Freitag zehn Scheiben Speck zum Frühstück. Ihre weiße Bluse hing ordentlich in einer Ecke des Zimmers. Beim Frühstückmachen trug sie eine Nylonschürze, damit ihre Kleider nicht schmutzig wurden, ehe sie zur Arbeit ging.
Ihr war nicht entgangen, daß Brian heute morgen schlecht gelaunt war. Er hatte sie keines Wortes gewürdigt. Seufzend stand Emily in ihrer schäbigen Küche. Bestimmt hatte niemand sonst in Maple Gardens ein so wenig komfortables Haus. Es war immer dasselbe – die Schusterkinder kriegen keine Schuhe, wie man sagte. Und so war es nur logisch, daß die Frau des Bauhandwerkers die einzige in der Straße war, die nicht mal eine ordentliche Küche besaß. Sie hatte gesehen, was man in die Häuser anderer Leute alles einbaute: geflieste Küchen, wo man nur einmal kurz über die Wände wischen mußte und mit dem Mop im Nu den Boden saubergemacht hatte; Schrankelemente, die sich zu einer durchgehenden Arbeitsfläche zusammenfügten – anstelle der unterschiedlich großen Schränke und Tische, mit denen Emily sich seit fünfundzwanzig Jahren begnügen mußte. Es war sinnlos, Brian darauf anzusprechen. »Sieht doch sowieso keiner außer uns«, erwiderte er immer.
Ins Haus Maple Gardens Nummer 23 kamen tatsächlich sehr selten Gäste. Im Mittelpunkt von Brians gesellschaftlichem Leben – wenn man es überhaupt so nennen konnte – stand seine Baustoffhandlung. Die Söhne Paul und Nasey hatten nie Freunde mitgebracht, und jetzt arbeiteten sie ebenfalls bei ihrem Vater im Baumarkt. Dorthin kamen ihre Bekannten, um

sie abzuholen oder mit ihnen ein Bier im Pub trinken zu gehen.
Und Nan, das achtzehnjährige Nesthäkchen der Familie, das heute an der Universität zu studieren begann, lud auch nie jemanden zu sich ein.
Zwar wußte Emily, daß ihre hübsche Tochter eine Menge Freundinnen in der Schule hatte. Wie sie gesehen hatte, war ihre Tochter oft umringt von anderen Mädchen, wenn der Unterricht zu Ende war. Sie besuchte sie gern und erhielt viele Einladungen, doch keine ihrer Schulkameradinnen hatte je die Schwelle von Maple Gardens überschritten.
Nan war nicht nur in Emilys Augen eine Schönheit. Dieser Meinung waren alle. Als Nan ein kleines Kind war, hatten die Leute sie auf der Straße angesprochen, wie es kam, daß ein so süßes Mädchen mit so blonden, beinahe weißen Locken nicht für die Pears-Seifenreklame ausgesucht worden war – die, in der es hieß: »Eines Tages wird sie als wunderschöne Frau erwachen.«
Tatsächlich träumte Emily davon, irgendwann würde ihr im Park oder auf der Straße ein Talentsucher begegnen, der das wunderbar ebenmäßige Gesicht und die makellose Haut des Kindes sah, wie vom Donner gerührt stehenblieb und sie auf Knien anflehte, ihr Leben verändern zu dürfen.
Denn wenn es etwas gab, was Emily sich für ihre kleine Prinzessin wünschte, dann war es ein anderes Leben.
Emily wollte, daß Nan all das bekam, was sie selbst nie bekommen hatte. Nan sollte nicht wie ihre Mutter enden, die einen tyrannischen Trinker geheiratet hatte, ein isoliertes Dasein hier draußen in einer Wohnsiedlung führte und nur zum Arbeiten ihre vier Wände gnädigerweise verlassen durfte. Emily hatte eine Menge Zeitschriften gelesen; sie wußte, daß es für ein schönes Mädchen wie Nan durchaus möglich war, ganz nach oben zu kommen. Auf den Bildern von den Pferderennen sah man die atemberaubenden Gattinnen reicher Geschäftsleute und attrak-

tive Frauen an der Seite berühmter Persönlichkeiten aus bedeutenden Familien. Es war offensichtlich, daß nicht alle aus der Oberschicht stammten, denn Frauen aus diesen Kreisen sahen oft gewöhnlich aus und hatten nicht selten ein Pferdegesicht. Nan hatte gute Aussichten auf ein besseres Leben. Und Emily würde alles tun, was in ihrer Macht stand, damit sie es schaffte. Es war nicht schwierig gewesen, Brian zu überreden, daß er für die Studiengebühren aufkam. Im nüchternen Zustand war er nämlich außerordentlich stolz auf seine Tochter. Dann war das Beste gerade gut genug für sie. Aber eben nur im nüchternen Zustand.

Im vergangenen Sommer hatte Nan einmal zu ihrer Mutter gesagt: »Weißt du, eines Tages bricht er dir den Kiefer, und dann ist es zu spät.«

»Was meinst du denn damit?«

»Er hat dich gestern abend geschlagen, als ich fort war und die Jungs auch nicht da waren. Ich weiß es.«

»Ach, was weißt du denn schon?«

»Dein Gesicht, Em. Was willst du den Leuten heute erzählen?«

»Die Wahrheit. Daß ich im Dunkeln gegen eine offene Schranktür gerannt bin.«

»Soll es immer so weitergehen? Soll er sein ganzes Leben lang ungestraft davonkommen?«

»Du weißt doch, wie leid es ihm tut, Nan. Du mußt doch wissen, daß er uns die Sterne vom Himmel holen würde, nachdem er mal ... nicht bei Sinnen gewesen ist.«

»Ein zu hoher Preis für die Sterne«, hatte Nan erwidert.

Und heute würde sie zu studieren beginnen, die hübsche Nan, zu der Emily immer noch ehrfürchtig aufblickte. Brian war ein gutaussehender Mann gewesen, ehe der Alkohol sein Gesicht aufgeschwemmt hatte; und auch Emily hatte ein hübsches Gesicht, hohe Wangenknochen und tiefliegende Augen. Bei ihrer Tochter schienen nur die besten Merkmale durchgeschla-

gen zu haben. Die derben Gesichtszüge ihres Vaters traten bei ihr ebensowenig in Erscheinung wie die leicht gebeugte und etwas schüchtern wirkende Haltung ihrer Mutter.
Während Emily in der Küche zugange war, hoffte sie, Nan würde heute morgen nett und freundlich zu ihrem Vater sein. Natürlich hatte Brian gestern abend wieder getrunken, aber er war ihr gegenüber nicht handgreiflich geworden.
Mit geübtem Griff wendete Emily den Speck. Es gab drei für Paul, drei für Nasey und vier für Brian. Weder sie noch Nan aßen etwas Gebratenes zum Frühstück, ihnen genügte eine Tasse Tee und eine Scheibe Toastbrot. Emily füllte die Spülschüssel mit heißem Seifenwasser. Nach dem Frühstück stellte sie immer das Geschirr zusammen und weichte es ein. Für gewöhnlich verließen alle etwa zur selben Zeit das Haus; sie wollte den Tisch abgeräumt haben, ehe sie ging, damit es ordentlich aussah, wenn am Abend alle wieder heimkamen. Auf diese Weise konnte sich keiner groß darüber beschweren, daß Emily arbeiten ging. Das durchzusetzen war ein harter Kampf gewesen.
Nan hatte sie bei ihrer langen Auseinandersetzung mit Brian kräftig unterstützt. Schweigend hatte Nan zugehört, als ihr Vater sagte: »Meine Frau geht nicht arbeiten. Ich möchte ein anständiges Essen auf dem Tisch und ein sauberes Hemd ...« Sie hatte ihre Mutter antworten hören, daß sich das durchaus vereinbaren ließe, daß sie sich jedoch einsam fühle und sich langweile, wenn sie den ganzen Tag allein zu Hause sei. Daß sie gern unter Leute kommen und ihr eigenes Geld verdienen würde, auch wenn es noch so wenig war.
Den Jungen, Paul und Nasey, war es eigentlich gleichgültig, doch sie schlugen sich auf die Seite ihres Vaters und meinten, daß sie nicht auf ihre warmen Mahlzeiten und ein gemütliches Heim verzichten wollten.
Nan war damals zwölf gewesen, und ihre Meinung hatte den Ausschlag gegeben.

»Ich weiß nicht, was ihr alle habt«, hatte sie plötzlich gesagt. »Es kommt doch sowieso keiner von euch vor sechs heim, egal ob im Sommer oder im Winter, also gibt es doch ein Essen. Und wenn Em mehr Geld will und trotzdem für euch wäscht und saubermacht, dann verstehe ich nicht, was das ganze Gerede soll.«
Das verstanden die anderen auch nicht.
Seither arbeitete Emily also im Kiosk eines Hotels, in ihrer eigenen kleinen Welt, wo sie von hübschen Dingen umgeben war: Glaswaren, Textilien und hochwertige Souvenirs für Touristen. Anfangs hatte sich die Hotelleitung gesträubt, eine Frau mit einer kleinen Tochter einzustellen. Sie würde ständig frei haben wollen, hieß es. Doch Emily hatte ihre künftigen Arbeitgeber fest angesehen und gesagt, daß es wegen Nan keine Schwierigkeiten geben würde. Und sie hatte recht behalten. Einzig und allein Brian störte die Gleichmäßigkeit ihres Arbeitstages: Gelegentlich kam er vorbei oder rief an und stellte idiotische Fragen, die schon längst geklärt waren, was er aber im Rausch vergessen hatte.
Sie rief ihre Familie wie jeden Morgen: »Das Frühstück ist fertig.«
Da kamen sie die Treppe herab, ihre beiden großgewachsenen Söhne, stämmig und dunkel – sie sahen aus wie jüngere Ausführungen ihres Vaters. Und dann stapfte auch Brian herunter, der sich beim Rasieren geschnitten hatte und sein blutendes Kinn betupfte. Mißmutig sah er seine Frau an.
»Mußt du denn diesen blöden Fetzen im Haus tragen? Ist doch schon schlimm genug, daß du als Dienstmagd in einem Laden arbeitest. Mußt dich ja nicht auch noch zu Hause wie eine Dienstmagd herrichten.«
»Ich trage das, damit meine Bluse sauber bleibt«, erklärte Emily sanft.
»Und überall hast du hier deine Klamotten hängen, es sieht aus wie in einem Kleiderladen«, brummte er.

In diesem Augenblick kam Nan herein. Ihre blonden Locken sahen aus, als sei sie gerade vom Friseur gekommen, nicht vom Waschbecken in ihrem Zimmer, wo sie sich gerade die Haare gewaschen hatte. Mochte Brian Mahon im übrigen Haus auch mit Komfort geizen, für das Zimmer seiner Tochter war ihm nichts gut genug. Ein hübsch verschaltes Waschbecken, ein großer Einbauschrank, sogar mit einer Schuhablage. Bei Nans Zimmer wurde nicht geknausert. Jeder Kauf war die Rechtfertigung für ein weiteres Saufgelage gewesen. Nan trug einen schicken blauen Rock, dazu eine weiße Spitzenbluse, besetzt mit einer dunkelblauen Borte. Ihren neuen marineblauen Mantel in Dreiviertellänge hatte sie um die Schultern gelegt. Sie sah aus wie die Titelseite einer Zeitschrift.

»Das ist mal wieder typisch, daß du Em anfährst, weil sie ihre Bluse hier hängen hat. Aber wenn sie sieben Hemden von dir und je sieben von den Jungs bügelt – zusammen also einundzwanzig –, dann beschwerst du dich nie, daß es wie in einem Kleiderladen aussieht, stimmt's?«

Ihr Vater betrachtete sie mit unverhohlener Bewunderung. »Da werden alle ganz schön Augen machen, wenn du so ins University College reinmarschierst«, meinte er.

Nan ließ sich von dem Kompliment nicht beeindrucken – Emily schien es sogar, als ärgerte sie sich darüber.

»Ja, kann sein. Übrigens, wir haben noch nicht über das Taschengeld gesprochen.«

Emily fragte sich, warum Nan das Thema jetzt anschnitt. Hätte sie mit ihrem Vater unter vier Augen gesprochen, hätte sie alles von ihm bekommen.

»Soviel ich weiß, hat es in diesem Haus immer mehr als genug Taschengeld gegeben.« Sein Gesicht war bereits rot vor Zorn.

»Na ja, bislang haben wir auch nie darüber geredet. Paul und Nasey arbeiten ja für dich und haben deshalb von Anfang an einen Lohn bekommen.«

»Einen Hungerlohn«, sagte Paul.
»Jedenfalls mehr, als jeder andere einem Flegel wie dir zahlen würde«, gab sein Vater zurück.
Nan fuhr fort: »Ich möchte, daß wir das von vornherein klären, damit ich dich nicht jede Woche darum bitten muß.«
»Warum? Was wäre denn daran so schlimm?« wollte er wissen.
»Es ist entwürdigend«, erklärte sie knapp.
Genau das hatte Emily früher empfunden, wenn sie ihn jede Woche um ihr Haushaltsgeld bitten mußte. Jetzt konnte sie mit ihrem eigenen Geld wirtschaften.
»Wieviel willst du denn?« fragte er verärgert.
»Ich weiß nicht. Schließlich habe ich keinen wirklichen Anspruch darauf. Ich werde drei oder vier Jahre auf dich angewiesen sein. Was würdest du denn vorschlagen?«
Darauf hatte er keine Antwort parat. »Mal sehen.«
»Mir wäre es am liebsten, wenn wir das heute entscheiden könnten. Damit ich mich gleich von Anfang an darauf einstellen kann. Dann weiß ich, was ich mir leisten kann und wie lange ich für etwas sparen muß ... für ein neues Kleid oder so.«
»Ich hab dir doch den Mantel da gekauft! Er hat mich eine hübsche Summe gekostet – für mich sieht er zwar wie ein gewöhnlicher Mantel aus, aber für das Geld hätte man fast einen Pelz gekriegt.«
»Er hat einen sehr guten Schnitt, das ist der Grund. Er wird Jahre halten.«
»Das will ich doch hoffen«, brummte er.
»Nun, siehst du, damit wir nicht ständig solche Diskussionen führen müssen, wäre es doch gescheiter ...«
Emily hielt den Atem an.
»Ein Pfund die Woche für ...«
»Fahrgeld und Mittagessen, ja, das ist in Ordnung ...« Sie hielt den Blick erwartungsvoll auf ihn gerichtet.
»Und was sonst noch ...?«

»Na ja, da wären Kino, Zeitungen, Bücher, Kaffee. Und mal ein Tanzabend.«

»Dafür noch mal zwei Pfund die Woche?« Er musterte sie gespannt.

»Oh, das ist sehr großzügig, vielen Dank. Das wäre wirklich wunderbar.«

»Und die Kleider...?« Er machte eine Kopfbewegung zu dem Mantel, der ihn eine hübsche Stange gekostet hatte.

»Von dem, was du mir gibst, könnte ich mir noch Strümpfe leisten.«

»Ich möchte nicht, daß du schlechter angezogen bist als irgendeine andere.«

Nan schwieg.

»Was würde das kosten?« fragte er eifrig wie ein Kind.

Nan sah ihn nachdenklich an, als wüßte sie, daß er ihr jetzt aus der Hand fressen würde.

»Manche bekommen von ihrem Vater einen monatlichen Kleiderzuschuß. Ungefähr... ich weiß nicht... zwanzig... aber ich weiß es nicht genau...«

»Du bekommst dreißig Pfund im Monat. In diesem Haus soll keiner zu kurz kommen.« Er schrie die Worte förmlich heraus.

Emily Mahon beobachtete, wie ein Lächeln auf dem Gesicht ihrer Tochter erschien.

»Vielen, vielen Dank, Daddy. Das ist wirklich mehr als großzügig.«

»Na ja«, erwiderte er schroff, »ich möchte ja nicht, daß du mich für geizig hältst.«

»Das habe ich nie gesagt. Niemals«, beteuerte sie.

»Na, so wie du mich gerade zusammengestaucht hast... als würde ich dich kurzhalten.«

»Wenn du in der richtigen Verfassung bist, Daddy, dann hältst du mich nie kurz. Aber ich möchte mich nicht darauf verlassen, daß du immer in der richtigen Verfassung bist.«

Emily hielt den Atem an.

»Was meinst du damit?« Er streckte den Kopf vor wie ein Truthahn.

»Du weißt genau, was ich meine. Manchmal bist du ein anderer Mensch, Daddy.«

»Wer, glaubst du, daß du bist, daß du mir eine Standpauke hältst?«

»Das tue ich nicht. Ich erkläre dir nur, warum ich eine feste Abmachung treffen will, damit ich dich nicht belästigen muß, wenn du ... na ja, wenn du getrunken hast.«

Für einen Augenblick herrschte Stille. Sogar die Jungen fragten sich, was nun passieren würde. Die übliche Methode, mit ihrem Vater zurechtzukommen, bestand darin, ihn auf keine unangenehmen Vorfälle anzusprechen. Sonst mußten sie befürchten, daß er es wieder an ihnen allen auslassen würde. Doch Nan hatte den Zeitpunkt klug gewählt.

Emily brach das Schweigen.

»Na, das ist doch wirklich ein ordentliches Taschengeld. Das ist sicher mehr, als die meisten von den Mädchen bekommen, die heute mit dem Studium anfangen.«

»Ja, das stimmt.« Nan ließ sich von der Spannung um sie herum nicht beeindrucken. »Das meine ich ernst, Daddy. Und offen gesagt, wenn du mir soviel geben willst, dann, glaube ich, ist es wohl einfacher für dich, es mir einmal monatlich zu zahlen.«

»Einverstanden«, sagte er.

»Kann ich also heute bitte zweiundvierzig Pfund haben? Dann lasse ich dich den Rest des Monats in Ruhe.«

Paul und Nasey sahen einander mit weit aufgerissenen Augen an.

»Zweiundvierzig Pfund?« Auch ihr Vater war verblüfft.

»Du hast gesagt, drei Pfund pro Woche und dreißig Pfund Kleidergeld.« Dann fügte sie entschuldigend hinzu: »Es ist ziemlich viel, ich weiß.«

»Was ich versprochen habe, halte ich auch.« Er griff in seine Gesäßtasche und zog ein Bündel Banknoten heraus, die er einzeln abzählte.
Wenn Nan sich doch nur angemessen dankbar zeigen würde! Emily schickte ein Stoßgebet zum Himmel, daß das Mädchen es nicht als selbstverständlich hinnahm.
Doch wie immer wußte Nan anscheinend besser als alle anderen, was sie tun mußte.
»Ich werde nicht vor dir auf die Knie fallen und mich bedanken, Daddy, denn das wären doch nur Worte. Ich werde mir Mühe geben, daß du stolz auf mich sein kannst. Daß du es nicht bereust, soviel Geld ausgegeben zu haben, damit deine Tochter aufs College gehen kann.«
Ein leichter Schleier trübte Brian Mahons Augen. Er schluckte, brachte aber keinen Ton heraus. Endlich sagte er: »Schon gut. Wie sieht's aus, kann man hier vielleicht eine Tasse Tee bekommen?«

In einem großen Reihenhaus in Dunlaoghaire traf man ebenfalls Vorbereitungen für den Semesteranfang. Dunlaoghaire, fast eine eigene Stadt, lag einige Kilometer vom Zentrum Dublins entfernt und hatte einen großen Hafen, in dem jeden Tag das Postschiff anlegte und dann wieder nach Holyhead auslief. Es brachte Urlaubsgäste mit, und auf der Rückfahrt war es gesteckt voll mit Auswanderern, die in London ihr Glück versuchen wollten.
Schon seit den Tagen, als der Ort noch Kingstown hieß, ließ es sich hier gut leben. Tropische Palmen säumten die Küste und erweckten den Eindruck, als befände man sich an einem exotischeren Ort, als es tatsächlich der Fall war. Die soliden viktorianischen Häuser kündeten von einer Zeit des Wohlstands und der Eleganz. Hier herrschte auch ein angenehmes Klima: Die beiden großen Hafendämme ragten weit ins Meer hinaus und

wurden gern von Spaziergängern aufgesucht, die sich nach frischer Luft und Bewegung sehnten.
Gutbürgerliche Gesetztheit verband sich hier auf merkwürdige Weise mit ein wenig heiterer Urlaubsstimmung. Jedes Jahr wurde ein großer, lärmender Jahrmarkt mit Geisterbahnen und Kettenkarussells veranstaltet. Und selbst respektable ältere Damen mit flachen Körben beendeten ihre gemütlichen Einkaufsgänge gewöhnlich mit einer Tasse Kaffee in der Marine Road und einem Plausch über die jüngsten Ereignisse in der Stadt.
Kit Hegarty huschte geschäftig in ihrem großen Haus umher, das in einer ruhigen Straße in der Nähe des Meeres lag. Sie hatte viel zu tun. Der erste Tag hatte eine besondere Bedeutung, er war der Einstieg ins ganze Jahr. Sie würde allen ein ordentliches Frühstück zubereiten und ihnen einschärfen, rechtzeitig bei Tisch zu erscheinen.
Sieben Jahre lang vermietete sie nun an Studenten: Sie war eine von der Universität anerkannte Hauswirtin. Normalerweise wurden Studentenzimmer, die so weit entfernt vom Stadtzentrum und den Hochschulgebäuden lagen, nicht gern gesehen. Doch Mrs. Hegarty hatte die Universitätsbehörden darauf aufmerksam gemacht, daß das Haus in nächster Nähe des Bahnhofs lag, die Zugfahrt in die Stadt kurz war und die frische Seeluft jedem guttat.
Sie mußte nicht lange um die Genehmigung bitten; bald erkannten die Behörden, daß niemand sich besser um Studenten kümmerte als diese resolute Frau. Ihr großes Eßzimmer hatte sie in einen Arbeitsraum umgewandelt, wo jeder Junge an dem mit Filz überzogenen Tisch seinen Platz hatte und seine Bücher liegenlassen konnte, ohne daß jemand sie anrührte. In Kits Haus wurde erwartet, daß sich nach dem Abendessen jeder eine Zeitlang seinen Studien widmete – jedenfalls meistens. Und Kits einziger Sohn lernte mit ihnen. Er kam sich sehr erwachsen vor, wenn er mit richtigen Hochschulstudenten am selben Tisch saß.

Studenten der Technik- und Agrarwissenschaften, des Rechts und der Medizin versammelten sich um Mrs. Hegartys Eßtisch und brüteten über ihren Büchern, während der junge Frank für seine Zwischen- und Abschlußprüfungen büffelte.
Und ab heute würde er einer von ihnen sein – ein richtiger Studienanfänger.
Ein freudiges Gefühl überkam Kit bei dem Gedanken, daß ihr Sohn Ingenieur werden würde. Ihr Sohn, den sie ganz allein aufgezogen hatte. Denn Joseph Hegarty war seit langem fort, und was er in England machte, kümmerte sie nicht mehr. Für einen kurzen Zeitraum hatte er Geld geschickt und Termine genannt, wann er zurückkehren würde. Danach waren Ausreden und weniger Geld gekommen. Und am Ende gar nichts mehr.
Sie hatte versucht, Frank ohne Bitterkeit gegenüber seinem Vater aufzuziehen. Im Zimmer des Jungen hatte sie sogar ein Porträt von Joseph Hegarty stehen lassen, damit er nicht glaubte, sein Vater solle ganz aus der Erinnerung gestrichen werden. Es war ein ergreifender Augenblick gewesen, als sie eines Tages feststellte, daß das Foto nicht mehr an seinem Ehrenplatz auf der Kommode stand, sondern auf einem Regal, wo es kaum auffiel. Irgendwann kippte es um und blieb so liegen, bis es schließlich zuunterst in einer Schublade landete.
Der große, schlaksige Frank Hegarty brauchte kein Bild mehr von seinem Vater, den er nur vom Hörensagen kannte.
Kit fragte sich, ob Joseph, wenn er noch hiergewesen wäre, Franks Motorrad ebenso mißbilligt hätte wie sie. Es war eine schwarze 250er BSA, Franks ganzer Stolz und seine größte Freude.
Aber wahrscheinlich nicht. Vor leidigen Problemen hatte er sich gern gedrückt. Und Franks Motorrad war ein leidiges Problem. Gefährlich noch dazu. Das war für Kit der einzige Wermutstropfen an diesem Tag, an dem ihr Sohn zu studieren begann.
Vergeblich hatte sie ihn angefleht, doch den Zug zu nehmen. Es

waren nur ein paar Minuten zum Bahnhof, und die Züge verkehrten häufig. Sie würde ihm auch die Wochenkarte bezahlen, mit der er so oft fahren konnte, wie er wollte. Aber das Motorrad war das einzige, worüber er nicht mit sich reden ließ. Er war nach Peterborough gegangen und hatte lange in einer Konservenfabrik gearbeitet, nur um sich dieses Motorrad leisten zu können. Warum, hatte er ihr geantwortet, wolle sie ihm das einzige wegnehmen, was ihm wirklich etwas bedeutete? Nur weil sie nicht wußte, wie man Motorrad fährt, und sich nicht einmal dafür interessierte, war es doch ungerecht, ihn davon abhalten zu wollen.

Er war achtzehneinhalb. Kit betrachtete das Prager Kind, eine Statue des Jesuskindes, die sie im Haus aufgestellt hatte, um die Mütter der bei ihr einquartierten Studenten zu beeindrucken. Wenn sie doch fester daran glauben könnte, daß diese Statue auch für so weltliche Dinge taugte, wie ihren Sohn auf dieser Höllenmaschine zu beschützen! Es wäre schön gewesen, wenn man einfach irgendwo seine Sorgen hätte abladen können – wie bei dieser Statue.

Patsy fragte Mrs. Hogan, ob sie ihr noch einen Tee kochen sollte.
»Ach, kommen Sie, Mam, bei diesem scheußlichen Wetter wird Ihnen eine Tasse Tee guttun«, meinte Patsy aufmunternd.
»Ja, das wäre nett, Patsy.« Erleichtert sank Mrs. Hogan in ihren Sessel zurück.
Es hatte noch nicht so stark geregnet, als Benny zu ihrem ersten Tag auf dem College aufgebrochen war: in ihrem dunkelblauen Pullover und ihrer weißen Bluse mit dem graublau karierten Rock.
»Du wirst die Hübscheste von allen sein«, hatte Eddie mit stolzgeschwellter Brust zu ihr gesagt.
»Ach, Vater, das ist doch gar nicht wahr. Ich bin groß, breit und

mollig und schaue langweilig aus«, hatte Benny erwidert. »Ich komme mir vor wie eine wandelnde Leiche. Vorhin habe ich mich im Spiegel angeguckt.«
Eddie standen Tränen in den Augen. »Kind, du bist schön«, hatte er geantwortet. »So etwas darfst du nicht sagen. Bitte. Das macht deine Mutter und mich traurig.«
Annabel hatte sie umarmen und ihr sagen wollen, wie hübsch sie war. Zwar groß, zugegeben, aber mit ihrer blühenden Gesichtsfarbe und ihrem kastanienbraunen Haar, das mit einem weißblauen Band zusammengebunden war, sah sie aus wie das, was sie war: ein Mädchen aus einer soliden Familie vom Land, deren Oberhaupt ein gutgehendes Geschäft führte.
Doch es war kein Morgen für Umarmungen. Statt dessen berührte Annabel sie nur leicht mit der Hand.
»Du bist ein hübsches, nettes Mädchen, und alle werden das merken«, sagte sie leise.
»Danke, Mutter«, erwiderte Benny pflichtbewußt.
»Und was noch wichtiger ist – du wirst dort sehr, sehr glücklich sein. Du brauchst dir kein tristes möbliertes Zimmer zu nehmen wie viele andere Mädchen, und du mußt nicht halb verhungert in irgendeiner Studentenbude hausen ...« Annabel seufzte glücklich. »Du wirst jeden Abend in deine eigenen vier Wände heimkommen.«
Benny hatte gelächelt, doch auch diesmal wirkte es eher bemüht.
Sie war nervös, verständlicherweise, denn es begann ein neuer Lebensabschnitt unter lauter Fremden.
»Es wird von jetzt an ruhig im Haus werden, Mam.« Patsy stellte die Teekanne auf den Tisch. Dann stülpte sie den wattierten Teewärmer darüber und tätschelte ihn zufrieden.
»Vermutlich wird sie rasch Freunde finden.« Doch insgeheim hatte Annabel ihre Zweifel. Für Benny hatte es immer nur Eve gegeben. Es würde sehr schwierig für sie werden.

77

»Und wird sie ihre neuen Freunde dann hierher mitbringen, was meinen Sie?« Patsys Augen glänzten vor Aufregung. Sie liebte es, Mutmaßungen anzustellen.
»Daran habe ich gar nicht gedacht. Aber das wird sie bestimmt. Schließlich kann sie nicht bei irgendwelchen Leuten in Dublin bleiben, die wir nicht kennen und von denen wir nie gehört haben. Das weiß sie ja.«

Mutter Francis dachte an Eve, während sie in den stetigen Regen hinausstarrte, der auf die Klostergärten fiel. Das Mädchen würde ihr fehlen. Es war klar, daß sie nach Dublin gehen und im Kloster wohnen mußte; nur auf diese Weise konnte sie etwas lernen, was ihr beruflich nützte. Doch Mutter Francis hoffte, die Klostergemeinde in Dublin würde verstehen, daß man Eves Selbstgefühl stärken und sie spüren lassen mußte, daß sie dazugehörte – so, wie sie es von Knockglen gewöhnt war. Nie hatte Eve sich auch nur im mindesten wie ein Pflegekind gefühlt, das nur aus Barmherzigkeit aufgenommen worden war. Und sie war auch niemals gedrängt worden, in den Orden einzutreten.
Ihr Vater hatte seinerzeit für das Kloster gearbeitet und ein Vielfaches dessen für die Nonnen getan, was sie ihm mit der Aufnahme und Erziehung seiner Tochter nachträglich vergelten konnten. Doch das hatte er natürlich nicht ahnen können. Mutter Francis seufzte und betete im stillen, der Herr möge Jack Malones Seele gnädig sein.
Zeitweilig hatten sich auch andere Möglichkeiten aufgetan. Mutter Francis und Peggy Pine, ihre Freundin seit der Schulzeit, hatten oft und ausgiebig darüber gesprochen.
»Ich könnte sie bei mir eine Lehre machen lassen und ihr alles beibringen, damit sie in jedem Geschäft in Irland arbeiten kann. Aber sie soll es ja zu was Höherem bringen, nicht wahr?«
»Obwohl das ein durchaus ehrenwerter Beruf ist, Peggy«, hatte Mutter Francis diplomatisch geantwortet.

»Aber ein Titel vor ihrem Namen würde dir schon gefallen, stimmt's, Bunty?« Nur wenige durften Mutter Francis ungestraft mit diesem Namen anreden.
Und Peggy hatte recht. Mutter Francis wollte tatsächlich alles tun, damit Eve im Leben vorankam. Von Anfang an war das Mädchen ein unschuldiges Opfer der Umstände gewesen, da war es nur gerecht, ihr nach Kräften zu helfen.
Es war nie genug Geld dagewesen, um dem Kind ordentliche Kleider zu kaufen, und wenn doch, dann fehlte den Nonnen Modekenntnis und Geschmack. Peggy war die stille Beraterin im Hintergrund gewesen, doch Eve wollte keine Almosen von Außenstehenden. Alles, was sie vom Kloster bekam, betrachtete sie als ihr gutes Recht. Das Kloster St. Mary war ihr Heim.
Es stand außer Zweifel, daß es der einzige Ort war, den sie als ihr Heim ansah. An der Dreizimmerkate, in der sie geboren war, hatte Eve zunehmend das Interesse verloren, je stärker ihre Abneigung gegen die Westwards geworden war. Als Kind war sie immer wieder den langen Weg durch die Obst- und Gemüsegärten des Klosters entlanggewandert, vorbei an Dornen und Gestrüpp, um in die Fenster der Kate zu spähen.
Mit etwa zehn Jahren hatte sie sogar begonnen, Blumen davor zu pflanzen. Mutter Francis hatte sie heimlich gepflegt und Ableger der zahlreichen Sträucher und Gewächse der Klostergärten gezogen, um auf dem steinigen Brachland einen Garten anzulegen. An jener häßlichen Klippe, wo Jack Malone seinem Leben ein Ende gesetzt hatte.
Es war schwer zu sagen, wann dieser Haß auf die Familie ihrer Mutter genau begonnen hatte. Mutter Francis fand ihn eigentlich ganz verständlich. Von einem Mädchen, das in einem Kloster aufwuchs und dessen Vorgeschichte im ganzen Ort bekannt war, konnte man nicht erwarten, daß es seinen Angehörigen, die in Westlands in Saus und Braus lebten, herzliche Gefühle entgegenbrachte. Der Mann, der immer in Knockglen

herumritt, als gehöre es zu seinem Gut – das war Eves Großvater, Major Charles Westward. Kein einziges Mal hatte er je den Wunsch geäußert, das Kind seiner Tochter kennenzulernen. In den letzten Jahren bekam man ihn nicht mehr oft zu Gesicht, und Peggy Pine – Mutter Francis' Verbindung zur Außenwelt – sagte, nach einem Schlaganfall sei er nun an den Rollstuhl gefesselt. Und dieser kleine, dunkle junge Mann, Simon Westward, der sich gelegentlich in Knockglen zeigte – das war Eves Cousin ersten Grades. Er sah ihr ziemlich ähnlich, fand Mutter Francis, aber vielleicht bildete sie sich das auch nur ein. Dann war da noch ein Kind, ein Mädchen, das aber in irgendeinem noblen protestantischen Internat in Dublin wohnte und nur selten in der Gegend auftauchte.

Mit zunehmendem Widerwillen gegen die Familie war Eves Interesse an der Kate verschwunden, die immer noch leerstand. Mutter Francis hatte die Hoffnung nie aufgegeben, daß Eve eines Tages dort wohnen würde, vielleicht mit ihrer eigenen Familie, und daß in dem kleinen Haus, das soviel Unruhe und Tragödien gesehen hatte, wieder ein wenig Glück Einzug halten würde.

Denn das Häuschen war wirklich ausgesprochen gemütlich. Wenn Mutter Francis zum Aufräumen hinging, machte sie es sich oft in der Nähe der Kate bequem. Bei den Nonnen von St. Mary war es immer schon Sitte gewesen, irgendwo im Freien die täglichen Gebete zu lesen. In den Obstgärten, unter der großen Buche oder in dem mit Mauern umgebenen Garten, in dem es nach Rosmarin und Zitronenmelisse duftete, war man Gott ebenso nahe wie in der Kapelle.

Deshalb fand es auch niemand merkwürdig, daß Mutter Francis häufig den Weg hinter den Brombeersträuchern einschlug, um ihre Gebete oben an der Kate zu lesen. Sie achtete sorgsam darauf, ob irgendwo Risse oder Sprünge entstanden waren. Wenn sie die Ausbesserungen selbst nicht vornehmen konnte,

bat sie Mossy Rooney darum, der so diskret und verschwiegen war, daß er aus Angst, zuviel zu sagen, kaum seinen eigenen Namen preisgab.
Wenn sich jemand erkundigte, ob die Kate zu verkaufen oder zu vermieten sei, hatte Mutter Francis stets ein hilfloses Achselzucken und die Auskunft parat, daß das noch nicht entschieden sei; das Anwesen gehörte Eve, und man konnte erst etwas unternehmen, wenn sie einundzwanzig war. Eve gegenüber wurde das Thema nie zur Sprache gebracht. Und von Mossy Rooney, der mehrere Fensterrahmen sowie die Dachrinne erneuert hatte, wußte jeder im Ort, daß er verschwiegen wie ein Grab war, ein Mann mit tiefschürfenden Gedanken, die er niemandem offenbarte; vielleicht auch ein Mann mit überhaupt keinen Gedanken.
Mutter Francis hätte es nur zu gerne gesehen, wenn die alte Kate Eves Heim geworden wäre; sie malte sich Szenen aus dem Leben aus, das Eve führen könnte – wie sie ihre befreundeten Kommilitoninnen mit nach Hause brachte, um mit ihnen das Wochenende hier zu verbringen, wie sie zum Kloster kamen und im Besuchszimmer zusammen Tee tranken ...
Welch ein Jammer, daß es nicht genutzt wurde, dieses hübsche Steinhaus mit der Holzveranda, mit dem Blick über das Land und über die schroffen Felsen des Steinbruchs! Die Kate hatte keinen Namen. Und wie die Dinge lagen, würde ihr womöglich nie jemand einen Namen geben und sie mit Leben erfüllen.
Vielleicht hätte Mutter Francis sich direkt an die Westwards wenden sollen. Doch die Antwort auf ihren Brief war so kühl gewesen. Sie hatte ihn absichtlich auf gewöhnlichem Papier geschrieben, nicht auf dem Prägepapier des Klosters, das überall mit dem Namen der Jungfrau Maria verziert war. Sie hatte schlaflose Nächte damit zugebracht, die richtigen Worte zu wählen, die weder einfältig noch geldgierig klingen durften. Doch offensichtlich war es ihr nicht gelungen. Simon West-

wards Antwortbrief war höflich, aber bestimmt und abweisend gewesen: Die Familie seiner Tante habe keine Einwände dagegen, daß ihre Tochter in einem römisch-katholischen Kloster aufgezogen wurde. Und damit war die Sache für die Westwards erledigt.
Mutter Francis hatte Eve nichts von diesem Brief gesagt. Das Mädchen war ohnehin schon so verbittert, sie wollte ihr nicht noch mehr Grund dazu geben.
Mit einem schweren Seufzer dachte die Nonne an ihre sechste Klasse zurück, wie alle die Köpfe über die Schulhefte beugten und eifrig an ihrem Aufsatz zum Thema »Die Übel der Auswanderung« schrieben. Sie wünschte, sie könne daran glauben, daß Mutter Clare Eve herzlich aufnahm und sie ermutigte, das Dubliner Kloster für die nächsten Jahre als ihr neues Heim zu betrachten.
Zwar entsprach das nicht Mutter Clares Art, aber Gott war gütig. Und vielleicht hatte sie sich ausnahmsweise einmal offenherzig und großzügig gezeigt.
Vielleicht. Wahrscheinlich aber nicht. Seit einer Woche hatte Mutter Francis nichts von Eve gehört, und das war kein gutes Zeichen.

In Eves Zimmer im Kloster von Dublin gab es keinen Nachttisch mit einem kleinen Radio darauf. Und auch keine hübsche Tagesdecke. Auf dem kleinen, sauberen Eisenbett mit der schäbigen, frisch gewaschenen Decke lag ein einziges unförmiges Kissen, und die Laken fühlten sich hart an. Es gab einen schmalen, schmucklosen Schrank sowie eine Kanne und eine Waschschüssel, die noch aus früheren Zeiten stammten, aber vielleicht immer noch notwendig waren, denn das Badezimmer war weit weg.
Keine Gefängniszelle, sondern das Zimmer einer Dienstmagd, schärfte sie sich ein. Und in gewisser Weise sah man sie hier wohl

auch so: als schwierige, empfindliche Dienstmagd vom Lande. Noch dazu eine mit affektiertem Gehabe.

Eve setzte sich aufs Bett und sah sich im Zimmer um. In Gedanken hörte sie die sanfte Stimme von Mutter Francis, die bedauernd feststellte, daß man es im Leben nun mal nicht leicht habe und daß sie am besten zurechtkommen würde, wenn sie jetzt hart arbeitete, um die Ausbildung so rasch wie möglich abzuschließen. Sie solle ihre Stenokürzel lernen, sich mit Feuereifer der Buchhaltung widmen, ihre Finger für das Maschinenschreiben trainieren und immer und immer wieder üben. Wenn es um Büroarbeiten ging, sollte sie gut aufpassen und sich Notizen machen. Und in einem Jahr oder noch eher würde sie eine gute Arbeit haben und sich eine eigene Wohnung leisten können.

Nie wieder würde ihr jemand ein Eisenbett in einer engen, dunklen Kammer anbieten.

Die Kluge Frau würde die Zähne zusammenbeißen und sich durchboxen, sagte sich Eve. Die »Kluge Frau« war so eine Redensart, die sie und Benny dauernd benutzten. Was würde die Kluge Frau gegen Sean Walsh unternehmen? Sie würde ihn wie Luft behandeln. Die Kluge Frau würde sich nicht noch ein halbes Pfund Sahnebonbons bei Birdie Mac kaufen, weil sie Pickel davon bekam. Die Kluge Frau würde ihre Hausaufgaben machen, weil Mutter Francis sonst ungemütlich wurde.

Nach einer Woche erkannte Eve, daß die Kluge Frau eine kanonisierte Heilige hätte sein müssen, um sich an die neue Umgebung anzupassen.

Mutter Clare hatte Eve allerlei Haushaltsarbeiten aufgebürdet. »Um deinen Verpflichtungen nachzukommen, mein Kind.«

Und Eve mußte eingestehen, daß sie in der Tat Verpflichtungen hatte. Sie durfte kostenlos an einem klosterinternen Kurs teilnehmen, für den andere eine hübsche Summe bezahlten. Dabei verband Eve mit diesem Kloster keine langjährige Beziehung wie

mit St. Mary in Knockglen. Aus Gerechtigkeitssinn und um Mutter Francis Ehre zu machen, wäre sie durchaus bereit gewesen, sich nützlich zu machen. Doch jetzt war es etwas anderes.
Mutter Clares Vorstellung davon, wie Eve ihren Verpflichtungen nachzukommen habe, konzentrierten sich auf die Küche. Eve, so meinte sie, würde vielleicht gerne im Refektorium den Frühstückstisch decken und abräumen; und sie solle auch vor dem Mittagessen zehn Minuten früher den Unterricht verlassen, um rechtzeitig wieder im Refektorium zu sein und den anderen Schülerinnen die Suppe zu bringen, wenn sie hereinkamen.
In all den Jahren in St. Mary hatte keines der anderen Mädchen auch nur ein einziges Mal gesehen, daß Eve Malone niedere Arbeiten verrichten mußte. Zwar bat man sie durchaus zu helfen, wie das auch bei anderen Mädchen zu Hause üblich war, doch nie in Gegenwart der anderen Schülerinnen. Mutter Francis hatte die eiserne Regel aufgestellt, daß Eve vor den Augen der anderen niemals etwas tun mußte, was sie auf eine niedrigere Stufe stellen würde.
Über derlei Dinge zerbrach sich Mutter Clare nicht den Kopf. »Aber mein liebes Mädchen, du kennst doch die anderen Schülerinnen gar nicht«, hatte sie gesagt, als Eve sie höflich ersucht hatte, ihr eine andere Arbeit zu geben.
»Und ich werde sie auch kaum kennenlernen, wenn sie glauben, daß ich zu anderen Bedingungen hier bin als sie«, hatte sie erwidert.
Mutter Clares Augen waren schmal geworden. Sie spürte, es würde Ärger geben mit diesem Mädchen, an dem offenbar die ganze Klostergemeinschaft in Knockglen einen Narren gefressen hatte.
»Aber ist es denn nicht so, Eve? Du bist doch auch zu anderen Bedingungen hier«, hatte sie gesagt, wobei sie Eve unentwegt mit ihrem süßesten Lächeln bedachte.
Eve wußte, daß der Kampf hier und jetzt ausgetragen und

gewonnen werden mußte, noch bevor die anderen Schülerinnen kamen.
»Ich bin gern bereit, meinen Verpflichtungen nachzukommen, wie immer Sie es wünschen, Mutter, aber nicht vor den Augen meiner Mitschülerinnen. Darf ich Sie bitten, Ihre Pläne für mich noch einmal zu überdenken?«
Zwei rote Flecken erschienen auf Mutter Clares Wangen. Das war doch der Gipfel der Unverfrorenheit! Aber seit Mutter Clare ihr Gelübde abgelegt hatte, hatte sie so manche Schlacht geschlagen, und sie erkannte immer, wann sie auf verlorenem Posten stand. So wie jetzt. Die Klostergemeinschaft in Knockglen würde Eve gewaltig in Schutz nehmen. Und auch einige Schwestern hier in Dublin könnten zu dem Schluß kommen, daß das Mädchen nicht ganz unrecht hatte.
»Ich sage dir morgen Bescheid«, erwiderte sie und wandte sich ab. Dann rauschte sie davon, ihren langen schwarzen Rock und Schleier über den polierten Boden des Korridors nachziehend.
Eve verbrachte den Tag mit einem trübseligen Bummel in Dublin. Bestimmt würde man es ihr mit schweren Arbeiten im Haushalt vergelten, daß sie ihre Meinung gesagt hatte.
Während sie die Schaufensterauslagen betrachtete, zwang sie sich, daran zu denken, daß auch sie sich eines Tages diese Kleider würde leisten können.
Sie stellte sich vor, sie könnte einfach in den Laden gehen und vielleicht vier von den enggeschnittenen Röcken kaufen, die in verschiedenen Farben angeboten wurden. Sie kosteten nur zwölf Shilling und elf Pence das Stück. Daß es keine besonders gute Qualität war, machte nichts, dafür waren sie in allen möglichen Farben zu haben. Und es gab hübschen gemusterten Baumwollstoff zu zwei Shilling den laufenden Meter. Für sechs Shilling konnte man sich eine schicke Bluse daraus schneidern. Oder am besten gleich vier davon, passend zu jedem Rock.
Die kurzen, schicken Mäntel schlug Eve sich gleich aus dem

Kopf. Sie war zu klein, und die Mäntel waren zu weit, darin würde sie untergehen. Aber von den hauchdünnen Nylonstrumpfhosen, die gerade der letzte Schrei waren und nicht einmal fünf Shilling kosteten, hätte sie zu gern gleich sechs Paar gehabt. Und Keilhosen, weinrot oder dunkelblau, die sah man jetzt überall. Die Preise dafür waren unterschiedlich, meistens aber lagen sie bei einem Pfund.

Wenn sie eine Brieftasche voller Geld gehabt hätte, wäre sie hineingegangen und hätte all das gekauft. Auf der Stelle.

Doch eigentlich ging es Eve nicht um Geld für Kleider, das wußte sie selbst nur zu gut. Sie wollte ein anderes Leben führen, studieren, drei, vielleicht auch fünf Jahre an der Universität verbringen. Dafür wäre sie auch zu Opfern bereit gewesen, aber sie wußte einfach nicht, wie sie es anstellen sollte.

Man hörte mitunter von Leuten, die sich durch das College brachten, indem sie tagsüber arbeiteten und nachts studierten. Aber das würde bedeuten, daß sie es trotzdem noch ein Jahr bei der schrecklichen Mutter Clare aushalten mußte, um überhaupt für irgendeine Arbeit qualifiziert zu sein. Da fiel Eve auf, daß sie ganz unwillkürlich den Weg durch St. Stephen's Green zu den großen, grauen Gebäuden des University College eingeschlagen hatte. Aus einer Laune heraus trat Eve in die Haupthalle, die, abgesehen von einigen Verwaltungsangestellten, leer war.

Das Studienjahr würde nächste Woche beginnen. Dann würde Benny, die Glückliche, zusammen mit Hunderten anderer Neulinge aus ganz Irland eintreffen.

Eve erkannte, daß sie eine von Tausenden war, die das nie erreichen würden. Doch bei den anderen waren keine Erwartungen geweckt worden. Man hatte sie nicht ermutigt und gefördert und sie glauben gemacht, daß sie begabt und intelligent seien, wie das bei Eve der Fall gewesen war. Deshalb war es für sie besonders hart.

Und Eve wußte auch, daß nächste Woche durch diese Pforten

Mädchen kommen würden, die die Universität lediglich als Teil ihres gesellschaftlichen Lebens betrachteten. Es würden Menschen dabeisein, die nur widerwillig studierten, weil sie andere Ziele und Träume hatten und nur auf Wunsch ihrer Eltern hierherkamen. Einige würden sich auch treiben lassen und die Zeit vertrödeln, bis sie wußten, was sie wollten. Glühender Zorn stieg in ihr auf, als sie an die Westwards dachte, die Familie, die sich von ihrer Blutsverwandten losgesagt hatte, die Eve als Pflegekind bei den Nonnen hatten aufwachsen lassen und keinen Gedanken daran verschwendete, daß das Mädchen jetzt in einem Alter war, wo sie auf die Universität gehen könnte.

Es gab keine Gerechtigkeit auf dieser Welt, wenn jemandem, der es zu schätzen gewußt und hart dafür gearbeitet hätte, diese Pforten verschlossen blieben. Nur weil eine geizige, lieblose Familie das Kind aus einer unerwünschten Verbindung lieber vergessen wollte, als sich großzügig zu erweisen und dafür zu sorgen, daß ihm letzten Endes doch ein wenig Gerechtigkeit zuteil wurde!

Eve blickte in den Glaskasten mit den Aushängen und las von den verschiedenen Gruppen, die sich zu Semesterbeginn wieder treffen würden, von den neuen Ausschüssen, den Sporteinrichtungen und ihren Nutzungszeiten, von Clubs und Zirkeln, denen man sich anschließen konnte.

Ihr Blick fiel auf die große Treppe, die zu den Bibliotheken und Vorlesungssälen führte, und auf die roten Plüschbänke, auf denen sich in der nächsten Woche die Studenten drängen würden. Wie gern wäre sie eine von ihnen gewesen, hätte sie ihre Tage mit Lesen und Schreiben verbracht, mit der Erweiterung ihrer Kenntnisse und mit Gesprächen! Und nicht damit, gräßliche Menschen wie Mutter Clare überlisten zu müssen.

Die Kluge Frau würde weiterleben wie bisher und aufhören zu träumen. Dann kam Eve in den Sinn, wie langweilig es sein würde, für den Rest ihres Lebens immer die Kluge Frau sein zu wollen. Und wie schön, gelegentlich eine ganz törichte Frau zu sein.

Als Benny am ersten Semestertag den Bus nach Dublin nahm, war ihr banger zumute, als sie je erwartet hätte. Zu Hause hatten alle sie wie ein Kleinkind behandelt, das zum erstenmal festlich aufgeputzt zu einer Geburtstagsfeier ging, nicht wie eine große, unbeholfene Studentin von achtzehn Jahren, die sich, von Kopf bis Fuß dunkel gekleidet, auf den Weg zur Universität machte.
Die Szene von heute morgen ging ihr nicht aus dem Kopf. Ihrem Vater waren vor Stolz Tränen in die Augen getreten – bestimmt würde er ins Geschäft gehen und jeden zu Tode langweilen mit den Geschichten über seine wundervolle Tochter, die nun die Universität besuchte. Sie sah ihre Mutter vor sich, die dasaß und die gleiche alte Leier wiederholte wie schon seit Monaten: Was für ein Vorteil es doch sei, daß Benny jeden Abend mit dem Bus nach Hause fahren könne! Und Patsy erschien ihr wie die treue alte Negermama in einem Film, nur daß sie weiß war und gerade erst fünfundzwanzig. Am liebsten hätte Benny losgeschrien und nicht mehr damit aufgehört.
Und sie hatte noch andere Sorgen, als sie an ihrem ersten Studientag im Bus saß. Mutter Francis hatte ihr erzählt, daß die tapfere Eve weder angerufen noch geschrieben hatte und daß alle Schwestern ungeduldig darauf warteten, von ihr zu hören. Dabei hatte Eve in der letzten Woche zweimal mit Benny telefoniert und ihr gesagt, das Leben im Dubliner Kloster sei nicht auszuhalten, und wenn sie sich nicht mit Benny in Dublin treffen können, würde sie durchdrehen.
»Aber wie können wir uns denn treffen? Mußt du nicht zum Mittagessen dort bleiben?« hatte Benny gefragt.
»Ich hab gesagt, ich muß zu einer Untersuchung ins Krankenhaus.«

Seit sie sich kannten, hatte Eve kaum jemals gelogen. Benny hatte viele kleine Lügen erzählen müssen, damit sie am späteren Abend oder überhaupt weggehen durfte. Doch Eve war fest entschlossen gewesen, die Nonnen niemals anzulügen. Es mußte ihr in Dublin wirklich schlecht gehen, wenn sie zu diesem Mittel griff.
Außerdem war da noch Sean Walsh. Natürlich hatte sie nicht mit ihm ausgehen wollen, aber ihr Vater und auch ihre Mutter hatten betont, wie nett es doch sei, daß ihn ihr künftiges Studentenleben so beschäftige und er sie sogar ins Kino einladen wolle. Sie hatte geglaubt, Nachgeben sei die einfachste Lösung, und zugesagt. Da offenbar ihr Eintritt in einen neuen Lebensabschnitt der Anlaß der Einladung war, würde sie ihm ja möglicherweise klarmachen können, daß es in diesem neuen Leben keine weiteren Verabredungen mit ihm geben würde.
Und so waren sie gestern abend in dem Film *Genevieve* gewesen. Offenbar hatte er allen gefallen, dachte Benny grimmig; denn jeder, der aus dem Kino kam, summte die Titelmelodie vor sich hin und wünschte sich, wie Kay Kendall oder wie Kenneth Moore auszusehen. Nur Benny nicht. Sie war maßlos wütend.
Den ganzen Film über hatte Sean Walsh ihr seinen dürren Arm um die Schulter oder seine knochige Hand aufs Knie gelegt. Einmal war es ihm sogar gelungen, seine Hand hinter ihrem Nacken und unter ihrem Arm hindurchzuzwängen und auf ihre Brust zu legen, was besonders unangenehm gewesen war. Sie hatte sich jedesmal wieder losgemacht, und nach dem Film hatte er die Unverfrorenheit besessen, ihr zu sagen: »Weißt du, Benny, ich achte dich um so mehr, weil du nein sagst. Das macht dich zu etwas Besonderem, wenn du weißt, was ich meine.«
Er achtete sie! Dafür, daß sie ihn zurückwies? Nichts auf der Welt war ihr je leichter gefallen. Aber Sean war ein Typ, der glaubte, es hätte ihr Spaß gemacht.
»Ich gehe jetzt nach Hause, Sean«, hatte sie gesagt.

»Nein, ich habe mit deinem Vater besprochen, daß wir noch einen Kaffee bei Mario's trinken. Sie erwarten dich noch nicht zurück.«
Jetzt saß sie wieder in der Falle! Wenn sie trotzdem nach Hause ging, würden ihre Eltern wissen wollen, warum aus dem Kaffee nichts geworden war.
In Peggy Pines Laden neben dem Kino war die neue Herbstkollektion ausgestellt. Benny betrachtete die cremefarbenen Blusen und die weichen pinkfarbenen Angorapullis. Um über irgend etwas zu reden, was nichts mit Grapschen und Streicheln zu tun hatte, brachte sie das Gespräch auf die Kleider.
»Die sind hübsch, findest du nicht, Sean?« hatte sie gesagt, obwohl ihre Gedanken ganz woanders waren. Sie dachte, wenn sie erst auf die Universität ging, würde sie ihn nie mehr sehen müssen.
»Das schon, aber dir würden sie nicht stehen. Trag dunkle Farben, nichts Auffälliges.«
Benny hatte Tränen in den Augen, als sie mit ihm über die Straße zu Mario's ging. Sean stellte zwei Tassen Kaffee und zwei Schokoladenkekse auf den Plastiktisch, wo sie auf ihn wartete.
»Hat auch was Gutes«, sagte er.
»Wer? Mario?«
»Nein. Ich meine, es hat auch was Gutes, daß Eve jetzt in Dublin wohnt und aus deinem Leben verschwunden ist.«
»Sie ist nicht aus meinem Leben verschwunden. Ich werde auch in Dublin sein.«
»Aber nicht in ihrer Welt. Immerhin bist du jetzt erwachsen, und es paßt nicht zu dir, wenn du mit einer wie ihr so dick befreundet bist.«
»Mir gefällt es aber so. Wir sind nun mal dicke Freundinnen.«
Warum bin ich ihm darüber Rechenschaft schuldig? fragte sich Benny.
»Ja, aber es schickt sich nicht. Nicht mehr.«

»Ich will nicht über Eve hinter ihrem Rücken reden.«
»Nein, ich sage doch nur, daß es auch seine guten Seiten hat. Jetzt, wo sie weg ist, kannst du ja nicht immer sagen, daß du mit ihr ins Kino willst. Du kannst mit mir hingehen.«
»Ich werde nicht mehr viel Zeit fürs Kino haben. Ich muß schließlich studieren.«
»Aber doch nicht jeden Abend.« Selbstzufrieden lächelte er sie an. »Und vergiß nicht: Es gibt auch noch die Wochenenden.«
Plötzlich fühlte sich Benny unsäglich müde.
»Ja, es gibt auch noch die Wochenenden«, wiederholte sie. Irgendwie schien ihr das der einfachere Weg.
Doch Sean wollte eine Erklärung abgeben. »Du darfst nicht glauben, daß deine Hochschulausbildung zwischen uns stehen wird.«
»Zwischen uns?«
»Ja. Warum auch? Manche Männer stört das vielleicht, aber mich nicht. Ich sag dir was, Benny. Dein Vater war für mich immer ein großes Vorbild. Ich weiß nicht, ob du das gewußt hast.«
»Nun, da du mit ihm arbeitest, denke ich mir auch, daß du manches von ihm lernst.«
»Es ist viel mehr als das. Ich könnte irgendwo bei irgendeinem Herrenausstatter lernen. Ich könnte Schneidern allein vom Zusehen lernen. Nein, ich beobachte, wie Mr. Hogan sein Leben anpackt, und versuche, daraus zu lernen.«
»Was genau hast du denn gelernt?«
»Na ja, zum Beispiel eins, auch wenn es nichts Besonderes ist: Dein Vater hat eine ältere Frau geheiratet, eine Frau mit Geld. Er hat sich nicht gescheut, dieses Geld in sein Geschäft zu stecken, sie wollte es so, und er wollte es so. Es wäre dumm und verbohrt gewesen, wenn er einem geschenkten Gaul ins Maul geschaut hätte ... und ich würde mir wünschen, daß ich gewissermaßen in seine Fußstapfen treten kann.«

Benny starrte ihn an, als sähe sie ihn zum erstenmal.
»Was willst du eigentlich damit sagen, Sean?« fragte sie.
»Ich will sagen, daß mir das alles überhaupt nicht wichtig ist. Ich stehe über diesen Dingen«, erwiderte er herablassend.
Einen Moment herrschte Schweigen.
»Das wollte ich nur klarstellen«, meinte er abschließend.
Das war gestern abend gewesen.
Mutter und Vater hatten sich anscheinend darüber gefreut, daß sie mit Sean im Café gewesen war.
Wenn es das ist, was sie sich für sie wünschten, warum in aller Welt erlaubten sie ihr dann, auf die Universität zu gehen? Wenn sie ihr letzten Endes alles wieder verbauen und sie mit diesem schmierigen Trottel verkuppeln wollten, was lag ihnen dann daran, daß sie ihren Horizont erweiterte und womöglich auf ganz andere Gedanken kam? Die Frage war zu schwer für sie, genau wie Eves Problem. Eve hatte gesagt, sie werde sich nicht nur zum Mittagessen freimachen, sondern Benny auch vom Bus abholen und mit ihr zum University College gehen. Wenn schon, denn schon, hatte sie am Telefon gemeint.

Jack Foley schreckte aus dem Schlaf hoch. Er hatte geträumt, er und sein Freund Aidan Lynch säßen in einem amerikanischen Gefängnis in der Todeszelle und sollten auf dem elektrischen Stuhl hingerichtet werden. Ihr Verbrechen bestand anscheinend darin, daß sie das Lied »Hernando's Hideaway« zu laut gesungen hatten. Ihm fiel ein Stein vom Herzen, als er merkte, daß er sich in dem großen Schlafzimmer mit den schweren Mahagonimöbeln befand. Jack hatte einmal gesagt, es gebe in diesem Haus so viele Schränke, daß man eine halbe Armee darin verstecken könnte. Darauf hatte seine Mutter erwidert, er solle sich ruhig darüber lustig machen, aber sie habe sich bei Versteigerungen in der ganzen Stadt viele Stunden lang die Beine in den Bauch gestanden, um die richtigen Stücke zu finden.

Die Foleys bewohnten ein großes viktorianisches Haus mit Garten in Donnybrook, ein paar Meilen vom Zentrum Dublins entfernt. Es war eine Gegend mit viel Grün und schon seit langem ein geschätztes Refugium für Akademiker, Geschäftsleute und höhere Beamte.

Die Häuser der Straße waren nicht numeriert; jedes hatte einen Namen, und der Briefträger wußte, wo alle wohnten. Wer einmal in einer Straße wie dieser wohnte, blieb meist auch hier. Jack war das älteste Kind der Familie, er war in einem kleineren Haus zur Welt gekommen, doch daran erinnerte er sich nicht mehr. Seine Eltern hatten sich hier niedergelassen, als er noch ein Baby gewesen war.

Er bemerkte, daß auf seinen Kindheitsfotos die Räume sehr viel spärlicher möbliert waren.

»Wir haben unser Heim eben Stück für Stück eingerichtet«, hatte seine Mutter ihm erklärt. »Warum soll man so etwas überstürzen und sich Sachen anschaffen, die gar nicht zusammenpassen?«

Nicht, daß Jack oder einer seiner Brüder dem Haus besondere Beachtung geschenkt hätten. Es war eine Selbstverständlichkeit, etwas, was immer schon so gewesen war. Wie die Tatsache, daß Doreen ihnen das Essen auftischte und der alte Hund Oswald bei ihnen lebte.

Jack verscheuchte seinen Traum von der Todeszelle und dachte daran, daß heute überall in Dublin junge Menschen erwachten, die ihren ersten Studientag vor sich hatten.

Im Haus der Foleys bedeutete dies, daß Jack seinen Collegeschal umbinden und sich erstmals auf den Weg zum UCD machen würde, dem University College von Dublin. Im Eßzimmer des großen Hauses herrschte erwartungsvolle Spannung. Dr. John Foley, der am Kopfende des Tischs saß, musterte seine fünf Söhne. Eigentlich hatte er angenommen, sie würden alle Medizin studieren. Daß Jack sich für Jura entschieden hatte, war ein

Schock für ihn gewesen. Vielleicht würde bei den anderen das gleiche passieren. Dr. Foley betrachtete Kevin und Gerry. In seiner Phantasie hatte er sie immer mit dem medizinischen Bereich und dem Rugbyplatz in Verbindung gebracht. Dann wanderte sein Blick zu Ronan. Er schien bereits jene Zuversicht auszustrahlen, die zu einem Arzt gehörte. Dieser Bursche konnte sogar seine Mutter überzeugen, daß die Verletzungen, die er sich auf dem Spielplatz zugezogen hatte, nur oberflächlich waren und daß man den Schmutz ganz leicht aus den Kleidern herauswaschen konnte. Das war die Persönlichkeit, die ein guter praktischer Arzt brauchte. Und dann war da Aengus, der Jüngste: Seine große Brille verlieh ihm ein gelehrtes, eulenartiges Aussehen, und er war der einzige Junge der Foleys, der für keine Schulsportmannschaft ausgewählt worden war. Dr. Foley fand, sein Sohn Aengus wäre in der medizinischen Forschung am besten aufgehoben. Für den Trubel und die Hektik in einer gewöhnlichen Praxis war er ein bißchen zu schwächlich und zu gedankenverloren.

Andererseits hatte er sich auch bei seinem ältesten Sohn geirrt. Jack meinte, er habe keine Lust, Physik und Chemie zu studieren. Die Zeit, die er in der Schule damit verbracht habe, sich auch nur die Grundkenntnisse in Physik anzueignen, sei verschwendet gewesen. Und Botanik und Zoologie wolle er auch nicht studieren, darin würde er es nie zu etwas bringen.

Vergeblich hatte Dr. Foley ihm zugeredet: Das Vorbereitungsjahr sei eine notwendige Zeit, die man einfach durchstehen müsse, ehe man mit dem eigentlichen Medizinstudium beginnen könne.

Doch Jack hatte sich nicht umstimmen lassen: Jura sei ihm lieber.

Er wollte auch nicht Anwalt werden, sondern eine Ausbildung zum Solicitor machen. Was ihn wirklich sehr reizen würde, sei dieser neue Studiengang für bürgerliches Recht, etwas Ähnliches wie ein Magisterstudium, aber ausschließlich mit juristischen

Fächern. Darüber hatte er sich gründlich informiert und anschließend ein ernstes Gespräch mit seinem Vater geführt. Sein Praktikum würde er bestimmt bei Onkel Kevin, dem Bruder seiner Mutter, machen können, der in einer großen Anwaltskanzlei arbeitete. Jack hatte den Zeitpunkt, zu dem er seinen Wunsch vorbrachte, sorgfältig gewählt. Denn er wußte, daß Rugby seinem Vater ebensoviel bedeutete wie die Medizin. Und Jack war ein glänzender Spieler in seiner Schulmannschaft, wie sich auch im Pokalfinale der obersten Spielklasse zeigte. Er erzielte zwei Versuche und konnte einen verwandeln. Außerdem wäre es töricht, jemanden zu einem Beruf zu zwingen, der mit so hohen Anforderungen verbunden war, dachte Dr. Foley und zuckte die Achseln. Er hatte ja noch andere Söhne, die in seine Fußstapfen treten konnten.

Jacks Mutter Lilly saß am anderen Ende des Tischs ihrem Mann gegenüber. Jack konnte sich an kein einziges Frühstück erinnern, bei dem sie nicht über die Teetassen, die Schüsseln mit Cornflakes, die gegrillten Speckscheiben und die halbierten Tomaten gewaltet hatte, mit denen – außer freitags und in der Fastenzeit – an jedem Morgen der Tag begann.

Seine Mutter sah immer aus, als habe sie sich eigens für das Frühstück zurechtgemacht – was in der Tat auch der Fall war. Sie trug einen schicken Gor-Ray-Rock, dazu immer entweder ein Twinset oder eine Bluse aus Wollstoff. Ihre Frisur saß stets perfekt, ihr Gesicht war gepudert, die Lippen waren leicht geschminkt. Wenn Jack nach einem Spiel bei Freunden übernachtete, fiel ihm auf, daß deren Mütter anders waren. Oft stellte ihnen eine Frau im Morgenmantel und mit einer Zigarette in der Hand das Essen auf den Küchentisch. Um acht Uhr morgens ein förmliches Frühstück einzunehmen, in einem hohen Eßzimmer mit schweren Mahagoni-Anrichten und Fenstern, die vom Boden bis zur Decke reichten, das entsprach nicht jedermanns Lebensstil.

Doch die Söhne der Foleys waren nicht verwöhnt, dafür hatte ihre Mutter gesorgt. Jeder von ihnen hatte am Morgen eine Arbeit zu verrichten, ehe er zur Schule ging. Jack mußte die Kohleneimer auffüllen, Kevin das Brennholz hereintragen, Aengus die Zeitung vom Vortag zu Rollen zusammendrehen, mit denen später die Kamine angezündet wurden. Gerry, der als der Tierfreund in der Familie galt, hatte die Aufgabe, Oswald im Park auszuführen und sich darum zu kümmern, daß im Vogelhäuschen etwas zu fressen war. Ronan wiederum mußte die schweren Vorhänge in den vorderen Räumen öffnen, die Milch hereinholen und in den großen Kühlschrank stellen sowie die Granitvortreppe sauberfegen – von Kirschblüten, Herbstlaub, Matsch, Schnee oder was dort sonst sein mochte.
Nach dem Frühstück stellten die Jungen Geschirr und Besteck in der Durchreiche zur Küche ordentlich zusammen, ehe sie in das große Zimmer gingen, wo sich ihre Mäntel, Stiefel, Schuhe, Schultaschen und oft auch ihre Rugby-Ausrüstungen befanden, die sie nicht ins Eßzimmer mitnehmen durften.
Man bewunderte Lilly Foley, daß sie ein so elegantes Haus führen konnte, wo sie doch mit fünf Rugby spielenden Jungs fertig werden mußte. Und mehr noch, daß sie den gutaussehenden John Foley halten konnte. Denn Dr. Foley galt als schwieriger Ehemann, der in jüngeren Jahren gerne von der einen zur anderen gewandert war. Lilly war nicht hübscher als andere Frauen, die sich für ihn interessiert hatten, nur klüger. Sie hatte erkannt, daß er sich ein einfaches, unkompliziertes Leben wünschte, in dem alles seinen geregelten Gang ging und er nicht mit häuslichen Problemen belästigt wurde.
Schon bald hatte Mrs. Foley Doreen gefunden, der sie ein überdurchschnittliches Gehalt für eine ruhige und problemlose Haushaltsführung bezahlte. Lilly Foley versäumte niemals ihren wöchentlichen Friseurtermin und ihre Maniküre.
Es schien, als betrachte sie ihr Leben mit dem gutaussehenden

Arzt als ein Spiel nach bestimmten Regeln. Sie legte Wert auf ein elegantes, reizvolles Zuhause, achtete streng auf ihr Körpergewicht und erschien im Golfclub oder im Restaurant immer ebenso gut gekleidet wie zu Hause. Auf diese Weise kam ihr Mann nicht auf dumme Gedanken.

Während sich die vier jüngeren Brüder an diesem Morgen auf den Weg zur Schule machten, goß Jack sich noch eine Tasse Tee ein.

»Ich weiß, worüber ihr beiden reden werdet, wenn ihr nachher allein seid«, meinte er grinsend. Er ist wirklich hinreißend, wenn er lächelt, dachte seine Mutter liebevoll. Trotz seinen rötlichbraunen Haaren, die immer widerspenstig abstanden, und den Sommersprossen auf der Nase war Jack wirklich ein gutaussehender junger Mann im klassischen Sinn; wenn er lächelte, konnte er jedes Herz brechen. Ob er sich wohl leicht verliebte? überlegte Lilian Foley. Oder nahm das Rugby ihn so sehr in Anspruch, daß er zufrieden war, wenn die Mädchen, die sein Team bei den Spielen anfeuerten, ihn von ferne anhimmelten?

Und sie fragte sich auch, ob er ebenso schwer einzufangen sein würde wie sein Vater. Welche Saite würde ein kluges Mädchen irgendwann einmal in ihm zum Klingen bringen? Seinen Vater hatte sie erobert, indem sie ihm einen eleganten, geordneten Lebensstil in Aussicht gestellt hatte, der sich sehr unterschied von seinem ungepflegten, freudlosen Elternhaus. Doch damit würde sich ihr Jack nicht fortlocken lassen. Er war in diesem Haus glücklich und gut versorgt. Er würde das Nest noch lange nicht verlassen wollen.

»Soll ich dich wirklich nicht mitnehmen?« Dr. John Foley wäre stolz gewesen, wenn er seinen ältesten Sohn zum Earlsfort Terrace fahren und ihm bei seinem ersten Studientag nachwinken hätte können.

»Nein, Dad, ich habe ein paar von den Jungs gesagt...«

Seine Mutter schaltete sich verständnisvoll ein. »Es ist eben

nicht mehr wie in der Schule, sondern ein bißchen ungezwungener, nicht wahr? Da müßt ihr nicht alle pünktlich auf den Glockenschlag dasein.«
»Ich weiß, ich weiß. Ich war ja schließlich auch mal dort«, erwiderte Dr. Foley unwirsch.
»Ich hab ja nur gemeint ...«
»Nein, deine Mutter hat ganz recht. An einem Tag wie diesem will man unter Freunden sein. Alles Gute, mein Sohn, ich wünsche dir, daß alles so klappt, wie du es dir erhofft hast. Auch wenn es nicht Medizin ist.«
»Ach komm, du bist doch ganz froh darum. Denk doch nur an die ganzen Prozesse wegen irgendwelchen Kunstfehlern.«
»Mit denen wirst du dich als Jurist vielleicht genauso herumschlagen müssen wie als Arzt. Und überhaupt, warum sollten sie nicht einen Jurastudenten in die Spitzenmannschaft holen?«
»Laß mir ein bißchen Zeit, Dad.«
»Nach deiner Leistung beim Schulpokal? Die von der Uni sind doch auch nicht blind. Du wirst sehen, im Dezember spielst du um die Hochschulmeisterschaft.«
»Da nehmen sie keine Studienanfänger.«
»Dich schon, Jack.«
Jack stand auf. »Ich werde nächstes Jahr dabeisein. Reicht dir das auch?«
»In Ordnung. Wenn du 1958 für das UCD spielst, bin ich zufrieden. Ich bin ja ein ganz vernünftiger, anspruchsloser Mensch«, sagte Dr. Foley.

Als Benny bei den Kaianlagen aus dem Bus stieg, entdeckte sie Eve, die zum Schutz vor dem Regen den Mantelkragen hochgeschlagen hatte. Sie sah blaß und durchgefroren aus.
»Gott, du wirst noch im Krankenhaus landen, so wie du rumläufst«, meinte Benny. Eves Blick und die Ungewißheit, was die Zukunft bringen mochte, machten sie unruhig.

»Ach, halt den Mund, ja? Hast du einen Regenschirm?«
»Ob ich einen Regenschirm habe? Ich habe einen Regenmantel zum Zusammenfalten, in dem ich aussehe wie ein Heuhaufen im Regen, und ich habe einen Regenschirm, unter den halb Dublin passen würde.«
»Na, dann spann ihn auf«, meinte Eve zitternd. Gemeinsam überquerten sie die O'Connell-Brücke.
»Was willst du unternehmen?« fragte Benny.
»Irgendwas. Ich kann dort nicht bleiben. Ich hab alles versucht.«
»Du hast es aber nicht allzulange versucht, nicht mal eine Woche.«
»Wenn du dagewesen wärst! Wenn du Mutter Clare erlebt hättest!«
»Du erzählst mir doch immer, daß alles vorbeigeht und daß man das Beste daraus machen muß. Du sagst immer, man kann alles aushalten, wenn man weiß, wohin man will.«
»Das war, bevor ich Mutter Clare kennengelernt habe. Und außerdem weiß ich gar nicht, wohin ich will.«
»Das ist Trinity. Wir gehen jetzt immer die Gleise entlang und dann in eine von den Straßen zum Green ...«, erklärte Benny.
»Nein, das habe ich nicht gemeint. Ich meine, wohin ich wirklich will.«
»Du willst eine Anstellung bekommen und so schnell wie möglich von diesen Leuten wegkommen. So hattest du es doch geplant, oder?«
Eve erwiderte nichts. So völlig am Boden zerstört hatte Benny ihre Freundin noch nie gesehen.
»Gibt es denn gar keine netten Leute dort? Ich dachte, du hättest viele Freundschaften geschlossen.«
»In der Küche ist eine nette Laienschwester – Schwester Joan. Sie hat riesige Hände und ist dauernd verschnupft, aber sehr freundlich zu mir. Sie macht mir Kakao in einem Krug, während ich abwasche. Es muß ein Krug sein, für den Fall, daß

Mutter Clare hereinkommt. Sie könnte nämlich meinen, ich werde ganz normal wie die anderen behandelt. Ich trinke den Kakao dann gleich aus dem Krug, weißt du, ohne Tasse.«
»Ich habe eigentlich die anderen gemeint, die anderen Mädchen.«
»Nein, da habe ich keine Freundinnen.«
»Du versuchst es nicht richtig, Eve.«
»Ja, du hast verdammt recht, ich versuche es gar nicht. Und ich bleibe auch nicht dort, darauf kannst du Gift nehmen.«
»Aber was willst du denn tun? Eve, das kannst du Mutter Francis und allen in Knockglen nicht antun!«
»In den nächsten paar Tagen wird mir schon was einfallen. Ich bleibe dort nicht wohnen, auf gar keinen Fall.« Ihre Stimme klang leicht hysterisch.
»Na gut, na gut«, lenkte Benny ein. »Willst du heute abend mit dem Bus nach Hause fahren, nach Knockglen ins Kloster zurück?«
»Das kann ich nicht. Das würde sie schwer enttäuschen.«
»Na, willst du etwa frierend in den Straßen herumwandern und ihnen weismachen, daß du im Krankenhaus warst? Was werden sie sagen, wenn sie davon erfahren? Sollen wir durch den Green gehen? Es ist schön dort, auch wenn es naß ist.« Benny sah bedrückt aus.
Da bekam Eve ein schlechtes Gewissen. »Es tut mir leid. Ich verderbe dir deinen ersten Studientag. Das kannst du eigentlich gar nicht brauchen.«
Sie hatten den Rand von St. Stephen's Green erreicht. Die Ampel zeigte Grün an, und sie überquerten die Straße.
»Schau nur, wie schick hier alle sind«, sagte Benny wehmütig. Sie sahen bereits andere in Dufflecoats gekleidete Studenten, die lachten und plauderten. Auf den feuchten, rutschigen Fußwegen zum Earlsfort Terrace gingen Mädchen mit Pferdeschwänzen und College-Schals, die sich ungezwungen mit ihren Kom-

militonen unterhielten. Manche gingen auch allein, doch sie wirkten sehr selbstsicher. Benny bemerkte gleich neben ihnen ein blondes Mädchen in einem modischen dunkelblauen Mantel; trotz des Regens wirkte sie so elegant...
Sie befanden sich gerade auf der Kreuzung, als sie den Motorradfahrer sahen, der ins Schleudern geriet, die Kontrolle über sein Fahrzeug verlor und direkt auf den schwarzen Morris Minor zusteuerte. Es lief vor ihnen ab wie in Zeitlupe: Der Junge stürzte, das Motorrad brach aus und schleuderte über die Straße; der Fahrer des Wagens versuchte auszuweichen: Motorrad und Auto schlitterten seitlings in eine Gruppe Fußgänger, die gerade die nasse Straße überquerten.
Eve hörte Benny aufschreien, dann sah sie die erstarrten Gesichter, während der Wagen auf sie zuschoß. Das Kreischen hörte sie nicht mehr, nur ein Rauschen in den Ohren, dann verlor sie das Bewußtsein, als das Auto sie gegen den Laternenpfosten schleuderte. Neben ihr lag Francis Joseph Hegarty, der junge Motorradfahrer, der bereits tot war.

Kapitel 4

Später waren sich alle einig, es sei ein Wunder gewesen, daß nicht mehr Menschen getötet oder verletzt worden waren. Ein Wunder sei es auch, daß es in der Nähe des Krankenhauses passiert war und daß der Fahrer des Wagens, der ohne fremde Hilfe aus seinem Fahrzeug hatte aussteigen können, ein Arzt vom Fitzwilliam Square war. Obwohl ihm selbst Blut über die Stirn lief, preßte er nur ein Taschentuch dagegen und versicherte den Umstehenden, die Verletzung sei nur oberflächlich. Er erteilte Anweisungen, die genau befolgt wurden. Jemand mußte den Verkehr aufhalten, ein anderer die Polizei alarmieren; doch als erstes schickte er jemanden über die Nebenstraße zum St.-Vincent-Hospital, der die Unfallstation verständigen und Hilfe holen sollte. Dr. Foley kniete sich neben die Leiche des Jungen, der die Gewalt über sein Motorrad verloren hatte. Dabei schloß der Arzt selbst für einen Moment die Augen und dankte Gott im stillen, daß sein eigener Sohn nie den Wunsch geäußert hatte, eine solche Maschine zu fahren.
Dann drückte er dem Jungen, der das Genick gebrochen hatte, die Augen zu und breitete einen Mantel über ihn. Damit er nicht von den Studenten angestarrt wurde, die er nie hatte kennenlernen können. Das zierliche Mädchen mit der Verletzung an der Schläfe hatte einen etwas schwachen Puls und vermutlich eine Gehirnerschütterung. Doch er hielt ihren Zustand nicht für bedenklich. Zwei weitere Mädchen waren mit Schrammen und Prellungen davongekommen, standen aber offensichtlich unter Schock. Er selbst hatte sich, nach dem Gefühl in seinem Mund zu urteilen, auf die Zunge gebissen;

wahrscheinlich waren auch ein paar Zähne locker, und über dem Auge befand sich eine Platzwunde. Seine vordringliche Aufgabe war es, dafür zu sorgen, daß medizinisches Fachpersonal alles Weitere in die Hand nahm, ehe er selbst jemanden bitten konnte, seinen Blutdruck zu messen.
Eine der Verletzten, ein großes Mädchen mit sanften Gesichtszügen, kastanienbraunem Haar und dunkler, praktischer Kleidung, schien sehr aufgeregt wegen des anderen Mädchens, das bewußtlos am Boden lag.
»Sie ist doch nicht tot, oder?« fragte sie mit schreckgeweiteten Augen.
»Nein, nein, ich habe ihren Puls gefühlt. Sie wird bald wieder auf dem Damm sein«, redete er ihr beruhigend zu.
»Es ist nur, weil ... sie noch gar kein richtiges Leben gehabt hat.« Tränen standen in den Augen des Mädchens.
»Das habt ihr alle noch nicht, mein Kind.« Der Arzt wandte den Blick von dem toten Jungen.
»Nein, aber Eve am allerwenigsten. Es wäre schrecklich, wenn sie nicht wieder gesund würde.« Sie biß sich auf die Unterlippe.
»Glaub mir, sie wird es. Ah, da kommen sie ja ...« Vom Krankenhaus, das nur wenige hundert Meter entfernt lag, eilten Sanitäter mit Tragbahren herbei. Es war nicht einmal ein Unfallwagen nötig.
Dann kam auch die Polizei, die den Verkehr an der Unfallstelle regelte, und die kleine Gruppe machte sich auf den Weg zum Krankenhaus. Benny hinkte ein wenig und zögerte, ehe sie sich von dem blonden Mädchen stützen ließ, das ihr wenige Sekunden vor dem Unfall aufgefallen war.
»Entschuldige«, meinte Benny. »Ich wußte nicht, ob ich gehen kann.«
»Ist schon gut. Ist dein Bein verletzt?«
Versuchsweise verlagerte Benny ihr Gewicht. »Nein, ist nicht schlimm. Was ist mit dir?«

»Ich weiß nicht. Eigentlich fühle ich mich ganz in Ordnung. Vielleicht auch zu sehr. Vielleicht kippen wir jeden Moment um.«
Vor ihnen auf der Bahre lag Eve mit kreidebleichem Gesicht. Benny hatte Eves Handtasche aufgehoben, eine kleine billige Plastiktasche, die Mutter Francis vor ein paar Wochen in Peggy Pines Laden gekauft und ihr anläßlich ihres Umzugs nach Dublin geschenkt hatte.
»Sie wird wieder gesund werden, glaube ich«, erklärte Benny mit zittriger Stimme. »Der Mann mit dem blutigen Gesicht, der das Auto gefahren hat, sagt, sie atmet und ihr Puls ist in Ordnung.«
Benny sah so besorgt aus, daß jeder sie gern in den Arm genommen und getröstet hätte, obwohl sie größer als die meisten um sie herum war.
Das Mädchen, dessen hübsches Gesicht verschrammt und schmutzig war und dessen gutgeschnittener marineblauer Mantel mit Blut- und Dreckspritzern übersät war, blickte Benny freundlich an.
»Dieser Mann ist Arzt. Er kennt sich mit so was aus. Ich heiße übrigens Nan Mahon, und du?«

Noch nie war ihnen ein Tag so lang vorgekommen.
Langsam, aber stetig begann die Maschinerie des Krankenhauses zu arbeiten. Die Polizei kümmerte sich darum, daß die Familie des toten Jungen benachrichtigt wurde. Sie hatten seine Sachen durchsucht und seine Adresse in Dunlaoghaire ausfindig gemacht. Zwei junge Polizisten wurden hingeschickt.
»Können Sie ihr sagen, daß er auf der Stelle tot war?« bat John Foley.
»Ich weiß nicht«, meinte der jüngere Beamte. »Können wir ihr das sagen?«
»Es ist die Wahrheit, und vielleicht ist es eine Erleichterung für sie«, sagte Dr. Foley leise.

Der ältere Sergeant war anderer Ansicht.
»Das kann man nie wissen, Herr Doktor. Manche Mutter würde vielleicht lieber hören, daß er noch um die Vergebung seiner Sünden gebetet hat.«
John Foley wandte das Gesicht ab, damit man nicht sah, wie verärgert er war.
»Und es war nicht seine Schuld. Das müssen Sie ihr unbedingt sagen«, versuchte er es noch einmal.
»Ich fürchte, meine Männer können nicht ...«, begann der Sergeant.
»Ich weiß, ich weiß«, erwiderte der Arzt mit matter Stimme.

Die Krankenschwester meinte, selbstverständlich dürften sie das Telefon benutzen, aber sie sollten sich erst untersuchen lassen. Dann könnten sie ihren Eltern gleich sagen, was ihnen zugestoßen war. Der Vorschlag klang vernünftig.
Es waren gute Nachrichten: kleinere Schnittwunden, keine inneren Verletzungen, sicherheitshalber eine Spritze gegen Tetanus und ein leichtes Beruhigungsmittel gegen den Schock.
Bei Eve sah es allerdings etwas anders aus: gebrochene Rippen und eine leichte Gehirnerschütterung. Die Hüfte war gebrochen, und eine Verletzung über dem Auge mußte mit mehreren Stichen genäht werden. Sie würde einige Tage, vielleicht auch eine Woche im Krankenhaus bleiben müssen. Die Sozialarbeiterin des Krankenhauses erkundigte sich, wen sie benachrichtigen solle.
»Lassen Sie mich einen Moment nachdenken«, sagte Benny.
»Na, Sie werden es doch wohl wissen. Sie sind doch ihre Freundin«, meinte die Betreuerin erstaunt.
»Ja, aber das ist nicht so einfach.«
»Nun, und was ist mit ihrer Brieftasche?«
»Da ist nichts drin. Kein Hinweis auf nahe Verwandte oder so etwas. Lassen Sie mich bitte überlegen.«
Benny zögerte die Benachrichtigung ihrer Eltern hinaus. Sie

mußte erst entscheiden, welcher der beiden Nonnen sie wegen Eve Bescheid sagen sollte. Ob Eve wütend wäre, wenn Mutter Francis von der ganzen Lügengeschichte erfuhr, von Eves Unzufriedenheit und wie es gekommen war, daß sie sich am anderen Ende der Stadt aufgehalten hatte und nun in einem Krankenhausbett lag?
War Mutter Clare wirklich so schlimm, wie Eve behauptete? Immerhin war sie eine Nonne. Sie mußte auch ein paar gute Eigenschaften haben, wenn sie sich ihr Leben lang an die Gelübde hielt.
Bennys Kopf schmerzte, während sie versuchte, eine Lösung zu finden.
»Hilft es dir vielleicht, wenn du mir die Sache erzählst?« fragte Nan Mahon. Sie saßen an einem Tisch und tranken Tee mit Milch und Zucker.
»Es ist wie in einem von Grimms Märchen«, meinte Benny.
»Erzähl es mir«, ermunterte Nan sie.
Und so erzählte Benny die Geschichte, obwohl sie sich dabei ein wenig treulos vorkam.
Nan hörte zu und stellte Fragen.
»Ruf Mutter Francis an«, riet sie schließlich. »Sag ihr, daß Eve heute mit ihr telefonieren wollte.«
»Das stimmt aber gar nicht.«
»Trotzdem – dann wird es leichter für die Nonne sein. Und was macht es schon für einen Unterschied, an welchem Tag Eve anrufen wollte?«
Das klang vernünftig. Sehr vernünftig.
»Und was ist mit Mutter Clare?«
»Der bösen?«
»Ja. Sie scheint ganz schrecklich zu sein. Und wenn sie es zuerst erfährt, hat sie einen Trumpf gegen Mutter Francis, die gute Nonne, in der Hand. Es wäre ganz furchtbar, ihr das anzutun.«
»Dann ist diese Lösung doch besser, als wenn du die Böse anrufst und dich wegen nichts in Teufels Küche bringst.«

»Ich glaube, du hast recht.«
»Gut. Dann geh und sag der Schwester da drüben Bescheid. Sie denkt bestimmt schon, daß sich bei dir langsam eine Gehirnerschütterung oder so was bemerkbar macht. Und noch was: Hol jemand vom Krankenhaus dazu, der über Eves Verletzungen Bescheid weiß. Sonst erschrickt die Nonne sich zu Tode.«
»Und du? Warum willst du deine Eltern nicht anrufen?«
»Weil meine Mutter in einem Hotelkiosk arbeitet, wo sie nicht allzuviel von weiblichen Angestellten halten, die verheiratet sind. Deshalb möchte ich nicht, daß sie wegen einer Lappalie aus dem Häuschen gerät. Und mein Vater ...« Nan hielt inne. Benny wartete.
»Mit meinem Vater ist das etwas anderes.«
»Du meinst, es würde ihn nicht interessieren?«
»Nein, ganz im Gegenteil, es würde ihn viel zu sehr interessieren. Er würde schreien und toben und ein Mordstheater machen – ach Gott, würde er sagen, das arme Mädchen, verletzt und entstellt fürs ganze Leben! Und er würde wissen wollen, wer schuld daran ist.«
Benny lächelte.
»Ich meine das ganz im Ernst. Er war immer schon so. Das hat seine Vor- und Nachteile. Vor allem den Vorteil, daß ich alles von ihm bekomme, was ich will.«
»Und welche Nachteile?«
»Ach, ich weiß nicht, aber es gibt welche«, meinte Nan schulterzuckend. Die Vertraulichkeiten hatten ein Ende.
»Komm, ruf die gute Nonne an, bevor die gestärkte Schürze uns wieder auf die Nerven fällt.«

Kit Hegarty war gerade in dem großen Zimmer, das zur Straße hinausging und an die beiden Brüder aus Galway vermietet war. Nette, vernünftige Jungs mit guter Kinderstube; sie hängten ihre Kleider immer ordentlich auf und waren damit eine erfreuliche

Ausnahme. Mit denen würde es im Lauf des Studienjahres keine Scherereien geben. Der eine studierte Agrarwissenschaften, der andere Wirtschaftslehre. Man konnte sagen, was man wollte, aber es waren die Bauern, die das Geld hatten. Es gab eine ganze Menge Bauernsöhne, die heute erstmals die Gebäude des University College betraten.

Sie dachte an ihren eigenen Sohn, der heute einer unter den vielen Studienanfängern war.

Selbstbewußt würde er durch das Portal schreiten, doch sie wußte, daß dieses Selbstbewußtsein nur aufgesetzt war. Kit Hegarty hatte oft miterlebt, wie ängstlich und verlegen die Studenten ihr Haus verließen. Aber nach ein paar Wochen schien es dann, als sei Studieren für sie das Normalste auf der Welt.

Frank würde der Einstieg leichter fallen, weil er Dublin schon kannte. Er mußte sich nicht erst in einer neuen Stadt zurechtfinden wie die Jungs vom Land.

Da hörte sie, wie sich quietschend das Gartentor öffnete, und als sie die beiden jungen Polizisten sah, die zum Fenster hinaufblickten und langsam auf das Haus zugingen, wußte Kit Hegarty plötzlich und ohne eine Spur des Zweifels, warum sie kamen und was sie ihr zu sagen hatten.

Jack Foley hatte mehrere Schulkameraden getroffen. Nicht gerade enge Freunde, doch zu seinem eigenen Erstaunen waren sie ihm in diesem Meer von Gesichtern höchst willkommen. Und auch sie schienen froh, ihn zu sehen.

Um zwölf fand eine Einführungsvorlesung statt, doch bis dahin konnte man kaum etwas anderes tun, als sich erst einmal zu orientieren.

»Es ist wie in der Schule, nur ohne Lehrer«, meinte Aidan Lynch, der während der gemeinsamen Schulzeit mit Jack Foley keinem Lehrer sonderlich viel Aufmerksamkeit geschenkt hatte.

»Das versteht man unter Charakterbildung, erinnerst du dich?« erwiderte Jack. »Es ist sozusagen unsere moralische Pflicht, ununterbrochen zu arbeiten.«

»Was heißt, daß wir überhaupt nicht arbeiten müssen«, sagte Aidan fröhlich. »Gehen wir rüber in die Lessons Street? Ich habe scharenweise hübsche Frauen gesehen, die alle in diese Richtung gegangen sind.«

Was Frauen betraf, war Aidan unbestrittener Fachmann, und so folgten ihm die anderen bereitwillig.

An der Straßenecke sahen sie, daß ein Unfall passiert war. Immer noch standen Leute herum und redeten: Ein Student, hieß es, sei sehr schwer verletzt worden, vielleicht sogar tot. Die Decke war über sein Gesicht gezogen, als man ihn wegtrug.

Er war mit diesem Motorrad gefahren, dessen Überreste jetzt an der Mauer gegenüber lagen. Jemand meinte, der Junge habe Ingenieurwesen studieren wollen.

Aidan betrachtete den verbeulten Schrotthaufen.

»Himmel, ich hoffe, es war nicht dieser Bursche, der mit mir letzten Sommer in der Konservenfabrik in Peterborough gearbeitet hat. So ein Motorrad hat er sich nämlich damals gekauft. Frank Hegarty. Er wollte Maschinenbau studieren.«

»Es können ebensogut hundert andere gewesen sein ...«, begann Jack Foley, doch dann erblickte er das Auto, das in dem Unfall verwickelt gewesen war und nun am Straßenrand stand, damit der Verkehr nicht behindert wurde. Überall auf der Straße sah man Blut und Glassplitter.

Es war der Wagen seines Vaters.

»Ist sonst jemand verletzt worden?«

»Ein junges Mädchen. Hat schlimm ausgesehen«, meinte ein Mann. Einer von der Sorte, wie man sie immer bei Unfällen trifft: auskunftsfreudig und pessimistisch.

»Und der Fahrer des Wagens?«

»Ach, dem ist nichts passiert. Einen todschicken Mantel hat er

angehabt, mit Pelzbesatz am Kragen. Na ja, Sie wissen schon. Steigt aus und kommandiert alle herum, wie ein General.«
»Er ist Arzt, also ist es seine Pflicht«, entgegnete Jack dem Mann.
»Woher weißt du das denn?« fragte Aidan Lynch verwundert.
»Das ist unser Auto. Geht ihr mal Kaffee trinken. Ich schaue rasch im Krankenhaus vorbei, ob ihm was passiert ist.«
Ehe jemand etwas erwidern konnte, rannte Jack schon über die nasse Straße zum Eingang des Krankenhauses.
»Kommt«, meinte Aidan, »das Wichtigste bei den Frauen ist, daß man der erste ist, den sie kennenlernen. Das gefällt ihnen. Dann hat man schon einen großen Pluspunkt.«

Das Gespräch mit Mutter Francis verlief wesentlich unkomplizierter, als Benny befürchtet hatte. Sie war ganz gelassen und überhaupt nicht verärgert darüber, daß Eve all die Pläne über den Haufen geworfen hatte, die man mit solcher Umsicht für sie ausgetüftelt hatte. Sie dachte auch ganz pragmatisch.
»Sag mir so kurz und bündig wie möglich, Bernadette: Was glaubt Mutter Clare, wo Eve jetzt ist?«
»Na ja, Mutter...« Benny kam sich wieder wie eine Achtjährige vor, nicht wie eine junge Frau von beinahe achtzehn. »Das ist ein bißchen schwierig...« Es hing zum Teil damit zusammen, daß Mutter Francis sie »Bernadette« nannte. Und schon sah sie sich wieder im Klassenzimmer sitzen, in ihrer Schuluniform.
»Ja, das glaube ich dir. Aber es ist das beste, wenn ich alles weiß. Dann kann ich beurteilen, wieviel ich Mutter Clare sagen muß«, erklärte die Nonne mit ruhiger Stimme. Sie wollte doch nicht etwa mit diesen Lügengeschichten weitermachen?
Benny faßte sich ein Herz. »Ich glaube, sie meint, daß Eve schon im Krankenhaus ist. Und ich denke, das wollte Eve Ihnen sagen, wenn sie Sie hätte anrufen können...«
»Ja, natürlich, Bernadette, hör bitte auf, dir den Kopf zu zerbrechen. Mir liegt viel mehr daran, daß es Eve bald wieder besser-

geht und daß sie weiß, daß wir ihr die Sache soweit wie möglich erleichtert haben. Kannst du mir noch Näheres sagen ...?«
Stockend, da sie immer wieder verlegen auf ihrer Unterlippe herumkaute, erzählte Benny die Geschichte von den angeblichen Blutuntersuchungen, die Mutter Francis sachlich zur Kenntnis nahm.
»Danke, Bernadette. Kannst du mir jetzt jemanden geben, der sich auskennt und mir Genaueres über Eves Verletzungen sagen kann?«
»Ja, Mutter.«
»Bernadette?«
»Ja, Mutter?«
»Ruf zuerst deinen Vater in der Arbeit an. Sag, daß du deine Mutter nicht erreichen konntest. Mit Männern zu reden ist einfacher. Sie geraten nicht gleich aus dem Häuschen.«
»Aber Sie geraten doch auch nicht aus dem Häuschen, Mutter.«
»Ach, mein Kind, bei mir ist das was anderes. Ich bin eine Nonne«, erklärte sie.
Benny reichte den Hörer der Krankenschwester. Dann setzte sie sich und stützte den Kopf auf die Hände.
»War es schlimm?« fragte Nan mitfühlend.
»Nein, es war ganz einfach. Wie du gesagt hast.«
»Das ist es immer, wenn man es nur richtig anpackt.«
»Ja, und jetzt muß ich meine Eltern anrufen. Wie packe ich das richtig an?«
»Tja, was hast du denn vor *denen* zu verbergen?« Nan schien belustigt.
»Nichts. Sie werden nur ein Mordstheater machen. Sie behandeln mich immer noch wie ein Baby.«
»Es hängt viel davon ab, wie man anfängt. Sag nicht: ›Es ist was Schreckliches passiert.‹«
»Womit soll ich denn sonst anfangen?«
Nan verlor die Geduld. »Ich glaube, du bist wirklich noch ein

Baby«, schnappte sie. Benny fühlte sich entmutigt. Vielleicht hatte Nan nicht so unrecht. Sie war ein großes Baby und nicht besonders helle.
»Hallo, Vater«, sagte sie in die Telefonmuschel, »hier ist Benny. Mir geht es ganz prächtig, Vater, ich hab versucht, Mutter anzurufen, aber mit der Nummer hat irgendwas nicht gestimmt. Es wäre doch Klasse, wenn man gleich durchwählen könnte, meinst du nicht?« Sie warf Nan einen Blick zu, die beide Daumen nach oben hielt.
»Nein, genaugenommen bin ich nicht im College, sondern gleich nebenan. Die Leute hier sind ein bißchen übervorsichtig, weißt du, sie wollen, daß wir – nur für alle Fälle – bei unseren Familien anrufen, obwohl uns eigentlich überhaupt nichts fehlt...«

Sean Walsh lief durch Knockglen, um Annabel Hogan die Nachricht zu überbringen. Als Mrs. Healy aus ihrem Bogenfenster hinaussah und ihn vorbeirennen sah, wußte sie, daß etwas nicht in Ordnung war. Dieser junge Mann ging sonst doch immer gemessenen Schrittes. Er blieb nicht stehen, als Dessie Burns ihm vom Haushaltswarenladen zurief, und bemerkte auch Mr. Kennedy nicht, der über den Rand seiner Brille zwischen all den Flaschen und Gläsern im Schaufenster der Apotheke hinausspähte. Der junge Mann lief weiter, vorbei am Fish-and-Chips-Geschäft, wo er gestern abend mit Benny Kaffee getrunken hatte, vorbei am Zeitungsladen, dem Süßwarengeschäft, dem Pub und Paccy Moores Schusterei. Und er eilte weiter die kurze Straße zum Haus der Hogans hinauf, über den nassen Boden, der mit Laub bedeckt war. Wenn ich Besitzer des Hauses wäre, dachte er bei sich, würde ich es ordentlich streichen und ein hübsches Gartentor anbringen. Etwas Imposanteres als bei den Hogans.
Patsy öffnete die Tür. »Ach, du bist's, Sean«, sagte sie ohne große Begeisterung.
Sean spürte, wie er rot wurde. Wenn er Herr des Hauses wäre,

würde kein Dienstmädchen einen verdienten Angestellten des Chefs mit dem Vornamen anreden. Man würde ihn dann Mr. Walsh nennen – oder Sir. Das würde er sich schon ausbitten. Und sie würde eine andere Kleidung tragen, die sie gleich als Dienstmädchen auswies. Etwa eine Uniform oder zumindest einen weißen Kragen und eine Schürze.

»Ist Mrs. Hogan zu Hause?« fragte er herablassend.

»Komm rein, sie ist gerade am Telefon«, erwiderte Patsy lässig.

»Am Telefon? Funktioniert es denn wieder?«

»Es war nie kaputt.« Patsy zuckte die Achseln.

Sie führte Sean ins Wohnzimmer. Er hörte, daß Mrs. Hogan im Nebenzimmer mit jemandem redete. Das Telefon stand im Eßzimmer. Auch das gefiel Sean nicht. Ein Telefon sollte auf einem halbkreisförmigen Tisch im Flur stehen. Ein auf Hochglanz polierter Tisch unter einem Spiegel, und daneben vielleicht eine Vase mit Blumen, die sich in der Tischoberfläche spiegelte. Sean hatte sich schon immer dafür interessiert, wie anderer Leute Häuser aussahen. Denn er wollte wissen, wie alles sein mußte – für später, wenn seine Zeit gekommen war.

Im Wohnzimmer standen abgenutzte Chintz-Möbel, und vor der langen Fensternische hingen verblichene Vorhänge. Könnte ein elegantes Zimmer sein, dachte Sean und ging in Gedanken durch, was er alles verändern würde. Er bemerkte kaum, wie Patsy zurückkam.

»Sie sagt, du sollst zu ihr rübergehen.«

»Kommt sie nicht ins Wohnzimmer?« Er wollte ihr die Nachricht ungern in jenem Bereich des Hauses überbringen, wo das Hausmädchen alles mitbekam. Doch gehorsam folgte er ihr in das schäbige Eßzimmer.

»Oh, guten Tag, Sean.« Annabel Hogan war wenigstens höflich, was man von ihrem Dienstmädchen nicht behaupten konnte.

»Es tut mir sehr leid, aber ich habe schlechte Neuigkeiten. Es hat einen Unfall gegeben«, begann er mit Grabesstimme.

»Ich weiß. Die arme Eve. Mutter Francis hat mich schon angerufen.«
»Aber, Mrs. Hogan ... Benny war auch dabei ...«
»Ja, aber sie ist nicht verletzt. Sie hat mit Mutter Francis und mit ihrem Vater gesprochen. Irgendwas hat mit dem Telefon nicht gestimmt, oder es war belegt, weil ich mit Vater Rooney gesprochen habe.«
»Sie hat Schürfwunden und einen verstauchten Knöchel.« Sean konnte es nicht fassen, wie gelassen Mrs. Hogan reagierte. Er hatte damit gerechnet, ihr eine Neuigkeit mitzuteilen und danach den Tröster spielen zu können. Doch Mrs. Hogan schien die Sache auf die leichte Schulter zu nehmen. Unbegreiflich!
»Ja, aber sonst ist alles in Ordnung. Sie wird noch eine Weile im Krankenhaus sitzen, weil man sie noch beobachten will. Danach bringt sie jemand zum Abendbus, ganz so, wie sie es sich gedacht hat. Es ist nur der Schock, hat Mutter Francis gesagt.«
Sean war der Wind aus den Segeln genommen.
»Ich habe mir gedacht, ich könnte nach Dublin fahren und sie abholen«, schlug er vor.
»Ach, Sean, das können wir doch nicht von Ihnen verlangen.«
»Vielleicht fühlt sie sich nicht wohl, wenn sie da im Krankenhaus herumsitzt. All die kranken Leute, der Geruch nach Desinfektionsmitteln und so ... wir machen bald zu, und ich wollte Mr. Hogan fragen, ob er mir das Auto leiht.«
Annabel Hogan blickte in Sean Walshs besorgtes Gesicht, und mit einem Schlag war alles zunichte gemacht, was Mutter Francis an beruhigender Überzeugungsarbeit geleistet hatte.
»Das ist sehr freundlich von Ihnen, Sean. Aber wenn es wirklich so schlimm ist, will mein Mann vielleicht lieber selbst hinfahren.«
»Aber – wenn ich das so sagen darf, Mrs. Hogan – es ist sehr schwer, im Zentrum von Dublin einen Parkplatz zu finden. Mr. Hogan ist seit ein paar Jahren den Straßenverkehr in der Stadt

nicht mehr gewohnt, und ich hatte ohnehin vor, nach Dublin zu fahren und ein paar Stoffmuster mitzunehmen. Man kann hundertmal verlangen, daß sie die Sachen mit dem Bus schicken, aber man kriegt sie einfach nicht...«
»Meinen Sie, daß ich mitkommen soll?«
Langsam und bedächtig erwog Sean Walsh diese Frage, ehe er zu einer Entscheidung gelangte.
»Ich fahre allein, wenn es Ihnen recht ist, Mrs. Hogan. Dann können Sie hier alles in Ruhe vorbereiten.«
Diese Worte waren goldrichtig. Annabel sah sich in der Rolle der Mutter, die dafür sorgte, daß ihrer kranken Tochter nichts fehlen würde.
Lächelnd verließ Sean das Haus. Diesmal rannte er nicht die Hauptstraße von Knockglen entlang, sondern spazierte auf der anderen Straßenseite. Er nickte Dr. Johnson zu, der gerade aus seiner Praxis kam, und blickte ins Schaufenster von Peggy Pines Geschäft für Damenbekleidung, wo er angewidert die Pastellfarben betrachtete, die Benny am Abend zuvor so bewundert hatte. Benny mit ihrer Größe würde so etwas doch hoffentlich nicht tragen wollen. Aber es war gut, daß sie seinen Rat suchte.
Er sah, daß *Die Ferien des Monsieur Hulot* an diesem Wochenende im Kino lief. Sehr gut. Benny würde sich nicht wohl genug fühlen, um ins Kino zu gehen. Sean mochte keine fremdsprachigen Filme. Da war er ihr nämlich unterlegen.
Er straffte die Schultern. Es gab keinen Grund dafür, sich unterlegen zu fühlen. Die Dinge entwickelten sich prächtig.
Jetzt mußte er nur noch Mr. Hogan berichten, wie besorgt Mrs. Hogan war und wie er als Retter in der Not zu wirken gedachte.

Dr. Foley meinte, bevor er ginge, wolle er nur schnell noch nach dem Kind auf der Unfallstation sehen.
»Meine Termine für heute vormittag sind alle abgesagt... Willst

du mich vielleicht zur Shelbourne begleiten? Da nehme ich dann ein Taxi«, sagte er zu Jack.
»Ich könnte auch hier eines besorgen und mit dir nach Hause fahren.«
»Nein, nein, du weißt doch, daß ich das nicht will. Würdest du bitte solange im Wartezimmer bleiben, Jack?«
Jack ging in den grell beleuchteten Raum mit den gelben Wänden. An einem Tisch saßen zwei Mädchen. Eine der beiden war eine aufregend hübsche Blondine; die andere, ein großes Mädchen mit langem kastanienbraunem Haar, das im Nacken zu einem Knoten zusammengebunden war, hatte einen Verband am Fuß. Bestimmt waren sie in den Unfall verwickelt gewesen.
»War es schlimm?« erkundigte er sich und blickte fragend auf den freien Stuhl, als warte er auf die Erlaubnis, Platz nehmen zu dürfen. Die Mädchen schoben ihm den Stuhl hin und erzählten, was geschehen war. Offenbar hatte der Arzt der ganzen Fußgängergruppe nur ausweichen können, indem er gegen den Laternenpfahl gefahren war. Lediglich Eve war von dem Auto angefahren worden und hatte ernsthaftere Verletzungen erlitten. Aber in einer Woche würde auch sie aus dem Krankenhaus entlassen werden.
Es entspann sich ein ungezwungenes Gespräch zwischen ihnen. Ab und zu verhaspelte sich Benny. Und wenn sie den gutaussehenden Jungen anblickte, der da neben ihnen saß, brachte sie keinen Ton heraus. Mit so einem Jungen hatte sie sich noch nie unterhalten. Wenn sie einen Satz anfing, wußte sie plötzlich nicht mehr, wie sie ihn zu Ende bringen sollte.
Jack Foley wandte den Blick kaum von Nans Gesicht, doch sie schien sich dessen nicht bewußt und redete, als ob alle drei in gleicher Weise am Gespräch beteiligt wären. Jack erzählte, der Fahrer des Wagens sei sein Vater gewesen. Und Nan meinte, sie und Benny hätten sich große Mühe gegeben, ihre Schrammen und Prellungen gegenüber ihren Eltern herunterzuspielen, weil

es sonst bei ihnen beiden zu Hause ein Riesentheater gegeben hätte.
»Ich hab keine Lust, heute noch ins College zu gehen. Ihr etwa?« Nan blickte von einem zum anderen, so als wüßte sie, daß jemand gleich einen besseren Vorschlag machen würde.
»Ich könnte euch zwei auf eine Portion Pommes einladen, was haltet ihr davon?« fragte Jack.
Benny klatschte in die Hände wie ein Kind. »Jetzt erst merke ich, daß genau das mein größter Herzenswunsch war ... na ja, vielleicht nicht gerade ein Wunsch des Herzens, aber ein Wunsch jedenfalls«, meinte sie. Die beiden lächelten sie an.
»Ich bringe meinen Vater nur schnell zum Taxi, dann hole ich euch ab«, sagte Jack. Dabei sah er Nan tief in die Augen.
»Was sollen wir sonst machen? Es ist das Beste, was uns heute noch passieren kann«, sagte Nan, als Jack gegangen war.
»Er ist sehr nett«, meinte Benny.
»Er ist der Held des College, noch bevor er dort aufgetaucht ist.«
»Woher weißt du das?« fragte Benny.
»Ich habe ihn beim Schulpokal spielen sehen.«
»Bei was?«
»Er hat auf dem Flügel gespielt.« Nan bemerkte Bennys Verständnislosigkeit und erklärte: »Rugby. Er ist wirklich ziemlich gut.«
»Was machst du denn bei einem Rugbyspiel?«
»Da geht doch jeder hin. Es ist sozusagen ein gesellschaftliches Ereignis.«
Da erkannte Benny, daß es viele Bereiche geben würde, bei denen sie nicht mitreden konnte. Rugby war nur ein kleiner Teil davon. Und diese Wissenslücken würde sie niemals schließen können, wenn sie weiterhin ihr ganzes Leben in Knockglen verbrachte.
Plötzlich wünschte sie sich, ein anderer Mensch zu sein: viel kleiner, mit einem feinen Gesicht und zierlichen Füßen, so wie Nan. Daß sie zu Männern aufschauen konnte, nicht auf sie herab oder über sie hinweg. Wenn ihre Eltern doch auf den Aran-Inseln

leben würden! Dann wäre es überhaupt kein Thema gewesen, ob sie jeden Abend nach Hause fahren mußte oder nicht. Mit einemmal überkam sie der Wunsch, ihr Haar blond zu färben, und zwar jeden Tag, damit man auch an den Haarwurzeln nie etwas sah. An ihrer Größe konnte sie nichts ändern. Selbst wenn sie schlanker gewesen wäre, hätte sie trotzdem noch breite Schultern und große Füße gehabt. Eine Operation, durch die man die Füße verkleinern konnte, mußte erst noch erfunden werden.
Angewidert betrachtete Benny ihre Füße in den festen Schuhen, umwickelt mit einem dicken Verband. Ihre Mutter hatte normale Füße, ihr Vater auch, warum mußten ausgerechnet ihre aus der Art schlagen? In der Schule hatte sie einmal von irgendeinem Tier gehört, das wegen seiner riesigen breiten Füße ausgestorben war. Benny hatte nicht gewußt, ob sie es beneiden oder bemitleiden sollte.
»Tut es sehr weh?« Nan war Bennys Blick gefolgt und dachte, sie hätte Schmerzen.
In diesem Augenblick kam Jack zurück.
»So«, meinte er, zu Nan gewandt.
Sie stand auf. »Ich glaube, Benny hat Schmerzen am Fuß.«
»Oh, das tut mir leid.« Er bedachte sie mit einem kurzen Blick und einem mitfühlenden Lächeln.
»Nein, es geht schon«, erwiderte Benny.
»Ganz bestimmt?« fragte er höflich. Vielleicht will er mit Nan allein weggehen, dachte Benny. Sie wußte es nicht. Aber es würde ohnehin immer so ablaufen, warum sollte sie sich deshalb also den Kopf zerbrechen?
»Du hast aber hingesehen und das Gesicht verzogen«, wandte Nan ein.
»Nein, ich habe nur daran gedacht, wie viele Gebete wir aufsagen, damit China bekehrt wird. Betet ihr beim Rosenkranz auch drei Ave-Maria extra dafür?«
»Ich glaube, bei uns geht es um die Bekehrung der Russen«,

antwortete Jack. »Aber ich bin mir nicht sicher. Woran man sieht, daß es mir nicht schwerfällt, mich davor zu drücken.«
»Na, ich weiß wirklich nicht, warum wir für die Chinesen beten sollen«, sagte Benny mit gespielter Entrüstung. »Die haben doch ganz hübsche Sitten. Da werden jedem die Füße eingebunden.«
»Was?«
»Ja, gleich nach der Geburt. Dann stolpert später bestimmt keiner über seine eigenen Füße. Alle haben winzige Füße und schön verformte Knochen. Sieht sehr elegant aus.«
Jack nahm sie erst jetzt richtig wahr.
»Jetzt genehmigen wir uns Pommes«, meinte er und sah ihr geradewegs ins Gesicht. »Vier Portionen. Eine für jeden, und die letzte teilen wir uns. Mit einer Menge Tomatenketchup.«
Da hörte Benny, wie die Krankenschwester jemandem sagte, Miss Hogan sei drüben im Wartezimmer. Ihr klappte die Kinnlade herunter, als Sean Walsh auf sie zukam.
»Ich fahre dich heim, Benny«, eröffnete er ihr.
»Ich habe Vater doch gesagt, daß ich den Bus nehme«, erwiderte sie kühl.
»Aber er hat mir den Wagen gegeben ...«
Jack blickte mit höflichem Interesse von dem schmalgesichtigen Jungen zu dem großen Mädchen mit dem rotbraunen Haar.
Sie wurden einander nicht vorgestellt.
Benny sprach mit solchem Nachdruck, wie sie noch nie jemanden hatte reden hören. Schon gar nicht sich selbst.
»Na, ich hoffe, du hast auch noch was anderes in Dublin zu tun, Sean, und bist nicht nur meinetwegen gekommen. Ich muß nämlich weg. Ich werde den Bus nehmen, wie wir es vereinbart haben.«
»Was hast du denn hier noch zu tun? Du sollst nach Hause kommen. Jetzt, mit mir.« Sean klang gereizt.
»Sie braucht noch eine Spezialbehandlung«, sagte Jack Foley. »Ich wollte sie gerade hinbringen. Und wir wollen doch nicht, daß sie die versäumt, oder?«

Kapitel 5

Benny wußte, daß sie vom Bus abgeholt werden würde. Aber sie hatte nicht mit allen dreien gerechnet, nicht mit Patsy und auch nicht damit, daß sie mit dem Auto kommen würden. Sean mußte nach seiner Rückkehr wahre Schauermärchen erzählt haben, sonst hätte sich nicht ein solches Empfangskomitee an der Bushaltestelle versammelt. Noch ehe Mikey die Haltestelle anfuhr, hatte sie die blassen Gesichter unter den beiden Regenschirmen erkannt. Wieder überkam sie jene altbekannte Mischung aus Ärger und Schuldgefühlen. Auf der ganzen Welt hatte niemand eine so liebevolle Familie. Und niemand sonst fühlte sich so eingeengt und erstickt von dieser Affenliebe wie Benny.
Bedrückt ging sie zur Tür im vorderen Teil des Busses.
»Gute Nacht, Mikey.«
»Mach's gut, Benny. Sag, hast du was am Fuß?«
»Ja, ich hab mich verletzt«, antwortete sie. Bestimmt kannte die Frau des Fahrers die ganze Geschichte schon.
»Weil die Studenten auch immer soviel trinken. Das kommt davon«, sagte er und lachte schallend über seinen eigenen Witz.
»Das wird's wohl sein«, murmelte sie höflich und ohne große Begeisterung.
»Da ist sie!« rief ihr Vater, als habe je Unklarheit darüber bestanden, wann sie zurückkommen würde.
»Ach, Benny, ist alles in Ordnung?« Mit großen, angsterfüllten Augen starrte ihre Mutter sie an.
»Mutter, das habe ich Vater doch schon am Telefon gesagt. Mir geht es gut, wirklich.«

»Warum mußtest du dann zu dieser Spezialbehandlung?«
Annabel Hogans Gesicht verriet, daß sie glaubte, ihre Tochter wolle ihr eine schlechte Nachricht verheimlichen. »Wir waren sehr in Sorge, als Sean uns gesagt hat, daß du noch mal untersucht werden mußt. Und du hast auch nicht mehr angerufen ... da haben wir befürchtet ...«
Ihr Vater runzelte besorgt die Stirn.
»Was denkt sich Sean eigentlich dabei, daß er mich abholen kommt? Warum mischt er sich überhaupt ein und macht alle ganz kopfscheu?« sagte Benny mit fester Stimme, doch ein wenig lauter als sonst.
Sie sah, wie Mrs. Kennedy von der Apotheke sich nach ihr umdrehte. Das würde im Haus der Kennedys heute abend für ausreichenden Gesprächsstoff sorgen – eine Szene an der Bushaltestelle, ja, und ausgerechnet zwischen den Hogans. Ja, ja! Hatte es sich jetzt nicht doch als Fehler herausgestellt, daß sie Benny allein nach Dublin hatten gehen lassen?
»Er ist hingefahren, damit wir uns nicht solche Sorgen machen«, erklärte Bennys Vater. »Wir waren ziemlich beunruhigt.«
»Nein, Vater, das stimmt nicht. Du warst doch ganz froh, daß ich mit dem Bus heimfahre. Als ich mit dir geredet habe, warst du ganz gefaßt, und du hast gesagt, Mutter würde sich auch nicht aufregen. Und auf einmal kommt Sean Walsh daher und bringt alles durcheinander.«
»Der Junge ist in seiner Freizeit den ganzen Weg nach Dublin gefahren, um dich nach Hause zu holen. Und dann ist er gleich zurückgefahren, um uns zu sagen, daß du noch mal zum Arzt mußt. Willst du uns etwa vorwerfen, daß wir uns dann Sorgen machen?« Eddie Hogan verzog bekümmert das Gesicht. Neben ihm stand Annabel und musterte forschend Bennys Miene. Nicht einmal Patsy schien zu glauben, daß alles wirklich nur halb so schlimm war.
»Ich wollte aber nicht, daß er mich abholt. Du hast mit keinem

Wort erwähnt, daß er kommen würde. Mir ist nichts passiert, wirklich, das müßt ihr endlich begreifen. Mit mir ist alles in Ordnung. Aber ein Junge ist umgekommen. Er starb vor meinen Augen. Von einem Moment auf den anderen war er plötzlich tot. Er hat sich das Genick gebrochen. Und Eve liegt im Krankenhaus mit gebrochenen Rippen, einer Gehirnerschütterung und weiß der Himmel, was noch allem. Aber Sean Walsh hat nichts Besseres zu tun, als in diesem Krankenhaus blöd herumzustehen und irgendwelche Geschichten über mich zu erzählen!«

Zu ihrem Entsetzen bemerkte Benny, daß ihr Tränen über das Gesicht liefen und eine kleine Schar von Leuten sie neugierig begaffte. Zwei Schülerinnen aus dem Kloster, die mit einer der jungen Nonnen zum Bücherkaufen in Dublin gewesen waren, drehten sich nach ihnen um. Noch vor der Schlafenszeit würden im Kloster alle Bescheid wissen.

Endlich ergriff Bennys Vater die Initiative. »Ich bringe sie in den Wagen«, meinte er. »Patsy, sei doch so gut, lauf zu Dr. Johnson, er soll so schnell wie möglich kommen. Benny, es ist ja alles gut, es ist alles in Ordnung. Das ist ganz normal in deinem Zustand, das ist nur der Schock.«

Benny fragte sich, ob es einen Zustand gab, den man Wut nennt. Denn genau das empfand sie: hilflose Wut.

In Windeseile sprach es sich in Knockglen herum. Doch was die Leute erfuhren, hatte nur wenig mit dem zu tun, was tatsächlich passiert war. Mrs. Healy wollte gehört haben, die Mädchen hätten albern herumgetobt, wie sie es früher in Knockglen immer getan hatten, und seien dabei von einem Auto angefahren worden. Vorsichtshalber seien beide ins Krankenhaus eingeliefert worden, doch Sean Walsh sei hingefahren und hätte Bennys Entlassung bewirkt. Daraus könne man lernen, wie gefährlich der Straßenverkehr in Dublin sei und wie höllisch man aufpassen müsse, wenn man aus einem Dorf wie Knockglen kam.

Mr. Flood schwieg und pries sich glücklich, als er die Neuigkeit erfuhr. Er meinte, das sei offensichtlich eine Warnung. Was für eine Warnung, konnte er zwar nicht sagen, aber seine Familie nahm beunruhigt zur Kenntnis, daß er wieder einmal hinausging, um den Baum um Rat zu fragen. Dabei hatte man gehofft, diese seltsame Angewohnheit hätte sich mittlerweile gelegt.

Mrs. Carroll meinte, es sei reine Geldverschwendung, Mädchen auf die Universität zu schicken. Selbst wenn ihr Lebensmittelladen dreimal so groß wie Findlater's in Dublin gewesen wäre, sie würde Maire und ihre Schwestern nicht studieren lassen. Da könne man das Geld ja gleich zum Fenster rausschmeißen. Wenn ihnen schon am allerersten Tag nichts anderes einfiel, als sich vom erstbesten Auto überfahren zu lassen! Maire Carroll, die im Laden mithalf, obwohl sie die Arbeit haßte, empfand große Genugtuung über das Schicksal von Eve und Benny. Aber das ließ sie sich natürlich nicht anmerken, sondern tat sehr besorgt und betroffen.

Bee Moore, die in Westlands arbeitete und die Schwester des Schusters Paccy Moore war, hatte gehört, Eve sei ihren schrecklichen Verletzungen erlegen und Benny stünde unter einem solchen Schock, daß man es ihr nicht zu sagen wage. In Kürze würden die Nonnen nach Dublin reisen, um die Leiche zu überführen.

Birdie Mac vom Süßwarenladen meinte, man müsse heutzutage schon sehr gläubig sein, um nicht an der Gerechtigkeit Gottes zu zweifeln. Es sei doch wohl schon schwer genug für dieses arme Mädchen, daß es keine Eltern habe, von ihren Verwandten in Westlands verstoßen worden sei und im Kloster als Waisenkind habe aufwachsen müssen, dem man nur gebrauchte Kleider zum Anziehen gegeben habe. Und da schicke man sie auch noch zu einem Sekretärinnenkurs, obwohl sie alles dafür gegeben hätte zu studieren. Und jetzt, gleich in der ersten Woche sei sie auch noch von einem Auto überfahren worden! Birdie fragte sich oft, ob es im Leben gerecht zuging, da sie selbst sich viel zu lange um ihre kränkliche Mutter hatte kümmern müssen und dadurch die Gelegenheit verpaßt hatte, einen sehr passablen Mann aus Ballylee zu heiraten – er hatte sich für eine andere entschieden, die nicht an eine pflegebedürftige Mutter gebunden war.

Dessie Burns meinte, es sei doch einiges dran an der Redensart, daß sich Betrunkene nie verletzten, wenn sie hinfielen. Darin hatte er reichlich Erfahrung. Aber ein Mädchen wie Eve Malone, so ein junges Ding, das nie einen Tropfen trank, landete dann eben im Krankenhaus.

Pater Ross meinte, die Sache würde Mutter Francis sehr mitnehmen, wo sie doch das Mädchen liebte, als wäre sie ihr eigen Fleisch und Blut. Keine leibliche Mutter hätte mehr für das Kind tun können als sie. Er hoffte, Mutter Francis würde keinen allzu großen Schock erleiden.

Mutter Francis hatte rasch gehandelt, als sie von Eves Unfall erfahren hatte. Unverzüglich war sie zu Peggy Pine gegangen und hatte in duldsamem Schweigen gewartet, bis keine Kunden mehr im Laden waren.
»Kannst du mir einen großen Gefallen tun, Peg?«
»Was immer du willst.«
»Könntest du den Laden schließen und mich nach Dublin fahren?«
»Wann?«
»Sobald es geht, Peg.«
Peggy zog die orangefarbenen Plastikrollos herunter, die die im

Schaufenster ausgestellte Ware vor der Sonne schützen sollten. Das tat Peggy immer, sowohl im Sommer, wenn tatsächlich hin und wieder die Sonne schien, als auch im Winter, wenn es eigentlich überflüssig war.
»Dann mal los«, meinte sie.
»Aber das Geschäft?«
»Eins muß man dir lassen, Bunty, du hast ein Gespür dafür, wann du jemanden um einen Gefallen bitten kannst. Wenn du vorhast, Hals über Kopf nach England durchzubrennen, weil du's in deinen Klostermauern nicht mehr aushältst, dann bist du zumindest schlau genug, dir dafür den Tag auszusuchen, wo ich früher zusperre.« Sie griff nach ihrer Handtasche und kramte nach dem Schlüssel, zog ihren Tweedmantel an und schloß die Tür hinter sich. Es hatte seine Vorteile, wenn man alleinstehend war. Man war keinem Rechenschaft darüber schuldig, was man tat. Oder warum man etwas tat.
Man brauchte nicht mal selbst Fragen zu stellen.

»Mutter Francis!« Eves Stimme klang schwach.
»Es wird alles wieder gut.«
»Was ist mit mir los? Bitte, Mutter Francis. Die anderen sagen immer nur ›schscht‹ und ›ruh dich aus‹.«
»Es gibt keinen Grund, dir etwas zu verheimlichen.« Die Nonne nahm Eves schmale Hand. »Du hast ein paar gebrochene Rippen, aber die wachsen wieder zusammen. Die Hüfte wird dir eine Zeitlang weh tun, aber sie wird verheilen. Genauso die Platzwunden, die genäht worden sind. Ganz ehrlich, ich hab dich mein Leben lang nicht belogen. Du wirst wieder gesund werden.«
»Ach, Mutter, es tut mir so leid.«
»Kind, du hättest es nicht verhindern können.«
»Nein, ich meine deinetwegen. Daß du das alles auf diese Weise erfahren mußtest ...«

»Ich weiß doch, daß du mich anrufen wolltest. Benny hat es mir erzählt.«
»Ich hab dich auch noch nie angelogen, Mutter. Aber ich wollte eigentlich nicht anrufen.«
»Vielleicht nicht sofort, aber irgendwann bestimmt.«
»Bist du immer noch der Meinung, daß jede Frage beantwortet werden muß?«
»Natürlich.«
»Was soll ich tun, Mutter, was um Himmels willen soll ich tun, wenn ich hier herauskomme?«
»Du kommst erst mal heim, um dich zu erholen. Und dann überlegen wir uns etwas anderes für dich.«
»Und Mutter Clare?«
»Überlaß die mal mir.«

Jack trat durch die Nebentür ins Haus und stieß auf Aengus, der in der Garderobe saß und seine Brille begutachtete.
»Himmel, nicht schon wieder!«
»Es war nicht meine Schuld, Jack. Ich hab nichts gemacht, ich schwör's. Ich bin an diesen Typen vorbeigegangen, und da hat einer von ihnen gerufen: ›He, du Brillenschlange.‹ Ich hab ihn nicht beachtet, so wie du's mir gesagt hast. Aber sie sind auf mich losgegangen, haben sie mir weggenommen und sind drauf rumgetrampelt.«
»Dann war es meine Schuld.« Jack betrachtete die Brille: Sie war nicht mehr zu reparieren. Manchmal hatte er das Gestell zurechtbiegen und die Gläser wieder einsetzen können, doch diesmal war es hoffnungslos.
»Hör mal, Aengus, mach kein Theater deswegen. Sie haben heute schon genug mitgemacht.«
»Aber was soll ich denn sagen?« Ohne seine Brille wirkte Aengus wehrlos und nackt. »Ich kann doch schlecht behaupten, daß ich selber draufgetreten bin.«

»Nein, ich weiß. Paß auf, ich gehe morgen hin, und dann kriegen die Kerle, die das getan haben, eine ordentliche Abreibung.«
»Nein, Jack, nein. Das würde alles nur noch schlimmer machen.«
»Nicht, wenn ich sie windelweich prügle. Dann werden sie es nicht noch mal wagen, weil sie Angst haben, daß sie's wieder mit mir zu tun kriegen.«
»Aber sie wissen, daß du nicht immer dasein kannst.«
»Ab und zu schon. Ich kann zum Beispiel zufällig vorbeikommen, wenn die Schule gerade aus ist.«
»Aber werden sie dann nicht glauben, daß ich sie verpetzt habe?«
»Nö«, meinte Jack lässig. »Du bist kleiner als sie. Du brauchst eine Brille zum Sehen, und wenn sie das nicht akzeptieren, holst du dir eben Verstärkung ... so läuft das nun mal.«
Im Haushalt der Foleys brauchte man keinen Gong, denn das besorgte die Holy-Mother-Kirche für sie, wie Lilly Foley immer sagte. Sobald das Angelusläuten ertönte, kamen sie von überall aus dem großen Haus zusammen und begaben sich ins Eßzimmer. Jack war von seinem Vater gebeten worden, den Unfall in Anwesenheit der Jüngeren nicht zu erwähnen. Sie sollten nichts von dem Tod des Jungen erfahren. Sein Vater sah blaß aus, fand Jack, das eine Auge war ein wenig geschwollen, aber vielleicht wäre es ihm auch gar nicht aufgefallen, wenn er den Grund nicht gekannt hätte. Seine Brüder schienen jedenfalls nichts zu bemerken, wohl auch deshalb, weil sie gerade von Ronan abgelenkt wurden. Ronan war ein begabter Schauspieler, und diesmal ahmte er einen fahrigen Ordensbruder aus der Schule nach, wie er in der großen Aula, wo ein Vortrag stattfand, alle zum Stillsitzen bewegen wollte. Dann folgte die unbarmherzige Darstellung eines nuschelnden Polizisten, der in die Schule bestellt worden war, um den alljährlichen Vortrag über Sicherheit im Straßenverkehr zu halten.

Doch für diese Geschichte hatte sich Ronan den falschen Tag ausgesucht.
Ein andermal hätte sein Vater vielleicht mitgelacht oder nur sachte eingewandt, das sei doch ein etwas grausamer Spott. Doch heute starrte er mit bleichem, versteinertem Gesicht vor sich hin.
»Was immer er für einen Akzent oder Sprachfehler gehabt haben mag, ich schätze, keiner von den Dummköpfen, die sich über ihn lustig gemacht haben, hat im mindesten darauf geachtet, was er gesagt hat«, sagte er barsch.
»Aber, Daddy...«, stotterte Ronan verdutzt.
»Nichts ›aber, Daddy‹. Das macht dich oder sonst einen von den Possenreißern, die über den armen Polizisten herziehen, auch nicht wieder lebendig, wenn sie unter einen Zehntonner geraten sind.«
Alle schwiegen betreten. Jack beobachtete, wie seine Brüder erschrockene Blicke wechselten und seine Mutter mit gerunzelter Stirn seinen Vater am andern Ende des Tischs ansah.
Ganz unvermittelt mußte Jack plötzlich an Benny denken – das Mädchen, das er vor ein paar Stunden kennengelernt hatte. Es war darum gegangen, daß sie sich wünschte, Gespräche lenken zu können. Wenn man das könnte, hatte sie lachend gemeint, dann könnte man die Welt beherrschen.
»Du meinst, wie Hitler?« hatte er spaßeshalber erwidert.
»Ich meine das Gegenteil von Hitler – man könnte die Dinge friedlich regeln, anstatt die Menschen gegeneinander aufzuhetzen.«
In diesem Moment hatten die Augen dieser sagenhaften Nan Mahon aufgeblitzt. Einen besänftigenden Einfluß könne doch jeder ausüben, hatte sie gesagt und dabei ihren herrlichen blonden Lockenkopf in den Nacken geworfen. Es käme viel mehr darauf an, Schwung ins Leben zu bringen. Bei diesen Worten hatte sie Jack direkt angeblickt.

Nan Mahon drehte den Schlüssel im Türschloß von Maple Gardens Nummer 23. Sie hatte keine Ahnung, ob jetzt, um Viertel nach sechs, schon jemand zu Hause war. Wer zuerst heimkam, schaltete das elektrische Heizgerät im Flur ein, damit es im Haus ein bißchen wärmer wurde, und zündete dann den Gasofen in der Küche an. Ihre Mahlzeiten nahmen sie immer am großen Küchentisch ein, was nichts ausmachte, da sie ohnehin nie Gäste hatten.
Im Flur war es bereits ein wenig warm. Es mußte schon jemand dasein.
»Hallo«, rief Nan.
Aus der Küche kam ihr Vater.
»Du hast mir ja eine hübsche Nachricht hinterlassen. Ein prächtiger Tag in der Arbeit. Wir sind vor Sorge fast gestorben.«
»Was ist denn los?«
»Was los ist? Da fragst du noch? Tu doch nicht so! Herrgott, Nan, ich sitze seit zwei Stunden hier, ohne das geringste Lebenszeichen von dir.«
»Ich hab doch die Nachricht hinterlassen und gesagt, daß es einen Unfall gegeben hat. Ich wollte erst gar nicht anrufen, aber im Krankenhaus hieß es, wir müßten Bescheid sagen. Ich habe beim Baumarkt angerufen und Paul gesagt, er soll dir ausrichten, daß mit mir alles in Ordnung ist. Hat er dir das nicht gesagt?«
»Wer glaubt denn so einem Idioten, wenn er in der einen Hand eine Zeitung hält und sich mit der anderen Essen ins Maul stopft...?«
»Na ja, du warst eben nicht da.« Nan hatte den Mantel ausgezogen und begutachtete die Schmutzflecken. Dann hängte sie ihn ordentlich auf einen großen Holzbügel und begann, den getrockneten Schmutz abzubürsten.
»Es hat einen Toten gegeben, Nan. Ein Junge ist umgekommen.«

»Ich weiß«, sagte sie langsam. »Wir haben es gesehen.«
»Und warum bist du nicht gleich nach Hause gekommen?«
»Wozu denn, wenn keiner da ist?«
»Es wäre sehr wohl jemand dagewesen. Ich wäre nach Hause gekommen. Wir hätten deine Mutter aus dem Hotel geholt.«
»Ich wollte sie aber nicht wegholen und bei der Arbeit stören. Sie hätte sowieso nichts tun können.«
»Sie macht sich aber schreckliche Sorgen. Ruf sie lieber an. Sie hat gesagt, sie würde im Hotel bleiben für den Fall, daß du dorthin kommst.«
»Nein, ruf lieber *du* sie an. Schließlich habe nicht ich sie in Unruhe versetzt.«
»Ich begreife nicht, wie du so gefühllos sein kannst...« Bestürzt sah er sie an.
Nans Augen funkelten. »Du versuchst ja nicht mal, was zu begreifen... du hast nicht die leiseste Ahnung, wie das war, all die Autos, überall Blut und Scherben, und der Junge, über den sie die Decke gebreitet haben... und ein Mädchen hat sich die Rippen gebrochen, und dann muß man herumstehen und warten... es war... es war... einfach furchtbar.« Ihr Vater kam mit ausgestreckten Armen auf sie zu, aber sie wich ihm aus.
»Ach, Nan, meine arme Kleine«, sagte er.
»Genau deshalb wollte ich nicht, daß du ins Krankenhaus kommst. Ich bin keine arme Kleine. Ich hab nur ein paar Kratzer abgekriegt. Ich wollte nicht, daß du dich zum Gespött der Leute machst. Und mich dazu.«
Er zuckte zusammen.
Doch Nan fuhr fort: »Und ich habe Em nicht angerufen, weil es für sie als verheiratete Frau schon schwer genug ist, überhaupt eine Arbeit zu kriegen, da braucht sie nicht auch noch eine hysterische Tochter, die am Telefon nach ihrer Mama heult. Seit sechs Jahren, seit ich zwölf war, arbeitet Em in diesem Kiosk. Und es hat durchaus Tage gegeben, an denen ich sie gern zu Hause ge-

habt hätte, wenn ich mal Kopfweh hatte oder mich eine von den Nonnen in der Schule angebrüllt hat. Aber ich habe mich in ihre Lage versetzt. Während du ja immer nur an dich selbst denkst. Du würdest sie auch anrufen, wenn du deine Socken nicht da findest, wo sie deiner Meinung nach sein sollten.«

Brian Mahon ballte die Fäuste. Er trat auf seine Tochter zu, die fortfuhr, den am Küchenschrank aufgehängten Mantel auszubürsten.

»Bei Gott, so lasse ich nicht mit mir reden. Auch wenn du durcheinander bist – das ist keine Entschuldigung, daß du mich wie den letzten Dreck behandelst. Deinen eigenen Vater, der sich Tag und Nacht abrackert, damit du aufs College gehen kannst! Ich sag dir, nimm das zurück, sonst hast du in diesem Haus nichts mehr verloren.«

Nans Gesicht zeigte nicht die leiseste Regung; mit unbeirrt gleichmäßigen Bewegungen bürstete sie weiter und sah zu, wie die Schmutzteilchen auf die Zeitung rieselten, die sie auf dem Boden ausgebreitet hatte. Sie sagte nichts.

»Dann mach, daß du aus meinem Haus verschwindest.«

»O nein, ich bleibe«, erwiderte Nan. »Vorerst jedenfalls.«

Mutter Francis hatte ihren Besuch bei Mutter Clare so lange wie möglich aufgeschoben. Fürs erste beließ sie es bei einem bewußt unverbindlichen Telefongespräch. Aber es war ihr klar, daß sie bald in den Regen hinaus und mit dem Bus zum Schwesternkloster fahren mußte. Sie hatte Peggy wieder nach Hause geschickt. Auf diesen Besuch freute sie sich ganz und gar nicht.

Wenn sie eine richtige Mutter wäre, dachte sie und straffte die Schultern, müßte sie mit einer heranwachsenden Tochter eine Menge solcher Probleme durchstehen. Als Lehrerin wußte sie nur zu gut, wie Halbwüchsige ihren Eltern das Leben schwermachten. Leibliche Mütter mußten einiges aushalten. Dieser Gedanke ging ihr gerade durch den Kopf, als sie durch den Flur

zurück ins Wartezimmer ging und dort die gekauerte, weinende Frau erblickte.
Neben ihr stand eine hübsche, rundliche Frau mit grauem Haar, die nicht recht wußte, ob sie die Schluchzende beruhigen oder weiter weinen lassen sollte.
»Frank«, jammerte die Frau, »Frank, sag, daß es nicht wahr ist. Sag, daß es ein anderer war, einer, der nur so ausgesehen hat wie du.«
»Sie holen gerade wieder die Krankenschwester«, erklärte ihre Begleiterin. »Vor einer Minute war sie noch ganz ruhig. Wir haben ein Taxi bestellt. Ich wollte sie mit zu mir nach Hause nehmen ...«
»War es ihr Sohn?« fragte Mutter Francis.
»Ihr einziges Kind«, erwiderte die Frau mit besorgter Miene. »Ich bin ihre Nachbarin. Sie wird bei mir übernachten. Ich habe meine Schwester rübergeschickt, damit sie sich um die anderen Jungs kümmert.«
»Die anderen?«
»Sie hat an Studenten vermietet, wissen Sie. Heute hätte ihr Junge seinen ersten Tag an der Universität gehabt.«
Mitleidig blickte die Nonne auf Kit Hegarty, die sich kummervoll auf ihrem Stuhl hin und her wiegte.
»Wissen Sie, Schwester ... äh, Mutter, ich bin die Allerverkehrteste für sie. Denn ich habe alles, einen Ehemann, eine Familie. Und sie hat jetzt gar nichts mehr. Sie möchte eigentlich auch nicht bei uns sein. Sie will nichts Nettes, Normales, Geregeltes. Das erinnert sie nur an das, was sie selbst nicht mehr hat.«
Mutter Francis musterte die Frau respektvoll. »Sie sind offenbar eine sehr gute Freundin, Mrs. ...?«
»Hayes, Ann Hayes.«
Mutter Francis kniete sich neben Frank Hegartys Mutter und nahm ihre Hand.

Verblüfft sah Kit auf.
»In ein paar Tagen, nach dem Begräbnis, möchte ich, daß Sie für eine Weile zu mir kommen«, sagte sie leise.
Ein gramzerfurchtes Gesicht blickte Mutter Francis an. »Wovon sprechen Sie? Wer sind Sie?«
»Ich bin in einer ähnlichen Lage wie Sie. In gewisser Hinsicht habe ich auch mein Kind verloren. Darüber würde ich mich gerne mit Ihnen unterhalten, und vielleicht könnten Sie mir einen Rat geben. Wissen Sie, ich bin keine leibliche Mutter. Aber Sie sind es.«
»Ich war es.« Kit versuchte zu lächeln, brachte aber nur eine Grimasse zustande.
»Nein, Sie sind es immer noch, Sie werden es immer bleiben. Das kann Ihnen niemand wegnehmen. Ebensowenig wie all das, was Sie ihm gegeben und was Sie für ihn getan haben.«
»Ich hab ihm nicht viel gegeben, und ich habe auch nicht viel für ihn getan. Ich habe ihm dieses Motorrad erlaubt.« Bei diesen Worten umklammerte sie Mutter Francis' Hand.
»Aber das mußten Sie doch. Sie mußten ihm seine Freiheit geben. Das war das größte Geschenk, das, wonach er sich am meisten gesehnt hat. Sie haben ihm das Beste gegeben, was er sich nur wünschen konnte.«
So hatte an diesem Tag noch niemand zu Kit gesprochen. Irgendwie gelang es ihr, tief durchzuatmen. Das stoßweise Keuchen verebbte.
Mutter Francis fuhr fort: »Ich lebe im Kloster von Knockglen. Es ist schlicht und friedlich dort. Da könnten Sie ein paar Tage verbringen. Eine andere Umgebung ist jetzt das wichtigste für Sie. Nichts, was Erinnerungen wachruft.«
»Ich kann nicht weg. Ich werde im Haus gebraucht.«
»Natürlich sollen Sie nicht sofort kommen, sondern erst, wenn Sie sich dazu imstande fühlen. Ann wird sich für ein paar Tage um alles kümmern. Ann Hayes und ihre Schwester.«

Ihre Stimme schien eine hypnotische Wirkung auszuüben. Die Frau beruhigte sich allmählich.
»Warum bieten Sie mir das an?«
»Aus Mitleid. Und weil mein Mädchen bei demselben Unfall verletzt worden ist... sie wird wieder gesund werden, das schon, aber es war ein Schock, sie so blaß in einem Krankenhausbett liegen zu sehen...«
»Sie wird wieder gesund werden«, sagte Kit mit tonloser Stimme.
»Ja, ich weiß. Natürlich wäre es Ihnen auch lieber, wenn Ihr Sohn nur irgendwelche Verletzungen hätte. Solange sie wüßten, daß er durchkommt.«
»Ihr Mädchen, wie meinen Sie das...?«
»Sie ist in unserem Kloster aufgewachsen. Ich liebe sie wie meine eigene Tochter. Aber ich tauge nichts als Mutter. Ich lebe nicht draußen in der Welt.«
Unter Tränen brachte Kit jetzt beinahe ein richtiges Lächeln zustande.
»Ich werde kommen, Mutter. Das Kloster in Knockglen. Aber wie komme ich zu Ihnen? Nach wem soll ich fragen?«
»Ich fürchte, Sie werden keine Schwierigkeiten haben, meinen Namen zu behalten. Wie Ihr Sohn bin auch ich nach dem heiligen Franziskus benannt.«

Mißbilligend musterte Mario Fonsies gelbe Krawatte.
»Du werden alle Leuten wegjagen.«
»Sei nicht blöd, Mario. So zieht sich heutzutage doch jeder an.«
»Nenn mich nicht blöd. Ich wissen, was blöd heißen.«
»Das ist wohl auch das einzige Wort, das du in unserer Sprache kennst.«
»Du nicht reden so mit deinem Onkel!«
»Warte, Mario, gib mir mal diese Keksdosen. Wenn wir den Plattenspieler auf Blech stellen, klingt es vielleicht eher nach richtiger Musik.«

»Schreckliche Musik, Fonsie. Wer will hören so lauten Krach?«
Mario hielt sich die Ohren zu.
»Die Jugendlichen.«
»Die Jugendlichen haben kein Geld.«
»Die älteren Semester rennen dir ja auch nicht gerade die Bude ein.«
Die Tür ging auf, und Sean Walsh kam herein.
»Da siehst du mal!« rief Fonsie.
Und im selben Augenblick rief Mario: »Na, was ich habe gesagt?«
Sean blickte mißmutig von einem zum anderen. Er kam sonst selten hierher, und jetzt schon zum zweitenmal in vierundzwanzig Stunden! Gestern abend mit Benny, und heute abend, weil er so spät dran gewesen war und es eilig gehabt hatte, seinen – völlig nutzlosen – Ausflug nach Dublin hinter sich zu bringen. Er hatte es nicht mehr geschafft, Lebensmittel einzukaufen, denn beide Läden waren bereits geschlossen gewesen. Normalerweise teilte Sean Walsh seine Einkäufe streng ein. War er an einem Tag Kunde bei Hickney's neben Mr. Flood, dann ging er anderntags zu Carroll's, gleich neben Hogan's. Es schien, als wolle er sich auf den Tag vorbereiten, an dem er selbst ein bedeutender Mann im Ort sein würde, der jeden auf seiner Seite haben wollte und den jedermann als Kunde schätzte. Wäre er gern in Kneipen gegangen, hätte er in jedem Lokal ein halbes Glas bestellt. Ja, auf diese Weise kam man mit seinen Mitmenschen aus. Doch heute hatte er keine Zeit gehabt, Käse oder Sardinen oder kalten Schinken zu besorgen, woraus üblicherweise sein Abendbrot bestand. Sean kochte nicht gern in seinem möblierten Zimmer über den Geschäftsräumen von Hogan's; er fürchtete, jemand könnte am Essensgeruch Anstoß nehmen. Er wollte nur rasch einen kleinen Imbiß einnehmen, der Leib und Seele zusammenhielt, und danach in seinem Zimmer über seinen Fehlschlag nachgrübeln.

Und offenbar machten sich Mario und sein dämlicher Neffe auch noch über ihn lustig!
»Er ist alt, und er ist gekommen hierher zwei«, sagte Mario.
»Er ist nicht alt, und außerdem heißt es ›zweimal‹, du Dussel«, erwiderte der unsympathische Fonsie.
Sean wünschte, er hätte bei Birdie Mac geklopft und gefragt, ob er einen Schokoriegel haben könne. Allemal besser, als diese zwei Visagen zu sehen.
»Bekomme ich bei euch was zu essen, oder störe ich gerade bei einem Talentwettbewerb?«
»Wie alt sind Sie, Sean?« fragte Fonsie. Sean musterte ihn ungläubig: Schuhe mit hohen Gummisohlen, die ihn gut und gern zehn Zentimeter größer wirken ließen, das Haar mit irgendeiner schmierigen Pomade in Wellen gelegt, eine schmale Krawatte und ein viel zu großes malvenfarbenes Jackett.
»Seid ihr nicht ganz bei Trost?«
»Sie sagen, wie alt Sie sein«, forderte Mario ungewöhnlich energisch.
Sean hatte das Gefühl, die ganze Welt wäre aus den Fugen geraten. Erst hatte Benny ihm in aller Öffentlichkeit eine Abfuhr erteilt und gesagt, er solle ohne sie nach Hause fahren, wo er sie doch eigens abholen gekommen war. Und jetzt diese beiden vom Fish-and-Chips-Laden! Es war eines der wenigen Male im Leben des Sean Walsh, daß er redete, ohne nachzudenken.
»Ich bin fünfundzwanzig«, sagte er. »Seit September.«
»Siehst du!« triumphierte Fonsie.
»Wieso?« Mario war ebenfalls davon überzeugt, daß er recht hatte.
»Was soll das eigentlich?« Sean schaute gereizt von einem zum anderen.
»Mario meint, das ist ein Lokal für ältere Leute. Ich sage, es ist für junge Kerle wie dich und mich«, erklärte Fonsie.

»Sean ist kein Kerl, er ist Geschäftsmann«, widersprach Mario. »Himmel, macht das einen Unterschied? Er geht jedenfalls nicht am Stock wie die meisten in dieser Stadt. Was darf's sein, Sean? Köhlerfisch oder Dorsch?«

Patsy machte mit Mossy Rooney einen Spaziergang.
Schweigend hatte er in der Küche gewartet, bis die Tochter des Hauses sich beruhigt hatte und zu Bett gegangen war. Ähnlich wie Sean Walsh wäre es auch Mossy lieber gewesen, wenn im Haus der Hogans Küche und Wohnbereich stärker voneinander getrennt gewesen wären. Dann hätte er sich an den Tisch setzen, den Krawattenknoten lockern, die Schuhbänder lösen und Zeitung lesen können, bis Patsy fertig war. Aber so waren ständig die Hogans um einen herum. Der Hausherr war ein wichtiger Mann am Ort, und man hätte annehmen können, daß er Wert auf einen gepflegten Haushalt legte. Und die Dame des Hauses, die allem Anschein nach wesentlich älter als ihr Mann war, machte viel zuviel Wirbel um ihre Tochter, dieses große Mädchen.
Heute abend hatte helle Aufregung geherrscht. Der Doktor war gekommen und hatte ihr zwei Tabletten gegeben. Seiner Ansicht nach fehlte ihr nichts – abgesehen davon, daß sie ein sensibles Mädchen war, das gerade einen tödlichen Unfall mit angesehen hatte. Sie war nur durcheinander und hatte einen Schock. Am besten sollte man sie in Ruhe lassen.
Mossy Rooney, der zwar wortkarg, aber ein guter Beobachter war, bemerkte den Ausdruck der Erleichterung auf Bennys Gesicht, als man sie mit einer Wärmflasche und einer Tasse heißer Milch zu Bett schickte. Ihm entging auch nicht, wie die Hogans ihrer Tochter nachsahen, als sie die Küche verließ. Diesen Blick kannte er von Mutterenten, wenn sie ihre Jungen das erstemal zum Fluß brachten.
Wäre er mit einem anderen Dienstmädchen aus dem Dorf

ausgegangen, hätten sie sich an einem regnerischen Abend wie diesem auch in der Küche unterhalten können. Doch da die Hogans immer um sie herumschwirrten, mußte er mit Patsy hinaus in den Regen.

»Wollen Sie es sich bei so einem scheußlichen Wetter nicht lieber hier drinnen gemütlich machen?« hatte Mrs. Hogan freundlich angeboten.

»Nein, nein, Mam, ein bißchen frische Luft wird uns guttun«, meinte Patsy. Es klang jedoch nicht sehr überzeugend.

Danach saßen Annabel und Eddie Hogan eine ganze Weile schweigend beieinander.

»Maurice meint, wir brauchen uns keine Sorgen zu machen«, sagte Eddie schließlich.

Maurice Johnson hatte offenbar erkannt, wer die wahren Patienten in diesem Hause waren. Sein ärztlicher Rat hatte mehr ihnen gegolten als dem Mädchen, das er eigentlich behandeln sollte.

»Maurice hat leicht reden. Wir sind ja auch nicht wegen seiner Kinder besorgt«, meinte Annabel.

»Das stimmt, aber der Wahrheit halber muß man sagen, daß er und Grainne selbst nicht allzu besorgt um sie sind.«

Kit Hegarty lag in ihrem schmalen Bett und hörte das Nebelhorn, die Rathausuhr und gelegentlich ein vorbeifahrendes Auto. Die Schlaftabletten wirkten nicht. Sie war hellwach.

Alle waren sehr nett gewesen, hatten sich Zeit genommen und Mühe gegeben. Die Studenten im Haus waren ganz blaß geworden und hatten angeboten, auszuziehen. Die Eltern der Jungs hatten angerufen. Und diese kleine Mrs. Hayes von nebenan, die sie kaum kannte, hatte sich als Fels in der Brandung erwiesen und ihre Schwester herübergeschickt, damit sie kochte und nach dem Rechten sah. Auch die Priester von Dunlaoghaire waren großartig gewesen: Den ganzen Abend über kam immer wieder jemand vorbei. Drei oder sogar vier waren da, und während sie

tröstliche Dinge sagten, sich mit den anderen Leuten unterhielten und Tee tranken, vermittelten sie ein wenig den Eindruck von Normalität. Doch Kit wäre am liebsten eine Weile allein gewesen.
Der einzige Lichtblick an diesem Tag, der ihr wie hundert Stunden Chaos und Entsetzen erschien, war die Nonne gewesen. Offenbar war sie die Tante eines Mädchens, das bei dem Unfall verletzt worden war. *Sie* hatte begriffen, daß man Frank das Motorradfahren nicht hätte verbieten dürfen. Niemand sonst begriff das. Merkwürdig, daß ausgerechnet eine Nonne das verstand. Und sie war hartnäckig gewesen mit ihrer Einladung. Kit nahm sich vor, einmal hinzufahren und dieses Kloster zu besuchen. Später, wenn sie wieder klar denken konnte.

Dem Geplauder nach zu schließen, müssen sich im UCD alle ziemlich schnell kennengelernt haben, dachte Benny, als sie am nächsten Morgen die Treppe hinaufging. Die große Aula war brechend voll: Leute standen in Gruppen zusammen, lachten oder begrüßten einander.
Jeder hatte irgendeinen Freund.
An einem anderen Tag hätte Benny das bekümmert, aber heute nicht.
Sie ging eine Steintreppe in den Keller hinunter, wo man die Mäntel aufhängen konnte. Hier roch es ein wenig nach Karbol, wie in der Schule. Dann begab sie sich wieder ins Erdgeschoß und suchte den »Leseraum für Damen« auf. Dieser war gar nicht wie in der Schule. Schon deshalb nicht, weil offenbar niemand davon ausging, daß ein Leseraum tatsächlich zum Lesen da war. Die Mädchen überprüften in einem Spiegel über dem Kaminsims ihr Make-up oder gingen die Anzeigen am Anschlagbrett durch: Verkaufsangebote, Privatunterricht, Zimmer zur Untermiete, Mitgliedschaften in karitativen Vereinen.
Eine Gruppe Studentinnen tauschte lachend Urlaubserinnerun-

gen von ihren Auslandsaufenthalten aus. Sie hatten den Sommer in Italien, Spanien oder Frankreich verbracht ... die einzige Gemeinsamkeit war, daß sie alle wenig von der Landessprache gelernt hatten, daß die Kinder, auf die sie aufpassen mußten, lauter kleine Ungeheuer waren und daß immer erst so spät zu Abend gegessen wurde.
Sie freuten sich, wieder daheim zu sein.
Benny spitzte die Ohren, um Eve etwas erzählen zu können, wenn sie sie mittags wieder besuchte. Heute morgen war sie noch blaß gewesen, aber ausgesprochen guter Dinge. Mutter Francis würde alles für sie regeln. Sie hatte keine Vorwürfe zu befürchten.
»Ich werde versuchen, ein Studium am College anzufangen, Benny«, hatte sie mit leuchtenden Augen verkündet. »Ich bin dann nur ein paar Wochen in Verzug. Ich besorge mir eine Arbeit, du wirst schon sehen. Also paß auf, daß du alles mitkriegst, und mach dir Notizen, damit ich alles nachholen kann.«
»Willst du die Westwards fragen?«
»Vielleicht.«

Es gab immer viele Studenten, die Englisch als Hauptfach belegten. Die Vorlesungen wurden in einem großen Saal gehalten, der verwirrenderweise »Physiksaal« hieß. Benny reihte sich in den Menschenstrom ein. Der Raum war ganz anders als die Klassenzimmer in der Schule: Mit seinen halbkreisförmigen, hoch hinaufragenden Sitzreihen ähnelte er eher einem Amphitheater. Einige jüngere, besonders wißbegierige Ordensstudentinnen saßen bereits in den vordersten Reihen, um ja nichts zu versäumen. Benny ging langsam zu den höher gelegenen, hinteren Plätzen hinauf, wo sie weniger aufzufallen hoffte.
Von ihrem Aussichtspunkt sah sie alle hereinkommen: seriös wirkende Jungen in Dufflecoats, ernste junge Frauen mit Brillen und selbstgestrickten Jacken. Die Studenten von den Priester-

seminaren in den langen schwarzen Roben sahen alle wesentlich sauberer und ordentlicher aus als die Jungs, die sich nicht dem geistlichen Leben verschrieben hatten. Und die Mädchen, diese selbstbewußten, fröhlichen Mädchen! Waren das wirklich Erstsemester, diese eitlen Gänse mit ihren bunten Röcken, die schwungvoll ihre Mähnen schüttelten, immer auf Wirkung bedacht? Vielleicht hatten sie nach der Schule ein Jahr im Ausland verbracht, dachte Benny wehmütig, oder in den Sommerferien irgendwo gearbeitet. Wie auch immer, sie sahen nicht aus, als wären sie in einem Kaff wie Knockglen aufgewachsen.
Da entdeckte sie Nan Mahon. Nan trug denselben eleganten dunkelblauen Mantel wie am Vortag. Diesmal allerdings über einem blaßgelben Wollkleid. Ein blaugelbes Halstuch hing lose am Riemen ihrer Schultertasche. Ihr lockiges Haar war heute straffer aus dem Gesicht gekämmt als gestern, und man sah ihre gelben Ohrringe. Als sie hereinkam, links und rechts flankiert von jungen Männern, die um ihre Aufmerksamkeit buhlten, waren alle Augen auf sie gerichtet. Unentschlossen wanderte ihr Blick die Bankreihen entlang. Plötzlich sah sie Benny.
»Hallo, da bist du also!« rief sie.
Die Leute drehten sich um, um zu sehen, wem Nan zuwinkte. Benny wurde rot, weil sie so unverhofft im Mittelpunkt stand, doch Nan hatte ihre Verehrer bereits hinter sich gelassen und eilte zielstrebig zu den hinteren Reihen hinauf. Benny war verblüfft. In wenigen Tagen würde Nan sicher jeden im UCD kennen. Seltsam, daß Nan gerade auf sie zuging. Und auch noch so freundlich zu ihr war.
»Na, wie war's?«
»Was?«
»Du weißt schon, der junge Mann, dem du den Laufpaß gegeben hast und der dann angedeutet hat, das würde dir noch leid tun. So was Theatralisches hab ich selten gesehen.«
Benny machte eine wegwerfende Handbewegung. »Der Kerl ist

wirklich schwer von Begriff. Gott sei Dank ist er nicht noch bei mir zu Hause aufgetaucht. Ich habe schon befürchtet, er würde da auch noch herumschleichen und mich mit seinen großen Kuhaugen anglotzen.«

»Wahrscheinlich ist er jetzt noch mehr in dich vernarrt als vorher«, meinte Nan unbekümmert, als sei das eine gute Nachricht.

»Ich kann mir nicht vorstellen, daß er weiß, was Liebe ist. Er ist wie ein Fisch. Ein Fisch, der immer nur seine Erfolgsaussichten im Blick hat. Ein Goldgräber-Goldfisch.«

Beide kicherten.

»Eve geht es gut«, fuhr Benny fort. »Ich besuche sie heute mittag.«

»Kann ich mitkommen?«

Benny zögerte. Eve war oft etwas schwierig, selbst wenn sie bei bester Gesundheit war. Was würde sie davon halten, wenn diese blonde College-Schönheit an ihrem Bett auftauchte?

»Ich weiß nicht«, sagte sie schließlich.

»Immerhin haben wir das doch gemeinsam durchgestanden. Und ich weiß auch, was es mit ihr und Mutter Clare und Mutter Francis auf sich hat.«

Einen Moment lang wünschte Benny, sie hätte ihr nicht die ganze Geschichte erzählt. Eve schätzte es bestimmt nicht, wenn über ihre persönlichen Angelegenheiten gesprochen wurde, während sie bewußtlos im Krankenhaus lag.

»Das hat sich geklärt.«

»Hab ich mir gleich gedacht.«

»Willst du nicht lieber morgen mitgehen?«

Kapitel 6

Der Leichnam von Frank Hegarty wurde in die Kirche von Dunlaoghaire gebracht.
Dr. Foley nahm zusammen mit seinem ältesten Sohn an den Gebeten und dem Aussegnungsgottesdienst teil.
Auch Mutter Francis war in die Kirche gekommen; wie sich herausgestellt hatte, mußte sie etwas länger als vermutet in Dublin bleiben, um alles mit Mutter Clare zu regeln. Peggy hatte sich erboten, sie später abzuholen. Sie wußte, daß es irgendwelche Schwierigkeiten gab, fragte aber nicht nach. Aber sie versuchte, Mutter Francis auf ihre Weise Mut zu machen.
»Was sie auch sagt, Bunty, denk dran, daß ihre Vorfahren Kesselflicker waren.«
»Das stimmt doch gar nicht.«
»Na, irgendwelches Händlervolk jedenfalls. Das sollte dir Rückhalt geben, wenn du dich mit ihr auseinandersetzen mußt.«
Aber natürlich war Peggys Argument weder hilfreich noch überzeugend. Mit grimmiger Miene wartete Mutter Francis in der großen Kirche auf die Ankunft der Trauergemeinde. Sie wußte nicht, was sie hier eigentlich suchte – es war, als wollte sie stellvertretend für Eve an der Beerdigung teilnehmen.
Nan Mahon stieg aus dem Bus nach Dunlaoghaire und ging zu der Gruppe, die hinter der Kirche stand. Sofort entdeckte Jack Foley sie und kam ihr entgegen.
»Das ist nett von dir, daß du den weiten Weg hier raus gekommen bist«, sagte er.
»Na, du doch auch.«
»Ich bin mit meinem Vater hergefahren. Aber siehst du die Jungs

da drüben? Die haben im Sommer mit ihm zusammen gearbeitet. Das ist Aidan Lynch – wir haben gemeinsam die Schulbank gedrückt, und nicht nur das. Sie haben alle zusammen mit Frank in einer Konservenfabrik gearbeitet.«
»Wie haben sie davon erfahren?«
»Sein Bild war in der Zeitung. Und sie haben es heute auch in den Technikvorlesungen bekanntgegeben«, erklärte er. »Wo ist Benny? Hast du sie heute gesehen?«
»Ja, aber sie kann nicht kommen. Sie muß nach Hause. Muß jeden Abend einen bestimmten Bus erwischen.«
»Ziemlich anstrengend für sie«, sagte Jack.
»Ziemlich dumm von ihr«, erwiderte Nan.
»Was soll sie denn machen?«
»Sie hätte sich von Anfang an dagegen wehren müssen.«
Jack musterte das attraktive Mädchen neben ihm. Sie hätte sich dagegen gewehrt, das wußte er. Er dachte an Benny, dieses große Mädchen mit dem sanften Gesicht.
»Immerhin hat sie sich gegen diesen Burschen zur Wehr gesetzt. Diesen unmöglichen Kerl mit dem bleichen Gesicht, der sie gestern mitnehmen wollte.«
»Wenn man nicht mal mit so einem fertig wird, sollte man lieber gleich zu Hause bleiben.«

»Das ist Eve Malone«, stellte Benny vor, als Nan sich ans Ende des Krankenbetts setzte.
Sie wollte, daß Eve Nan mochte. Eve sollte erkennen, daß Nan nicht aus Langeweile, sondern aus eigenem Entschluß mitgegangen war, um Bennys Freundin zu besuchen. Benny hatte gehört, wie dieser Aidan Lynch Nan förmlich angefleht hatte, mit ihm zu Mittag zu essen.
Nan hatte weder Blumen noch Weintrauben oder Zeitschriften mitgebracht, sondern genau das, was Eve sich wünschte – ein College-Handbuch. Mit allen Einzelheiten über reguläre und

nachträgliche Einschreibungen, Kursangebote und Studienabschlüsse. Sie begrüßte das Mädchen im Bett nicht einmal. Statt dessen redete sie von dem, was Eve am meisten beschäftigte.
»Ich habe gehört, du willst aufs College gehen. Das könnte dir vielleicht nützlich sein«, meinte sie.
Eve nahm das Buch entgegen und überflog es. »Das ist genau das, was ich brauche. Vielen herzlichen Dank«, sagte sie.
Dann runzelte sie die Stirn.
»Wie bist du darauf gekommen?« fragte sie argwöhnisch.
Nan zuckte die Achseln. »Da steht eben alles drin«, erwiderte sie.
»Nein, ich meine, wie bist du überhaupt auf die Idee gekommen, daß ich es brauchen könnte?«
Benny wünschte, Eve wäre nicht so empfindlich. Was machte es denn, wenn Nan Mahon ihre Wünsche und Hoffnungen kannte? Geheimniskrämerei war doch unnötig.
»Ich habe einfach gefragt. Ich habe Benny gefragt, was du machst, und sie hat gesagt, daß du dich noch nicht eingeschrieben hast.«
Eve nickte. Damit war das Eis gebrochen. Während Eve dankbar das Buch wieder in die Hände nahm, fragte sich Benny mit schmerzlichem Bedauern, warum *ihr* nicht so etwas Praktisches eingefallen war.
Nach und nach wich der argwöhnische Ausdruck auf Eves Gesicht. Und während Benny zusah, wie zwanglos sich die beiden Mädchen unterhielten, erkannte sie, daß sich hier zwei verwandte Seelen gefunden hatten.
»Was meinst du, wirst du bald alles geregelt haben?« fragte Nan.
»Ich muß jemanden um Geld bitten. Leicht wird's nicht, aber wenn ich es länger hinauszögere, wird es auch nicht einfacher«, antwortete Eve.
Benny war verblüfft. Über ihre persönlichen Angelegenheiten redete Eve nur sehr selten mit jemandem.

»Willst du deinen Unfall ein bißchen hochspielen?« erkundigte sie sich.
Eve war auf derselben Wellenlänge: »Vielleicht, ich hab auch schon daran gedacht. Aber er gehört zu den Leuten, die das als Schwäche und wehleidiges Getue betrachten könnten. Ich muß mir noch überlegen, wie ich es am besten anfange.«
»Wer ist das eigentlich?« fragte Nan interessiert.
Und als Eve anfing, die Geschichte der Westwards zu erzählen, über die sie sonst Stillschweigen bewahrte, stellte Benny erschüttert fest, daß Nan wirklich so tat, als hätte sie von alledem keine Ahnung. Benny hatte Nan um Verschwiegenheit gebeten, und Nan hatte sich in der Tat streng daran gehalten. Doch angesichts des Vertrauens, das Eve ihr entgegenbrachte, erwies sich Bennys Bitte als überflüssig.

Die Auseinandersetzung mit Mutter Clare war schwieriger gewesen, als Mutter Francis es für möglich gehalten hätte. Manchmal sprach Mutter Francis darüber offen mit der Mutter Gottes und bat sie um sofortigen und konkreten Rat.
»Ich habe doch gesagt, daß es mir leid tut. Ich habe gesagt, daß von jetzt an *wir* uns um Eve kümmern werden, aber sie gibt einfach keine Ruhe. Sie meint, es sei ihre Pflicht zu erfahren, was weiter mit dem Mädchen geschehen soll. Warum kann sie sich nicht heraushalten? Warum, Heilige Mutter Gottes – kannst du mir das sagen?«
Und tatsächlich erhielt Mutter Francis eine Antwort, die ihrer Ansicht nach von der Mutter Gottes stammte, obwohl sie aus Peggy Pines Mund kam.
»Die olle Ziege will sich doch nur wichtig machen und überall rumtrompeten: ›Ich hab's doch gleich gesagt, ich hab's doch gleich gesagt!‹ Sie will, daß du zu Kreuze kriechst! Dann läßt sie dich in Ruhe und sucht sich ein anderes Opfer.«
Mutter Francis kam mit ihr überein, daß sie es mit der Taktik

der Selbsterniedrigung versuchen sollte. »Du hattest in allem recht, Mutter Clare«, schrieb sie in dem scheinheiligsten Brief, den sie je verfaßt hatte. »Es war ein Fehler von uns, Dich darum zu bitten, jemanden wie Eve aufzunehmen, die durch das Leben in unserer kleinen Gemeinschaft völlig überzogene Ansprüche entwickelt hat. Ich kann nur sagen, daß ich das Knie vor Deiner Weisheit beuge, in dieser wie auch in zahlreichen anderen Angelegenheiten. Mir bleibt nur zu hoffen, daß dieses Experiment den Schwestern keine übermäßigen Unannehmlichkeiten bereitet hat. Du wußtest ja von Anfang an, daß es zum Scheitern verurteilt war.«

Offenbar war das die richtige Herangehensweise. Die inquisitorischen Anfragen, in denen Mutter Clare ihre Bestürzung und Verletztheit zum Ausdruck brachte, hörten auf.

Und gerade noch rechtzeitig. Denn auf den Tag genau eine Woche nach Eves Einlieferung entschieden die Ärzte, daß sie das Krankenhaus verlassen konnte.

»Ich komme mit dem Bus, mit Benny«, hatte Eve am Telefon gesagt.

»Nein, es gibt ein halbes Dutzend Leute, die dich abholen können. Ich möchte Peggy nicht schon wieder darum bitten, aber Mrs. Healy wird fahren.«

»*Bitte*, Mutter...«

»Na gut – Sean Walsh? Nein, sag lieber nichts...!«

»Du hast schon genug Mühe wegen mir gehabt. Wenn du es sagst, fahre ich auch mit jemandem mit, aber ich würde wirklich lieber den Bus nehmen.«

»Mario?«

»Wunderbar. Mario hab ich gern.«

»Gut, dann sehen wir uns morgen. Ich bin so froh, daß du nach Hause kommst, Eve. Ich habe dich vermißt.«

»Ich habe dich auch vermißt, Mutter. Wir haben viel zu besprechen.«

»Das tun wir auch. Zieh dir was Warmes an, ja?«
Als Eve auflegte, blieb Mutter Francis noch eine Weile sitzen. Ja, es gab in der Tat einiges zu besprechen. Ernste Dinge.
Da klingelte das Telefon wieder.
»Kann ich bitte Mutter Francis sprechen?«
»Am Apparat.«
Es folgte eine Pause.
»Mutter, in Ihrer Hochherzigkeit haben Sie zu mir gesagt... ich meine, Sie haben gefragt, ob ich vielleicht... und es ist merkwürdig, daß ich in all dieser Zeit immer daran gedacht habe. Ich weiß ja nicht, ob Sie es nicht befremdlich finden würden, wenn ich Sie tatsächlich besuchen würde...«
Wieder brach die Frauenstimme verlegen ab.
Ein breites Lächeln erschien auf Mutter Francis' Gesicht.
»Mrs. Hegarty, wie schön, daß Sie anrufen. Dieses Wochenende würde gut passen. Wenn Sie mir sagen, mit welchem Bus Sie kommen, hole ich Sie von der Haltestelle ab. Es sind zu Fuß nur ein paar Minuten zur Klosterpforte. Ich freue mich sehr, daß Sie uns besuchen wollen.«
Dann überlegte sie, wo sie die Frau unterbringen sollte. Eigentlich hatte sie an Eves Zimmer gedacht. Aber da war ja noch das zusätzliche Empfangszimmer, das die Nonnen schon lange in ein Gästezimmer umwandeln wollten. Es fehlten nur noch die Vorhänge. Sie würde bei Peggy Stoff besorgen und Schwester Imelda bitten, sie mit den Mädchen im Hauswirtschaftsunterricht zu nähen. Bei Dessie Burns würde sie eine Nachttischlampe kaufen und in Kennedys Apotheke ein hübsches Stück Seife.

»Eve wird heute entlassen«, berichtete Benny, als sie sich wie jeden Morgen mit Nan zum Kaffee im Annexe, dem Universitätscafé, traf.
»Ich weiß. Sie hat es mir gestern abend erzählt.«
»Was?«

»Na ja, sie hat's am liebsten, wenn sie abends Besuch bekommt. Du warst ja schon weg, und da habe ich ein paar Jungs mitgebracht, damit sie sich nicht langweilt.«
Benny zuckte zusammen. Sie wußte, daß Nan und Eve gut miteinander auskamen ... aber Jungs in ein Krankenhauszimmer mitzunehmen!
»Was für Jungs?« fragte sie lahm.
»Ach, Aidan Lynch und ein paar von seinen Kumpeln. Und Bill Dunne – kennst du ihn?«
»Nein.«
»Er ist ganz nett, studiert Betriebswirtschaft. Du kennst ihn bestimmt vom Sehen, er treibt sich immer mit ein paar Leuten vor der Geschichtsbibliothek herum.«
»Hat sich Eve gefreut, daß sie gekommen sind?«
»Ja, sie war ganz begeistert. Hast du gedacht, es wäre ihr nicht recht?«
»Es ist nur, weil sie manchmal ein bißchen komisch ist ... du weißt schon, ein wenig ruppig.«
»Ich habe nie was davon bemerkt.«
Das stimmte. Sobald Nan auftauchte, wirkte Eve gleich viel weniger spröde. Nan hatte die Gabe, alles ganz unkompliziert zu sehen, und jeder ließ sich von ihrer Art anstecken. In diesem Augenblick traten vier Jungs an ihren Tisch. Alle schauten Nan an.
»Hättet ihr Lust, in die Grafton Street auf einen richtigen Kaffee zu gehen? Zur Abwechslung mal anständiges Zeug«, fragte ihr Sprecher, ein magerer Junge in einem Aran-Island-Pullover.
Nan lächelte sie freundlich an.
»Nein, vielen Dank, wir haben um zwölf eine Vorlesung. Trotzdem danke.«
»Ach, kommt schon, das ist doch so eine Riesenvorlesung, da vermißt euch keiner.« Er schloß aus Nans Lächeln, daß er nur hartnäckig bleiben mußte, um sie doch noch zu überreden.
»Nein, wirklich nicht.« Plötzlich hielt Nan inne, als hätte sie

149

etwas Gedankenloses gesagt. »Ich meine, ich kann natürlich nur für mich sprechen. Benny, willst du mitgehen?«
Benny errötete. Sie wußte, daß die Jungs keinen großen Wert auf ihre Gesellschaft legten. Es war Nan, die sie anziehend fanden. Aber sie sahen nett aus und wirkten ein wenig verloren – wie alle anderen auch.
»Ihr könnt euch doch zu uns setzen«, schlug sie mit einem breiten Lächeln vor.
Und das war genau das, was sie wollten. Stühle und Bänke wurden herangerückt, man tauschte Namen aus, erzählte, wo man herkam. Man erkundigte sich nach gemeinsamen Bekannten, fragte, was die anderen studierten, wo sie wohnten. Gespräche in einer solchen Gruppe zu führen fiel Benny leichter, als sie gedacht hatte. Sie hatte völlig vergessen, daß sie so groß und kräftig war und ihre Gesprächspartner männlichen Geschlechts waren. Sie fragte sie nach den Studentenvereinigungen, wollte wissen, welche zu empfehlen waren und welche die besten Tanzabende veranstalteten.
Nan hielt sich eher zurück, war aber sehr interessiert an diesen Informationen. Ihr Lächeln war so strahlend, daß Benny beinahe zu spüren glaubte, wie den Jungs heiß und kalt wurde.
Der Debattierklub am Samstagabend sei klasse, berichteten sie. Danach könne man in einen Pub gehen, zum Solicitor's Apprentice oder zum Four Courts. Ihre Blicke wanderten zwischen den Mädchen hin und her.
Benny erklärte, sie müsse an den Wochenenden leider immer nach Hause aufs Land fahren. Aber als sie merkte, wie niederschmetternd das klang, fügte sie mit fröhlicher Miene hinzu, das sei ja nur in diesem Studienjahr so. Danach würde sich vielleicht manches ändern. Sie lächelte munter in die Runde, und die Jungs schienen zufrieden zu sein. Benny wußte, sie würden alles daransetzen, daß Nan am Samstag mitging. Und dabei kokettierte Nan kein bißchen.

Doch, das würde sie reizen, meinte Nan. Sie habe nur nicht hingehen wollen, weil sie niemanden kannte.
»Jetzt kennst du ja uns«, sagte der magere Junge mit dem schmuddeligen weißen Pullover.
»Ja, sicher.« Nans Lächeln brach ihm fast das Herz.
Sie würden einen herrlichen Abend verbringen, dachte Benny. Natürlich würde sie selbst dann in Knockglen sein. Trotzdem lächelte sie tapfer. Schließlich hatte sie doch unter anderem Angst gehabt, daß es ihr schwerfallen würde, am College auf andere zuzugehen. Zu Hause hatte sie ja kaum üben können. Doch jetzt erschien es ihr gar nicht so schwierig. Man konnte mit den Kommilitonen reden wie mit ganz normalen Leuten. Das war die richtige Einstellung. Man mußte die Dinge von der positiven Seite betrachten. Nicht immer nur von der schlechten. Zum Beispiel, daß sie heim mußte, bevor das Vergnügen anfing.

Mario holte Eve mit seinem Eislieferwagen ab, und Fonsie rannte forschen Schritts die Treppe des Krankenhauses hinauf, um die Patientin zum Auto zu begleiten.
»Aber denken Sie daran: immer langsam, immer mit der Ruhe!« Man sah der Krankenschwester an, daß sie Fonsie für einen fragwürdigen Begleiter hielt.
»Höchstens so schnell wie ein langsamer Swing.« Fonsie lehnte sich an die Wand und schnalzte mit den Fingern einen langsamen Rhythmus. Aber die Schwester fand das überhaupt nicht komisch.
»Und Sie wohnen wirklich in einem Kloster?«
»Bitte keine Vorurteile«, wandte Fonsie ein. »Nur weil ich nicht Ihrer Vorstellung von einer Nonne entspreche, heißt das nicht...«
»Ach, sei still, Fonsie. Wenn wir Mario noch lange im Auto warten lassen, bekommt er einen Anfall.«
Es war das erstemal seit über einer Woche, daß Eve ins Freie

kam. Sie schauderte, als sie die Straßenecke sah, an der der Unfall geschehen war. Nachdem man es ihr auf dem Sitz bequem gemacht hatte, ging es zurück nach Knockglen. Die ganze Fahrt über führten Mario und Fonsie lebhafte Debatten. Bei manchen Streitpunkten wurde Eve nach ihrer Meinung gefragt – beispielsweise, ob es in dem Fish-and-Chip-Laden eine hellere Beleuchtung und Musik geben sollte, ob man den Laden in »Café« umbenennen sollte, ob man so laut »Island in the Sun« spielen sollte, daß man es draußen hörte und Leute angelockt wurden.
»Oder daß sie die Polizei holen«, wandte Mario ein.
Bei anderen Themen hatte Eve nichts beizutragen – etwa, ob Marios Bruder verrückt war, weil er eine Irin, nämlich Fonsies Mutter, geheiratet hatte, oder ob Fonsies Mutter verrückt war, weil sie einen Italiener geheiratet hatte, Marios Bruder. Eve nickte ein, als dieser alte Familienstreit wieder aufbrach, der aller Wahrscheinlichkeit nach sowieso zu keinem Ergebnis führen würde.

Eve setzte sich im Bett auf und trank ihre Fleischbrühe.
»Schwester Imelda hat sie gekocht. Willst du mal probieren?« fragte sie.
Benny nahm einen kleinen Schluck aus der Tasse.
»Patsy hat mir erzählt, daß Schwester Imelda neulich bei Flood's eine Rinderhaxe verlangt hat und dabei der Verständlichkeit halber auf ihren Fußknöchel gedeutet hat. Da meinte Mr. Flood: ›Ich weiß, wo die Haxen sind, Schwester. Gott vergebe mir, ich weiß sicher nicht viel, aber wo die Haxen sind, das weiß ich.‹«
»Geht Patsy immer noch mit diesem maulfaulen Kerl, diesem Mossy?«
»Ja. Mutter fürchtet schon, sie will ihn heiraten.«
»Ist er denn so schlimm?«

»Nein, wir wollen nur nicht, daß Patsy überhaupt heiratet, weil sie dann weggehen würde.«
»Ein bißchen hart gegenüber Patsy«, meinte Eve. »Ich komme mir vor wie der verlorene Sohn. Was im Evangelium darüber steht, hat mich zwar nie interessiert, aber trotzdem ist es ein schönes Gefühl. Der Unfall hat mich gerettet, alle haben mich so bedauert, daß sie ganz vergessen haben, was für Lügen ich aufgetischt habe und wie unverschämt ich mich gegenüber dieser gräßlichen Mutter Clare benommen habe. Hör mal, da fällt mir etwas ein, was ich dir unbedingt erzählen wollte. Der Junge, der umgekommen ist, Frank Hegarty ... Mutter Francis hat am selben Tag seine Mutter kennengelernt. Ich erinnere mich nicht mehr genau, aber irgendwie sind sie miteinander ins Gespräch gekommen, und jetzt kommt sie für ein paar Tage hierher nach Knockglen.«
»Wird sie in Healy's Hotel wohnen?«
»Nein. Du wirst es nicht glauben, aber sie wohnt im Kloster. Sie haben eins der Empfangszimmer als Schlafraum hergerichtet.«
»Ach!«
»Sie kommt heute mit dem Bus. Das Problem ist, daß man nicht weiß, worüber man mit ihr reden soll.«
»Ja, kann ich mir denken«, pflichtete Benny bei. »Ich meine, was man auch sagt, es könnte immer das Falsche sein. Vielleicht will sie ja überhaupt nicht darüber sprechen. Oder aber sie hält es vielleicht für gefühllos, wenn man anfängt, über was Alltägliches zu reden.«
»Nan wüßte, was man sagen muß«, meinte Eve plötzlich.
Benny spürte einen Stich im Herzen, eine Empfindung, die ungerechtfertigt war, wenn man bedachte, wie nett Nan zu ihr war und daß sie sie in alles einbezog. Doch Benny hatte das Gefühl, daß ihre Freundin eine allzu hohe Meinung von Nan hatte. Stimmte es denn wirklich, daß sie in jeder Lebenslage wußte, was zu tun war?

Eifersucht überkam sie. Sie sagte nichts, denn sie hatte Angst, ihre Stimme könnte sie verraten.

Eve merkte nichts. Sie sann immer noch darüber nach, was Nan tun oder sagen würde.

»Ich glaube, es liegt daran, daß sie nicht so unentschlossen ist wie wir. Sie klingt immer so, als wüßte sie, was sie tut, auch wenn es vielleicht gar nicht stimmt. Das ist das ganze Geheimnis.«

»Wahrscheinlich«, sagte Benny und hoffte, daß Eve den bissigen Unterton in ihrer Stimme nicht heraushörte.

»Nan schafft es, daß ihr niemand eine Bitte abschlagen kann«, meinte Eve. »Sie hat sogar durchgesetzt, daß wir auf der Station rauchen dürfen!«

»Aber du rauchst doch gar nicht!« Benny war entsetzt.

Eve kicherte. »Doch, schon, aber nur so zum Spaß. Die anderen auch. Es ging einfach ums Prinzip.«

»Was wird sie eigentlich den ganzen Tag hier machen, diese Mrs. Hegarty?« wechselte Benny das Thema.

»Ich weiß nicht. Spazierengehen. Sie wird sich hier bestimmt einsam fühlen.«

»Aber das würde sie zu Hause wahrscheinlich auch«, meinte Benny.

»Hast du seither noch mal mit Sean geredet?«

»Eigentlich nicht. Er saß am letzten Wochenende mal wieder auf dem hohen Roß, weißt du, hat in die andere Richtung geschaut, als er mich bei der Messe gesehen hat. Kurz gesagt, er hat geschmollt. Leider nicht allzu lang, denn gestern abend ist er vorbeigekommen, um mich wegen Kino zu fragen. Ich fürchte, ich habe dich schamlos ausgenutzt. Ich habe gesagt, ich kann noch nichts planen, solange ich nicht weiß, was du vorhast.«

»Das hat ihm natürlich überhaupt nicht gepaßt.«

»Er hat gemeint, nach allem, was man hört, sitzt du höchstwahrscheinlich bei Mario's und machst ein Wettfingerschnippen mit Fonsie ... Er hat aus seinem Ärger keinen Hehl gemacht.«

Eve lachte schallend.
»Weißt du, was Fonsie gesagt hat? Er ist wirklich witzig: Er glaubt, eines Tages ist er der Größte in Knockglen.«
»Gott, als ob dazu viel gehören würde!«
»Ja, das habe ich ihm auch gesagt. Aber er hat gemeint, darum geht es nicht. Er sagt, von seinem Aufstieg würde auch Knockglen profitieren, es würde mit ihm groß werden.«
»Je früher, desto besser«, meinte Benny finster.
»Herrje, das klingt ja so unheilschwanger wie eine Mischung aus Pater Rooney und Mrs. Healy«, bemerkte Eve.
»Vielleicht bin ich das ja auch. Vielleicht haben sie mich als Baby vertauscht.«
»Junge, das wäre wirklich ein starkes Stück«, sagte Eve, und schon hatten sie wieder neuen Gesprächsstoff.

Kit Hegarty meinte, so ein hübsches Zimmer habe sie noch nie gesehen. Genau das hatte sie sich gewünscht. Der Raum war klein und niedrig, und es gab keine Schatten oder finsteren Winkel darin, die sie nachts am Schlafen hindern würden. Sie war sicher, daß sie hier so gut schlafen würde wie noch nie, seit es passiert war. Und sie würde sich gern ein wenig nützlich machen, sagte sie. Zwar habe sie keine besonderen Fähigkeiten, aber sie sei es gewohnt, ein großes Haus zu führen.
Mutter Francis meinte beschwichtigend, zuerst müsse sie sich ausruhen. Sie zeigte ihr die Kapelle, in der es still und dunkel war. Zwei Nonnen knieten vor dem Altar. Hier werde das heilige Sakrament erteilt, erläuterte Mutter Francis. Später würde das Nachtgebet stattfinden; vielleicht wollte Mrs. Hegarty auch zum Gottesdienst kommen und den Nonnen beim Singen zuhören?
»Ich weiß nicht recht...«
»Ich auch nicht«, sagte Mutter Francis mit fester Stimme. »Es macht Sie vielleicht zu traurig. Andererseits könnte es aber auch genau das richtige für Sie sein, mit Menschen, die Sie nicht

kennen, in einer Kirche zu sitzen und um Ihren Sohn zu weinen. Übrigens haben wir auch Gewächshäuser. Leider sind sie in keinem besonders guten Zustand. Wir haben weder das Geld noch die Arbeitskräfte, um sie in Schuß zu halten. Ah, Sie hätten sie sehen sollen, als Eves Vater noch lebte...«
Sie erzählte Kit Hegarty die Geschichte, die selten jemand zu hören bekam: von dem Arbeiter und der rastlosen Tochter aus wohlhabendem Haus, von ihrer unerwünschten Verbindung, von der Schwangerschaft, der Heirat, der Geburt Eves und dem Tod beider Eltern.
Kit Hegarty hatte Tränen in den Augen.
»Warum erzählen Sie mir das?« fragte sie.
»Ich nehme an, es ist ein ungeschickter Versuch, Ihnen bewußtzumachen, daß auch andere schreckliche Dinge auf dieser Welt geschehen«, erwiderte Mutter Francis.

»Gehst du heute abend nicht aus?« fragte Annabel Hogan, als sich Benny nach dem Abendessen noch zu ihnen setzte. »Ausgehen« bedeutete, mit Sean Walsh ausgehen. Doch Benny tat, als begriffe sie das nicht.
»Nein. Eve muß sich ein bißchen schonen. Sie ist schon wieder auf und will heute zusammen mit den Nonnen und Mrs. Hegarty zu Abend essen«, sagte sie beiläufig.
»Na ja, ich meine, läuft denn nichts im Kino?« erkundigte sich ihre Mutter genauso unschuldig.
»Sicher läuft was, Mutter. Soll recht spannend sein. Es geht um die Schallmauer.«
»Und möchtest du dir das nicht anschauen?« fragte ihr Vater.
»Allein eigentlich nicht, Vater. Aber wir könnten vielleicht alle zusammen hingehen...« Die Hogans gingen so gut wie nie ins Kino.
Benny wußte, daß ihre Eltern es gern sahen, wenn sie ab und zu etwas mit Sean Walsh unternahm. Verschroben, wie sie waren,

dachten sie wohl, Benny wäre gern mit ihm zusammen, er wäre ein amüsanter Unterhalter, vielleicht sogar ihr Schwarm. Und sie wußten, daß Sean es als Ehre betrachtete, sich mit der Tochter des Hauses in der Öffentlichkeit sehen zu lassen. Das war für sie richtig und normal. Und sicher.
Sean würde die Hogans nicht verlassen und zu einem besseren Geschäft in einer größeren Stadt wechseln, wenn er hier glücklich war. Das war offenbar die Denkweise ihrer Eltern, mochte sie auch noch so kurzsichtig und töricht sein.
»Du weißt doch, daß wir nie ins Kino gehen«, sagte ihre Mutter. »Aber wir haben uns gedacht, du würdest vielleicht mit Sean hingehen wollen.«
»Sean? Sean Walsh?« fragte Benny, als ob es in der Stadt nur so wimmele von Seans, die alle schrecklich gern mit ihr ins Kino gehen würden.
»Du weißt genau, daß ich Sean Walsh meine.« Annabels Stimme klang scharf.
»Ach nein. Ich glaube, es ist nicht so gut, wenn ich dauernd was mit ihm unternehme.«
»Das tust du ja auch nicht dauernd.«
»Nein, aber wenn Eve nicht da ist, könnte es womöglich noch zur Gewohnheit werden.«
»Was wäre daran so schlimm?«
»Schlimm wäre es nicht, Mutter, aber du weißt ja ...«
»Hat er dich denn nicht gefragt? Mir hat er erzählt, er wollte dich fragen.« Eddie Hogan machte ein verdutztes Gesicht. Er mochte keine unklaren Verhältnisse.
»Ich habe Sean gesagt, daß ich keine Lust habe. Weil ich nicht will, daß er oder ich oder vielleicht noch ganz Knockglen auf die Idee kommt, wir wären zusammen.«
Es war das erstemal, daß eine solche Bemerkung im Haus der Hogans fiel.
Bennys Eltern sahen einander sprachlos an.

»Ich würde nicht sagen, daß man gleich zusammen ist, wenn man gelegentlich miteinander ins Kino geht«, meinte Annabel Hogan schließlich.
Bennys Augen blitzten. »Siehst du, genau das ist auch meine Meinung. Ich finde es in Ordnung, mit Sean *gelegentlich* ins Kino zu gehen, aber nicht jede Woche. *Gelegentlich* war, glaube ich, genau das Wort, das ich benutzt habe.«
Tatsächlich hatte sie zu ihm gesagt: »Vielleicht irgendwann mal, aber nicht in nächster Zeit.« Daraufhin hatte er sie mit seinen kleinen, kalten Augen angesehen, daß ihr eine Gänsehaut über den Rücken lief. Aber es hatte wenig Sinn, ihren Eltern das erklären zu wollen. Sie hatte ihnen genug gesagt.

Jack Foley und Aidan Lynch beschlossen, zu der Debatte zu gehen, die am Samstag abend im großen Physiksaal stattfand. Es ging ziemlich hoch her, obwohl die Komiteemitglieder und Gastredner im Smoking erschienen waren.
Während sie abseits am Eingang standen und zusahen, entdeckte Aidan Lynch Nan Mahons blonde Locken inmitten einer Menge von Jungs in Dufflecoats. Lachend warf sie den Kopf in den Nacken, und ihre Augen leuchteten. Sie trug eine weiße Rüschenbluse mit einer Rose im obersten Knopfloch und einen schwarzen Rock. Sie war das attraktivste Mädchen im Saal.
»Schau dir nur diese hübsche Nan an«, sagte Aidan eifersüchtig und pfiff leise durch die Zähne. »Ich habe sie gefragt, ob sie mit mir hierherkommt, aber sie hat gesagt, sie möchte sich nicht festlegen.«
»Soso, sie möchte sich nicht festlegen.« Jack nahm sie näher in Augenschein.
»Dabei hab ich gedacht, sie mag mich«, sagte Aidan im Tonfall des verschmähten Liebhabers.
»Stimmt doch gar nicht. Du hast gedacht, sie mag Bill Dunne. Und ich hab eigentlich gedacht, sie mag mich.«

»Es gibt schon genug, die dich mögen«, brummte Aidan. »Nein, ich hab geglaubt, ich wäre was Besonderes für Nan. Sie hat mich mitgenommen zu einem Besuch bei ihrer Freundin im Krankenhaus.«
»Du bist der geborene Besucher am Krankenbett.« Jack lachte. »Schau dir Nan doch an. Sie mag jeden.«
Bedauernd betrachtete er das Mädchen in der Menge.
»Und ihre Freundin im Krankenhaus, wie ist die so?« fragte er Aidan, um von ihren schlechten Chancen bei Nan abzulenken.
»Ganz in Ordnung«, antwortete Aidan ohne große Begeisterung. »Ein bißchen mager, und sie geht wegen jeder Kleinigkeit gleich in die Luft. Aber kein schlechter Kerl, denke ich.« Als Aidan sich das sagen hörte, fiel ihm auf, daß seine Worte nicht sonderlich galant klangen. »Aber ich bin ja auch kein Adonis«, fügte er hinzu.
»Doch, und ob!« widersprach Jack. »Hör mal, ich hab genug davon, daß wir hier dumm rumstehen und unser Mädchen in dieser Menge da anglotzen. Gehen wir auf ein Bier?«
»Wenn du eins ausgibst«, erwiderte Aidan.
Ehe sie den Saal verließen, blickte Jack Nan lange und durchdringend an, doch falls Nan die Jungen beim Hereinkommen oder Hinausgehen gesehen hatte, ließ sie es sich nicht anmerken. Dabei hätte Jack schwören können, daß ihr Blick direkt auf sie gerichtet war. Andererseits standen so viele Menschen an der Tür, daß sie die beiden vielleicht tatsächlich nicht bemerkt hatte.

Eve war enttäuscht darüber, daß Mutter Francis Mrs. Hegarty zu Besuch eingeladen hatte. Denn das bedeutete, daß sie ihr Gespräch erst einmal verschieben mußten, und Eve brannte darauf zu erfahren, wie sie nach Ansicht der Nonne auf die Westwards zugehen sollte. Sie selbst hatte sich vorgenommen, die Westwards nur um das Geld für die Studiengebühren zu bitten.

Dann würde sie sich eine Unterkunft suchen, wo sie auf Kinder aufpassen konnte. Das war doch sicher möglich. Es konnte doch nicht jeder Student, der aufs University College ging, vermögende Eltern haben, die für alles aufkamen. Bestimmt mußten sich einige während ihres Studiums selbst ihr Geld verdienen. Die Möglichkeit, tagsüber zu arbeiten und abends zu studieren, wollte Eve lieber nicht in Betracht ziehen. Natürlich hatte sie von Leuten gehört, die es geschafft hatten, aber die Atmosphäre wäre eine andere. Diese Studenten waren älter und erfahrener. Sie hasteten in die Vorlesungen und waren danach gleich wieder verschwunden. Doch Eve Malone ging es eben nicht nur um den akademischen Titel, sondern um das Leben einer Studentin. Ein Leben, das ihr unter anderen Bedingungen offengestanden wäre.
Sie hoffte, daß diese Mrs. Hegarty nicht zu lange in Knockglen blieb, denn es galt, rasch zu handeln. Eve durfte sich im Kloster nicht krank stellen, denn damit hätte sie Mutter Clares Ansicht bestätigt, daß sie allen zur Last fiel. Und wenn sie vorhatte, sich noch für dieses Jahr im UCD einzuschreiben, dann mußte sie es in den nächsten Tagen tun. Wenn ihr außerdem noch ein unangenehmes Gespräch mit Simon Westward bevorstand, dann wollte sie es möglichst bald hinter sich bringen. Sie wünschte, sie könnte auf Mutter Francis' ungeteilte Aufmerksamkeit rechnen.
Nach dem Abendessen setzte Eve sich in die warme Küche. Schwester Imelda hatte eine Zeitlang um sie herumgegluckt und ihr warme Milch mit gemahlenem Pfeffer gemacht, was ein Allheilmittel sein sollte. Über dem Ofen waren frisch gewaschene Geschirrtücher zum Trocknen aufgehängt. Der Geruch war vertraut, er gehörte zu Eves Zuhause; doch sie fühlte sich längst nicht so behaglich wie sonst.
Ruhig und bedächtig wie immer kam Mutter Francis herein und setzte sich Eve gegenüber an den Tisch. »Laß es stehen, wenn es

dir nicht schmeckt. Wir schütten es weg und spülen die Tasse aus.«

Eve lächelte. So war es immer gewesen – sie beide gegen den Rest der Welt.

»Es geht schon ... obwohl ich's mir nicht aussuchen würde, wenn ich die Wahl hätte.«

»Du hast aber die Wahl, Eve. Und viel mehr als nur eine.«

»Das heißt, nach Westlands gehen, nicht wahr?«

»Wenn dein Herz daran hängt ... dann schon.«

»Was soll ich sagen?«

»Wir können kein Drehbuch für dich schreiben, Eve.«

»Ich weiß. Aber wir könnten uns überlegen, wie wir am besten vorgehen.« Einen Moment schwiegen sie beide. »Ich vermute, du hast dich in meiner Angelegenheit bereits an sie gewandt, nicht wahr?« Es war das erstemal, daß Eve dieses Thema anschnitt.

»Schon seit langem nicht mehr. Zuletzt, als du zwölf warst und ich gedacht habe, wir könnten sie fragen, ob sie dich nicht vielleicht auf ein besseres Internat in Dublin schicken wollen.«

»Und? Keine Antwort?«

»Das war etwas anderes. Das war vor sechs Jahren, und da stand ich vor ihnen, eine Nonne in Schwarz, mit Schleier und Kruzifixen ... das ist wohl das Bild, das sie von mir haben.«

»Und das war das letztemal? Du hast sie nicht etwa wegen der Studiengebühren gefragt, oder?«

Mutter Francis senkte den Blick. »Nicht persönlich, nein.«

»Aber du hast an sie geschrieben?«

Die Nonne reichte ihr den Brief von Simon Westward. Eve las ihn, und ihr Gesicht wurde hart.

»Das klingt ziemlich endgültig, findest du nicht?«

»Das könnte man sagen, aber man kann es auch anders sehen. Das war damals, und heute ist heute. Jetzt kannst du sie selbst fragen.«

»Sie sagen bestimmt, ich wäre nie zu ihnen gekommen... wenn es nicht um das Geld ginge.«
»Da hätten sie recht.«
Eve sah Mutter Francis erstaunt an.
»Das ist ungerecht, Mutter. Du weißt, wie es mir in all den Jahren gegangen ist. Ich werde nicht demütig und mit dem Hut in der Hand bei ihnen anklopfen; nach allem, was ihr für mich getan habt, während diese Leute keinen Finger krumm gemacht haben. Es wäre Verrat am Kloster.« Sie war wütend über die ungerechte Bemerkung der Nonne.
Mutter Francis erwiderte sanft: »Natürlich, *ich* weiß das auch. Ich versuche nur, es von ihrer Warte aus zu sehen. Anders geht es nicht.«
»Ich werde aber nicht sagen, daß es mir leid tut. Ich werde nicht so tun, als...«
»Sicher, aber hat es überhaupt einen Sinn hinzugehen, wenn das deine Einstellung ist?«
»Was für eine Einstellung sollte ich denn sonst haben?«
»Es gibt viele, Eve. Aber du wirst mit keiner etwas erreichen, wenn...«
»Wenn was?«
»Wenn sie nicht von innen heraus kommt. Du mußt nicht zu Kreuze kriechen und Gefühle vortäuschen, die du nicht empfindest. Du mußt aber auch nicht mit Haß im Herzen hingehen.«
»Was würdest du empfinden, wenn du zu ihnen gehen würdest?«
»Ich hab dir schon gesagt, es ist *dein* Besuch.«
»Hilf mir, Mutter.«
»Bislang war ich dir keine große Hilfe. Mach es diesmal allein.«
»Bin ich dir auf einmal gleichgültig? Ist es dir egal, was aus mir wird?« Eve reckte das Kinn vor, wie immer, wenn sie sich angegriffen fühlte.
»Wenn du das glaubst...«, begann Mutter Francis.

»Das glaube ich nicht. Aber ich komme mir vor, als würde ich von einer Sackgasse in die nächste stolpern. Selbst wenn sie für die Gebühren aufkommen, muß ich immer noch eine Unterkunft und eine Arbeit finden.«
»Eins nach dem anderen«, sagte Mutter Francis.
Eve schaute sie an. Die Nonne machte ein pfiffiges Gesicht.
»Hast du eine Idee?« fragte Eve neugierig.
»Meine letzte Idee war ja nicht besonders erfolgreich, wie du weißt. Geh jetzt schlafen, Eve. Du brauchst deine ganze Kraft für das Gespräch mit den Westwards. Besuch sie am späten Vormittag, sie gehen nämlich um elf in die Kirche.«

Der Zufahrtsweg war voller Schlaglöcher. Mittendrin sproß büschelweise Unkraut. Dabei war die Straße früher gut instand gehalten worden. Ob dies vielleicht eine Aufgabe ihres Vaters gewesen war? fragte sich Eve. Wenn sie Mutter Francis bat, von Jack Malone zu erzählen, blieb die Nonne stets vage. Er sei ein guter, freundlicher Mensch gewesen und habe seine kleine Tochter sehr geliebt. Das war aber auch schon alles. Was man einem Kind eben erzählte, dachte Eve.
Über ihre Mutter wußte sie noch weniger. Sie sei in jungen Jahren sehr schön gewesen und ein herzensguter Mensch, hatte Mutter Francis gemeint. Aber was konnte sie noch sagen über einen Gärtner und die unstete Tochter aus dem Herrschaftshaus? Eve war stets bemüht, ihren familiären Hintergrund mit nüchternem Blick zu betrachten. Schon lange hatte sie erkannt, daß es keinen Sinn hatte, die Vergangenheit zu verklären. Sie straffte die Schultern und ging auf das Haus zu. Aus der Nähe sah es heruntergekommener aus als vom Zufahrtsweg. Am Wintergarten blätterte überall die Farbe ab; das ganze Anwesen machte einen unordentlichen, verwahrlosten Eindruck. Krocketschläger und -tore lagen auf einem Haufen, als hätte jemand vor Monaten eine Partie gespielt, dann aber keine Lust

gehabt, das Zubehör wegzuräumen oder weiterzuspielen. Unter dem Vordach lagen Gummistiefel und alte, splittrige Golfschläger, deren Umwicklung sich löste. Verzogene Tennisschläger standen in einem großen bronzefarbenen Behälter.
Durch die Glastüren sah Eve einen Flurtisch, auf dem sich Kataloge, Broschüren und braune Umschläge türmten. Es war alles ganz anders als in dem ordentlichen Kloster, in dem sie zu Hause war. Niemals würde sich ein loses Blatt Papier auf den Flurtisch unter dem Bildnis der Heiligen Jungfrau Maria verirren. Und wenn, dann wurde es gleich entfernt und aufgeräumt. Merkwürdig, in einem Haus zu wohnen, wo man den Flurtisch buchstäblich nicht mehr sehen konnte, weil soviel darauf lag.
Als sie klingelte, wußte sie, daß ihr eine von drei Personen öffnen würde. Entweder Bee, die Schwester von Paccy Moore, dem Schuhmacher. Sie arbeitete als Dienstmädchen in Westlands. Vielleicht kam aber auch die Köchin an die Tür, wenn Bee ihren freien Sonntag hatte. Mrs. Walsh gehörte schon seit undenklichen Zeiten zum Haus. Ursprünglich stammte sie nicht aus Knockglen, und sie verkehrte auch nicht mit den Bewohnern des Orts, obwohl sie katholisch war und immer zur Frühmesse erschien. Sie war groß und fuhr immer ziemlich halsbrecherisch mit ihrem Fahrrad. Möglicherweise öffnete auch Simon Westward persönlich. Sein Vater war an den Rollstuhl gefesselt und wurde offenbar zusehends gebrechlicher. Er kam also nicht in Frage.
Seit sie sich erinnern konnte, hatte Eve irgendwelche Spiele gespielt. Zum Beispiel, nicht auf die Ritzen im Bürgersteig zu treten. Wahrscheinlich hätte Mutter Francis sie deshalb als abergläubisch gescholten. Aber es war einfach eine Angewohnheit von Eve. »Wenn der nächste Vogel, der sich aufs Fensterbrett setzte, eine Drossel ist, dann schaffe ich meinen Abschluß. Wenn es eine Amsel ist, falle ich durch. Wenn ich bis fünfund-

zwanzig gezählt habe, bis mir jemand die Klosterpforte in Dublin aufmacht, dann wird es mir dort nicht gefallen.« Aus irgendeinem Grund kamen ihr solche Spiele immer in den Sinn, wenn sie vor einer Tür stand.
Als sie vor der Tür dieses fremden Hauses wartete, in dem ihre Mutter aufgewachsen war, redete Eve sich ein, wenn Bee Moore öffnete, wäre das ein gutes Omen und sie würde das Geld bekommen. Wenn Simon Westward aufmachte, war das schlecht. Und wenn es Mrs. Walsh war, konnte die Sache so oder so ausgehen. Ihre Augen leuchteten auf, als sie drinnen Schritte hörte.
Ein Schulmädchen von vielleicht zehn oder elf Jahren kam zur Tür gerannt. Das Kind schloß auf und musterte neugierig die Besucherin. Es trug einen dieser sehr knappen Kittel, wie sie bei den Mädchen in protestantischen Schulen üblich waren. Im Kloster dagegen mußte alles ein bißchen weiter geschnitten und unauffälliger sein. Die Haare der Kleinen waren links und rechts zusammengebunden und ragten über die Ohren hinaus wie zwei Griffe, als ob man sie daran hochziehen könnte. Sie war zwar nicht dick, aber kräftig und untersetzt. Auf der Nase hatte sie Sommersprossen, und ihre dunkelblauen Augen waren von derselben Farbe wie ihre Schuluniform.
»Hallo«, begrüßte sie Eve. »Wer sind Sie?«
»Wer bist denn du?« fragte Eve zurück. Vor Leuten dieser Größe hatte sie keine Angst, nicht einmal in diesem Haus.
»Ich bin Heather«, erwiderte das Kind.
»Und ich bin Eve.«
Es entstand eine Pause, während Heather versuchte, sich über etwas klar zu werden.
»Zu wem möchten Sie?« fragte sie dann nach einiger Überlegung.
Eve sah sie anerkennend an. Das Kind hatte sich darüber Gedanken gemacht, ob sie Eve zu den Herrschaften oder zum Personal rechnen sollte. Ihre Frage war wohldurchdacht.
»Ich möchte zu Simon Westward.«

»Ach so. Kommen Sie doch bitte herein.«
Eve folgte der Kleinen in die Halle, in der überall dunkle Bilder hingen. Möglicherweise Drucke von Jagdszenen, aber das war nicht zu erkennen. Heather? Heather? Sie kannte keine Heather aus diesem Haus. Allerdings war sie nicht ganz auf dem laufenden, wer alles zur Familie gehörte. Wenn sie in Knockglen Gespräche über die Westwards hörte, hielt sie sich heraus. Manchmal erwähnten auch die Nonnen ihre Namen, aber dann wandte sich Eve immer naserümpfend ab. Einmal war sie in der Zeitschrift *Social and Personal* auf einen Artikel über die Westwards gestoßen und hatte ärgerlich weitergeblättert, denn sie wollte nichts wissen von diesen Leuten und ihren Gewohnheiten. Benny hatte immer gesagt, wenn *sie* zur Familie der Westwards gehören würde, hätte sie alles über sie erfahren wollen und wahrscheinlich sogar noch ein Sammelalbum angelegt. Aber das war typisch Benny. Wahrscheinlich hätte sie inzwischen Besorgungen für sie erledigt und ihnen für alles gedankt, anstatt die kalte Gleichgültigkeit an den Tag zu legen, die Eve sich seit so langer Zeit bewahrt hatte.
»Sind Sie eine Freundin von Simon?« fragte das Kind im Plauderton.
»Nein, keineswegs«, antwortete Eve kurz angebunden.
Sie gelangten in den Salon. Die Sonntagszeitung lag ausgebreitet auf einem niedrigen Couchtisch, eine Sherrykaraffe und Gläser standen auf einem silbernen Tablett. Drüben am Fenster saß Major Charles Westward nach vorn gebeugt in seinem Rollstuhl, und selbst aus der Entfernung war unverkennbar, daß er seine Umgebung kaum wahrnahm. Die Wolldecke über seinen Knien war halb heruntergerutscht.
Das war also Eves Großvater. Die meisten Leute umarmten ihren Großvater, nannten ihn Opa und setzten sich auf seine Knie. Großväter steckten einem Zweishillingmünzen zu und machten Fotos von der Erstkommunion und der Firmung ihrer

Enkel. Sie waren stolz auf sie und stellten sie anderen Leuten vor. Doch dieser Mann hatte sich geweigert, Eve kennenzulernen, und wenn er bei klarem Verstand gewesen wäre, hätte er Eve des Hauses verwiesen. So wie damals auch Eves Mutter.

Früher hatte sich Eve gern vorgestellt, er würde sie von seinem Pferd oder seinem Auto aus sehen und sich erkundigen, wer denn dieses hübsche Mädchen sei, es sehe seiner Familie so ähnlich. Doch das war schon lange her. Während sie ihn jetzt betrachtete, hatte sie nicht das Gefühl, etwas verloren zu haben, und auch nicht den Wunsch, es wäre alles anders gekommen. Nach all den Jahren der Zurückweisung empfand sie weder Mitleid mit seiner Gebrechlichkeit, noch machte es sie verlegen, ihn aus nächster Nähe zu betrachten.

Heather beobachtete sie interessiert. »Dann gehe ich mal Simon holen. Wollen Sie hier solange warten?«

Das Mädchen hatte einen offenen Blick. Es fiel Eve schwer, ihr gegenüber so förmlich zu bleiben.

»Ja, vielen Dank«, erwiderte sie barsch.

Heather lächelte sie an. »Sie sehen gar nicht aus wie eine von seinen Freundinnen.«

»Nein?«

»Nein, Sie sind viel normaler.«

»Oh, das freut mich.« Gegen ihren Willen mußte Eve lächeln.

Das Kind war immer noch neugierig. »Geht es um die Stute?«

»Um was? Nein. Ich könnte eine Stute nicht mal von einem Hengst unterscheiden.«

Heather lachte herzlich und ging zur Tür. Zu ihrem eigenen Erstaunen gab Eve dann der Kleinen die Auskunft, die sie haben wollte.

»Ich bin keine von seinen Freundinnen«, rief sie ihr nach. »Ich bin seine Cousine.«

Das schien Heather sehr zu freuen. »Oh, dann bist du ja auch eine Cousine von mir. Ich bin nämlich Simons Schwester.«

Eve konnte nichts erwidern, denn sie hatte einen Kloß im Hals. Was immer sie auch bei ihrem Besuch in Westlands erwartet hatte, das jedenfalls nicht. Sie hätte nie gedacht, daß sich ein Mitglied der Familie Westward freuen würde, sie zu sehen.

Mutter Francis riet Kit Hegarty, sie solle sich ruhig Zeit lassen mit ihrer Rückkehr nach Dublin. Sie könne bleiben, solange sie wollte, gern auch eine Woche.
»Überstürzen Sie nichts. Wenn Sie zu früh in die Stadt zurückkehren, können Sie nichts von dem Frieden mitnehmen, den Sie hier haben.«
»Ach, ihr Leute vom Land denkt immer, ganz Dublin ist wie die O'Connell Street. Sehen Sie, wir wohnen in der *Grafschaft* Dublin, am Meer. Es ist eine sehr schöne Gegend, mit viel frischer Luft.«
Mutter Francis wußte, daß der Frieden in Knockglen nichts mit Stadt oder Land zu tun hatte. Aber Knockglen lag weit von dem Haus entfernt, in das Frank Hegarty nie mehr zurückkehren würde.
»Trotzdem – bleiben Sie noch eine Weile und genießen Sie unsere Luft.«
»Ich bin doch nur im Weg.« Kit spürte, daß Eve Mutter Francis für sich allein haben wollte.
»Ganz im Gegenteil. Sie sind eine große Hilfe. Eve braucht jetzt Zeit, um die nötigen Schritte zu unternehmen. Es bringt nichts, wenn sie und ich uns ständig im Kreis drehen. Mir ist klar, daß sie ihre eigenen Entscheidungen treffen muß, auch wenn es mir nicht unbedingt gefällt.«
»Sie wären eine wunderbare Mutter gewesen«, sagte Kit.
»Ich weiß nicht. Es ist einfacher, wenn man ein bißchen mehr Distanz hat.«
»Sie haben doch gar keine Distanz. Sie schaffen es nur, das zu

vermeiden, was wir alle gern vermeiden würden: Sie nörgeln nicht an ihr herum.«
»Ich glaube nicht, daß Sie eine Nörglerin waren«, gab Mutter Francis lächelnd zurück.
»Wollten Sie nie heiraten und Kinder haben?« fragte Kit.
»Doch, ich wollte einen rauhbeinigen Bauernsohn zum Mann nehmen, aber es ging nicht.«
»Warum nicht?«
»Weil meine Familie mir kein Land und keinen Hof als Mitgift geben konnte. Zumindest habe ich das gedacht. Hätte er mich wirklich heiraten wollen, dann hätte er's getan, ob mit oder ohne Hof.«
»Was ist aus ihm geworden?«
»Er hat ein Mädchen geheiratet, das viel schönere Beine als Bunty Brown hatte, und vor allem einen Hof als Mitgift. Sie haben in fünf Jahren vier Kinder bekommen. Dann hat er sich angeblich eine andere gesucht.«
»Und was hat seine Frau gemacht?«
»Sie hat sich zum Narren halten lassen, das dumme Ding. Bunty Brown wäre das nicht passiert. Sie hätte den Kerl rausgeschmissen, eine Pension eröffnet und ihren Stolz bewahrt.«
Kit Hegarty lachte. »Wollen Sie damit sagen, daß Sie Bunty Brown sind?«
»Nicht mehr. Schon lange nicht mehr.«
»Er war ein Dummkopf, daß er sie nicht geheiratet hat.«
»Ja, das habe ich mir auch gesagt. Drei Jahre lang. Anfangs wollten sie mich im Kloster gar nicht nehmen. Sie haben gedacht, ich wollte mich nur vor der Welt verstecken.«
»Bedauern Sie es, daß sie nicht auf einen anderen Bauernsohn gewartet haben?«
»Nein, kein bißchen.«
Ihre Augen blickten sinnend in die Ferne.
»Und in gewisser Weise haben Sie dennoch alles bekommen«,

meinte Kit. »Sie haben die Freude an den Kindern in der Schule gehabt.«

»Das ist wahr«, bestätigte Mutter Francis. »Jedes Jahr neue Kinder, und jedes Jahr neue kleine Gesichter.« Sie sah noch immer traurig aus.

»Eve wird es schon schaffen.«

»Ja, bestimmt. Wahrscheinlich redet sie gerade mit ihm.«

»Mit wem?«

»Mit ihrem Cousin, Simon Westward. Ob er ihre Studiengebühren bezahlt. Hoffentlich verliert sie nicht die Geduld. Hoffentlich wirft sie nicht die Flinte ins Korn.«

Heather verließ das Zimmer, sobald ihr Bruder hereinkam. Simon ging zuerst zu der Gestalt im Rollstuhl, hob die Decke auf und wickelte den Greis wieder ein. Dann trat er an den offenen Kamin. Simon Westward war klein und dunkel, hatte ein schmales, ebenmäßiges Gesicht und dunkle Augen, die von seinem braunen Haar halb verdeckt waren. Die ruckartige Kopfbewegung, mit der er die Strähnen aus dem Gesicht warf, war inzwischen zur Gewohnheit geworden. Er trug eine Reithose und eine Tweedjacke mit Lederbesatz an den Ärmelaufschlägen und Ellbogen.

»Was kann ich für Sie tun?« fragte er mit kühler Höflichkeit.

»Wissen Sie, wer ich bin?« Eves Stimme klang nicht minder kühl. Er zögerte. »Nicht genau«, entgegnete er.

Eves Augen funkelten. »Wissen Sie es, oder wissen Sie es nicht?«

»Ich glaube es zu wissen. Ich habe Mrs. Walsh gefragt. Sie sagt, Sie seien die Tochter meiner Tante Sarah. Ist das richtig?«

»Aber Sie wissen sicher über mich Bescheid, nicht wahr?«

»Ja, natürlich. Ich habe Sie nicht erkannt, als Sie die Auffahrt heraufgekommen sind. Deshalb habe ich mich erkundigt.«

»Was hat Mrs. Walsh noch erzählt?«

»Ich denke, das ist nicht von Belang. Darf ich Sie jetzt fragen, was Sie zu mir geführt hat?«

Er beherrschte das Gespräch so vollkommen, daß Eve am liebsten losgeheult hätte. Wenn man ihm wenigstens angesehen hätte, daß ihm unbehaglich zumute war, daß er sich schuldig fühlte, weil sie von seiner Familie so schlecht behandelt worden war, oder daß er verwirrt nachgrübelte, was Eve von ihm wollte! Doch Simon Westward wußte wohl stets, wie er mit solchen Situationen umgehen mußte.
Schweigend sah sie ihn an. Unbewußt ahmte sie seine Haltung nach – die Hände auf dem Rücken verschränkt, der Blick entschlossen, der Mund ein schmaler Strich. Sie hatte ihre Kleidung sorgfältig ausgewählt und beschlossen, nicht in ihrer besten Garderobe zu erscheinen, denn er sollte nicht denken, daß sie sich eigens für diesen Anlaß angezogen hatte oder gerade von der Messe gekommen war. Sie trug einen Tartanrock und eine graue Strickjacke, dazu ein blaues Halstuch, das ihrer Ansicht nach recht flott aussah.
Ihr Blick hielt dem seinen stand.
»Darf ich Ihnen ein Glas Sherry anbieten?« fragte er, und da wußte sie, daß sie die erste Runde gewonnen hatte.
»Ja, bitte.«
»Trocken oder süß?«
»Ich kenne den Unterschied nicht. Ich habe noch nie einen getrunken.« Ihre Stimme klang selbstbewußt. Eve Malone würde nicht die Manieren ihrer bessergestellten Verwandten nachäffen. Es schien ihr, als zöge er erstaunt, ja, beinahe bewundernd die Augenbrauen hoch.
»Dann versuchen Sie doch den süßen. Den trinke ich auch.«
Er goß zwei Gläser ein. »Wollen Sie sich setzen?«
»Ich bleibe lieber stehen. Es dauert nicht lange.«
»Gut.« Mehr sagte er nicht. Er wartete einfach ab.
»Ich würde gern in diesem Studienjahr auf die Universität gehen«, fing sie an.
»In Dublin?«

»Ja. Dabei gibt es aber einige Probleme.«
»Ach ja?«
»Daß ich es mir nämlich nicht leisten kann.«
»Was kostet es denn inzwischen auf dem Trinity?«
»Es ist nicht das Trinity, und das wissen Sie sehr genau. Es ist das UCD.«
»Entschuldigen Sie, das habe ich wirklich nicht gewußt.«
»Jahrelang hat das Trinity keine Katholiken zugelassen, und jetzt, da es endlich soweit ist, erklärt der Erzbischof, daß es eine Sünde ist, dorthin zu gehen. Also kann es ja wohl nur um das UCD gehen.«
Abwehrend streckte er die Hände aus. »Schon gut, schon gut«, sagte er.
Eve fuhr fort. »Und um auf Ihre Frage zurückzukommen: Die Studiengebühr beträgt fünfundsechzig Pfund pro Jahr für ein dreijähriges Bachelor-Studium. Danach möchte ich ein Diplom als Bibliothekarin machen, das wären dann noch mal fünfundsechzig Pfund. Außerdem muß ich Bücher kaufen. Ich rede von einhundert Pfund im Jahr.«
»Und?«
»Und ich habe gehofft, Sie würden sie mir geben«, sagte sie.
»Meinen Sie, ich soll Sie Ihnen schenken? Nicht leihen?«
»Nein, schenken. Weil ich das Geld nämlich nicht zurückzahlen könnte. Es wäre eine Lüge, wenn ich Sie um einen Kredit bitten würde.«
»Und wovon wollen Sie dort leben? Sie müssen ja auch für das Zimmer und alles bezahlen.«
»Wie schon gesagt, es ist nicht das Trinity. Es gibt dort keine Studentenzimmer. Ich werde eine Arbeit bei einer Familie annehmen und so meinen Lebensunterhalt bestreiten. Das schaffe ich schon. Es geht nur um die Gebühren, die ich nicht bezahlen kann.«
»Und Sie meinen, wir sollten sie bezahlen?«

»Ich wäre froh, wenn Sie es täten.« Aber nicht dankbar, ermahnte sich Eve; sie hatte sich geschworen, dieses Wort nicht in den Mund zu nehmen. Auch wenn Mutter Francis noch so sehr auf sie eingeredet hatte. »Froh« war das Äußerste, wozu sie sich durchringen konnte.

Simon überlegte. »Hundert Pfund jährlich«, wiederholte er.

»Vier Jahre lang«, ergänzte Eve. »Ich könnte gar nicht richtig anfangen, wenn ich wüßte, daß ich jedes Jahr erneut darum betteln muß.«

»Sie betteln jetzt auch nicht darum«, sagte Simon.

»Stimmt«, erwiderte Eve. Ihre Schläfen pochten. Daß es so ablaufen würde, hatte sie nicht im entferntesten gedacht.

Er lächelte sie an. Es war ein aufrichtiges Lächeln. »Ich bettle auch nie um etwas. Das muß in der Familie liegen.«

Eve spürte, wie die Zornesröte ihr ins Gesicht stieg. Er schlug ihr nicht nur ihre Bitte ab, er machte sich auch noch über sie lustig!

Sie hatte damit gerechnet, daß man sie möglicherweise abwies, hatte sich vorgestellt, daß man kühl und distanziert Entschuldigungen vorbringen und die Tür fest hinter ihr verriegeln würde, diesmal endgültig. Darauf hatte sie sich gefaßt gemacht. Keine Tränen, kein Flehen. Und auch keine Vorwürfe. Sie hatte genug Dorfklatsch gehört, um zu wissen, daß ihr Vater diese Familie verflucht hatte. Die Geschichte sollte sich nicht wiederholen.

Sie ließ sich nicht aus der Ruhe bringen. Das hatte sie vorher geübt.

»Also, was sollen wir jetzt tun?« fragte sie gelassen. Es klang weder überheblich noch bittend.

»Es scheint mir ganz vernünftig«, meinte Simon.

»Was?«

»Worum Sie mich bitten. Ich wüßte nicht, was dagegen spricht.«

Sein Lächeln war wirklich bezaubernd.

Eve hatte das Gefühl, es könnte gefährlich sein, dieses Lächeln zu erwidern.

»Jetzt auf einmal?« wollte sie wissen. »Warum nicht früher?«

»Sie haben mich vorher nie gefragt«, antwortete er schlicht.

»Nicht persönlich«, räumte sie ein.

»Ja. Es ist eben etwas ganz anderes, wenn man von anderen gefragt wird. Von Ordensleuten, die ansonsten nie an mich herangetreten sind.«

»Wie hätten sie denn an Sie herantreten sollen?«

»Ach, ich weiß nicht. Schwer zu sagen. Es wäre nicht gerade mein Herzenswunsch gewesen, daß man mich zum Tee einlädt oder freundschaftliche Gefühle heuchelt, die ich nicht erwidern kann. Aber es war doch ziemlich unverblümt, mich Ihretwegen um Geld zu bitten. So als könnten Sie nicht für sich selbst sprechen.«

Sie ließ sich seine Worte durch den Kopf gehen. Was er sagte, hatte Hand und Fuß. Andererseits hätte es aber nicht soweit kommen dürften, daß sie ihn oder ein anderes Mitglied der Familie Westward um etwas bitten mußte, das ihr rechtmäßig zustand. Und Mutter Francis hatte man zweimal die Tür vor der Nase zugeschlagen. Doch darum ging es jetzt nicht. Es galt, Ruhe zu bewahren, nicht Vergangenes heraufzubeschwören.

»Ich verstehe«, sagte Eve.

Simon hatte schon das Interesse an diesem Thema verloren. Er wollte über andere Dinge reden.

»Wann fängt das Trimester an? Oder hat es schon angefangen?«

»Ja, letzte Woche. Aber ich kann mich noch nachträglich einschreiben.«

»Warum haben Sie sich nicht rechtzeitig angemeldet?«

»Ich wollte erst etwas anderes ausprobieren. Aber ich habe es dort nicht ausgehalten.«

Damit war er anscheinend zufrieden. Offenbar war er an knappe Antworten gewöhnt.

»Nun, Sie haben in ein paar Tagen sicher nicht allzuviel versäumt. Immer wenn ich in Dublin bin, sehe ich nur Studenten, vom Trinity und vom UCD, die Kaffee trinken und diskutieren, wie sie die Welt verändern können.«
»Vielleicht tun sie es eines Tages.«
»Sicher«, antwortete er höflich.
Eve schwieg. Sie konnte ihn nicht bitten, ihr das Geld gleich zu geben. Sie wollte keine große Dankesrede halten, denn dabei hätte ihr doch noch das Wort »dankbar« über die Lippen kommen können. Nachdenklich nippte sie an ihrem Sherry.
Ihre Blicke begegneten sich. »Ich hole mein Scheckheft«, sagte er und ging in den Flur hinaus. Eve hörte, wie er in den Papieren und Dokumenten herumwühlte, die sich dort auf dem Tisch stapelten.
Am Fenster saß schweigend der Greis und starrte mit leerem Blick in den verwilderten Garten hinaus. Das Mädchen, das bestimmt fast zwanzig Jahre jünger als sein Bruder war, spielte draußen auf dem Rasen mit ein paar großen Hunden, denen sie Stöckchen warf. Eve kam sich vor wie in einem fremden Land.
Wie es der Anstand gebot, blieb sie in der Mitte des Raumes stehen, bis Simon zurückkam.
»Sie müssen mir verzeihen. Ich will Sie nicht beleidigen, aber heißen Sie Maloney oder O'Malone oder wie?«
»Eve Malone«, sagte sie tonlos.
»Danke. Ich wollte nicht zu Mrs. Walsh gehen und sie fragen. Obwohl es auf dasselbe hinauslaufen würde, ob ich Sie oder Mrs. Walsh frage.« Er lächelte.
Eve erwiderte sein Lächeln nicht. Sie nickte nur leicht. Langsam und sorgfältig füllte er den Scheck aus, dann faltete er ihn einmal zusammen und überreichte ihn ihr.
Um nicht gänzlich unhöflich zu erscheinen, mußte sie sich bedanken. Aber die Worte blieben ihr im Hals stecken. Was

hatte sie vorhin gesagt? Was war das Wort gewesen, das ihr gefallen hatte? Froh.
Sie gebrauchte es noch einmal. »Ich bin froh, daß Sie das für mich getan haben«, sagte sie.
»Das bin ich auch«, erwiderte er.
Sie sprachen sich nicht mit Namen an, und beide wußten, daß es nicht mehr zu sagen gab. Eve steckte den Scheck in ihre Jackentasche, dann hielt sie ihm die Hand entgegen.
»Auf Wiedersehen«, meinte sie.
Im gleichen Moment sagte Simon Westward dasselbe.
Fröhlich winkte Eve dem Kind zu, das enttäuscht darüber schien, daß sie schon aufbrach. Dann ging sie kerzengerade die Auffahrt hinunter, denn sie wußte, daß man sie vom Haus beobachtete. Von der Küche und vom Garten, wo die Hunde spielten, vom Salon und aus einem Rollstuhl.
Erst als sie außer Sichtweite war, fing sie an zu hüpfen.

Im Kloster aßen Mutter Francis und Kit Hegarty gerade zu Mittag. Sie saßen am Fenster des Speisesaals, wo auch für Eve gedeckt war.
»Wir haben nicht auf dich gewartet«, sagte Mutter Francis, während sie gespannt in Eves Gesicht nach einer Antwort suchte.
Eve nickte zweimal. Und die Nonne strahlte.
»Ich gehe jetzt. Ich habe noch eine Menge zu tun. Eve, dein Essen ist in der Küche. Hol es dir und setz dich zu Mrs. Hegarty, sei so gut.«
»Tja, vielleicht ...« Kit wirkte verunsichert. »Vielleicht soll ich besser gehen? Wollen Sie und Eve sich nicht lieber allein unterhalten?«
»Nein, nein. Sie sind ja noch gar nicht fertig, ich schon. Eve und ich haben noch ewig Zeit, uns zu unterhalten. Aber Sie fahren bald wieder.«

Eve holte ihren Teller, auf dem Speck und mehlige Kartoffeln mit einer weißen Soße aufgetürmt waren. Als sie ihn auf den Tisch stellte, blickte sie in das traurige Gesicht der älteren Frau, die sie ansah.
»Schwester Imelda versucht immer, mich zu mästen, aber vergeblich. Wenn man so ein Energiebündel ist wie ich, schlägt das Essen nicht an.«
Mrs. Hegarty nickte.
»Ich denke, Ihnen geht es genauso«, fuhr Eve fort. Sie war so erleichtert, daß sie wie auf Wolken schwebte. Sie wollte nur ein wenig plaudern, bis sie mit dem Essen fertig war. Bis sie zu Benny laufen und ihr die Neuigkeit mitteilen konnte. Und bis sie allein mit Mutter Francis reden konnte, wenn diese traurige Frau endlich weggefahren war.
»Ja, ich bin vom selben Schlag«, antwortete Kit Hegarty. »Ich bin immer ruhelos, ich schlafe kaum. Und ich mache mir über alles zu viele Gedanken.«
»Das ist ja auch verständlich«, meinte Eve mitfühlend.
»Oh, das war schon früher so. Frank hat oft zu mir gesagt, daß ich keinen Augenblick stillhalten kann!«
»Das sagen die Leute von mir auch«, stellte Eve erstaunt fest.
Sie sahen einander mit einem neu erwachten Interesse an, die Frau und das Mädchen, die um Mutter Francis' Zeit und Aufmerksamkeit gewetteifert hatten. Es kam ihnen nicht merkwürdig vor, daß sie ihnen nicht Gesellschaft leistete. Ihnen fiel auch nicht auf, daß Schwester Imelda nicht erschien, um ihre Teller abzuräumen. Während die grauen Wolken, die hinter den hohen Baumreihen des Klosters vorbeizogen, immer düsterer wurden und der kurze Winternachmittag sich dem Ende zuneigte, vertieften sie sich immer mehr in ihr Gespräch.
Ihre Geschichten paßten zueinander wie Teile eines Puzzles. Eve Malone brauchte eine Unterkunft, wo sie auch ihren Lebensunterhalt verdienen konnte. Kit Hegarty brauchte jemanden,

der ihr in ihrem Gästehaus half. Sie brachte es nicht über sich, den ganzen Tag dort zu sein, nachdem Frank, für den sie das alles getan hatte, nicht mehr da war. Beide sahen sie die Lösung, und doch scheuten sie sich zunächst, sie anzusprechen.
Es war Eve, die den ersten Schritt tat. In diesem Kloster, das ihr Heim gewesen war, sprach Eve mit leiser Stimme eine Bitte aus. Eve, die nie jemanden um einen Gefallen hatte bitten können, die keine Worte des Dankes hatte äußern können für den 400-Pfund-Scheck in ihrer Jackentasche – diese Eve brachte es fertig, darum zu bitten, daß sie bei Kit Hegarty wohnen durfte. Und Kit Hegarty beugte sich vor und nahm Eves Hand.
»Wir werden das Beste daraus machen«, versprach sie.
»Das Allerbeste«, versicherte Eve.
Dann berichteten sie Mutter Francis davon, die sehr erstaunt tat und meinte, Gott habe das trefflich gefügt.

Kapitel 7

Brian Mahon hatte nun mehrere Tage hintereinander getrunken. Es waren zwar keine ausgesprochenen Besäufnisse gewesen, bei denen er gewalttätig oder streitsüchtig wurde wie sonst manchmal, aber er hatte eben regelmäßig getrunken. Emily wußte, daß sich die Lage zuspitzte. Es würde Krach geben, diesmal wegen Nans Zimmer.

Nan hatte beschlossen, daß sie von nun an abends in ihrem Zimmer lernen würde. Ihrer Ansicht nach war es nicht möglich, unten zu lernen, wo das Radio lief und die ganze Familie ständig um sie herumschwirrte. Nasey hatte ihr einen einfachen Schreibtisch aufgestellt, und Paul hatte ihr ein elektrisches Heizgerät installiert. Emily seufzte. Sie wußte, daß Brian Einwände erheben würde, sobald er davon erfuhr. Warum hatte man ihn nicht gefragt? Wer würde den Strom bezahlen? Und was bildete Nan sich eigentlich ein?

Was letzteres betraf, so war Nan sich schlicht und einfach zu gut für Brian Mahon und Maple Gardens. Das hatte ihr ihre Mutter all die Jahre eingeredet. Immer wenn sie ihrer Tochter die goldblonden Haare bürstete, hatte Emily den Glauben in ihr genährt, daß sie ein anderes und besseres Leben vor sich hatte. Und Nan hatte nie daran gezweifelt. Sie sah keine Notwendigkeit, sich anzupassen an die Lebensweise in ihrem Zuhause, wo ein Alkoholiker das Sagen hatte. Nan Mahon fürchtete sich nicht vor ihrem Vater. Denn mit einer Gewißheit, die ihre Mutter immer gefördert hatte, wußte sie, daß ihre Zukunft nicht in der Welt ihres Vaters lag. Ohne jede Überheblichkeit wußte sie, daß ihre Schönheit ihr die Möglichkeit bot, hier herauszukommen.

Emily wünschte, sie könnte Brian dazu bringen, daß er ihr zuhörte. Daß er ihr wirklich zuhörte und Verständnis zeigte. Sie könnte ihm sagen, daß das Leben kurz war und es nichts brachte, wenn er und Nan sich in die Haare gerieten. Sollte sie doch oben in ihrem Zimmer arbeiten, wenn sie es so wollte! Wenn er nett zu ihr war und seinen Segen dazu gab, dann würde sie nach getaner Arbeit herunterkommen und sich zu ihnen setzen.
Aber Brian hörte in letzter Zeit nicht auf Emily. Wenn er es überhaupt je getan hatte. Seufzend öffnete sie die neue Lieferung Belleek-Porzellan und verstaute die Packung ordentlich in einem großen Behälter unter der Ladentheke. Dann arrangierte sie die kleinen Krüge und Teller als Blickfang auf einem Regal und fing an, in ihrer sauberen Handschrift Preisschilder zu malen. Wie einfach war es, einen Hotelkiosk zu führen, und wie schwer, Mutter und Ehefrau zu sein! Keiner ahnte, wie oft sie sich hier, in dieser kleinen Welt, gern verkrochen hätte, zwischen diesen hübschen Reisedecken und den Kissen mit den keltischen Motiven. Es wäre soviel einfacher, als nach Maple Gardens zurückzukehren!
Und natürlich hatte sie vollkommen recht gehabt. Der Streit war bereits in vollem Gang, als Emily Mahon zur Haustür hereinkam.
»Hast du von all dem gewußt?« brüllte Brian sie an.
Emily hatte sich vorgenommen, die Sache auf die leichte Schulter zu nehmen.
»Na, ich muß schon sagen, das ist aber eine nette Begrüßung für jemanden, der nach der Arbeit nach Hause kommt«, sagte sie und blickte vom erhitzten, roten Gesicht ihres Mannes zu Nan, die kühl und ungerührt dastand.
»Ach, hör auf mit diesem Mist von wegen Arbeit! Wir wissen doch alle, daß es überhaupt keinen Grund für dich gibt, arbeiten zu gehen. Bloß weil du's dir in den Kopf gesetzt hast!

Wenn du zu Hause geblieben wärst und dich um deinen Haushalt kümmern würdest, hätten wir jetzt nicht den ganzen Ärger.«
»Was für einen Ärger?« fragte Emily müde.
»Da sieht man's doch schon wieder! Du weißt ja nicht mal, was in deinem eigenen Haus vor sich geht.«
»Wieso hackst du eigentlich auf Em herum?« mischte Nan sich ein. »Sie steht ja noch in der Tür, hat noch den Mantel an und die Einkaufstüten in der Hand.«
Das Gesicht ihres Vaters zuckte. »Nenn deine Mutter nicht beim Vornamen, du freches Luder!«
»Tu ich doch gar nicht.« Nan war es leid, darüber zu streiten. »Ich nenne sie M, als Abkürzung für Mutter oder Mama.«
»Du baust den blöden Apparat in deinem Zimmer ab und kommst gefälligst wieder hier runter, wo geheizt wird. Du kannst schließlich hier unten lernen!«
»Entschuldige«, erwiderte Nan. »Entschuldige, wenn ich das sage, aber wer kann denn in einem Zimmer lernen, wo ständig herumgeschrien und gebrüllt wird?«
»Jetzt paß mal auf, du unverschämte Göre ... noch ein Wort, und du bekommst meine Hand zu spüren!«
»Nicht, Dad, schlag sie nicht ...« Nasey war aufgestanden.
»Geh mir aus dem Weg ...«
Nan rührte sich nicht vom Fleck. Keinen Zentimeter wich sie zurück. Sie stand nur stolz da, stolz, jung und selbstbewußt in ihrer frischen grün-weißen Bluse und ihrem dunkelgrünen Rock, die Bücher unter den Arm geklemmt. Sie sah aus wie aus einem Prospekt für Studentenmode.
»Schufte ich mich etwa krumm und buckelig für dich, damit du vor versammelter Familie so mit mir redest? Arbeite ich etwa, damit aus dir eine ungezogene Schlampe wird?«
»Ich habe nichts Ungezogenes gesagt, Dad, nur daß ich zum Arbeiten hinaufgehe, weil ich da mehr Ruhe habe. Damit ich

irgendwann mein Diplom bekomme. Damit du wirklich stolz auf mich sein kannst.«
Die Worte waren nicht beleidigend. Doch Brian Mahon fand den Ton seiner Tochter unerträglich.
»Dann geh mir aus den Augen. Laß dich heute hier nicht mehr blicken.«
Nan lächelte. »Wenn ich dir helfen soll, Em, dann ruf mich«, sagte sie. Dann hörte man sie leichtfüßig die Treppe hinaufsteigen.

Die drei Studenten, die bei Mrs. Hegarty wohnten, freuten sich, als sie von Eves Ankunft erfuhren. Nachdem der Sohn des Hauses auf so tragische Weise ums Leben gekommen war, hatten sie sich hier unwohl und fehl am Platz gefühlt. Jetzt wurde zumindest der Versuch unternommen, zur Normalität zurückzukehren.
Sie mochten Eve auf Anhieb, dieses hübsche, zierliche Mädchen. Und sie stellte von Anfang an die Verhältnisse klar.
»Ich mache euch von jetzt an euer Frühstück. Mrs. Hegarty füttert euch ja wie Kampfhähne! Also bekommt ihr jeden Tag Speck und Eier und Würstchen. Und am Freitag Rührei. Aber ich habe an drei Tagen in der Woche um neun Uhr eine Vorlesung, deshalb möchte ich euch bitten, daß ihr mir an diesen Tagen beim Abräumen und Abspülen helft. An den anderen Tagen schufte ich mich für euch ab, schenke euch Tee nach, mache euch Buttertoast.«
Sie kamen gut miteinander aus, und die Jungs taten mehr, als sie verlangte. Große Kerle, die nicht einmal wußten, wo bei ihnen zu Hause der Staubsauger stand, holten ihn dienstags Eve zuliebe aus dem Schrank, ehe sie mit der Bahn zum College nach Dublin fuhren. Sorgfältig traten sie sich die Füße an der Flurmatte ab. Denn sie wollten nicht noch einmal einen Anpfiff riskieren wie bei dem einen Mal, als sie versehentlich Dreck

hereingetragen hatten, nachdem Eve gerade die Teppiche gesaugt hatte. Auch das Badezimmer hielten sie wesentlich sauberer als vor Eves Ankunft. Kit Hegarty vertraute Eve unter vier Augen an, wenn sie gewußt hätte, daß die Anwesenheit eines Mädchens die Jungs so auf Vordermann brachte, hätte sie schon vor Jahren eine Studentin zu sich geholt.
»Warum hast du's nicht getan? Mädchen wären umgänglicher gewesen.«
»Ach, weißt du, die waschen sich ständig die Haare, regen sich auf, wenn die Klobrille nicht runtergeklappt ist, trocknen ihre Strümpfe über den Stühlen, verlieben sich in irgendwelche Taugenichtse...« Kit lachte.
»Hast du nicht Angst, daß mir so etwas auch passieren könnte?« fragte Eve. Sie verstanden sich mittlerweile so gut, daß sie sich über alles ungezwungen unterhalten konnten.
»Kein bißchen. Du fällst auf keinen Taugenichts rein. Du hast deinen eigenen Kopf.«
»Hast du nicht gesagt, ich wäre so wie du?« Eve knetete Teig, während sie sprach. Als sie sechs war, hatte ihr Schwester Imelda beigebracht, wie man Soda Bread bäckt. Allerdings hatte sie keine Ahnung von dem Rezept, sondern machte es ganz automatisch.
»Ja, du bist auch so wie ich. Ich bin auf keinen Taugenichts reingefallen, Joseph Hegarty war ein Mann mit großen Plänen. Nur hat sich im Lauf der Zeit herausgestellt, daß ich darin keinen Platz hatte.« Kit Hegartys Stimme klang traurig und verbittert.
»Hast du versucht, mit ihm Verbindung aufzunehmen – du weißt schon, wegen Frank?«
»Er hat sich für Frank auch nicht interessiert, als er schwimmen gelernt hat oder seinen ersten Milchzahn verloren hat. Oder als er seinen Schulabschluß geschafft hat. Warum sollte ich ihm jetzt etwas sagen?«

»Angenommen, er käme zurück«, meinte Eve. »Wenn Joe eines Tages zur Tür hereinspaziert käme...«
»Merkwürdig, ich habe ihn nie Joe genannt, immer Joseph. Ich denke, das sagt einiges über ihn und mich. Wenn er zurückkommen würde? Ich glaube, das wäre so, wie wenn der Stromableser kommt. Nein, da mache ich mir schon lange nichts mehr vor.«
»Und trotzdem hast du ihn geliebt? Oder geglaubt, daß du ihn liebst?«
»Oh, ich habe ihn wirklich geliebt. Warum soll ich es leugnen, nur weil meine Liebe nicht erwidert worden ist und nicht von Dauer war?«
»Du sagst das so gelassen.«
»Du hättest mich früher erleben sollen. Warte mal. So ungefähr, als du ein oder zwei Jahre alt warst. Wenn du mich da kennengelernt hättest, hättest du nicht gesagt, daß ich gelassen bin!«
»Ich habe noch nie jemanden geliebt«, bekannte Eve unvermittelt.
»Weil du Angst hattest.«
»Nein. Die Nonnen waren viel offener, als man allgemein annimmt. Sie haben mir keine Angst vor Männern eingeimpft.«
»Ich habe gemeint, daß du Angst hast, dich fallenzulassen.«
»Ich glaube, da hast du recht. Ich habe sehr starke Gefühle, zum Beispiel Wut. Auf diese blöden Westwards habe ich eine Mordswut. Ich hasse es, sie um Geld bitten zu müssen. Ich kann dir gar nicht sagen, wieviel Überwindung es mich gekostet hat, an jenem Sonntag zu ihnen zu gehen. Und ich habe auch ein starkes Bedürfnis, andere in Schutz zu nehmen. Wenn einer irgendwas gegen Mutter Francis oder Schwester Imelda sagen würde, könnte ich ihn umbringen.«
»Du siehst ganz schön gefährlich aus mit diesem Messer. Leg es weg, um Himmels willen.«
»Oh.« Eve lachte, als ihr auffiel, wie sie mit dem Tranchiermesser herumfuchtelte, das sie zum Einritzen des Brotes verwendet

hatte. »Das habe ich gar nicht gemerkt. Außerdem könnte man damit kaum jemanden verletzen. Es ist ganz stumpf. Zu stumpf zum Butterschneiden. Einer unserer angehenden Ingenieure soll es in die Werkstatt mitnehmen und schleifen.«
»Eines Tages wirst du bestimmt jemanden lieben«, meinte Kit Hegarty.
»Ich wüßte nicht, wen«, erwiderte Eve nachdenklich. »Zum einen müßte er ein Heiliger sein, daß er meine Launen aushält. Und zum anderen kenne ich wenig Fälle, in denen es mit der Liebe gutgegangen ist.«

»Hast du am Sonntag schon was vor?« fragte Dr. Foley seinen ältesten Sohn.
»Auf was lasse ich mich ein, wenn ich nein sagte?« meinte Jack lachend.
»Ich habe nur gefragt. Wenn du was vorhast, will ich dich nicht davon abhalten.«
»Aber dann verpasse ich vielleicht etwas Großartiges.«
»Tja, wer nicht wagt, der nicht gewinnt.«
»Worum geht es, Dad?«
»Dann hast du also Zeit?«
»Komm, sag schon.«
»Du kennst doch Joe Kennedy, den Apotheker auf dem Land. Er möchte mich sehen. Ich glaube, es geht ihm nicht gut. Wir kennen uns schon eine Ewigkeit. Er hat mich gefragt, ob ich zu ihm kommen könnte.«
»Wo wohnt er denn?«
»In Knockglen.«
»Das ist doch ein ganzes Stück weg. Gibt es da keine Ärzte?«
»Doch, aber er braucht eher einen Freund als einen Arzt.«
»Und du willst, daß ich mitkomme, stimmt's?«
»Ich möchte, daß du mich hinfährst, Jack. Ich traue mir im Moment nicht zu, selbst zu fahren.«

»Das kann doch nicht sein.«
»Nicht grundsätzlich, aber bei einer so langen Fahrt auf nassen, rutschigen Straßen ... Ich wäre dir wirklich dankbar.«
»In Ordnung«, sagte Jack. »Aber was soll ich tun, während du dich mit ihm unterhältst?«
»Das ist das Problem. Ich würde nicht sagen, daß man dort besonders viel unternehmen kann. Aber du könntest vielleicht eine Spazierfahrt machen oder im Auto bleiben und Zeitung lesen.«
Jacks Gesicht hellte sich auf. »Ich weiß was. Ich kenne ein Mädchen, das dort wohnt. Ich rufe sie gleich an.«
»Typisch für meinen Sohn! Erst ein paar Monate auf der Universität, und schon hat er ein Mädchen in jedem Ort.«
»Es ist nicht so, wie du denkst. Sie ist einfach nur ein nettes Mädchen«, erklärte Jack. »Hast du das Telefonbuch da? So viele Hogans kann es in Knockglen ja nicht geben.«

Nan war ganz aufgeregt, als Benny ihr erzählte, daß Jack Foley sie angerufen hatte.
»Jedes zweite Mädchen im College würde Gott weiß was dafür geben, daß *er* sie besuchen kommt, das kann ich dir sagen. Was ziehst du an?«
»Ich glaube nicht, daß das ein Anlaß ist, wo man sich schick anziehen muß. Ich ziehe nichts an.« Benny war etwas durcheinander.
»Da wird er aber Augen machen, wenn du ihm die Tür öffnest«, bemerkte Nan.
»Du weißt schon, was ich meine.«
»Ich finde trotzdem, daß du dich schick machen solltest. Zieh doch diese hübsche rosa Bluse und den schwarzen Rock an. Es ist schon was Besonderes, wenn ein Bursche wie Jack Foley jemandem einen Besuch abstattet. Wenn er nach Maple Gardens käme, würde ich mich schon hübsch anziehen. Ich besorge

dir ein rosa Band und ein schwarzes, damit kannst du dir die Haare zusammenbinden. Es wird klasse aussehen. Deine Haare sind phantastisch.«

»Nan, an einem regnerischen Sonntag in Knockglen sieht es überhaupt nicht klasse aus. Hier sieht nichts klasse aus. Sondern einfach nur trübselig.«

Nan musterte sie nachdenklich. »Du kennst doch diese großen, braunen Tüten, in denen Zucker verkauft wird. Wie wär's, wenn du dir eine über den Kopf stülpst und zwei Löcher für die Augen ausschneidest? Vielleicht wäre das das richtige.«

Annabel Hogan und Patsy überlegten sich, daß sie Scones, Rosinen- und Apfelkuchen backen würden. Zuerst sollte es aber Brötchen geben, wahlweise mit kleingehacktem Ei oder Sardinen.

»Vielleicht sollten wir es nicht übertreiben«, wandte Benny ein.

»Was ist denn daran übertrieben, wenn dein Freund einen ganz schlichten Imbiß zum Nachmittagstee bekommt?« Annabel war gekränkt. Gab es das nicht immer am Sonntagnachmittag zum Kaffee?

Jeden Tag sollte nun der Kamin im Wohnzimmer angezündet werden, damit es sich bis Sonntag schön aufgeheizt hatte. Nach dem Tee würden Bennys Eltern sich ins Eßzimmer zurückziehen, damit die jungen Leute das schöne Zimmer für sich allein hatten.

»Darum geht es doch gar nicht«, hatte Benny vergeblich auf ihre Eltern eingeredet. »Er kommt nur, weil er die Zeit überbrücken will«, versuchte sie ihnen zu erklären. Aber sie hörten nicht auf sie. Ein netter junger Mann, der mehrere Tage im voraus anrief und höflich anfragte, ob er zu Besuch kommen dürfe! Dem ging es nicht darum, die Zeit totzuschlagen. Schließlich konnte er in Knockglen auch eine Menge anderer Dinge tun!

Benny fielen allerdings nur wenige ein. Schaufensterbummeln konnte man von vorneherein vergessen. Das Kino hatte nachmittags noch geschlossen. Healys Hotel wurde nach einer halben Stunde langweilig, und Jack Foley war nicht der Typ, der einen Nachmittag bei Mario's vertrödelte, mochte Fonsie auch noch so unterhaltsam sein. Die Hogans waren die einzige Alternative im Dorf. Trotzdem war es nett, daß er sich an sie erinnerte. Benny band sich probeweise das rosafarbene und das schwarze Band ins Haar und fand, daß es gut aussah. Sie trug die Bänder schon am Freitag abend, damit niemand im Haus auf die Idee kam, sie gehörten zu ihrem Sonntagsstaat.

Als Sean fragte, ob sie mit ihm ins Kino gehen wolle, lehnte sie ab. Da sie Besuch aus Dublin bekommen, müsse sie am Samstag zu Hause bleiben und Vorbereitungen treffen.

»Besuch aus Dublin?« meinte Sean naserümpfend. »Darf man auch den Namen der Dame erfahren?«

»Es ist ein Mann, keine Frau«, entgegnete sie störrisch.

»Oh, Verzeihung.«

»Deshalb kann ich nicht mitgehen, verstehst du?« fügte sie hinzu.

»Natürlich«, erwiderte Sean von oben herab.

Aus irgendeinem Grund, den sie selbst nicht verstand, hörte Benny sich dann sagen: »Es ist nur ein Freund, nicht mehr.«

Sean verzog den Mund langsam zu einem kalten Lächeln.

»Davon bin ich überzeugt, Benny. Ich hätte nichts anderes von dir erwartet. Aber es ist gut, daß du es so direkt sagst.«

Er nickte selbstzufrieden. Als ob er ihr in seiner Großmut erlaubte, noch Freunde zu haben, bis die Zeit gekommen war. Und ihr den Kopf tätschelt, weil sie gleich klargestellt hatte, daß es sich nur um eine Freundschaft handelte.

»Ich wünsche euch beiden recht viel Spaß«, sagte Sean Walsh und verbeugte sich in einer Art und Weise, die er wohl für elegant und anmutig hielt. Das hatte er Errol Flynn oder Montgomery Clift abgeguckt und sich für eine passende Gelegenheit aufgespart.

Jack Foley war der angenehmste Gast, den die Hogans je empfangen hatten. Von allem, was man ihm anbot, probierte er ein wenig und sprach für alles ein Lob aus. Er trank drei Tassen Tee. Er bewunderte den Teekessel und fragte, ob er aus Birmingham-1930er-Silber sei. Das war er tatsächlich. Seine Gastgeber waren baß erstaunt, doch Jack erklärte, das wisse er nur, weil seine Eltern das gleiche Silbergeschirr hatten. Er knuffte Benny kameradschaftlich, als sie sich über die Universität unterhielten. Es sei wunderbar, meinte er, daß Jungs und Mädchen in denselben Vorlesungen säßen. Er sei sich so linkisch vorgekommen, als er von einer reinen Knabenschule auf die Uni gewechselt war. Benny sah ihre Eltern verständnisvoll nicken, sie teilten seine Meinung. Dann erzählte er von seiner Familie und von dem kleinen Aengus, dem sie in der Schule immer die Brille kaputtgemacht hatten.

Er meinte, der Debattierclub am Samstagabend sei prima, man könne viel dabei lernen, und es mache auch Spaß. Ob Benny schon einmal dort gewesen sei? Nein, antwortete Benny. Das Problem sei nämlich, daß sie nach Knockglen zurückfahren müsse, fügte sie mit tonloser Stimme hinzu. Oh, das sei aber schade, bemerkte Jack, das gehöre doch zum College-Leben dazu. Vielleicht könnte Benny ja bei ihrer Freundin Nan übernachten, die er schon manchmal bei diesen Veranstaltungen gesehen hatte. Alle nickten. Ja, vielleicht. Irgendwann.

Zu der Frage, was seinen Vater zu Mr. Kennedy geführt hatte, äußerte er sich zurückhaltend. Das könne alle möglichen Gründe haben, sagte er, es könne mit dem Rugbyclub zu tun haben oder mit neuen Medikamenten, die auf den Markt gekommen waren, oder mit einem Klassentreffen. Bei seinem Vater könne man das nie genau wissen, er habe viele Eisen im Feuer.

Benny betrachtete ihn voller Bewunderung. Jack Foley machte überhaupt nicht den Eindruck, als würde er sich produzieren. Sie kannte nur einen Menschen, der die gleiche selbstverständli-

che Art hatte, und das war Nan. Sie würden in vielerlei Hinsicht ideal zueinander passen.
»Das Wetter ist gut. Was meinst du, Benny, willst du mir den Ort zeigen?« fragte er.
»Wir wollten gerade gehen, damit ihr beiden euch in Ruhe ... äh, unterhalten könnt«, fing Bennys Mutter an.
»Ich habe soviel gegessen ... ich glaube, ich brauche ein wenig Bewegung.«
»Ich ziehe mir rasch feste Schuhe an.« Benny trug flache Pumps, als ginge sie zu einer Party.
»Am besten Stiefel, Benny«, rief er ihr nach. »Nach diesem herrlichen Tee müssen wir einen ausgedehnten Verdauungsspaziergang machen.«

Seite an Seite spazierten sie durch das Dorf. Benny in Gummistiefeln und in ihrem Wintermantel, über dessen Revers sie den rosa Kragen ihrer schicken Bluse geschlagen hatte. Sie spürte, wie sie von dem kalten Wind rote Wangen bekam, doch das störte sie nicht. Jack hatte seinen purpurroten und grünen Schal um, wie ihn die Jurastudenten trugen.
Die letzten Strahlen der Wintersonne hatten auch andere Leute zu einem Spaziergang hinausgelockt.
»Wohin sollen wir gehen?« fragte Jack am Tor der Hogans.
»Durch das Tor und dann auf der anderen Seite nach Westlands hinauf. Da kann der Magen den ganzen Apfelkuchen verarbeiten.«
»Der arme Mr. Kennedy ist todkrank. Er wollte mit meinem Vater sprechen. Mit dem hiesigen Arzt ist er offenbar nicht so recht zufrieden.«
»Wie tragisch. Er ist doch noch gar nicht alt«, meinte Benny. »Weil du gerade von dem hiesigen Arzt gesprochen hast, der wohnt übrigens dort.« Sie deutete auf Dr. Johnsons Haus auf der anderen Straßenseite, wo die Kinder einem Hund Stöckchen warfen.

»Ich hab es deinen Eltern gegenüber nicht erwähnt ...«, fing Jack an.
»Ich sage nichts. Keine Sorge«, beruhigte ihn Benny.
Sie wußte, daß die Geschichte sonst im ganzen Ort die Runde machen würde.
Benny zeigte ihm verschiedene Häuser und gab kurze Erklärungen. Bee Moore rief ihnen aus Paccy Moores Schustergeschäft zu, daß bei Peggy Pine hübsche neue Röcke angekommen seien. »Die sind genau das richtige für dich, Benny«, sagte sie und fügte gedankenlos hinzu: »Die passen sogar einem Elefanten. Sie sind aus Stretchstoff.«
»Wundervoll!« bemerkte Jack grinsend.
»Ach, sie meint es nicht böse«, sagte Benny.
Übertrieben galant warfen Fonsie wie auch Mario Benny vom Café aus übertriebene Handküsse zu. Und vor Dessie Burns' Haushaltswarengeschäft fragte Benny sich, wer denn zu einer Säge ein Schild mit »Ein praktisches Geschenk« geschrieben hatte. An Kennedys Apotheke gingen sie rasch vorüber, ohne über den Mann zu sprechen, der sich dort gerade mit Jacks Vater unterhielt. Benny führte Jack zur anderen Straßenseite, um ihm einige Glanzstücke von Hogan's Gentleman's Outfitters zu zeigen.
Jack bewunderte den Laden höflich und meinte, er sei sehr dezent. Von außen könnte man nicht erkennen, wie es drinnen aussah. Benny fragte sich, ob das gut sei. Aber wahrscheinlich schon. Die Leute vom Land waren eben anders. Sie wollten nicht, daß jeder Einblick in ihr Geschäft hatte.
Sie sagte zu Jack, er solle weiter ins Schaufenster sehen und auf das Spiegelbild von Mrs. Healy achten, die sie mit ihren neugierigen Schweinsäuglein vom Hotel gegenüber beobachtete. Jack erfuhr von Mrs. Healys Korsetts, die wahre Wunder vollbrachten. Es ging nämlich das Gerücht um, daß Mrs. Healy ziemlich mollig sei, was allerdings niemand außer dem verstorbenen Mr.

Healy wissen könne. Jedesmal, wenn sie nach Dublin fuhr, kaufte sie ein neues und noch engeres von diesen Schnürdingern, und man munkelte, daß sie zum Korsettkaufen sogar einmal nach London gefahren war. Aber vielleicht war das auch nur ein Gerücht.

Als Mrs. Healy sich wieder in ihr Hotel zurückgezogen hatte, meinte Benny, die Luft sei rein und sie könnten weitergehen. Sie zeigte Jack die saubere, weiß gefliese Metzgerei von Mr. Flood. Sein Sohn Teddy Flood, erläuterte sie, wollte eigentlich nicht hier arbeiten, aber was sollte er sonst tun? Es war nun einmal schwierig für einen Jungen, wenn er in ein Geschäft hineingeboren wurde. Mr. Flood war in letzter Zeit ziemlich schrullig geworden.

Jack meinte, das bräuchte man ihm gar nicht zu sagen. Es sei doch höchst fragwürdig, wenn jemand so viele farbenfrohe Bilder von Kühen, Schweinen und Schafen an den Wänden habe, die alle fröhlich auf der Weide herumhüpften. Da bekamen die Kunden doch bestimmt ein ganz komisches Gefühl, wenn ihnen bewußt wurde, daß es tote Tiere waren, die sie kauften und verspeisten. Benny erwiderte, das sei noch gar nichts. Mr. Flood habe immer schon herzzerreißende Bilder von Tieren an der Wand gehabt. Nein, bedenklich sei, daß er inzwischen fast immer eine Vision von irgend etwas oben im Baum habe. Vielleicht eine Heilige, auf jeden Fall aber eine Nonne. Das bereite seiner Familie viel Kopfzerbrechen, und seine Kunden bekämen regelrechte Lachanfälle, wenn er plötzlich beim Sägen oder Hacken innehielt und vor die Tür trete, um Rücksprache mit dem Wesen auf dem Baum zu halten.

Sie kamen an der Kirche vorbei und studierten die Bekanntmachung der Männermission, die demnächst in die Pfarrei kommen würde. Benny erklärte, während der zwei Wochen, in denen die Missionare in ihren kleinen Holzbuden Gebetsbücher, Rosenkränze, religiöse Gegenstände und Broschüren der

Katholischen Wahrheitsgesellschaft verkauften, herrsche immer großer Trubel vor der Kirche. War das in Dublin genauso? Jack entschuldigte sich, er wisse das nicht genau. Natürlich sei er zur Mission gegangen, doch wie alle anderen hatte er und Aidan immer nur herausfinden wollen, wo der Vortrag über Sexualität stattfand. Der war normalerweise ausgebucht, doch die Missionare wurden immer durchtriebener. Sie machten Abend für Abend nur irgendwelche Andeutungen, die große Sexpredigt sei erst beim nächstenmal, damit die Leute jeden Abend in Massen herbeiströmten, um ja nichts zu verpassen.

Benny meinte, eigentlich seien Männer viel ehrlicher als Frauen. Mädchen empfänden nämlich genauso, doch sie gäben es nicht zu.

Als sie ihm den Platz zeigte, wo der Bus hielt, fuhr Mikey gerade vor.

»Wie geht's, Benny?« rief er hinaus.

»Prima, danke«, erwiderte sie mit einem breiten Lächeln.

Vor dem Tor von St. Mary blieben sie stehen, und Benny wies Jack auf verschiedene Örtlichkeiten hin: die großen Rasenanlagen, der Sportplatz, auf dem sie als Kinder Camogie, die irische Hockeyart, gespielt hatten, das Gewächshaus und der schmale Pfad hinter den Kräutergärten, der zum Steinbruch hinauf führte, wo Eves Kate lag.

Jack bemerkte, sie kenne hier wohl alles und jeden. Und zu allem, was sie sähen, gebe es eine Geschichte.

Benny fühlte sich geschmeichelt. Zumindest langweilte er sich nicht.

Keiner von beiden sah Sean Walsh, der sie durch das Fenster von Birdie Macs Süßwarenladen beobachtete. Am Sonntagnachmittag machte Birdie oft Tee und Toast, und für gewöhnlich kam dann Sean Walsh vorbei. Mit zusammengekniffenen Augen betrachtete er Benny Hogan und diesen überheblichen jungen Schnösel, mit dem sie sich gleich am ersten Tag in der Öffent-

lichkeit zeigte. Und sie kam sich wohl auch noch großartig dabei vor, wie sie mit ihm vor den Klostermauern herumflirtete, wo jeder sie sehen konnte! Das gefiel ihm ganz und gar nicht.
Von dem fünfzackigen Klostertor aus hatte man einen guten Blick über das Land der Westwards. Benny machte Jack auf verschiedene Lokalitäten aufmerksam. Der Friedhof, auf dem alle Westwards begraben waren, mit dem kleinen Kriegerdenkmal, das im November mit Mohnblumenkränzen geschmückt wurde, denn viele Westwards waren im Krieg gefallen.
»Ist es nicht eine seltsame Vorstellung, daß sie alle in diesen Kriegen gekämpft haben, wo sie doch hier gelebt haben?« meinte Benny.
»Aber es ging doch um ihre Kultur und Tradition und so weiter«, erwiderte Jack.
»Ich weiß. Aber wenn andere hier über Heimat und Vaterland und König oder Königin reden ... dann meinen sie immer nur Knockglen.«
»Für dich ist es wohl eher *Schockglen?*« sagte er lachend.
»Sag das bloß nicht Fonsie von der Frittenbude. Der baut das glatt als Wortspiel in irgendein Lied ein, das er zu einem Schlager machen will. À la Bill Hayley ... tja, dieser Fonsie ...«
»Wie kommt er eigentlich zu diesem Spitznamen?«
»Er heißt Alphonsus.«
»Du lieber Himmel!«
»Allerdings. Ja, Jack Foley, du hast Glück gehabt, daß du so einen hübschen, normalen Namen bekommen hast.«
»Und deiner ... kommt von Benedicta, oder?«
»Nein, nicht so exotisch. Leider nur Mary Bernadette.«
»Benny finde ich schön. Es paßt zu dir.«
Als sie zurückgingen, war es bereits dunkel. Oben im Kloster brannte Licht. Benny erzählte Jack, daß Eve früher hier gewohnt hatte, in dem hübschen Zimmer, wo man vom Fenster aus auf den ganzen Ort herunterschauen konnte.

»So, nun habe ich dich wieder wohlbehalten zurückgebracht«, meinte sie, als sie vor der Tür von Kennedys Apotheke standen. »Willst du mit reinkommen?«
»Nein, das wäre ihm sicher nicht recht.«
»Danke, Benny. Es war ein schöner Besuch.«
»Ich finde es schön, daß du gekommen bist. Mir hat es auch gefallen.«
»Willst du nicht mal abends in Dublin bleiben?« fragte er so unvermittelt, daß es ihn fast selbst überraschte.
»Abends nicht. Ich bin doch ein Aschenputtel, wie du weißt. Aber wir sehen uns ja auch so.«
»Vielleicht mal zum Mittagessen?«
»Das wäre klasse«, sagte sie und ging über die dunkle Straße davon.

»Armer Joe«, sagte Jacks Vater bei der Rückfahrt, nachdem sie lange geschwiegen hatten.
»Hat er Krebs?«
»Überall. Aber wahrscheinlich erst seit ein paar Monaten, nach dem, was er erzählt hat.«
»Was hast du ihm gesagt?«
»Er wollte vor allem, daß ich ihm zuhöre.«
»Hat er hier denn niemanden, mit dem er reden kann?«
»Nein. Nach seiner Darstellung gibt es hier nur diesen überheblichen praktischen Arzt, der ständig schlecht gelaunt ist. Und Joes Frau, die meint, das sei alles kein Grund zur Aufregung, das Prager Kind, die heilige Theresia oder der Herrgott persönlich würden es schon richten. Sie läßt sich auf überhaupt kein Gespräch ein ... Na ja, genug davon. Wie war's bei deiner Freundin? Joe hat gemeint, sie ist nett. Ein richtiger Kleiderschrank von einem Mädchen, wie er sich ausgedrückt hat.«
»Es ist wirklich eine Schande, daß er die Leute nicht auf eine freundlichere Art beschreiben kann.«

»Hab ich dich richtig verstanden?« Nan riß ungläubig die Augen auf. »Er hat dich gefragt, ob du mit ihm ausgehen willst? Ich meine, hat er wirklich Worte gebraucht wie: ›Ich würde gern mal abends mit dir ausgehen‹, und du hast ihm einen Korb gegeben?«

»Nein, ich habe ihm keinen Korb gegeben. Und er hat mich auch nicht so direkt gefragt, ob ich mit ihm ausgehe.«

Nan sah hilfesuchend zu Eve. Die drei warteten auf den Beginn der Vorlesung. Sie hatten sich etwas abseits von den anderen Studenten gesetzt, um sich über dieses Ereignis zu unterhalten.

»Hat er dich gefragt oder nicht?« wollte Eve wissen.

»Wie man einen Freund fragt. Beiläufig. Es war keine Verabredung zu einem Rendezvous.«

»Klar, sonst hättest du nicht abgelehnt«, meinte Eve trocken.

»Hört schon auf damit.« Benny blickte von einer zur anderen. »Ich verspreche euch, wenn er mich wirklich fragt, ob ich mit ihm ausgehe, dann tu ich's. Seid ihr jetzt zufrieden?«

»Und wo willst du in Dublin übernachten?« fragte Eve.

»Bei dir könnte ich doch übernachten, Nan, oder?«

»Ja, sicher.« Die Antwort kam erst nach einer halben Sekunde. Benny wandte sich an Eve. »Wenn das ein Problem wäre, könnte ich doch zu dir, nach Dunlaoghaire gehen, Eve?«

»Kein Problem«, versicherte ihr Eve sofort. Aber natürlich würden ihre Eltern sie niemals in einem Gästehaus übernachten lassen, in dem lauter junge Männer lebten und das von einer Frau geleitet wurde, die sie nicht kannten. Da half es auch nichts, daß Eve dort wohnte. Benny wappnete sich mit Gleichmut. Es würde sowieso nie dazu kommen, warum also Pläne schmieden?

Im »Leseraum für Damen« steckte zwischen den Klebestreifen am Anschlagbrett ein zusammengefalteter Zettel: »Benny Hogan, Allgemeine Geisteswissenschaften«. Beiläufig faltete sie ihn auseinander. Er war bestimmt von diesem blassen Theologiestudenten, der die Geschichtsvorlesung verpaßt hatte und dem sie ihre Notizen versprochen hatte. Benny hatte sogar daran gedacht, Kohlepapier mitzunehmen. Den Durchschlag konnte er behalten. Sie kannte seinen Namen nicht. Er war ein trauriger junger Mann, alles andere als kräftig und mit einem blassen Gesicht, das durch seine schwarze Kleidung noch farbloser wirkte. Doch als sie sah, daß der Brief von Jack Foley stammte, überkam sie ein seltsames Gefühl – ein plötzliches Zusammenzucken, als hätte sie etwas sehr Heißes oder Kaltes berührt.

Liebe Benny,
ich weiß, daß Du gesagt hast, abends sei es momentan etwas schwierig für Dich; aber was hältst Du davon, mittags im Dolphin essen zu gehen? Ich war noch nie dort, aber ich höre ständig davon. Würde Dir Donnerstag passen? Wenn ich mich recht entsinne, hast Du gesagt, Du hast am Donnerstag ein Tutorium oder so etwas. Wahrscheinlich sehen wir uns ja vorher noch, aber wenn Du keine Zeit oder keine Lust hast, könntest Du mir dann eine Nachricht beim Pförtner hinterlassen? Ich hoffe, daß ich nichts von Dir höre, denn das heißt dann, daß wir uns am Donnerstag nächster Woche um Viertel nach eins im Dolphin treffen.
Nochmals vielen Dank für den netten Nachmittag in Knockglen.

Liebe Grüße,
Jack

»Liebe Grüße, Jack, liebe Grüße, Jack«, sagte sie immer wieder vor sich hin. Sie schloß die Augen und sagte es abermals. Es konnte doch sein, oder? Es konnte doch wirklich sein, daß er sie gern hatte! Sonst würde er doch nicht mit ihr ausgehen wollen,

sonst hätte er sich nicht daran erinnert, daß sie am Donnerstag nachmittag frei hatte, und sie zum Mittagessen in ein großes, elegantes Hotel eingeladen, in dem die oberen Zehntausend des Landes verkehrten!
Sie wagte es nicht, daran zu glauben.
Dann hörte sie Nans ansteckendes Lachen draußen auf dem Gang. Hastig verbarg sie den Zettel in ihrer Handtasche. Sie kam sich ein bißchen gemein vor, als sie daran dachte, wie sehr Nan und Eve Anteil an ihr nahmen. Aber sie wollte keine Ratschläge von den beiden, was sie anziehen und sagen sollte. Und am allerwenigsten wollte sie, daß die beiden dachten, Jack Foley hätte sich in Benny verliebt. Wo sie es sich doch aus tiefstem Herzen wünschte ...

Kapitel 8

Benny beschloß, daß sie bis Donnerstag nächster Woche schlank sein würde. Ihre Wangen sollten eingefallen und ihr Hals lang und dünn sein. Das bedeutete natürlich, daß sie nichts essen durfte. Was bei ihr zu Hause nicht einfach sein würde, wo Patsy ihr zum Frühstück eine Schüssel Porridge, einen Krug Sahne und die silberne Zuckerdose hinstellte. Danach gab es Schwarzbrot und Marmelade. Und zur Linken wie zur Rechten würde je ein Elternteil darauf achten, daß sie den Tag mit einem ordentlichen Frühstück begann.
Benny erkannte, daß man als Bewohner des Hauses Lisbeg in Knockglen sehr einfallsreich sein mußte, wenn man auch nur ein Gramm abnehmen wollte. Also tat sie zuerst so, als möge sie kein Porridge mehr. In Wirklichkeit liebte sie diesen Haferbrei, wenn er in Sahne schwamm und mit braunem Zucker bestreut war. Außerdem zögerte sie ihren Aufbruch möglichst lange hinaus und schrie dann plötzlich: »Ist es wirklich schon so spät? Ich nehme mir schnell ein Butterbrot mit.« Wenn gerade keiner hinsah, warf sie es in Dr. Johnsons Hühnergehege oder in die Mülltonne vor Carroll's oder Shea's.
Dann war Mittagszeit. Sie fand, daß es das Maß des Erträglichen überstieg, in ein Café zu gehen. Dort würde entweder der Geruch von Würstchen und Pommes frites oder der Duft von Mandelbrötchen ihre Geschmacksnerven strapazieren.
Nan und Eve erzählte sie, sie müsse arbeiten, und blieb hartnäckig die ganze Zeit in der Bibliothek sitzen.
Von der stickigen Luft in der Bibliothek und dem Hunger bekam sie Kopfschmerzen und fühlte sich den ganzen Nachmit-

tag völlig erschöpft. Ihre Willenskraft mußte sie erneut unter Beweis stellen, wenn sie an den Süßwarenläden vorbeikam und daran dachte, daß ihr eine Packung Schoko-Rollos die Energie geben würde, sich zu den Kais zu schleppen und den Bus zu nehmen. Zu Hause in Knockglen galt es dann auch noch, um den Imbiß zum Tee herumzukommen.
»Ich hab heute in der Stadt ziemlich viel gefuttert«, redete sie sich heraus.
»Warum tust du das denn, wo du weißt, daß hier ein gutes Essen auf dich wartet?« fragte ihre Mutter verwundert.
Ansonsten versuchte sie es mit dem Trick, daß sie keinen Appetit habe, weil sie müde sei. Aber das paßte ihnen auch nicht. Sollten sie vielleicht Dr. Johnson zu Rate ziehen? Warum war ein normales, gesundes Mädchen so müde? Benny wußte, daß es keinen Zweck hatte, ihnen die Wahrheit zu sagen. Wenn sie ihnen erzählen würde, daß sie abnehmen wollte, würden sie erwidern, das habe sie doch nicht nötig. Sie würden sich sorgen und endlos darüber diskutieren wollen. Bei jeder Mahlzeit würde es zwangsläufig Auseinandersetzungen geben. Es war so schon schwer genug, Patsys Siruptörtchen zu widerstehen und in einem einzigen Stück Kartoffelkuchen herumzustochern, obwohl sie ein halbes Dutzend davon hätte verdrücken können. Benny wußte, daß man leiden muß, wenn man schön sein will, aber sie fragte sich mißmutig, ob andere wohl auch so sehr litten.
Sie überlegte, ob sie ein Korsett wie Mrs. Healy tragen sollte. Nein, lieber nicht so ein Fischbeinding wie Mrs. Healy, das war allzu augenfällig. Aber dieses eine, aus der Anzeige ... »Nu-Back-Korsett ... dehnt sich beim Drehen und Bücken ... nimmt immer wieder die Ausgangsposition ein, verrutscht nicht beim Sitzen.« Es kostete 19 Shilling 11 Cent, beinahe ein Pfund, und es schien wirklich alles zu bieten, was man sich nur wünschen konnte. Außer natürlich andere Wangen und einen anderen Hals.

Benny seufzte. Wäre es nicht wunderbar, wenn sie mit einer Figur, wie die kleine zierliche Eve sie besaß, zum Essen in dieses schicke Dubliner Lokal gehen könnte? Noch besser wäre es gewesen, wenn sie so hinreißend ausgesehen hätte wie Nan, so daß jedermann sich nach ihr umdrehte und Jack Foley glücklich und stolz war, daß er sie ausführen durfte.

Da Benny in der Mittagspause immer für sich blieb, gingen häufig Nan und Eve zusammen in eines der Cafés nahe der Universität. Eve nahm mit spöttischer Belustigung zur Kenntnis, daß die Jungs ihnen nachliefen, wohin sie auch gingen.
Nans Auftreten ist wirklich erstaunlich, dachte Eve im stillen. Gekonnt setzte sie ihren Charme ein, aber ohne jedes Getue. Eve hatte noch nie jemanden erlebt, der eine Rolle so gut spielen konnte. Doch dann fragte sie sich, ob es wirklich nur eine Rolle war. Nan schien völlig natürlich zu sein und war zu allen gleichermaßen nett. Beinahe wie eine Königin, dachte Eve. Als ob sie wüßte, daß jedermann sie bewunderte, und dies bereits als Selbstverständlichkeit ansah.
Eve wurde in die Gespräche stets mit einbezogen. Wie sie Kit Hegarty bei einer ihrer freundschaftlichen Unterhaltungen in Dunlaoghaire anvertraute, war das die beste Möglichkeit, sämtliche Männer am UCD kennenzulernen.
»Sie sehen mich natürlich nur als einen schwachen Abglanz«, bemerkte Eve weise. »So wie der Mond nicht von selbst leuchtet, sondern nur das Licht der Sonne widerspiegelt.«
»Unsinn«, widersprach Kit. »Es paßt gar nicht zu dir, wenn du dein Licht unter den Scheffel stellst.«
»Ich sehe die Dinge nur nüchtern« erwiderte Eve. »Und es macht mir nichts aus. Es gibt nur eine Nan in jeder Generation.«
»Ist sie so was wie die College-Schönheit?« Kit Hegarty hatte dieses Traummädchen noch nicht kennengelernt.
»Ich glaube schon, obwohl sie sich nicht so benimmt. Nicht so

wie Rosemary, die sich ständig aufführt, als wäre sie auf einer Party. Rosemary trägt zentimeterdicke Schminke, und sie hat ellenlange Wimpern, man glaubt es kaum. Dauernd klappert sie mit den Augendeckeln, damit es auch jeder sieht. Ich frag mich, ob einem davon nicht schwindlig wird und man einen Sehfehler kriegt.« Eve klang ziemlich gereizt.
»Aber Nan ist anders, ja?«
»Ja. Sie ist zu unmöglichen Kerlen genauso nett wie zu den interessanten Männern. Sie unterhält sich immer ewig mit Pickelgesichtern, die kaum einen halben Satz rausbringen. Und das macht die interessanten Männer schier verrückt.«
»Und hat sie nicht selbst ein Auge auf einen von ihnen geworfen?« fragte Kit. Sie dachte, daß Eve sich zuviel mit dieser atemberaubenden Nan abgab und zuwenig mit ihrer alten Freundin Benny Hogan.
»Offenbar nicht.« Eve war selbst erstaunt darüber. »Obwohl sie jeden haben könnte, sogar Jack Foley. Aber es scheint, als wollte sie keinen von denen. Als ob es irgendwo da draußen etwas geben würde, wovon wir nichts wissen.«
»Marsmännchen?« mutmaßte Kit.
»Würde mich nicht wundern.«
»Übrigens, wie geht es Benny?« Kit schlug bewußt einen beiläufigen Ton an.
»Komisch, daß du gerade darauf kommst. Ich habe sie die ganze Woche nicht gesehen, außer bei den Vorlesungen. Und da haben wir uns auch nur zugewinkt.«
Kit Hegarty war klug genug, um nicht nachzuhaken oder Kritik zu üben. Aber sie empfand Mitleid mit diesem großen, natürlichen Mädchen. Sie war mit Eve durch dick und dünn gegangen, doch jetzt schien es, als würde Eve sie im Regen stehenlassen. Unscheinbare Mauerblümchen hatten es nicht leicht neben einer prächtigen Orchidee wie Nan.

»Eve, gehst du ins Annexe?« Aidan Lynch schien überall zu sein. Er trug einen rehbraunen Dufflecoat, der schon bessere Tage gesehen hatte. Sein langes lockiges Haar fiel ihm in die Augen, und er trug eine dicke Hornbrille. Es sei nur Fensterglas drin, behauptete er, aber er wirke damit so intellektuell.
»Habe ich eigentlich nicht vor, nein.«
»Könnte dich vielleicht der Gedanke umstimmen, daß meine Wenigkeit dich begleitet und dir einen Kaffee und einen Fliegenfriedhof spendiert?«
»Ein Fliegenfriedhof wäre nicht ohne«, sagte Eve. Damit waren die süßen Teilchen mit der schwarzen, breiigen Füllung gemeint. »Da mache ich jeden Tag das Frühstück für einen Haufen verfressener Mannsbilder, und heute hab ich völlig vergessen, selbst was zu essen.«
»Ein Haufen verfressener Mannsbilder?« fragte Aidan interessiert. »Wohnst du in einem Männerharem?«
»Nein, in einem Gästehaus für Studenten. Ich helfe dort im Haushalt und verdiene mir so meinen Lebensunterhalt.« Das sagte sie ohne Selbstmitleid und ohne zu prahlen. Der immer zu Späßen aufgelegte Aidan war ausnahmsweise um Worte verlegen. Aber nicht lange.
»Dann ist es nicht nur mein Wunsch, sondern auch meine Pflicht, dich kräftig aufzupäppeln«, sagte er.
»Nan wird aber nicht dort sein. Sie hat ein Tutorium.«
Ein leichter Schatten huschte über sein Gesicht. »Ich wollte auch nicht mit Nan hingehen. Sondern mit dir.«
»Aha? Sind wir wieder auf dem Weg der Besserung, Mr. Lynch?« Sie lächelte ihn an.
»Gibt es im Leben etwas Grausameres, als verkannt zu werden und mit seinen lauteren Motiven auf Unverständnis zu stoßen?« fragte er.
»Ich weiß nicht. Vielleicht?« Eve mochte den schlaksigen Jurastudenten. Für sie war er immer einer aus Jack Foleys Clique

gewesen. Natürlich hatte er eine Menge Blödsinn im Kopf und redete großspurig daher. Aber im Grunde war er ein netter Kerl. Nebeneinander gingen sie den Flur entlang zur Steintreppe, die zum Annexe führte, dem Café des College. Unterwegs kamen sie am »Lesesaal für Damen« vorbei. Bei einem flüchtigen Blick durch die Tür entdeckte Eve Benny, die allein dasaß.
»Aidan, warte mal einen Augenblick. Ich frage nur eben Benny, ob sie mitgehen will.«
»Nein! Ich habe nur dich gefragt«, wandte er verdrießlich ein.
»Himmel, ins Annexe darf doch jeder gehen. Schließlich hast du mich ja nicht zu einem trauten Essen zu zweit bei Kerzenschein eingeladen«, fuhr Eve ihn an.
»Hätte ich aber, wenn ich wüßte, wo man das so früh am Morgen bekommen kann«, erwiderte er.
»Sei nicht albern. Ich bin gleich zurück.«
Benny schien mit ihren Gedanken weit weg zu sein. Eve tippte sie auf die Schulter.
Benny sah auf. »Oh, hallo«, sagte sie.
»Schön, daß du mich wenigstens noch erkennst. Darf ich mich vorstellen? Ich heiße Eve Malone. Wir sind uns vor ein paar Jahren begegnet, in ... wie hieß das noch? ... Knockglen, genau!«
»Laß das, Eve.«
»Was hast du denn? Warum machst du keinen Spaß mehr mit mir?«
»Ich weiß nicht.«
»Du kannst mir alles sagen«, entgegnete Eve und kniete sich neben Bennys Stuhl.
Draußen im Flur räusperte sich Aidan Lynch.
»Nein, geh lieber, da wartet einer auf dich.«
»Sag schon.«
»Ich mache eine Diät«, flüsterte Benny.
Eve warf den Kopf zurück und brach in schallendes Gelächter

aus, so daß alle im Raum zu ihnen herübersahen. Benny errötete.
»Schau, was du angerichtet hast«, zischte sie wütend.
Eve sah ihrer Freundin in die Augen. »Ich lache nur vor Erleichterung, du Dummchen. Ist das der ganze Grund? Na, ich glaube nicht, daß das viel bringt. Ich finde dich wunderbar, so wie du bist. Doch wenn du meinst, bitte schön. Aber verkriech dich nicht vor allen. Ich hab schon gedacht, ich hätte dir irgendwas Schlimmes angetan.«
»Aber nein.«
»Na, dann komm und trink mit Aidan und mir einen Kaffee.«
»Nein, ich halte den Essensgeruch nicht aus«, jammerte Benny. »Ich bin froh, wenn ich gar nicht erst in die Nähe von etwas Eßbarem komme.«
»Sollen wir dann nach dem Mittagessen einen Spaziergang im Green machen? Da gibt es nichts zu essen«, schlug Eve vor.
»Wir könnten jemanden sehen, der Enten füttert, und ich könnte ihm das Brot wegschnappen und auf der Flucht gierig in mich reinschlingen.« Jetzt lächelte Benny beinahe wieder.
»So gefällst du mir schon besser. Ich hole dich dann um eins in der Haupthalle ab.«
»Erzähl aber keinem davon.«
»Also wirklich, Benny!«
»Was war denn so lange?« fragte Aidan, der froh war, daß Eve allein zurückkam.
»Ich habe Benny gesagt, wo ich hingehe, und daß sie die Polizei rufen soll, wenn ich nicht bis zu einem bestimmten Zeitpunkt zurück bin.«
»Du bist mir ja ein Spaßvogel.«
»Na, du nimmst das Leben aber auch nicht besonders schwer«, erwiderte sie nachdrücklich.
»Ich habe immer gewußt, daß wir zueinander passen. Schon damals, als ich dich das erstemal gesehen habe. Im Bett.«

Eve zog mißbilligend die Augenbrauen hoch. Doch Aidan fand Gefallen an diesem Thema.
»Da habe ich unseren Enkelkindern in späteren Jahren was Hübsches zu erzählen.«
»Was?«
Aidan ahmte eine Kinderstimme nach. »›Sag, Opa, wie hast du Oma eigentlich kennengelernt?‹ Und dann sage ich: ›Hohoho, mein Kleiner, ich hab sie im Bett getroffen. Ich bin ihr vorgestellt worden, als sie im Bett lag. Das ist schon lange her, das war in den Fünfzigern. Eine wilde Zeit, hohoho.‹«
»Du bist vielleicht ein Spinner.« Eve lachte ihn an.
»Ich weiß. Ich sage doch, daß wir gut zusammenpassen«, erwiderte er und hakte sich bei ihr unter, während sie die Treppe zum Café hinuntergingen.

Benny holte einen kleinen Spiegel aus ihrer Handtasche. Sie legte ihn zwischen die Seiten von *Tudor England* und untersuchte eingehend ihr Gesicht. Fünf Tage hatte sie so gut wie nichts gesessen, aber noch immer sah sie im Spiegel ein rundes Gesicht, dicke Backen und keine Anzeichen eines langen Schwanenhalses. Da konnte man doch beinahe an der göttlichen Gerechtigkeit verzweifeln.

»Sind die Frauen im College hinter dir her?« wollte Aengus von Jack Foley wissen.
»Hab nie darauf geachtet«, meinte Jack zerstreut.
»Das würdest du merken. Dann atmen sie nämlich schwer«, klärte Aengus seinen Bruder auf.
Jack blickte von seinen Notizen hoch. »Tatsächlich?«
»Hab ich jedenfalls gehört.«
»Von wem denn?«
»Na ja, vor allem von Ronan. Er hat zwei Leute nachgemacht, die im Auto sitzen und schnaufen und pusten. Das war zum

Totlachen! Er sagt, das ist so bei den Mädchen, wenn sie Lust kriegen.«
»Und wo hat er das gesehen, wenn er es so gut nachahmen kann?« fragte Jack mit leichtem Unbehagen.
Aengus antwortete unschuldig: »Weiß ich nicht. Du kennst Ronan ja.«
Jack kannte seinen Bruder Ronan in der Tat. Und er hatte das ungute Gefühl, daß neulich abends, als er sich von Shirley verabschiedet hatte, jemand in der Nähe gewesen war. Shirley war ganz anders als die meisten Mädchen an der Uni. Sie hatte ein Jahr in Amerika verbracht und war deshalb sehr erfahren. Letzten Samstag hatte sie ihm nach dem Jurastudentenball im Four Courts angeboten, ihn nach Hause zu fahren. Sie hatte ihr eigenes Auto und lebte nach ihren eigenen Regeln. Unter einer Straßenlaterne unmittelbar vor seinem Haus hielt sie an.
Als er gemurmelt hatte, sie solle lieber mehr im Schatten parken, hatte Shirley erwidert: »Ich möchte sehen, wen ich küsse.«
Und jetzt schien es, als habe sein Bruder gesehen, was es beim Küssen eben zu sehen gab.
Jack Foley nahm sich vor, die Finger von Shirley zu lassen. Nächstes Mal lieber mit Rosemary oder sogar mit dieser eiskalten Nan Mahon. Nur nicht wieder so eine Spinnerin, nein danke!

Als Benny auf dem mittäglichen Spaziergang durch St. Stephen's Green einen Apfel aß, fühlte sie sich etwas wohler. Eve verlor kein Wort mehr über die Diät. Benny wußte, daß sie ihr nicht zu sagen brauchte, sie solle Nan nichts davon erzählen. Nicht, daß Nan ihr nicht mit Rat und Tat zur Seite gestanden hätte. Aber Nan hatte es eben nie nötig, so etwas zu machen. Sie sah schon so vollkommen aus, als käme sie aus einer anderen Welt. Statt dessen redeten sie über Aidan Lynch, der heute abend nach Dunlaoghaire hinausfahren und mit Eve ins Kino gehen wollte.

Er hatte eingesehen, daß sie nach dem Abendessen noch abwaschen mußte. Er würde mit dem Zug hinfahren.
»Ich habe dich sehr vermißt, Eve«, sagte Benny plötzlich.
»Ich dich auch. Warum bleibst du denn nicht mal abends in der Stadt?«
»Das weißt du doch.«
Eve wußte es sehr wohl. Die Debatten wegen der früh hereinbrechenden Dämmerung, den dunklen Nächten ... es hätte so viel Überredungskunst erfordert, daß sie beschlossen, abzuwarten, bis Benny einmal eine richtige Verabredung hatte, einen echten Grund, in der Stadt zu bleiben. Einen freien Abend nur zu zweit zu verbringen, wie sie es früher oft getan hatten, kam ihnen beinahe wie Verschwendung vor.
»Ich fände es schön, wenn du mit nach Knockglen kommen würdest«, meinte Benny. »Nicht, daß ich dich unter Druck setzen möchte, aber Mutter Francis würde sich auch freuen.«
»Ich werde wieder nach Knockglen kommen«, versprach Eve. »Aber ich habe auch meine Verpflichtungen. Schließlich bin ich Kits rechte Hand. Der Samstagstee geht bei mir immer blitzschnell. Ich erzähle den Jungs ständig, daß sie um halb sieben den Zug in die Stadt kriegen müssen, weil dann dort das Leben tobt. Sie wissen zwar nicht genau, was ich damit meine, aber auf diese Weise mache ich ihnen ein bißchen Dampf. Sonst würden sie den ganzen Abend hier vertrödeln.«
Benny kicherte. »Du bist ein schrecklicher Tyrann.«
»Unsinn. Ich bin nur in St. Mary von einem Feldwebel erzogen worden. Mutter Francis schafft es immer, ihren Kopf durchzusetzen. Wir haben jetzt eingeführt, daß es sonntags nur ein großes Mittagessen gibt. Für abends hebe ich jedem einen Teller Salat auf, den ich mit einer Serviette abdecke. Da können sie sich dann selbst bedienen.«
»Kit ist bestimmt begeistert von dir«, sagte Benny.
»Mit mir hat sie ein bißchen Gesellschaft. Das ist alles.«

»Redet sie manchmal über ihren Sohn?«
»Selten. Aber nachts weint sie um ihn. Das weiß ich.«
»Manche Leute lieben ihre Kinder so sehr, daß sie eigentlich nur für sie leben. Ist das nicht merkwürdig?«
»Das tun deine Eltern auch. Was ja ein Teil deines Problems ist. Trotzdem ist es schön, wenn man weiß, daß sie einen lieben«, bemerkte Eve.
»Deine Eltern hätten dich auch geliebt, wenn sie länger gelebt hätten.«
»Und nicht verrückt gewesen wären«, fügte Eve trocken hinzu.

In der Geschichtsvorlesung saß Benny neben Rosemary. Sie hatten bisher kaum miteinander gesprochen. Benny wollte Rosemarys Make-up aus der Nähe betrachten. Vielleicht konnte sie ja etwas von ihr lernen.
Während sie auf den Professor warteten, kamen sie ins Plaudern.
»Knockglen?« sagte Rosemary. »Davon höre ich jetzt schon zum zweitenmal. Wo liegt das?«
Benny erklärte es ihr und fügte düster hinzu, daß es zu weit weg war, um gut erreichbar zu sein, und zu nah, als daß man sie in Dublin wohnen ließ. »Wer hat davon geredet?«
Rosemary schürzte die Lippen und versuchte sich zu erinnern. Wenn sie ungestört im Vorlesungssaal saß, trug sie oft ein wenig Vaseline auf ihre Wimpern auf. Angeblich wuchsen sie dann besser. Das tat sie nun auch unverhohlen vor Benny, in der sie keine Rivalin sah, vor der sie die Geheimnisse ihrer Schönheit verbergen müßte.
Benny beobachtete sie interessiert. Da fiel es Rosemary ein.
»Jetzt weiß ich's. Es war Jack. Jack Foley. Er hat gesagt, ein Freund von ihm hat sich in jemanden aus Knockglen verliebt. Das bist aber nicht zufällig du, oder?«
»Nein, das glaube ich nicht.« Bennys Herz wurde schwer. Rose-

mary war so eng mit Jack befreundet, und Jack machte Witze über Knockglen!

»Sein Freund Aidan. Du weißt schon, Aidan Lynch, dieser Possenreißer. Er ist ja wirklich ganz witzig, damit macht er alles andere wett.«

Bennys Wangen brannten. Redeten die Leute so übereinander? Leute wie Jack und Rosemary, und nach allem, was sie wußte, vielleicht sogar Nan? Galten für gutaussehende Menschen andere Regeln?

»Und was hat Jack zu Aidans Mädchen gemeint?« Sie wollte weiter über Jack sprechen, auch wenn es für sie schmerzlich war.

»Oh, er findet sie ganz nett. Er hat gemeint, das ist ein netter Ort. Er war da schon mal.«

»Aha.« Benny hatte keinen Augenblick vergessen von jenem Tag mit Jack Foley, in ihrem Dorf, in ihrem Haus, in ihrer Gesellschaft. Wenn sie vor Gericht hätte aussagen müssen, sie hätte jedes Wort wiederholen können, das zwischen ihnen gefallen war.

»Er gehört zu einer anderen Welt«, vertraute Rosemary ihr an. »Weißt du, er ist nicht nur ein Rugby-Star, er ist auch gescheit. Er hat seinen Abschluß mit sechs Auszeichnungen gemacht. Und er ist nett.«

Rosemary hatte Jack also bereits über seine Abschlußnoten ausgequetscht. Genau wie sie.

»Gehst du mit ihm?« fragte Benny.

»Noch nicht, aber bald. Das habe ich fest vor«, antwortete Rosemary.

Während der ganzen Vorlesung über die Tudor-Herrschaft in England warf Benny ihrer Nachbarin verstohlene Blicke zu. Es war eine himmelschreiende Ungerechtigkeit, daß Rosemary einen Schokoriegel in ihrer Tasche hatte und weder mit Pickeln noch mit einem Doppelkinn geschlagen war.

Und wann fanden denn all ihre Unterhaltungen mit Jack Foley

statt? Wahrscheinlich abends. Vielleicht auch schon am frühen Abend, wenn die arme Benny wie ein Stück Frachtgut mit dem Bus nach Knockglen kutschiert wurde.
Benny wünschte, sie hätten den Apfel nicht gegessen. Vielleicht brauchte ihr Körper eine Radikalkur – überhaupt kein Essen mehr, nachdem er achtzehn Jahre lang zuviel davon bekommen hatte. Durch den Apfel war der Prozeß womöglich verzögert worden.
Sie musterte Rosemary und fragte sich, ob es irgendeine Hoffnung gab, daß ihre Pläne scheiterten.

»Wie geht es mit dem Studium, Nan?« Bill Dunne brüstete sich damit, daß er mit Frauen umzugehen verstand. Seiner Ansicht nach war Aidan Lynchs Ruf völlig ungerechtfertigt. In der Schule, wo jeder witzig sein wollte, mochte das ja noch angehen. Aber auf der Universität wollten die Frauen sich ihrem Studium widmen. Oder wenigstens den Anschein erwecken. Bei Studentinnen kam man nicht an, wenn man immer noch den Klassenclown spielte und Schülerwitze riß. Man mußte so tun, als würde man ihre Studien ernst nehmen.
Nan Mahon schenkte ihm ein strahlendes Lächeln. »So wie bei den anderen auch, denke ich«, antwortete sie. »Wenn einem die Vorlesungen gefallen und man sich für ein Thema interessiert, läuft alles gut. Aber wenn nicht, ist es die Hölle. Und dann kommt irgendwann das dicke Ende.«
Die Worte an sich waren nicht von Bedeutung, aber Bill gefiel der warme, beinahe herzliche Ton.
»Ich wollte dich fragen, ob ich dich abends mal zum Essen einladen darf?« meinte er.
Das hatte er sich genau überlegt. Ein Mädchen wie Nan mußte man einfach zum Tanzen, zu Partys, in einen Pub oder ins Kino einladen. Er mußte diesen Schritt wagen, wenn er ihr näherkommen wollte.

»Nein, danke, Bill.« Ihr Lächeln war immer noch freundlich. »Ich gehe nicht oft aus. Ich bin ein ziemlich langweiliger Stubenhocker. Weißt du, ich lerne viel unter der Woche, damit ich den Anschluß nicht verpasse.«
Er war erstaunt und enttäuscht. Er hatte geglaubt, sie würde ja sagen.
»Vielleicht mal am Wochenende, wenn du nicht soviel Arbeit hast.«
»Am Samstag gehe ich normalerweise zum Debattierclub und danach ins Four Courts. Das ist mir schon fast zur Gewohnheit geworden.« Sie lächelte entschuldigend.
Bill Dunne wollte nicht betteln. Er wußte, daß es zu nichts führen würde.
»Dann sehen wir uns mal bei einem von deinen Terminen«, entgegnete er herablassend. Er wollte sich seine Verstimmung nicht anmerken lassen.

Nans Zimmer wurde immer mehr zu ihrer eigenen Wohnung. Sie hatte einen elektrischen Wasserkocher und zwei Tassen. Da sie ihren Tee nur mit Zitrone trank, brauchte sie weder Milch noch Zucker.
Gelegentlich kam ihre Mutter herein und setzte sich zu ihr.
»Es ist so friedlich hier«, bemerkte Emily.
»Deshalb wollte ich es auch so.«
»Er ist immer noch verärgert.« Emily klang, als hätte sie eine Bitte auf dem Herzen.
»Dazu hat er keinen Grund, Em. *Ich* bin immer höflich zu ihm. *Er* wirft doch mit Schimpfworten um sich und kann sich nicht beherrschen.«
»Ach, wenn du nur begreifen würdest...«
»Das tue ich. Ich habe begriffen, daß er mal so und mal so ist. Ich habe es nicht nötig, mich von seinen Launen abhängig zu machen. Also tue ich's auch nicht. Ich will nicht unten sitzen

und mir den Kopf zerbrechen, wann und in welcher Stimmung er heimkommt.«

Sie schwiegen beide.

»Und du solltest das auch nicht, Em«, sagte Nan schließlich. »Du hast es leicht. Du bist jung und schön. Das ganze Leben liegt noch vor dir.«

»Em, du bist erst zweiundvierzig. Du kannst doch auch noch was vom Leben erwarten.«

»Nicht als Frau, die ihrem Mann davongelaufen ist.«

»Du würdest ihm doch sowieso nicht davonlaufen«, sagte Nan. »Ich will, daß *du* von hier fortkommst.«

»Das werde ich auch, Em.«

»Du gehst gar nicht mit jungen Männern aus. Du hast nie ein Rendezvous.«

»Ich warte noch.«

»Worauf?«

»Auf den Märchenprinzen, den Weißen Ritter, der eines Tages kommen wird. So hast du es mir doch immer erzählt, oder?«

Erschrocken sah Emily ihre Tochter an.

»Du weißt doch, was ich gemeint habe. Etwas Besseres als das hier, als Maple Gardens. Unter deinen Freunden gibt es doch sicher Jurastudenten, angehende Ingenieure ... Jungs, deren Väter bedeutende Positionen haben.«

»Das ist doch auch nichts anderes als Maple Gardens. Nur daß man ein bißchen mehr Garten und eine Toilette im Erdgeschoß hat.«

»Wie meinst du das?«

»Ich habe mir nicht diesen Traum bewahrt, um letzten Endes wieder in einem Maple Gardens zu landen. Wieder mit einem netten Mann, der sich als Säufer entpuppt, wie Dad.«

»Still, sag so was nicht.«

»Du hast mich gefragt, ich habe dir geantwortet.«

»Ja, sicher. Aber worauf hoffst du?«

»Du hast gesagt, ich werde alles erreichen, was ich will. Und darauf hoffe ich.«
Sie wirkte so stolz und selbstsicher, wie sie an ihrem Schreibtisch saß, die Teetasse in der Hand, das blonde Haar aus der Stirn gestrichen. Und obwohl sie über so bedeutsame Dinge sprachen, war ihr Gesicht völlig entspannt.
»Du kannst es auch bekommen.« Emily spürte, wie sie wieder von diesem Glauben durchdrungen wurde, den sie immer unterdrückt hatte.
»Deshalb hat es keinen Sinn, wenn ich mit Leuten ausgehe, die nicht meinen Vorstellungen entsprechen. Es wäre Zeitverschwendung.«
Emily schauderte. »Unter all den vielen Leuten könnten doch auch ein paar nette sein.«
»Sicher. Aber keiner, den du und ich haben wollen.«
Emilys Blick fiel auf den Schreibtisch, wo zwischen Nans Büchern und Ordnern Zeitschriften wie *The Social and Personal, The Tatler* und *Harpers and Queen* lagen. Aus der Bücherei hatte Nan sich sogar einige Bücher mit Anstandsregeln ausgeliehen. Nan Mahon beschäftigte sich mit sehr viel mehr als nur mit Allgemeinen Geisteswissenschaften.

Mrs. Healy spähte durch die dicken Gardinen und sah, wie Simon Westward aus seinem Auto stieg. Seine kleine, pummelige Schwester begleitete ihn. Vielleicht wollte er ihr im Hotel eine Limonade spendieren. Mrs. Healy hatte den jungen Gutsherrn, wie sie ihn nannte, immer schon bewundert. Tatsächlich machte sie sich sogar ein wenig Hoffnungen auf ihn. Er war um die Dreißig, altersmäßig also nicht weit von ihr entfernt.
Sie war eine vornehme und vermögende Witwe, eine Person von untadeligem Ruf. Natürlich gehörte sie nicht seiner Klasse an und hatte auch nicht die richtige Konfession. Doch Mrs. Healy dachte praktisch. Wenn jemand so pleite war, wie es bei den

Westwards der Fall zu sein schien, dann nahm man es mit den Traditionen nicht mehr so genau.
Sie wußte, daß Simon Westward seit letztem Weihnachten, als er Getränke für die Jagdgesellschaft und das Fest am zweiten Weihnachtsfeiertag gekauft hatte, bei Shea's Schulden hatte. So mancher Reisende kam auf einen Drink in Healys Hotel und nahm kein Blatt vor den Mund, da er annahm, die hochmütige, unnahbare Hotelbesitzerin interessiere sich nicht im geringsten für lokalen Tratsch.
Das traf in den meisten Fällen auch zu, doch wenn es um die Westwards ging, spitzte Mrs. Healy stets die Ohren. Sie war in England aufgewachsen, wo das Gutsherrenhaus viel mehr in die Dorfgemeinschaft einbezogen war. Seit sie in das Land ihrer Geburt zurückgekehrt war, wunderte sie sich dauernd, wie wenig die Leute über das Leben in Westlands wußten. Es schien sie auch kaum zu interessieren.
Zu ihrer Enttäuschung begaben sich die Westwards zu Hogan's Gentleman's Outfitters, direkt gegenüber.
Was wollten sie dort nur? Sonst gingen sie doch bestimmt zu Callaghan's in Dublin oder zu Elvery's. Aber vielleicht bekamen sie da keinen Kredit mehr. Vielleicht versuchten sie es jetzt hier im Ort, bei einem freundlichen Menschen wie Eddie Hogan. Der würde nie erst Geld sehen wollen, bevor er die Stoffballen aus dem Regal holte und anfing, die Maße aufzuschreiben.

In dem dunklen Laden spähte Eddie Hogan zwischen den Stoffballen in seinem stets etwas verdunkelten Schaufenster hindurch auf die Straße. Erfreut sah er, daß Simon Westward und seine kleine Schwester auf das Geschäft zukamen. Er wünschte, er hätte Zeit gehabt, den Laden noch etwas auf Vordermann zu bringen.
»Raten Sie mal ...«, wandte er sich im Flüsterton an Sean.
»Ich weiß«, erwiderte Sean Walsh ebenso leise.

»Hier ist es aber finster«, beschwerte sich Heather und kniff die Augen zusammen, um sich an den Lichtwechsel zu gewöhnen, denn draußen schien eine strahlende Wintersonne.
»Pst«, mahnte ihr Bruder.
»Es ist mir eine Ehre«, begrüßte Eddie Hogan die beiden.
»Ah, guten Morgen, Mr. ... Hogan, nicht wahr?«
»Klar«, sagte Heather, »steht doch draußen.«
Simon warf ihr einen ärgerlichen Blick zu, und sofort wurde sie kleinlaut.
»Entschuldigung«, murmelte sie und sah zu Boden.
»Ja, ich bin in der Tat Edward Hogan, und das ist mein Gehilfe Sean Walsh. Zu Ihren Diensten.«
»Guten Tag, Mr. Walsh.«
»Mr. Westward.« Sean machte eine leichte Verbeugung.
»Ich fürchte, es ist nur eine Kleinigkeit, weswegen wir Sie bemühen. Heather möchte ein Geschenk für unseren Großvater kaufen. Er hat Geburtstag. Es muß nichts Besonderes sein.«
»Aha. Darf ich vielleicht Leinentaschentücher empfehlen?« Eddie Hogan holte mehrere Schachteln hervor und öffnete eine Schublade, in der die Taschentücher einzeln nebeneinander lagen.
»Er hat so viele Taschentücher, daß er nicht weiß, wohin damit«, erklärte Heather. »Und mit dem Naseputzen hat er auch Schwierigkeiten.«
»Dann vielleicht einen Schal?« schlug Eddie Hogan beflissen vor.
»Er geht nie aus dem Haus, wissen Sie. Er ist schon ziemlich alt.«
»Ein wirklich schwieriger Fall.« Eddie kratzte sich am Kopf.
»Ich habe mehr an so etwas wie ein Mitbringsel gedacht«, meinte Simon und lächelte die beiden Männer an. »Es ist eigentlich gleichgültig, was es ist. Großvater weiß es ohnehin nicht zu würdigen ... aber ... Sie verstehen?« Mit einer Kopfbewegung deutete er auf Heather, die neugierig durch den Laden wanderte.

Jetzt hatte Eddie Hogan den Kern des Problems erkannt.
»Miss Westward, darf ich Ihnen einen Vorschlag machen? Wenn es nur darum geht, daß Ihr Großvater sich freut, weil Sie an seinen Geburtstag gedacht haben, vielleicht kämen dann eher Süßigkeiten in Frage?«
»Ja...« Heather klang nicht ganz überzeugt.
»Ich weiß, es mag so wirken, als wollte ich kein Geschäft machen; aber wir wollen doch für jeden das Beste. Wie wäre es mit einer kleinen Packung Geleebonbons? Birdie Mac wird sie Ihnen hübsch verpacken. Und dazu noch eine Glückwunschkarte.«
Simon sah ihn aufmerksam an. »Ja, wahrscheinlich ist das das Vernünftigste. Wie dumm, daß wir nicht selbst darauf gekommen sind. Vielen Dank.«
Doch offenbar hatte er die unverhüllte Enttäuschung in Eddie Hogans Gesicht bemerkt, denn er fuhr fort: »Es tut mir leid, Mr. Hogan, daß wir Ihre Zeit in Anspruch genommen haben.«
Eddie erwiderte den Blick des jungen Mannes mit dem dunklen Haar und dem selbstsicheren Auftreten.
»Es war mir eine Ehre, Mr. Westward, wie ich schon sagte«, erwiderte er lahm. »Und nun, da Sie einmal hier waren, kommen Sie vielleicht wieder.«
»Oh, bestimmt.« Simon hielt seiner Schwester die Tür auf und trat die Flucht an.
»Das war sehr klug von Ihnen, Mr. Hogan«, meinte Sean Walsh beifällig. »Jetzt fühlt er sich uns verpflichtet.«
»Ich hab nur überlegt, was die Kleine ihrem Großvater schenken könnte«, sagte Eddie Hogan.

Der Donnerstag war gekommen. Benny betrachtete sich im Badezimmerspiegel. Lange und gründlich starrte sie sich an. Es war nicht auszuschließen, daß sie um die Schultern ein wenig abgenommen hatte. Sie war sich nicht sicher, aber selbst wenn es der Fall war – da brachte es doch überhaupt nichts!

Am Vorabend hatte sie sich die Haare gewaschen, und jetzt glänzten sie wunderschön. Peggy Pine hatte sie gewarnt, daß der Rock leicht knitterte. Und sie hatte recht gehabt, er sah schrecklich aus. Aber das Blau war sehr hübsch. Alles, nur nicht mehr diese langweiligen marineblauen und braunen Farbtöne, mit denen sie immer wie in einer Schuluniform ausgesehen hatte! Farben, mit denen man nicht auffiel. Auch die Bluse wirkte ein bißchen unordentlich, anders als die schweren Stoffe, die sie sonst trug. Aber darin sah sie weiblicher aus. Wenn sie so einem phantastischen Mann wie Jack Foley am Tisch gegenübersaß, gab es für ihn nur ihren Oberkörper anzuschauen. Also mußte sie etwas Hübsches anziehen und durfte nicht wie eine Gouvernante oder eine Schulaufseherin daherkommen!
Während sie sich anzog, wechselte ihre Stimmung immer wieder von einem Extrem ins andere. Jack war so unkompliziert und natürlich gewesen, als er sie hier in Knockglen besucht hatte. Aber auf dem College war das anders. Die Leute redeten ständig über ihn, als wäre er irgendein griechischer Gott. Sogar die tugendhaften Streberinnen in ihrem Kurs schwärmten von ihm. Diese Mädchen mit Brille, glatten Haaren und abgetragenen Jacken, die noch härter arbeiteten als die Nonnen und für Jungs und Geselligkeiten keine Zeit zu haben schienen ... sogar dieser Sorte Mädchen war Jack Foley ein Begriff.
Und er führte sie heute aus! Sie hätte gute Lust gehabt, Rosemary davon zu erzählen und dann ihr dummes Gesicht zu sehen. Und auch das vieler anderer: Sie wäre jetzt gern zu Carrolls Laden gegangen, hätte gegen die Tür getreten und der blöden Maire Carroll, die sie in der Schule immer gehänselt hatte, erzählt, wie gut sich alles für sie entwickelte. Maire, die entgegen ihren Erwartungen die Aufnahmeprüfung für das College nicht geschafft hatte und nun im Lebensmittelladen ihrer Eltern versauerte, während Benny mit Jack Foley im Dolphin zu Mittag speiste.
Benny faltete die dünne Bluse zusammen und verstaute sie in

ihrer großen Umhängetasche. Sie steckte auch eine kleine Tube Zahnpasta, eine Zahnbürste und den Blue-Grass-Körperpuder ihrer Mutter ein. Falls es jemandem auffiel, daß er nicht mehr da war, würde sie sagen, sie habe ihn versehentlich mitgenommen. Es war sieben Uhr dreiundfünfzig. In sechs Stunden würde sie ihm gegenübersitzen. Gott gebe, daß ich nicht zuviel rede und dummes Zeug plappere! Und wenn ich schon etwas Dummes sage, muß ich mich wenigstens davor hüten, danach auch noch in schallendes Gelächter auszubrechen!
Sie hatte ein klein wenig Gewissensbisse, weil sie Eve nichts von ihrem Rendezvous erzählt hatte. Es war das erstemal, daß sie vor ihrer Freundin etwas verheimlichte. Aber es war keine Zeit dafür gewesen, und außerdem befürchtete sie, Eve könnte Nan davon berichten – dagegen hätte ja auch nichts gesprochen. Und Nan hätte ihr dann liebenswürdigerweise eine hübsche Handtasche oder ein Paar Ohrringe geliehen, die zu ihrem Rock paßten. Doch Benny wollte nicht, daß alles geplant und ausgetüftelt war. Sie wollte ganz allein damit zurechtkommen und ganz sie selbst sein. Oder jedenfalls so etwas Ähnliches. Sie warf ihrem Spiegelbild ein schiefes Lächeln zu. Es war ja nicht gerade die Benny, wie man sie kannte, die in sechs Stunden das Dolphin betreten würde. Es war eine ausgehungerte, herausgeputzte und strahlende Benny, die seit zehn Tagen keinen einzigen Gedanken an ihre Bücher verschwendet hatte.
»Sag mir doch, was mit dem Porridge nicht in Ordnung ist, Benny.« Patsy war allein in der Küche, als Benny herunterkam.
»Nichts, Patsy, ehrlich.«
»Wenn ich je heirate, möchte ich meinem Mann und seiner Mutter nämlich einen ordentlichen Topf Porridge auf den Tisch stellen.«
»Seiner Mutter?«
»Na ja, ich muß ja schließlich irgendwohin heiraten, nicht? Ich habe ja nichts, wo einer einheiraten könnte.«

»Liebst du jemanden, Patsy?«
»Leute wie du und ich haben's schwer mit der Liebe. Ich hab keinen Penny, den ich mein eigen nennen könnte. Und für dich kommt nur ein Elefant von einem Mann in Frage, so groß wie du bist«, meinte Patsy fröhlich.

Irgendwie ging der Vormittag vorüber. Benny schwänzte die Zwölf-Uhr-Vorlesung. Sie wollte nicht durch den Green, die Grafton Street hinunter und vorbei an der Bank of Ireland laufen, damit sie um Viertel nach eins im Dolphin war. Das hätte sie zwar schaffen können, aber sie wollte nicht mit rotem Kopf und außer Atem ankommen. Sie würde langsam und in aller Ruhe hinschlendern. Im letzten Moment würde sie sich in der Damentoilette irgendeines Pubs oder Cafés, das auf dem Weg lag, umziehen, noch etwas Körperpuder auftragen und sich die Zähne putzen. So würde sie einen ruhigen und entspannten Eindruck machen.
Während sie gemächlich durch die Straßen Dublins schritt, empfand sie Bedauern für die Leute, die sie unterwegs sah. Sie wirkten grau und gehetzt. Sie zogen vor dem Wind die Köpfe ein, statt ihm hoch erhobenen Hauptes zu trotzen wie Benny. Alle würden sie ein langweiliges, gewöhnliches Mittagessen zu sich nehmen. Entweder fuhren sie mit dem Bus nach Hause, wo das Radio lief und Kinder schrien, oder standen in einem Restaurant in der Stadt Schlange, wo sich Menschenmassen drängten und man den unangenehmen Geruch vom Essen anderer Leute in der Nase hatte.
Benny warf einen letzten prüfenden Blick in den Spiegel und kam zu dem Schluß, daß sie nicht besser aussehen konnte. Sicherlich hätte sie mit der Diät viel früher anfangen sollen. Vor drei Jahren ungefähr. Aber was half's, sich deshalb zu ärgern?
Als Jack sie erst ein paar Wochen zuvor in Knockglen getroffen hatte, war sie dick und fett gewesen. Aber das hatte ihn nicht davon abgehalten, sie in ein solches Lokal einzuladen. Ungläu-

big betrachtete sie das Dolphin. Er hatte ihr nicht gesagt, wo genau sie sich treffen würden. Sie kannte seinen Brief auswendig. Aber bestimmt hatte er den Saal gemeint.
Am Eingang standen drei Männer, aber keiner von ihnen war Jack. Sie waren viel älter. Und sie sahen wohlhabend aus. Vielleicht Leute, die zu Rennen gingen.
Da erkannte sie mit jähem Schreck, daß einer von ihnen Simon Westward war.
»Oh, guten Tag«, sagte Benny und vergaß dabei, daß sie ihn eigentlich gar nicht kannte, sondern nur durch Eve von ihm gehört hatte.
»Guten Tag«, grüßte er höflich, aber leicht verwundert.
»Oh, ich bin Benny Hogan. Vom Laden in Knockglen.«
Sie sprach unbefangen und nahm es ihm nicht übel, daß er sie nicht erkannt hatte. Simons Lächeln wurde freundlicher.
»Ich war gestern im Laden Ihres Vaters.«
»Das hat er mir gesagt. Zusammen mit Ihrer kleinen Schwester.«
»Ja, er ist ein sehr zuvorkommender Mann, Ihr Vater. Und sein Gehilfe ...?«
»Ach ja«, erwiderte Benny wenig begeistert.
»Ist er nicht vom selben Schlag?«
»Ganz und gar nicht. Aber das darf man meinem Vater nicht sagen. Er schätzt ihn sehr.«
»Keine Söhne in der Familie, die ihm im Laden helfen?«
»Nein, ich bin das einzige Kind.«
»Und Sie wohnen in Dublin?«
»Ach, schön wär's. Nein, ich pendle jeden Tag hin und her.«
»Das muß ja strapaziös sein. Fahren Sie selbst?«
Simon lebte in einer anderen Welt, das merkte man gleich.
»Nein, mit dem Bus«, antwortete sie.
»Nun, dann ist es wenigstens ein kleiner Trost, wenn man an einem so hübschen Ort wie diesem zu Mittag essen kann ...«
Anerkennend sah er sich im Restaurant um.

»Ich bin das erstemal hier. Ich bin mit jemandem verabredet. Meinen Sie, ich sollte im Saal warten?«
»An der Bar, denke ich«, sagte er und wies ihr die Richtung.
Benny bedankte sich und ging hinein. Es war sehr voll, aber sie entdeckte Jack sofort ... Er saß in einer Ecke und winkte ihr zu.
»Da ist sie ja!« rief er. »Jetzt sind wir komplett.«
Er erhob sich und lächelte sie an, umringt von einer siebenköpfigen Gruppe. Es war kein Rendezvous. Es war eine Party. Mit acht Personen. Und eine davon war Rosemary Ryan.

Benny konnte sich an kaum etwas von der Party erinnern, bis sie in den Speisesaal gingen. Sie war benommen, teils vor Schreck, teils weil sie in den letzten Tagen so wenig gegessen hatte. Verstört blickte sie in die Runde, um festzustellen, was die anderen tranken. Einige hatten Orangensaft vor sich stehen, es konnte aber auch Gin mit Orangensaft sein. Die Jungs tranken Bier.
»Ich trinke auch so eins.« Sie deutete matt auf ein Bierglas.
»Die gute, alte Benny. Eine von uns«, sagte Bill Dunne, ein Junge, den sie bislang immer gemocht hatte. Jetzt hätte sie ihm am liebsten den schweren Aschenbecher an den Schädel gehauen, daß er garantiert nie mehr aufstand.
Alle plauderten munter und unbeschwert. Benny musterte die anderen Mädchen kritisch. Rosemary sah wie immer aus, als hätte sie gerade mehrere Stunden im feinsten Schönheitssalon Dublins verbracht. Ihr Make-up war makellos, und sie lächelte jeden bewundernd an. Carmel war klein und hübsch. Sie war mit ihrem Freund Sean zusammen, seit sie sechzehn war. Vielleicht auch schon länger. Am College galten sie als das Traumpaar. Sean betete Carmel an und hing an ihren Lippen, als würde sie das Evangelium verkünden. Carmel stellte keine Gefahr dar. Sie hatte für keinen anderen Augen, nicht einmal für Jack Foley.

Aidan Lynch, der lange, schlaksige Bursche, der Eve ins Kino eingeladen hatte, war auch da. Mit einem Stoßseufzer der Erleichterung dankte Benny dem Himmel dafür, daß sie niemandem von ihrem vermeintlichen Rendezvous erzählt hatte. Sie wäre sich ziemlich töricht vorgekommen, wenn sich das herumgesprochen hätte. Aber natürlich würde Aidan Eve berichten, daß Benny dagewesen war, und Eve würde sich zu Recht wundern, warum Benny nichts davon gesagt hatte. Benny war ärgerlich, verletzt, verwirrt.

Das andere Mädchen hieß Sheila. Sie studierte Jura. Eine recht blasse Erscheinung, dachte Benny und betrachtete sie grimmig; blaß und von ziemlich langweiligem Äußeren. Aber sie war zierlich. Wenigstens das. Sie mußte zu Jack Foley aufschauen, nicht auf ihn hinunter wie Benny. Ihr fiel ein, daß Patsy gesagt hatte, sie brauche einen Elefanten von einem Mann. Sie kämpfte mit den Tränen.

Keiner von ihnen war schon einmal hier gewesen. Das sei alles die großartige Idee von Jack gewesen, sagten sie. Hierher kamen eine Menge Rechtsanwälte und Leute, die zu den Rennen gingen. Es war wichtig, sich hier als Stammgast einzuführen.

Die Buchstaben auf der Speisekarte verschwammen vor Bennys Augen. Jetzt würde sie zum erstenmal seit zehn Tagen wieder etwas Richtiges essen. Und sie wußte, daß ihr jeder Bissen im Hals steckenbleiben würde.

Nachdem die Sitzordnung endlich geklärt war, bekam sie einen Platz zwischen Aidan Lynch und dem wortkargen Sean. Jack Foley saß am anderen Tischende zwischen Rosemary und Sheila. Er wirkte jungenhaft und glücklich und freute sich über seine Idee mit dem schicken Essen, das die vier Jungs bezahlen würden.

Die anderen freuten sich mit ihm.

»Ich muß schon sagen, du hast die Creme der Damenwelt für uns ausgesucht«, meinte Aidan übertrieben.

Treulose Tomate, dachte Benny, die sich daran erinnerte, daß er Eve Malone wenige Tage zuvor ewige Treue geschworen hatte.
»Das Beste ist gerade gut genug für uns.« Jacks Lächeln war herzlich und galt allen.
Benny streckte die Hand nach der Butter aus, zog sie dann jedoch rasch zurück. Zu ihrem Verdruß hatte Bill Dunne sie beobachtet.
»Ach, komm, Benny, wenn schon, denn schon«, sagte er und schob ihr das Butterschälchen hin.
»Ihr müßtet mal die herrlichen Sachen sehen, die in Bennys Haus zum Tee aufgetischt werden«, versuchte Jack ihr ein Kompliment zu machen. »Ich war neulich dort, so was Stilvolles habt ihr noch nicht gesehen. Teegebäck, pikante Vorspeisen und Nachspeisen, Kuchen und Törtchen. Und das an einem ganz gewöhnlichen Tag.«
»Tja, so ist das eben auf dem Land. Da werden alle ordentlich gefüttert. Nicht so wie bei uns armen Stadtmäusen«, bemerkte Aidan.
Benny blickte in die Runde. Die dünne Rüschenbluse war fehl am Platz, ebenso der blaue Rock. Sie roch den schwachen Duft des Blue Grass unter ihren Achseln und über dem Büstenhalter. Sie war nicht die Sorte Mädchen, die die Jungs bewunderten und beschützen wollten, wie Rosemary Ryan und die kleine, liebevolle Carmel und die blasse, aber interessante Sheila von der juristischen Fakultät. Benny war nur als Stimmungskanone eingeladen worden. Jemand, mit dem man übers Essen reden konnte und bei dem man fünfe gerade sein lassen konnte.
Sie rang sich tapfer zu einem Lächeln durch.
»Das wär's doch, Aidan. Du kommst nach Knockglen, und wir füttern dich ordentlich. So wie die Gänse, die gemästet werden, damit sie eine hübsche Leber kriegen.«
»Benny, bitte.« Rosemary klimperte mit den Augendeckeln und sah aus, als würde sie gleich in Ohnmacht fallen.

Doch jetzt war Bill Dunnes Interesse erwacht. »Ja, dann gäbe es Lynchs Leber auf der Speisekarte.«
Auch Jack stieg darauf ein. »Eine Spezialität aus Knockglen. Gemästet achtzig Kilometer außerhalb von Dublin«, sagte er.
»Ich sollte mich wohl besser verstecken. Ihr mögt mich lieber tot als lebendig. Meine Güte, Benny, was hast du nur mit mir vor?«
»Aber überleg doch mal, was für eine Delikatesse du wärst«, meinte Benny. Ihre Wangen glühten. Gemästet achtzig Kilometer außerhalb von Dublin. Hatte Jack das wirklich gesagt? War das als Witz auf sie gemünzt? Nur nichts anmerken lassen.
»Aber für einen hohen Preis«, meinte Aidan nachdenklich, als zöge er die Möglichkeit ernsthaft in Betracht.
»Ich finde es ganz schrecklich, sich über arme, wehrlose Tiere lustig zu machen, die man nur großzieht, um sie zu essen«, wandte Rosemary ein.
Benny hätte zu gern gewußt, was Rosemary bestellt hatte. Aber das war nicht nötig. Jack wußte es.
»Komm, tu nicht so scheinheilig«, sagte er. »Du hast Kalbskotelett bestellt! Meinst du, die Kälber sind begeistert, daß sie so enden?«
Er lächelte Benny über den Tisch zu. Ein Ritter, der eine Lanze für sie brach.
Rosemary schmollte ein wenig, doch da sich keiner darum kümmerte, erholte sie sich wieder.
Während des ganzen Essens buhlten Rosemary und Sheila um Jacks Aufmerksamkeit. Carmel interessierte sich nur dafür, was ihr Sean von diesem oder jenem Gericht auf der Speisekarte hielt; beide probierten kleine Häppchen vom Teller des anderen. Indessen war Benny damit beschäftigt, für Bill Dunne und Aidan Lynch die Alleinunterhalterin zu spielen. Sie gab ihr Bestes, bis ihr der Schweiß auf der Stirn stand. Und ihre Mühe wurde belohnt: Die beiden hingen an ihren Lippen und brachen immer wieder in Gelächter aus. Zwischendurch bemerkte sie,

daß Jack einige Male den Versuch machte, sich in ihre Unterhaltung einzuschalten. Doch er wurde von den beiden Rivalinnen zur Linken und zur Rechten völlig mit Beschlag belegt.
Je weniger Benny seine Aufmerksamkeit zu gewinnen suchte, desto mehr versuchte er mit ihr ins Gespräch zu kommen. Offensichtlich schätzte er ihre Gesellschaft, allerdings nur, weil sie Stimmung machte. Während ihr Dauerlächeln fast auf den Lippen festfror, begriff sie, daß Jack Foley für sein Leben gern in einer fröhlichen, lachenden Runde saß. Bestimmt wäre er nie auf die Idee gekommen, mit einem Mädchen wie Benny allein auszugehen.
Simon Westward kam an ihrem Tisch vorbei.
»Wir sehen uns sicher einmal in Knockglen«, sagte er zu Benny.
»Wer ist das? Sieht er nicht großartig aus?« erkundigte sich Rosemary. Sie schien ein wenig ins Hintertreffen zu geraten, da Sheila den Vorteil hatte, daß sie sich mit Jack über Professoren austauschen konnte. Rosemary wollte ihn offenbar eifersüchtig machen.
»Er ist der einzige, den wir in Knockglen noch nicht ordentlich mästen konnten«, erklärte sie.
Alle lachten, nur Jack nicht.
»Knockglen ist kein Schockglen«, sagte er leise.
So etwas Ähnliches hatte er schon einmal zu ihr gesagt. Doch diesmal schien er etwas anderes damit ausdrücken zu wollen.

Mossy Rooney besserte das Dach der Kate am Steinbruch aus. Ein Sturm hatte elf Schieferplatten heruntergefegt. Wahrscheinlich lagen sie jetzt zersplittert im Steinbruch.
Mutter Francis hatte ihn dringend gebeten, den Schaden rasch zu beheben.
Die Nonne kam vorbei und sah ihm mit banger Miene bei der Arbeit zu.
»Es wird doch nicht allzu teuer werden, oder, Mossy?«

»Für Sie nicht, Mutter Francis.« Sein Gesicht war ausdruckslos wie immer.
»Aber Sie müssen doch für Ihre Arbeit bezahlt werden«, meinte sie besorgt.
»Das wird Sie oder den Orden nicht in den Ruin treiben«, erwiderte er.
Niemals ließ er eine Bemerkung darüber fallen, wie merkwürdig es doch war, daß das Kloster sich um die Instandhaltung eines kleinen, unbewohnten Hauses kümmerte. Und nichts in seiner Stimme verriet, daß er sich fragte, warum ein Haus, in dem vor bald zwanzig Jahren zwei Menschen gestorben waren, noch immer als eine Art Heiligtum für einen Backfisch bewahrt wurde. Für ein Mädchen, das an der Hochschule studieren durfte – sieh mal einer an – und sowieso nie hierher kam.
Mossy war nicht der Typ, der über so etwas Mutmaßungen anstellte. Und selbst wenn, waren ihm seine eigenen Sorgen wichtiger. Er hatte etwas ganz anderes im Kopf.
Demnächst würde er Patsy seiner Mutter vorstellen. Zur Zeit war er noch dabei, Informationen über sie zu sammeln. Er wollte ganz sicher sein, auf was er sich da einließ, damit er nicht später einen Rückzieher machen mußte ...

»Simon, kommst du mich in der Schule besuchen?«
»Was?« Simon war gerade in ein Geschäftsbuch vertieft.
»Du hast mich genau verstanden. Du sagst nur ›was‹, um Zeit zu gewinnen«, erwiderte Heather.
»Ich kann nicht, Heather. Ich habe hier viel zuviel zu tun.«
»Gar nicht wahr«, murrte sie. »Du fährst ständig nach Dublin, sogar nach England. Warum kannst du dir nicht mal einen Tag Zeit nehmen und mich besuchen? Es ist so schrecklich dort, das kannst du dir gar nicht vorstellen. Wie im Gefängnis.«
»Unsinn, die Schule ist vollkommen in Ordnung. Schule ist immer langweilig. Aber es wird besser, wenn du älter wirst.«

»War das bei dir so?«
»Was?« Er lachte. »Ja, sicher. Schau, es ist nie lang bis zu den nächsten Ferien. Jetzt hast du Ferien, und ehe du dich's versiehst, bist du an Weihnachten wieder da.« Er lächelte ihr ermutigend zu.
»Haben wir eigentlich sonst keine Verwandten? Es dürfen ja nur Verwandte zu Besuch kommen.«
»Hier nicht. Das weißt du doch.«
Sie hatten Verwandte in England und Nordirland. Doch Simon, Heather und ihr alter Großvater waren die einzigen aus der Familie der Westwards, die auf dem großen Gut in Westlands lebten.
Niemand sprach darüber, doch der Fluch des irren Jack Malone, daß keiner aus der Familie im eigenen Bett sterben sollte, schien sich zu erfüllen. Es gab nur noch sehr wenige Westwards.

»Ich habe gestern deine Freundin Benny getroffen. Aber das weißt du sicher schon«, sagte Aidan Lynch zu Eve. Er saß geduldig in Kit Hegartys Küche und wartete, bis Eve mit dem Abwasch fertig war, damit sie ausgehen konnten.
»Schnapp dir ein Geschirrtuch, Einstein, dann sind wir schneller fertig«, erwiderte Eve.
»Hat sie es dir nicht erzählt?«
»Erstaunlicherweise nicht. Du wirst es nicht glauben, aber es ist tatsächlich ein Tag im Urwald vergangen, ohne daß die Buschtrommeln mich auf dem laufenden gehalten haben, wo du dich gerade rumtreibst.«
»Ich dachte, sie hätte dir Bescheid gesagt. Schließlich geht man nicht jeden Tag ins Dolphin.«
»Benny war im Dolphin?«
»Und ich auch. Ich bitte, meine Wenigkeit nicht zu vergessen!«
»Das fällt mir nicht leicht«, gab Eve zu.

»Vielleicht wollte sie mich decken.«
Eve verlor das Interesse an Aidans Abschweifungen. Viel lieber hätte sie gewußt, was Benny ins Dolphin geführt hatte.
»Hat sie was gegessen?« erkundigte sie sich.
»Wie ein Scheunendrescher. Alles, was man ihr vorgesetzt hat«, antwortete er.

»Ich habe gar nicht gewußt, daß du Jack Foley kennst«, sagte Rosemary am nächsten Tag zu Benny.
»Nicht sehr gut.«
»Na, immerhin gut genug, daß er zu dir nach Knockglen zum Tee kommt.«
»Ach, das hat sich zufällig ergeben. Sein Vater mußte jemanden dort besuchen.«
Rosemary war noch nicht zufrieden. »Dann sind eure Familien wohl befreundet?«
»Nein. Das Essen war recht nett, findest du nicht?«
»Doch. Aber Aidan Lynch ist ein ziemlicher Trottel, wenn du mich fragst.«
»Ich finde ihn ganz nett. Er geht gelegentlich mit einer Freundin von mir ins Kino. Sie sagt, er ist recht witzig.«
Rosemary schien davon weniger überzeugt.
»Sean und Carmel können einen wirklich krank machen. Immer dieses sentimentale Getue.«
»Na, sie sind eben schon lange ein festes Paar.« Bennys Augen glitzerten schelmisch.
Sie wußte, daß Rosemary als nächstes über Sheila herziehen würde.
»Hast du diese eine schon gekannt, diese Sheila, die Zivilrecht studiert?«
»Nein.« Benny machte ein unschuldiges Gesicht. »Sie scheint recht gut in ihrem Studium zu sein. Ich hab eigentlich gedacht, alle wären ganz angetan von ihr.«

Angewidert wandte sich Rosemary wieder ihren Unterlagen zu. Benny bemerkte, daß sie einen Früchteriegel dabeihatte, an dem sie von Zeit zu Zeit knabberte. Essen als Trost, etwas anderes war es doch nicht. Benny kannte das.

Am Freitag abend war Brian Mahon sturzbetrunken. Nan bekam es nur zum Teil mit. Sie schloß ihre Tür ab und stellte das Radio an, so daß sie nicht hörte, was sich unten abspielte. Sie wußte, daß ihre Mutter keine Hure war, Paul wußte das, Nasey ebenso. Auch ihr Vater wußte es, wenn er nüchtern war. Aber wenn er betrunken war, dann machte es ihm anscheinend Spaß, lauthals zu brüllen, sie sei nicht nur eine Hure, sondern auch noch frigide, und je früher das die Nachbarn wüßten, desto besser. Man wußte auch, daß ihre Mutter nie das Haus verlassen würde, in dem sie solche Demütigungen über sich ergehen lassen mußte, und das immer öfter.

»Es ist für dich, Eve«, sagte am Samstag vormittag einer von Kits Studenten, der ans Telefon gegangen war.
»Oh, schön.« Eve hoffte, daß es Benny war. Vielleicht würde Eve mit dem Mittagsbus nach Knockglen fahren. Kit hatte gemeint, sie könne fahren, wann sie wolle.
Aber es war nicht Benny. Es war Nan.
»Kannst du dich heute vielleicht zu einem Spaziergang aufraffen?«
»Ja, gut. Soll ich zu dir kommen? Dann würde ich dieses Stadtviertel mal ein bißchen kennenlernen. Ich könnte dich doch abholen.«
»Nein«, erwiderte Nan schroff, doch dann wurde ihr Ton wieder freundlicher. »In deiner Gegend ist es viel hübscher. Wir könnten zum Pier gehen. Ich hole lieber *dich* ab.«
»In Ordnung.«
Eve war ein wenig enttäuscht. Es wäre ihr lieber gewesen, wenn Benny angerufen und gesagt hätte, daß sie sie vom Bus abholte.

Fünf Minuten danach war Benny am Apparat. Doch jetzt war es zu spät.
»Kannst du nicht Nan anrufen und ihr sagen, daß du nach Hause fährst?«
»Nein, ich habe ihre Nummer nicht. Hast du sie?«
»Nein.« Benny hatte gehofft, Eve würde heimkommen.
»Du hast mir nicht gesagt, daß du ins Dolphin gehst«, stellte Eve ihre Freundin zur Rede.
»Ich wollte dir das alles noch erzählen.«
»Und nicht nur das! Du hast auch noch gedroht, du wolltest Aidans Leber marinieren.«
»Ich mußte irgendwas sagen.«
»Warum?«
»Weil alle es von mir erwartet haben.«
»Sie haben von dir aber bestimmt nicht erwartet, daß du so was sagst«, entgegnete Eve. »Aber offenbar haben sie es sehr lustig gefunden. Hast du deine Diät inzwischen abgebrochen?«
»Allerdings. Patsy backt hier gerade einen Rosinenzopf. Wenn du ihn riechen könntest...«

Nan trug einen weißen Faltenrock und darüber ein dunkelgrünes Jackett. Die Studenten im Gästehaus sahen interessiert auf, als sie hereinkam.
Auch Kit Hegarty betrachtete sie neugierig. In der Tat eine faszinierende junge Frau. Vor allem, weil sie so beherrscht wirkte. Sie redete mit leiser, klarer Stimme, als erwarte sie von den anderen, daß sie zuhörten, ohne daß sie sich anstrengen mußte.
Sie ging mit Eve auf deren Zimmer, und Kit hörte ihre bewundernden Ausrufe.
»Auch noch mit Blick aufs Meer! Donnerwetter, du hast es wirklich gut getroffen, Eve.«
Das altbekannte Gefühl des Verlusts erwachte in Kit, als sie Eve

sagen hörte: »Es war früher das Zimmer von Frank Hegarty. Ich wollte ein paar von seinen Sachen behalten, aber Kit war dagegen.«
»Was wirst du anziehen?« fragte Nan.
»Wieso? Wir gehen doch nur am Pier spazieren!« wunderte sich Eve.
»Man ist immer irgendwo, egal, wo man hingeht. Ich möchte nur, daß du hübsch aussiehst. Deshalb frage ich.«
Kit Hegarty hörte, wie Eve seufzte und gleich darauf die Tür geschlossen wurde. Eve zog den roten Blazer und den roten Tartanrock an, was sehr schick aussah und gut zu ihrem dunklen Typ paßte.
Doch Kit dachte ebenso wie Eve. Es ging doch lediglich um einen Spaziergang am Pier. Aber Nan schien einen öffentlichkeitswirksamen Auftritt daraus machen zu wollen. Vielleicht tat sie das immer.

Sie mischten sich unter die Menschenmenge, unter Leute, die aus dem Dubliner Zentrum gekommen waren, um nach dem Mittagessen einen Verdauungsspaziergang zu machen, oder ihre Kinder und Schwiegermütter bei Laune zu halten versuchten.
»Schau mal da, die Kinder«, sagte Nan plötzlich und deutete auf eine Gruppe kleiner Schulmädchen, die in Zweierreihen hinter ihren beiden warm eingepackten Lehrerinnen herliefen.
»Was ist mit ihnen?« fragte Eve.
»Schau doch, die eine winkt dir zu.«
Eve sah genauer hin. Tatsächlich, eine der kleinen blaugekleideten Gestalten gestikulierte in ihre Richtung.
»Eve, hallo, Eve«, rief sie hinter vorgehaltener Hand, damit die Lehrerinnen nichts bemerkten.
»Wer ist das?« erkundigte sich Nan.
»Keine Ahnung«, antwortete Eve verwundert. Das Kind trug eine Schulmütze und hatte ein rundliches Gesicht, Sommersprossen und eine Stupsnase. Da entdeckte Eve die beiden

Haarbüschel, die wie Topfhenkel links und rechts von dem kleinen Kopf abstanden.
Es war Heather Westward. Simons kleine Schwester.
»Oh, hallo«, sagte Eve ohne große Begeisterung.
»Wohnst du hier in der Nähe?« raunte das Mädchen ihr zu.
»Warum?« fragte Eve argwöhnisch.
»Ich habe mich nur gefragt, ob du mich vielleicht mal besuchen kommst und mit mir was unternimmst. Nichts Großartiges.«
Eve verschlug es fast die Sprache. »Mit dir was unternehmen? Was denn? Wozu denn?«
»Irgendwas. Ich mache bestimmt keinen Ärger.«
»Warum gerade ich?«
»Wir dürfen nur mit Verwandten das Schulgelände verlassen. Und du bist meine Cousine! Bitte.«
»Ich kann nicht. Es geht nicht.«
»Warum denn nicht? Du mußt nur in der Schule anrufen und sagen, daß du meine Cousine bist.«
»Was ist mit deinem Bruder?«
»Der kommt nie. Er hat zu Hause zuviel zu tun. Muß sich um alles mögliche kümmern.«
»Und deine anderen Verwandten?«
»Hab ich keine.«
Die Zweierreihenschlange war stehengeblieben, um das große Postschiff zu bewundern, das am Landungsplatz angelegt hatte. Doch jetzt setzte sie sich wieder in Bewegung, und die Lehrerinnen trieben ihre Schützlinge weiter den Pier entlang.
»Bitte«, rief Heather Westward.
Eve stand stumm da und sah den Kindern nach.
»Nun?« fragte Nan.
»Ich glaube, ich muß wohl«, sagte Eve.
»Na klar.«
»Sie ist ja noch ein Kind. Ein Kind darf man nicht enttäuschen«, meinte Eve mürrisch.

»Außerdem wäre es dumm. Überleg doch mal, was dir das an Pluspunkten bringen kann.«
»Pluspunkte?«
»Na ja, sie müssen dich ins Gutshaus einladen, wenn du mit Heather befreundet bist. Und sie stehen in deiner Schuld. Vergiß das nicht. Wenn du dann hingehst, mußt du keinen Kniefall mehr machen.«
»Ich gehe sowieso nicht mehr hin, Kniefall hin oder her.«
»Doch, du gehst hin«, sagte Nan Mahon mit Nachdruck. »Und du nimmst mich sogar mit.«

Kapitel 9

Peggy Pine nahm die Ankunft ihrer Nichte Clodagh mit gemischten Gefühlen auf. Das Mädchen trug sehr, sehr knappe Röcke, sie war schrill und extravagant. Zwei Jahre lang hatte sie in Geschäften in Dublin gearbeitet und einen Sommer in London verbracht. Ihrer Tante kam es vor, als ob Clodagh sich für *die* Autorität hielt, wenn es um Kleidungsfragen und das Kaufverhalten der weiblichen Bevölkerung ging.

Und im Laden ihrer Tante wollte sie gleich einiges umkrempeln.

»Es könnte schon sein, daß sie mal deine Freundin wird«, sagte Annabel Hogan zu Benny, während sie das Für und Wider abwog. »Aber wir sollten erst mal abwarten. Möglicherweise hat sie eine viel zu kokette Art für Knockglen, nach allem, was Peggy erzählt. Auf den ersten Blick wirkt sie tatsächlich so.«

»Und Sean vom Laden kann sie überhaupt nicht leiden«, bemerkte Eddie Hogan.

»Dann mag ich sie schon jetzt«, fiel Benny ihm ins Wort.

»Du brauchst jetzt eine Freundin, wenn du dich nicht mehr mit Eve triffst«, meinte Annabel.

Bennys Augen funkelten. »Was willst du damit sagen, Mutter? Ich treffe Eve doch drei- oder viermal die Woche im College.«

»Aber das ist doch etwas anderes«, erwiderte ihre Mutter. »Sie kommt ja nie nach Hause, und sie hat ihre eigenen Freunde in Dunlaoghaire, in diesem Haus, wo sie arbeitet. Und dann ist da auch noch diese Nan. Du sprichst nie von Eve, sondern immer nur von Eve und Nan.«

Benny schwieg.

»Damit war doch zu rechnen«, tröstete ihre Mutter sie. »Aber du wirst viele neue Bekanntschaften machen. Hier bei uns.«

»Wen hast du eingeladen?« fragte Bill Dunne Jack Foley, als sie zusammen den Vorlesungssaal verließen. In ein paar Wochen sollte einer der großen College-Bälle stattfinden.
»Hab ich's doch gleich gewußt, daß du was anderes im Kopf hast als Verfassungsrecht«, meinte Jack.
»Wir haben ja schon eine Verfassung. Wozu sich damit abplagen?«
»Na, gerade deshalb, vermutlich. Ich habe übrigens noch keine gefragt. Und du?«
»Ich wollte abwarten, für wen du dich entscheidest. Ich begnüge mich dann mit den Krumen, die von deinem reichgedeckten Tisch fallen.«
»Du bist vielleicht eine Nervensäge. Jetzt redest du auch schon so wirres Zeug wie Aidan.«
»Ich finde ihn ganz in Ordnung. Er wird wohl Eve Malone fragen, schätze ich, wenn er den Mut dazu aufbringt. Die kann eine ganz schöne Furie sein. Aber mich würde mehr interessieren, wen du im Auge hast.«
»Das wüßte ich selbst gern.«
»Na, dann frag einfach irgendeine«, bat Bill, »damit wir auch endlich zum Zug kommen.«
Aber das war ja das Problem. Wen sollte Jack fragen? Wenn Shirley angerufen hatte, war er immer ausgewichen, hatte sich bemüht, auf Distanz zu gehen. Und Sheila, die in den Vorlesungen neben ihm saß, hatte ihm unübersehbare Winke mit dem Zaunpfahl gegeben. Aber erst letzte Woche hatte ihn die umwerfende Rosemary Ryan angerufen und gesagt, sie habe zwei Freikarten fürs Theater. Das bedeutete natürlich, daß sie die Karten gekauft hatte, er es aber nicht wissen sollte.
Und Nan Mahon hatte ihm des öfteren zugelächelt, im Annexe,

in der Haupthalle oder wo sie sich sonst über den Weg gelaufen waren. Es sprach vieles dafür, mit ihr zum Ball zu gehen. Sie war bezaubernd und doch so unnahbar.
Plötzlich hatte er eine Idee.
»Ich weiß, was wir tun«, sagte er zu Bill Dunne und knuffte ihn vor Begeisterung. »Wir fragen sie alle. All die Mädchen, die uns gefallen. Wir sagen ihnen, daß wir getrennte Kasse machen, dann können wir auswählen.«
»Das geht doch nicht!« japste Bill, der dieses Vorhaben reichlich verwegen fand. »Das wäre ziemlich gemein. Da würde keine zusagen. Die gehen lieber mit einem hin, der für sie zahlt.«
»Wir könnten ja vorher eine kleine Party geben.« Jack dachte praktisch.
»Wo denn? Mädchen in Abendkleidern wirst du nicht zu Dwyer's oder Hartigan's kriegen.«
»Nein, bei jemandem zu Hause.«
»Bei wem?«
»Bei mir, würde ich vorschlagen«, antwortete Jack.

»Warum kannst du nicht wie jeder normale Junge bloß ein Mädchen zum Tanzen ausführen?« brummte Jacks Vater.
»Weil ich mich nicht für eine entscheiden kann«, erwiderte Jack schlicht und aufrichtig.
»Du bist ja deshalb nicht für den Rest deines Lebens gebunden! Es macht dich nicht gleich zum Heiratsschwindler, wenn du im ersten Semester mit dem falschen Mädchen tanzen gehst.«
»Ich dachte nur, ihr würdet vielleicht beide die Gelegenheit nutzen wollen ...« Jacks Blick wanderte hoffnungsvoll zwischen seiner Mutter und seinem Vater hin und her.
»Gelegenheit wozu, wenn man fragen darf?« erkundigte sich Lilly Foley.
»Na ja, ihr sagt doch immer, daß ihr gern mal Leute zu einem Drink einladen würdet ...«

»Ja...?«
»Und ihr beschwert euch doch immer, daß ihr meine Freunde nie zu Gesicht kriegt...«
»Ja...?«
»Ich dachte, ihr könntet doch am Abend vor dem Ball eine Sherry-Party geben und so zwei Fliegen mit einer Klappe schlagen...«
Jacks Lächeln war unwiderstehlich. Minuten später war alles abgemacht.

Rosemary Ryan bot Benny ein Pfefferminzbonbon an. Entweder wollte sie ihr etwas anvertrauen oder eine Information aus ihr herauskitzeln, rätselte Benny. Wie sich herausstellte, ging es um beides.
»Jack Foley hat mich zu dem großen Ball eingeladen«, sagte sie.
»Oh, wie schön.« Benny wurde das Herz schwer.
»Ja. Ich habe dir doch vor einer Weile schon gesagt, daß ich ihn mir angeln möchte.«
»Stimmt, das hast du gesagt.«
»Ich glaube, er geht mit einer größeren Gruppe.«
»Ja, das ist wohl immer so, habe ich gehört«, meinte Benny. Bei den Unterhaltungen im »Lesesaal für Damen« und bei den Gesprächsfetzen, die sie in den Toiletten und Cafés aufgeschnappt hatte, war es in letzter Zeit kaum um etwas anderes gegangen. Bei Bällen erschien man in Gruppen von zehn bis zwölf Personen. Über die Zusammensetzung der Gruppen entschieden die Jungs, die Mädchen wurden freigehalten. Der Eintritt kostete rund einundzwanzig Shilling, es gab etwas zu essen, und augenscheinlich tanzte jeder mit jeder. Aber man hatte auch eine spezielle Partnerin, mit der man am meisten tanzte und für die vor allem der Schlußtanz reserviert war.
Benny hegte die schwache Hoffnung, Aidan Lynch würde eine Gruppe für den Ball zusammenstellen und sie fragen, ob sie

mitkommen wolle. Aber das konnte er eigentlich nicht, solange Benny nicht von jemand anderem eingeladen worden war. So lauteten die Regeln.
Rosemary kaute an ihrem Bleistift und an dem Bonbon.
»Ein bißchen komisch ist es aber schon. Es ist eine richtig große Gruppe, und wir treffen uns vorher bei Jack. Gehst du eigentlich auch hin?«
»Nicht daß ich wüßte«, erwiderte Benny betont fröhlich.
»Hat dich keiner gefragt?«
»Nein, noch nicht. Wann bist du denn gefragt worden?«
»Vor ungefähr einer Stunde«, gab Rosemary widerstrebend zu.
»Na, dann brauche ich die Hoffnung ja noch nicht aufzugeben.« Benny fragte sich, ob man von diesem dauernden falschen Grinsen womöglich einen Muskelkater im Gesicht bekam.
Nach der Vorlesung traf sie zufällig Jack Foley in der Haupthalle.
»Dich habe ich gerade gesucht. Hast du Lust, bei unserer Ballgruppe dabeizusein? Wir machen aber getrennte Kasse.«
»Getrennte Kasse?«
»Ja, das heißt, jeder zahlt seinen Eintritt selbst.« Jack schien das ein wenig peinlich zu sein.
»Das ist doch auch viel vernünftiger so. Dann ist jeder vogelfrei«, sagte sie.
Er sah sie verwundert an. »Vogelfrei?«
»Na ja, ich meine, frei wie die Vögel, wie Spatzen oder Emus. Frei eben«, stotterte sie und fragte sich, ob sie jetzt übergeschnappt war, daß sie so dummes Zeug plapperte.
»Dann kommst du also?«
»Sehr gern.«
»Wir gehen zuerst zu einem Umtrunk zu mir nach Hause. Ich schreibe dir die Adresse auf. Meine Eltern haben auch Freunde in ihrem Alter eingeladen. Was meinst du, wollen deine Eltern vielleicht auch kommen?«

»Nein.« Die Antwort kam wie aus der Pistole geschossen. »Ich meine, das ist sehr nett, danke. Aber sie kommen eigentlich nie nach Dublin.«
»Dann hätten sie doch jetzt einen Grund dazu.« Er war ausgesucht höflich. Wie hätte er auch wissen sollen, daß es ihr äußerst unangenehm gewesen wäre, ihre Eltern dabeizuhaben?
»Das ist wirklich nett von dir, aber ich glaube nicht. Doch ich komme gern.«
»Wunderbar«, freute er sich. »Wir brauchen jemanden, der uns in diesen trüben, trostlosen Tagen ein wenig aufheitert.«
»Ah, da bin ich genau die Richtige«, erwiderte Benny. »Ich kann reden wie ein Wasserfall.«
Der Wind zauste sein Haar und stellte seinen Hemdkragen auf, der über der dunkelblauen Jacke zum Vorschein kam und seinen Hals umrahmte. Jack sah so anziehend aus. Am liebsten hätte sie die Hand ausgestreckt und ihn gestreichelt.
Er lächelte. Und es schien ihr, als hätte er dieses Lächeln noch nie jemandem anderen auf der Welt geschenkt.
»Ich freue mich sehr, daß du kommst«, sagte er.

»Mach doch nicht so ein Gesicht, als ob du aufs Schafott müßtest«, sagte Kit zu Eve. »Es ist doch nur ein Kind.«
»In einer großen, feinen Protestantenschule«, murrte Eve.
»Überhaupt nicht. Die ist viel schäbiger als unsere, das kann ich dir sagen.«
»Aber sie tun furchtbar vornehm und affektiert.«
»So vornehm und affektiert wird deine Cousine aber nicht sein. Sonst hätte sie nicht so einen alten Miesepeter wie dich gebeten, sie zu besuchen.«
Eve grinste. »Das stimmt allerdings. Das Problem ist nur, daß wir uns nichts zu sagen haben.«
»Warum nimmst du nicht einen Freund mit? Dann wäre es vielleicht einfacher.«

»Meine Güte, Kit, wen könnte ich denn zu so einem Ausflug mitnehmen?«
»Aidan Lynch?«
»Nein, der würde sie nur um den Verstand bringen mit seinem Gequassel.«
»Und Nan?«
»Nan nicht«, sagte Eve.
Kit sah sie forschend an.
Mit ihrem Ton gab Eve deutlich zu verstehen, daß das Thema für sie abgeschlossen war. Mutter Francis hatte Kit davor gewarnt. Sie hatte gesagt, es gäbe gewisse Bereiche, da ließe Eve niemanden an sich heran.
Eve war in Gedanken mittlerweile ganz woanders. Sie dachte daran, was Nan gesagt hatte: Sie wollte sich mit Hilfe des Kindes in Westlands einführen.
Das hatte sie keineswegs als Witz gemeint, sondern völlig ernst. Sie hatte gesagt, daß sie nach Knockglen fahren und bei Benny wohnen wollte, wenn sich dadurch die Gelegenheit bot, die Westwards kennenzulernen.
»Aber wer sind denn die Westwards? Ein seniler Greis, ein kleines Mädchen und Simon, dieser hochnäsige Kerl, der so gestelzt daherredet und in Reithosen herumläuft«, hatte Eve sich empört.
»Sie sind ein Einstieg«, hatte Nan ganz ernsthaft erwidert.
Eve war erschauert bei dem Gedanken, daß jemand so entschlossen und eiskalt sein konnte.
Aber auch eine Niederlage so gelassen einstecken konnte. Als Eve nämlich entgegnete, sie werde Nan bestimmt nicht mit den Westwards bekannt machen, hatte Nan nur mit den Schultern gezuckt.
»Dann eben durch irgend jemand anderen, irgendwann«, hatte sie gemeint und Eve arglos angelächelt.

Heather wartete bereits mit Mantel und Schulmütze, als Eve in die Schule kam. Sie wurde von der Direktorin empfangen, deren Haar so kurz war, als hätte sie es am Hinterkopf rasiert. Wie kam sie nur darauf, daß das attraktiv war, fragte sich Eve. Sie sah so altmodisch aus wie die Lehrerinnen in alten Schulgeschichten aus den zwanziger und dreißiger Jahren.
»Miss Malone, schön, daß Sie so pünktlich eingetroffen sind. Heather hat sich wohl schon gleich nach dem Aufstehen fertiggemacht, wie ich annehme.«
»Gut. Obwohl wir ja zwei Uhr ausgemacht hatten.« Eve sah sich im Besuchszimmer um. Es war merkwürdig, in einer Schule zu sein, in der die Wände nicht voller Heiligenbilder hingen. Auch keine Statuen, keine Herz-Jesu-Leuchten. Es sah überhaupt nicht wie in einer Schule aus.
»Und um sechs Uhr gibt es Abendessen. Deshalb wünschen wir, daß alle Mädchen fünfzehn Minuten vor sechs wieder im Hause sind.«
»Selbstverständlich.« Eve wurde mulmig. Was sollte sie mit diesem Kind fast vier Stunden lang anfangen?
»Auf Ihren Vorschlag hin haben wir Mr. Simon Westward angerufen, doch er war nicht zu Hause. Wir haben dann mit Mrs. Walsh, der Haushälterin, gesprochen, die uns bestätigt hat, daß Sie tatsächlich eine Cousine sind.«
»Ich wollte nur sichergehen, daß sie auch nichts dagegen haben. Ich habe lange Zeit keinen näheren Kontakt zu der Familie gehabt.«
»Ich verstehe«, erwiderte die Direktorin, die nur zu gut verstand. Dieses ärmlich erscheinende Mädchen mit dem Nachnamen Malone sah in der Tat nicht aus wie eine Verwandte, die einen engeren Kontakt zur Familie Westward pflegte. Aber die Haushälterin hatte gesagt, es sei in Ordnung.
»Viel Spaß, Heather, und mach Miss Malone keinen Ärger.«
»Danke, Miss Martin. Nein, Miss Martin«, sagte Heather.

Zusammen gingen sie die Auffahrt hinunter.
Keine sprach ein Wort, doch das Schweigen war nicht unangenehm.
Schließlich sagte Eve: »Ich weiß nicht, was du gern unternehmen möchtest. Was machst du denn sonst, wenn du Ausgang hast?«
»Ich habe noch nie Ausgang gehabt«, antwortete Heather schlicht.
»Also, was wollen wir machen?«
»Ist mir egal, ganz ehrlich. Irgendwas. Es ist schon prima, einfach nur draußen zu sein, aus all dem mal rauszukommen.«
Sie blickte zur Schule zurück wie ein entflohener Sträfling.
»Ist es schlimm?«
»Ich bin hier so allein.«
»Wo würdest du denn lieber sein?«
»Daheim. Daheim in Knockglen.«
»Bist du da nicht auch allein?«
»Nein, da gefällt's mir. Da habe ich mein Pony Malcolm und Clara, den Hund, und Mrs. Walsh und Bee und natürlich Großvater.«
Es klang richtig begeistert, wie sie davon erzählte. Das große leere Haus war ihr Heim. Die Schule, wo sie eine Menge schnatternder Kinder in ihrem Alter und aus ihrer Gesellschaftsschicht um sich hatte, war für sie ein Gefängnis.
»Möchtest du Eis essen gehen?« fragte Eve plötzlich.
»Gern. Am späteren Nachmittag, wenn es dir recht ist. Damit wir die Vorfreude auskosten können ... als Krönung des Tages.«
Eve grinste. »Gut, es soll die Krönung des Tages sein. Bis dahin machen wir einen langen Spaziergang zum Meer, damit wir Appetit bekommen.«
»Können wir ganz nah ans Wasser gehen, so daß wir die Gischt spüren?«
»Klar, das ist ja das Schönste.«

Ihre Beine waren bleischwer, als sie das Roman-Café erreichten.
»Wenn wir einen Schulausflug machen, heißt es immer, wir dürfen nicht zu nahe ans Wasser«, erklärte Heather.
»Ich muß dich wieder ein bißchen herrichten, damit sie es nicht merken.«
»Nimmst du einen Knickerbocker-Glory?« fragte Heather, während sie die Eiskarte studierte.
»Nein, ich glaube, ich trinke nur einen Kaffee.«
»Ist ein Knickerbocker-Glory zu teuer?«
Eve nahm die Eiskarte. »Es gehört zu den teureren Sachen. Aber als Krönung des Tages ist das schon in Ordnung.«
»Du bestellst nicht nur einen Kaffee, weil du aufs Geld achten mußt?« Heather war besorgt.
»Nein, wirklich nicht. Ich will eine Zigarette rauchen, und dazu paßt Kaffee besser als Eis.«
Gemütlich saßen sie in dem Café. Heather erzählte, daß sie in der Schule Lacrosse und Hockey spielten.
»Was habt ihr denn gespielt?« fragte sie Eve.
»Nichts dergleichen. Wir haben Camogie gespielt.«
»Was ist das?«
»Na, du stellst Fragen! Das ist sozusagen die gälische Version von Hockey. Oder eine sanftere Version von Hurling.«
Heather nahm das interessiert zur Kenntnis.
»Warum haben wir dich nicht früher kennengelernt, Simon und ich?« fragte sie.
»Das hast du doch bestimmt Simon auch schon gefragt. An dem Tag, als ich bei euch war.«
»Stimmt«, antwortete Heather aufrichtig. »Aber er hat bloß gesagt, das ist eine lange Geschichte.«
»Da hat er recht.«
»Aber es ist doch kein Geheimnis oder ein Verbrechen oder so?«
»Nein«, erwiderte Eve nachdenklich. »Nein, nichts dergleichen.

Meine Mutter hieß Sarah Westward, und ich glaube, sie war ein bißchen verrückt oder verschroben oder so. Wie auch immer, sie hat sich in einen Mann namens Jack Malone verliebt. Er arbeitete als Gärtner im Kloster, und die beiden waren ganz vernarrt ineinander.«

»Was ist daran so ungewöhnlich?«

»Daß sie eine Westward war und er ein Gärtner. Sie haben trotzdem geheiratet, und dann wurde ich geboren. Bei meiner Geburt ist meine Mutter gestorben. Mein Vater brachte mich von der Kate zum Kloster, und die Nonnen sind sofort zur Kate gerannt. Aber es war zu spät. Sie haben Dr. Johnson geholt, und es gab eine schreckliche Aufregung.«

»Und dann?«

»Na ja, es hat anscheinend irgendeinen Streit gegeben und ein großes Gezeter beim Begräbnis meiner Mutter.«

»Wer hat gezetert?«

»Mein Vater, glaube ich.«

»Und was hat er gesagt?«

»Ach, er hat eine Menge wirres Zeug geschrien ... irgendwelchen Unsinn über die Westwards, die nicht im eigenen Bett sterben werden ... weil sie Sarah so schlecht behandelt haben.«

»Und wo war das Begräbnis?«

»In der protestantischen Kirche. In eurer Kirche. Sie wurde in eurem Familiengrab beigesetzt. Als Sarah Westward, nicht als Malone.«

»Und was ist aus der Kate geworden?«

»Die steht noch. Vermutlich gehört sie jetzt mir. Aber ich wohne nicht darin«, sagte Eve.

»Oh, das würde ich bestimmt auch nicht ... Dann war Sarah also meine Tante?«

»Ja ... dein Vater war ihr älterer Bruder ... ich glaube, es waren fünf Geschwister.«

»Und die sind jetzt alle tot«, fügte Heather in sachlichem Ton

hinzu. »Was immer dein Vater bei dieser Bestattung auch geschrien hat, genau so scheint es gekommen zu sein.«
»Was ist mit deinen Eltern passiert?«
»Sie sind bei einem Autounfall in Indien ums Leben gekommen. Ich erinnere mich nicht an sie. Simon natürlich schon, er ist ja schon so alt.«
»Wie alt ist er denn?«
»Fast dreißig. Ich frage mich, ob er von dem Fluch und den Ereignissen beim Begräbnis deiner Mutter gewußt hat. Ich glaube, er war dabei.«
»Möglich wäre es. Damals muß er ungefähr elf gewesen sein.«
»Ich bin mir ziemlich sicher.« Heather kratzte den Boden ihres Eisbechers aus.
»Ich würde ihm nicht unbedingt ...«, fing Eve an.
Heather sah auf, und ihre Blicke kreuzten sich. »Oh, ich erzähle ihm bestimmt nicht alles, worüber wir gesprochen haben«, sagte sie. Dann beugte sie sich mit erwartungsvollem Gesicht über den Tisch, um über ein Thema zu sprechen, das sie viel mehr beschäftigte: »Sag mal, stimmt es, daß Nonnen nachts Leichenhemden anziehen und wie Vampire in ihren Särgen schlafen?«

Eddie und Annabel Hogan freuten sich, daß ihre Tochter zum Ball eingeladen worden war.
»Es ist schön, daß sie mit einer Reihe von Freunden hingeht, findest du nicht?« wollte Annabel bestätigt haben. »Daß da noch kein bestimmter Junge ist, für den sie sich interessiert.«
»Zu meiner Zeit haben die Jungen ihre Mädchen zum Tanz ausgeführt, sie freigehalten und auch von zu Hause abgeholt«, beschwerte sich Eddie.
»Ja, schon. Aber wer würde denn den weiten Weg nach Knockglen kommen und Benny von der Haustür abholen und danach wieder zurückbringen? Du suchst ein Haar in der Suppe, wo keines ist.«

»Bist du denn glücklich damit, daß sie in dieser Pension in Dunlaoghaire übernachtet?« Besorgt sah Eddie seine Frau an.
»Das ist keine Pension. Typisch, daß du das wieder falsch verstanden hast. Du erinnerst dich doch an die Frau, die bei Mutter Francis in St. Mary gewohnt hat und deren Sohn gestorben ist? Bei ihr übernachtet Benny, und zwar in Eves Zimmer. Man stellt ihr ein zweites Bett rein.«
»Na ja, wenn du meinst.« Er tätschelte liebevoll ihre Hand.
Shep saß zwischen ihnen vor dem Kamin und blickte von einem zum anderen, als freue er sich über diese Zärtlichkeit.
Benny war mit Sean Walsh im Kino.
»Ich habe nichts dagegen, daß sie tanzen geht und bei Eve übernachtet, das ist doch klar. Ich möchte, daß sie einen schönen Abend verbringt, an den sie gern zurückdenkt.«
»Was macht dir dann Kummer?«
»Daß ich nicht weiß, was mit ihr geschehen wird. Danach.«
»Du hast doch gesagt, daß sie dann in diesem Haus übernachten, das keine Pension ist«, entgegnete Eddie verwundert.
»Ich meine nicht nach dem Ball – nachher... wenn alles vorbei ist.«
»Man kann nie wissen, was die Zukunft bringt.«
»Vielleicht war es falsch, sie auf die Universität zu schicken. Vielleicht hätte sie besser einen Buchhaltungskurs machen und ins Geschäft einsteigen sollen. Daß sie einen Hochschulabschluß machen will, redet sie sich doch nur ein.«
Annabel kaute auf der Unterlippe.
»Haben wir darüber nicht schon seit ihrer Geburt geredet?«
»Ich weiß.«
Eine Zeitlang saßen sie schweigend da. Der Wind pfiff um Lisbeg, und selbst Shep rückte näher an den Kamin. Sie bestätigten einander, wie froh sie waren, an einem Abend wie diesem in der gemütlichen Stube zu sitzen, während andere Leute sich noch draußen herumtrieben. Sean und Benny würden in Kürze

das Kino verlassen und auf einen Kaffee bei Mario's vorbeischauen. Patsy war drüben bei Mrs. Rooney, wo sie als Heiratskandidatin für Mossy in Augenschein genommen wurde. Peggy Pines Nichte Clodagh ging mit ihrer Tante die Geschäftsbücher durch. Die Leute meinten, es sei ein Irrtum, daß die heutige Jugend arbeitsscheu ist. Einige junge Leute konnten gar nicht genug von der Arbeit kriegen. Man brauchte sich nur mal Clodagh, Fonsie und Sean Walsh anzuschauen! Die drei würden in den nächsten zehn Jahren Knockglen ein ganz neues Gesicht geben.
»Ich hoffe nur, daß uns das Dorf dann auch noch gefällt«, sagte Eddie zweifelnd.
»Ja, aber so furchtbar viele Jahre haben wir schließlich nicht mehr vor uns. Wir sollten uns über Benny Gedanken machen.«
Beide nickten. Sie machten sich ohnehin fast immer nur Gedanken über Benny und ihre Zukunft. Das Erwachsenenleben der Hogans hatte sich in einem Umkreis von fünfzig Kilometer um diesen Ort abgespielt. Daß eine Großstadt wie Dublin nur einen Katzensprung entfernt lag, hatte sie nie interessiert.
Sie konnten sich für ihre Tochter einfach kein Leben vorstellen, dessen Mittelpunkt nicht Knockglen bildete. Und Hogan's Gentleman's Outfitters, das renommierte Fachgeschäft an der Hauptstraße. Außerdem waren sie der Ansicht – auch wenn sie es kaum voreinander auszusprechen wagten –, daß im Mittelpunkt von Bennys Leben am besten Sean Walsh stehen sollte.

Bei Mario's blickte Benny Sean Walsh über den Tisch hinweg an. In dem grellen Licht wirkte sein Gesicht schmal und bleich wie immer, aber sie bemerkte dunkle Ringe unter seinen Augen.
»Ist die Arbeit im Laden schwer?« fragte sie ihn.
»Schwer nicht, jedenfalls nicht körperlich ... auch nicht von der Arbeitszeit her ... aber man muß eben immer wissen, was das richtige ist.«

»Was meinst du damit?«
Es war das erstemal, daß es Benny leichtfiel, sich mit Sean zu unterhalten. Und das verdankte sie Nan Mahon. Nan, die in jeder Situation wußte, was zu tun war.
Nan meinte, Benny solle Sean gegenüber immer ganz freundlich sein. Es bringe nichts, ihm eins auszuwischen. Sie solle ihm bei den verschiedensten Gelegenheiten zu verstehen geben, daß gemeinsame Zukunftspläne für sie nicht in Frage kamen, daß sie ihn aber als Angestellten ihres Vaters schätzte. Auf diese Weise konnte er nichts an ihr aussetzen, und ihre Eltern waren auch zufrieden.
»Ich glaube, ich schaffe das nicht«, hatte Benny gesagt. »Du kennst mich doch. Da meine ich, daß ich freundlich und distanziert bin, und am Ende finde ich mich dann bei Pater Ross wieder, um das Aufgebot zu bestellen.«
Doch Nan hatte ihr versichert, es sei gar nicht so schwer. »Stell ihm ein paar persönliche Fragen, mach einen interessierten Eindruck, aber laß dich in nichts hineinziehen. Erzähl ihm nur das von dir, was er über dich wissen soll, und gib auf keine Frage eine direkte Antwort. Das ist das ganze Geheimnis.«
Bis jetzt schien es ganz gut zu funktionieren. Sean saß ihr gegenüber und versuchte, gegen Guy Mitchell anzuschreien, dessen Stimme von dem neuen Plattenspieler herüberdröhnte. Er erzählte, daß sich die Bekleidungsindustrie im Umbruch befinde, daß die Männer nach Dublin führen und Konfektionsanzüge von der Stange kauften, daß der Bus von Knockglen nach Dublin bei den Kaianlagen in nächster Nähe von McBirney's hielt, was ebenso schlimm war, als hätte McBirney's eine Filiale neben Mr. Floods Metzgerei aufgemacht.
Sean meinte, es sei manchmal schwierig, Mr. Hogan davon zu überzeugen, daß Veränderungen unabdingbar waren. Und vielleicht stünde es ihm, Sean, auch nicht zu, darauf zu drängen.
Benny hörte mit verständnisvoller Miene, aber nur mit halbem

Ohr zu. Ihre Gedanken kreisten um den Ball und die Frage, was sie anziehen sollte. Inzwischen hielt sie wieder Diät und trank bitteren schwarzen Kaffee, nicht den schaumigen mit Zucker, den sich alle anderen im Café schmecken ließen. Sie schob die Schokoladenkekse auf ihrem Teller hin und her und baute Türmchen damit, die mit der gelben Verpackung unten, die mit der grünen oben. Es kostete sie viel Willenskraft, nicht einfach die Verpackung aufzureißen und einen Keks zu verschlingen.

Kleider in ihrer Größe gab es nicht, in keinem Geschäft in Dublin. Na ja, es gab sie zwar, aber nicht in den Läden, in die sie ging. Nur in Geschäften, in denen reiche ältere Damen verkehrten. Mit pechschwarzen Perlen bestickte Kleider oder taubengraue mit übereinandergeschlagenen Vorderteilen. So was paßte zu Sechzigjährigen, die an einem Staatsbankett teilnahmen. Nicht zu Benny bei ihrem ersten Ball.

Aber sie hatte ja noch eine Menge Zeit, sie kannte Schneiderinnen und hatte Freundinnen, die ihr helfen würden. Nan hatte wahrscheinlich eine Lösung parat, wie für alles andere auch. Neulich hatte Benny sich bei Nan erkundigt, ob sie nach dem Ball bei ihr übernachten könne.

Nan hatte weder ja noch nein gesagt, sondern Benny gefragt, warum sie nicht bei Eve übernachten wolle.

»Ich weiß nicht recht. Schließlich ist das ihr Arbeitsplatz.«

»Unsinn. Sie ist dort zu Hause. Ihr beide seid alte Freundinnen. Es würde dir sicher gefallen.«

Vielleicht war es das, was Nan gemeint hatte, als sie sagte, man solle auf eine Frage keine direkte Antwort geben. Benny hatte ihre Erwiderung nämlich nicht im geringsten als Affront aufgefaßt. Wie wundervoll wäre es, wenn ich so mit Leuten umgehen könnte wie Nan, dachte sie.

Unterdessen schwadronierte Sean weiter über die Notwendigkeit von Sonderangeboten. Und die Risiken, die damit einhergingen. Mr. Hogan vertrete den Standpunkt, wenn ein Geschäft wie das seine Sachen billiger anbot, könnten die Kunden den Eindruck gewinnen, er wolle Ramschware loswerden. Und was würde außerdem jemand denken, der eine Ware, für die er ein paar Wochen zuvor den vollen Preis bezahlt hatte, nun plötzlich reduziert sah?

Sean meinte, er verstehe diese Bedenken durchaus, aber er frage sich eben auch, wie man die Ortsansässigen dazu bringen könne, ihre Schuhe und Socken bei Hogan's zu kaufen, statt Tagesausflüge nach Dublin in die O'Connell Street zu unternehmen. Und zu Hause würden sie sich dann am Laden vorbeidrücken und versuchen, die Aufschrift »Clery's« auf ihren Paketen zu verbergen.

Benny sah ihn an und fragte sich, welche Frau diesen Mann heiraten und ihm den Rest ihres Lebens zuhören würde. Sie hoffte, daß ihre neue Taktik der distanzierten Höflichkeit funktionierte.

»Wie sieht es nächste Woche aus?« fragte Sean, als er sie zum Lisbeg begleitete.

»Wie sieht was aus, Sean?« fragte sie liebenswürdig.

»*Jamaica Inn*«, sagte er triumphierend, denn er hatte bereits die Plakate studiert.

Früher hätte Benny einen Witz gemacht und gesagt, Jamaika sei doch ein bißchen weit weg für einen Ausflug. Doch die neue Benny lächelte Sean an.

»Ach, Charles Laughton, nicht wahr? Und Maureen O'Hara?«

»Ja«, erwiderte Sean ein wenig ungeduldig. »Den hast du bestimmt noch nicht gesehen. Ich kann mich nicht erinnern, daß er hier schon mal gelaufen ist.«

Beantworte eine Frage nie direkt. »Das Buch hat mir gefallen. Aber *Rebecca*, glaube ich, noch mehr. Hast du *Rebecca* gelesen?«

»Nein, ich lese nicht viel. Das Licht ist nicht so gut bei mir oben.«

»Du solltest dir eine Lampe zulegen«, schlug Benny eifrig vor.

»Ich bin sicher, daß wir eine in dem freien Zimmer haben, die wir nie brauchen. Ich werde Vater mal fragen.«
Sie strahlte solche Begeisterung über diesen nützlichen Einfall aus und streckte ihm so entschieden ihre Hand zum Abschied entgegen, daß er nicht weiter in sie dringen konnte, um ihr ein Ja oder Nein zum Kino nächste Woche abzunötigen. Und er konnte auch seine kalten, dünnen Lippen nicht auf ihren Mund pressen, ohne sich unmöglich zu machen.

Mutter Francis werkelte in der Kate herum. Kit Hegartys Bericht über das Treffen zwischen Eve und Heather hatte ihr Mut gemacht. Vielleicht bahnte sich endlich doch eine Aussöhnung an! Die Einwilligung, für die Studiengebühren aufzukommen, hatte nichts an Eves Unversöhnlichkeit gegenüber dieser kühlen und unnahbaren Familie geändert, die ihre Eltern und sie selbst so schäbig behandelt hatte.
Jetzt schien sie sogar noch fester entschlossen, den Westwards keinen Schritt entgegenzukommen.
Mutter Francis wünschte, sie könnte Eve dazu bewegen, eine Nacht in ihrer Kate zu verbringen, hier zu schlafen und sich bewußtzumachen, daß das Häuschen ihr Eigentum war. Wenn Eve Malone hier aufwachte und über den Steinbruch blickte, dann spürte sie vielleicht, daß sie irgendwohin gehörte, anstatt sich mal hier, mal dort niederzulassen, ohne je wirklich heimisch zu werden. Mutter Francis hoffte, daß sie Eve bis Weihnachten dazu bringen konnte, hier einzuziehen. Doch das erforderte viel Einfühlungsvermögen.
Es hatte keinen Sinn, Eve vorzumachen, daß ihr Zimmer im Kloster anderweitig benötigt würde. Das wäre das schlimmste, was sie ihr antun konnte. Denn dann hätte Eve das Gefühl, aus dem einzigen Zuhause, das sie je gekannt hatte, verstoßen zu werden. Vielleicht konnte Mutter Francis ja behaupten, daß die älteren Schwestern der Gemeinschaft gern einen kleinen Ausflug machen wür-

den; da sie aber das Klostergelände nicht verlassen könnten, wäre es doch nett, wenn Eve eine Teegesellschaft in ihrer Kate geben würde. Aber auch das würde Eve sofort durchschauen.

In ihren gemeinsamen Jugendjahren hatte Peggy Pine oft zu Mutter Francis gesagt: »Irgendwann klärt sich alles.«

Im großen und ganzen hatte sie recht gehabt. Was diese Kate betraf, so hatte es allerdings ziemlich lange gedauert.

Mutter Francis schloß immer sorgfältig die Tür mit dem großen Schlüssel ab und legte ihn dann unter den dritten Stein in der kleinen Mauer neben dem Eisentor. Dort lag auch ein großes Vorhängeschloß. Mossy hatte vorgeschlagen, es am Tor anzubringen, aber es sah häßlich und abschreckend aus. Deshalb entschied Mutter Francis, man könne es riskieren, auf dieses Ding zu verzichten.

Außer den Leuten, die in der Gegend zu tun hatten, kam selten jemand zum Steinbruch. Man konnte vom Kloster über die von Dorngengestrüpp überwucherten Pfade hierherkommen, oder man nahm den breiteren, steilen Weg vom Platz, wo der Bus wendete; dabei hatte man auch einen guten Ausblick auf die tiefen Steilabbrüche.

Mutter Francis schrak zusammen, als sie sich umdrehte und nur wenige Meter entfernt eine Gestalt erblickte.

Es war Simon Westward. Er stand mit dem Rücken zu ihr und betrachtete die düstere, neblige Landschaft. Die Nonne ließ das Tor mit lautem Knall zufallen, damit er sie hörte und nicht erschrak.

»Oh ... äh, guten Tag«, sagte er.

»Guten Tag, Mr. Westward.«

Bei den Nonnen war es üblich, daß zu einer bestimmten Tageszeit geschwiegen wurde. Das bedeutete, daß sie sich nicht unwohl fühlten, wenn kein Gespräch stattfand. Mutter Francis wartete gelassen, bis der kleine, dunkelhaarige Mann wieder das Wort ergriff.

»Scheußliches Wetter«, bemerkte er.
»Es ist nie besonders gut im November.« Sie hätte sich ebensogut auf einem Gartenfest befinden können, anstatt in Nebel und Regen an einem Steinbruch zu stehen mit einem Mann, mit dem sie schon mehrmals die Klingen gekreuzt hatte.
»Mrs. Walsh sagt, Sie kommen oft hier herauf«, meinte er.
»Wissen Sie, im Kloster würde ich mir fehl am Platz vorkommen. Deshalb habe ich mir gedacht, vielleicht treffe ich Sie zufällig einmal hier.«
»Sie wären im Kloster durchaus willkommen gewesen, Mr. Westward. Sie hätten ruhig kommen können.«
»Ja. Ja, ich weiß.«
»Aber jetzt haben Sie mich ja auch so gefunden.«
Es wäre klüger gewesen, wenn sie in die Kate gegangen wären, aber Mutter Francis wollte ihn unter keinen Umständen über die Schwelle von Eves Haus lassen. Das wäre ein unverzeihlicher Vertrauensbruch gewesen. Erwartungsvoll blickte Simon zur Kate. Aber Mutter Francis schwieg.
»Es geht um Eve«, meinte er schließlich.
»Ah, ja?«
»Wissen Sie, sie war so freundlich, meine Schwester von der Schule abzuholen und einen Nachmittag mit ihr zu verbringen. Ich fürchte, Heather hat sie darum gebeten, da bin ich mir sogar ziemlich sicher. Wie auch immer, Eve hat sie zu einem netten Ausflug mitgenommen und will es auch wieder tun...«
»Aha.« Mutter Francis blickte ihn kalt an. Ihr Herz wurde schwer. Wollte er Eve etwa bitten, sich von der Familie fernzuhalten? Wenn ja, dann würde sie Eves Zorn auf die Westwards rückhaltlos teilen müssen.
»Ich habe mir gedacht, Sie könnten ihr vielleicht ausrichten...«
Der Blick der Nonne war fest auf ihn gerichtet.
»Vielleicht könnten Sie ihr sagen, daß ich ihr sehr dankbar bin. Ganz ehrlich.«

»Warum sagen Sie ihr das nicht selbst?« Die Worte kamen Mutter Francis mit einem Seufzer der Erleichterung über die Lippen.
»Das würde ich ja gern. Aber ich weiß nicht, wo sie wohnt.«
»Augenblick, ich schreibe es Ihnen auf.« Sie fing an, in den Taschen ihres langen schwarzen Gewands zu kramen.
»Warten Sie. Ein Bauer hat doch immer irgendein altes Kuvert dabei, auf das man was kritzeln kann.«
Sie lächelte. »Nein, ich hab's schon. Eine Nonne hat doch immer einen kleinen Notizblock und einen Stift mit silbernem Griff.«
Sie förderte beides aus den Tiefen ihrer Taschen zutage und schrieb mit zitternder Hand auf, was vielleicht ein erster Schritt zur Versöhnung werden konnte.

Clodagh Pine kam in Hogans Geschäft.
»Na, wie geht's, Mr. Hogan? Haben Sie vielleicht ein paar Hutständer, die Sie uns leihen könnten?«
»Aber natürlich.« Eddie Hogan eilte sofort in den hinteren Teil des Ladens, um danach zu suchen.
»Machen wir jetzt einen Hutsalon auf, wie?« wandte Sean sich in herablassendem Ton an Clodagh.
»Hüten Sie Ihre Zunge, Sean. Sie wissen nicht, mit wem Sie sich anlegen«, sagte sie und lachte laut auf.
Sean musterte sie verdrießlich. Sie war hübsch, gewiß, in ihrer schrillen Art. Aber dieses lächerlich kurze Kleid, das ihre langen Beine für jedermann sichtbar entblößte! Es war lindgrün, und darüber trug sie ein schwarzes Jackett und einen pinkfarbenen Schal. Ihr langer, baumelnder Ohrschmuck hatte genau dieselbe Farbe wie das Kleid, und ihr blondes, offensichtlich gefärbtes Haar war mit zwei schwarzen Kämmen zurückgesteckt.
»Nein, wahrscheinlich nicht.«
»Na, Sie werden's noch sehen«, entgegnete sie.

Die beiden waren allein im Laden. Der alte Mike war mit seinen Schneiderarbeiten beschäftigt, und Mr. Hogan befand sich außer Hörweite.
»Da bin ich aber sehr gespannt.«
»Ja, machen Sie sich auf was gefaßt.« Sie ignorierte bewußt den ironischen Unterton in seiner Stimme. »Wir können Freunde oder Feinde sein. Wahrscheinlich ist es vernünftiger, wenn wir Freunde sind.«
»Ich denke, hier ist sowieso jeder Ihr Freund, Clodagh.« Sean lachte höhnisch.
»Da irren Sie sich. Eine Menge Leute sind überhaupt nicht meine Freunde. Aber wenigstens meine Tante. Ich bin gerade dabei, ihr Schaufenster von Grund auf neu zu gestalten. Jedes Schild, auf dem ›Preiswert und schick‹ steht, haben wir schon verbrannt. Warten Sie ab, bis Sie unsere neuen Auslagen sehen.«
»Am Montag, was?« Er tat immer noch überlegen.
»Nein, Sie Schlaumeier. Heute nachmittag, wenn wir früher zumachen. Am einzigen Tag, wo die Leute wirklich in die Schaufenster gucken. Und morgen kann's dann losgehen.«
»Ich sollte Ihnen wohl gratulieren.«
»Ja, das sollten Sie. Es ist für mich schwerer als für Sie, ins Geschäft einzusteigen. Ich hab auch nicht vor, meine Tante zu heiraten.«
Sean warf einen nervösen Blick nach hinten zum Lager, wo Eddie Hogan ein paar Hutständer aufgestöbert hatte und damit nun triumphierend in den Verkaufsraum zurückkehrte.
»Ich bin sicher, daß Ihre neuen Fenster ein durchschlagender Erfolg werden«, sagte er hastig.
»Ja, sie werden phantastisch werden«, antwortete sie. Dann drückte sie dem erstaunten Eddie Hogan einen Kuß auf die Stirn. Und schon war der farbenfrohe Paradiesvogel zur Tür hinaus.

»Ich gebe doch nicht mein sauer verdientes Geld für ein Kleid aus«, sagte Eve mit finsterem, zornigem Gesicht, als Nan auf die Frage zu sprechen kam, was sie anziehen sollten.
Sie hatte erwartet, Nan würde ihre Theorie vertreten, daß die äußere Erscheinung nun einmal alles sei. Daß sie ausschlaggebend dafür sei, welchen Eindruck man auf andere machte.
»Da hast du recht«, sagte Nan überraschenderweise. »Was du auch kaufst, es sollte kein Abendkleid sein.«
»So?« Das brachte Eve ganz aus dem Konzept. Sie hatte mit Widerspruch gerechnet.
»Also, was willst du tun?« fragte Nan.
»Kit hat gesagt, ich kann für alle Fälle mal ihre Sachen durchsehen. Sie ist zwar größer als ich, aber das ist ja jeder. Wenn ich was Geeignetes finde, kann ich es kürzer machen.«
»Oder du nimmst meinen roten Wollrock«, schlug Nan vor.
»Ich weiß nicht ...«, fing Eve an. Sie spürte ein Kribbeln.
»Nun, im College habe ich ihn noch nie angehabt. Und Rot steht dir sehr gut. Dazu könntest du dir eine schicke Bluse kaufen. Vielleicht hat auch Kit Hegarty eine. Warum willst du das nicht?«
»Ich weiß, es klingt undankbar. Aber es liegt wohl daran, daß ich keine abgelegten Sachen von dir tragen will«, antwortete Eve ohne Umschweife.
»Aber die von Kit Hegarty schon, wie?« erwiderte Nan prompt.
»Sie bietet sie mir an, weil ... weil sie weiß, daß es mir nichts ausmacht, sie zu nehmen.«
»Und ich? Meinst du, ich habe andere Beweggründe?«
»Ich weiß es nicht, um ehrlich zu sein.« Eve spielte mit ihrem Kaffeelöffel herum.
Nan suchte keine Auseinandersetzung, ging aber auch nicht achselzuckend über Eves Benehmen weg. Sie sagte ganz schlicht: »Du kannst ihn jedenfalls haben. Er ist schön, und er würde dir gut stehen.«

»Warum willst du ihn mir leihen, ich meine, was geht dabei in dir vor?« Eve wußte, daß sie sich wie eine Fünfjährige anhörte. Aber sie wollte es wissen.
»Weil wir als eine Gruppe von Freunden zu diesem Ball gehen. Ich möchte, daß wir alle todschick aussehen. Ich möchte, daß wir Leute wie diese doofe Rosemary oder diese langweilige Sheila ausstechen. Nur deshalb!«
»Das würde mir gefallen«, sagte Eve und grinste.

»Mutter, wäre es sehr dreist, wenn ich dich um eine kleine Anleihe bitten würde, damit ich mir Stoff für ein Kleid kaufen kann?«
»Wir kaufen dir ein Kleid, Benny. Ist ja dein erster Ball. Da sollte jedes Mädchen ein neues Kleid bekommen.«
»In den Geschäften gibt es aber keins, das mir paßt.«
»Na, nun laß doch nicht gleich den Kopf hängen. Es gibt bestimmt eins. Du hast dich nur noch nicht richtig umgesehen.«
»Ich lasse gar nicht den Kopf hängen. Die Leute haben eben erst meine Größe, wenn sie alt sind. Jetzt, nachdem ich das weiß, macht es mir auch nichts mehr aus. Ich habe immer gedacht, man ist von Geburt an kräftig gebaut, aber anscheinend wächst man noch mit achtundsechzig. Paß lieber auf, Mutter, das könnte dir auch passieren.«
»Wo hast du denn diesen Unsinn her, wenn ich fragen darf?«
»Seit ich so ziemlich jedes Geschäft in Dublin abgeklappert habe. In der Mittagspause, Mutter, ich hab keine Vorlesungen geschwänzt!«
Sie schien kein bißchen verärgert, wie Annabel erleichtert feststellte. Aber vielleicht ließ sie es sich nur nicht anmerken. Bei Benny war das schwer zu sagen.
Es hatte keinen Sinn, weiter nachzuhaken. Bennys Mutter entschied sich für praktisches Vorgehen.
»An welchen Stoff hast du gedacht?«

»Ich weiß nicht. Etwas Schweres ... Es klingt vielleicht lächerlich, aber ich habe einen in einer Zeitschrift gesehen. Die Frau war ziemlich groß, und es war irgendwas Wandteppichartiges ...«
Benny lächelte, schien aber nicht ganz überzeugt.
»Etwas Wandteppichartiges?« Ihre Mutter klang zweifelnd.
»Vielleicht lieber doch nicht. Womöglich sehe ich darin aus wie eine Couch oder ein Sessel.«
Annabel hätte ihre Tochter am liebsten in den Arm genommen. Doch sie wußte, daß sie so etwas nicht tun durfte.
»Meinst du vielleicht Brokat?« fragte sie.
»Genau das.«
»Ich habe einen reizenden Brokatrock.«
»Der würde mir doch nicht passen, Mutter.«
»Wir könnten ein Stück schwarzen Samt einarbeiten, weißt du, als Einsatzstreifen, und dazu ein Oberteil aus schwarzem Samt, das wir mit einem bißchen von dem Brokatstoff besetzen. Was hältst du davon?«
»Wir können doch nicht deinen guten Rock auseinanderschneiden!«
»Wann soll ich ihn denn noch mal anziehen? Ich möchte, daß du die Schönste auf dem Ball bist.«
»Meinst du wirklich?«
»Na klar. Das ist besser als alles, was es in den Läden zu kaufen gibt.«
Das stimmte. Benny wußte es. Aber bei dem Gedanken, wie sich ihre Mutter wohl die Ausführung vorstellte, sank ihr das Herz.
Plötzlich hatte Benny ihren zehnten Geburtstag vor Augen. Jenen Tag, als sie glaubte, sie würde ein Ballkleid bekommen, das sich dann als eine zweckmäßige marineblaue Kombination entpuppte. Den Schmerz darüber empfand sie noch ebenso stark wie damals. Aber es schien kaum eine Alternative zu geben.
»Was meinst du, wer könnte das machen?«

»Peggys Nichte soll gut mit Nadel und Faden umgehen können.«
Bennys Miene hellte sich auf. Clodagh Pine wirkte ganz und gar nicht altmodisch. Vielleicht war das Vorhaben doch nicht zum Scheitern verurteilt.

Liebe Eve,
nur ein kurzes Wort des Dankes dafür, daß Sie meine Schwester im Internat besucht haben. Heather hat mir voller Begeisterung Ihre Freundlichkeit geschildert. Ich möchte Ihnen meine Anerkennung dafür ausdrücken, Ihnen jedoch versichern, daß Sie sich in keiner Weise dazu verpflichtet fühlen müssen, aufgrund der finanziellen Unterstützung, die Ihnen unsere Familie gewährt haben mag. Ich brauche Ihnen wohl nicht zu sagen, daß Sie uns in den Weihnachtsferien in Westlands gern besuchen können, wenn Sie es wünschen.

Ihr dankbarer
Simon Westward

Lieber Simon,
ich besuche Heather, weil ich es gern tue und weil sie sich darüber freut. Das hat nichts mit einer Verpflichtung zu tun, wie Sie es nennen. In den Weihnachtsferien werde ich im Kloster St. Mary, Knockglen, wohnen. Sie können mich dort gern besuchen, wenn Sie es wünschen.
Mit dieser Antwort verbleibe ich

Eve Malone

Liebe Mrs. Hogan, lieber Mr. Hogan,
wie Benny Ihnen sicherlich mitgeteilt hat, geht eine Gruppe von uns am Freitag nächster Woche zum Trimesterabschlußball. Meine Eltern geben eine kleine Sher-

ry-Party in unserem Haus in Donnybrook, wo wir uns alle treffen, bevor wir zum Ball aufbrechen. Meine Eltern haben mich gebeten, den Eltern meiner Freunde vorzuschlagen, auf einen Umtrunk bei uns vorbeizukommen, wenn es sich einrichten läßt. Mir ist klar, daß es für Sie ein ziemlich weiter Weg ist. Aber ich wollte Sie zumindest fragen, und vielleicht ergibt sich ja eine günstige Gelegenheit für Sie, doch zu kommen.
Nochmals vielen Dank für den wundervollen Nachmittag, den ich bei Ihnen verbringen durfte, als ich vor ein paar Wochen zu Besuch in Knockglen war.

Mit freundlichen Grüßen,
Jack Foley

Lieber Fonsie,
ich muß Dich dringend bitten, mit dieser Briefeschreiberei aufzuhören. Meine Tante glaubt, es gibt nur eine Miss Pine auf der Welt, und das ist sie. Sie hat mir Deine Briefe laut vorgelesen, wo es um Spaß haben geht und wo Du meinst, wir sollen mal auf den Putz hauen. Jetzt fängt sie an, mich zu fragen, was »jemand anmachen« heißt und warum manche Leute »ist ja irre« sagen.
Ich halte große Stücke auf meine Tante. Ich bin hierhergekommen, um ihr bei der Modernisierung des Ladens zu helfen und das Geschäft anzukurbeln. Aber ich möchte mir nicht jeden Morgen wieder anhören, wie sie mir »See you later Alligator« vorliest.
Ich freue mich, Dich zu treffen und mit Dir zu reden, aber mit diesen Briefen muß Schluß sein.

Herzlichst,
Clodagh

Liebe Mutter Francis,
aus verschiedenen Gründen beabsichtige ich, Weihnachten in St. Mary in Knockglen zu verbringen. Ich hoffe, der Gemeinschaft dadurch keine allzu großen Unannehmlichkeiten zu bereiten. Alles Nähere teile ich Dir später mit.

Eure Schwester in Christo,
Mutter Clare

Lilly Foley freute sich auf die Party. John würde sich bestimmt gut amüsieren. Er sah es gern, wenn das große Haus festlich beleuchtet und mit Blumen geschmückt war, wenn Ballkleider raschelten und er von hübschen Mädchen umgeben war.
Es würde ihrem Ehemann gefallen, wenn er in einem Raum voller hübscher junger Menschen den Gastgeber spielen konnte. Dabei würde er sich selbst wieder jung fühlen.
Sie hatte sich vorgenommen, daß alles perfekt sein würde, nicht zuletzt ihr eigenes Äußeres. Niemals würde sie es so weit kommen lassen, daß ihr Mann sie für trist und langweilig hielt, wenn er sie inmitten solcher Pracht stehen sah.
Über ihre eigene Garderobe wollte sie sich später Gedanken machen. Erst einmal mußte alles genau geplant werden. Sie durfte Jack nicht wissen lassen, wie willkommen ihr dieses Fest war: Sie würde sich ihm und seinem Vater als wunderbare Ehefrau und Mutter präsentieren, die allen Anforderungen gerecht wurde.
»Was meinst du, ob sie wohl Würstchen und Appetithäppchen wollen?« fragte Lilly.
»Sie werden mit allem zufrieden sein, was wir ihnen hinstellen.« Jack war an Detailfragen nicht interessiert.
»Wer soll sie servieren? Jemand wird Doreen zur Hand gehen müssen.«
Jack ließ den Blick über die Runde schweifen. »Aengus«, sagte er dann.

»Kriege ich auch eine Serviette, die ich mir über den Arm legen kann?« wollte Aengus wissen.
»Lieber eine für den Popo«, frotzelte Ronan.
Seine Mutter runzelte die Stirn.
»Es sind doch *deine* Freunde, Jack. Ich finde, du solltest dich mehr mit diesen Dingen befassen.«
»Aber auch deine und die von Dad. Ihr zwei freut euch doch wie die Schneekönige! Ihr habt jetzt diese neuen Vorhänge, von denen ihr geredet habt. Und das Tor habt ihr auch streichen lassen.«
»Das würde dir mal wieder ähnlich sehen, daß du das allen auf die Nase bindest.«
»Nein, das tue ich natürlich nicht. Ich sage doch, ich finde es klasse, daß eure ganzen Freunde kommen.«
»Und deine!«
»Meine bleiben doch nur für ein oder zwei Stunden. Aber eure übernachten hier und werden sich schrecklich danebenbenehmen. Gut, daß ich dann weg bin und davon nichts mitkriege.«
»Und was ist mit den Alten, wie du sie genannt hast? Den Eltern deiner Freunde?«
»Ich hab die Eltern von Aidan Lynch eingeladen. Die kennt ihr ja schon.«
»Allerdings.« Mrs. Foley verdrehte die Augen.
»Und die Eltern von Benny Hogan, die aus Knockglen. Aber die können nicht kommen. Sie haben euch doch geschrieben, erinnerst du dich? Es werden also nur Leute wie Onkel Kevin und die Nachbarn dasein. Und all eure Bekannten. Die paar von mir fallen gar nicht ins Gewicht.«
»Ich möchte mal wissen, warum du uns das angetan hast«, sagte seine Mutter.
»Weil ich mich nicht entscheiden konnte, welches Mädchen ich einladen soll. Deshalb hab ich alle eingeladen.« Jack strahlte sie mit entwaffnender Ehrlichkeit an.

Am Wochenende vor dem Ball kam Eve nach Knockglen.
»Ich war schon viel zu lange nicht mehr zu Hause«, gestand sie Benny am Freitag abend im Bus. »Aber nur deshalb, weil ich Kit nicht allein lassen wollte. Glaubst du, daß Mutter Francis das weiß?«
»Sag's ihr doch«, meinte Benny.
»Tue ich. Sie hat gesagt, sie möchte mich um einen Gefallen bitten. Hast du eine Ahnung, worum es gehen könnte?«
»Laß mich mal raten. Vielleicht sollst du ihr helfen, eine Schnapsbrennerei im Kräutergarten zu bauen.«
»Das wäre ganz nach meinem Geschmack. Oder sie will, daß ich in der sechsten Klasse Sexualkundeunterricht gebe. Weil ich doch mit Aidan Lynch einschlägige Erfahrungen habe, wie man Annäherungsversuche abwehrt.«
»Oder daß du mit den älteren Nonnen einen Tagesausflug nach Belfast machst, damit sie sich einen Film anschauen können, der auf dem Index steht.«
»Oder daß ich Sean Walsh für den praktischen Anschauungsunterricht in Biologie mitbringe. Zum Sezieren.«
Sie lachten so laut, daß Mikey, der Fahrer, sich beschwerte, er könne sich nicht konzentrieren.
»Ihr zwei erinnert mich an diese Karikaturen von Mutt und Jeff, kennt ihr die?« rief er.
Allerdings. Mutt war der lange Lulatsch, Jeff der Winzling. Mikey war immer ungeheuer taktvoll.

»Ich *kann* sie nicht ausladen«, beharrte Mutter Francis, als sie mit Eve in der Küche saß.
»Doch, Mutter, das kannst du. Himmel noch mal!«
»Eve! Bitte!«
»Nein, wirklich, du kannst das. Du konntest schon immer alles durchsetzen, was du wolltest. Immer.«
»Ich weiß nicht, wie du darauf kommst.«

»Weil ich mit dir zusammengelebt und dich beobachtet habe. Du kannst Mutter Clare sehr wohl sagen, daß es der Gemeinschaft überhaupt nicht paßt, wenn sie kommt, nur weil ihre eigenen Leute in Dublin sie über Weihnachten los sein wollen.«
»Das klingt aber nicht gerade nach christlicher Nächstenliebe in Wort und Tat.«
»Was hat das denn damit zu tun?«
»Na, da haben wir bei deiner Erziehung anscheinend versagt. Nächstenliebe soll durchaus etwas mit dem geistlichen Leben zu tun haben.«
Beide lachten.
»Mutter, ich kann nicht unter einem Dach mit ihr wohnen.«
»Das mußt du auch nicht, Eve. Das tun wir anderen schon.«
»Was meinst du damit?«
»Du hast dein eigenes Haus, wenn du darin wohnen willst.«
»Das ist bestimmt wieder so ein Trick von dir!«
»Nein, Ehrenwort. Wenn du glaubst, ich mache mir all die Mühe, Mutter Clare hierher zu holen, nur damit ich dich in die Kate abschieben kann, dann hast du überhaupt nichts begriffen.«
»Das würde wohl auch ein bißchen zu weit gehen«, pflichtete Eve ihr bei.
»Also?«
»Nein.«
»Warum nicht? Nenn mir einen vernünftigen Grund.«
»Ich nehme keine Almosen von denen. Ich werde nicht in einem Haus von Westwards Gnaden leben. Wie ein alter Stallknecht, der sich für die Pferde der Herrschaften krumm und bucklig geschuftet hat und dann eine bessere Hütte kriegt, für die er den Rest seines Lebens auch noch dankbar sein muß.«
»Du siehst das falsch.«
»Nein, Mutter, so ist es doch. Sie haben meine Mutter rausgeschmissen, wie einen Hund vor die Tür gesetzt. Aber weil sie

nicht wollten, daß sie im Straßengraben verreckt, haben sie ihr dieses Häuschen gegeben, auf das keiner Wert legte, weil es völlig abgelegen ist und sich – Schrecken über Schrecken – auch noch neben dem römisch-katholischen Kloster befindet.«
»Es hat deinen Eltern gefallen, Eve. Sie wollten dort wohnen.«
»Aber ich will dort nicht wohnen.«
»Willst du es dir nicht wenigstens ansehen? Es hat mich soviel Mühe gekostet, es instand zu halten. Ich habe immer gehofft, du würdest dich irgendwann dafür erwärmen.«
Mutter Francis wirkte müde, fast erschöpft.
»Tut mir leid.«
»Ich war mir so sicher, du wärst froh um dieses Haus, wo du deine Ruhe hast ... aber ich habe mich wohl getäuscht.«
»Ich habe nichts dagegen, es mir anzusehen, Mutter. Um dir einen Gefallen zu tun. Aber das hat nichts mit den Westwards zu tun.«
»Gut, dann gehen wir morgen vormittag hinauf. Wir beide.«
»Und mein Zimmer hier ...?«
»Bleibt dein Zimmer, solange du lebst.«

»Was meinst du?« Benny sah Clodagh gespannt an.
»Ein prächtiger Stoff. Eine Schande, ihn zu zerschneiden.«
»Du hast doch Leute gesehen, die zu diesen Bällen gehen. Ist es für so was gut genug?«
»Wenn ich es fertig habe, wird es eine Sensation sein.«
Zweifelnd musterte Benny Clodaghs eigene Kleidung: ein weißer Kittel über dem malvenfarbenen Pulli mit Polokragen und dazu eine Art Strumpfhose, ebenfalls malvenfarben. Sie war ihrer Zeit weit voraus, nicht nur nach den Maßstäben Knockglens.
»Wir schneiden das Oberteil ziemlich tief aus – etwa hier.«
Benny stand im Unterrock da, während Eve gemütlich rauchend auf einem Heizstrahler saß und Kommentare abgab.

Mit einer Handbewegung über dem schwarzen Samtoberteil zeigte Clodagh, wo sie den Ausschnitt machen wollte. Erstaunlich tief.
»*Wo* willst du es ausschneiden?« kreischte Benny. Clodagh wiederholte ihre Handbewegung.
»Also hab ich dich doch richtig verstanden. Gütiger Himmel, da fällt mir ja alles in den Teller!«
»Schätzungsweise wirst du irgendwas darunterziehen müssen, damit dir das nicht passiert.«
»Da brauche ich ja einen Büstenhalter aus Chirurgenstahl ...«
»Ja, und wir müssen deinen Busen anheben und hineindrücken. So.«
Clodagh zeigte ihr, was sie meinte, und Benny schrie auf.
»So gut habe ich mich schon lange nicht mehr amüsiert«, meinte Eve.
»Eve, so sag doch was. Sag ihr, daß meine Mutter es bezahlt. Die läßt mich doch nicht wie die Hure von Babylon herumlaufen.«
»Es ist für einen Ball, oder?« fragte Clodagh. »Du hast nicht etwa vor, es zur Förderung deiner Heiligsprechung anzuziehen?«
»Clodagh, du bist verrückt. Ich kann so was nicht tragen. Nicht mal, wenn ich den Mut dazu hätte.«
»Gut. Dann machen wir einen Spitzeneinsatz in den Ausschnitt.«
Benny sah sie verständnislos an.
»Wir schneidern das Ding so, wie es sein soll, und quetschen dich hinein«, erklärte Clodagh. »Dazu mache ich einen Einsatz aus plissiertem Leinen mit ein paar Schlaufen und Knöpfen, und dann können wir deiner Mutter sagen, daß du das alles anziehen wirst. Sobald du die Ortsgrenze von Knockglen hinter dir hast, kannst du den Einsatz rausnehmen.«
Clodagh hantierte mit dem Stoff herum, raffte und steckte ihn mit Nadeln fest.

»Nimm die Schultern zurück, Benny«, befahl sie. »Streck die Brust raus.«

»Jesus, Maria und Josef, ich sehe ja aus wie die Galionsfigur eines Schiffes«, meinte Benny entsetzt.

»Ja, ist das nicht prima?«

»Jungs mögen Galionsfiguren«, sagte Eve. »Das hört man doch überall.«

»Halt den Mund, Eve Malone, sonst kriegst du die Schere in den Bauch.«

»Nichts da, das ist meine teure Zickzackschere. Na, ist das etwa nichts?« Clodagh sah zufrieden aus.

Obwohl das Kostüm nur provisorisch zusammengeheftet war, konnte man doch deutlich erkennen, was Clodagh vorschwebte. Und es sah wirklich sehr gut aus.

»Die Kluge Frau würde ihre Mutter das Kleid nicht allzu genau in Augenschein nehmen lassen«, bemerkte Eve.

»In dieser Aufmachung wirst du dich vor Männern gar nicht mehr retten können«, meinte Clodagh fröhlich, während sie anfing, die Nadeln wieder zu entfernen.

»Das wäre phantastisch«, erwiderte Benny und strahlte entzückt ihr Spiegelbild an.

Kapitel 10

»Prima, daß du heute abend Spätdienst hast«, sagte Nan zu ihrer Mutter. Sie saßen in der Küche und gossen sich Kaffee nach. Der Ball fand im gleichen Hotel statt, in dem Emily arbeitete. Nan wollte ihrer Mutter dort ein paar Freunde im Festtagsstaat vorführen und sie miteinander bekannt machen.
»Das mußt du nicht tun, du weißt das. Ich kann die ganze Zeit nach dir Ausschau halten und vom Kiosk aus beobachten, wie du in den Ballsaal gehst.«
»Aber du weißt, daß ich es so will, Em. Ich möchte, daß du sie kennenlernst und sie dich.«
Unausgesprochen lag in diesen Worten die Bestätigung, daß Nan ihre Freunde nie mit nach Hause, nach Maple Gardens, bringen würde.
»Aber wirklich nur, wenn es gerade paßt. Vielleicht sind Leute dabei, die du nicht in einen Hotelkiosk bringen willst ... na, du weißt schon.«
Nan legte ihre Hand auf die ihrer Mutter.
»Nein, zufällig weiß ich es nicht. Was meinst du damit?«
»Na ja, wir haben uns so große Hoffnungen für dich gemacht ... wir zwei, meine ich. Daß du hier rauskommst und so.« Emilys Geste galt dem kleinen, schäbigen Haus. »Vielleicht willst du mir deine vornehmen Bekannten nicht ausgerechnet in einem Kiosk vorstellen.« Sie lächelte zaghaft.
»Es ist ein toller Kiosk. Und du führst ihn großartig. Ich bin stolz darauf, dich ihnen hier vorstellen zu können«, erwiderte Nan.
Was sie nicht sagte, war, daß sie nicht auf Leute wie Aidan

Lynch, Bill Dunne oder Jack Foley setzte, um Maple Gardens hinter sich zu lassen. Nan hatte sich weitaus höhere Ziele gesteckt.

»Willst du zu dem Umtrunk heute abend wirklich nicht mitkommen, Kit?« fragte Eve noch einmal.
»Nein, nein. Ich würde nur Unsinn reden. Gesellige Anlässe waren noch nie meine Stärke.«
»Aidan Lynchs Eltern werden auch da sein.«
»Himmel, Eve, laß mich in Ruhe. Ann Hayes und ich werden ins Kino gehen. Das paßt sehr viel besser zu uns, als mit Doktoren in der Ailesbury Road Cocktails zu schlürfen.«
»Es ist nicht die Ailesbury Road«, widersprach Eve halbherzig.
»Aber nicht weit weg.« Kits Gesicht entspannte sich.
»Die Einladung allein ist schon Ehre genug. Hast du das Bett für Benny bezogen?«
»Ja. Und wir werden mucksmäuschenstill sein und dich nicht wecken.«
»Wahrscheinlich werde ich trotzdem aufwachen. Ich hab einen leichten Schlaf. Vielleicht erzählt ihr mir dann einfach von dem Abend. Du siehst übrigens großartig aus in den Sachen. Ich hab noch nie so was Umwerfendes gesehen.«
Sie hatten gestern abend eine Kostümprobe gemacht: mit einem geborgten Abendtäschchen von Mrs. Hayes, der Nachbarin, und der guten weißen Spitzenbluse aus Kits Kleiderschrank, die so lange gestärkt und gebügelt worden war, bis sie aussah wie neu. Jetzt zog Kit ein Überraschungsgeschenk heraus: Ohrringe im gleichen Rot wie der scharlachrote Rock.
»Nein, nein, du sollst mir doch nichts schenken«, stotterte Eve. Aber der Ausdruck in Kits Gesicht erinnerte sie plötzlich daran, daß unter anderen Umständen Frank Hegarty heute abend einen Smoking angezogen hätte und zu dem Ball gegangen wäre.

»Vielen, vielen Dank«, sagte sie deshalb nur.
»Du bist wirklich wunderschön. Einfach hinreißend.«
»Ich finde, ich seh irgendwie aus wie ein Vogel«, sagte Eve, und sie meinte es ganz ernst. »Wie eine verrückte Amsel, die den Kopf auf die Seite legt, bevor sie das Futter aufpickt.«
Kit schüttelte sich vor Lachen. »Ich meine es so, wie ich es gesagt habe, ehrlich. Du bist sehr attraktiv. Völlig übergeschnappt natürlich, das stimmt. Aber wenn du Glück hast, merkt es keiner.«

Bennys Abendrobe war in Seidenpapier eingeschlagen und in eine Schachtel verpackt worden. Man hatte das Kleid zu Hause sehr bewundert. Allerdings hatte es einen heiklen Augenblick gegeben, als Patsy kichernd meinte: »Hoffentlich reißt niemand Benny den Miedereinsatz weg.« Die Hogans hatten sich erschreckt angeblickt.
»Warum sollte jemand das tun?«
Aber Benny hatte Patsy böse angefunkelt, und diese war verwirrt zurück an den Herd gegangen.
»Ich würde zu gern sehen, wie ihr heute abend in euren hübschen Kleidern losgeht«, seufzte Bennys Mutter. »Du und Eve und all eure Freunde.«
»Tja, das hättest du haben können. Die Foleys haben euch schließlich eingeladen.«
Benny fühlte sich wie eine Heuchlerin. Es hätte ihr ganz und gar nicht gepaßt, wenn ihre Eltern mitgekommen wären.
»Ja, das war zweifellos sehr aufmerksam von ihnen«, sagte Eddie Hogan. »Vermutlich wollen sie sich revanchieren, weil wir ihren Jungen eingeladen haben.«
Benny hätte schreien mögen. Wie provinziell und altmodisch sie waren – verglichen mit den Leuten in Dublin! Doch dann übermannten sie Schuldgefühle, und eine Art Beschützerinstinkt regte sich in ihr. Warum sollten sie denn auch so

elegant und weltgewandt sein wie Leute, die Cocktailpartys besuchten?

»Und du kommst mit dem Morgenbus zurück?« fragte ihre Mutter hoffnungsvoll.

»Vielleicht eher mit einem späteren. Es wäre schön, wenn ich den Tag nutzen und mit den anderen Mädchen auf einen Kaffee gehen könnte ... oder zum Mittagessen.«

»Aber du rufst an?« fragte ihr Vater.

»Natürlich.« Benny wollte endlich weg. »Gleich morgen früh.«

»Es wird dir schon nichts passieren in der Stadt«, sagte ihr Vater und klang dabei so wenig überzeugt, als wäre sie auf dem Weg zum Mond.

»Ich bin schließlich jeden Tag dort.«

»Aber nicht jede Nacht.«

»Du weißt doch, daß mir bei Mrs. Hegarty nichts zustoßen wird.« Bitte, laßt mich endlich gehen!

»Amüsier dich gut«, wünschte ihr ihre Mutter.

»Ich geh jetzt besser los. Ich will nicht zum Bus rennen müssen, nicht mit diesem Paket unterm Arm.«

Sie standen an der Tür von Lisbeg – Mutter, Vater, Patsy und Shep. Und wenn Shep dazu in der Lage gewesen wäre, dann hätte auch er seine Pfote gehoben und Benny nachgewunken. Ganz bestimmt.

»Viel Spaß auf dem Ball«, rief Dr. Johnson ihr zu.

Und Clodagh, die schon wieder das inzwischen vielbeachtete Schaufenster von Pine's umdekorierte, machte neckische Gebärden: Sie spielte, wie Benny sich den Miedereinsatz vom Leib riß und einen riesigen Busen zur Schau stellte.

Interessiert beobachtete Fonsie dieses Schauspiel von der gegenüberliegenden Straßenseite aus.

»Ein tolles Mädchen, was?« sagte er.

»Hier in Knockglen gibt's viele Talente«, stimmte Benny zu.

»Zeig's ihnen«, ermunterte Fonsie sie.

Vor dem Geschäft der Hogans polierte Sean Walsh das Messingschild.

»Heute ist wohl der große Abend.« Er lächelte sie schief an.

Im Geist hörte Benny Nans Rat: Es tut nicht weh, nett zu sein. Und oft bringt es was.

Also lächelte Benny zurück. »So ist es, Sean.«

»Ich hätte deine Eltern gerne zu diesem Empfang gefahren, wo sie eingeladen sind.«

»Es ist kein Empfang. Eher ein Umtrunk bei Dr. Foley.«

»Genau das mein ich. Er hat mir die Einladung gezeigt. Ich hab gesagt, mir würde es überhaupt nichts ausmachen, sie hinzufahren.«

»Aber sie haben abgesagt!« Bennys Stimme überschlug sich beinahe.

»Was heißt das schon? Ein kurzer Anruf, daß sie doch kommen können. Ich hab gesagt, daß sie es sich schuldig wären, ab und zu mal auszugehen.«

»Ach ja?«

»Ja, das hab ich. Und ich hab gesagt, wann gibt es eine bessere Gelegenheit als am Abend von Bennys großem Ball?«

»Wie bedauerlich, daß sie es trotz deines Rats nicht haben einrichten können.«

»Noch ist nicht aller Tage Abend«, erwiderte Sean und ging wieder hinein in den Laden.

Er hatte das sicher nur gesagt, um sie zu ärgern. Er mußte ahnen, wie ungern sie ihre Eltern dabeihaben wollte. Trotzdem wurde ihr etwas flau, und sie lehnte sich an die Mauer von Birdie Macs Haus.

Birdie klopfte ans Fenster und machte hinter der Scheibe Mundbewegungen.

Oh, nein, dachte Benny, das hat mir gerade noch gefehlt. Sie will mir bestimmt Schokoladenbruch oder was Ähnliches schenken, um mich wiederaufzubauen.

»Hallo, Miss Mac.« Sie versuchte, mit fester Stimme zu sprechen. Sie mußte vernünftig bleiben. Schließlich hatten sich ihre Eltern gerade von ihr verabschiedet. Sie hatten nicht vor, nach Dublin zu fahren. Dafür hätten sie mindestens eine Woche lang Vorbereitungen getroffen.
Birdie kam zur Tür. »Hallo, Benny. Eben hat mich deine Mutter angerufen und mich gebeten, ihr heute vormittag eine Heimdauerwelle zu machen. Aber ich hab vergessen, sie zu fragen, ob sie eine Trockenhaube hat.«
Birdie Mac sah Benny besorgt an.
»Stimmt was nicht, Kind? Du bist schrecklich blaß.«
»Eine Heimdauerwelle haben Sie gesagt?«
»Ja, das macht weiter keine Umstände. Ich kann jetzt gleich rauf zu ihr und die Locken eindrehen und dann später wiederkommen und den Rest erledigen. Es ist nur wegen der Trockenhaube...«
»Ja, wir haben eine«, erwiderte Benny tonlos.
Wie sie zur Haltestelle gekommen war, wußte sie nicht. Doch das Hupen des Busses riß sie aus ihrem Trancezustand.
»He, Benny, mach schon. Oder brauchst du 'ne Extraeinladung?«
»Entschuldigung, Mikey. Willst du schon los? Ich hab's nicht mitgekriegt.«
»Nein, ganz und gar nicht. Wir haben alle Zeit der Welt. ›Eile mit Weile‹ ist das Motto unserer Busgesellschaft; ›Hetze nie einen Fahrgast‹ ist unser oberstes Gebot.«
Benny setzte sich und sah mit leerem Blick hinaus.
Sie konnten nicht beschlossen haben, nach Dublin zu fahren. Nicht zu den Foleys. Nicht heute abend.

Rosemary schwänzte die Geschichtsvorlesung.
»Sie ist zum Friseur gegangen«, sagte Deirdre, ein geschäftiges, hektisches Mädchen, das immer über alles Bescheid wußte.

»Anscheinend geht sie heute abend mit einer ganzen Gruppe zum Ball. Sie treffen sich zuerst bei Jack Foley zu Hause, zu einem Umtrunk. Stell dir das nur vor. Bei ihm zu Hause!«
»Ich weiß«, sagte Benny geistesabwesend. »Ich bin auch dort.«
»Du bist was?«
»Ja«, bestätigte Benny. Die überraschte Reaktion des Mädchens war wenig schmeichelhaft.
»Soso.«
»Kein Mädchen wird von einem bestimmten Jungen eingeladen. Jede muß für sich selbst bezahlen.« Benny wollte Rosemary damit herabsetzen, die Bewunderung für sie zumindest dämpfen.
»Ja, aber überhaupt dabeizusein! Wie himmlisch!« Deirdre musterte Benny von oben bis unten.
»Ich freue mich auch sehr darauf«, behauptete Benny, obwohl sie wußte, daß sie eher verbissen und verzweifelt aussah.
Zu ihren bisherigen Sorgen war jetzt auch noch die Angst gekommen, daß sie womöglich auf ihre Eltern treffen würde, die sich ständig für alles entschuldigen würden und von ihrem freizügigen Dekolleté höchstwahrscheinlich entsetzt waren. Womöglich würden sie ihre Tochter sogar hinausschicken, damit sie ihre Blöße bedeckte. Allein beim Gedanken daran überlief es Benny heiß und kalt.
»Es liegt wohl daran, daß du mit Nan Mahon befreundet bist«, sagte Deirdre schließlich.
»Was meinst du damit?«
»Daß du überallhin eingeladen wirst. Es ist nicht schlecht, so eine Freundin zu haben.«
Deirdres Schweinsäuglein glitzerten verschlagen.
Ein oder zwei Sekunden sah Benny sie mit unverhohlenem Widerwillen an.
»Genau. Nach diesem Gesichtspunkt wähle ich meine Freunde aus«, erwiderte sie.

Zu spät dachte sie an den guten Rat von Mutter Francis, sie sollten sich vor Sarkasmus hüten.
»Eine gute Möglichkeit«, nickte Deirdre.

Der Tag zog sich endlos hin. Wie verabredet fuhren Benny und Eve mit dem Fünf-Uhr-Zug nach Dunlaoghaire. Außer ihnen saßen im Zug eine ganze Menge Büroangestellte, die auf dem Heimweg waren. An manchen Stationen stiegen Kinder in Schuluniformen zu. Eve und Benny stupsten sich an und freuten sich, zu einer anderen Welt zu gehören. Zu einer Welt voll Eleganz und Glamour, wo man in großer Toilette tanzen ging.
Kit hatte ihnen belegte Brote zurechtgemacht.
»Ich bin zu aufgeregt«, lehnte Eve ab.
»Und ich mache eine Diät. Ich sollte besser nicht schwach werden, so kurz vor dem Ziel«, erklärte Benny.
Aber Kit blieb unnachgiebig. Sie würde nicht zulassen, daß eine von ihnen bei dem Ball in Ohnmacht fiel. Außerdem mußte Essen erst verdaut werden, bevor es sich in Fett umwandeln konnte, und dafür blieb bis heute abend keine Zeit. Also bestand keine Gefahr, daß Bennys Körper die Nähte ihres Kleides sprengte. Das Badezimmer hatte Kit für ihre Untermieter zum Sperrgebiet erklärt, wenngleich sie einräumte, daß eigentlich kein Grund dafür bestand. Die meisten hielten es nicht für nötig, Ewigkeiten darin zu verbringen.
Der Kaffee und die Brote standen in Eves Zimmer auf einem Tablett. Kit schien zu verstehen, daß sie ungestört miteinander kichern und sich gegenseitig Mut machen mußten.
Das Essen heute abend wäre allein ihre Angelegenheit, sagte sie. Eve brauche sich weder um die Vorbereitung noch um das Servieren zu kümmern.
Sie halfen sich gegenseitig mit den Reißverschlüssen und Häkchen. Sie hielten sich die Lampe, damit sie Lidschatten und Lidstrich exakter auftragen konnten. Sie gaben sich Ratschläge,

wieviel Lippenstift sie nehmen sollten, und puderten großzügig Bennys Busen, der weißer war als Arme und Hals.
»Wahrscheinlich ist das bei jeder Frau so. Man kriegt es nur nie zu sehen.«
Benny legte die Hand auf ihr Dekolleté.
»Laß das. Du weißt, was Clodagh gesagt hat. Es sieht aus, als wolltest du die Aufmerksamkeit darauf lenken.«
»Die hat leicht reden. Vor allem, wo sie immer in so einem Kittel rumläuft.«
»Hack nicht auf ihr rum. Hat sie dich nicht in eine Schönheit verwandelt?«
»Stimmt das wirklich, Eve? Oder mach ich mich in dem Aufzug nur lächerlich?« Benny klang so verzagt und verängstigt, daß Eve ganz überrascht war.
»Laß den Kopf nicht hängen. Wir sind alle ein bißchen nervös. Ich fühl mich wie ein häßliches Entlein, obwohl ich – wenn ich versuche, objektiv zu sein – weiß, daß das wahrscheinlich nicht stimmt.«
»Natürlich nicht. Du siehst großartig aus. Das mußt du doch wissen. Schau dich doch nur mal im Spiegel an. Du bist so zierlich ... und farbenfroh.« Benny fing an zu stottern, so eifrig war sie bemüht, ihrer kleinen Freundin ihre Besorgnis auszureden.
»Genauso mußt *du* doch wissen, wie hübsch du bist. Was ist also los? Was gefällt dir nicht?«
»Mein Busen.«
»Nicht schon wieder!«
»Ich hab Angst davor, was die Leute denken könnten.«
»Sie werden gar nichts denken, es wird sie einfach umhauen ...«
»Nicht die Jungs. Normale Leute.«
»Was für normale Leute?«
»Na ja, du weißt schon, die beim Umtrunk dabei sind. Sie halten mich vielleicht für ein Flittchen.«

»Hör auf zu spinnen.«
Kit rief von unten: »Darf ich raufkommen und euch bewundern? Mr. Hayes wird euch in etwa zehn Minuten abholen.«
»Komm und setz meiner Freundin den Kopf zurecht.«
Kit kam herein und ließ sich aufs Bett nieder. Sie war voll des Lobes.
»Benny macht sich Sorgen wegen des Dekolletés«, erklärte Eve.
»Dazu hat sie absolut keinen Grund. Sollen sich ruhig die anderen Mädchen deshalb Sorgen machen und Benny beneiden.«
Kit sagte das in einem Ton, der keinen Widerspruch duldete.
»Aber...«
»Hier ist nicht Knockglen. Und deine Eltern sind auch nicht da.« Eve hielt inne. »Was ist los?«
»Nichts.« Doch Bennys Augen waren vor Schreck geweitet.
Kit und Eve wechselten einen Blick.
»Mrs. Hegarty, darf ich mal Ihr Telefon benutzen?«
»Natürlich«, erwiderte Kit. »Es ist allerdings leider ein Münztelefon.«
Benny schnappte sich ihre Handtasche und rannte die Treppen hinunter.
Kit und Eve sahen sich beunruhigt an.
»Was ist denn in sie gefahren?«
»Keine Ahnung«, meinte Eve. »Es muß etwas mit Knockglen zu tun haben. Ich wette, sie ruft zu Hause an.«

»Hallo, Patsy. Hier ist Benny.«
»Oh, du bist noch nicht auf dem Ball?«
»Wir wollten gerade los. Ist Mutter da? Oder Vater?«
»Nein, Benny. Sie sind ausgegangen.«
»Sie sind *was?*«
»Sie sind weggegangen. Ungefähr um sechs.«
»Wohin?«
»Das haben sie nicht gesagt.«

»Sie *müssen* was gesagt haben, Patsy. Sie sagen immer, wohin sie gehen.«
»Tja, aber heute haben sie nichts gesagt. Was willst du denn von ihnen?«
»Hör mal, waren sie zurechtgemacht?«
»Was meinst du damit?«
»Was haben sie angehabt? Bitte, Patsy!«
»Du lieber Himmel, Benny, ich achte nie drauf, wie Leute angezogen sind. Sie hatten Sachen für draußen an.« Patsy tat ihr Bestes.
»Glaubst du, daß sie nach Dublin gefahren sind?«
»Bestimmt nicht. Das hätten sie doch wohl gesagt?«
»Hat Sean Walsh sie abgeholt?«
»Ich weiß es nicht. Ich war in der Spülküche draußen.«
»Dir muß doch irgend etwas aufgefallen sein.« Benny klang ungeduldig. Das nahm Patsy ihr übel.
»Ich hätte 'ne Menge bemerkt, wenn ich gewußt hätte, daß du mich am Telefon einem Verhör unterziehst.« Sie war offensichtlich eingeschnappt.
»Entschuldigung.«
»Schon gut«, sagte Patsy, aber man hörte, daß sie noch böse war.
»Ich erzähl dir morgen, weshalb.«
»Zu gütig.«
»Und falls sie zurückkommen ...«
»Um Himmels willen, Benny, ich hoffe sehr, daß sie zurückkommen!«
»Wenn sie zurückkommen, sag einfach nur, ich hätte noch mal angerufen, um mich für alles zu bedanken. Für das schöne Kleid und so.«
»Selbstverständlich, Benny. Ich sag, du hast angerufen und warst die Güte und Freundlichkeit in Person.«
Benny blieb noch einige Sekunden in der Diele stehen und versuchte sich zu beruhigen.

Sie würde Eve nicht damit belasten. Sie würde die Schultern straffen und den Bauch einziehen. Sie würde zu dieser Party gehen. Und wenn ihre Eltern tatsächlich auftauchten, würde sie ihnen eben erzählen, daß ihr der Miedereinsatz abhanden gekommen sei. Einfach aus der Hand geweht, als sie die Schachtel öffnete. Sie würde einen Scherz darüber machen und fröhlich und lustig sein.

Und selbst wenn sich ihre Eltern vor Leuten wie Rosemary blamierten, wenn sie unangebrachte Bemerkungen über die Erwiderung von Gastfreundschaft machten – Benny würde alles hocherhobenen Hauptes über sich ergehen lassen.

Keiner würde je erfahren, daß dieses Stahlkorsett, das man beschönigend Stützbüstenhalter nannte, ein bleischweres Herz barg, das trotz seiner Schwere vor Bangigkeit flatterte.

Die Türklingel schrillte, und Benny öffnete. Ein Mann mit Mantel und Hut stand vor ihr.

»Ich bin Johnny Hayes und soll zwei junge Damen ins Donnybrook fahren«, stellte er sich vor, und mit einem bewundernden Blick auf Bennys üppigen Busen ergänzte er: »Obwohl nicht viel fehlt, und ich zerr so ein Klasseweib wie Sie in den Wagen und verschlepp Sie auf 'ne einsame Hütte.«

Nun, da die Party begonnen hatte, genoß auch Lilly Foley sie in vollen Zügen. Jack hatte recht gehabt. Es war tatsächlich an der Zeit gewesen, wieder einmal eine Party zu geben, und der heutige Abend war eine glänzende Gelegenheit. Die Nachbarn konnten die jungen Leute bewundern, die nachher zum Ball aufbrechen würden. Und das Haus war voll mit jungen Männern im Smoking und jungen Mädchen im Abendkleid, ohne daß es snobistisch wirkte. Schließlich waren diese großen Häuser dafür gedacht, sagte sich Lilly Foley, obwohl sie ihre Gedanken für sich behielt. Denn ihr Mann und ihre Söhne pflegten sich über ihren angeblichen Dünkel lustig zu machen. Und so genoß Lilly Foley ganz im stillen die Ankunft der Wagen, die die baumbestandene Einfahrt herauffuhren und vor dem Haus haltmachten, und das Rascheln der langen Kleider, die auf der Eingangstreppe gerafft wurden.

Eine der ersten war Sheila, eine Kommilitonin von Jack. Bisher war sie für Lilly Foley nur eine beharrliche Stimme am Telefon gewesen, die Jack sprechen wollte, um irgendwelche Mitschriften mit ihm durchzugehen. Jetzt entpuppte sie sich als attraktives Geschöpf in einem gelb-schwarzen Kleid, das verzweifelt Eindruck zu machen versuchte. Eifrig erklärte sie, daß ihr – mit einem Richter als Onkel und einem Cousin als Oberstaatsanwalt – der Anwaltsberuf praktisch in die Wiege gelegt worden sei. Kurz darauf erschienen Sean und Carmel, ein junges Paar, das sich angeregt miteinander – und zwar ausschließlich miteinander – unterhielt. Lilly atmete auf, als sie Bill Dunne entdeckte, einen sympathischen und unterhaltsamen jungen Mann. Er war ein ruhender Pol, ganz im Gegensatz zu Aidan Lynch, dessen Späße sie nie begriff und dessen Eltern Stimmen wie Nebelhörner hatten.

Stolz musterte sie Jack, der in seinem geliehenen Smoking außergewöhnlich gut aussah, unbeschwert lachte und die Gäste begrüßte. Er hatte mal hier, mal dort den Arm um ein Mädchen gelegt. Daher hätte man über entwickeltere detektivische Fähigkeiten verfügen müssen, als Lilly Foley sie sich zuschrieb, um herauszufinden, welche ihm am besten gefiel. Vielleicht die bildhübsche, aber reichlich aufgedonnerte Rosemary, die den Blick nur sehr kurz auf Lilly hatte ruhen lassen, bevor sie ihren geballten Charme auf Dr. Foley richtete?

Aengus nahm seine Rolle als Kellner sehr ernst. Er stand mit beschlagener Brille und einer neuen, getupften Fliege am Fuß der Treppe. Da jeder an ihm vorbeikam, der das Haus betrat und seinen Mantel im Eßzimmer ablegte, fühlte er sich wie im Rampenlicht.

Bisher waren keine bekannten Gesichter unter den Gästen

gewesen. Und so freute er sich, als er Aidan Lynch, Jacks Schulfreund, erkannte.

»Guten Abend«, begrüßte ihn Aidan sehr formell, »sind Sie vom Party-Service? Ich kann mich nicht erinnern, Sie schon öfter bei gesellschaftlichen Anlässen in Dublin gesehen zu haben?«

»Ich bin Aengus«, antwortete Aengus hocherfreut, weil man ihn nicht erkannte.

»Sehr freundlich, daß ich Sie mit Vornamen ansprechen darf. Ich bin Aidan Lynch. Meine Eltern sind schon in den Salon gegangen und haben wahrscheinlich Dr. Foley gesagt, was sie trinken möchten. Darf ich bei Ihnen bestellen, ähm, Aengus, so war doch der Name?«

»Aidan, ich bin Aengus, Jacks Bruder.« Ein triumphierendes Lächeln erhellte Aengus' Gesicht.

»*Aengus!* Tatsächlich. Ich habe dich gar nicht erkannt.« Aidan schlug sich an die Stirn.

»Du kannst trockenen und süßen Sherry haben, Bier und Orangenlimonade«, sagte Aengus.

»Du liebe Zeit.« Aidan konnte sich nicht entscheiden.

»Aber nur eins davon.«

»Ach, wie schade. Gerade wollte ich einen Drink mit allem und Schlagsahne oben drauf bestellen.« Er machte ein enttäuschtes Gesicht.

»Na ja, da du ein Freund von Jack bist, kann ich ja mal fragen, ob...« Aengus wollte schon in die Küche gehen, wo die Getränke standen.

»Komm zurück, Dummkopf. Hör mal, ist schon eine wunderschöne kleine Dunkelhaarige da drin?«

»Ja. Sie ist mit einem Jungen gekommen, den sie dauernd am Ohr leckt. Und sie trinkt aus seinem Glas.«

Aidan schoß an Aengus vorbei in den Salon. Wie konnte Eve sich nur so danebenbenehmen? Hatte sie vielleicht auch alles durcheinander getrunken? Aber er konnte sie nirgends entdecken. Sein

Blick wanderte durch den großen, angenehm erleuchteten Raum mit dem großen Weihnachtsbaum im Fenster. Er sah eine Menge bekannter Gesichter, aber Eve war nicht darunter.
Aidan ging zu Aengus zurück.
»Wo steckt sie? Schnell!«
»Wer?« Aengus zuckte zusammen.
»Das schöne dunkelhaarige Mädchen.«
»Die dem Jungen das Ohr leckt?«
»Ja, die«, sagte Aidan barsch.
Aengus ging mit zur Tür. »Da hinten.« Und er deutete auf Carmel und Sean, die wie üblich eng umschlungen nebeneinander standen.
Eine Woge der Erleichterung durchflutete Aidan.
Carmel und Sean entdeckten ihn und winkten ihn zu sich.
»Warum hat er auf uns gezeigt?« fragte Carmel.
»Du siehst absolut himmlisch aus, Carmel«, sagte Aidan statt einer Antwort. »Verlaß auf der Stelle diesen Mann. Ich werde dich auf Rosen betten. Du Traum meiner schlaflosen Nächte ... bereichere auch meinen Tag.«
Carmel bedachte Aidan nur mit dem abgeklärten Lächeln einer reifen Frau und tätschelte ihm die Hand.
In diesem Moment ertönte Eves Stimme hinter ihm.
»Ah, hallo, Aidan. Hier steckst du also und bringst wie immer vor Verlegenheit keinen Ton heraus.«
Er drehte sich um und sah sie an. Sie war so hübsch, daß es ihm den Atem verschlug und er tatsächlich einige Sekunden lang sprachlos war.
»Du siehst umwerfend aus«, stammelte er schließlich. Ganz ernst und ohne neckischen Unterton.
Nan hatte Eve davor gewarnt zu verraten, daß sie den roten Rock nur geliehen hatte. Wenn er gelobt wird, sag einfach danke, hatte sie gemeint. Warum Komplimente zurückweisen und Leute vor den Kopf stoßen?

Eve hatte sich mit Aidan noch nie ernsthaft unterhalten. Aber seine Bewunderung hatte aufrichtig geklungen.
»Danke«, sagte sie deshalb schlicht.
Doch dann war die Beklommenheit wie weggeblasen, und sie kehrten zu ihrem gewohnten Umgangston zurück.
»Ich bin froh, daß du endlich gekommen bist. Carmel hat mir gerade einen Antrag gemacht. Es war sehr peinlich, hier direkt vor Seans Nase, aber was kann ich machen?« Aidan blickte sie ratlos an.
»Damit wirst du leben lernen müssen. Ich würde allerdings sagen, es ist eine rein körperliche Anziehung – du weißt schon, wie bei den Duftmarken von Tieren. Unmöglich kann es an deinem Intellekt oder dergleichen liegen.«
Eve lachte, drehte sich um und sah sich Bill Dunne gegenüber, der sie bewundernd anstarrte.
»Du siehst einfach *toll* aus«, sagte er. »Warum ziehst du dich nicht immer so an?«
»Das gleiche wollte ich dich auch gerade fragen«, grinste Eve.
Bill zog sich die Krawatte gerade und lächelte blöde. Aidan kam sich abserviert vor. Hitzig zischte er Jack, der dicht neben ihm stand, ins Ohr: »Ich weiß nicht, ob das eine gute Idee war.«
»Was?« Jack blickte auf das Bierglas in Aidans Hand. »Ist es schal?«
»Nein. Ich meine, ob es wirklich klug war, alle Mädchen einzuladen? Wir haben gedacht, wir hätten sie im Griff, aber vielleicht sind wir sie zum Schluß alle los.«
»Jack?« Nervös blickte Aengus zu ihm hoch.
»Ah, unser Mädchen für alles«, meinte Aidan und funkelte den kleinen Jungen feindselig an. Er würde Aengus nicht so schnell verzeihen, daß er ihn gleich zu Beginn des Abends derart in Verwirrung gestürzt hatte.
»Jack, soll ich jetzt die Würstchen bringen? Mummy will wissen, ob alle da sind.«

»Nan ist noch nicht hier. Warte ein paar Minuten.«
»Sonst fehlt niemand, oder?« Aidan sah sich im Zimmer um. Ihm gefiel es gar nicht, wie Bill Dunne Eve zum Lachen brachte. Und ebensowenig gefiel ihm, wie die älteren Semester seine Eltern losprusten ließen – viel zu laut und dröhnend.
»Ich denk schon. Und sieh mal, da ist ja auch Nan.«
In der Tür stand Nan Mahon, vollkommen ungezwungen, als würde sie jeden Abend einen solchen Empfang besuchen. Sie trug ein wunderschönes zitronengelbes Kleid mit einem fließenden Seidenrock und einem trägerlosen Oberteil aus zitronengelbem Taft, auf das Tausende und aber Tausende winziger Staubperlen gestickt waren. Makellos rankten ihre Schultern aus dem Kleid; und ihr Haar, eine blonde Lockenpracht, wurde von einer Spange gehalten, die ebenfalls mit winzigen Perlen verziert war. Ihr reiner Teint schimmerte; er war offensichtlich noch nie von einem Pickel verunstaltet worden.
Jack ging zu ihr, um sie zu begrüßen und seinen Eltern vorzustellen.
»Ist das Jacks Geliebte, was meinst du?« wandte sich Aengus hoffnungsvoll an Aidan Lynch. Aidan zählte zu den Menschen, die einem manchmal zu unerwarteten Einsichten verhalfen.
Doch diesmal wurde er enttäuscht.
»Was bist du doch für ein bemerkenswert dummer und unbedachter junger Mann. Sprichst mit anderen Jungen über Geliebte und hast dabei doch diese katholische Erziehung genossen, die uns lehrt, daß erst das heilige Sakrament der Ehe derartige Dinge erlaubt.«
»Ich hab gemeint, wie im Film ...«, versuchte Aengus sich zu rechtfertigen.
»Du weißt überhaupt nicht, was du meinst, in deinem Verstand herrscht ein heilloses Durcheinander. Geh und hol die Würstchen, solange wenigstens noch ein paar deiner Gehirnzellen funktionieren«, trug Aidan ihm auf.

»Es sind noch nicht alle da«, rebellierte Aengus.
»Doch.«
»Nein, da ist noch eine in der Garderobe. Sie ist dort, seit sie gekommen ist.«
»Wahrscheinlich ist sie inzwischen aus dem Fenster geklettert und hat sich in Luft aufgelöst«, meinte Aidan. »Hol die Würstchen, oder ich zieh dir das Fell über die Ohren.«
Aengus hatte gewußt, daß es bisher zu glatt gegangen war. Die perfekt sitzende Fliege, die höflichen Gäste, die ihm Aufmerksamkeit schenkten und überschwenglich dankten. Aber Aidan Lynch behandelte ihn wieder wie einen Schuljungen.
Finster verdrückte sich Aengus in Richtung Küche, um dort nach dem Imbiß zu fahnden.
In der Diele stand ein kräftiges Mädchen und musterte sich mißmutig im Spiegel.
»Hallo«, begrüßte er sie.
»Hallo. Bin ich die letzte?«
»Ich glaub schon. Sind Sie Nan?«
»Nein, die ist gerade reingegangen. Ich hab sie gehört.«
»Man hat mir gesagt, daß ich die Würstchen erst servieren soll, wenn Nan gekommen ist. Sie wäre die einzige, die fehlt.«
»Wahrscheinlich haben sie mich vergessen«, seufzte das Mädchen.
»Das wird's sein.« Aengus meinte das tröstlich.
»Bist du Jacks Bruder?«
»Ja, ich bin Aengus Foley.«
»Guten Abend. Ich bin Benny Hogan.«
»Mögen Sie Würstchen?«
»Ja, warum?«
»Ich hol jetzt welche. Ich hab gedacht, Sie könnten gleich welche kriegen, als Marschverpflegung sozusagen.«
»Vielen Dank, aber besser nicht. Ich hab Angst, daß ich sonst aus den Nähten platze.«

»Sie sind zum Teil schon geplatzt«, meinte Aengus und zeigte auf ihren Busen.
»O Gott«, stöhnte Benny.
»Also können Sie genausogut ein paar Würstchen verdrücken«, meinte er fröhlich.
»Ich geh wohl besser mal rein«, erwiderte sie.
Sie straffte die Schultern und versuchte, den Jungen zu ignorieren, der glaubte, daß sie die Nähte gesprengt hatte; hoch erhobenen Hauptes, wie sie es Clodagh versprochen hatte, betrat sie den Salon und kam sich dabei vor wie eine Galionsfigur.
Bill Dunne und Johnny O'Brien entdeckten sie zuerst.
»Schau mal, ist das nicht Big Benn? Und sieht sie nicht phantastisch aus?« fragte Bill hinter vorgehaltener Hand.
»Das nenn ich aber Holz vor der Hütte«, flüsterte Johnny O'Brien.
»Warum Holz vor der Hütte?« Bill war wißbegierig wie immer.
»So sagt man halt bei uns.« Johnny O'Brien war immer noch in den Anblick von Benny vertieft. »Sie sieht nicht übel aus, stimmt's?«
Doch Benny hatte für keinen von ihnen einen Blick übrig. Ihre Augen suchten das Zimmer ab, ob unter diesen glücklichen und selbstbewußten Menschen irgendwo unbehaglich und linkisch ihre Eltern standen. Oder sich, noch schlimmer, über Dinge ausließen, für die man sich wirklich nur in Knockglen interessierte. Und – die schlimmste aller Eventualitäten – ihr eine Szene machen würden, wenn sie Bennys Dekolleté zu Gesicht bekamen.
Doch sie konnte sie nirgends entdecken. Sie reckte und streckte sich und musterte ein paar Hinterköpfe, um festzustellen, ob sie sich in der Gruppe von älteren Leuten befanden, wo ein Mann mit röhrendem Lachen hofhielt.
Aber nein, sie waren tatsächlich nicht da.

Dabei hatte sie gerade, als sie gekommen war, einen Morris Cowley die Auffahrt herunterfahren sehen. Nur der Fahrer hatte drin gesessen, und in der Dunkelheit waren weder sein Gesicht noch das Nummernschild zu erkennen gewesen – aber es hätte der Wagen ihres Vaters sein können. Das hatte Benny völlig aus dem Gleichgewicht gebracht. Deshalb war sie schnurstracks in die Garderobe geflüchtet und hatte Eve nur schnell zugeflüstert, sie solle schon vorgehen.
»Ich warte gern auf dich«, meinte Eve, die dachte, Benny wolle nur noch schnell auf die Toilette.
»Wenn du das tust, bringe ich dich hier und jetzt auf der Stelle um, vor aller Augen. Auf deiner Bluse wird so viel Blut kleben, daß sie genauso aussieht wie dein Rock.«
»Du hast dich klar ausgedrückt. Ich gehe ohne dich«, erwiderte Eve.
Und dann hatte sich Benny fünfzehn Minuten lang in der Garderobe eingeschlossen.
Mehrmals wurde an der Tür gerüttelt, wahrscheinlich von Mädchen, die noch einen letzten prüfenden Blick in den Spiegel werfen wollten. Aber schließlich hing auch ein Spiegel im Eßzimmer, mit dem sie sich vorderhand behelfen konnten.
Schließlich jedoch fiel Benny auf, daß keine Leute mehr kamen, und sie entschied sich aufzutauchen.
Jetzt kam sie sich reichlich albern vor; und ihr Gesicht glühte vor Zorn auf Sean Walsh, der ihr den Gedanken eingeimpft hatte, man würde ihr womöglich den Abend verderben. Und auch gegenüber der unglückseligen Patsy hegte sie tiefen Groll. Hätte sie nicht herausfinden können, wohin ihre Herrschaft gegangen war, wo sie abends doch sonst fast immer zu Hause blieben? Aber hauptsächlich war sie wütend auf sich selbst.
Nachdem sie sicher war, daß ihre Eltern sich nicht im Raum befanden, fragte sie sich, was um Himmels willen denn so entsetzlich daran gewesen wäre.

Langsam kehrte ihre gewohnte Gelassenheit wieder, und sie stellte fest, daß sie im Mittelpunkt beträchtlicher Aufmerksamkeit stand.

»Das ist aber ein sehr edles Stück, das du da trägst.« Rosemary versuchte erst gar nicht, ihre Überraschung zu verbergen.

»Vielen Dank, Rosemary.«

»Wo hast du das her?«

»Aus Knockglen«, antwortete Benny kurz angebunden Denn sie wollte Eves Blick auf sich ziehen und ihr signalisieren, daß sie sich wieder gefangen hatte. Aber Eve wandte ihr den Rücken zu. Bevor sie sich zu ihr hindurchkämpfen konnte, wurden ihr noch mehr Komplimente gemacht. Und soweit sie es beurteilen konnte, waren sie ehrlich gemeint. Der überraschte Unterton allerdings war nicht gerade schmeichelhaft.

Trotzdem, es war ein berauschendes Gefühl.

Sie tippte Eve auf die Schulter.

»Ich bin wieder da«, grinste sie.

Eve drehte sich um. »Ist es mir gestattet, mit Ihnen zu reden? Oder haben Sie weiterhin vor, mich in der Luft zu zerreißen?«

»Das ist vorbei.«

»Nun denn.« Eve hatte ihre Stimme gedämpft.

»Was ist los?«

»Jeder hier im Raum starrt uns an. Die Geschichte von Aschenputtel ist wahr geworden.«

Benny wagte nicht, sich umzusehen.

»Das meine ich ernst«, fuhr Eve fort. »Bei den Glamourbienen wie Rosemary und Sheila und auch Nan hat man erwartet, daß sie auf einem Ball umwerfend aussehen. Aber bei dir und mir ist das eine Überraschung. Wir werden den ganzen Abend keinen Tanz auslassen, das verspreche ich dir.«

»Eve, was würde die Kluge Frau jetzt tun?«

»In deinem Fall würde sie sich etwas zu trinken holen und dann das Glas in der einen und das Abendtäschchen in der anderen

Hand halten. So wäre es schon rein technisch unmöglich, daß sie etwa anfängt, sich eine Hand auf den Busen zu legen.«
»Nenn es nicht Busen«, bat Benny.
»Schwester Imelda nannte es Kropf. Wie bei einem Vogel. ›Paß auf, Eve, daß dein Kropf auch verdeckt ist‹, pflegte sie zu sagen. Als wenn es bei mir was zu verdecken gegeben hätte!«
»Als wenn eine von uns je auf sie gehört hätte!«
Nan trat auf sie zu und hakte sich bei ihnen unter. Für Nan war es normal, bewundert zu werden, und sie schien auch nichts Ungewöhnliches darin zu sehen, daß ihre beiden Freundinnen das Raupenkleid abgestreift und sich in Schmetterlinge verwandelt hatten. Sie benahm sich ganz so, als hätte sie gewußt, daß Benny und Eve einfach großartig aussehen würden.
Und sie schnurrte vor Behagen wie eine Katze.
»Na, haben wir's diesen gräßlichen Rosemarys und Sheilas nicht ordentlich gezeigt?«
Fröhlich kicherten sie. Doch Benny wäre noch glücklicher gewesen, wenn es auch nur das geringste Anzeichen gegeben hätte, daß Jack Foley – der attraktive junge Gastgeber, der gerade mit seinem kleinen Bruder zusammen Erfrischungen anbot – auch nur mit einem Wimpernzucken verraten hätte, daß er sie gesehen hatte. Daß er ihr tiefes Dekolleté bemerkt hatte, das, wenn man auf die Blicke all der anderen etwas geben konnte, ausgesprochen vorteilhaft wirkte.

Die letzte Wagentür schlug zu, und dann waren die jungen Leute fort. John und Lilly Foley standen oben an der Treppe und winkten ihnen nach. Drinnen war noch immer eine muntere Party mit ihren eigenen Freunden – und Aidan Lynchs Eltern – im Gange. Lilly wußte, daß sie blendend aussah. Es hatte viel Zeit gekostet, aber sie hatte genau das richtige Cocktailkleid gefunden: elegant, ohne übertrieben zu wirken; mondän, ohne daß es aussah, als wolle sie die Küken auf den Ball begleiten. Es war aus schwerer lilafarbener Seide gearbeitet, und Lilly trug Ohrringe, die genau dazu paßten. Zwar drückten die neuen Schuhe, aber das würde sie niemanden merken lassen. Schon gar nicht dem hochgewachsenen, gutaussehenden Mann an ihrer Seite.

»Das war zauberhaft, nicht wahr? Und du warst ein großartiger Gastgeber.« Dankbar lächelte sie ihren Gatten an, als hätte er – und nicht sie – sämtliche Festvorbereitungen getroffen.

»Du warst wundervoll, Lilly«, erwiderte er und hauchte ihr einen Kuß auf die Stirn. Dann legte er den Arm um sie, und sie gingen wieder zu ihren Gästen hinein.

Allein dafür hatte sich die Mühe gelohnt.

In der Damengarderobe standen dicht gedrängt schnatternde Mädchen, die sich noch einmal das Haar frisierten und mit Haarspray einsprühten oder grotesk ihre Lippen verzogen, um Lippenstift aufzutragen. Zwei Frauen hinter einer Theke nahmen ihre Mäntel in Empfang und gaben ihnen dafür rosafarbene Garderobenmarken, die sie in ihre Täschchen steckten.

Es roch nach Parfüm und Puder und ein bißchen Schweiß von all der Aufregung.

Nan war als erste fertig, aber sie schien die eifersüchtigen Blicke um sich herum nicht wahrzunehmen. Die anderen Mädchen musterten sich im Spiegel: Sah das trägerlose Oberteil nicht plötzlich wie ein Panzer aus? Schnitt das Stützkorsett nicht zu tief ins Fleisch ein? Und wie kam es, daß Nans Lockenpracht so vollkommen lag, ohne daß sie mit flaschenweise Haarspray fixiert worden war? Warum hatte sie es nicht nötig, ihr Kinn abzutupfen und Pickel mit Abdeckpaste zu kaschieren?

»Ich seh mich schon mal ein bißchen um, bis ihr fertig seid«, sagte sie zu Benny und Eve. »Und dann gehen wir zusammen in den Kiosk, und ich stell euch meiner Mutter vor.«

Anmutig schwebte sie hinaus, während die anderen Mädchen

nervös herumhüpften oder hektisch die mit einem Teppich ausgelegte Treppe hinauf und hinunter rannten. Nan hingegen wirkte heiter und gelassen.
Sie betrat die Hotelbar und lächelte höflich, während sie sich umsah, als wäre sie hier verabredet.
Die Bar war mit dunklem Eichenholz getäfelt, die Polster hatten rote Plüschbezüge. An der Theke standen mehrere Männer und unterhielten sich. Hier kosteten die Getränke wesentlich mehr als in einem gewöhnlichen Dubliner Pub. Wer sich in dieser Bar aufhielt, hatte Geld.
Man sah hier Leute vom Land, die wegen einer Pferdeauktion oder ähnlichem nach Dublin gekommen waren. Auch Börsenmakler, Bankiers, Besucher aus England und Adlige zählten zu den Gästen. Und es war ganz bestimmt keine Bar, die man auf eigene Faust betreten konnte.
Doch an einem Abend, da im gleichen Haus ein Ball stattfand, fiel ein Mädchen, das hier Ausschau nach seinem Partner hielt, nicht allzusehr aus dem Rahmen. Nan stellte sich in den Lichtkegel und sah sich um. Es dauerte nicht lange, bis jeder in der Bar sie gesehen hatte. Sie spürte die Blicke, ohne daß sie die einzelnen Gruppen näher ins Auge fassen mußte, und sie wußte, daß jeder hier die kühle, junge Frau mit dem goldschimmernden Haar in dem exquisiten Kleid bewunderte, die so selbstbewußt neben dem Eingang stand.
Als jeder sie gesehen haben mußte, drehte sie sich um und verschwand, scheinbar hocherfreut, in Richtung Foyer, wo Eve und Benny schon auf sie warteten.
»Wo hast du gesteckt?« fragte Eve.
»Ich habe die Kandidaten in der Bar unter die Lupe genommen«, erwiderte Nan.
»Reichen dir denn nicht die auf dem Ball? Mein Gott, Nan Mahon, du bist ja unersättlich.«
»Stimmt. Aber verratet es bitte nicht meiner Mutter.«

Und Nan führte sie in den Hotelkiosk, wo eine hübsche, aber erschöpft wirkende Frau an der Kasse saß. Sie hatte helles Haar wie ihre Tochter, aber es war stumpf, und auch das freundliche Lächeln erhellte ihr Gesicht nur zögernd. Nan mußte das strahlend gute Aussehen von ihrem Vater geerbt haben, überlegte Eve. Von dem Vater, der in Nans Gesprächen praktisch keine Rolle spielte.

Nan machte sie miteinander bekannt, und die Mädchen stolzierten in ihren Kleidern auf und ab. Emily Mahon sagte zu jeder genau das richtige. Zu Eve meinte sie, daß der rote Rock einen dunklen Typ wesentlich besser kleide; er hätte Nan etwas blaß gemacht. Und Benny versicherte sie, daß jeder auf zehn Meilen Entfernung sehen könne, was für einen wunderschönen, kostbaren Brokatstoff sie trage; das Mädchen, das dieses Modell daraus geschneidert habe, müsse ein Genie sein. Über das Dekolleté hingegen verlor sie kein Wort, worüber Benny sehr froh war. Sie hatte sich geschworen, den Miedereinsatz wieder einzuknöpfen, falls noch jemand eine entsprechende Bemerkung machte.

»Und habt ihr für heute abend schon einen festen Partner?« fragte Emily wißbegierig.

»Da gibt es einen gewissen Aidan Lynch, der Eve die ganze Zeit anhimmelt«, antwortete Benny selbstbewußt; und dann ergänzte sie, um Mrs. Mahons Frage korrekt zu beantworten: »Aber natürlich hat fast jeder nur Augen für Nan.«

»Ich glaube, daß du Johnny O'Brien am Wickel hast«, sagte Nan zu Benny. »Er ist dir auf Schritt und Tritt gefolgt.«

Benny konnte sich denken, was Johnny O'Brien in Bann geschlagen hatte.

Emily freute sich, daß ihre Tochter so nette Freundinnen hatte. Bisher hatte sie kaum jemanden von Nans Bekannten kennengelernt. Denn die Mahons waren nie wie andere Eltern zu Schulaufführungen oder Konzerten eingeladen worden, weil

Nan nicht wollte, daß ihr Vater zuviel über ihr Leben erfuhr. Ihre größte Sorge als Kind war immer gewesen, daß er in ihrer Klosterschule auftauchte und sich entsetzlich danebenbenahm. Und so war es für Emily Mahon ein großes Ereignis, Eve und Benny kennenzulernen.
»Ich würde euch ja gern anbieten, euch aus dem Testflakon zu bedienen, aber ihr duftet schon so herrlich«, sagte sie.
Nein, nein, bei weitem nicht genug, beteuerten sie. Es wäre sehr nett, wenn sie ein paar Tropfen Parfüm bekämen.
Sie beugten sich vor, und Emily nebelte sie großzügig mit Joy ein.
»Das einzige Problem ist, daß ihr jetzt alle gleich riecht«, lachte sie. »Die Männer werden euch nicht mehr voneinander unterscheiden können.«
»Das ist nur gut so«, meinte Nan beifällig. »Als Gruppe werden wir noch mehr Eindruck machen. Sie werden uns ihr Lebtag nicht mehr vergessen.«
Plötzlich merkten sie, daß ein Kunde den Kiosk betreten hatte und wahrscheinlich bedient werden wollte.
»Wir ziehen dann besser mal los, Em; schließlich wollen wir nicht, daß du wegen uns noch in Schwierigkeiten kommst«, sagte Nan.
»Es war nett von euch, vorbeizuschauen. Ich wünsche euch einen wundervollen Abend.« Ihre Augen wollten die Mädchen nicht loslassen.
»Sie brauchen sich meinetwegen nicht zu beeilen«, beschwichtigte sie der Mann. »Ich schau mich erst mal ein bißchen um.«
Seine Stimme ließ Eve herumfahren.
Es war Simon Westward. Noch hatte er sie nicht gesehen. Denn er hatte nur Augen für Nan.
Wie immer schien Nan nicht zu bemerken, daß sie angestarrt wurde. Wahrscheinlich ist sie mit solchen bewundernden Blicken groß geworden, schoß es Eve durch den Kopf, so wie ich mit

dem Klang der Klosterglocke. Es gehörte eben zum Leben. Man hörte und sah es nicht mehr.
Simon fing tatsächlich an, in den Regalen herumzustöbern, und nahm mal hier, mal dort ein Schmuckstück oder Andenken näher in Augenschein, hob die Schachtel hoch und sah auf den Preis.
Emily lächelte ihn an. »Sagen Sie mir bitte, wenn ich Ihnen helfen kann. Ich hab hier nur eine kleine Unterhaltung...«
Sie sah, wie Nan leicht die Stirn runzelte.
»Nein danke, wirklich...« Er blickte Nan direkt ins Gesicht.
»Hallo«, sagte er herzlich. »Habe ich Sie nicht eben in der Bar gesehen?«
»Das ist gut möglich. Ich habe nach meinen Freundinnen Ausschau gehalten.« Sie lächelte strahlend. »Und jetzt habe ich sie gefunden.« Nan wies auf Eve und Benny.
Aus reiner Höflichkeit wandte er den Blick von Nan ab.
»Hallo«, strahlte ihn Benny an. Simon war verwirrt. Er kannte sie von irgendwoher, doch woher genau? Ein kräftiges, hübsches Mädchen, irgendwie sehr vertraut.
Sein Blick wanderte zu dem kleineren Mädchen mit den dunklen Haaren. Seine Cousine Eve.
»Guten Abend, Simon«, begrüßte sie ihn ein wenig spöttisch. Sie war ihm gegenüber im Vorteil, denn sie hatte ihn längst gesehen und beobachtet, wie er ihrer Freundin schöne Augen machte.
»Eve!« Seine Stimme klang herzlich. Eine aufgesetzte Herzlichkeit.
Jetzt fiel ihm auch wieder ein, wer Benny war. Die Tochter der Hogans.
»Die Welt ist klein, stimmt's?« sagte Eve.
»Gehen Sie zu einem Ball?«
»Um Himmels willen, nein. Das ist unsere ganz normale Freitagabendgarderobe. Wir putzen uns immer ein bißchen heraus

im UCD, wissen Sie. Es liegt uns nicht, die ganze Zeit wie die schmuddeligen Trinity-Studenten in langweiligen Dufflecoats rumzulaufen. Katholische Lebensfreude, Sie verstehen.« In Eves Augen funkelte der Schalk und nahm ihrer Antwort die Spitze.
»Gerade eben wollte ich Ihnen allen ein Kompliment machen und sagen, wie großartig Sie aussehen. Aber wenn das jeden Freitagabend so ist, dann ist wohl der größte Teil des gesellschaftlichen Lebens hier bisher an mir vorbeigerauscht.«
»Natürlich gehen wir zu einem Ball, Simon«, erklärte Benny.
»Besten Dank, Miss Hogan.« Er konnte sich einfach nicht mehr an ihren Vornamen erinnern. Dann wartete er darauf, Nan vorgestellt zu werden, wurde aber enttäuscht.
»Besuchen Sie Heather dieses Wochenende?« fragte Eve.
»Leider nein. Ich muß nach England. Übrigens, Sie sind wirklich sehr lieb zu ihr.«
»Es macht mir Spaß, mit ihr zusammenzusein. Sie hat einen hellen Kopf«, erwiderte Eve. »Den kann sie in diesem Mausoleum allerdings auch brauchen.«
»Es ist immerhin die beste...«
»Oh, natürlich ist es für Sie und Ihresgleichen die einzige Schule, die in Frage kommt«, versicherte Eve. Und sie ließ nicht einmal andeutungsweise durchblicken, daß es für ihn und seinesgleichen eine Menge anderer Möglichkeiten gäbe, wären sie nicht mit Scheuklappen gesegnet.
Simon ließ eine weitere Pause entstehen, die durchaus lang genug gewesen wäre, um dem blonden Mädchen vorgestellt zu werden. Aber keine der Frauen machte Anstalten dazu.
Und auch sie selbst streckte ihm nicht die Hand entgegen, um sich vorzustellen.
Simon hätte sich eher die Zunge abgebissen, als von sich aus nach ihrem Namen zu fragen.
»Nun denn, ich muß jetzt meine Einkäufe erledigen und darf Sie auch nicht länger von Ihrem Vergnügen abhalten«, sagte er.

»Suchen Sie etwas Bestimmtes?« erkundigte sich Emily, jetzt ganz die erfahrene Verkäuferin.
»Ich brauche ein Geschenk. Eine kleine Aufmerksamkeit für eine Dame in Hampshire.« Sein Blick ruhte jetzt, da er sprach, wieder auf Nan.
»Etwas original Irisches?« fragte Emily.
»Ja schon, aber keinen Kitsch.«
Nan hatte mit einem kleinen Briefbeschwerer aus Connemara-Marmor herumgespielt. Jetzt stellte sie ihn sehr betont aufs Regal zurück.
Simon nahm ihn in die Hand.
»Ich glaube, Sie haben recht.« Dabei blickte er ihr in die Augen. »Ja, ich finde, das ist eine ausgezeichnete Idee. Vielen herzlichen Dank...« Am Schluß ließ er ein kleines Fragezeichen mitschwingen. Wenn man ihm je einen Namen nennen würde, dann jetzt.
»Ein reizendes Stück«, sagte Emily. »Wenn Sie möchten, kann ich es für Sie als Geschenk einpacken.« Er hatte den Blick noch immer nicht von Nan gewandt.
»Danke, das wäre sehr nett«, sagte er.
Da erschien Aidan Lynch an der Tür.
»Ich weiß, ich bin das Schreckgespenst jeder Party, aber war da nicht mal die Rede davon, daß uns die jungen Damen Gesellschaft leisten würden? Nicht, daß es wichtig wäre oder so. Es ist nur, weil sich die Leute an der Saaltür allmählich fragen, wo eigentlich der Rest unserer Gruppe abgeblieben ist. Und ich weiß allmählich nicht mehr, wie ich sie noch länger vertrösten soll.«
Er blickte fragend von einer zur anderen.
Nan traf die Entscheidung.
»Wir wurden abgelenkt«, erklärte sie. »Aber jetzt nichts wie los, Aidan, führ uns zum Ball.«
Sie scharte die anderen beiden Mädchen um sich wie eine Glucke ihre Küken.

Benny und Eve verabschiedeten sich von Nans Mutter, und Nan lächelte ihr von der Tür aus zu.
»Bis bald, Em. Es war nett, dich zu sehen.«
Sie erwähnte mit keinem Ton, daß sie sich noch heute abend zu Hause wiedersehen würden. Als sie mit Aidan Lynch zum Ballsaal gingen, blickte Simon ihr nach.
»Was für ein wunderschönes Mädchen«, sagte er.
Auch Emily sah den drei Mädchen und dem jungen Mann nach, wie sie durch die überfüllte Hotelhalle schritten.
»Ja, nicht wahr?« sagte sie nur.

Sie saßen im ersten Rang, an einem Tisch für sechzehn Personen. Der Tanz war schon im vollen Gange, als sie in den Saal zogen. Und als Jack Foley auf der Bildfläche erschien, blickten die Mädchen an den anderen Tischen auf, und manch eine verrenkte sich den Hals, um zu sehen, wer seine Partnerin war. Aber man konnte es nicht genau sagen. Denn er kam zusammen mit Sean und Carmel herein.
Neidisch sahen die Jungen an den anderen Tischen, daß an Jack Foleys Tisch sowohl Rosemary als auch Nan Mahon saßen. Wie ungerecht! Die Uni-Schönheiten sollten sich doch ein bißchen besser verteilen. Manch einer wunderte sich auch, wie es kam, daß dieser Witzbold Aidan Lynch immer überall dabei war; und hinter vorgehaltener Hand fragte nicht nur einer, wer denn das große Mädchen mit dem Wahnsinns-Dekolleté sei.
Indes wurde an ihrem Tisch der vorbereitete Schlachtplan in die Tat umgesetzt. Jeder trank ein Glas Wasser aus der großen Karaffe auf dem Tisch. Sobald sie leer war, würde jeder der acht Jungen den Viertelliter Gin, den er in der Tasche hatte, in die Karaffe schütten. Dann würden sie den ganzen Abend ausschließlich alkoholfreie Getränke bestellen und die Orangenlimonade mit dem Gin aus der Karaffe veredeln.

Da keiner die Hotelpreise für alkoholische Getränke berappen konnte, war dies eine pfiffige Lösung. Allerdings durften sie auf keinen Fall zulassen, daß die angebliche Wasserkaraffe durch eine neue ersetzt oder – noch schlimmer – frisches Wasser nachgeschenkt und so der Gin verwässert wurde. Daher durfte der Tisch niemals unbesetzt und auf Gedeih und Verderb dem Kellner ausgeliefert sein.
Der Dirigent des Tanzorchesters gab bekannt, daß als nächstes eine Runde Calypsos gespielt würde.
Sogleich sprang Bill Dunne auf und streckte Rosemary die Hand entgegen. Sie hatte sich neben Jack gesetzt und zu spät erkannt, daß dies der verkehrte Platz war. Sie hätte sich ihm gegenüber setzen sollen, dann hätte ein Blick genügt. Mit einem gefrorenen Lächeln stand sie auf und ging mit Bill zur Tanzfläche hinunter.
Johnny O'Brien forderte Benny auf. Erfreut erhob sie sich. Denn tanzen konnte sie sehr gut. Mutter Francis hatte eine Tanzlehrerin eingestellt, die einmal in der Woche gekommen war und den Mädchen zuerst natürlich Walzer und Quickstep, später jedoch auch lateinamerikanische Tänze beigebracht hatte. Benny mußte bei dem Gedanken lächeln, daß die Mädchen aus Knockglen beim Samba, Mambo oder Cha-Cha-Cha vermutlich jedes Dubliner Mädchen ausstechen würden.
Das Orchester spielte »This Is My Island in the Sun«, und Johnny betrachtete Benny mit unverhohlener Bewunderung.
»Ich wußte gar nicht, daß du ...« Er hielt inne.
»Was?« fragte Benny nach.
Johnny O'Brien kniff. »Klasse Parfüm«, meinte er.
Und er hatte recht, es war wirklich exquisit. Sie wurde von einer berauschenden Duftwolke umhüllt. Natürlich hatte er nicht das Parfüm gemeint, aber es stimmte. Auch das Parfüm war umwerfend.

Aidan tanzte mit Eve.

»Es ist das erstemal, daß ich dich in den Armen halten darf, ohne daß du mit deinen kleinen, knochigen Fäusten auf mich losgehst«, sagte er.

»Mach das Beste draus«, erwiderte Eve. »Die kleinen, knochigen Fäuste werden spätestens wieder in Aktion treten, wenn du im Auto deines Vaters mit mir zu tanzen versuchst.«

»Hast du dich mit meinem Vater unterhalten?« fragte Aidan interessiert.

»Das wirst du doch wohl noch wissen. Du hast mich ihm dreimal vorgestellt.«

»Er ist in Ordnung, wirklich. Und meine Mutter auch. Ein bißchen lautstark vielleicht, aber im Grunde wirklich in Ordnung.«

»Sie sind auch nicht lauter als du«, sagte Eve.

»Oh, doch. Sie brüllen. Ich spreche nur energisch.«

»Sie sprechen weniger wirr als du. Normaler. In ganzen Sätzen und so«, überlegte Eve.

»Du bist wunderschön.«

»Vielen Dank, Aidan. Und du siehst großartig aus im Smoking.«

»Wann wirst du endlich den hoffnungslosen Kampf aufgeben, dir einzugestehen, daß du mir verfallen bist, und dein Schicksal klaglos hinnehmen? Gib dich mir einfach hin!«

»Würdest du nicht auf der Stelle tot umfallen, wenn ich das tun würde?«

»Ich würde mich sehr schnell wieder erholen. Versprochen.«

»Na ja, es kann noch eine Weile dauern. Das mit dem Hingeben. Eine ganze Weile.«

»Ein echtes Problem, wenn die Liebste unter Nonnen aufwächst. Ich komm vielleicht nie zum Zug.«

»Die Nonnen sind bei weitem nicht so übel, wie alle denken.«

»Wann stellst du mich ihnen dann vor?«

»Mach dich nicht lächerlich.«

»Warum lächerlich? Ich hab dich schließlich meinen Leuten auch vorgestellt. Du hingegen hast die Mühe gescheut, für deine Nonnen ein paar Motorräder zu mieten und sie zur Party brausen zu lassen. Ein beinahe nicht wiedergutzumachender gesellschaftlicher Fauxpas«, ulkte Aidan.
»Es ließ sich terminlich einfach nicht einrichten«, erklärte Eve. »Freitag haben sie immer ihren Pokerabend. Den verschieben sie für nichts und niemanden.«

Sean und Carmel tanzten eng umschlungen zu den Klängen von »Brown Skin Girl Stay Home and Mind Bay-bee«.
»Denk nur, das dauert jetzt nicht mehr lange«, meinte Carmel.
»Nur noch vier Jahre«, erwiderte Sean glücklich.
»Und dabei sind wir schon vier Jahre zusammen, wenn man das Jahr in der Mittelstufe mitzählt.«
»Natürlich zähle ich das mit. Ich hab schließlich jede wache Minute in dem Jahr an dich gedacht.«
»Sind wir nicht ein glückliches Paar?« Carmel schmiegte sich noch enger an ihn.
»Sehr glücklich. Keiner, der uns hier nicht beneidet«, meinte Sean.

»Machen dich Sean und Carmel nicht auch ganz krank?« fragte Eve ihre Freundin Benny, als sie zusammen die Treppe hinaufgingen.
»Man hat jedenfalls nicht viel davon, wenn man sie irgendwohin mitnimmt«, nickte Benny.
»Sie erinnern mich an diese Tiere im Zoo, die die ganze Zeit in ihrem Fell nach Flöhen suchen«, stichelte Eve.
»Pst«, lachte Benny. »Sonst hört dich noch jemand.«
»Na und. Du weißt schon: diese Affen, die besessen voneinander sind. Liebevolles Lausen nennt man das, glaube ich.«
Am Tisch saßen Jack Foley und Sheila. Jack hatte beschlossen,

die erste Wache für den Gin zu schieben. Sheila war stolz, daß er sie zur Gesellschaft auserwählt hatte; noch lieber allerdings hätte sie unten das Tanzbein geschwungen.

Nan kehrte an der Seite von Patrick Shea, einem Architekturstudenten und Schulfreund von Jack und Aidan, zum Tisch zurück. Patrick war knallrot im Gesicht, und auf seiner Stirn glänzte Schweiß. Nan hingegen sah aus, als hätte sie, von einer kühlen Brise umweht, in einem Eislaufstadion getanzt. Nicht das leiseste Anzeichen von Erschöpfung.

Bewundernd blickte Benny sie vom anderen Tischende her an. Nan hatte jede Situation so völlig im Griff, und dabei war ihre Mutter doch eher eine graue Maus und ganz und gar nicht selbstbewußt. Vielleicht hatte Nan das alles von ihrem Vater. Den sie nie erwähnte.

Benny fragte sich auch, warum Eve Nan nicht mit Simon Westward bekannt gemacht hatte. Das war nicht gerade höflich gewesen. Bei jemandem anderen hätte Benny das Vorstellen übernommen, aber bei den Westwards reagierte Eve immer so empfindlich.

Doch auch Nan hatte keinen Ton gesagt. Und sie hätte sie darum gebeten, ihm vorgestellt zu werden, wenn sie darauf Wert gelegt hätte. Da war Benny sich sicher.

Johnny O'Brien bot Benny ein Glas Orangenlimonade an. Dankbar nahm sie einen großen Schluck und merkte erst, als ihr die Flüssigkeit die Kehle hinabrann, daß ordentlich Gin daruntergemixt war.

Trotzdem schluckte sie tapfer weiter, und Johnny O'Brien blickte sie anerkennend an.

»Du bist wahrlich ein Weib, das zu trinken versteht«, sagte er.

Das war nun nicht gerade die Charakterisierung, die sich Benny erträumt hatte. Aber sie war froh, daß sie sich nicht verschluckt und alles in die Gegend geprustet hatte.

Rosemary hatte sie beobachtet.

»Ich beneide dich darum, daß du das kannst, Benny«, zwitscherte sie. »Mir wird schon vom kleinsten Tröpfchen Alkohol schwindelig.«
Dabei blickte sie um sich, denn sie wußte, daß ihr diese weibliche Schwäche stillschweigendes Lob und Bewunderung eintragen würde.
»Das glaube ich gern«, brummte Benny düster.
»Das kommt wohl vom Landleben«, hörte Rosemary nicht auf, die trinkfeste Benny zu bewundern. »Da trinkt man wahrscheinlich eine Menge.«
»Oh, ja«, stimmte Benny zu. »Aber anders als hier. Ich meine, wenn ich dort Gin trinke, dann nehm ich normalerweise einen ordentlichen Schluck aus der Flasche. Es ist ein seltener Genuß, das Zeug in einem Glas und mit Orangenlimonade gemixt zu kriegen.«
Alle lachten, wie Benny es beabsichtigt hatte.
Es war nicht schwer, sie zum Lachen zu bringen. Wesentlich schwerer war, sie dazu zu bringen, einen mit anderen Augen zu sehen.
Bennys Blick ruhte auf Jack, der sich entspannt und glücklich auf seinem Stuhl zurücklehnte und das Treiben an seinem Tisch und unten auf der Tanzfläche beobachtete. Er würde den perfekten Gastgeber spielen und zweifellos jedes Mädchen am Tisch zum Tanz auffordern.
Plötzlich spürte Benny das drängende Verlangen, sich zu ihm zu beugen und ihm übers Gesicht zu streicheln – einfach sacht seine Wange zu berühren. Drehte sie jetzt endgültig durch?
Wahrscheinlich würde er sie schon sehr bald zum Tanzen auffordern. Vielleicht gleich jetzt, beim nächsten Tanz. Er würde sich herüberlehnen, lächeln und mit fragender Miene die Hand ausstrecken. Sie konnte es so deutlich vor sich sehen, daß sie beinahe glaubte, es sei bereits geschehen.
»Benny?« würde er sagen. Nicht mehr. Und sie würde aufstehen

und an seiner Seite die Treppe hinunterschreiten, während sich ihre Hände leicht berührten. Und dann würde er den Arm um sie legen.
Gerade verkündete der Dirigent, daß der Sänger der Kapelle bei einem Gesangswettbewerb sogar Tab Hunter schlagen würde und jetzt zum Beweis »Young Love« zum besten geben wolle.
Mit aller Willenskraft versuchte Benny Jack dazu zu bringen, sie anzusehen und die drei langsamen Nummern, deren erste »Young Love« war, mit ihr zu tanzen.
Aber Rosemary hatte mehr Erfolg. Benny wußte nicht, wie sie es angestellt hatte, vielleicht hatte es etwas mit ihrem entsetzlichen Augenaufschlag zu tun. Auf jeden Fall gelang es ihr, Jacks Blick in ihre Richtung zu lenken.
»Rosemary?« fragte er mit einer Stimme, die eigentlich »Benny?« hätte sagen sollen.
Bennys Herz wurde schwer wie Blei.
»Willst du es riskieren, Benny?« Neben ihr stand Aidan Lynch.
»Gerne, Aidan. Vielen Dank.«
Sie stand auf und ging hinunter zur Tanzfläche, wo Jack Foley und Rosemary bereits tanzten. Rosemary hatte beide Arme um Jacks Hals gelegt und lehnte sich ein wenig zurück, als ob sie ihn sich ganz genau anschauen wollte.

Der Ball war jedes Jahr ein Erfolg. Doch diesmal, so fanden die Organisatoren, war er gelungener denn je. Sie maßen das daran, wie begeistert die Gäste mitmachten. Und heute abend gingen die ausgesetzten Preise weg wie warme Semmeln.
»Der erste an einen Herrn mit Loch in der Socke.«
Aidan Lynch heimste den Preis mühelos ein. Er erklärte, daß schließlich jede Socke oben ein Loch zum Hineinschlüpfen habe. Sie mußten ihm den Preis aushändigen, und man ließ ihn hochleben.
»Wie bist du darauf gekommen?« Benny war tief beeindruckt.

»Einer meiner Freunde hat hier mal bedient. Er hat mir alle Aufgaben verraten.«
»Was fragen sie noch?« wollte Benny wissen.
»Ein Preis geht an eine Dame, die das Bild eines Kaninchens bei sich trägt. Das ist auch ziemlich leicht.«
»Ja? Wer hat denn das Bild eines Kaninchens bei sich?«
»Jeder mit einem Dreipencestück. Da ist ein Kaninchen drauf.«
»Stimmt. Du bist ja ein Genie!«
»Bin ich, Benny, auch wenn es außer dir und mir noch keiner erkannt hat.«
Als sie zum Tisch zurückkehrten, wurden sie wie Helden begrüßt, und Aidan öffnete die gewonnene Weinflasche.
»Noch mehr Alkohol. Glückliche Benny«, sagte Rosemary.
Sie lehnte sich so stark an Jack, daß sie sich regelrecht an ihn schmiegte. Am liebsten wäre Benny aufgesprungen und hätte ihr eine Ohrfeige gegeben. Doch glücklicherweise rutschte Jack ein Stück weit weg, und so ließ der dringende Wunsch, sie zu trennen, nach.
Jetzt wurden ein paar Walzer angekündigt. Die wollte Benny nicht mit Jack tanzen. Denn Walzer waren zu schnell, zu quirlig. Sie ließen einem keine Zeit, sich an den Partner zu lehnen und scheinbar zufällig sein Gesicht zu streifen.
Bei den ersten Klängen, die nach oben drangen, standen die anderen auf und gingen zur Treppe. »*Che Sera, Sera, whatever will be, will be.*«
Ein großer, gutaussehender junger Mann kam von einem anderen Tisch herüber und fragte höflich: »Ist es erlaubt, Nan für diesen einen Tanz zu entführen? Ihr habt sie schließlich den ganzen Abend für euch ... Nan, möchtest du?«
Nan sah sich um. Alle Jungs schienen bereits vergeben.
»Natürlich«, lächelte sie und entschwebte zur Tanzfläche.
Benny erinnerte sich an ihre Schulzeit. Wie gräßlich es war, wenn man bei einer Mannschaftswahl erst ganz zuletzt aufgeru-

fen wurde! Oder, noch schlimmer, wenn Mutter Francis bei ungerader Teilnehmerzahl am Schluß bestimmte: »Benny, du gehörst zu diesem Team!« Sie erinnerte sich an »Die Reise nach Jerusalem« und wie es war, als erste auszuscheiden. Und es beschlich sie das unschöne Gefühl, daß sich das alles jetzt wiederholte.
Jack tanzte schon wieder mit Rosemary! Sie sah, wie sich Bill Dunne am anderen Tischende, meilenweit entfernt, mit Nick Hayes unterhielt. Wenn wenigstens die beiden sie bemerkt hätten! Wenn sie zu ihr gekommen wären oder sie zu sich herübergewunken hätten, wäre es nicht so schlimm gewesen.
Doch so saß Benny mit gefrorenem Lächeln da und fingerte an der Speisekarte herum, die Melone, Suppe, Hühnchen und Biskuitauflauf in Aussicht stellte. Hatten sie vergessen, daß Freitag war? Sie goß sich Orangenlimonade ins Glas und trank. Aus den Augenwinkeln heraus bemerkte sie, wie ein Kellner mit einem großen Metallkrug nahte, um die Wasserkaraffe aufzufüllen.
Benny erhob sich. »Nein, danke«, lehnte sie ab. »Wir brauchen keines mehr.«
Der Kellner wirkte wie ein alter Mann. Wie ein müder, alter Mann. Er hatte schon zu viele dieser Studentenbälle erlebt und auf keinem davon getanzt.
»Entschuldigen Sie, Miss, lassen Sie mich das auffüllen.«
»Nein«, beharrte Benny.
»Selbst wenn Sie kein Wasser möchten, könnten doch die Damen, die zum Tanzen aufgefordert wurden, nachher durstig sein«, wandte er ein.
Die Mischung aus Mitleid und Geringschätzung in seinen Worten trieb Benny Tränen in die Augen. »Meine Freunde haben gesagt, daß sie kein Wasser mehr möchten. Bevor sie runtergegangen sind. Ehrlich.«
Sie durfte ihn nicht mißtrauisch machen. Man stelle sich vor, wenn er ihren Tisch als irgendwie verdächtig meldete!

Auf einmal fühlte sie sich schrecklich matt. »Hören Sie«, sagte sie voller Überdruß zu dem Mann. »Mir soll's egal sein. Meine Freunde haben gesagt, sie wollen kein Wasser mehr, aber füllen Sie die Karaffe in Gottes Namen auf, wenn Ihnen soviel daran liegt. Was soll's?«
Er musterte sie unbehaglich. Anscheinend hielt er sie für leicht verrückt und glaubte, daß sie die Einladung zu dem Ball lediglich der noblen Geste eines weichherzigen jungen Mannes verdankte.
»Ich geh lieber zum nächsten Tisch«, erwiderte er hastig.
»Großartig«, meinte Benny.
Sie fühlte sich immer unwohler so allein. Am besten versteckte sie sich auf der Toilette. Sie mußte sich nicht einmal bei jemandem entschuldigen. Nick und Bill unterhielten sich angeregt miteinander, sie sahen nicht einmal, wie sie aufstand.
In der Kabine setzte sie sich und überlegte. Der nächste Tanz war wahrscheinlich ein Rock 'n' Roll. Den wollte sie auch nicht mit Jack tanzen, es lohnte sich also nicht, dafür seine Aufmerksamkeit auf sich zu ziehen. Sie würde warten, bis das Orchester wieder etwas Langsames und Romantisches spielte. »Unchained Melody« vielleicht. Sie liebte diesen Song. Oder »Stranger in Paradise«. Das war auch sehr schön. »Softly, Softly« war ein bißchen zu schmalzig. Aber besser als vieles andere.
Zu ihrer Überraschung hörte sie Rosemarys Stimme draußen bei den Waschbecken.
Der Walzer konnte auf keinen Fall schon vorbei sein. Normalerweise spielte das Orchester drei Nummern hintereinander.
»Er ist umwerfend, nicht wahr?« sagte Rosemary zu jemandem. »Und er ist außerdem sehr nett. Gar nicht eitel wie eine Menge anderer Sportskanonen, sobald sie nur ein bißchen nach was aussehen.«
Die Stimme des anderen Mädchens erkannte Benny nicht. Doch wer auch immer es war, sie schien überzeugt, daß Rosemary und Jack ein Paar waren.

»Gehst du schon lange mit ihm?« fragte sie, und es klang ein bißchen wehmütig.
»Nein, ich gehe eigentlich gar nicht mit ihm. Noch nicht jedenfalls«, fügte sie drohend hinzu.
»Man hat den Eindruck, als wäre er ziemlich scharf auf dich.«
Bennys Herzschlag setzte aus.
»Er kann natürlich auch schrecklich gut tanzen«, setzte Rosemary ihre Lobeshymne fort. »Und Walzer ist nicht gerade meine Stärke. Da habe ich so getan, als hätte ich mir den Knöchel verstaucht. Ich wollte mal kurz verschnaufen.«
»Raffiniert.«
»Man muß eben alle Register ziehen. Ich hab zu ihm gesagt, daß ich ihn mir später noch mal schnappe, weil wir den Tanz nicht zu Ende tanzen konnten.«
»Du hast doch keine ernsthafte Konkurrenz.«
»Mir gefällt diese Nan Mahon nicht. Hast du dir mal ihr Kleid angesehen?«
»Es ist einfach überirdisch. Aber du siehst mindestens genauso gut aus.«
»Danke.« Rosemary klang geschmeichelt.
»Wo ist er jetzt?«
»Er hat gesagt, er tanzt den Walzer mit Benny zu Ende.«
Benny schoß das Blut ins Gesicht. Er hatte bemerkt, daß sie ein Mauerblümchen war. Er hatte es verdammt noch mal gewußt! Und er geruhte nicht etwa, sie zu einer ganzen Tanzfolge zu bitten! Aber wenn ihn die entzückende Rosemary stehenließ, konnte man ja mal ein paar Runden mit der guten, alten Benny drehen.
»Wer ist Benny?«
»Sie ist dieses Riesenbaby – aus einem Kaff, wo sich Fuchs und Hase gute Nacht sagen. Er kennt sie irgendwie über seine Familie. Sie taucht immer bei Festen und ähnlichem auf.«
»Also keine Rivalin?«

Rosemary lachte. »Nein, das glaube ich kaum. Obwohl ihre Leute Geld haben müssen. Sie kennen die Foleys, und sie trägt ein teures Kleid. Ich weiß nicht, wo sie es herhat, aber es ist klasse, aus Brokat und toll geschnitten. Sie sieht etliche Kilo leichter darin aus. Sie behauptet, sie hat es aus Knockflash oder wie dieses Dorf von ihr heißt.«
»Knockflash?«
»Ein echtes Kuhdorf hinterm Mond. Wenn sie es da gefunden hat, heiße ich Otto.«
Ihre Stimmen verklangen. Sie hatten sich frisch gemacht, noch einmal Haarspray auf die Frisur gesprüht und Parfüm aufgetragen. Jetzt waren sie wieder bereit, voller Selbstbewußtsein hinauszugehen und die ganze Welt in die Schranken zu fordern.
Benny blieb auf der Toilette sitzen. Zu Eis erstarrt. Sie war ein Riesenbaby. Sie war keine ernsthafte Rivalin. Mit ihr tanzte man mal einen abgebrochenen Tanz zu Ende, aber ganz sicher war sie nicht die erste Wahl.
Benny warf einen Blick auf die kleine Armbanduhr, ein Geschenk ihrer Eltern zum siebzehnten Geburtstag. Fünf vor zehn. Sie hätte viel darum gegeben, jetzt in Lisbeg am Kamin zu sitzen. Neben ihrer Mutter in einen Sessel, ihrem Vater im anderen, und Shep, der in den Flammen Bilder sah und sich darüber wunderte.
Wie gern hätte sie jetzt das Schnappschloß der Küchentür gehört und Patsy, die von ihrem Spaziergang mit Mossy heimkam und ihnen allen eine heiße Schokolade kochte. Sie wünschte sich weit weg von diesem Ort, wo Leute sagten, sie wäre ein Riesenbaby und keine Rivalin und müßte eine Menge Geld besitzen und über ihre Familie mit den Foleys befreundet sein, um überhaupt irgendwohin eingeladen zu werden. Und sie war auch nicht bereit, Ginkaraffen für Leute zu verteidigen, die nicht einmal mit ihr tanzen wollten.
Aber allein das Wünschen würde sie nicht von diesem betrübli-

chen Ort weg und nach Hause bringen. Also entschloß sich Benny, die guten Sachen aus den aufgeschnappten Gesprächsfetzen herauszupicken. Gut war, daß sie ein scheinbar teures und gut geschnittenes Kleid trug. Gut war außerdem, daß es sie schlanker machte, wenngleich es traurig war, daß sie das nötig hatte. Und auch, daß Rosemary sich bezüglich Jack keineswegs sicher war, zählte zu den erfreulichen Dingen. Ebenso die Tatsache, daß Jack sie am Tisch vergeblich gesucht und nicht einsam und verlassen vorgefunden hatte. Wenigstens konnte er sich jetzt nicht darauf herausreden, er hätte seinen Pflichttanz mit Benny bereits hinter sich. Eigentlich eine Menge guter Dinge, sagte sich Benny Hogan, nahm das kleine Baumwolltüchlein heraus, das Nans Mutter mit Joy-Parfüm getränkt hatte, und rieb sich damit hinter den Ohren.
Sie würde an den Tisch zurückkehren. Und Rosemary würde nie erfahren, daß ihre gemeinen Bemerkungen nur dazu geführt hatten, daß Benny sich wohler und selbstbewußter fühlte denn je.

Gerade eben wurde von der Bühne herab bekanntgegeben, daß man in Kürze das Dinner servieren werde; und man dankte dem Erzbischof, weil er das Freitagsgebot aufgehoben hatte und somit ausnahmsweise Fleisch verzehrt werden durfte. Diese Mitteilung wurde mit Bravorufen quittiert.
»Wie haben sie das geschafft?« fragte Eve.
»Der Erzbischof weiß, daß wir alle sehr brav waren, und möchte uns belohnen«, mutmaßte Jack.
»Nein, es ist einfach so, daß Huhn leichter zu servieren ist. Jeder kriegt einen Schlegel. Für diese Veranstaltungen werden spezielle Hähnchen mit zehn Schlegeln gezüchtet«, behauptete Aidan.
»Jetzt mal im Ernst: Warum will der Erzbischof, daß wir Hähnchen essen?« fragte Benny.
»Es ist ein Tauschgeschäft«, erklärte Aidan. »Die Veranstalter

versprechen, den Tanz am Samstagabend nicht bis in den heiligen Sonntag hinein dauern zu lassen. Im Gegenzug gestattet die Kirche freitags den Genuß von Fleisch.«
»Du bist mir weggelaufen.« Jack lehnte sich zu Benny hinüber, gerade als die Suppe serviert wurde.
»Ich bin was?«
»Du bist abgehauen. Ich habe dich gesucht. Ich wollte mit dir Walzer tanzen.«
»Da verwechselst du was«, lächelte Benny ihn an. »Rosemary ist dir weggelaufen. Sie hat sich den Knöchel verstaucht. Wahrscheinlich sehen wir alle gleich für dich aus, und du kannst uns nicht auseinanderhalten.«
Alle um sie herum lachten, nur Rosemary nicht. Argwöhnisch beäugte sie Benny. Woher wußte sie von dem Knöchel?
Jack nutzte die Gelegenheit zu einem blumigen Kompliment. »Ihr seht ganz und gar nicht zum Verwechseln aus. Aber alle einfach phantastisch, und das ist mein voller Ernst.« Dabei blickte er Benny in die Augen. Sie lächelte zurück und schaffte es, sich nicht zu einem Witz oder einer spitzen Bemerkung hinreißen zu lassen.

Während des Essens fand eine Tombola statt. Leute vom Festkomitee kamen zu ihnen an den Tisch und baten Rosemary und Nan, Lose zu verkaufen.
»Warum ausgerechnet wir?« fragte Rosemary. Sie hatte keine Lust, ihren Posten zu verlassen. Die Organisatoren wollten sie nur ungern aufklären, daß Leute leichter in die Tasche griffen, wenn hübsche Mädchen die Lose feilboten. Und Nan war bereits aufgestanden.
»Es ist für einen guten Zweck«, sagte sie. »Ich bin dabei.«
Rosemary Ryan ärgerte sich. Heute abend ging aber auch alles schief! Jetzt hatte sich Nan durch diesen kleinen Zwischenfall auch noch ins beste Licht gerückt, und diese fette Benny grinste sie irgendwie widerlich selbstgefällig an.

»Natürlich stehe auch ich zur Verfügung«, sagte sie und erhob sich.
»Paß auf deinen Knöchel auf«, sagte Jack, und sie musterte ihn scharf. Wahrscheinlich war er nur besorgt, aber in Bennys Augen funkelte etwas, das ihr nicht gefiel.
Der Mann, der sich für Klassen besser als Tab Hunter hielt, wenngleich er den Durchbruch noch nicht geschafft hatte, glaubte anscheinend auch, einen passablen Tennessee Ernie Ford abzugeben, und brummte im tiefsten Baß seine Fassung von »Sixteen Tons« ins Mikrophon. Diesen Song hatte Benny noch nie gemocht. Er war ein Hit geworden, als sie für die Abschlußprüfung büffelten, und Maire Carroll hatte ihn immer vor sich hin gesungen, wenn Benny in der Nähe war.
Benny tanzte mit Nick Hayes.
»Mit dir kann man gut tanzen. Du bist leicht wie eine Feder«, sagte er ein wenig überrascht.
»Es ist nicht schwer, gut zu tanzen, wenn man gut geführt wird«, erwiderte Benny wohlerzogen.
Er war nicht übel, dieser Nick Hayes. Aber mehr auch nicht.
Jack tanzte mit Nan.
Und irgendwie waren Jack und Nan ein wesentlich beunruhigenderer Anblick als Jack und Rosemary.
Denn Nan machte keine kleinen, leicht durchschaubaren Spielchen. Sie bemühte sich nicht, ihm zu gefallen, und das mußte jemanden wie Jack Foley, der es gewohnt war, angehimmelt zu werden, auf die Palme bringen. Ja, sie waren sich sehr ähnlich, diese beiden. Das war Benny bisher gar nicht aufgefallen.
Beide waren sehr selbstsicher, weil sie es – im Gegensatz zu anderen Menschen – nicht nötig hatten, um die Aufmerksamkeit anderer zu buhlen. Und deshalb konnten sie es sich auch leisten, großzügig und unbeschwert zu sein. Ihr gutes Aussehen öffnete ihnen alle Türen. Sie brauchtsich nicht zu verstellen.
»Ich habe dich abends noch nie irgendwo gesehen«, sagte Nick gerade.

»Keiner hat das«, erwiderte Benny. »Wo gehst du denn gewöhnlich hin?«
Es war ihr egal, wo er die Abende verbrachte. Sie wollte lediglich, daß er weitersprach, damit sie ihre Gedanken von diesen gräßlichen Klängen, zu denen sie tanzten, ablenken und an Jack denken konnte.
»Ich hab 'nen Wagen«, unterbrach er gleich darauf ihre angenehme Träumerei, daß Jack sie ganz bestimmt zum nächsten Tanz auffordern würde.
»Ich könnte dich mal in Knockglen besuchen. Jack hat mir erzählt, daß er einen sehr netten Tag bei euch verbracht hat.«
»Ja? Schön, daß es ihm gefallen hat.« Das war doch sehr vielversprechend. Ja, ein gutes Zeichen. »Vielleicht kommt ihr ja mal zu zweit? Dann führ ich euch beide herum.«
»Oh, nein, so war das nicht gemeint!« Nick grinste anzüglich. »Ich will dich für mich allein haben. Schließlich sieht man es nicht gern, daß dieser Jack Foley einem jede Eroberung ausspannt. Das verstehst du doch, nicht wahr?«
Offenbar versuchte er, weltläufig zu scherzen, aber es klang nur aufgesetzt und blöd. Nick hatte nicht die Gabe, andere zum Lachen zu bringen wie Aidan Lynch. Oder wie sie selbst.
Benny versuchte, den Schmerz zu verscheuchen, der sie durchzuckt hatte, als sie Nan und Jack zusammen tanzen sah.
Nick Hayes blickte sie noch immer an. Er wartete auf eine Antwort.
»Das Lied habe ich schon immer gehaßt«, erklärte sie unvermittelt.
»Warum? Ich finde es ganz nett.«
»Der Text!«
»Ich hab mich mit Leib und Seele dem Geschäft verschrieben«, fiel Nick in den Gesang ein. »Was gefällt dir denn nicht daran?«
Benny musterte ihn. Erinnerte er sich tatsächlich nicht an die erste Zeile – Du schleppst sechzehn Tonnen, und was kriegst du dafür? Er sah keine Verbindung zwischen ihr und dieser Verszeile.

313

Denn diese bestand nur in Bennys Vorstellung. Niemand hier im Saal warf Benny bei diesem Song vielsagende Blicke zu. Das durfte sie nicht vergessen. Und ebenfalls nicht vergessen durfte sie, daß Nick Hayes nach Johnny O'Brien heute abend schon der zweite war, der sie um ein Rendezvous bat.
An solche Dinge mußte sie sich erinnern, wenn sie an diesen Abend zurückdachte. Und an den Tanz mit Jack, wenn er sie denn endlich aufforderte.

Das geschah fünfundzwanzig Minuten vor zwölf. Man hatte das Licht gedämpft, und der Sänger gab bekannt, daß er – da Frankie Laine leider verhindert war – jetzt Frankies Lied »Your Eyes are the Eyes of a Woman in Love« zum besten geben würde.
Jack Foley lehnte sich vor und fragte: »Benny?«
Sie tanzten miteinander, als hätten sie jahrelang geübt.
Benny zwang sich, nicht loszuplappern und auch keine Witze zu machen.
Ihm schien es zu gefallen, daß sie beim Tanzen schwiegen.
Über seine Schulter sah sie, wie andere Tanzpaare sie beobachteten. Benny war ebenso groß wie Jack und hätte schon von daher nicht zu ihm aufschauen können, um sich mit ihm zu unterhalten, auch wenn sie gewollt hätte.
Er zog sie ein wenig näher zu sich, was sich wunderbar anfühlte – außer daß seine Hand so vielleicht direkt über der Stelle lag, wo der Stützbüstenhalter endete und eine kleine Speckrolle zu spüren war. Wie ein Rettungsring.
Um Himmels willen. Wie konnte sie ihn dazu bringen, seine Hand etwas höher zu schieben? Wie nur? Das waren die Dinge, die man wissen mußte im Leben – nicht, welche Pflichtveranstaltungen im Vorlesungsverzeichnis standen!
Zum Glück war das Lied beinahe zu Ende. Kameradschaftlich stellten sie sich nebeneinander und warteten auf das nächste.
Jack beugte sich vor und schob eine ihrer Haarsträhnen zurück.

»Löst meine Frisur sich auf?« fragte Benny bestürzt.
»Nein, deine Haare liegen wundervoll. Ich hab nur so getan, als hätte eine Strähne herausgeschaut. Um einen Vorwand zu haben, dein Gesicht zu berühren.«
Wie merkwürdig, daß er ihr Gesicht hatte berühren wollen, da sie doch schon den ganzen Abend das Bedürfnis hatte, ihm über die Wange zu streicheln!
»Ich fürchte ...« Doch sie hielt inne.
Eigentlich hatte sie sagen wollen: »Ich fürchte, es ist ein sehr verschwitztes Gesicht. Paß auf, daß dein Finger nicht kleben bleibt.« Aber sie biß sich auf die Unterlippe.
»Was fürchtest du?«
»Ich fürchte, daß mir die Freitagabende von nun an reichlich langweilig vorkommen werden.«
»Mach Knockglen nicht immer herunter. Es ist ja kein Schockglen.« Das war zwischen ihnen schon zu einer stehenden Wendung geworden.
»Du hast recht. Und wir wissen schließlich nicht, was für Pläne Mario und Fonsie noch haben.«
Der Sänger verlieh seinem Bedauern Ausdruck, daß auch Dino es nicht geschafft habe zu kommen und er daher gezwungen sei, seine eigene Interpretation von Dean Martins »Memories Are Made of This« zu Gehör zu bringen.
Benny und Jack legten die Arme umeinander, und diesmal plazierte er seine Hand höher. Die störende Speckrolle war außer Reichweite.
»Ich bin wirklich gern mit dir zusammen, ganz egal, wo«, sagte er.
»Warum sagst du das?« Ihr Gesicht verriet nicht, was sie empfand. Nichts von der Angst, daß er sie lediglich für eine ulkige Betriebsnudel hielt.
»Weil es so ist«, erwiderte er. »Ich bin nur ein dummer alter Rugby-Spieler. Was verstehe ich schon von Worten?«
»Du bist kein dummer alter Rugby-Spieler. Du bist ein großarti-

ger Gastgeber. Wir hatten alle einen herrlichen Abend, weil du uns zusammengebracht und zu dir nach Hause eingeladen hast.« Benny lächelte, und Jack drückte sie an sich. Und ließ sie nicht wieder los.

»Du riechst absolut himmlisch«, flüsterte er ihr ins Ohr.

Benny sagte nichts. Sie schloß auch nicht die Augen, das hätte zu siegessicher gewirkt. Aber sie blickte auch nicht um sich, um die neidischen Blicke zu zählen – schließlich hielt sie der begehrteste Mann des Saals in den Armen. Sie blickte einfach nach unten, auf seinen Rücken, und bemerkte, daß sich sein Haar im Nacken kräuselte. An ihn gepreßt fühlte sie seinen Herzschlag, oder war es ihrer? Hoffentlich nicht, denn er war ein wenig zu laut.

Auch nach dem dritten Lied – es war »The Man from Laramie« – schlug Jack nicht vor, zum Tisch zurückzugehen. Er wollte auch die nächste Runde mit ihr tanzen.

In Gedanken sprach Benny der Tanzlehrerin ihren tiefsten Dank aus. Sie war damals in einem alten, verbeulten Auto übers Land gefahren, um irischen Mädchen das Tanzen beizubringen. Und nicht vergebens, denn jetzt zeigte ihre Schülerin Benny an der Seite von Jack sensationelle Einlagen bei »Mambo Italiano« und »Hernando's Hideaway«. Lachend und mit geröteten Wangen kehrten sie zum Tisch zurück. Sheila tat nicht einmal so, als würde sie Johnny O'Brien zuhören, und Rosemary sah reichlich mißmutig aus. Nan hingegen hielt verstohlen den Daumen hoch, als Benny zu ihr hinübersah. Und Eve, um deren Schultern Aidan Lynch seinen Arm gelegt hatte, grinste ihr von der anderen Tischseite her solidarisch zu. Sie waren auf ihrer Seite.

»Wir dachten schon, wir könnten euch den Rest des Abends abschreiben«, zischte Nick Hayes giftig.

Doch weder Benny noch Jack gingen darauf ein. Aidan Lynch hatte noch einen Preis gewonnen – diesmal eine große Schachtel

Pralinen, die jetzt geöffnet wurde. Carmel fing sofort an, Sean mit den weichen Mokkatoffees zu füttern, die er so liebte.
Albern schnappte sich Rosemary die Schachtel und hielt sie Jack unter die Nase.
»Da, du mußt unbedingt eine probieren, bevor alle weg sind«, sagte sie. Doch ihre Bewegung war zu hastig, und so kippte sie den ganzen Inhalt aus.
Benny sah interessiert zu. Normalerweise wäre ihr das passiert. Wie schön, daß heute abend Rosemary der Trampel war.
»Du schuldest mir noch einen Tanz, weil wir vorher nicht zu Ende getanzt haben«, sagte Rosemary, während die anderen die Pralinen einzusammeln versuchten.
»Ja, ich weiß. Ich hätte dich schon noch daran erinnert«, erwiderte Jack galant.
Dabei hielt er weiterhin sacht Bennys Hand. Ganz sicher hätte er eigentlich mit ihr weitertanzen wollen.
Und dann wurde plötzlich und unfaßbar der letzte Tanz angekündigt. Keiner sollte es wagen, sitzen zu bleiben, während das Orchester »California Here I Come« spielte.
Benny hätte am liebsten geheult.
Irgendwie hatte Rosemary sie schon wieder ausgetrickst! Sie und nicht Benny würde mit Jack den letzten Tanz tanzen. Nick streckte Benny die Hand entgegen, zugleich mit Johnny O'Brien. Und Benny glaubte, den Ausdruck eines leisen Bedauerns über Jacks Gesicht huschen zu sehen. Aber das mußte sie sich eingebildet haben, denn als sie und Johnny O'Brien die Tanzfläche betraten, wirbelten Jack und Rosemary lachend durch den Saal. Und auch wenn sie sich nicht ganz sicher war, meinte sie gesehen zu haben, wie er Rosemary eine Strähne aus den Augen strich, ganz wie bei ihr.
Während Benny scheinbar glücklich Johnny O'Brien anlächelte, erwog sie die Möglichkeit, daß Jack Foley einfach ein junger Mann war, der jedes Mädchen mochte und zu jeder Frau nette

Dinge sagte. Nicht, weil er gerissen war und keine Chance auslassen wollte, sondern weil tatsächlich jedes weibliche Wesen für ihn eine eigene Anziehungskraft besaß.
Das mußte es sein, entschied Benny, denn die Art und Weise, wie er mit ihr getanzt hatte, ähnelte verblüffend der hingebungsvollen Geste, mit der er Rosemary zu den Klängen von »Goodnight Sweetheart, See You in the Morning« übers Parkett führte.

An der Tür entstand beträchtliches Gedränge, als die Fotografen sich dort scharten und Fotos machten. Sie verteilten kleine Kärtchen mit den Adressen ihrer Läden, wo die Aufnahmen ab morgen begutachtet werden konnten.
Benny war schon im Gehen, als Jack sie zurückrief.
»Hierher, Benny«, rief er. »Laß uns der Nachwelt ein Zeugnis hinterlassen.«
Sie konnte kaum glauben, daß er wirklich sie gemeint hatte, und eilte zu ihm.
Gerade in diesem Moment kam Nan die Treppe herunter.
»Nan auch«, sagte er.
»Nein, nein«, lehnte sie ab und trat zur Seite.
»Komm schon«, ermunterte er sie, »je mehr, desto lustiger.«
Alle drei lächelten sie ins Blitzlicht hinein. Dann gab es ein großes Winken und »Auf Wiedersehen« und »Gute Nacht« und »War es nicht fabelhaft?« – und sie stiegen in die Autos, die Jack organisiert hatte. Nick Hayes chauffierte Benny, Eve und Sheila, weil sie am südlichen Stadtrand wohnten. Die anderen waren alle mehr oder weniger im Zentrum zu Hause.
Nan fuhr bei Sean und Carmel mit.
Und Rosemary mußte zu ihrem großen Verdruß bei Johnny O'Brien einsteigen, der in derselben Straße wohnte wie sie.

Kit hatte ihnen belegte Brote hingestellt, mit einem Zettel daneben, daß sie abends noch lange aus gewesen sei und Karten gespielt habe. Sie wolle deshalb erst morgens geweckt werden.
Sie schlichen hinauf in Eves Zimmer.
»Er ist wirklich nett, dieser Aidan Lynch«, sagte Benny beim Ausziehen. »Ich meine, ehrlich nett. Nicht nur ein Witzbold und Hampelmann.«
»Ja, aber er redet die meiste Zeit, als wäre er von einem anderen Stern. Man muß praktisch eine neue Sprache lernen, um ihn zu verstehen«, klagte Eve.
»Er scheint dich sehr zu mögen.«
»Schon deshalb frage ich mich, was mit ihm nicht stimmt. Wahrscheinlich erblicher Wahnsinn. Seine Eltern führen sich auf wie Marktschreier. Hast du sie gehört?«
Benny kicherte.
»Und was ist mit dir und Jack? Du hast dich wacker geschlagen.«
»Ja, ich denke schon.« Bennys Stimme klang traurig. »Aber ich habe nicht wirklich gewonnen. Er ist einfach ein Traum von einem Mann, der nett zu jedem ist. Er will von allen geliebt und umschwärmt werden. Und er möchte, daß jeder um ihn herum bester Laune ist.«
»Das ist nicht der schlechteste Charakterzug«, meinte Eve. Sie lag auf dem Bett, die Arme im Nacken gekreuzt. Eine sehr fröhliche Eve, wenn man bedachte, wie trübsinnig sie noch vor wenigen Monaten gewesen war.
»Ja, da hast du recht. Aber es ist ziemlich schwer, einen solchen Mann zu erobern und für sich allein zu haben. Das sollte ich nicht vergessen«, meinte Benny nachdenklich.

Am nächsten Morgen wurden sie von Kit geweckt.
»Da ist ein Anruf für dich, Benny.«
»O Gott, meine Eltern.« Im Nachthemd sprang sie aus dem Bett.

»Nein, ganz im Gegenteil. Ein junger Mann«, entgegnete Kit und hob anerkennend eine Augenbraue.
»Hallo, Benny. Hier ist Jack. Du hast gesagt, daß du bei Eve übernachtest. Da hab ich mir die Nummer von Aidan besorgt.«
Ihr klopfte das Herz bis zum Hals, und sie fürchtete, in Ohnmacht zu fallen.
»Hallo, Jack«, brachte sie mühsam heraus.
»Ich habe mich gefragt, ob du wohl Lust hast, heute mittag mit mir essen zu gehen«, sagte er.
Inzwischen wußte Benny Gott sei Dank, was ein Mittagessen mit Jack bedeutete. Eine Menge Leute, die dicht gedrängt um einen zu kleinen Tisch saßen und darauf warteten, von Benny unterhalten zu werden.
Ja, er war ganz zweifellos jemand, der seine Freunde ständig um sich haben wollte. Benny war froh, daß sie das letzte Nacht bei ihrem Gespräch mit Eve herausgefunden hatte. Daß sie sich keine törichten Hoffnungen gemacht hatte.
Sie überlegte einige Sekunden, bevor sie zusagte. Denn sie brauchte ein bißchen Zeit, um sich das Angebot durch den Kopf gehen zu lassen.
»Ich meine, du und ich allein«, sagte er dann. »Diesmal nur wir beide.«

Kapitel 11

Eddie und Annabel Hogan zogen überrascht die Augenbrauen hoch, als Patsy beim Frühstückmachen in der Küche lautstark herumfuhrwerkte und vor sich hin murmelte. Sie hatten keine Ahnung, was los war.
Teilweise konnten sie das Gemurmel verstehen: Solange sie in diesem Haus arbeite, sei noch nie jemand so mit ihr umgesprungen, habe sie angeschrien und beschimpft wie einen Hund.
»Vielleicht hat sie Krach mit Mossy«, flüsterte Annabel, als Patsy hinausging, um den vier Hühnern in ihrem kleinen Drahtverhau ein paar Körner zu bringen.
»Wenn sie wirklich Krach mit Mossy hat, ist sie jedenfalls die erste, die das schafft. Er ist der ruhigste Mann, der mir je über den Weg gelaufen ist«, flüsterte Eddie zurück.
Immerhin hatte sie ihnen auf Nachfrage mitgeteilt, daß Benny aus Dublin angerufen hatte, kurz bevor sie zum Ball gegangen war. Annabel und Eddie waren gerade spazieren gewesen.
Dr. Johnson hatte nämlich gesagt, Annabel brauche mehr Bewegung, und es wäre gut, wenn sie regelmäßig Spaziergänge machte. Deshalb waren die Hogans gestern abend lange mit Shep Gassi gegangen. Sie waren fast einen Kilometer auf der Straße nach Dublin entlangmarschiert und hatten so Bennys Anruf verpaßt.
»Und sie wollte sich nur noch mal für das Kleid bedanken? Das war alles, Patsy?« vergewisserte sich Annabel zum hundertstenmal.
»Das hat sie jedenfalls behauptet«, antwortete Patsy dunkel.
Bennys Eltern waren ratlos.

»Wahrscheinlich war sie einfach furchtbar aufgeregt«, vermutete Eddie nach reiflicher Überlegung.
»Das war sie ganz bestimmt«, stimmte Patsy zu.

Clodagh Pine schlug ihrer Tante vor, den Laden über Mittag geöffnet zu lassen.
»Kind, wir werden alle im Krankenhaus landen, wenn wir noch mehr arbeiten.«
Inzwischen konnte es Peggy gar nicht mehr glauben, daß sie einmal gedacht hatte, ihre Nichte würde nur auf der faulen Haut liegen. Schon jetzt hatte sich der Umsatz des Ladens dank ihrer tätigen Hilfe spürbar gesteigert. Und trotz ihrer äußeren Erscheinung, die man zumindest als exzentrisch bezeichnen mußte, hatte sie keinen einzigen der Stammkunden vergrault.
»Aber sieh doch mal, Tante Peg – wann sollen Leute wie Birdie Mac denn sonst rüberkommen und sich unsere Strickjacken ansehen? Wann soll Mrs. Kennedy die neue Blusenkollektion in Augenschein nehmen? Mrs. Carroll macht ihr Geschäft über Mittag zu, aber nach ihrem klapperdürren, traurigen Aussehen zu schließen, verbringt sie bestimmt nicht die ganze Mittagspause mit Essen. Vielleicht würde sie zwischendurch gern mal hierherspazieren und ein Auge auf die neuen Röcke werfen.«
»Aber es könnte irgendwie ein bißchen unlauter wirken, den anderen gegenüber.« Peggy erkannte selbst, daß das nicht sehr logisch klang.
»Sag mal, Tante Peg, ist mir auf meinen Rundgängen durch Knockglen etwas entgangen? Wie viele Damenbekleidungsgeschäfte gibt es hier denn, die mit uns konkurrieren? Wie viele Frauen gibt es, die ein Geschäft wie unseres führen und die uns hinterhältig finden, wenn wir mittags nicht schließen?«
»Werd nicht frech«, warnte Peggy.
»Im Ernst. Wer könnte etwas dagegen haben?«

»Die anderen könnten denken, wir wären geldgierig. Das ist alles«, wehrte sich Peggy halbherzig.
»Ach du liebe Zeit, das wäre ja schrecklich! Da hast du all die Jahre gearbeitet, ohne auch nur einen Penny verdienen zu wollen. Im Gegenteil, sobald du was verdient hast, war dir nichts wichtiger, als es so schnell wie möglich wieder loszuwerden. Wie konnte ich nur so dumm sein?« Clodagh schnitt eine Grimasse.
»Wir werden noch umkippen vor lauter Schufterei.«
»Nicht, wenn wir noch ein Mädchen einstellen.«
»Das lohnt sich doch nie im Leben!«
»Gehen wir nachher mal die Bücher durch, dann wirst du's ja sehen.«

Mrs. Kennedy musterte Fonsie, der in ihrem Laden stand, ohne sonderliche Begeisterung.
»Wie gehen die Geschäfte, Mrs. K.?« erkundigte er sich. Dabei zwinkerte er ihr wie immer verschwörerisch zu, als wäre sie in irgendwelche dunklen Machenschaften verwickelt.
»Was kann ich für Sie tun?« fragte sie leicht pikiert.
»Ich hätte gern eine schöne Seife.«
»Ja... hm.« Mrs. Kennedy gab deutlich zu verstehen, daß es ihrer Meinung nach auch höchste Zeit dafür war.
»Also, für Mädchen und so«, erläuterte Fonsie.
»Ein Geschenk?« Mrs. Kennedy war überrascht.
»Nein, für die neue Damentoilette«, verkündete Fonsie stolz.
Er hatte ziemlich lang gebraucht, um Mario zu überzeugen, daß man die Außenaborte zu richtigen Toiletten umbauen sollte. Und besonders das Damenklo sollte attraktiv gestaltet werden, denn schließlich verbrachten Mädchen viel Zeit mit Schminken und Kämmen darin. Fonsie war eigens zu einer Auktion gefahren und hatte einen riesigen Spiegel besorgt, unter dem sie sogar noch eine Ablage angebracht hatten. Jetzt brauchten sie für den Anfang nur noch ein paar hübsche Handtücher und gute Seife.

»Wäre Apple Blossom zu edel für Ihre Vorstellungen?« Mrs. Kennedy zeigte ihm eine Geschenkpackung davon.
Fonsie nahm sich fest vor, Clodagh zu überreden, daß sie Seife und Körperpuder in ihr Sortiment aufnahm. Sie konnte das Zeug ja einfach hereinschmuggeln, bevor Peggy mit dem Einwand daherkam, daß sie der Apotheke damit Kundschaft abspenstig machten. Mrs. Kennedy war eine alte Gewitterziege, und eine ganz üble dazu. Sie hatte es nicht verdient, das Seifenmonopol von Knockglen ihr eigen zu nennen!
Und das würde sie auch nicht. Jedenfalls nicht mehr lange.
Aber bis dahin ...
»Das ist genau das richtige, Mrs. Kennedy. Vielen herzlichen Dank«, strahlte er sie an und schob das Geld über den Ladentisch, ohne angesichts des Preises mit der Wimper zu zucken.

Durchs Ladenfenster beobachtete Sean Walsh, wie Mrs. Healy das Messingschild des Hotels polierte. Kritisch musterte sie es immer wieder, und Sean fragte sich schon, ob jemand es schmutzig gemacht hatte, weil sie so sehr die Stirn runzelte. Da momentan keine Kundschaft im Laden war, schlenderte er über die Straße, um nachzusehen, was es mit der Putzerei auf sich hatte.
»Um die Buchstaben herum ist es besonders schwierig«, klagte Mrs. Healy. »Da bleibt immer was hängen.«
»Sie sollten das nicht selber machen, Mrs. Healy. Das schickt sich nicht«, meinte Sean. »Einer Ihrer Angestellten kann das Schild doch putzen.«
»Sie machen es doch auch bei Hogans Ladenschild. Ich habe es selbst gesehen«, entgegnete sie.
»Ach, das ist was anderes. Das ist ja nicht mein Geschäft.«
»Noch nicht«, gab Mrs. Healy zurück.
Sean überhörte diese Bemerkung. »Sie müssen doch jemanden haben, der das für Sie erledigen kann, Mrs. Healy. Vielleicht eines von den Küchenmädchen?«

»Die sind so unzuverlässig. Stehen bloß rum und schwatzen mit den Passanten, statt ihre Arbeit zu machen.« Ihr fiel nicht auf, daß sie in diesem Augenblick genau dasselbe tat.
»Wenn Sie möchten, kümmere ich mich auch um Ihr Schild, wenn ich unseres das nächstemal putze«, bot Sean an. »Aber ganz in der Frühe, wenn noch niemand unterwegs ist, der mir zusieht.«
»Das ist sehr nett von Ihnen«, sagte Mrs. Healy und musterte ihn erstaunt, als frage sie sich, was er damit beabsichtigte. Sie hielt sich viel darauf zugute, daß sie ihre Mitmenschen durchschaute. Wenn man ein Hotel führte, begegnete man vielen Menschen, und man mußte sie einschätzen können. Sean Walsh war schwer in eine bestimmte Schublade einzuordnen. Offensichtlich hatte er ein Auge auf die Tochter seines Arbeitgebers geworfen. Ein großes, eigensinniges Mädchen. Mrs. Healy fand allerdings, Sean Walsh würde gut daran tun, für alle Eventualitäten Vorsorge zu treffen. Nur weil Benny Hogan ein bißchen mollig war und vielleicht nicht allzu viele Anträge bekam, konnte man noch lange nicht davon ausgehen, daß sie sich nach ihrem Universitätsabschluß nicht blitzschnell aus dem Staub machte. Dann wäre es natürlich vorbei mit Sean Walshs hochfliegenden Plänen.

Mutter Francis freute sich, daß der Samstagmorgen sonnig und freundlich war und nicht verregnet wie die meisten Tage der vergangenen Woche.
Nach Unterrichtsende würde sie ein Stündchen zur Kate hinaufgehen und nachsehen, was dort noch zu tun war. Manchmal kam sie sich vor wie ein kleines Mädchen mit einem Puppenhaus. Womöglich brach in ihr jetzt plötzlich die Sehnsucht einer ganz normalen Frau auf, ein eigenes Heim einzurichten. Hoffentlich untergrub das nicht noch die Grundlage für ihre Berufung zum religiösen Leben! Schließlich mußte man sich jeden

Gedanken an ein eigenes Heim und eine eigene Familie versagen und sich ganz auf die Berufung konzentrieren. Andererseits gab es keine Vorschrift, daß sie einem Waisenkind, das durch die Vorsehung Gottes ihrer Obhut anheimgegeben worden war, nicht dabei helfen durfte, sich ein Zuhause zu schaffen.

Mutter Francis fragte sich, ob ihr Waisenkind sich wohl gestern abend beim Ball gut amüsiert hatte. Kit Hegarty hatte angerufen und erzählt, Eve habe großartig ausgesehen. Allerdings wäre es Mutter Francis sehr viel lieber gewesen, wenn Eve sich ihren leuchtendroten Rock nicht hätte leihen müssen, gleichgültig, wie elegant er war.

Wenn die Schulstunde doch schon vorüber wäre! Dann könnte sie die Mädchen entlassen, die sowieso darauf brannten, endlich wegzukommen, in Marios Café zu gehen und sich die deutlich veränderten Schaufenster von Peggy Pines Laden anzusehen. Es wäre doch wunderbar, wenn sie jetzt, vormittags um elf Uhr, einfach die Glocke läuten und den Schülerinnen zurufen könnte: »Ihr habt frei!«

Ihr ganzes Leben lang würden sie sich daran erinnern. Aber mit Sicherheit würde dieser Vorfall auch Mutter Clare zu Ohren kommen. Mutter Francis spürte, wie ihr das Herz schwer wurde, wie immer beim Gedanken an diese ihre Schwester im Herrn. Hätte sich Mutter Clare nicht für die Weihnachtstage angekündigt, hätten sie Kit Hegarty einladen können. Aber das war jetzt unmöglich. Mutter Clare hätte gesagt, sie verwandelten eine religiöse Anstalt in ein Gästehaus.

In zweieinhalb Stunden würde sie den Schlüssel von seinem angestammten Platz in der Mauerritze holen, in die Kate gehen, das Klavier polieren und den feuchten Fleck an der Wand mit dem wunderschönen golddurchwirkten Wandbehang überdecken.

Eine der Missionsschwestern hatte ihn aus Afrika mitgebracht, aber es waren keine Heiligenszenen darauf, und deshalb schien es unpassend, ihn im Kloster aufzuhängen, obwohl er allen sehr gefiel. Mutter Francis hatte ihn sorgfältig aufbewahrt, denn sie war überzeugt gewesen, ihn irgendwann noch brauchen zu können. Vielleicht gelang es ihr sogar, goldgemusterten Stoff aufzutreiben. Dann konnte Schwester Imelda dazu noch ein paar Kissenhüllen nähen.

Eve wäre vor Begeisterung fast im Bett auf und ab gehüpft, als sie von der Einladung zum Essen hörte.
»Ich hab's dir ja gesagt, ich hab's ja gesagt!« triumphierte sie.
»Nein, hast du nicht. Du hast gesagt, es hätte ausgesehen, als machte es ihm Spaß, mit mir zu tanzen. Das war alles.«
»Na ja, und du fandest, er hätte ausgesehen, als büße er schon auf Erden im Fegefeuer und werfe den Leuten über deine Schulter hilfesuchende Blicke zu, daß sie ihn endlich befreien sollen.«
»Nicht ganz«, gab Benny zu. Aber annähernd.
Wenn sie das alles noch einmal Revue passieren ließ, diese ganzen sechs wunderschönen Tänze, war sie hin- und hergerissen zwischen dem Wunsch, es könnte für ihn genauso schön gewesen sein wie für sie, und der Befürchtung, er hätte womöglich nur die Regeln der Höflichkeit eingehalten. Aber jetzt hatte es tatsächlich ganz den Anschein, daß er sie nett fand. Und das einzige Problem war die Frage, was sie zu einem gemeinsamen Mittagessen anziehen sollte.
Sie hatte nur die Sachen von gestern abend zur Verfügung. Und man konnte ja an einem Samstag im November schlecht im tief ausgeschnittenen Ballkleid auftauchen. Eigentlich schade ...
»Ich hab siebzehn Pfund. Die kann ich dir leihen, wenn du dir neue Sachen kaufen möchtest«, bot Eve großzügig an.
Aber einkaufen zu gehen wäre sinnlos gewesen. Jedenfalls für Benny. Kein Laden hatte ihre Größe vorrätig.
Wäre es um Eve gegangen, hätten sie in der Marine Road bei

Lee's oder McCullogh's in zwei Minuten etwas gefunden. Bei Nan hätte es gereicht, den Schrank zu öffnen und sich etwas auszuwählen. Aber Bennys Garderobe befand sich annähernd achtzig Kilometer entfernt in Knockglen.
Knockglen.
Sie mußte ihre Eltern anrufen und sie fragen, wo sie gewesen waren. Und ihnen mitteilen, daß sie mit dem Abendbus zurückkam. Und sich mit Patsy versöhnen.
Also suchte sie ein paar Münzen zusammen und ging wieder hinunter zum Telefon.
Ihre Eltern freuten sich über ihren Anruf. Sie waren sehr zufrieden, daß der Abend schön gewesen war, und sie erkundigten sich, was es zu essen gegeben hatte. Über die Aufhebung des Freitagsgebots waren sie zutiefst schockiert. Als Benny am Vorabend angerufen hatte, waren sie spazieren gewesen. Trotzdem danke für den Anruf. Und wie war der Umtrunk bei den Foleys gewesen? Hatte Benny ausgerichtet, wie dankbar sie für die Einladung waren?
Benny spürte, wie sich ein Schleier vor ihre Augen schob.
»Sag Patsy, ich hab ihr ein Paar Strümpfe gekauft«, sagte sie unvermittelt.
»Du hättest dir keinen besseren Augenblick für eine kleine Aufmerksamkeit aussuchen können«, erwiderte ihre Mutter mit verschwörerischer Stimme. »Sie ist schon den ganzen Tag unausstehlich. Und dazu noch verschnupft.«
Eve meinte, Kit werde sicher eine Lösung für Bennys Kleidungsproblem finden. Kit wußte für alles eine Lösung.
»Bestimmt nicht, wenn es um Kleider in Übergröße geht«, sagte Benny trübsinnig.
Aber sie irrte sich. Kit sagte, einer der Studenten im Haus habe einen wunderschönen smaragdgrünen Pullover. Den würde sie für Benny »borgen«. Sie würde einfach behaupten, er müsse geflickt werden. Junge Männer merkten so was ja nie. Der junge

Mann mußte dann heute eben etwas anderes anziehen. Fertig. Kit würde noch einen kleinen Spitzenkragen daraufnähen und Benny ihre grüne Handtasche borgen. Damit war sie perfekt angezogen.

Fonsie wollte, daß Clodagh die neue Damentoilette als erste bewunderte.
»Himmel, das ist ja umwerfend!« Clodagh war hingerissen. »Rosa Handtücher, rosa Seife und lila Vorhänge. Wirklich stark!«
Fonsie war besorgt wegen der Beleuchtung. War sie zu grell?
Doch Clodagh fand das Licht ganz in Ordnung. Wenn die Toilette mehr für ältere Leute gedacht gewesen wäre, die ihre Falten nicht sehen wollten, dann wäre gedämpftes Licht natürlich besser. Aber hierher kamen doch hauptsächlich junge Leute! Und die sollten ihre Gesichter ruhig deutlich sehen.
Clodagh hätte ihre Tante gern dazu gebracht, zwei Umkleidekabinen einzubauen. Aber Peggy war der Ansicht, daß man so etwas in Knockglen nicht brauchte. Schließlich konnten die Kunden etwas zur Ansicht mit heimnehmen und einfach wieder zurückbringen, wenn es ihnen nicht gefiel.
Doch das war unökonomisch und bei dem vergrößerten Warenangebot schwer zu organisieren. Clodagh hatte bereits einen der Lagerräume für ihr Vorhaben im Auge. Man brauchte nur noch eine entsprechende Beleuchtung, Spiegel, einen Teppich und bunte Vorhänge. Clodagh und Fonsie seufzten. Es war eine Sisyphus-Arbeit bei ihren Verwandten!
»Wollen wir bei Healys was trinken gehen?« schlug Fonsie vor.
»Ich weiß nicht. Ich hab versprochen, das ganze Zeug auszupacken, das heute morgen angekommen ist.«
»Wir könnten meine neuen Toiletten feiern und deine Umkleidekabinen planen«, bat er.
Wie gute Freunde wanderten sie die Straße entlang. Clodagh in ihrem kurzen weißen Wollkleid, das sie über einer ausgebeulten

malvenfarbenen Hose und einem gleichfarbigen Pulli mit Polokragen trug. Große weiße Plastikohrringe baumelten unter einem Männerhut aus Tweed mit einem malvenfarben und weiß gestreiften Band.
Fonsies dicke Gummisohlen machten auf dem Gehweg kein Geräusch. Sein rotes, zerknittertes Samtjackett war gelb eingefaßt, vom Kragen seines offenen Hemdes hing links und rechts ein rotes Band herunter – eine Art Krawattenersatz. Seine weinrote Hose war so eng, daß ihm eigentlich jeder Schritt weh tun mußte.
Am Samstag um die Mittagszeit wirkte die Bar von Healy's Hotel wie ein kleiner Club. Eddie Hogan kam auf ein Gläschen mit Dr. Johnson herein, der gerade von seiner Patiententour zurückkehrte. Manchmal sah man auch Pater Ross hier. Und wenn Dessie Burns gerade eine nüchterne Phase hatte, schlürfte er geräuschvoll eine Orangenlimonade und fühlte sich inmitten der anderen Gäste willkommen.
Mr. Flood ließ sich in letzter Zeit selten blicken. Seine Visionen beanspruchten ihn sehr, und man sah ihn immer häufiger vor seinem Laden stehen und nachdenklich zu dem Baum hinaufblicken. Auch Mr. Kennedy war zu Lebzeiten hier Stammgast gewesen, doch seine Frau dachte nicht im Traum daran, seinen Platz einzunehmen. Manchmal genoß Peggy hier zusammen mit Birdie Mac einen schnellen Gin mit Wermut.
Am Eingang der Bar blieben Clodagh und Fonsie stehen. Sie wollten sich nicht zu den älteren Gästen gesellen, aber es wäre unhöflich gewesen, sie einfach zu ignorieren.
Doch wie der Zufall es wollte, wurde ihnen die Entscheidung abgenommen.
Denn plötzlich erschien Mrs. Healy auf der Türschwelle, wie immer ordentlich in ihr Korsett gezwängt.
»Kann ich etwas für Sie tun?« Mit unverhohlener Mißbilligung blickte sie von einem zum andern.

»Wahrscheinlich schon. Aber ich glaube, im Moment lassen wir es bei einem Glas Bier bewenden«, grinste Fonsie und fuhr sich mit der Hand durch seine dunklen, mit Pomade geglätteten Haare.
Clodagh kicherte und sah zu Boden.
»Nun ja, dann könnte ich Ihnen Shea's empfehlen«, meinte Mrs. Healy unbeeindruckt.
Fassungslos starrten die beiden sie an. Sie wollte ihnen doch wohl nicht den Zutritt zu ihrem Hotel verweigern?
Ihr Schweigen brachte Mrs. Healy ganz durcheinander. Sie hatte lautstarken Protest erwartet.
»Wir werden Sie gern willkommen heißen, wenn Sie ... ähm passender gekleidet sind«, stotterte sie mit einem falschen Lächeln auf den Lippen und einem giftigen Blick in den Augen.
»Sie weigern sich also, uns zu bedienen, Mrs. Healy?« fragte Fonsie sehr laut, damit alle Gäste es hörten.
»Wenn Sie hier etwas trinken möchten, würde ich Ihnen nahelegen, daß Sie sich in Ihrer Erscheinung nach dem Niveau unseres Ortes im allgemeinen und dieses Hotels im besonderen richten«, erwiderte Mrs. Healy.
»Wollen Sie uns kein Bier servieren, weil Sie fürchten, daß wir uns mit Alkohol im Blut danebenbenehmen?« fragte Clodagh und blickte dabei anzüglich in eine Ecke, wo zwei Bauern den erfolgreichen Verkauf eines Feldes feierten und schon reichlich beschwipst aussahen.
»Ich denke, schon allein aus Respekt vor Ihrer Tante, die eine unserer geschätzten Stammkundinnen ist, sollten Sie auf Ihre Worte achten!« drohte Mrs. Healy.
»Mrs. Healy macht nur Spaß, Clodagh. Achte nicht auf sie«, versuchte Fonsie seine Freundin zu beschwichtigen und drängte sich an ihr vorbei.
Doch die beiden roten Flecken auf Mrs. Healys Gesicht waren eine unmißverständliche Warnung. Sie meinte es alles andere als spaßig.

Fonsie wies sie darauf hin, daß in der Bar vier Männer ohne Krawatte saßen, er hingegen gern bereit war, seine eigene zu binden, wenn er dann ein Glas Guinness bekam.
Clodagh fügte hinzu, wenn irgendeines ihrer Kleidungsstücke Mrs. Healy ärgerte, würde sie es jederzeit ausziehen, eines nach dem anderen, bis sie nur noch etwas Akzeptables wie Hemd und Hosen am Leib hatte.
Schließlich hatten sie die Nase voll. Achselzuckend und mit ratlosen Gesichtern verließen die beiden die Bar. An der Tür drehten sie sich noch einmal mit dem traurigen Dackelblick verurteilter Verbrecher um, aber ihr schallendes Lachen war dann den ganzen Weg durch den Flur und die Straße hinunter zu hören.
Aufgeschreckt sah sich das Grüppchen in der Ecke an. Das Hauptproblem war Peggy, eine der Honoratioren des Ortes. Wie würde sie darauf reagieren, daß ihre Nichte am Betreten des Hotels gehindert worden war? Die Gäste, die von Mrs. Healy in ihrem Hotel geduldet wurden, sahen verlegen zu Boden.
Doch Mrs. Healy verkündete mit fester Stimme: »Irgendwo muß man schließlich mal die Grenze ziehen.«

Lilly Foley bemängelte, daß Aidan Lynchs gräßliche Eltern nie wußten, wann die Grenze erreicht war.
Jack fragte, warum man ihnen dann überhaupt noch nachgeschenkt hatte – sonst wären die Lynchs bestimmt längst nach Hause gegangen. Angeblich hatte man das schon recht früh probiert. Man hatte Aengus die Flaschen mit Brachialgewalt abgenommen – aber die Lynchs waren trotzdem geblieben und hatten sich köstlich amüsiert.
»Dein Vater war verärgert«, sagte Lilly zu Jack.
»Warum hat er dann nichts dagegen unternommen, zum Beispiel entsetzt auf die Uhr gesehen und gerufen: ›O Gott, schon so spät?‹« Jack konnte in den saumseligen Lynch-Eltern kein großes Problem sehen.

»Es ist die Aufgabe der Frau, sich um so etwas zu kümmern. Also ist es an mir hängengeblieben. Wie die meisten Dinge.« Lilly Foley war ernstlich verstimmt.
»Aber abgesehen davon war es ein prima Fest. Tausend Dank.« Jack grinste seine Mutter an.
Das besänftigte sie ein wenig. Sie hatte bemerkt, daß ihr Sohn schon telefoniert und ein Mädchen zum Essen eingeladen hatte. Zwar hatte sie nicht mitbekommen, welches, aber sie ging davon aus, daß es die schicke Rosemary war. Oder Sheila, die mit ihren Verwandten in juristischen Kreisen prahlte. Oder die bildhübsche Nan in dem perlenbesetzten Kleid, die kaum ein Wort sagte und trotzdem immer im Mittelpunkt stand.
Liebevoll betrachtete Lilly ihren ältesten Sohn. Seine Haare waren zerzaust, er roch nach Knight's Castille-Seife, hatte ein üppiges Frühstück verzehrt und studierte jetzt die Sportseiten zweier Tageszeitungen. Vorher hatte er Aengus für seine Mühe mit der Bewirtung beim gestrigen Umtrunk eine halbe Krone gegeben.
Lilly wußte, daß Jack Foley genau wie sein Vater ein Herzensbrecher war und immer einer bleiben würde.

Er hatte den Namen des Restaurants so beiläufig erwähnt, als müßte ihn jeder kennen. Carlo's. Benny hatte tatsächlich schon davon gehört. Es lag unten am Kai, in der Nähe der Bushaltestelle nach Knockglen, ein kleines italienisches Lokal. Nan hatte einmal erzählt, sie sei abends dort gewesen, und auf den Tischen stünden Kerzen in Weinflaschen, wie man es aus Filmen kannte. Weil Benny wie üblich viel zu früh dran war, ging sie in ein großes Kaufhaus und sah sich in der Kosmetikabteilung um. Sie fand einen grünen Lidschatten und rieb sich etwas davon auf die Lider.
Er hatte genau die gleiche Farbe wie der riesige Pullover des Tiermedizinstudenten, den sie trug. Die Verkäuferin drängte

Benny, ihn zu kaufen: Es sei oft so schwierig, genau den richtigen Farbton zu finden! Sie solle die Gelegenheit beim Schopf packen.

Benny erklärte, der Pullover gehöre nicht ihr. Ein junger Mann habe ihn ihr geliehen. Sie fragte sich, warum sie einer Fremden das eigentlich erzählte.

»Vielleicht leiht er ihn Ihnen ja noch einmal«, meinte das Mädchen in dem kurzen rosaroten Nylonkittel. Ihre Aufgabe war es schließlich, die Kosmetika zu verkaufen.

»Das bezweifle ich. Ich kenne ihn nicht mal. Seine Vermieterin hat den Pullover für mich ausgeborgt.«

Benny war sich bewußt, wie abstrus ihre Geschichte klang, aber jegliche Unterhaltung milderte ihre Nervosität. Das belanglose Geplauder füllte das große Angstvakuum, das sie wegen des bevorstehenden Essens mit Jack in sich spürte.

Als sie nach Joy geduftet und er sie in den Armen gehalten hatte, war alles so einfach gewesen. Doch jetzt würde alles ganz anders sein – in einem riesigen grünen Pullover und mit einem Tisch zwischen ihnen. Wie sollte sie ihn da anlächeln und bezaubernd wirken und ihn faszinieren? Gestern abend mußte ihm etwas an ihr gefallen haben. Doch nicht etwa ihr großzügiges Dekolleté – oder?

»Könnten Sie mir vielleicht ein wenig Joy zur Probe auftupfen?« fragte sie das Mädchen.

»Das dürfen wir eigentlich nicht.«

»Bitte.«

Benny bekam ein paar Tropfen. Genug, um an den vergangenen Abend zu erinnern.

Carlo's hatte eine sehr schmale Eingangstür. Das war ein schlechter Anfang. Benny hoffte, daß es nicht auch noch diese gräßlichen Bänke gab, im Stil von Kirchengestühl. Die waren jetzt der letzte Schrei, und man konnte sich kaum hineinquetschen. Während es draußen auf der Straße hell war und die kalte

Wintersonne alles fast unnatürlich klar erscheinen ließ, war es drinnen dunkel und warm.

Benny gab dem Kellner ihren Mantel.

»Ich bin hier verabredet«, erklärte sie.

»Er ist schon da.«

Das bedeutet, daß man Jack hier gut kennt, dachte Benny ein wenig enttäuscht. Vielleicht lud er jeden Samstag ein anderes Mädchen hierher ein.

»Woher wissen Sie, daß es der Richtige ist?« fragte sie den Kellner nervös. Vor den Augen der anderen Gäste zu einem falschen Tisch geführt zu werden, so daß Jack sie erlösen kommen mußte, wäre ziemlich peinlich gewesen.

»Er ist der einzige Gast«, erwiderte der Kellner.

Jack stand auf, um Benny zu begrüßen.

»Du siehst ja unglaublich hübsch und ausgeruht aus, wenn man bedenkt, was für eine Nacht wir hinter uns haben«, meinte er bewundernd.

»Das kommt von der guten Luft in Dunlaoghaire«, erwiderte sie.

Warum hatte sie das bloß gesagt? Kein Mensch redete von guter Luft! Das erinnerte sofort an stämmige, fröhliche Mädchen, die eine Wanderung unternahmen!

Aber anscheinend verband Jack nichts Unangenehmes damit. Er sah sie immer noch ganz hingerissen an.

»Was es auch sein mag, es wirkt jedenfalls. In unserem Haus hält man es vor lauter Katerstimmung kaum aus, und in der Küche türmen sich Gläser und Aschenbecher.«

»Es war eine sehr gelungene Einladung. Nochmals vielen Dank.«

»Ja, es war wirklich nett. Aengus läßt dir Grüße ausrichten. Er war ganz begeistert von dir.«

»Ich glaube, er hat gedacht, ich spinne.«

»Nein, warum sollte er denn so was denken?«

Jetzt hatte sie wohl doch etwas Falsches gesagt. Warum war ihr das bloß rausgerutscht? Sie hatte sich selbst schlechtgemacht, statt sich einfach nach Aengus zu erkundigen.
Doch gerade eben erschien der Kellner und kümmerte sich ausgiebig um ihre Wünsche. Er war ein netter Mann und erinnerte Benny an Mario, nur daß er wesentlich schlanker war. Sie überlegte, ob die beiden wohl miteinander verwandt waren. Es gab schließlich nicht viele Italiener, die in Irland arbeiteten. Sie beschloß nachzufragen.
»Haben Sie einen Verwandten in Knockglen?«
Er sagte den Namen von Bennys Heimatdorf mehrmals nachdenklich vor sich hin, ließ ihn sich sozusagen auf der Zunge zergehen, aber seine Augen verengten sich verdächtig.
»Warum denken Sie, ich habe Verwandtschaft in Knocka Glenna?«
»Es gibt da einen Italiener. Er heißt Mario.«
Benny wünschte, der in verschiedenen Rottönen gehaltene Teppich würde sich unter ihren Füßen auftun und sie verschlingen. Doch Jack kam ihr zu Hilfe. »Es ist ungefähr das gleiche wie ›Kennen Sie meinen Onkel Mo in Chicago?‹«, lachte er. »Das frage ich immer.«
Benny glaubte ihm kein Wort. Gab es denn keine Möglichkeit, wenigstens einen Teil des Zaubers der letzten Nacht zurückzuholen?
Sie hatten noch nicht mal mit dem Essen begonnen, da bereute er bestimmt schon, sie eingeladen zu haben. Benny hatte von der guten Luft von Dunlaoghaire gefaselt und ihn damit an fette Frauenzimmer auf altmodischen Postkarten erinnert. Sie hatte den Kellner gefragt, ob er einen kilometerweit entfernt wohnenden Italiener kannte. Sie war wirklich eine unterhaltsame Begleitung! Und im Restaurant gab es nicht einmal andere Gäste, die ihn ablenken und die Verabredung wenigstens ansatzweise interessant machen konnten. Von ganzem Herzen wünschte Benny,

sie wäre wieder zusammen mit halb Dublin im Dolphin-Hotel, mit all den Rosemarys und Sheilas und sogar mit Carmel und Sean, die aneinander herumknabberten und sich mit Brötchen fütterten.
Alles wäre besser gewesen als dieses katastrophale Tête-à-tête!
»Ist es nicht prima, daß wir das ganze Lokal für uns haben?« sagte Jack in diesem Moment. »Ich komme mir vor wie ein Sultan oder wie ein Millionär. Weißt du, die rufen in einem Restaurant an und bestellen alle Tische, damit sie ungestört sind.«
»Wirklich?« fragte Benny eifrig.
Wenigstens war das Gesprächsstoff. Jack versuchte wohl, das Beste daraus zu machen, daß das Lokal so leer war.
»Tja, das hab ich heute auch gemacht, na klar! Carlo, wir brauchen das Restaurant ganz für uns allein ... höchstens vielleicht ein Pianist. Nein? Na ja, auch gut. Aber später ein paar Geiger an den Tisch. Und lassen Sie bloß keinen Pöbel rein, keine gräßlichen Dubliner, die hier essen wollen oder sonst was Schmutziges vorhaben.«
Sie lachten und lachten. Genau wie gestern abend.
»Und was hat Carlo dazu gesagt?«
»Er sagte: ›Für Sie, Miester Foley, alles was Sie wünschen. Aber nur wenn die Signorina hüübsch iis.‹«
Benny konnte sich gerade noch verkneifen zu erwidern: »Tja, da haben wir ihn aber enttäuscht, was?«
Sie wollte sich schon wieder herabsetzen, weil sie nicht wagte, sich für attraktiv zu halten. Aber irgend etwas warnte sie, daß das nicht angebracht gewesen wäre. Also legte sie statt dessen den Kopf schief und lächelte Jack an.
»Und als du dann kamst und er gesehen hat, wie schön du bist, hat er sofort ein Schild an die Tür gehängt, daß alle Tische besetzt sind«, fuhr Jack fort.
»Glaubst du, Carlo ist unser Kellner?« fragte Benny.
»Keine Ahnung«, antwortete Jack. »Er sieht eher aus, als hätte er

einen Cousin, der sich in Knockglen versteckt hält und nicht will, daß jemand davon erfährt.«
»Ich muß mir jede Kleinigkeit von diesem Lokal einprägen, damit ich es Mario beschreiben kann«, sagte Benny und sah sich um.
»Du bist wunderbar, Benny«, sagte Jack und legte seine Hand auf ihre.

Clodagh erzählte ihrer Tante, daß man sie bei Healys nicht in die Bar gelassen hatte. Zwar war es nicht lebenswichtig, weil sie sowieso nicht vorhatte, dort öfter etwas trinken zu gehen. Aber sie wollte, daß Peggy es von ihr und nicht von irgendeinem Dritten erfuhr.
»Was habt ihr denn angestellt, ihr beiden?« erkundigte sich Peggy.
»Ich würde es dir sagen, wenn wir etwas angestellt hätten, das weißt du. Aber wir sind einfach nur reinspaziert. Und da hat Mrs. Healy beschlossen, daß wir ihr nicht gefallen.«
»Laut Gaststättenverordnung kann sie das doch gar nicht!«
»Doch, ich glaube schon. Die Geschäftsführung behält sich das Recht vor und so weiter. Wir haben gedacht, ihr solltet Bescheid wissen – du und Mario. Aber ehrlich gesagt, ist es Fonsie und mir ziemlich egal. Wirklich.«
Und es war auch Peggy und Mario egal. Vollkommen egal. Ihnen gefiel der Kleidungsstil der jungen Leute ebenfalls nicht; sie klagten einander deshalb sogar des öfteren ihr Leid. Aber daß man ihnen im einzigen Hotel des Dorfs den Zutritt verwehrte – das war etwas anderes. Das war eine Kriegserklärung.

Es dauerte nicht lange, bis Mrs. Healy klar wurde, wo die Front verlief. Mr. Flood, der gerade eine seiner abstinenten Phasen hatte, während denen er die Nonne im Baum weder sah noch ihre Botschaften erwähnte, war der Ansicht, es sei höchste Zeit gewesen, daß endlich einmal jemand Stellung bezog. Die beiden wären doch eine Zumutung! Außerdem habe er in der Zeitung gelesen, daß es eine weltweite Bewegung zur Übernahme der zivilisierten Welt gäbe, deren Mitglieder sich an ihren grellen Klamotten erkannten. Nicht zufällig fühlten sich Clodagh und Fonsie zueinander hingezogen, sagte er und nickte weise mit dem Kopf. Auch Mrs. Carroll schlug sich auf Mrs. Healys Seite. Je rascher dieser unliebsame Einfluß im Ort ausgemerzt wurde, desto besser. Diese beiden jungen Leute hatten eben keine Eltern, die sich entsprechend um sie kümmerten – nur eine unverheiratete Tante und einen Onkel, der Junggeselle war. Kein Wunder, daß sie da über die Stränge schlugen! Selbst Mrs. Carrolls eigene Tochter Maire, die im Laden arbeitete und per Fernunterricht Buchhaltung lernte, hatte sich schon oft zu den hellen Lichtern des Cafés und den schrillen Kleidern in dem ehemals respektablen Schaufenster hingezogen gefühlt. Mrs. Healy hatte ganz recht, daß sie Grenzen setzte.

Mrs. Kennedy hingegen war anderer Meinung. Man hörte sie sogar sagen, das sei eine Unverschämtheit. Mrs. Healy war schließlich nicht einmal in Knockglen geboren! Für wen hielt sie sich eigentlich, daß sie Regeln und Verbote für die Dorfbewohner aufstellte? Mrs. Kennedy sagte außerdem, in den Nischen von Healy's Bar seien an einem Markttag genug zwielichtige Subjekte anzutreffen, und wenn durchreisende Geschäftsleute sich einen zuviel hinter die Binde gegossen hätten, wüßten sie ebenfalls ganz genau, daß sie im Hotel noch einen dazu bekämen. Mrs. Kennedy hatte die junge Witwe noch nie leiden können und fand auch, daß ihr verstorbener Mann zu viele Abende im Hotel zugebracht hatte. Sie war zutiefst empört, daß sich Mrs. Healy erdreistete, der Nichte von Peggy Pine ein Glas Bier zu verweigern, ganz egal, wie unpassend sich das Mädchen auch kleidete.

Birdie Mac war hin- und hergerissen. Sie war eine schüchterne Frau, die ihr ganzes Leben lang ihre alte Mutter versorgt hatte.

Auch das hatte sie weder gewollt noch verweigert. Birdie konnte einfach keine Entscheidungen treffen. Noch nie hatte sie sich zu irgendeinem Thema eine eigene Meinung gebildet. Obwohl sie mit Peggy befreundet war, hörte sie auch auf Mrs. Carroll. Obwohl Mario ein guter Kunde war, der jeden Tag bei ihr Kekse kaufte, stimmte sie doch mit dem armen Mr. Flood überein, daß Marios Neffe zu weit ging – und wie konnte man ihm Einhalt gebieten, wenn nicht irgend jemand laut und deutlich »Bis hierher und nicht weiter« sagte?

Zwar mochte sie Mrs. Healy persönlich auch nicht besonders, aber sie bewunderte die Courage, mit der diese Frau in der rauhen Männerwelt von Knockglen erfolgreich ein Geschäft führte, statt sich demütig hinter dem Ladentisch eines Süßwarenladens zu verkriechen. Wie Birdie es tat.

Dr. Johnson vertrat die Meinung, Mrs. Healy könne selbst entscheiden, wen sie bedienen oder nicht bedienen wolle. Pater Ross wollte sich nicht in die Sache hineinziehen lassen. Paccy Moore sagte zu seinem Cousin Dekko, Mrs. Healy habe entzündete Fußballen – an beiden Füßen. Das war sein einziger Kommentar. Man faßte ihn als Unterstützung für Clodagh und Fonsie auf.

Eddie und Annabel Hogan besprachen das Thema ausführlich am Samstag beim Mittagessen. Natürlich hatten Clodagh und Fonsie die Einwohner von Knockglen in mancher Hinsicht vor den Kopf gestoßen.

Fast immer liefen sie herum, als sei Karneval. Aber sie arbeiteten fleißig. Das konnte niemand abstreiten, und das war ein großer Pluspunkt. Wenn sie rauchend an der Straßenecke herumgelungert hätten, wären sie im Dorf kaum auf Sympathie gestoßen.

Doch kein Mensch konnte ihnen vorwerfen, sie wären faul. Und das machte in Knockglen eine ganze Menge anderer Verfehlungen wett, zum Beispiel, daß man sich ausgefallen kleidete.

»Wenn ein Kunde in deinen Laden kommt, dann bedienst du ihn doch, gleichgültig, wie er angezogen ist. Nicht wahr, Eddie?«

»Das schon. Aber wenn einem Mist an den Stiefeln klebt, würde ich ihn bitten, nicht reinzukommen«, antwortete Eddie.
»Aber sie haben keinen Dreck reingeschleppt«, sagte Annabel Hogan. Schon lange war ihr aufgefallen, daß Mrs. Healy für die Männer stets ein besonders charmantes Lächeln übrig hatte, das sie den Ehefrauen vorenthielt. Außerdem hatte Clodagh für Benny ein wunderschönes Kleid genäht, und schon allein deshalb wäre es schwierig gewesen, sich nicht auf ihre Seite zu schlagen. Der wunderschöne Brokat mit den kastanienbraunen Stellen, die genau die gleiche Farbe hatten wie Bennys Haar, und vorn der plissierte weiße Einsatz über dem Busen, der dem Kleid eine ganz besondere Note verlieh! Das war so elegant und damenhaft und überhaupt nicht in einem Stil, wie man ihn von Clodagh erwartet hätte.
Auch Mutter Francis war der Vorfall im Hotel zu Ohren gekommen. Am Nachmittag kam Peggy, um mit ihr Tee zu trinken und um sich Rat zu holen.
»Du mußt darüberstehen, Peggy. Nimm's dir nicht zu Herzen.«
»Das ist da draußen in der Welt gar nicht so leicht, Bunty.«
»Es ist auch in einem Kloster nicht leicht. Mir steht zu Weihnachten ein Besuch von Mutter Clare ins Haus. Stell dir das vor – wie soll man da drüberstehen?«
»Ich werde keinen Fuß mehr in die Hotelbar setzen.«
»Überleg dir das gut, Peggy, denk drüber nach. Wenn du ein Glas Bier trinken willst, wohin kannst du sonst gehen? Zu Shea's vielleicht, wo die Leute auf den Boden spucken, so daß man Sägemehl ausgestreut hat? In die anderen finsteren Spelunken? Du solltest wirklich nichts übereilen.«
»Himmel, Bunty, für eine Nonne weißt du aber gut Bescheid über die Kneipen im Dorf«, staunte Peggy Pine.

Sie redeten über den Ball und wie wundervoll Aidan gewesen war. Kein anderer Tisch hatte so viele Preise eingeheimst. Und

Jack erzählte von einem Vorfall an einem anderen Tisch: Ein Mädchen war ohnmächtig geworden, und als man ihre Kleidung lockerte, fielen zwei Brötchen aus ihrem Büstenhalter. Jack lachte, und Benny überlegte, wie sich dieses Mädchen heute fühlen mochte. Wahrscheinlich konnte sie nie mehr an diesen Ball zurückdenken, ohne sich schrecklich zu schämen.

»Ach, komm schon, es ist doch wirklich komisch«, meinte Jack. Benny sagte sich, daß sie auch die witzige Seite der Sache sehen mußte. »Ja, und die ganzen Krümel – das muß ordentlich gekratzt haben.« Sie fühlte sich dem Mädchen gegenüber, das sie ja nicht mal kannte, wie ein Judas. Aber als Belohnung schenkte ihr Jack sein hinreißendes Lächeln.

»Du brauchst ja so was nicht, Benny«, sagte er und strahlte sie an. »Jeder ist eben anders.« Benny genierte sich entsetzlich und schlug die Augen nieder.

»Und du bist wunderbar anders«, meinte Jack.

Wenigstens besaß der Tiermedizinstudent, wer immer er sein mochte, einen schönen, weiten Pullover. Darunter waren die Konturen ihres Busens unmöglich zu erkennen. Erleichtert blickte sie an sich hinunter. Wie konnte sie jetzt bloß das Thema wechseln?

Da ging die Tür auf, und ein weiteres Paar trat ein.

Jack zuckte die Achseln.

»Ich hab ihm gesagt, nur Leute aus Napoli sind zugelassen, und das auch nur, wenn sie sich ruhig verhalten.« Jack musterte die Leute argwöhnisch.

Es waren Dubliner mittleren Alters, ganz durchgefroren von der Kälte draußen.

»Wahrscheinlich Beamte, die eine Affäre haben«, flüsterte Benny. »Nein, zwei Schulinspektoren, die nächstes Jahr alle durch die Abschlußprüfung fallen lassen wollen«, konterte Jack.

Die meiste Zeit war es ganz einfach, sich mit ihm zu unterhalten. Er war so normal und entspannt, und nichts in seinem Verhalten

machte Benny nervös. Es lag einzig und allein an ihr. Sie erkannte, daß sie sich seit Jahren nur herabsetzte und den Spaßvogel spielte. Jetzt fehlten ihr die Stichworte für die romantische Heldin. Schlimmer noch, sie war überhaupt nicht sicher, ob ihr diese Rolle zugedacht war. Wenn sie nur seine Signale hätte deuten können! Wenn sie hätte verstehen können, was er meinte! Dann hätte sie auch darauf eingehen können.
Jetzt wurde ihnen Eis zum Nachtisch angeboten. Der Kellner empfahl Cassata: ein wundervolles neapolitanisches Eis mit Frucht- und Nußstückchen, Zitronat und Makronen. *Bellissima*. Instinktiv wußte Benny, daß es richtig war, auch noch den Nachtisch zu verspeisen und lieber nicht über Diäten, Kalorien oder die schlanke Linie zu reden.
Jacks Gesicht leuchtete auf. Er bestellte ebenfalls eine Portion.
Der Kellner beobachtete, wie sie einander anlächelten.
»Es ist ein sehr dunkler Tag. Ich hole eine Kerze, damit Sie sich sehen können beim Reden«, bot er an.
Über seinem dunkelblauen Pulli trug Jack ein offenes blaßrosa Hemd, das im Kerzenlicht wunderschön aussah. Wieder spürte Benny das Verlangen, ihn zu streicheln. Sie wollte ihn nicht auf die Lippen küssen oder sich an ihn schmiegen. Sie wollte nur die Hand ausstrecken und sanft über seine Wange streicheln.
Da sie nur ein Glas Wein getrunken hatte, konnte es nicht daran liegen, daß ihr der Alkohol zu Kopf gestiegen war.
Als wäre sie eine Fremde, beobachtete sich Benny, wie sie sich vorbeugte und dreimal sanft Jacks Gesicht streichelte.
Beim drittenmal hielt er ihre Hand fest und drückte sie an seine Lippen.
Er küßte sie mit gebeugtem Kopf, so daß Benny seine Augen nicht sehen konnte.
Dann ließ er ihre Hand wieder los.
Ganz bestimmt machte er sich nicht über sie lustig oder spielte ihr etwas vor, wie Aidan das vielleicht getan hätte.

Niemand würde ihre Hand so fest halten und so lange küssen, es sei denn, er wollte es.
Oder?

Dessie Burns meinte, Mrs. Healy könne manchmal ganz schön hochnäsig sein. Und gelegentlich hätte sie auch mit ihm in einem Ton gesprochen, der ihm gar nicht paßte. Aber der Wahrheit zuliebe mußte er zugeben, daß ein gewisses Maß Alkohol im Spiel gewesen war, und man konnte durchaus die Meinung vertreten, daß Mrs. Healy im Recht gewesen war. Wenn er nüchtern war, gab es kaum einen Menschen, der gleichermaßen gewissenhaft und nervtötend auf Fragen der Gerechtigkeit herumritt wie Dessie Burns.
Und schließlich hatte man diesen jungen Fonsie oft genug gewarnt, daß er nicht im Dorf herumspazieren könne, als sei es sein persönlicher Besitz. Für wen hielt er sich denn? Der Neffe eines Itakers, und von der Itaker-Mutter und dem Iren-Vater keine Spur, seit Fonsie ins Dorf gekommen war! Ein junger Mann ohne gesellschaftlichen Hintergrund, ohne familiäre Wurzeln in Knockglen. Er sollte sich lieber ein bißchen zurückhalten. Und Peggys Nichte, die war eine echte Zumutung mit ihrer Aufmachung! Vielleicht kam sie ja jetzt ein wenig zu Verstand.
Mario sagte, er werde sich auf die Schwelle von Healy's Hotel stellen und zuerst hinein- und dann hinausspucken. Und wenn er nach Hause kam, würde er Fonsie anspucken.
Fonsie selbst betonte, das alles würde sie doch nicht weiterbringen, und sie sollten lieber nach Liverpool fahren und die schöne gebrauchte Wurlitzer-Jukebox kaufen, die in einer Anzeige der Zeitung angeboten wurde.
Mario entwickelte eine ganz unerwartete Loyalität gegenüber Fonsie. Nachdem er ihn bei sämtlichen Dorfbewohnern im besonderen und im allgemeinen angeschwärzt hatte, erklärte er

jetzt, das Kind seiner Schwester sei das Salz der Erde, die Stütze seines Alters und die große Hoffnung von Knockglen.
Außerdem verkündete er noch, er werde bei Healys nie wieder einen einzigen Schluck trinken, und haute dabei bekräftigend auf jede harte Oberfläche, die sich in seiner Nähe befand. Was in Anbetracht der Tatsache, daß er sowieso nie in der Hotelbar gesichtet worden war, eher eine verbale Drohung war.

Am Nachmittag erschien Simon Westward bei Healys, um zu fragen, ob auch Essen serviert wurde.
»Jeden Tag, Mr. Westward«, versicherte Mrs. Healy, die hocherfreut war, daß er sich endlich einmal im Hotel blicken ließ. »Darf ich Ihnen vielleicht ein Gläschen auf Kosten des Hauses anbieten, da es sich doch um Ihren ersten Besuch bei uns handelt?«
»Sehr freundlich ... ähm ... Mrs. ... ähm ...«
»Healy.« Sie warf einen bedeutungsvollen Blick auf das Hotelschild.
»Ach ja, wie dumm von mir. Nein, ich habe im Moment leider keine Zeit. Aber Sie servieren also auch Essen. Das ist wunderbar. Ich war nicht ganz sicher.«
»Jeden Tag von zwölf Uhr mittags bis halb drei.«
»Oh.«
»Sagen Ihnen diese Zeiten etwa nicht zu?«
»Nein – ich meine, natürlich sind es gute Essenszeiten. Aber ich habe eher an Abendessen gedacht.«
Mrs. Healy hielt sich viel darauf zugute, daß sie immer bereit war, eine Gelegenheit beim Schopf zu ergreifen.
»Bis jetzt haben wir am späten Nachmittag lediglich High Tea angeboten. Aber in der Weihnachtszeit und danach werden wir auch Abendessen servieren«, sagte sie.
»Ab wann?«
»Ab nächstem Wochenende, Mr. Westward«, antwortete sie und sah ihm direkt in die Augen.

Der Kellner riet ihnen nachdrücklich zu einem Sambucca, einem italienischen Likör. Auf Kosten des Hauses. Er würde eine Kaffeebohne hineinlegen und ihn anzünden. Ein wunderbarer Abschluß nach einem Essen an einem kalten Wintertag.
Sie saßen da und überlegten, ob das schlechtgelaunte Paar auch einen Sambucca bekommen würde – oder war der nur für Leute bestimmt, die glücklich aussahen?
»Dürfen wir Sie am nächsten Wochenende wieder bei uns erwarten?« fragte der Kellner eifrig. Benny hätte ihn umbringen können. Alles lief so glatt. Warum mußte er jetzt ausgerechnet dieses Thema anschneiden?
»Wir kommen bestimmt bald einmal wieder«, erwiderte Jack.
Dann gingen sie an den Kaianlagen entlang, die Benny oft kalt und ungemütlich feucht vorgekommen waren. Aber an diesem Nachmittag gab es einen gloriosen Sonnenuntergang, und alles war in rosiges Licht getaucht.
Die Antiquariate hatten Bücherstände an der Straße aufgebaut.
»Es sieht aus wie in Paris«, meinte Benny fröhlich.
»Warst du schon mal dort?«
»Nein, natürlich nicht«, lachte sie gut gelaunt. »Das ist so meine Art – ich gebe gern ein bißchen an. Ich hab Bilder gesehen und Filme.«
»Da du Französisch studierst, wäre es sicher ein Kinderspiel für dich, dort zurechtzukommen.«
»Das bezweifle ich. Hochgeistige Gespräche über Racine und Corneille auf Englisch liegen mir mehr.«
»Unsinn. Ich brauche dich unbedingt als Fremdenführerin, wenn ich im Parc des Princes spiele«, sagte er.
»Ganz bestimmt«, lachte sie.
»Siehst du, ich bin der Angeber. Ich werde nirgendwo spielen, wenn ich weiter soviel esse wie gestern und heute. Ich bin eigentlich im Training. Obwohl man es nicht glauben möchte.«

»So ein Glück, daß du heute nicht trainieren mußtest. Das mußt du doch samstags oft, oder?«
»Wir hatten Training, aber ich hab geschwänzt«, erwiderte er.
Sie sah ihn an. Die alte Benny würde jetzt irgendeinen Witz machen. Die neue jedoch nicht.
»Ich freue mich, daß du das getan hast. Es war ein wunderschönes Essen.«
Ihre Tasche hatte Benny in einem Laden nahe der Bushaltestelle deponiert. Die Verkäuferin reichte sie ihr über den Ladentisch, und Benny und Jack schlenderten zusammen zur Haltestelle.
»Was machst du heute abend?« fragte er.
»Ich gehe in Mario's Café und erzähle allen von dem Ball. Und du?«
»Keine Ahnung. Ich hoffe, daß ich ein paar Einladungen vorfinde, wenn ich nach Hause komme.« Er lachte entspannt – ein Mann, der es nicht nötig hatte, sein Leben zu planen.
Zuvorkommend hob er Bennys Reisetasche in den Bus. Benny hoffte inständig, daß Mikey nicht irgendeine taktlose Bemerkung fallenließ.
»Da bist du ja, Benny. Ich wußte doch, daß du gestern nicht im Bus warst. Er war viel leichter«, sagte er prompt.
Aber Jack hatte es nicht gehört. Falls doch, hatte er Mikeys Genuschel nicht verstanden. Jedenfalls redete sich Benny das ein, als sie auf ihrem Platz saß und auf die dunkle Stadt blickte. Allmählich wurde die Umgebung ländlicher.
Sie hatte in den Armen von Jack Foley getanzt, der sie daraufhin zum Essen eingeladen hatte. Sie hatte nichts allzu Törichtes von sich gegeben. Für Montag hatten sie sich im Annexe verabredet. Jack hatte ihre Hand geküßt. Er hatte gesagt, sie sei wunderbar.
Benny war erschöpft, als hätte sie bei irgendeinem Wettbewerb kilometerweit eine bleischwere Last geschleppt. Aber was es auch für ein Wettbewerb gewesen sein mochte und nach welchen Regeln er abgelaufen war – allem Anschein nach hatte sie gewonnen.

Kapitel 12

Heather wollte alles über den Ball wissen, vor allem, was es zum Nachtisch gegeben hatte. Sie traute ihren Ohren nicht, als Eve ihr gestand, sie könne sich nicht daran erinnern. Egal, wieviel Trubel geherrscht hatte – daß jemand den Nachtisch vergessen konnte, überstieg ihr Vorstellungsvermögen.
Dann berichtete sie, daß Simon gesagt hatte, er würde sie gern bei ihrem Ausflug begleiten.
»Davon wußte ich überhaupt nichts«, meinte Eve verärgert.
»Ich hab's dir nicht gesagt, für den Fall, daß du dann nicht mitkommen willst.« Heather war so ehrlich, daß man ihr kaum einen Vorwurf machen konnte.
»Na ja, wenn du ihn schon dabei hast ...«
»Ich will aber dich«, erwiderte Heather schlicht.
Simon fuhr mit dem Wagen vor.
»Tut so, als wäre ich euer Chauffeur«, meinte er. »Ihr beiden Ladys sagt mir einfach, wo's langgeht.«
Aber gleich darauf überfiel er sie mit seinen eigenen Plänen für den Nachmittag. Eine Rundfahrt durch die Grafschaft Wicklow, eine Teepause in einem sehr netten Hotel, das er kannte.
Eve und Heather hatten vorgehabt, den Zug nach Bray zu nehmen, Autoskooter zu fahren und Eis mit heißer Karamelsauce zu essen. Eve freute sich, daß Simons Vorschlag im Vergleich zu ihrem eigenen so brav und langweilig klang. Da war es keine Frage, was Heather lieber gewesen wäre.
Aber Heather war eine pflichtbewußte Schwester, und sie sah Simon ohnehin viel zu selten. So zeigte sie jetzt verhaltene

Begeisterung, und nach einer wohlüberlegten Pause folgte Eve ihrem Beispiel.
Simon blickte von einer zur anderen. Er wußte, daß sein Vorschlag zweite Wahl war. Trotzdem war er sehr aufgekratzt und beantwortete bereitwillig Heathers Fragen nach ihrem Pony, nach Claras Hündchen und Woffles, dem Kaninchen.
Er berichtete, daß Mrs. Walsh auf ihrem Fahrrad immer noch so ruhig und majestätisch dahinschaukelte wie eh und je. Daß Bee Moore wegen eines jungen Mannes furchtbar aufgebracht war, weil sie auf ihn ein Auge geworfen habe und er jetzt einer anderen den Hof mache. Eve schlug die Hände vors Gesicht, als Heathers Nachfrage an den Tag brachte, daß der junge Mann kein anderer war als Mossy Rooney und sein neuer Schwarm ausgerechnet Patsy.
»Wie geht es Großvater?« fragte Heather.
»Wie immer. Hör auf, wir langweilen Eve.«
»Aber er ist auch Eves Großvater.«
»Natürlich.«
Damit war das Thema abgeschlossen. Eve wußte, daß Simon irgend etwas auf dem Herzen hatte, aber sie hatte keine Ahnung, was.
Beim Tee rückte er damit heraus.
»Ihre Freundin – sie ist ein bemerkenswert hübsches Mädchen.«
»Welche Freundin?«
»In diesem Kiosk beim Ball. Die Blonde.«
»Ach, ja?«
»Ich hab mich gefragt, wer sie wohl ist.«
»Wirklich?«
»Ja, hab ich.« Mehr brachte er nicht heraus.
Noch lange Zeit danach beglückwünschte sich Eve, daß sie es geschafft hatte, auf eine so direkte Frage keine Antwort zu geben, die ihn im geringsten ermutigte. Und daß sie dennoch vollkommen höflich geblieben war. Für sie, die immer so unbe-

dacht daherplapperte und deren Temperament in St. Mary schon sprichwörtlich war – für sie war das ein echter Triumph.
»Wer sie ist? Oh, sie studiert Kunst am UCD, wie ungefähr sechshundert andere.«
Ihr Lächeln hatte Simon Westward unmißverständlich klargemacht, daß weiter nichts aus ihr herauszubekommen war.

Der Tiermedizinstudent war ein netter junger Mann namens Kevin Hickey. Er war ausgesprochen höflich und bedankte sich bei Mrs. Hegarty, weil sie an seinem neuen grünen Pullover einen Aufhänger angenäht hatte. Er habe zwar bisher angenommen, man sollte Pullover zusammenlegen oder auf einen Kleiderbügel hängen, aber es war trotzdem nett von ihr. Vielleicht zog er den Pullover gleich heute abend an. Die Farbe war wunderschön. Als er ihn hochhob, drang ihm leichter Parfümgeruch in die Nase, aber das bildete er sich wahrscheinlich nur ein. Oder es war Mrs. Hegartys Parfüm. Kevin Hickeys Mutter war tot. Es war schön, in einem Haus zu wohnen, wo eine nette Frau sich um einen kümmerte, und Kevin hatte seinen Vater gebeten, ihr zu Weihnachten einen Truthahn zu schicken. Mit dem Zug sollte er kommen, in Stroh verpackt und gut verschnürt.
Er roch wieder an dem grünen Pullover. Ganz bestimmt irgendein Kosmetikum. Vielleicht verflog der Geruch wieder, wenn man den Pullover eine Weile am Fenster auslüftete.
Da hörte er das Gartentor und trat rasch vom Fenster zurück. Wenn Mrs. Hegarty gesehen hätte, daß er den Pullover lüftete, wäre ihm das nicht recht gewesen. Aber es war nicht Mrs. Hegarty, sondern ein dunkelhaariger Mann, der ihm völlig unbekannt war.
Die Türklingel schrillte unablässig, bis Kevin schließlich nach unten rannte und öffnete. Mrs. Hegarty sei nicht da, sagte er. Der Besucher wollte auf sie warten. Er sah seriös aus. Trotzdem wußte Kevin nicht, was er tun sollte.

»Es ist schon in Ordnung.« Der Mann lächelte Kevin an. »Ich bin ein alter Freund von ihr.«
»Und wie ist Ihr Name?«
»Ebenfalls Hegarty.«
Als Kevin wieder nach oben ging, drehte er sich kurz um und sah, wie der Mann in der Halle saß und das Bild von Mrs. Hegartys Sohn betrachtete, der gestorben war. Offenbar ein Verwandter.

Sheila fiel auf, daß Jack in letzter Zeit immer gleich nach seinen Juravorlesungen verschwand. Keine gemütlichen Plaudereien mehr, kein Geplänkel, einfach auf und davon wie der Blitz. Ein paarmal fragte sie ihn, weshalb er denn so schnell wegmußte.
»Training.« Er grinste sie an. Wenn er einen mit diesem jungenhaften Grinsen anstrahlte, konnte man ihm nicht böse sein, und das wußte er.
Sheila kam zu dem Schluß, daß er sich wahrscheinlich mit dieser Rosemary Ryan von den Geisteswissenschaftlern traf.
Sie erkundigte sich beiläufig bei Carmel, ob ihr Verdacht zutraf. Aus Carmel etwas herauszukriegen war leicht, denn ihre Gedanken weilten ohnehin stets bei Sean. Weshalb sie alle anderen Leute nur am Rande wahrnahm.
»Rosemary und Jack? Ich glaube nicht«, antwortete Carmel nach reiflicher Überlegung. »Nein, die hab ich nie zusammen gesehen. Ich hab Jack ein paarmal morgens im Annexe getroffen, aber da hat er sich bloß mit Benny Hogan unterhalten.«
»Ach so, alles klar, danke«, sagte Sheila, einigermaßen erleichtert.

Benny und Patsy waren wieder Freundinnen. Nicht nur die versprochenen Strümpfe waren dazu vonnöten gewesen, sondern auch eine Dose French-Moss-Körperpuder und das Geständnis, daß Benny einfach mit den Nerven am Ende gewesen war, weil sie vor dem großen Ball solchen Bammel hatte. Nachdem Patsy sich mit ihr ausgesöhnt hatte, war sie wie eh und je eine treue Verbündete der Tochter des Hauses.

»Wovor hättest du denn Angst haben sollen? Du bist doch schließlich ein hübsches großes Mädchen. Jeder sieht dir an, daß du immer ordentlich zu essen kriegst und dein Leben lang gut versorgt worden bist.«

Genau das gehörte zu den Dingen, die – so fürchtete Benny – leider allzu offensichtlich waren. Aber das konnte man der kleinen, buckligen Patsy schlecht erklären, die in einem Waisenhaus aufgewachsen war, wo sie nie genug zu essen bekommen hatte.

»Und wie geht es bei dir mit der Liebe voran?« erkundigte Benny sich statt dessen.

»Er redet nicht besonders viel«, klagte Patsy.

»Aber wenn er was sagt? Sind es dann nette Dinge?«

»Es ist manchmal schrecklich schwierig rauszukriegen, was Männer meinen«, erwiderte Patsy weise. »Man bräuchte wirklich immer jemanden, der einem über die Schulter guckt und sagt, damit meint er dies und damit meint er das.«

Benny pflichtete ihr aus vollem Herzen bei. Als Jack Foley behauptete, er habe sie bei der Party vermißt, meinte er da, daß er sich umgesehen und gedacht hatte, wie schön es doch wäre, wenn Benny da wäre? Hatte er den ganzen Abend daran gedacht oder nur ein einziges Mal? Wenn er sie tatsächlich so sehr vermißt hatte, warum war er dann überhaupt hingegangen? Bei Jacks Party hatte Aengus Benny gefragt, ob sie denn auch zu denen gehörte, die dauernd anriefen und nach Jack fragten. Da hatte sie beschlossen, daß sie nie *eine von denen* sein wollte. Es klappte doch momentan alles ganz gut. Oder vielleicht doch nicht? Patsy hatte recht. Man konnte nie sicher sein, was ein Mann meinte. Nan sagte immer, die meisten Männer meinten überhaupt nie was, aber diesen Gedanken fand Benny zu deprimierend.

Mrs. Healy war enttäuscht, daß Sean Walsh sie nicht vorbehaltlos unterstützte. Schließlich kannte sie seine Abneigung gegen Fonsie und Clodagh und ihren Lebensstil. Aber andererseits gehörte Sean auch nicht zu den Gästen von Healy's Hotel. Offenbar wollte er sich nicht in den Vordergrund drängen, sondern deutlich machen, daß er als Angestellter von Mr. Hogan sehr wohl wußte, was sich für ihn ziemte und was nicht. Sicher, man sah es gern, wenn jemand Respekt zeigte, aber manchmal trug Sean doch ein bißchen zu dick auf. Beispielsweise, wenn er das Messingschild polierte. Und daß er in diesem winzigen Kabuff über dem Laden hauste. Er schien auf den richtigen Zeitpunkt zu warten, aber vielleicht wartete er schon zu lange.

»Sie sollten den jungen Sean Walsh gelegentlich mal auf ein Glas Bier einladen«, schlug Mrs. Healy Eddie Hogan vor.

An Eddies offenem Gesicht konnte sie ablesen, was sie ohnehin bereits wußte. »Ich hab ihn schon hundertmal eingeladen, aber er will nicht mitkommen. Ich glaube, er trinkt nicht. Ist es nicht ein Segen, daß es ihn nach Knockglen verschlagen hat?«

Emily Mahon staunte, wie sorgfältig Nan ihre Kleidung pflegte. Sobald sie ein Kleidungsstück ablegte, wurde es mit dem Schwamm abgetupft und aufgehängt. Ihre Mäntel und Jacken sahen immer aus wie frisch von der Reinigung.

In die Schuhe stopfte Nan Zeitungspapier und stellte sie auf ein kleines Regal am Fenster. Gürtel und Handtaschen polierte sie so lange, bis sie glänzten. Auf dem Waschbecken in ihrem Zimmer lagen Seifenproben, die Emily ihr aus dem Hotel besorgt hatte. Nan besaß auch ein Buch mit Schminktips. Sie war nicht auf Wochenzeitschriften oder Sonntagsbeilagen angewiesen, um ihren Stil zu entwickeln. Sie machte alles hundertprozentig.

Emily lächelte liebevoll, als sie die Bücher über gutes Benehmen sah, die Nan ebenso gründlich studierte wie ihre Studienlektüre.

Einmal hatte Nan ihrer Mutter gesagt, jeder Mensch könne sich mit jedem beliebigen anderen unterhalten, solange beide die Regeln kannten. Und die konnte man lernen.
Eines der Bücher war an einer Stelle aufgeschlagen, wo ausgeführt wurde, wie man sich vorstellte.
»Marquis, Grafen, Vicomtes, Barone und ihre Ehefrauen werden als Lord und Lady X vorgestellt, Personen niedrigeren Ranges lediglich als Mr.« Sich vorzustellen, daß Nan in einer Welt lebte, wo ihr derlei Dinge von Nutzen sein konnten ...
Aber es war durchaus im Bereich des Denkbaren. Man brauchte sich doch nur ins Gedächtnis zu rufen, wie sie auf dem Ball ausgesehen hatte. Nicht nur die Studenten hatten ihr bewundernde Blicke zugeworfen. Da konnte es gut sein, daß sie irgendwann einmal in Twinset und Perlenkette auf den Stufen eines großen Hauses stehen würde, ein paar Hunde neben sich und reichlich Dienstboten, die die Arbeit für sie erledigten.
Schon immer hatte sich Emily Mahon für ihre Tochter etwas Derartiges erträumt. Aber das Problem war, welche Rolle sie selbst dabei spielen würde. Und sie durfte gar nicht daran denken, wie wenig sich Nans Vater an einem solchen Lebensstil anpassen würde.
Falls Nan tatsächlich in gehobene Kreise aufstieg, dann würde sie nichts mehr mit Maple Gardens zu tun haben wollen.

Rosemary Ryan legte tagsüber wirklich viel zuviel Schminke auf, das war inzwischen selbst für Benny unverkennbar. Man sah seitlich an der Kinnlade sogar den Rand, wo das Make-up aufhörte.
Allerdings war sie klüger, als die meisten dachten. Wenn sie mit Kommilitonen zusammen war, kicherte sie stets herum und spielte das dumme Blondchen. Aber in den Tutorien bewies sie einen messerscharfen Verstand.
»Was hast du vor, wenn du fertig bist?« fragte sie Benny.

»Ich will ins Annexe.« Benny war mit Jack verabredet.
Sie hoffte, daß Rosemary nicht mitkommen wollte. »Ich muß mich mit einer Unmenge Leute treffen«, fügte sie hastig hinzu, um Rosemary von vornherein abzuwimmeln.
»Nein, das habe ich nicht gemeint. Ich meine, nach all dem hier, nach dem Studium.« Rosemary machte eine vage Geste über das Universitätsgelände.
»Ich mache wahrscheinlich ein Zusatzdiplom und werde Bibliothekarin«, antwortete Benny. »Und du?«
»Ich glaube, ich werde Stewardeß«, sagte Rosemary.
»Dafür braucht man doch keinen Hochschulabschluß.«
»Nein, aber es ist nützlich, wenn man ihn hat.« Offensichtlich hatte Rosemary alles gründlich durchdacht. »Und man hat prima Chancen, einen Mann zu finden.«
Benny war nicht sicher, ob sie damit den Hochschulabschluß oder den Beruf der Stewardeß meinte. Aber sie wollte nicht nachfragen. Es war ein seltsamer Zufall, daß Rosemary das sagte, denn erst tags zuvor hatte Carmel Nan gefragt, ob sie vorhabe, sich bei Aer Lingus zu bewerben. Sie besitze das richtige Aussehen und sei genau der Typ dafür. Und sie würde eine Menge Männer kennenlernen.
»Aber nur Geschäftsleute«, hatte Nan erwidert, als sei die Sache damit erledigt.
Carmels Augen verengten sich. Ihr Sean machte schließlich den Handelsschulabschluß und wollte Geschäftsmann werden.
»Carmel sagt, Nan will nicht Stewardeß werden.« Rosemary versuchte, die Lage zu peilen. »Meinst du, Nan geht mit Jack Foley?«
»Wie kommst du darauf?«
»Ich weiß nicht. Man kriegt ihn nicht oft zu Gesicht. Ich hab mich gefragt, ob er sich wohl insgeheim mit jemandem trifft.«
»*Ich* sehe ihn schon gelegentlich«, sagte Benny.
»Oh, dann ist es ja in Ordnung.« Rosemary war zufrieden.

»Dann hat ihn uns jedenfalls niemand vor der Nase weggeschnappt. Bin ich aber froh!«

Kit Hegarty schloß die Tür auf, ging ins Haus und fand ihren Mann Joseph in der Küche sitzen.
Sie stellte ihre Einkäufe auf den Boden und stützte sich mit einer Hand auf den Küchenstuhl.
»Wer hat dich reingelassen?« fragte sie.
»Ein Junge mit Sommersprossen und einem Kerry-Akzent. Verrat ihm nicht, wo du mich gefunden hast. Er hat mich tüchtig ausgequetscht und dann gebeten, in der Halle Platz zu nehmen.«
»Wo du aber nicht geblieben bist.«
»Mir war kalt.«
»Hast du ihm gesagt, wer du bist?«
»Nur, daß ich auch Hegarty heiße. Setz dich doch, Kit. Ich mach dir eine Tasse Tee.«
»Du machst gar nichts in meiner Küche«, wies sie ihn zurecht.
Aber immerhin setzte sie sich und blickte ihn über den Tisch hinweg an. Fünfzehn Jahre waren vergangen seit dem Tag, an dem er mit dem Postschiff aus ihrem Leben verschwunden war. Wie viele Jahre hatte sie sich abends in den Schlaf geweint und sich nach ihm gesehnt? Wie oft hatte sie sich vorgestellt, er käme zurück und sie würde ihm vergeben? Aber in dieser Szene war Frank immer ein kleiner Junge gewesen, der mit ausgestreckten Armen auf sie beide zulief und jauchzte, daß er nun endlich wieder einen Daddy und ein richtiges Zuhause hatte.
Joseph sah immer noch gut aus. In seinem Haar waren nur ein paar graue Strähnen, aber er wirkte älter und verbrauchter, als sie ihn in Erinnerung hatte – als hätte ihn das Glück im Stich gelassen. Seine Schuhe waren nicht geputzt. Und sie hätten zum Schuster gemußt. Seine Ärmelaufschläge waren nicht direkt ausgefranst, aber reichlich fadenscheinig.

»Hast du gehört, was mit Frank passiert ist?« fragte sie.
Lange brachten sie beide kein Wort heraus.
»Ich bin gekommen, um dir zu sagen, wie leid es mir tut«, brach er schließlich das Schweigen.
»Offenbar nicht leid genug, um ihn je zu besuchen und an seinem Leben teilzuhaben ... als er noch am Leben war.«
Ohne Haß blickte sie ihn an, den Mann, der sie und ihren Sohn verlassen hatte. Man hatte ihr erzählt, er lebe mit einem Barmädchen zusammen. Das hatte für sie damals alles noch schlimmer gemacht, diese Demütigung, daß diese Frau ausgerechnet ein Barmädchen war. Das kam ihr so billig vor. Jetzt fragte sie sich, warum es für sie überhaupt eine Rolle gespielt hatte, welchen Beruf diese Frau ausübte.
Sie dachte an all die Fragen, mit denen sie sich hatte auseinandersetzen müssen und die sie schließlich auch beantwortet hatte, als ihr Sohn heranwuchs und etwas über seinen Vater erfahren wollte. Denn er wollte natürlich wissen, weshalb es bei ihm zu Hause nicht so war wie bei den anderen Schülern der Klosterschule.
Kit rief sich in Erinnerung, wie Frank mit seinem Abschlußzeugnis heimgerannt kam und wie sehr sie sich damals gewünscht hatte, der verlorene Vater würde genau an diesem Tag – der ja erst ein paar Monate her war – wiederauftauchen, damit sie ihm erzählen konnte, daß ihr gemeinsamer Sohn auf die Universität gehen würde.
Aber in jenen endlosen Nächten, in denen sie keinen Schlaf gefunden hatte und ihr die Gedanken durch den Kopf schwirrten, dachte sie mit Erleichterung daran, daß sie ihrem untreuen Ehemann keine Hoffnungen gemacht und ihn nicht hatte wissen lassen, daß er Vater eines Universitätsstudenten war.
All dies ging ihr jetzt durch den Kopf, als er ihr in ihrer Küche gegenübersaß.
»Ich mach dir einen Tee«, sagte sie.

»Wenn du möchtest.«
»Hat sie dich rausgeworfen?« fragte Kit. Denn er sah gar nicht aus wie ein Mann, der von einer Frau umsorgt wurde. Nicht mal von einer, die so unverschämt gewesen war, mit ihm anzubändeln, obwohl sie genau gewußt haben mußte, daß er in Irland Frau und Kind hatte.
»Ach, das ist zu Ende. Schon seit Jahren.«
Es war also vorbei. Und trotzdem war er nicht zu ihr zurückgekommen. Nachdem er sie einmal verlassen hatte, gab es kein Zurück mehr. Das war irgendwie noch trauriger. Jahrelang hatte sie ihn sich in einer Art wilder Ehe mit dieser Frau vorgestellt. Statt dessen hatte er allein gelebt, vielleicht in irgendwelchen Studentenbuden oder möblierten Zimmern.
Das war schlimmer, als wenn er sie wegen einer großen Leidenschaft verlassen hätte, mochte diese noch so unbesonnen gewesen sein. Ihr Gesicht war todtraurig.
»Ich habe mir überlegt...«, begann er.
Sie sah ihn an, den Kessel in der einen, die Teekanne in der anderen Hand.
Er wollte sie fragen, ob er zurückkommen könne.

Nan wollte wissen, ob Eve am Wochenende mit Heather etwas unternommen hatte. Sie fragte oft nach Heather, wie Eve aufgefallen war. Viel öfter als nach dem Zimmer bei Kit, nach dem Kloster oder nach Mutter Francis.
Eve erzählte von der Fahrt nach Wicklow, wo es naß und neblig war. Sie hatten in einem Hotel Tee und Sandwiches bestellt, die doppelt so teuer waren wie normales Essen – das heißt, doppelt so teuer wie Eiscreme mit Karamelsauce.
»Dann seid ihr wohl mit dem Auto hingefahren«, meinte Nan.
»Ja.« Eve sah sie an.
»Hat Aidan euch mitgenommen?«
»Herr im Himmel, ich könnte Aidan nicht mal in Heathers

Nähe lassen. Schon für Menschen in unserem Alter ist er furchteinflößend. Ein Kind würde mit Sicherheit Alpträume kriegen.«
»Wer hat euch dann gefahren?«
Eve wußte, daß es lächerlich war, ihr die Wahrheit zu verschweigen. Eines Tages mußte sie es ja erfahren. Sie kam sich vor wie ein achtjähriges Schulmädchen, das ein Geheimnis unbedingt für sich behalten wollte. Jedenfalls gewann die Sache dadurch viel zuviel Bedeutung.
»Heathers Bruder Simon hat uns gefahren«, sagte sie.
»Der, den wir beim Ball im Laden meiner Mutter gesehen haben und dem du mich nicht vorgestellt hast?«
»Genau.«
Nan lachte schallend. »Du bist wunderbar, Eve«, sagte sie. »Ich bin sehr froh, daß ich deine Freundin bin. Ich wäre äußerst ungern mit dir verfeindet.«

Die meisten Häuschen an der Straße zum Steinbruch hinter dem Kloster waren ziemlich verfallen. Als der Steinbruch noch in Betrieb war, war es eine recht beliebte Wohngegend gewesen, doch jetzt ließ sich niemand mehr freiwillig hier nieder. Man sah nur sehr wenige erleuchtete Fenster. In einem der Häuschen lebte Mossy Rooney mit seiner Mutter. Gerüchten zufolge hatte man ihn mit Baumaterial gesehen, und sofort wurde gemunkelt, sicher wolle er am Haus ein Zimmer anbauen. Ob er sich mit Heiratsplänen trug?
Mossy war ein besonnener Mensch. Im Dorf hieß es allgemein, Patsy solle sich lieber nicht zu früh freuen.
Manchmal unternahm Sean Walsh am Sonntag einen Spaziergang in der Gegend. Dann grüßte ihn Mutter Francis mit einem ernsten Nicken, und er erwiderte ihren Gruß mit ausgesuchter Höflichkeit.
Falls er sich je die Frage stellte, warum die Nonne sich da einen

Weg durch die dunkelgrünen Blätter der Fuchsien bahnte oder die Ärmel aufkrempelte, um zu putzen und zu schrubben, so ließ er sich seine Neugier jedenfalls nie anmerken. Und sie hielt auch nicht inne, um sich zu überlegen, warum Sean gerade hier spazierenging. Er war ein Einzelgänger, dieser junge Mann, kein Mensch, mit dem man sich unbedingt unterhalten wollte. Mutter Francis wußte, daß Eve ihn nie gemocht hatte. Aber das war vielleicht nur eine kindische Laune, Loyalität gegenüber Benny Hogan, die den Gehilfen ihres Vaters unsympathisch fand.
Als Sean Walsh sie eines Tages doch ansprach, war sie verblüfft. Nachdem er sich lang und breit entschuldigt hatte, fragte er, ob Mutter Francis wisse, wer der Besitzer der Hütten war und ob sie möglicherweise zum Kloster gehörten. Sie erklärte ihm, sie seien früher Teil von Westlands gewesen und dann irgendwie in den Besitz verschiedener Steinbrucharbeiter und anderer Leute übergegangen. Mit zur Seite geneigtem Kopf erkundigte sie sich höflich, weshalb ihn das interessiere.
Ebenso zuvorkommend erwiderte Sean, daß es keinen bestimmten Grund für seine Frage gebe. Aber vielleicht könne Mutter Francis trotzdem Stillschweigen darüber bewahren – man wisse ja, wie es in einer Kleinstadt zuginge.
Mutter Francis seufzte. Vermutlich sehnte sich dieser arme Kerl, der bei Hogan nicht sonderlich viel verdiente, danach, ein Haus zu kaufen und eine Familie zu gründen. Und offenbar war er Realist genug, sich als erstes hier an dieser unwirtlichen, zerfurchten Straße umzusehen, wo sonst niemand hinziehen wollte.

Benny haßte das Coffee Inn. Die Tische waren einfach zu klein, und sie befürchtete ständig, sie könnte mit ihrem Rock oder ihrer Schultertasche eine Tasse mit aufgeschäumtem Kaffee herunterfegen.
Jacks Gesicht erhellte sich, als er sie entdeckte. Er hatte den Platz neben sich freigehalten, was gar nicht einfach war.

»Diese gräßlichen Landeier wollten dauernd deinen Stuhl klauen«, zischte er ihr zu.
»Zieh nicht so über die Leute vom Land her«, erwiderte Benny. Als sie aufschaute, bemerkte sie mit Schrecken, daß die drei, die den Kampf um ihren Sitzplatz verloren hatten, die Studenten waren, welche bei Kit Hegarty wohnten. Und einer von ihnen, ein großer, sommersprossiger junger Mann, trug seinen wunderschönen smaragdgrünen Pullover.

Aidan Lynch wollte Eve mit zu sich nach Hause nehmen und seinen Eltern vorstellen.
»Du hast mich ihnen schon vorgestellt«, entgegnete Eve unfreundlich, während sie ihm den nächsten Teller zum Abtrocknen hinhielt.
»Na ja, dann könntest du sie eben wiedersehen.«
Aber Eve hatte keine Lust, Aidans Eltern wiederzusehen. Es schien ihr zu voreilig, und es hätte bedeutet, daß Dinge suggeriert wurden, die überhaupt noch nicht zur Debatte standen. Zum Beispiel, daß Eve Aidans Freundin war.
»Wie soll sich diese Beziehung je weiterentwickeln?« seufzte Aidan und hob resigniert die Augen zur Zimmerdecke. »Sie will meine Familie nicht besuchen. Ich darf ihr nicht zu nahe kommen. Sie verabredet sich nicht mit mir, es sei denn, ich komme mit nach Dunlaoghaire und erledige erst mal den Abwasch für diese ganzen Hinterwäldler hier.« Er zerfloß beinahe in Selbstmitleid.
Aber Eve war mit den Gedanken anderswo. Aidan konnte sich stundenlang in solchen rhetorischen Ergüssen ergehen, wenn er in der entsprechenden Laune war. Eve lächelte ihn geistesabwesend an.
Kit war nicht da; zum erstenmal, seit Eve hier wohnte. Aber noch erstaunlicher war, daß sie keine Nachricht hinterlassen hatte.

Kevin, der nette sommersprossige Junge, dessen Pullover kurzfristig für Bennys Verabredung ausgeborgt worden war, hatte gesagt, Mrs. Hegarty sei mit einem Mann ausgegangen.
»Alle Frauen gehen mit Männern aus«, unterbrach Aidan ihn sofort. »Das ist ein Naturgesetz. Weibliche Kanarienvögel gehen mit männlichen Kanarienvögeln aus, Schafe gehen mit Schafböcken aus, Schildkrötinnen mit Schildkröterichen. Bloß Eve macht Faxen.«
Eve beachtete ihn nicht. Sie dachte an Benny. Seit über einer Woche traf sie sich fast täglich mit Jack Foley, entweder im Annexe oder im Coffee Inn oder in einer Bar. Sie sagte, man könne sich wunderbar mit ihm unterhalten, und bisher sei sie bei ihm noch nie ins Fettnäpfchen getreten. Wenn Benny von Jack Foley erzählte, strahlte ihr Gesicht, als hätte jemand von innen ein Licht angeknipst.
»Und Eve, in die ich unglücklicherweise verschossen bin ... sie bleibt nicht mal über die Weihnachtstage in Dublin. Sie läßt mich allein, Freiwild für andere Frauen, die mit mir alle möglichen sündigen Dinge anstellen.«
»Ich muß nach Knockglen, du Trottel«, warf Eve ein.
»Wo es keine Partys gibt, wo die Leute zusehen, wie das Gras wächst und der Regen fällt, und wo die Mondkälber die Hauptstraße hinunterschlendern und mit ihren ekligen Schwänzen wackeln.«
»Da irrst du dich gewaltig«, schrie Eve ihn jetzt an. »Wir werden einen *Riesenspaß* haben in Knockglen! Wir werden jeden Abend zu Mario's gehen und *garantiert* jede Menge Partys feiern.«
»Nenn mir eine«, verlangte Aidan.
»Zuallererst werde zum Beispiel *ich* eine veranstalten«, erwiderte Eve beleidigt.
Dann blieb sie einen Moment reglos stehen, einen Teller in der Hand.
O Gott, dachte sie. Jetzt muß ich es tun.

Nan rief bei der *Irish Times* an und ließ sich mit der Sportredaktion verbinden. Dort erkundigte sie sich, welche Rennen noch vor Weihnachten stattfanden.
Nicht mehr viele, lautete die Auskunft. Vor den Feiertagen war es immer relativ ruhig. Natürlich gab es jeden Samstag eine Veranstaltung – Navan, Punchestown, lauter mittelmäßige Sachen. Aber am zweiten Weihnachtsfeiertag ging es wieder los. Dann kamen die Rennen in Leopardstown und in Limerick. Da konnte sie sich eines aussuchen. Nan fragte, was denn die Besucher von Rennen taten, wenn die Saison vorüber war. Da man in einer Zeitungsredaktion auf fast jede abwegige Frage vorbereitet ist, wußte man auch hierauf eine Antwort: Es hinge davon ab, um welche Sorte Leute es sich handelte. Manche sparten ihr Geld dann lieber, manche gingen auf die Jagd. Je nachdem.
Nan bedankte sich in ihrem üblichen, angenehm natürlichen Ton. Sie versuchte nie, die Sprechweise einer anderen sozialen Schicht zu imitieren, der sie womöglich gern angehört hätte. In der Schule hatten sie in Spracherziehung gelernt, es gebe nichts Erbärmlicheres als Leute mit einem einwandfreien irischen Akzent, die sich anstrengten, um jeden Preis anders zu sprechen. Durch nichts könne sich ein gesellschaftlicher Aufsteiger eher bloßstellen als durch derartige Nachahmungsversuche.

Mr. und Mrs. Hegarty saßen in einem Café in Dublin. Um sie herum taten ganz normale Leute ganz normale Dinge – sie tranken vor einem abendlichen Schreibmaschinenkurs eine Tasse Kaffee oder warteten, bis es Zeit für ihren Film im Kino war. Normale Leute mit einem normalen Leben, die keine anspruchsvolleren Gesprächsthemen hatten als die Frage, ob die Elektroheizung zuviel Strom verbrauchte und ob man sich zu Weihnachten lieber zwei Hühnchen leisten sollte als einen Truthahn.

Joseph Hegarty spielte mit seinem Löffel. Kit war aufgefallen, daß er keinen Zucker mehr zum Kaffee nahm. Vielleicht hatte ihm die andere Frau das abgewöhnt. Vielleicht hatten ihn seine Reisen in Gegenden geführt, wo keine Zuckerschalen auf dem Tisch standen. Er hatte von einer Versicherungsgesellschaft zur anderen gewechselt. Dann hatte er eine Weile mit einem Makler zusammengearbeitet, war selbst Makler geworden, in Gemeinschaft mit einem anderen Agenten. Das Versicherungsgeschäft habe sich verändert, erklärte er Kit.

Sie sah ihn an, weder hart noch kalt, sondern ganz unvoreingenommen. Er war sanft und freundlich wie immer. In den ersten qualvollen Monaten nach seinem Verschwinden hatte sie diese Eigenschaften am meisten vermißt.

»Du kennst doch hier gar keinen mehr«, meinte sie stockend.

»Ich würde die Leute wieder kennenlernen.«

»Es ist viel schwerer, hier als Versicherungsagent zu arbeiten als drüben. In Irland ist die Lage ziemlich gespannt.«

»Ich möchte auch nicht mehr in dieser Branche arbeiten. Ich habe gedacht, ich könnte dir vielleicht helfen ... ein Geschäft aufzubauen.«

Sie dachte darüber nach, reglos, die Augen gesenkt, um seinem bittenden Blick auszuweichen. Sie stellte sich vor, wie er bei Tisch die Rolle des Familienvorstandes übernehmen würde. Sie sah ihn schon vor sich, wie er den Studenten eine zweite Portion auftat, wie er Kevin Hickey und ähnliche junge Männer zum Lachen brachte, sich für ihr Studium und ihr gesellschaftliches Leben interessierte.

Aber weshalb hatte er all das nicht bei seinem eigenen Sohn getan? Bei Frank Hegarty, der vielleicht noch am Leben gewesen wäre, hätte er die feste Hand eines Vaters gespürt, der so ein blödes Motorrad nicht geduldet hätte!

»Nein, Joseph«, sagte sie, ohne aufzusehen. »Es würde nicht funktionieren.«

Er saß ganz still da und dachte an seinen Sohn, der ihm all die Jahre geschrieben hatte. Der Sohn, der ihn in den Sommerferien einmal besucht hatte, als er in der Konservenfabrik mit Erbseneindosen Geld verdiente. Frank, der Junge, der mit seinem Vater drei große Glas Bier getrunken und ihm alles von seinem Heim in Dunlaoghaire erzählt hatte. Der gemeint hatte, daß sich seine Mutter vielleicht einmal erweichen lassen würde. Aber er hatte ihr nichts von dem Besuch und von den Briefen erzählt, und Joseph Hegarty mißbrauchte das Vertrauen des toten Jungen nicht. Frank hatte bestimmt seine Gründe gehabt, und sein Vater wollte sein Geheimnis nicht ausplaudern und womöglich das Bild zerstören, das seine Mutter von ihm im Herzen trug.
»Wie du willst, Kit«, sagte er. »Es ist deine Entscheidung. Aber ich wollte dich wenigstens fragen.«

Die Westwards standen im Telefonbuch. Es meldete sich eine ältere Frau.
»Es ist ein persönliches Gespräch für Mr. Simon Westward von Sir Victor Cavendish«, sagte Nan im neutralen Ton einer Sekretärin. Sie hatte den Namen aus der Zeitschrift *Social and Personal*.
»Tut mir leid, Mr. Westward ist nicht hier.«
»Wo kann Sir Victor ihn erreichen, bitte?«
Mrs. Walsh beantwortete die selbstbewußte Frage, die ganz selbstverständlich eine Antwort verlangte, ohne Zögern.
»Er wird im Hibernian zu Mittag essen, glaube ich«, sagte sie. »Vielleicht könnte Sir Victor ihn dort anrufen.«
»Herzlichen Dank«, antwortete Nan und legte auf.

»Ich möchte dir dein Weihnachtsgeschenk heute schon geben«, sagte Nan in der Haupthalle zu Benny.
»O Gott, Nan, und ich hab gar nichts für dich.« Benny sah richtig betroffen aus.
»Nein, meins ist eine Einladung. Ich führe dich zum Essen aus.«

Sie ließ keinen Widerspruch gelten. Jeder Mensch verdiene es, wenigstens einmal im Leben im Hibernian zu speisen. Nan und Benny sollten da keine Ausnahme sein. Benny wunderte sich nur, weshalb Eve nicht eingeladen war.

Als sie St. Stephen's Green durchquerten, begegneten sie Bill Dunne und Johnny O'Brien. Die beiden schlugen vor, zusammen etwas trinken zu gehen. Schließlich sei doch Weihnachten. Das Angebot wurde abgelehnt, doch die jungen Männer ließen nicht locker – wie wäre es mit Hühnchenkroketten und Pommes frites bei Bewley's, mit klebrigem Mandelgebäck zum Nachtisch? Jetzt erzählte Benny lachend, daß sie auf dem Weg zum Hibernian waren.
»Ihr habt wohl beide einen Millionär an der Angel«, meinte Bill Dunne in ruppigem Ton, um seine Enttäuschung zu verbergen.
Benny hätte ihnen fast gesagt, daß es sich um eine Einladung von Nan handelte. Doch vielleicht war es Nan ja nicht recht, wenn jemand erfuhr, daß sie allein hingingen. Erwartungsvoll sah Benny ihrer Freundin ins Gesicht, doch Nans Miene verriet nicht, was sie dachte. Sie war so schön, daß es Bennys Herz wieder einmal einen Stich versetzte. Es mußte doch wie ein Wunder sein, wenn man morgens aufwachte und wußte, daß man den ganzen Tag über so aussehen würde, daß jeder, der einem ins Gesicht sah, dieses Gesicht mögen würde.
Wenn Bill Dunne nur nicht so enttäuscht gewesen wäre. An einem anderen Tag wäre Benny liebend gern mit ihm zu Bewley's gegangen. Jack war den ganzen Nachmittag im Rugbyclub. Es gab viele Gründe, etwas mit Bill und Johnny zu unternehmen. Sie gehörten zu Jack, sie waren Teil seines Lebens. Doch dann dachte sie an Nans großherziges Angebot und kam sich mit einemmal sehr undankbar vor. War es denn nicht wunderbar, ins Hibernian zu gehen und diesmal nicht nur durch die Coffee Lounge zur Damentoilette zu schlendern, wie sie es bisher immer getan hatte?

Eve hatte am Nachmittag keine Veranstaltungen mehr. Weder Benny noch Nan waren aufzutreiben. Aidan Lynch hatte sie zu seinen Eltern eingeladen, die in den Wochen vor Weihnachten gern eine Stunde Weihnachtseinkäufe mit einem vierstündigen Essen verbanden. Eve hatte mit der Begründung abgelehnt, sie wolle sich nicht auf so gefährliches Terrain begeben.
»Wenn wir erst mal verheiratet sind, müssen wir uns auch mit ihnen treffen, weißt du. Wir müssen sie zu Lammkeule mit Minzsauce einladen«, hatte Aidan zu bedenken gegeben.
»Damit können wir uns dann in zwanzig Jahren auseinandersetzen«, hatte Eve grimmig geantwortet.
Doch Aidan Lynch ließ sich nicht so schnell entmutigen. Er war ein viel zu fröhlicher Mensch, und außerdem war er von der unerschütterlichen Überzeugung erfüllt, daß Eve ihn liebte. Was natürlich nicht der Fall war, denn Eve liebte überhaupt niemanden, wie sie ihm schon tausendmal zu erklären versucht hatte. Lediglich zu Mutter Francis und Benny und Kit empfand sie eine tiefe Zuneigung. Niemand hatte ihr je erklären können, was an der Liebe eigentlich so Besonderes dran war, sagte sie ihm. Man brauchte doch nur daran zu denken, was die Liebe bei ihrer Mutter und ihrem Vater angerichtet hatte. Oder wie langweilig Sean und Carmel aus lauter Liebe geworden waren. Und wie die Liebe Kit Hegartys Leben zerstört hatte.
Als sie an Kit dachte, wußte Eve, wohin sie jetzt gehen würde – heim nach Dunlaoghaire. In den letzten Tagen hatte Kit einen sehr seltsamen Eindruck gemacht. Hoffentlich war sie nicht krank. Und hoffentlich war der Mann, der unversehens bei ihnen aufgetaucht war, nicht Joseph Hegarty.
Also nahm Eve den Zug nach Dunlaoghaire. Sie fand Kit in der Küche, den Kopf in die Hände gestützt. Alles war noch genauso wie am Morgen, als Eve weggegangen war. Sie hängte ihren Mantel auf.
»Schwester Imelda hat immer gesagt, man könne jedem auf der

Welt besser zu Leibe rücken, wenn man einen Teller Kartoffelpuffer verspeist hat. Und ich bin da wirklich ganz ihrer Meinung.«
Noch während Eve diese Worte sagte, holte sie den kalten Kartoffelbrei aus der Schüssel, riß eine Tüte Mehl auf und gab ein Stück Butter in die Bratpfanne.
Kit sah noch immer nicht auf.
»Natürlich löst das nicht alle Probleme. Ich erinnere mich beispielsweise daran, wie verzweifelt ich war, als niemand mir erklären wollte, warum meine Eltern auf unterschiedlichen Friedhöfen begraben sind. Da haben wir uns Kartoffelpuffer gemacht, Mutter Francis und ich. Zwar hat das meine Frage nicht beantwortet und mir auch nicht viel weitergeholfen, aber während wir den Kartoffelpuffer aßen, haben wir uns großartig gefühlt.«
Jetzt hob Kit den Kopf. Das beiläufige Geplauder und die ganz alltäglichen Kochrituale wirkten tröstlich auf sie. Und Eve unterbrach ihre Tätigkeit auch keinen Augenblick, als Kit ihr die Geschichte von dem Ehemann erzählte, der sie verlassen hatte und zurückgekommen war – und den sie wieder weggeschickt hatte.

Nan entdeckte Simon Westward in dem Moment, als sie und Benny in den Speisesaal geführt wurden. Der Kellner hatte die Absicht gehabt, diese beiden jungen Studentinnen in einen möglichst abgelegenen Winkel zu verfrachten, aber Nan verlangte sofort einen zentraleren Tisch. Sie benahm sich, als suche sie regelmäßige Restaurants dieser Preisklasse auf – da gab es doch wahrhaftig keinen Grund, ihr einen besseren Tisch zu verweigern!
Sie studierten die Speisekarte, und Nan erkundigte sich nach den Gerichten, die sie nicht kannten.
»Nehmen wir doch etwas, das wir noch nie gegessen haben«, schlug sie vor.

Benny hatte sich eigentlich vorgestellt, Lamm zu nehmen, denn das war ihr wenigstens vertraut. Aber es war Nans Einladung.
»Zum Beispiel?« fragte sie ängstlich.
»Hirn«, antwortete Nan. »Das hatte ich noch nie.«
»Ist das nicht ein bißchen riskant? Angenommen, wir finden es scheußlich?«
»In einem Restaurant wie diesem hier kann gar nichts scheußlich sein. Warum nimmst du nicht Bries oder Perlhuhn oder Schnepfe?«
»Schnepfe? Kann man Schnepfen essen?«
»Es steht bei Wild. Ein Wildvogel.«
»Das kann nicht sein. Ich hab noch nie gehört, daß man Schnepfen ißt. Wer will schon eine doofe Schnepfe!«
Nan lachte, und aus den Augenwinkeln beobachtete sie, daß Simon Westward genau in diesem Moment aufblickte. Nan konnte ihn aus dem Augenwinkel beobachten. Er saß an einem Tisch neben einem ganz in Tweed gekleideten älteren Mann und einer jüngeren Frau mit Pferdegesicht.
Nan wußte, daß er sie entdeckt hatte. Sie lehnte sich zurück. Jetzt brauchte sie nur noch abzuwarten.
Aber Benny studierte immer noch angestrengt die exotischen Gerichte auf der Karte.
»Ich könnte doch Scampi bestellen. Das hab ich auch noch nie gegessen.«
»Aber du weißt, was es ist. Große Garnelen in Panade.«
»Ja, doch ich hab sie noch nie probiert. Also wäre es was Neues für mich.«
Wenigstens hatte sie es geschafft, Hirn und Bries und die ganzen anderen fremdartig klingenden Sachen zu vermeiden.
»Miss Hogan, Sie speisen wohl nur in den besten Restaurants?«
Simon Westward stand neben Benny.
»Ich gehe nur sehr selten fein essen. Aber dann begegne ich jedesmal Ihnen.« Sie lächelte ihn freundlich an.

Noch ehe er fragend zu Nan hinüberblicken konnte, machte Benny sie schon miteinander bekannt. Sehr schlicht, aber völlig korrekt.
Nans Benimmbüchern zufolge hatte sie gegen keine Regel verstoßen – obgleich Benny so etwas sicher nie gelesen hatte.
»Nan, das ist Simon Westward. Simon, das ist meine Freundin Nan Mahon.«
»Hallo, Nan«, sagte Simon und gab ihr die Hand.
»Hallo, Simon«, antwortete Nan lächelnd.

»Du warst doch mit einem reichen Knacker unterwegs. Ich hab's gehört«, bekam Benny am nächsten Tag von Jack zu hören. Aber dabei lachte er.
»Nein, war ich gar nicht. Nan hat mich ins Hibernian ausgeführt. Als Weihnachtsgeschenk.«
»Warum hat sie das gemacht?«
»Sag ich doch – als Weihnachtsgeschenk.«
Jack schüttelte den Kopf. Seiner Meinung nach ergab das keinen Sinn.
Benny biß sich auf die Unterlippe und wünschte sich, sie hätte die Einladung ausgeschlagen. Zu den Scampi hatte sie Kartoffeln bestellt, weil sie nicht wußte, daß man eigentlich Reis als Beilage wählen mußte – was ihr erst klar wurde, als sie das entsetzte Gesicht des Kellners bemerkte. Dann hatte sie sich an der Käsetheke ein bißchen von allem geben lassen, statt sich für zwei Sorten zu entscheiden, wie andere Leute das taten. Und als sie einen schönen schaumigen Cappuccino bestellte, wies man sie mit Grabesstimme darauf hin, daß so etwas im Speisesaal nicht serviert wurde.
Außerdem ging von Simon und Nan irgend etwas aus, das ihr Unbehagen bereitete. Es kam ihr vor, als spielten sie ein Spiel, ein Spiel, das ausschließlich sie beide durchschauten. Alle anderen blieben außen vor.

Und jetzt ließ Jack auch noch durchblicken, daß Nan für ihre großzügige Einladung ein niederes Motiv gehabt hätte!
»Was ist los?« erkundigte er sich, als er ihren bekümmerten Gesichtsausdruck bemerkte.
»Nichts.« Benny setzte sofort ihr strahlendstes Lächeln auf.
Plötzlich wirkte sie sehr verletzlich. Jack konnte sich vorstellen, wie sie mit vier oder fünf Jahren ausgesehen hatte, wenn sie so tat, als wäre alles in Ordnung, obwohl es gar nicht stimmte.
Als sie über die Ampel zwischen Stephen's Green und Grafton Street gingen, legte er ihr den Arm um die Schulter.
Die Läden waren weihnachtlich dekoriert, Lichterketten spannten sich über die Straße. Eine vor Kälte zitternde Gruppe Weihnachtssänger stimmte »Away in a Manger« an. Die Sammelbüchsen klapperten. Benny wirkte so unschuldig, und Jack empfand das starke Bedürfnis, sie zu beschützen – vor allem möglichen. Vor Bill Dunne, der sagte, ein großes Mädchen wie Benny mit einem so mächtigen Busen würde bestimmt eine Unmenge Verehrer kriegen; vor den Betrunkenen, die mit der Flasche in der Hand, mit irren Augen und zerzausten Haaren herumtorkelten. Jack achtete darauf, daß Benny auf dem Gehweg blieb und nicht in den Feiertagsverkehr stolperte. Er wollte sie beschützen vor den Kindern mit den dreckigen Gesichtern, die einer so gutherzigen Person wie Benny Hogan den letzten Penny abluchsen konnten. Und am allerwenigsten wollte er, daß sie am Nachmittag mit dem Bus nach Knockglen zurückfuhr und dort fast drei Ferienwochen lang blieb.
»Benny?« sagte er.
Sie wandte sich fragend zu ihm um, und er nahm ihr Gesicht in beide Hände und küßte sie ganz zart auf den Mund. Dann ließ er sie los und sah die Überraschung in ihren Augen.
Direkt an der belebtesten Straße Dublins schloß er sie in die Arme und drückte sie an sich. Er spürte, wie auch sie ihre Arme um ihn legte, und sie umschlangen sich, als wäre es das Natürlichste der Welt.

Kapitel 13

Fonsie hatte zu Weihnachten eine neue schwarze Samtjacke bekommen. Clodagh hatte ihm dazu lilafarbene Knopfüberzüge genäht und ein großes, mit Volants besetztes Einstecktuch für die Brusttasche.
Als er so ausstaffiert gemächlich das Kirchenschiff entlang zur Kommunion schritt, war fast ganz Knockglen zutiefst schockiert.
»Jetzt gehört auch noch Gotteslästerung zur Liste seiner Sünden«, zischte Mrs. Healy den Hogans zu, die neben ihr saßen.
»Er muß sich im Stand der Gnade befinden, sonst würde er nicht hierherkommen«, meinte Annabel. Ihrer Ansicht nach war Mrs. Healys Rachefeldzug reichlich übertrieben. Sie beneidete Peggy und Mario, daß sie soviel junges Blut in ihrem Geschäft hatten. Wenn es Sean und Benny doch nur miteinander versucht hätten, dann wäre der Laden der Hogans jetzt vielleicht nicht vom Niedergang bedroht, während die beiden anderen Unternehmen blühten und gediehen. Annabel sah Eddie an, der neben ihr saß. Worum er wohl betete? Ganz anders als Annabel konnte er sich immer ganz in die Andacht versenken, als führe er in der Kirche wirklich Zwiesprache mit Gott. Dagegen empfand Annabel ihre alltäglichen Sorgen während der Messe nur noch drückender, statt daß sie sich Gott näher fühlte. Benny wiederum betete nicht, soviel war sicher. Kein Mensch, der betete, hatte einen so entrückten Gesichtsausdruck.

Clodagh Pine musterte voller Genugtuung ihren Freund Fonsie. Er sah wirklich prima aus. Und er war auch ein prima Kerl. Als man sie damals nach Knockglen verbannte – in der törichten

Annahme, in einem solchen Provinznest würde sie schon zur Ruhe kommen –, hätte sie nie geglaubt, daß sie hier einmal einem Mann wie Fonsie begegnen würde. Auch ihre Tante war sehr gut zu ihr, viel besser, als Clodagh je zu hoffen gewagt hatte. Sie war des Lobes voll für die Neuerungen in ihrem Geschäft, auch wenn sie sich sonst gegen alles Neue erst einmal sträubte. Wenn Peggy Pine sich aber erst einmal mit einer Idee angefreundet hatte, setzte sie diese in ihrem ganz persönlichen Stil um. Und deshalb führten sie jetzt die schicken Stricksachen, derentwegen mittlerweile sogar Leute aus Dublin anreisten.
Oder die Idee mit den Designer-Etiketten, auf denen der Name Pine stand.
All das hatte den Umsatz des Ladens deutlich gesteigert. Außerdem wirkte alles sehr schick und lebendig. Kurzum, ein Erfolg für sie beide.
Clodagh hatte beschlossen, Knockglen heute nicht völlig vor den Kopf zu stoßen, und trug einen kurzen Tweedmantel im Fischgrätmuster mit einem schwarzen Ledergürtel, dazu hohe schwarze Stiefel sowie eine schräg auf dem Kopf sitzende schwarze Lederkappe. Mit großen, auffallenden Ohrringen hätte das toll ausgesehen. Aber zur Christmette wollte sich Clodagh in Zurückhaltung üben. Und sie hatte keine Ahnung, daß ihre Tante da kniete, den Kopf in die Hände vergraben, und die Mutter Gottes fragte, weshalb ein so liebes und hilfsbereites Mädchen wie Clodagh wie eine Prostituierte herumlaufen mußte.

Sean Walsh wirkte auch steif, wenn er kniete, und sah aus wie jemand, der sich in Erwartung eines Schlages zusammenkauert. Damit ihn nur keiner dabei erwischte, wie er sich umsah, starrte er stur geradeaus.
Dieses Jahr war er bei den Hogans zum Weihnachtsessen eingeladen. Sonst hatte er Weihnachten zu Hause verbracht, in einer Welt, von der er nie etwas erzählte, in einer Stadt, an deren

Namen sich niemand erinnerte, weil Sean ihn nie erwähnt hatte. Aber dieses Jahr hatte er Mr. Hogan überredet, den Laden am Heiligabend länger offen zu lassen und auch zur Mittagszeit nicht zu schließen, wie es sonst üblich gewesen war.
Als Begründung hatte er angegeben, daß die meisten Leute am Heiligabend noch dringend das eine oder andere verspätete Geschenk kaufen wollten. Und wenn Hogan's nicht aufhatte, dann konnten die Nachzügler ihre Männertaschentücher bei Peggy Pine's kaufen, ihre Zigarren bei Birdie Mac's und ihre männlich duftenden Seifen bei Kennedy's. All diese Geschäfte blieben jetzt so lange offen, um noch ein wenig Kundschaft anzulocken. Knockglen veränderte sich rapide.
»Aber das geht doch nicht«, hatte Mr. Hogan flehentlich widersprochen. »Du wirst deinen Bus nach Hause verpassen.«
»Bei mir zu Hause gibt es ohnehin kein großartiges Weihnachtsfest, Mr. Hogan«, erwiderte Sean kleinlaut, aber in dem Bewußtsein, daß jetzt eine Einladung fällig war.
Sean freute sich darauf, zusammen mit den Hogans beim Weihnachtsmahl zu sitzen, als wäre er eine Person von Rang und Namen. Er hatte ein Trockenblumenbukett für Mrs. Hogan gekauft – etwas, das das ganze Jahr über auf dem Tisch stehen konnte, würde er sagen. Für Benny einen Körperpuder namens Talc de Coty, ein Puder mittlerer Qualität, der ihr bestimmt gefallen würde. Nur nichts Übertriebenes, was ihr womöglich unangenehm gewesen wäre.
Heute früh war sie sehr nett zu ihm gewesen und hatte ihn freundlich angelächelt. Ja, sie hatte sogar gemeint, sie freue sich, daß er beim Essen zu Gast sein würde. Und er solle gegen ein Uhr nach Lisbeg kommen.
Gut, daß er jetzt wußte, wann man ihn erwartete. Er hatte sich nämlich schon überlegt, ob er nach der Christmette wohl direkt mit ihnen nach Hause mitgehen sollte. Jetzt konnte er sich an Bennys Anweisungen halten.

Da sich Seans Besuch nun nicht mehr vermeiden ließ, hatte Benny sich dazu durchgerungen, wenigstens höflich zu sein. Wie Patsy ihr verraten hatte, waren ihre Eltern schon besorgt gewesen, sie würde eine Szene machen.
»Er bleibt doch nur zum Essen. Nicht fürs ganze Leben«, meinte Benny weise.
»Sie würden sich aber freuen, wenn es fürs ganze Leben wäre.«
»Nein, Patsy, das kannst du doch nicht ernst meinen. Jetzt nicht mehr. Ganz bestimmt nicht. Inzwischen müssen sie doch eingesehen haben, daß sie sich da keine Hoffnungen zu machen brauchen.«
»Ich weiß nicht. Man kann ja niemandem vorschreiben, was er denken und hoffen soll.«
Aber Patsy irrte sich bestimmt. Bennys Eltern konnten sich nicht ernsthaft einbilden, daß Sean Walsh für Benny in Frage kam. Das Geschäft ging schlecht, das Geld war knapp, und all das wußte Benny. Ebenso, daß ihre Eltern sie nicht auf die Universität geschickt hätten, wenn sie sich für ihre Tochter nicht etwas Besseres erhofften. Hätten sie tatsächlich geglaubt, sie würde Sean Walsh heiraten, hätten sie versucht, Benny zu einem Sekretärinnen- und Buchhaltungskurs zu bewegen. Man hätte sie in den Laden gesteckt und sie niemals in die große Welt hinausgelassen, die so viele Verheißungen bereithielt. Und in der sie Jack Foley kennengelernt hatte.

Die Christmette im Kloster war immer wunderschön. Pater Ross liebte die reinen, klaren Stimmen der jüngeren Nonnen im Chor. Wenn er die Messe in der Kapelle von St. Mary hielt, gab es kein Hüsteln, kein Stottern, kein Herumgezappel. Die Nonnen sangen die Liturgie makellos und läuteten die Glocken im richtigen Moment. Man brauchte sich nicht mit verschlafenen oder widerspenstigen Ministranten herumzuärgern. Und es gab auch nicht diese empörende und höchst pietätlose Modenschau,

für die die Gemeindekirche von Knockglen heute morgen mißbraucht worden war. Hier war man nur von Menschen umgeben, die ihr Leben Gott geweiht hatten. Ausgenommen natürlich Eve Malone, die hier aufgewachsen war.
Pater Ross' Augen ruhten auf dem zierlichen dunklen Mädchen, während er sich umwandte, um den letzten Segen zu erteilen: »Ite missa est.«
Er sah, wie sie den Kopf mit der gleichen Ehrfurcht neigte wie die Nonnen, als sie »Deo gratias« sagte.
Mit Sorge hatte er vernommen, daß Eve in das Haus ziehen wollte, in dem ihre geistesgestörte Mutter bei der Geburt gestorben und auch ihr armer Vater ums Leben gekommen war. Sie war noch zu jung, um allein zu leben, um mit all den Gefahren fertig zu werden, die damit einhergingen! Aber Mutter Francis, diese bewundernswert vernünftige Frau, war damit einverstanden.
»Es ist ja gleich hinter dem Garten, Pater«, hatte sie ihn beruhigt. »Das Haus gehört ja fast zum Kloster.«
Aber jetzt freute sich Pater Ross erst einmal auf sein Frühstück im Empfangszimmer. Schwester Imeldas knusprig gebratener Speck und ihre dreieckigen Kartoffelpuffer ließen einen die Welt vergessen – man folgte ihrem Duft, wohin er einen auch führte.

Mrs. Walsh radelte von Knockglen zurück nach Westlands. Mr. Simon und Miss Heather würden sich um halb zwölf auf den Weg zur Kirche machen. Nur der alte Gentleman hatte schon seit langem keinen Gottesdienst mehr besucht. Es war ein trauriger Anblick, wie matt er in seinem Sessel saß und doch zeitweilig vollkommen klar im Kopf war. Gewöhnlich erinnerte er sich dann an Dinge, die man lieber hätte vergessen sollen. Traurige Ereignisse, Unfälle, Katastrophen. Keine glücklichen Begebenheiten. Keine Hochzeiten, Taufen oder andere Feste.
Mrs. Walsh sprach nie über ihr Leben in dem großen Haus. Sie

hätte viele Zuhörer faszinieren können mit Geschichten über Heather, wie sie Clara von den Welpen erzählte, sich mit Mr. Woffles über seinen Weihnachtssalat unterhielt und dem Pony erklärte, daß sie Geschirrmacherin werden wolle und ein Zaumzeug erfinden würde, das dem armen zarten Maul ihres geliebten Pferdchens nicht so weh tat wie die Kandare.

Mrs. Walsh hatte Bee Moore gewarnt, daß auch sie nicht irgendwelche Geschichten in Umlauf bringen solle. Die Leute waren immer schnell bei der Hand, wenn es darum ging, eine Familie zu kritisieren, die nicht recht ins Dorf paßte. Und die Westwards hatten einen anderen Glauben, gehörten einer anderen gesellschaftlichen Klasse an und hatten auch noch eine andere Nationalität. Die Anglo-Iren hielten sich zwar für Iren, sagte Mrs. Walsh sehr oft, um Bee Walsh unmißverständlich klarzumachen, was sie meinte, aber natürlich stimmte das nicht. Sie waren genauso englisch wie die Menschen jenseits der Irischen See. Ihr einziges Problem bestand darin, daß ihnen das nicht bewußt war.

Mr. Simon hatte ein Auge auf eine englische Lady aus Hampshire geworfen. Er wollte sie einladen. Aber nicht nach Westlands, sondern in Healy's Hotel. Auf diese Weise wollte er sie durch die Blume wissen lassen, daß er sich noch nicht ganz sicher war und sie deshalb lieber noch nicht zu sich nach Hause bitten wollte.

Mrs. Walsh radelte zurück, um das Frühstück zuzubereiten. Mr. Simon war schlecht beraten, dachte sie bei sich. Healy's Hotel war nicht der richtige Ort, wo man eine reiche Dame aus Hampshire einquartierte. Die Installationsanlagen waren miserabel, die Zimmer winzig. Auf diese Weise bekam die Lady bestimmt keine gute Meinung von Mr. Simon und Westlands und überhaupt. Höchstwahrscheinlich würde sie auf dem Absatz kehrtmachen und mitsamt ihren immensen Reichtümern in Hampshire bleiben.

Dabei war der Zweck der Einladung doch sicher, daß die Lady blieb und in die Familie einheiratete. Ein bißchen englisches Blut konnte nicht schaden, und – was noch wichtiger war – ein bißchen Geld hatte man hier dringend nötig.

Mutter Clare betrachtete Eve mit einer Abneigung, die sie kaum zu verbergen suchte.
»Es freut mich, daß du dich von all deinen verschiedenen Krankheiten erholt hast«, sagte sie.
Eve lächelte sie an. »Danke, Mutter Clare. Sie waren immer sehr freundlich zu mir. Es tut mir leid, daß ich es damals nicht angemessen gewürdigt habe.«
»Wenn überhaupt«, schnaubte Mutter Clare.
»Ich denke, in gewisser Weise habe ich Ihre Freundlichkeit schon erwidert – indem ich Ihnen aus dem Weg gegangen bin.« Eve sprach in höflichem, arglosem Ton. »Sie mußten sich nicht mehr über mich den Kopf zerbrechen und versuchen, mich in Ihre Welt einzugliedern – nur aus Freundschaft zu Mutter Francis.«
Die Nonne sah Eve mißtrauisch an, konnte aber keinen Spott und keine Doppeldeutigkeit in ihren Worten entdecken.
»Jedenfalls hast du anscheinend alles bekommen, was du wolltest«, meinte sie.
»Nein, nicht alles.« Einen Moment überlegte Eve, ob sie den heiligen Augustinus zitieren und sagen sollte, daß unsere Herzen rastlos sind, bis sie im Herrn Frieden finden. Aber dann beherrschte sie sich doch. Damit wäre sie zu weit gegangen.
»Nicht alles, aber sicher eine Menge«, sagte sie statt dessen. »Möchten Sie sich vielleicht mein Häuschen ansehen? Man muß zwar ein Stück durch die Dornensträucher gehen, aber der Weg ist wenigstens nicht glitschig.«
»Später, Kind. Vielleicht ein andermal.«
»Gut. Ich wußte nur nicht, wie lange Sie bleiben ...« Wieder spiegelte Eves Gesicht vollkommene Unschuld wider.

Gestern abend hatte sie, wie an so vielen Heiligabenden, bei Mutter Francis gesessen und sich mit ihr unterhalten. Diesmal hatte Eve sogar ein bißchen von Aidan Lynch und ihrer eigenartigen Beziehung erzählt.
Bei diesem Gespräch hatte Mutter Francis auch erwähnt, das Schlimmste an Mutter Clares Besuch sei, daß man nicht wußte, wann sie wieder ging. Und Mutter Francis konnte ja schlecht nachfragen. Da hatte Eve versprochen, es für sie herauszubekommen.
Aber Mutter Clare schätzte es nicht, wenn jemand sie so unverblümt nach ihren Plänen fragte.
»Oh ... ich meine ... hmm ...«, stammelte sie.
»Wann müssen Sie denn wieder weg, Mutter Clare? Ich möchte Ihnen mein Häuschen nämlich unbedingt zeigen. Sie haben mich in Ihrem Heim empfangen, und da möchte ich mich doch revanchieren.«
Jetzt war Mutter Clare gezwungen, ein Datum zu nennen. Dank eines überraschenden Zufalls fuhr Peggy Pine ausgerechnet an diesem Tag nach Dublin. Damit stand die Abreise fest.
Mutter Francis warf Eve einen dankbaren Blick zu.
Einen dankbaren und liebevollen Blick.

Patsy hatte von Mossy zu Weihnachten eine Armbanduhr bekommen. Das konnte nur eins bedeuten – das nächste Geschenk mußte ein Ring sein.
»Eve glaubt, er hat hinten am Haus mit einem Anbau begonnen«, sagte Benny.
»Ach, bei Mossy weiß man das nicht so genau«, entgegnete Patsy.
Sie schmückten den Tisch mit Knallbonbons und ausgeschnittenen Papiergirlanden – wie jedes Jahr, solange Benny zurückdenken konnte.
Um das Haus herum hängten sie Papierlaternen auf. Der Weih-

nachtsbaum im Fenster bekam seit Jahren denselben Schmuck. Aber dieses Jahr hatte Benny in der Henry Street und in der Moore Street von Dublin ein paar neue Sachen gekauft.

Sie hatte einen Kloß im Hals, als ihre Eltern den Schmuck bewunderten – dabei war es der allergewöhnlichste und billigste rote und silberne Krimskrams, den man sich vorstellen konnte. Über alles, was Benny für ihre Eltern tat, waren sie dermaßen gerührt. Dabei war sie es doch, die ihnen hätte danken müssen. Man brauchte kein Einstein zu sein, um zu merken, daß das Geschäft nicht gut lief. Daß sie um die Existenz des Ladens kämpfen mußten und um alles, was sie Benny gaben. Trotzdem war es ganz ausgeschlossen, ihnen zu sagen, daß Benny sich tausendmal lieber ihr Studium selbst erarbeitet, bei anderen Leuten im Haushalt geholfen und auf Kinder aufgepaßt hätte.

Benny hätte jede Arbeit angenommen, sie hätte sogar auf allen vieren öffentliche Toiletten geschrubbt. Wenn sie dadurch nur nicht mehr jeden Abend, den Gott gab, nach Knockglen hätte zurückfahren müssen. Wenn sie in derselben Stadt hätte wohnen können wie Jack Foley ...

»Der arme Sean. Er wird uns doch keine Umstände machen?« meinte Bennys Mutter in fragendem Ton.

»Ich konnte ihn doch gestern nicht den ganzen Tag arbeiten lassen, ohne ihn heute wenigstens zu einem Happen einzuladen – nachdem er wegen uns seinen Bus verpaßt hat.« Auch die Bemerkung von Bennys Vater klang wie eine Frage.

»Ob er sich jemals eine eigene Wohnung besorgt, hier im Ort?« überlegte auch Benny laut.

»Komisch, daß du das sagst. Angeblich ist er immer wieder in der Nähe des Steinbruchs unterwegs und sieht sich dieses oder jenes Haus an.«

»Da hat er ja genau die richtige Arbeit, wenn er von dem, was er im Laden verdient, etwas sparen will«, meinte Eddie Hogan bedauernd.

Er hätte nicht zu sagen brauchen, daß Sean unterbezahlt war, denn sie wußten es alle. Aber was der Laden abwarf, war nun einmal so wenig, daß man eigentlich niemanden davon entlohnen konnte.

Dann passierte alles gleichzeitig. Sean Walsh klopfte an die vordere Tür, die nie benutzt wurde, doch er dachte, an Weihnachten sei das anders. Im selben Moment erschien Dessie Burns, voll wie eine Haubitze, an der Hintertür und sagte, er brauche einen Stall zum Übernachten – nur einen Stall. Wenn ein Stall gut genug gewesen war für unseren Heiland, dann war er auch gut genug für Dessie Burns. Und vielleicht wäre es auch nicht verkehrt, wenn man ihm einen Teller Essen bringen könnte. Dr. Johnson kam angelaufen, um Eddie Hogans Wagen zu borgen, und brüllte: »Ausgerechnet an Weihnachten muß dieser blöde Mistkerl aus Westlands einen Anfall kriegen! Und das genau in dem Augenblick, in dem ich meine verdammte Gabel in den verdammten Truthahn stecken will!« Und schon war er mit dem Morris Cowley der Hogans davongerast.

Birdie Mac kam in heller Aufregung angelaufen und berichtete, daß Mr. Flood, der normalerweise eine Nonne im Baum neben seinem Haus sah, jetzt auf einmal von dreien heimgesucht wurde und versuchte, sie dazu zu bewegen, vom Baum zu steigen und mit ihm ein Täßchen Tee zu trinken. Birdie war bereits bei Peggy Pine gewesen, um sich dort Rat zu holen, aber Peggy war mehr oder weniger betrunken gewesen und hatte vorgeschlagen, Birdie solle Mr. Flood doch überreden, zu seinen Besucherinnen in den Baum hinaufzuklettern.

Und dann rief auch noch Jack Foley aus Dublin an, dem Postamt trotzig die Stirn bietend – denn dort haßte man nichts mehr, als am Weihnachtstag Gespräche zu vermitteln, außer in Notfällen.

»Aber es *ist* ein Notfall«, hatte er beteuert.

Als Benny ans Telefon kam, sagte er ihr, es handle sich um den dringendsten Notfall in seinem ganzen Leben. Er wollte sie wissen lassen, wie sehr er sie vermißte.

Als alles aufgeräumt war, gingen Patsy und Mossy spazieren. Dieses Jahr hatte Benny zum erstenmal vorgeschlagen, daß sie alle gemeinsam den Abwasch erledigen sollten. Beide Haustüren wurden aufgerissen, damit der Essensgeruch hinauszog. Benny meinte, es sei sicher nicht besonders taktvoll den Hühnern gegenüber, sie mit dem Geruch des Truthahnbratens zu belästigen, aber vielleicht seien Hühner in dieser Hinsicht nicht so empfindsam. Sean wußte nicht, wie er sich bei einem solchen Gespräch verhalten sollte. Nachdem er mehrere Möglichkeiten in Erwägung gezogen hatte, beschloß er, einfach ein ernstes Gesicht aufzusetzen.
Die schwere Großvateruhr in der Ecke tickte laut, während erst Eddie Hogan und dann Annabel im warmen Schein des Kaminfeuers einschlummerten. Auch Shep dämmerte ein. Langsam und gegen seinen Willen fielen ihm die Augen zu. Als wollte er Benny und Sean eigentlich lieber nicht bei ihrer Unterhaltung allein lassen.
Benny wußte, daß auch sie hätte schlafen können – oder jedenfalls so hätte tun können, als ob sie schliefe. Sean hätte das nicht als unhöflich angesehen, sondern als Zeichen, daß er in ihrem Haus ein gerngesehener, vertrauter Gast war. Aber sie war ohnehin viel zu aufgeregt, um zu schlafen.
Jack hatte von zu Hause angerufen und erzählt, alle spielten gerade Karten und er habe sich davongestohlen, um Benny zu sagen, daß er sie liebte.
Jetzt war Benny hellwach. Sie sehnte sich nach angenehmerer Gesellschaft als Sean Walsh, und trotzdem tat er ihr irgendwie leid. Heute abend würde er in sein kleines Zimmer zwei Stockwerke über dem Laden zurückkehren. Niemand hatte angerufen, um ihm zu sagen, daß man ihn vermißte. Aber Benny konnte es sich heute leisten, großzügig zu sein.

»Noch ein Stück Schokolade, Sean?« Sie hielt ihm die Schachtel hin.
»Danke.« Sogar wenn er einfach nur Süßigkeiten aß, wirkte er unbeholfen. Ganz langsam rutschte die Schokolade seinen Hals hinunter. Er schluckte mehrmals und räusperte sich heftig.
»Du siehst heute sehr ... hm ... sehr hübsch aus, Benny«, sagte er nach einigem Nachdenken. Zuviel Nachdenken für das, was dabei herauskam.
»Danke, Sean. Ich denke, an Weihnachten fühlt sich jeder irgendwie wohl.«
»Ich eigentlich nicht. Jedenfalls bis jetzt nicht«, gestand er.
»Es war doch ganz nett beim Essen, oder?«
Er beugte sich in seinem Stuhl vor. »Ich meine nicht bloß das Essen. Du warst vor allem nett, Benny. Das macht mir Hoffnung.«
Voller Mitgefühl sah sie ihn an. Sie hätte nie damit gerechnet, daß ihr innerhalb von einer einzigen Stunde zwei Männer ihre Liebe gestehen würden. Im Film bewältigten die Frauen solche Situationen ohne Schwierigkeiten, ja, gelegentlich spielten sie sogar den einen Anwärter gegen den anderen aus.
Aber das war kein Film. Hier saß der arme, traurige Sean Walsh und dachte allen Ernstes, er könnte ins Geschäft einheiraten. Sie mußte ihm klarmachen, daß es nie dazu kommen würde. Irgendwie mußte es doch passende Worte geben, die ihn nicht in seiner Würde verletzten und ihm doch begreiflich machten, daß es keinen Sinn hatte, sie noch ein zweitesmal zu fragen. Sean gehörte zur alten Schule, er glaubte, wenn eine Frau »Nein« sage, meine sie »Ja«, und man brauche ihre Weigerung nur lange genug zu ignorieren, bis sie endlich nachgab.
Benny versuchte sich vorzustellen, wie sie selbst so etwas am besten verkraftet hätte. Angenommen, Jack hätte ihr gestehen müssen, daß er eine andere liebte – wie hätte sie das am liebsten erfahren? Sie hätte gewollt, daß er ehrlich war, daß er es ihr

direkt, ohne Entschuldigungen und Ausflüchte, sagte. Als Tatsache. Und dann hätte sie gewollt, daß er wegging und sie das Ganze in Ruhe verdauen ließ.
Ob es für Sean Walsh wohl ähnlich war?
Während sie sprach, blickte sie in die Flammen, in die sich dauernd verändernden Bilder. Im Hintergrund hörte man den schweren Atem ihrer Eltern. Die Uhr tickte, und Shep winselte leise.
Sie erzählte Sean von ihren Plänen und Hoffnungen. Daß sie in Dublin leben wollte und hoffentlich alles klappen würde, wie sie es sich vorstellte.
Mit unbewegter Miene hörte Sean ihren Ausführungen zu. Als Benny über den Mann sprach, den sie liebte, lächelte er ein wenig. Ein schiefes kleines Lächeln.
»Bist du nicht auch der Meinung, daß es ebensogut eine vorübergehende Schwärmerei sein könnte?« fragte er. Es klang ziemlich hochnäsig.
Benny schüttelte den Kopf.
»Aber dieses Gefühl entbehrt doch jeder Grundlage. Du hast mit dem jungen Mann keine gemeinsamen Hoffnungen oder Pläne, wie das in einer richtigen Beziehung der Fall ist.«
Verblüfft sah sie ihn an. Ausgerechnet Sean Walsh redete von einer richtigen Beziehung – als hätte er selbst auch nur die blasseste Ahnung, was das bedeutete.
Aber sie wollte ihn bei Laune halten. »Ja, natürlich hast du recht. Vielleicht wird gar nichts daraus, aber ich hoffe es trotzdem.«
Jetzt war sein Lächeln noch bitterer. »Und weiß er – dieser Glückspilz – von deiner Schwärmerei? Ist ihm klar, welche ... Hoffnungen er in dir geweckt hat?«
»Selbstverständlich. Und er hat die gleichen Hoffnungen«, antwortete sie überrascht. Offenbar dachte Sean, sie schwärme jemanden aus der Ferne an, wie einen Filmstar.
»Nun ja, man wird sehen«, meinte er und blickte mit seinen traurigen, farblosen Augen in die Flammen.

Patsy hatte den Abend bei Mossy verbracht. Dabei hatte sie ihre neue Uhr getragen und sich erneut von Mossys Mutter begutachten lassen müssen. Auch Mossys Schwester und ihr Mann waren zugegen gewesen, was dem Besuch noch größere Bedeutung verlieh.

»Ich glaube, sie finden mich ganz in Ordnung«, berichtete sie Benny erleichtert.

»Und findest *du* sie auch in Ordnung?«

»Ich hab kein Recht, mir eine Meinung anzumaßen. Das weißt du doch, Benny.«

Nicht zum erstenmal hatte Benny das Bedürfnis, das Waisenhaus aufzusuchen, in dem Patsy ohne Hoffnung und Selbstvertrauen aufgewachsen war, und das gesamte Personal eigenhändig zu erwürgen. Patsy wollte wissen, um welche Uhrzeit Sean Walsh gegangen war, denn sie sah ihn dauernd, wie er sich auf dem Weg zum Steinbruch herumtrieb. Er mache einen bedrückten Eindruck, berichtete sie, als beschäftige ihn etwas.

Benny wollte nichts mehr darüber hören. Sie wechselte das Thema. Hatte in Eves Kate Licht gebrannt?

»Ja. Es sah richtig gemütlich aus. Sie hatte sogar eine kleine beleuchtete Weihnachtskrippe im Fenster. Und einen Baum mit jeder Menge Schmuck.«

Eve hatte Benny schon von der Krippe erzählt; es war ein Geschenk des Klosters. Außerdem hatte jede Nonne etwas als Baumschmuck gebastelt: Engel aus Pfeifenreinigern und bunter Wolle, Sterne aus Goldpapier, kleine Pomponbälle, aus Weihnachtspostkarten ausgeschnittene und auf dicke Pappe geklebte Figuren. Stundenlange Arbeit steckte in diesen Kleinigkeiten.

Die Klostergemeinschaft war gleichzeitig stolz und traurig, daß Eve in ihr eigenes Haus gezogen war. Aber die Nonnen hatten sich daran gewöhnt, daß ihr Schützling in Dublin studierte. In den ersten Wochen jedoch hatte Eve ihnen sehr gefehlt –

plötzlich rannte niemand mehr im Kloster umher oder hielt mit ihnen einen Plausch in der Küche.
Aber wie Mutter Francis immer sagte – Eve war ja nicht aus der Welt, sie wohnte gleich am anderen Ende des Gartens.
Zu Eve selbst sagte Mutter Francis das allerdings nie. Statt dessen betonte sie, daß das Mädchen nach Belieben kommen und gehen sollte – auch auf dem normalen Klosterpfad, wenn es ihr gefiel. Das Haus gehörte ihr, und sie konnte dort Besuch empfangen, von wem sie wollte.
Als Eve einmal wegen einer Party nachfragte, antwortete Mutter Francis, ihretwegen könne sie die halbe Grafschaft einladen. Reumütig gestand Eve, es sehe eher danach aus, als würde halb Dublin kommen. Wegen ihrer ganzen Angeberei dachten nämlich alle, Knockglen wäre ein Ort, den man gesehen haben mußte.
Mutter Francis meinte, das stimme ja auch. Aber die Frage sei doch, wie Eve zurechtkommen würde – zum Beispiel, wie sie Essen für halb Dublin auftischen wollte.
»Ich hab schon eine Menge mitgebracht. Am zweiten Feiertag kommen Clodagh und Benny und helfen mir.«
»Das ist wunderbar. Und denk daran, daß sich Schwester Imelda immer freut, wenn sie etwas backen kann.«
»Ich glaube, das könnte ich nicht...«
»Weißt du, ich glaube, daß man Würstchen im Schlafrock überall auf der Welt gern ißt. Sogar in Dublin. Schwester Imelda würde sich geehrt fühlen.«

Clodagh und Benny kamen schon früh.
»Eine Suppe ist genau das richtige«, erklärte Clodagh mit Entschiedenheit.
»Ich habe aber keinen großen Topf.«
»Ich wette, im Kloster gibt es einen.«
»Warum habe ich das bloß alles angefangen, Clodagh?«

»Weil du eine Party geben wolltest. Zur Feier deines Einzugs.«
Clodagh war damit beschäftigt, Teller zu zählen, Listen anzufertigen und sich zu überlegen, wo man am besten die Mäntel der Gäste unterbrachte. Benny und Eve sahen ihr bewundernd zu.
»Sie könnte die Welt regieren, wenn man sie ließe«, meinte Eve.
»Ganz bestimmt würde ich es besser machen als die Idioten, die momentan das Sagen haben«, antwortete Clodagh gut gelaunt.

Die Hogans waren überrascht, als Sean Walsh am zweiten Feiertag durch das Tor von Lisbeg kam.
»Heute haben wir ihn aber nicht noch mal eingeladen, oder?« Annabel klang erschrocken.
»Ich bestimmt nicht. Vielleicht Benny«, meinte Eddie zweifelnd.
Aber niemand hatte Sean Walsh eingeladen. Er war gekommen, um mit Mr. Hogan über das Geschäft zu reden. Gestern abend hatte er einen langen Spaziergang am Steinbruch unternommen und über alles nachgedacht. Sean Walsh wollte Mr. Hogan den Vorschlag unterbreiten, ihn als Teilhaber in die Firma aufzunehmen.
Es war ihm klar, daß nicht genug Umsatz gemacht wurde, um ihm ein attraktiveres Lohnangebot zu unterbreiten. Die einzige Lösung war, ihn als vollwertigen Sozius einsteigen zu lassen.

Mario sah zu, wie Fonsie den Kombiwagen rückwärts zur Tür manövrierte und den Plattenspieler in den Kofferraum lud.
»Also bald wieder Ruhe und Frieden hier?« fragte er hoffnungsvoll.
Fonsie machte sich nicht einmal die Mühe zu antworten. Er wußte, daß zur Zeit alles, was Mario sagte, eher ein gewohnheitsmäßiger Protest als ein echter Vorwurf war.
In dem Café hätte niemand das heruntergekommene Lokal wiedererkannt, das es gewesen war, als Fonsie in die Stadt kam. Mit

seinen bunten Farben und der fröhlichen Atmosphäre zog es jetzt alle mögliche Kundschaft an, die in früheren Zeiten keinen Fuß über die Schwelle gesetzt hätte. Fonsie hatte erkannt, daß man auch ältere Kundenkreise zu einer morgendlichen Tasse Kaffee hereinlocken konnte, und um das zu verwirklichen, hatte er keine Mühe gescheut. Um diese Tageszeit waren die jüngeren Leute, die ansonsten den Hauptanteil der Gäste ausmachten, in der Schule oder bei der Arbeit, und das Café war dann praktisch leer.
Fonsie spielte altmodische Musik und beobachtete zufrieden, wie Dr. Johnsons Frau, Mrs. Hogan, Mrs. Kennedy von der Apotheke und Birdie Mac allmählich dazu übergingen, hier ihren Kaffee zu trinken, wo er billiger war als in Healy's Hotel und eine wesentlich entspanntere Atmosphäre herrschte.
Und was die jungen Leute betraf, so hatte er große Pläne mit einer Jukebox, die sich in sechs Monaten amortisiert haben würde. Aber das alles konnte er seinem Onkel auch später noch erklären. Fürs erste sagte er lediglich, daß er den Plattenspieler Eve Malone für ihre Party leihen wollte.
»Da paßt er auch besser als hier«, brummte Mario. »Oben am Steinbruch, das ist in Ordnung. Da kriegen wenigstens bloß Vögel in der Luft ein Ohrenweh.«

»Du bleibst aber nicht allzu lange auf dieser Party, ja?« fragte Bennys Vater und musterte sie über seinen Brillenrand hinweg, wobei er alt und pedantisch wirkte. Benny haßte diese Angewohnheit, und es machte sie so ungehalten, daß sie ihn am liebsten angeschrien hätte: Setz die Brille entweder ab oder sieh richtig durch!
Aber sie zwang sich zu einem beschwichtigenden Lächeln.
»Es ist die einzige Party, die es je in Knockglen gegeben hat, Vater, das weißt du doch. Mir kann da nichts zustoßen, direkt hinter dem Klostergarten.«
»Der Pfad durch den Klostergarten ist uralt und glitschig.«

»Dann geh ich auf der Straße zurück und unten über den Platz.«
»Da ist es stockfinster«, mischte sich jetzt ihre Mutter ein. »Es ist vielleicht doch besser, wenn du durch den Klostergarten gehst.«
»Es gibt jede Menge Leute, die mich begleiten werden. Clodagh oder Fonsie, vielleicht auch Maire Carroll.«
»Vielleicht könnte ich dir auf dem Weg entgegenkommen, um die Zeit, wenn die Party vorbei sein müßte. Shep, dir würde so ein Nachtspaziergang bestimmt gefallen, was?«
Wie immer, wenn das Wort »Spaziergang« fiel, stellte der Hund augenblicklich die Ohren auf.
Benny suchte verzweifelt nach den richtigen Worten, die ihren Vater daran hindern würden, aus reiner Nettigkeit mitten in der Nacht loszumarschieren und durch die Fenster in Eves Haus zu spähen und allen die Party zu verderben, nicht nur Benny.
Wie konnte sie ihn dazu bringen, von seinem gutgemeinten, aber albernen Vorhaben abzulassen?
Nan hätte gewußt, wie man mit einer solchen Situation umging. Was hätte sie wohl getan? Sie sagte immer, man solle möglichst nah an der Wahrheit bleiben.
»Vater, es wäre mir lieber, wenn du mich nicht abholst. Ich würde dastehen wie ein Baby, weißt du, vor den ganzen Leuten aus Dublin. Schließlich ist es die einzige Party, die je in Knockglen stattgefunden hat, und vielleicht wird es die einzige bleiben. Verstehst du, daß ich nicht hingebracht und abgeholt werden möchte wie ein Kind?«
Er sah ein wenig gekränkt aus, als hätte sie ein freundliches Angebot ohne Grund ausgeschlagen.
»In Ordnung, Liebes«, sagte er endlich. »Ich habe es nur gut gemeint.«
»Das weiß ich, Vater, das weiß ich«, beteuerte sie.

Diese Weihnachten hatte sich Nans Vater noch übler aufgeführt als sonst. Er war kein bißchen in Feiertagsstimmung. Die Jungen waren inzwischen gegenüber seinen Launen beinahe immun. Paul und Nasey verbrachten nur sehr wenig Zeit in Maple Gardens.

Emily versuchte, sein Verhalten zu entschuldigen und Nan zu beschwichtigen.

»Er meint es nicht so. Wenn du wüßtest, wie sehr er sich danach mit Selbstvorwürfen quält...«

»Das weiß ich ja«, erwiderte Nan. »Aber ich muß es mir trotzdem anhören.«

»Es wird ihm leid tun, wie er sich uns gegenüber benommen hat. Heute ist er sicher lammfromm«, bettelte Emily um Verständnis.

»Soll er doch tun und lassen, was er will. Ich werde es mir jedenfalls nicht mit ansehen, Em. Ich gehe zum Rennen.«

Nan hatte alles mögliche anprobiert, bis sie schließlich mit ihrer Kleidung zufrieden war: das cremefarbene, braun abgesetzte Kostüm aus Kamelhaar; dazu der Hut, der so gut zu ihren blonden Locken paßte. Eine kleine, elegante Handtasche und Schuhe, mit denen sie nicht im Schlamm versank. Zusammen mit anderen Dublinern, die einen Ausflug machten, nahm sie den Bus zur Rennbahn.

Aber während die anderen über die Kondition und die Bestzeiten der Rennpferde sowie über mögliche Außenseiter fachsimpelten, saß Nan Mahon einfach nur da und blickte aus dem Fenster.

Eigentlich interessierte sie sich sehr wenig für Pferde.

Sie brauchte nicht lange, um Simon zu finden und sich so zu postieren, daß er sie sehen mußte. So stand sie an einem der kleinen Kohleöfchen, die rund um die Absperrung aufgestellt waren, und wärmte sich die Hände. Während sie sich scheinbar ganz auf den Ofen konzentrierte, sah sie aus den Augenwinkeln Simon herankommen.

»Wie schön, Sie wiederzusehen, Nan Mahon«, rief er. »Wo ist Ihr Gefolge?«

»Was meinen Sie damit?« Ihr Lächeln war warm und freundlich.
»Ich habe Sie eben noch nie ohne ein ganzes Regiment von jungen Frauen im Schlepptau gesehen.«
»Heute nicht. Ich bin mit meinen Brüdern hier. Sie sind gerade im Wettbüro.«
»Gut. Darf ich Sie dann zu einem Drink entführen?«
»Ja, gern, aber wirklich nur auf einen. Ich treffe mich nach dem dritten Rennen wieder mit ihnen.«
Sie gingen zur Bar, die gerammelt voll war. Er hatte die Hand unter ihren Ellbogen gelegt.
Offenbar kannte Simon einige der Anwesenden, die ihn mit einem Lächeln grüßten oder ihm etwas zuriefen. Nan fühlte sich keine Sekunde als Außenseiterin. Es gab keine mitleidigen Blicke. Keiner dieser Menschen würde je erfahren, was für ein Zuhause sie heute morgen verlassen hatte, um mit dem Bus hierherzufahren. Ein Zuhause, wo Schnaps verschüttet, eine Lampe zerschlagen und ein halber Plumpudding in volltrunkener Wut an die Wand geklatscht worden war. Diese Menschen hier jedoch hielten Nan für ihresgleichen.

Eve sah sich zufrieden in ihrem kleinen Haus um.
Die Öllampen brannten und tauchten den Raum in ein warmes Licht. Im Kamin knisterte ein Feuer.
Mutter Francis hatte ein bißchen »altes Gerümpel« dagelassen, wie sie es nannte. Genau das, was Eve sich gewünscht hätte: eine große blaue Vase, in die sie die Weidenkätzchen stellen konnte, die sie gesammelt hatte. Einen Armvoll Bücher, die ein Eckregal füllten. Zwei leicht angeschlagene Kerzenständer aus Porzellan für den Kaminsims, ein alter, spiegelblank polierter Kohlenschütter.
In der Küche auf dem alten Herd standen ein paar Töpfe, die auch nur aus dem Kloster stammen konnten. Ihre Eltern hatten ihr nicht viel Brauchbares hinterlassen.

Nur das Klavier. Sarah Westwards Klavier. Eve ließ die Finger darübergleiten und fand wieder einmal, sie hätte sich bei Mutter Bernards Unterricht mehr anstrengen sollen. Mutter Francis hatte sich so sehr gewünscht, daß auch in Eve die Liebe zur Musik erwachte. Der Klavierschemel ihrer Mutter barg Unmengen von Notenblättern, und in einem Schrank befanden sich Bücher und Partituren. Mutter Francis hatte sie all die Jahre ordentlich saubergehalten und dafür gesorgt, daß sie nicht feucht wurden.
Jedesmal wenn der Klavierstimmer in die Schule gekommen war, hatte man ihn gebeten, einen weiteren Auftrag auszuführen. Dann führte man ihn durch den Küchengarten den Pfad hinauf zum Haus von Sarah Westward. Und stets versicherte er Mutter Francis, dieses Klavier sei zwanzigmal besser als alles, was sich im Musiksaal von St. Mary befand.
»Aber es gehört uns nicht«, antwortete Mutter Francis.
»Warum soll ich es dann stimmen?« konterte der Klavierstimmer jedes Jahr.
Eve setzte sich vors Feuer und verschränkte die Arme.
Wie so oft hatte Mutter Francis recht gehabt. Es war wundervoll, wenn man sein eigenes Zuhause hatte.

Die Hogans hatten beschlossen, Benny noch nichts von Sean Walshs Vorschlag zu erzählen. Besser gesagt, von seinem Ultimatum.
Zwar hatte er alles in äußerst höfliche Worte verpackt, aber der Sinn war eindeutig. Wenn man ihn nicht als Teilhaber ins Geschäft einsteigen ließ, würde er kündigen, und jedermann würde erfahren, warum er fortging. Alle in Knockglen würden glauben, daß man ihn ungerecht behandelt hatte. Schließlich war Sean doch für sein Engagement und seine Loyalität bekannt.
Sean brauchte gar nicht näher darauf einzugehen, was mit dem Geschäft in Zukunft passieren würde, falls Eddie Hogan ihn

gehen ließ. Tatsache war, daß Sean Walsh den Laden am Leben erhielt. Mr. Hogan hatte keinerlei Gespür für die Bedürfnisse der Kunden heutzutage. Und der alte Mike war ihm dabei auch keine Hilfe.
Natürlich würde man Benny davon in Kenntnis setzen müssen, aber lieber zu einem späteren Zeitpunkt. Immerhin hatte sie sich beim Weihnachtsessen Sean gegenüber höflich und zuvorkommend verhalten. Wenn sie von seinen Machenschaften erfuhr, würde sie vielleicht wieder aufbrausen wie früher, und das wollten ihre Eltern lieber nicht riskieren.
»Ist Sean auch zu der Party bei Eve eingeladen?« erkundigte sich Eddie, obwohl er genau wußte, daß das gar nicht in Frage kam.
»Nein, Vater.«
Zu Bennys Erleichterung klingelte in diesem Augenblick das Telefon. Seltsam, daß jemand um neun Uhr abends anrief! Benny hoffte, daß es nicht Jack war, der absagte.
Aber als sie abhob, war Nan Mahon am anderen Ende der Leitung und bat, nach der Party bei den Hogans übernachten zu dürfen. Als zum erstenmal von der Party die Rede gewesen war, hatte Nan noch gesagt, sie glaube nicht, daß sie nach Knockglen kommen könne. Was mochte wohl geschehen sein, daß sie es sich anders überlegt hatte? Anscheinend eine ganze Menge. Sie versprach, alles zu erklären, wenn sie da war. Nein, man brauche sie nicht vom Bus abzuholen, sie habe eine Mitfahrgelegenheit. Auch das würde sie später erklären. Nein, sie wisse nicht genau, wann sie eintreffen würde. Ob sie sich vielleicht direkt bei der Party mit Benny treffen könne?

Am nächsten Morgen, dem Tag der Party, ging Benny schon früh zu Eve, um ihr die Neuigkeit mitzuteilen.
Eve war wütend.
»Was bildet die sich eigentlich ein, daß sie ihre Ankunft groß ankündigt, wie ein König im Mittelalter?«

»Aber du hattest sie doch eingeladen«, meinte Benny beschwichtigend.
»Ja, und sie hat abgelehnt.«
»Ich weiß gar nicht, was *du* eigentlich herumzunörgeln hast! Für dich ist es bloß ein Gast mehr. Aber ich bin diejenige, die den ganzen Abend mit Patsy die Betten durch die Gegend geschleppt und nachgesehen hat, daß auch bestimmt nirgends ein Staubkörnchen auf den Möbeln zu finden ist, falls Nan auf die Idee kommt, unseren Haushalt zu inspizieren.«
Eve konnte selbst nicht erklären, was sie so ärgerte.
Oberflächlich betrachtet hatte sie doch gar keinen Grund dazu. Nan war ihre Freundin. Sie hatte Eve für den Ball ihren wunderschönen Rock geliehen und ihr bei allen möglichen Problemen mit Rat und Tat zur Seite gestanden, vom Lidstrich bis zum korrekten Gebrauch von Schuhspannern. Die anderen würden sich freuen, Nan zu sehen. Und Nan würde noch mehr Schwung in die Party bringen. Woher also dieser Groll, fragte sich Eve.
Die beiden Freundinnen tranken in Eves Küche Kaffee und stellten Mutmaßungen darüber an, wer Nan wohl im Auto mitnahm. Benny meinte, Jack könne es nicht sein, denn er fuhr zusammen mit Aidan, Carmel und Sean. Sie wußten, daß auch Rosemary Ryan und Sheila nicht in Frage kamen; die beiden waren immer noch tödliche Rivalinnen und hatten sich widerwillig bereit erklärt, mit Bill Dunne und Johnny O'Brien herzufahren.
Benny dachte an Jack und daran, daß Rosemary und Sheila sich nach dem heutigen Abend bestimmt keine Hoffnungen mehr machen würden, wenn sie erst einmal mitbekommen hatten, was er und Benny füreinander empfanden. Daß er ihr ganz offen gestanden hatte, daß er sie vermißte ... Daß er es an Weihnachten gesagt hatte, am Telefon ... Das war wirklich das Wunderbarste, was man sich vorstellen konnte.

Mit gerunzelter Stirn saß Eve ihr gegenüber. Sie wünschte, sie hätte glauben können, daß Nan wirklich nur zu ihrer Party kam. Aber sie wurde das Gefühl nicht los, daß Nan den Hintergedanken hegte, sich eine Einladung nach Westlands zu ergattern. Die ihr Eve allerdings nicht verschaffen würde, soviel war sicher.

Heather kam in Reitjackett und Reitkappe vorbei.
»Du siehst aus, als wärst du gerade vom Pferd gestiegen«, bemerkte Eve.
»Bin ich auch«, antwortete Heather und deutete stolz auf ihr Pony, das sie am Tor angebunden hatte.
Es knabberte an den Büschen, die sich in seiner Reichweite befanden. Entsetzt sprang Eve auf. Die Büsche waren ihr einziger Gartenschmuck, und jetzt machte sich dieses Biest von einem Pferd darüber her! Heather lachte – Unsinn, ihr schönes Pony schnupperte doch nur ein bißchen. Es würde nie auf die Idee kommen, zwischen den Mahlzeiten etwas zu fressen. Benny und Eve gingen mit nach draußen, um das graue Pferdchen zu streicheln, das Malcolm hieß und Heathers größte Freude war. Zu Eves und Bennys Erstaunen schien sie gar keine Angst vor dem Tier zu haben, während sie selbst lieber in sicherer Entfernung von dem Maul mit den großen gelben Zähnen blieben. Auch Heather war gekommen, um bei den Vorbereitungen für die Party zu helfen. Sie hatte gedacht, sie könnte sich beim Aufbauen der Spiele nützlich machen und war baß erstaunt, daß überhaupt nichts Derartiges geplant war. Nicht mal Apfeltauchen wie an Halloween! Heather hätte sich eine Party gewünscht, bei der man Werbesprüche ausschnitt, aber ohne den Namen des Produktes, wofür geworben wurde. Dann bekam jeder Papier und Bleistift, und wer am meisten erriet, hatte gewonnen.
Es fiel ihnen nichts Besseres ein, als Heather vorzuschlagen, sie könne doch Luftballons aufblasen. Das gefiel ihr. Ihr ginge nicht

so schnell die Luft aus, verkündete sie stolz. Inmitten ihres immer größer werdenden Haufens grüner, roter und gelber Ballons erkundigte sie sich beiläufig, ob Simon auch zur Party eingeladen worden sei.
»Nein, so eine Party wäre nichts für ihn«, erklärte Eve. »Und außerdem ist er ein bißchen alt dafür.«
Dabei fragte sie sich, weshalb sie Ausreden dafür suchte, daß sie diesen Mann nicht eingeladen hatte. Schließlich hatte sie ihn nie ausstehen können. Andererseits – wer hätte voraussehen können, daß sich die Dinge so entwickelten? Daß sie beispielsweise Simons jüngere Schwester liebgewinnen würde oder daß sie jetzt in das Haus eingezogen war, das sie um keinen Preis je hatte betreten wollen? Möglicherweise würde eines Tages auch einmal ihr Cousin Simon Westward seinen Fuß über ihre Schwelle setzen dürfen. Aber das würde noch lange dauern.

Jack Foley galt als Experte in Sachen Knockglen. Schließlich war er schon einmal da gewesen. Er kannte Bennys Haus und hatte genaue Anweisungen, wie man zur Steinbruchstraße gelangte. Man nahm dieselbe Strecke wie der Bus zum Platz und bog dann in eine hügelige Straße ohne Wegweiser ein, die aussah, als führte sie zu einem Bauernhof.
Zwar gab es noch einen anderen Weg, der über das Klostergelände ging, aber der war für Autos nicht geeignet. Und Eve hatte darauf bestanden, daß in der Nähe der Nonnen kein Unfug veranstaltet wurde.
Aidan wollte sich zuerst das Kloster ansehen. Vom Beifahrersitz starrte er hinaus auf die hohen Mauern und das große schmiedeeiserne Tor.
»Stellt euch vor, ihr müßtet da drin aufwachsen ... Da ist es doch ein wahres Wunder, daß sie normal geblieben ist, oder?« sagte er.
»Aber *ist* sie denn wirklich normal?« wandte Jack ein.

»Es sieht ganz so aus, als wäre sie in dich verknallt, was nicht gerade für ihren Geisteszustand spricht.«
Vorsichtig kurvten sie den schmalen Pfad hinauf. Die Vorhänge an Eves Kate waren zurückgezogen, und man sah den Schein des offenen Feuers und der Öllampen, einen Weihnachtsbaum und bunte Luftballons.
»Ist das nicht wunderschön?« seufzte Carmel, zu deren Zukunftsplänen nun auch ein kleines Wochenendhäuschen auf dem Land gehörte – später, wenn Sean ein etablierter Geschäftsmann war.
Auch Jack gefiel die Kate.
»Es ist so völlig abgeschieden von der Welt. Hier könnte man sich verstecken, ohne daß jemand etwas davon erfährt.«
»Solange nicht ›Good Golly, Miss Molly‹ aus allen Ritzen dröhnt«, lachte Aidan Lynch, sprang aus dem Wagen und rannte los, um Eve zu suchen.

Clodagh hatte einen Kleiderständer und Bügel aus dem Laden mitgebracht. So brauchte man die Mäntel nicht auf Eves Bett zu stapeln, und die Mädchen hatten Platz vor dem kleinen Toilettetischchen, um sich schönzumachen.
Benny war gerade im Schlafzimmer und überprüfte noch ein letztesmal ihr Gesicht, als sie Jacks Stimme hörte. Aber sie verbot sich, hinauszurennen und ihn in die Arme zu schließen, auch wenn sie es noch so gern getan hätte. Jetzt war es wichtiger denn je, daß sie ihn den ersten Schritt machen ließ. Ein Mann wie Jack, der es gewöhnt war, daß sich ihm die Mädchen an den Hals warfen, würde das nicht wollen.
Sie würde warten, auch wenn es ihr furchtbar schwerfiel.
Da öffnete sich die Schlafzimmertür. Wahrscheinlich Carmel, die sich das Gesicht pudern und etwas Nettes über Sean sagen wollte.
Aber als Benny in den Spiegel sah, erkannte sie, daß es Jack war.

Er schloß die Tür hinter sich, kam zu ihr und legte ihr die Hände auf die Schultern. Im Spiegel trafen sich ihre Blicke.
»Frohe Weihnachten«, sagte er leise.
Benny strahlte. Dabei schaute sie in Jacks Augen und wußte deshalb nicht, wie ihr Lächeln aussah. Hoffentlich war es kein allzu breites Zahnpastalächeln.
Clodagh hatte für Benny einen trägerlosen Büstenhalter mit königsblauem Samt bezogen, so daß er aussah wie eines dieser schicken Mieder, die gerade so modern waren. Und mit demselben Stoff war auch ihre weiße Jacke eingefaßt.
Natürlich hatte Benny eine Bluse darunter angehabt, als sie Lisbeg verließ, aber die wartete inzwischen ordentlich gefaltet, bis sie auf dem Heimweg wieder gebraucht wurde.
Jack setzte sich auf die Kante von Eves Bett und hielt Bennys Hände.
»Ich hab dich so vermißt«, sagte er.
»Was hast du denn vermißt?« Benny klang nicht, als wollte sie mit ihm flirten. Sie wollte es einfach nur wissen.
»Ich hätte dir gern alles mögliche erzählt und dir zugehört, wie du mir was erzählst. Dein Gesicht hab ich vermißt, und ich hab deine Küsse vermißt.« Er zog sie an sich, und sie küßten sich lange.
In diesem Moment ging die Tür auf, und Clodagh kam herein. Sie war von Kopf bis Fuß in schwarze Spitze gehüllt. Dazu trug sie eine Mantilla, und die Haare hatte sie mit einem Kamm zurückgesteckt, so daß sie aussah wie eine spanische Tänzerin. Scharlachrote Lippen leuchteten aus ihrem mehlweiß gepuderten Gesicht.
»Eigentlich wollte ich bloß nachsehen, ob du Hilfe brauchst beim Anziehen. Aber anscheinend ist das unnötig«, sagte sie, ohne daß es ihr auch nur im geringsten peinlich gewesen wäre, so hereinzuplatzen.
»Das ist Clodagh«, murmelte Benny.

Sofort leuchtete Jacks Gesicht auf, wie jedesmal, wenn er einer Frau vorgestellt wurde. Nicht etwa, daß er sie begafft hätte, er versuchte nicht einmal, mit ihr zu flirten. Er mochte Frauen einfach. Plötzlich fiel Benny ein, daß sein Vater genauso war. Bei der großen Party im Haus der Foleys hatte der Arzt jedes Mädchen, das ihm vorgestellt wurde, mit ausgesuchter Freundlichkeit begrüßt. Doch sein Verhalten brachte lediglich Herzlichkeit und Freude zum Ausdruck, und bei Jack war es nicht anders. Heute abend, wenn die anderen Gäste kamen, würde er genauso auftreten.
Bestimmt ein wunderbares Gefühl, wenn man so beliebt ist, dachte Benny. Wenn man andere Leute schon durch seine bloße Anwesenheit beglücken kann!
Gerade erzählte Clodagh, wie sie den Spitzenstoff in einer alten Truhe auf dem Speicher der Kennedys gefunden hatte. Mrs. Kennedy hatte ihr erlaubt, in den Sachen dort herumzustöbern, und Clodagh hatte sensationelle Dinge zutage gefördert. Als Gegenleistung hatte sie für Mrs. Kennedy vier gerade Röcke mit Rückenfalte genäht. Ein Wunder, daß es immer noch Leute gab, die wie graue Spatzen herumliefen, wo es doch heutzutage soviel schickes Gefieder gab!
Jack legte Benny den Arm um die Schultern.
»In Knockglen habe ich bis jetzt aber kaum einen Spatzen entdeckt. Ihr kommt mir alle eher wie Paradiesvögel vor.«
Sein Arm lag noch immer auf Bennys Schulter, als sie, gefolgt von Clodagh in ihrem faszinierenden schwarzweißen Aufzug, Eves Schlafzimmer verließen und sich – direkt unter den neugierigen Blicken von Sheila und Rosemary, Fonsie und Maire Carroll, Bill Dunne und Johnny O'Brien – unter die Partygäste mischten.
Ohne daß Benny Hogan das kleinste bißchen nachhelfen mußte, erschienen sie als Paar auf der Party.

Noch nie hatte es eine solche Party gegeben. Darin waren sich alle einig. Jedermann schwang das Tanzbein, Fonsie präsentierte wundervolle Solo-Einlagen zu Guy Mitchell und »I Never Felt More Like Singing The Blues« ... Die Suppe war eine großartige Idee gewesen. Teller um Teller schwand sie dahin, ebenso die belegten Brote und die Würstchen im Schlafrock. Danach gab es noch mehr Suppe, die Eve aus dem riesigen Klosterkessel schöpfte. Ihr Gesicht glühte vor Begeisterung. Das war ihr Haus! Das waren ihre Freunde! Es hätte nicht besser sein können.
Erst beim Essen fiel ihr auf, daß Nan nicht aufgetaucht war.
»Vielleicht hat sie doch keine Mitfahrgelegenheit gekriegt.« Benny schwebte auf einer rosaroten Wolke.
»Haben wir ihr gesagt, wie sie zum Haus kommt?«
»Jeder in Knockglen kann ihr das erklären«, meinte Benny und drückte Eves Arm. »Es läuft wunderbar, nicht?«
»Ja. Er läßt dich keinen Moment aus den Augen.«
»Nein, das meine ich nicht. Ich meine die Party.«
Aber natürlich ging es ihr auch um Jack, der den ganzen Abend nicht von ihrer Seite gewichen war. Der Form halber tanzte er ein paar Tänze mit den anderen, doch die meiste Zeit war er bei Benny, berührte sie, lachte, tanzte, nahm sie in die Arme und bezog sie in jedes Gespräch mit ein.
Bei den ersten Tänzen beobachte Rosemary Ryan die beiden erstaunt.
»Ich habe das mit Jack und dir gar nicht gewußt«, meinte sie, als sie und Benny ein Glas Punsch miteinander tranken.
»Na ja, ich hab dir aber gesagt, daß wir uns hin und wieder im Annexe treffen.«
»Stimmt, das hast du mal erwähnt.«
Rosemary konnte es nicht leugnen. Benny hatte erzählt, daß sie sich mit Jack traf. Wenn Rosemary daraus keine Schlüsse gezogen hatte, war das ihre eigene Schuld.

»Du siehst wirklich großartig aus«, meinte sie neidisch, bemühte sich dann aber wieder, fair zu sein. »Hast du abgenommen oder dich stärker geschminkt oder was?«
Doch Benny antwortete nicht. Sie wußte, was immer es war, Jack schien es zu gefallen. Und es war ihm gleichgültig, wer von ihnen beiden erfuhr. Dabei hatte Benny immer gedacht, sie müßten ein Geheimnis daraus machen.

Aidan bat Eve um ein Pfund Zucker.
»Wofür brauchst du denn den?«
»Ich hab gelesen, wenn man Zucker in den Tank eines Wagens schüttet, springt er nicht mehr an.«
»Finde lieber heraus, wie man ein Auto zum Anspringen bringt. Ich denke, das wäre eine nützlichere Idee«, entgegnete Eve.
»Da irrst du dich. Ich möchte, daß der Wagen von Jacks Vater nie mehr anspringt. Dann können wir hier in diesem Zauberhaus bleiben und müssen nie wieder fort.«
»Ja, prima. Und ich müßte Sean und Carmel auch noch hier übernachten lassen«, stöhnte Eve.
»Wenn ich dabliebe, würdest du mich dann morgen mitnehmen zu den Nonnen?« fragte Aidan.
Eve erklärte ihm, es käme überhaupt nicht in Frage, daß er hier übernachte, schon gar nicht, solange Mutter Clare noch dort unten zu Gast war und aufpaßte wie ein Luchs. Vielleicht lauerte sie sogar jetzt gerade mit einer Taschenlampe draußen in den Fuchsien; das konnte man bei ihr nie wissen. Aber Eve freute sich, daß es Aidan in ihrem Haus gefiel. Wenn das Wetter ein bißchen schöner würde, könne er gern mal auf einen ganzen Tag hierherkommen, versprach sie. Aidan erwiderte, sie würden wahrscheinlich einen großen Teil ihres Erwachsenenlebens hier verbringen. In den langen Ferien, wenn er Anwalt geworden sei. Für sie und ihre Kinder würde hier ihr Zufluchtsort sein, weit weg von den dröhnenden Stimmen seiner Eltern.

»Und was ist mit meiner Arbeit?« wollte Eve wissen, die gegen ihren Willen an seinen Phantasien Gefallen fand.
»Deine Arbeit besteht selbstverständlich darin, dich um mich und unsere acht prächtigen Kinder zu kümmern. Deine Universitätsbildung kannst du nutzen, indem du ihnen schon von Anfang an einen angemessenen kultivierten Rahmen bietest.«
»Na, dann mußt du aber wirklich Glück haben, Aidan Lynch«, lachte sie schallend.
»Hab ich doch schon. Schließlich bin ich dir begegnet, Eve Malone«, erwiderte er und wirkte dabei ungewöhnlich ernst.

Bill Dunne entdeckte Nan als erster, als sie zur Tür hereinkam. Ihre Augen funkelten, und sie sah sich bewundernd um. »Das ist ja umwerfend!« rief sie. »Eve hat kein Wort davon gesagt, daß es so hübsch ist.«
Nan trug einen weißen Pulli mit Polokragen und einen roten Tartanrock, darüber einen schwarzen Mantel. In der Hand hielt sie einen kleinen Lederkoffer. Sie erkundigte sich nach Eves Schlafzimmer.
Benny rief zu Eve in die Küche, daß Nan gekommen war.
»So ein Mist – jetzt haben wir die ganze Suppe schon aufgegessen«, sagte Eve zu Aidan.
»Sie erwartet bestimmt nicht, daß sie um diese Zeit noch was zu essen kriegt«, tröstete er sie.
Es war wirklich spät, um noch bei einer Party aufzutauchen. Erst vor ein paar Minuten hatte Eve geglaubt, sie höre ein Auto den Pfad hinunterfahren. Aber dann hatte sie sich gesagt, daß sie es sich wahrscheinlich nur einbildete.
Doch irgend jemand mußte Nan ja vor der Tür abgesetzt haben. Draußen regnete es, und sie sah aus wie aus dem Ei gepellt. Unmöglich, daß sie bei Wind und Wetter den Pfad heraufgestiegen war!
Eve legte ein paar Würstchen im Schlafrock und ein paar belegte

Brote auf einen großen Teller. Dann ging sie durchs Wohnzimmer, vorbei an Fonsie und Clodagh, die gerade hingebungsvoll einen spanischen Zigeunertanz aufs Parkett legten, so daß sich ein Kreis von klatschenden und jubelnden Zuschauern um sie gebildet hatte. Sie klopfte diskret an ihre eigene Schlafzimmertür für den Fall, daß Nan sich gerade umzog. Aber sie saß lediglich am Toilettentisch, während Rosemary Ryan auf dem Bett kauerte und ihr die Sensation des Jahres erzählte: Jack Foley und Benny Hogan waren ein unzertrennliches Paar – ausgerechnet die beiden!

»Hast du das gewußt?« fragte Rosemary eindringlich.

»Ja, irgendwie schon.« Nan wirkte nicht sonderlich interessiert. Allem Anschein nach war sie mit ihren Gedanken woanders.

Dann bemerkte sie Eve. »Es ist wirklich hinreißend, Eve. Wunderbar. Du hast uns nie erzählt, daß es so schön ist.«

»Es ist ja auch nicht immer wie heute.« Gegen ihren Willen freute sich Eve: Ein Kompliment von Nan war immer etwas Besonderes.

»Ich hab dir was zu essen gebracht . . . falls du dich hier umziehen willst«, sagte sie.

»Nein, ich bleibe so«, erwiderte Nan.

Selbstverständlich sah sie gut aus, gleichgültig, was sie anhatte. Auch wenn es nicht sonderlich schick war. Alle anderen hatten sich schöngemacht. Und Partys waren nicht so alltäglich, daß man in Pulli und Rock erschien. Doch Nan war eben immer schön.

Zusammen gingen sie ins Wohnzimmer. Nan war begeistert. Sie mußte alles anfassen, die polierten Öllampen, die prächtigen Holzregale, das Klavier. Man stelle sich vor – ein eigenes Klavier! Ob sie wohl einen Blick in die Küche werfen dürfe?

Eve geleitete sie durch den Raum und über die steinerne Stufe. In der Küche herrschte ein heilloses Durcheinander: Töpfe, Pfannen, Abfälle, Schachteln, Flaschen und Gläser. Aber Nan

entdeckte auch hier nur Lobenswertes. Die Anrichte war ein Prachtstück. Woher stammte sie? Eve hatte sich nie danach erkundigt. Und die wunderschöne alte Schüssel! Das war doch einfach etwas anderes als das ganze moderne Zeug.
»Bestimmt stammen viele Sachen aus der Familie deiner Mutter«, meinte Nan. »Sie sehen nach guter Qualität aus.«
»Vielleicht haben meine Eltern sie auch zusammen gekauft.« Aus irgendeinem Grund hatte Eve das Gefühl, ihren Vater verteidigen zu müssen – gegen die Vorstellung, daß etwas, das Qualität hatte, nicht von ihm stammen könne.
Nan erklärte, sie sei zu aufgeregt, um etwas zu essen. Es sei so schön, hier zu sein. Ihre Augen schweiften ruhelos umher. Alle um sie herum fühlten sich zu Nan hingezogen, aber sie nahm niemanden wahr. Sie schlug alle Aufforderungen zum Tanzen aus, mit der Begründung, sie müsse erst einmal alles auf sich wirken lassen. Statt dessen wanderte sie herum, strich bewundernd über dieses und jenes und seufzte immer wieder laut auf. Beim Klavier hielt sie inne und öffnete es, um die Tasten zu betrachten.
»Ist es nicht schade, daß wir nicht Klavierspielen gelernt haben?« meinte sie zu Benny. Zum erstenmal, seit sie sich kannten, nahm Benny einen bitteren Unterton in Nans Stimme wahr.
»Wirst du irgendwann mal tanzen, Nan? Oder willst du deine Inspektionstour den ganzen Abend fortsetzen?« schaltete sich Jack Foley ein.
Plötzlich schien Nan aus ihrer Träumerei zu erwachen. »Ich fürchte, ich bin entsetzlich unhöflich«, sagte sie und sah Jack in die Augen.
»Siehst du, Johnny«, wandte sich Jack an Johnny O'Brien. »Ich wußte doch, daß man sie nur aus ihrer Trance reißen muß. Johnny behauptet, daß er dich schon seit zehn Minuten um einen Tanz bittet. Und du hörst ihn nicht mal.«
Falls Nan enttäuscht war, daß nicht Jack sie zum Tanzen auffor-

derte, ließ sie es sich nicht anmerken. Sie lächelte Johnny an, daß er förmlich dahinschmolz.
»Hallo, Johnny, wie nett«, sagte sie und legte ihm ohne Umschweife die Arme um den Hals.
Gerade lief »Unchained Melody«, ein schöner, langsamer Stehblues. Benny war glücklich, daß Jack sie nicht im Stich gelassen hatte, als Fonsie die Platte auflegte. Es war eines ihrer Lieblingsstücke. Nie hätte sie sich träumen lassen, daß sie einmal dazu tanzen würde, hier in Knockglen, mit dem Mann, den sie liebte, der die Arme fest um sie geschlungen hatte und sie allem Anschein nach ebenfalls liebte. Vor den Augen all ihrer Freunde.
Das Feuer wurde mit frischem Torf und Holzscheiten aufgestockt, und als eins der Öllämpchen herunterbrannte, machte sich niemand die Mühe, es zu ersetzen.
In Gruppen oder zu zweit saßen die Gäste beieinander, und allmählich neigte sich der Abend dem Ende zu.
»Kann denn niemand etwas auf diesem wunderschönen Klavier zum besten geben?« fragte Nan.
Überraschenderweise meldete sich Clodagh. Fonsie strahlte. Diese Frau könne eben alles, verkündete er stolz.
So setzte sich Clodagh ans Klavier, und ihr Repertoire versetzte alle in Erstaunen: Frank-Sinatra-Schlager, bei denen alle mitsangen, Ragtime-Stücke. Ja, sie brachte die Leute sogar dazu, sich solo zu produzieren.
Bill Dunne verblüffte mit einer höchst harmonischen Version von »She Moved Through the Fair«.
»Das war aber ein wohlgehütetes Geheimnis«, sagte Jack zu ihm, während alle stürmisch Beifall klatschten.
»Das traue ich mich auch nur, wenn ich nicht in Dublin bin, wo ihr mich doch bloß auf den Arm nehmen würdet«, erwiderte Bill. Sein Gesicht war knallrot geworden, so sehr freute ihn die allgemeine Bewunderung.
Alle meinten, Knockglen sei bisher nie angemessen gewürdigt

worden, und jetzt, wo man wisse, wo es liege, werde man regelmäßig zu Besuch kommen. Fonsie schlug den Gästen vor, das nächstemal früher herzufahren, innerhalb der Öffnungszeiten von Mario's, das sich in Kürze zu Irlands beliebtestem und modernstem Café mausern würde. Ein Trend mußte ja irgendwo anfangen, warum nicht in Knockglen?

Eve saß auf dem Boden neben einem ihrer beiden ziemlich ramponierten Sessel. Auf Clodaghs Rat hin hatten sie die schäbigen Möbel mit Bettüchern verhängt, was im flackernden Licht exotisch wirkte.

Sie dachte, sie sollte eigentlich aufstehen und Kaffee für ihre allmählich aufbrechenden Gäste kochen, aber sie wollte nicht, daß die Party zu Ende ging. Und Aidan, der seinen Arm fest um sie gelegt hatte und sie streichelte, machte auch keine Anstalten zu gehen.

Nan saß mit angezogenen Knien auf einem kleinen dreibeinigen Hocker.

»Ich habe heute deinen Großvater kennengelernt«, sagte sie plötzlich zu Eve.

Erschrocken zuckte Eve zusammen. »Ach, ja?«

»Er ist wirklich ein netter alter Mann, findest du nicht?«

Benny spürte das Bedürfnis, sich aus Jacks Arm zu lösen und Eve beizustehen, sich gewissermaßen als Barriere zwischen sie und das, was Nan sagte, zu werfen.

Wenn Eve jetzt nur nicht aufbrauste und etwas Verletzendes sagte! Hoffentlich brummelte sie nur vor sich hin und ließ es erst einmal dabei bewenden. Wie schrecklich, wenn es jetzt eine Szene gab und die Party mit einem Mißklang zu Ende ging!

Eve schien ihre Gedanken gelesen zu haben.

»Ja, er ist nett«, antwortete sie. »Wie hast du ihn kennengelernt?« erkundigte sie sich dann, obwohl sie es wußte. Nur zu gut.

»Oh, ich bin gestern beim Rennen Simon begegnet, und wir

haben uns unterhalten. Er hat angeboten, mich mitzunehmen, falls ich in die Gegend hier wollte. Wir waren ein bißchen früh dran ... und, na ja, da hat er mich noch mit nach Westlands genommen.«
Wenn sie schon so verflucht zeitig dagewesen sind, dachte Eve, dann hätte Nan wenigstens pünktlich auftauchen können und nicht erst, nachdem das Essen schon vorbei war!
Aber sie verkniff sich jede weitere Bemerkung. Für Nan war das Thema dagegen längst nicht abgehakt.
»Man kann sich sehr gut vorstellen, wie er früher war. Weißt du, so aufrecht und streng. Es ist bestimmt schrecklich für ihn, im Rollstuhl sitzen zu müssen. Er hat gerade Tee getrunken. Man bedient ihn sehr umsichtig, aber manchmal hat er trotzdem Schwierigkeiten.«
Nan war also seit dem Tee dort gewesen! Seit fünf Uhr. Und sie hatte es nicht der Mühe wert gefunden, sich vor neun Uhr abends hier blicken zu lassen. Eve spürte, wie Wut in ihr aufstieg.
Offensichtlich spürte das Nan. »Ich hab Simon die ganze Zeit gedrängt, mich hierherzubringen, aber er wollte mir unbedingt alles zeigen. Tja, wahrscheinlich hast du das auch schon hundertmal mitgemacht.«
»Du weißt genau, daß ich das noch kein einziges Mal mitgemacht habe.« Eves Stimme klang bedrohlich ruhig.
Nur Benny und Aidan kannten sie gut genug, um ihre Stimmung deuten zu können.
Aidan wechselte einen kurzen Blick mit Benny. Aber er konnte nicht eingreifen.
»Das solltest du aber, Eve. Du mußt dich einfach von ihm herumführen lassen. Er ist so stolz auf das Haus. Und er erklärt alles sehr gut, ohne anzugeben oder so was.«
»Worüber redet ihr?« Sheila wollte immer gern etwas über prächtige Häuser und bedeutende Persönlichkeiten erfahren.

»Über Eves Verwandte, in dem großen Haus. Nicht ganz zwei Kilometer von hier ... in dieser Richtung, stimmt's?« Nan streckte den Arm aus.

Eve antwortete nicht. Daraufhin meinte Benny, ja, ungefähr in dieser Richtung, und fragte dann, ob noch jemand Kaffee wollte. Aber niemand meldete sich. Alle wollten sie noch ein bißchen zusammensitzen, träumen, leise Musik hören und plaudern. Und Nan sollte weitererzählen. Ihr vom Feuerschein umspieltes Gesicht, das Haus, das sie beschrieb – irgend etwas daran faszinierte alle Gäste.

»Er hat mir auch die Familienporträts gezeigt. Deine Mutter war wunderschön, nicht wahr, Eve?« sagte Nan mit unverhohlener Bewunderung. In ihrer Stimme lag kein Triumph. Sie bildete sich nichts darauf ein, daß sie dort gewesen war, daß man sie herumgeführt und ihr das Bild gezeigt hatte, das Eve bei ihrem einzigen Besuch vorenthalten worden war.

Nan hatte schon immer gesagt, Eve solle ihre Feindschaft begraben. Und sie nahm wohl an, daß Eve wußte, wie ihre Mutter aussah.

»Das muß ja wirklich eine hervorragende Führung gewesen sein.« Die Worte blieben Eve fast im Hals stecken.

»Oh, ja. Das Problem war nur, wieder wegzukommen.«

»Aber du hast's geschafft«, bemerkte Aidan Lynch. »Fonsie, ich glaube, wenn wir für die Nacht keine Zellen im Kloster kriegen – was man mir fest versprochen hat –, sollten wir jetzt wieder ein bißchen in Schwung kommen, damit wir noch zurückfahren können. Was würdest du vorschlagen, Kumpel?«

Fonsie hatte schon länger gemerkt, daß Aidan ein Seelenverwandter war. Sofort sprang er auf und blätterte ein paar Schallplatten durch.

»Ich schätze, es wird auf eine Kampfabstimmung zwischen Lonnie Donegan mit ›Putting on Style‹ und Elvis mit ›All Shook Up‹ hinauslaufen«, verkündete er nach einer kurzen Bedenkpause.

»Kumpel, wir sollten keinen dieser großen Künstler beleidigen. Nehmen wir doch beide«, entschied Aidan. Dann stand auch er auf und ging klatschend im Zimmer herum, um die Gäste aufzuscheuchen.

Benny war Eve in die Küche gefolgt.
»Sie versteht es nicht«, sagte Benny.
Eve klammerte sich mit beiden Händen ans Spülbecken.
»Natürlich versteht sie es. Wie oft haben wir schon darüber gesprochen!«
»Aber nicht mit ihr. Bestimmt nicht. Wenn Nan dabei ist, tun wir immer so, als gäbe es überhaupt keine Probleme. Sonst bedrängt sie einen sofort, man müsse unbedingt was verändern. Das weißt du doch.«
»Ich werde ihr nie verzeihen.«
»Doch, selbstverständlich wirst du ihr verzeihen. Und zwar auf der Stelle, sonst verdirbst du nachträglich allen deine wunderbare Party. Und es war die sensationellste Party der Welt. Ehrlich.«
»Das stimmt.« Eve wirkte besänftigt. Aus dem Wohnzimmer winkte Aidan sie zu sich.
Als Benny wieder hineinging, waren alle auf der Tanzfläche. Nan tanzte mit Jack, und sie lachten ausgelassen. Keiner von beiden schien den Mißklang bemerkt zu haben.

Kapitel 14

Lieber Mr. Hogan, liebe Mrs. Hogan!
Vielen Dank für den angenehmen Aufenthalt in Knockglen. Sie waren beide sehr gastfreundlich, und ich habe mich sehr wohl gefühlt. Wie ich Ihnen schon sagte, ist Ihr Haus sehr schön. Sie können sich gar nicht vorstellen, wie bezaubernd es ist, jemanden in einem echten georgianischen Haus zu besuchen. Benny kann sich wirklich glücklich schätzen.
Sie haben mich freundlicherweise eingeladen, irgendwann wiederzukommen. Nichts wäre mir lieber als das. Viele Grüße auch an Patsy, und danke für ihr leckeres Frühstück.

Herzliche Grüße
Nan Mahon

Eddie Hogan sagte zu seiner Frau, Bennys Freundin Nan Mahon gehöre zu den Menschen, denen man herzlich gern einen Gefallen tat.
Annabel stimmte vorbehaltlos zu. Ein liebenswertes Mädchen hatten sie beide noch nie kennengelernt. Und gute Manieren hatte sie auch noch! Als Nan wieder gefahren war, hatte sie Patsy eine halbe Krone gegeben. Eine wirkliche Lady!

Liebe Kit,
je länger ich darüber nachdenke, um so lächerlicher kommt es mir vor, daß ich einfach bei Dir hereingeplatzt bin und erwartet habe, daß Du mich nach all den Jahren

*mit offenen Armen aufnimmst, als wäre nichts passiert.
Wenn man bedenkt, wie ich Dich behandelt habe und
wie wenig ich Frank und Dir in all der Zeit gegeben
habe, hättest Du allen Grund gehabt, mich auf der Stelle
rauszuwerfen.
Aber Du warst ruhig und gefaßt, und dafür werde ich
Dir immer dankbar sein.
Ich wollte Dich nur wissen lassen, daß ich seit langem
eine Versicherungspolice für Dich habe, falls mir etwas
zustößt – Du und unser Sohn, Ihr beide solltet wenigstens
eine gute Erinnerung an mich haben. Ich wünsche Dir
all das Glück und all die Freude, die ich Dir nicht habe
geben können.*

In Liebe, Joe

Kit Hegarty faltete den Brief zusammen. Alle anderen hatten diesen Mann immer Joe genannt; nur sie selbst hatte auf Joseph beharrt. Das Wiedersehen mit ihm war ganz anders gewesen, als sie erwartet hatte. Eigentlich hatte sie vorgehabt, ihm alles an den Kopf zu werfen, was er ihr je angetan hatte. Aber dann kam er ihr vor wie ein entfernter Freund, ein Freund, der viel Pech gehabt hatte. Auf dem Brief stand kein Absender. So konnte sie ihn nicht einmal beantworten.

*Liebe Mutter Francis!
Meinen herzlichsten Dank für die Einladung, das heilige
Christfest mit Dir und der Gemeinschaft von St. Mary zu
verbringen. Ebenfalls vielen Dank für die Mitfahrgelegenheit mit Miss Pine nach Dublin. Sie ist eine Frau, die
kein Blatt vor den Mund nimmt, aber zweifelsohne eine
gute Christin. An ihrer Nichte hat sie ein schweres Kreuz
zu tragen.
Ich war sehr zufrieden, daß Eve Malone jetzt endlich*

*weiß, was sie will, und sich der Mühe, die unser Orden
in ihre Ausbildung und Erziehung gesteckt hat, würdig
zu zeigen beginnt. Es war sehr erfreulich zu sehen, wie
fleißig sie studiert.*

*Deine Schwester im Herrn
Mutter Mary Clare*

Mutter Francis lächelte grimmig, als sie den Brief las, vor allem bei der Formulierung, laut der Mutter Clare einer »Einladung« gefolgt war. Aber es war gut, daß sie Eve vor dem Überraschungsbesuch hatte warnen können, den Mutter Clare ihr unbedingt abstatten wollte. Mossy Rooney war ganz unauffällig mit seinem Wagen vorbeigekommen und hatte alle Flaschen und Schachteln mitgenommen. Das Häuschen war gründlich durchgelüftet worden, bis die kalte Winterluft den Rauch und den Alkoholdunst des vorigen Abends vertrieben hatte.
Zu ihrer großen Enttäuschung fand Mutter Clare eine untadelige Eve vor, die am Schreibtisch saß und arbeitete, und nicht die erhofften Überreste einer wilden Party – über die sie ohne Mutter Francis' Eingreifen zweifellos gestolpert wäre.

*Lieber Sean!
Wie Sie mich gebeten haben, bestätige ich hiermit schriftlich, daß ich Ihnen vorschlage, bei Hogan's Gentleman's Outfitters als Sozius einzutreten. Ich werde mit Mr. Gerald Green vom Anwaltsbüro Green und Mahers einen Termin vereinbaren, damit wir zu Anfang des neuen Jahres die Einzelheiten besprechen können.
Ich freue mich auf eine erfolgreiche Partnerschaft im Jahr 1958.*

*Mit freundlichen Grüßen
Edward James Hogan*

Mrs. Healy las den Brief sorgfältig Wort für Wort und nickte Sean Walsh anerkennend zu. Es sei immer gut, solche Dinge schwarz auf weiß zu haben, meinte sie, denn so könne man auf das zurückgreifen, was ursprünglich vereinbart worden war. Sie wolle damit beileibe nichts Schlechtes über Eddie Hogan sagen. Er sei der netteste Mann der ganzen Gegend, aber es sei an der Zeit, daß jemand Sean Walshs Qualitäten erkannte und entsprechend honorierte.

Eddie Hogan starb an einem Samstag zur Mittagszeit. Als er seinen Tee getrunken und sein Rosinenbrötchen verzehrt hatte, stand er auf, um zurück zum Laden zu gehen.
»Wenn es nach Seans Nase geht, machen wir mittags bald überhaupt keine Pause mehr, und ...«, begann er, brachte den Satz aber nicht mehr zu Ende.
Die Hand auf die Brust gepreßt, sank er aufs Sofa. Sein Gesicht war kreidebleich, und sein Atem ging stockend. Er schloß die Augen. Patsy mußte nicht erst losgeschickt werden, sie rannte bereits über die Straße, um Dr. Johnson zu alarmieren.
Der Arzt erschien in Hemdsärmeln. Er bat um ein Gläschen Brandy.
»Er trinkt keinen Schnaps, Maurice, das wissen Sie doch!« Nervös griff sich Annabel an die Kehle. »Was ist mit ihm? Hat er einen Anfall?«
Dr. Johnson hieß sie auf dem Stuhl Platz nehmen. Dann reichte er ihr den Brandy.
»Trink das ganz langsam, Annabel. So ist's recht.«
Er sah, daß Patsy schon den Mantel anhatte, als wollte sie sich auf den Weg zu Pater Ross machen.
»Ganz kleine Schlucke. Es war vollkommen schmerzlos. Er hat nichts gemerkt.«
Dann winkte er Patsy zu sich.
»Bevor du den Priester holst, Patsy – wo ist Benny?«

»Sie ist heute in Dublin, Sir. Sie wollte sich mit Eve Malone treffen. Ich glaube, sie haben eine Extravorlesung.«
»Eve Malone soll sie herbringen«, ordnete Dr. Johnson an. Er hatte eine Decke gefunden und Eddie Hogan damit zugedeckt, der auf dem Sofa lag und aussah, als mache er ein kleines Nickerchen, bevor er zum Laden zurückging.
Annabel bewegte sich auf ihrem Stuhl hin und her und stöhnte immer wieder fassungslos auf.
Dr. Johnson ging mit Patsy zur Tür.
»Dieser Bohnenstange im Laden brauchst du es noch nicht zu erzählen.«
»Nein, Sir.«
Dr. Johnson mochte Sean Walsh nicht. Jetzt sah er ihn im Geist schon vor sich, wie er die beste schwarze Krawatte aus dem Lager kramte und sich die dünnen, glatten Haare kämmte. Er konnte sich genau vorstellen, wie der Kerl eine angemessene Trauermiene aufsetzte, bevor er der Witwe und ihrer Tochter sein Beileid aussprach.
Sobald man die Tochter aufgetrieben hatte.

Benny und Jack wanderten Hand in Hand über den Killiney Hill. Ein kalter Winternachmittag neigte sich dem Ende zu. Schon konnten sie die Lichter von Dunlaoghaire unter sich glitzern sehen und dahinter die Dublin Bay.
Nachher wollten sie sich mit Aidan und Eve in Kit Hegartys Haus treffen. Kit hatte ihnen Würstchen und Pommes versprochen, bevor sie mit dem Zug in die Stadt zum Debattierclub zurückfuhren. Heute abend ging es angeblich um Sport, und Jack hatte angedroht, sich zu Wort zu melden. Er sagte, er wisse zwar nicht, ob er eher Ermutigung und möglichst vielfältige Unterstützung brauche oder ob es leichter für ihn sei, an einem Abend zu sprechen, wenn er allein dort war und sich keine Freunde über ihn lustig machen konnten.

Seit dem großen Ball vor Weihnachten hatte Benny keinen einzigen Abend mehr in Dublin verbracht, und Jack wurde allmählich ungeduldig.
»Wie soll ich denn die Zeit totschlagen, wenn mein Mädchen immer am anderen Ende der Welt ist? Das ist ja, als hätte ich eine Brieffreundin«, beschwerte er sich.
»Wir sehen uns doch tagsüber.« Einen Moment lang schnürte Angst Benny die Kehle zu. Jack klang verärgert.
»Was nützt mir das? Ich brauche dich abends, zum Ausgehen.«
Unter dem Vorwand, sie müsse eine Vorlesung besuchen, hatte sich Benny diesen Samstag von zu Hause losgeeist und sogar durchgesetzt, daß sie über Nacht in Dublin bleiben durfte.
Aber noch etwas anderes bereitete ihr Sorgen: Jack äußerte immer nachdrücklicher den Wunsch, sie solle ihn über ein bestimmtes Wochenende nach Wales begleiten.
Dort hatte seine Mannschaft ein Freundschaftsspiel, und eine Menge Leute fuhren mit. Er wollte unbedingt, daß auch Benny dabei war.
»Es ist einfach nicht normal«, hatte er gewütet. »Alle können mitfahren. Rosemary, Sheila, Nan – alle haben Eltern, die einsehen, daß ihre Töchter, wenn sie alt genug sind, um zu studieren, auch alt genug sind, um mal ohne Aufpasser zwei Tage einen kleinen Ausflug mit dem Schiff zu unternehmen.«
Benny haßte es, wenn er durchblicken ließ, ihre Eltern seien nicht normal. Und sie haßte ihre Eltern, weil sie nicht normal genug waren, sie aus ihrer Obhut zu entlassen.
Es wurde dunkel. Sie stiegen über den weichen Torf den Hügel hinab und bogen in die Vico Road ein. Hier hatte man einen wunderbaren Blick auf die Killiney Bay, von der die Leute behaupteten, sie sei ebenso zauberhaft wie die Bucht von Neapel.
»Ich würde schrecklich gern mal nach Neapel fahren«, seufzte Benny.

»Vielleicht erlauben sie's dir ja, wenn du neunzig bist«, brummte Jack.
Benny lachte, obwohl ihr nicht danach zumute war.
»Komm, wir machen einen Wettlauf bis zur Ecke«, rief sie, und lachend rannten sie hinunter zum Bahnhof, wo sie in den nächsten Zug nach Dunlaoghaire stiegen.

Sobald Kevin Hickey die Tür geöffnet hatte, wußte Benny, daß etwas nicht stimmte.
»Sie sind in der Küche«, sagte Kevin und wich dabei Bennys Blick aus. Hinter ihm sah sie Kit, Eve und Aidan, die darauf warteten, ihr die schlechte Nachricht zu überbringen.
Alles schien stillzustehen. Der Verkehrslärm draußen, das Tikken der Uhr, die Möwen über dem Hafen waren verstummt.
Langsam trat Benny in die Küche und hörte sich an, was sie ihr zu sagen hatten.

Andauernd war Shep jemandem im Weg. Er suchte Eddie, konnte ihn aber nirgends entdecken. Fast ganz Knockglen schien in Lisbeg ein- und auszugehen, nur nicht Sheps Herrchen.
Schließlich trabte er hinaus und legte sich neben den Hühnerstall. Wenigstens die Hühner benahmen sich normal.
Peggy Pine machte zwei Platten mit belegten Broten fertig. Und sie bat Fonsie, Getränke von Shea's zu holen.
»Ich glaube, die wollte unser Freund bei Healy's besorgen.«
»Tja, dann ist unser Freund eben zu spät dran«, meinte Peggy und nahm zehn Pfundscheine aus ihrer Kasse. »Bis dahin haben wir schon alles bar bezahlt. Dagegen kann er nichts machen.«
Sie grinsten sich an. An diesem traurigen Tag gab es wenigstens einen Lichtblick: der Gedanke, Sean Walsh und Mrs. Healy gleichzeitig eins auswischen zu können.
Um die Teezeit am Spätnachmittag wußten es alle im Dorf. Und

alle waren zutiefst erschüttert. Denn Eddie war noch nicht alt gewesen. Sofort spekulierte jeder nach Herzenslust. Höchstens zweiundfünfzig – allerhöchstens! Vielleicht nicht mal fünfzig. Seine Frau war älter. Man überlegte hin und her. Eddie gehörte nicht zu den Männern, die gern mal zu tief ins Glas schauten, und keinen Tag hatte er krankgemacht. Hatten er und seine Frau nicht in letzter Zeit sogar häufig einen Gesundheitsspaziergang unternommen? Da konnte man doch wieder mal sehen, daß einem das letzte Stündlein vorbestimmt war und man eigentlich nichts dagegen machen konnte – wenn es soweit war, dann war es eben soweit.

Und ein echter Gentleman war Eddie gewesen! Nie war ein böses Wort über seine Lippen gekommen. Auch ein gediegener Geschäftsmann, der nicht auf einen schnellen Shilling aus gewesen war. Und nie hatte er den Bauern die Pistole auf die Brust gesetzt, wenn einer mal mit dem Bezahlen in Verzug kam. Man konnte Eddie auch nicht nachsagen, er hätte jede neue Mode mitgemacht: Die Schaufenster von Hogan's hatten sich im Lauf der Jahre kaum verändert. Wirklich, ein echter Gentleman. Stets ein offenes Ohr für jeden, der hereinkam, immer Interesse für die Familie des Betreffenden und ihre Neuigkeiten. Für jeden hatte er sich Zeit genommen. Und den armen Mike hatte er weiter beschäftigt, obwohl er ihn genaugenommen längst nicht mehr gebraucht hätte.

Die Gebete, die an diesem Abend dem üblichen Rosenkranz für Eddie Hogans Seelenheil angefügt wurden, kamen von Herzen. Und waren wahrscheinlich sogar überflüssig, denn ein Mann wie Eddie Hogan war sicher direkt in den Himmel gekommen!

Eve hatte Sean Walshs Angebot, nach Dublin zu kommen und Benny abzuholen, erfolgreich abgewehrt.
Außerdem hatte sie ihm erklärt, Benny sei in einer Vorlesung, aus der man sie unmöglich herausholen könne, weil es sich um

eine Art Exkursion handele. Niemand wisse genau, wo sie stattfand. Man müsse abwarten, bis Benny gegen sechs Uhr zurückkam.

»Sie bringen ihren Vater doch nicht etwa schon heute abend in die Kirche?« hatte sie sich vorsichtshalber erkundigt.

Daß Benny nicht dabei war, wenn ihr Vater für die Nacht in der Gemeindekirche von Knockglen aufgebahrt wurde, war undenkbar.

»Man hätte es wahrscheinlich getan, wenn wir Benny gefunden hätten.« Seans Stimme klang bekümmert.

Jack bot an, das Auto seines Vaters zu holen.

»Aber vielleicht braucht er es selbst«, wandte Benny ein. Ihr Gesicht war blaß und ohne jede Regung. »Vielleicht braucht er es für etwas Wichtiges.«

»Es gibt im Moment nichts Wichtigeres«, sagte Jack.

»Sollen wir mit den beiden fahren?« fragte Aidan leise, an Eve gewandt.

»Nein«, antwortete sie. »Wir nehmen morgen den Bus.«

Eve konnte den Ausdruck in Bennys Gesicht kaum ertragen, wie sie dasaß und vor sich hin starrte.

Von Zeit zu Zeit murmelte sie leise »Dad« und schüttelte dabei den Kopf.

Sie hatte am Telefon mit ihrer Mutter gesprochen, die sich ganz schläfrig anhörte. Auch das hatte sie schwer getroffen.

»Sie haben ihr ein Beruhigungsmittel gegeben. Davon wird man eben schläfrig«, erklärte Kit.

Aber für Benny ergab das alles keinen Sinn. Egal, was für eine Tablette man schluckte – das konnte einen doch nicht schläfrig machen! Nicht, wenn ihr Vater gestorben war. Gestorben. Sie konnte es sich so oft vorsagen, wie sie wollte – sie begriff es nicht.

Mr. Hayes aus dem Nachbarhaus fuhr sie zu den Foleys.

Jacks Mutter kam zur Tür. Benny registrierte ihr wunderschönes

Wollkostüm und die cremefarbene Bluse, die sie darunter trug. Die Ohrringe und den Parfümduft.
Voller Mitgefühl schloß Mrs. Foley Benny in die Arme.
»Doreen hat euch eine Kanne Kaffee und ein paar Sandwiches für die Fahrt eingepackt«, sagte sie.
Aus ihrem Mund klang es, als läge Knockglen am anderen Ende von Europa.
»Es tut uns beiden sehr, sehr leid«, fügte sie hinzu. »Wenn wir irgend etwas tun können ...«
»Ich denke, wir sollten uns auf den Weg machen«, unterbrach Jack die Beileidsbeteuerungen.
»Wollten deine Eltern heute abend ausgehen?« fragte Benny, als sie im Wagen saßen.
»Nein. Wieso?«
Er war damit beschäftigt, sich durch den Samstagabendverkehr zu schlängeln und möglichst schnell auf die Straße nach Knockglen zu kommen.
»Deine Mutter sah aus, als hätte sie sich feingemacht.«
»Nein, bestimmt nicht.«
»Sieht sie immer so aus?«
»Ich glaube schon.« Verwundert sah er zu Benny hinüber.
Eine Weile saß sie schweigend neben ihm und starrte zum Fenster hinaus. Sie fühlte sich wie zu Eis erstarrt.
Immer wieder wünschte sie sich das gleiche, obwohl sie genau wußte, wie sinnlos das war. Sie wünschte sich, es wäre wieder heute morgen. Wenn es doch nur wieder acht Uhr früh sein könnte ...
Ihr Vater hatte gesagt, es würde sicher ein schöner, klarer Tag.
»Ist es nicht jammerschade, daß du ausgerechnet heute zu dieser Vorlesung mußt? Du hättest dir hier in Knockglen einen gemütlichen Tag machen können. Und wenn du mich mit Shep früh vom Laden abgeholt hättest, wären wir zusammen ein bißchen spazierengegangen.«

Wenn sie doch nur die Zeit hätte zurückdrehen können! Dann hätte sie ihm keine Lügen über irgendwelche Vorlesungen aufgetischt, die es in Wirklichkeit gar nicht gab. Sie hätte sich nicht zu schämen brauchen, als er ihren Studieneifer lobte.
Sie hätte alles abgesagt, wäre einfach dagewesen und hätte bei ihm sein können, als er aus dem Leben trat.
Sie konnte nicht glauben, daß es so plötzlich gekommen war. Daß er wirklich nichts gemerkt hatte. Wenigstens wäre sie gern bei ihm im Zimmer gewesen.
Und um ihrer Mutter willen hätte sie auch dasein sollen. Um ihrer Mutter willen, die noch nie eine selbständige Entscheidung treffen mußte ... sie hatte allein mit dieser Situation fertig werden müssen!
Bennys Augen blieben trocken. Aber sie bereute zutiefst, daß sie sich davongestohlen hatte.
Jack konnte die richtigen Worte nicht finden. Ein paarmal öffnete er den Mund, um etwas zu sagen, aber dann hielt er wieder inne.
Schließlich ertrug er es nicht länger. Er fuhr an den Straßenrand. Zwei Lastwagen hupten wütend, aber inzwischen hatte Jack schon auf dem Grasstreifen geparkt.
»Benny, Liebes«, sagte er und nahm sie in die Arme. »Benny, bitte, weine doch. Bitte. Es ist so schrecklich, dich so zu sehen. Ich bin doch bei dir. Du kannst weinen, Benny, komm, weine um deinen Vater.«
Da klammerte sie sich an ihn und begann zu weinen. Sie weinte und weinte, bis er beinahe befürchtete, sie würde nie mehr aufhören zu zittern und zu schluchzen.

Es sind alles Figuren in einem Theaterstück, dachte Benny. Den ganzen Abend kamen Leute auf die Bühne und traten wieder ab. Zuerst saß Dekko Moore in der Ecke und sprach ernst auf jemanden ein; in seiner riesigen Pranke sah die kleine Teetasse absurd winzig aus. Im nächsten Moment entdeckte sie Pater Ross in der gleichen Ecke; er stand da und wischte sich den Schweiß von der Stirn, während er sich die seltsamen Visionen von Mr. Flood anhörte und überlegte, was er wohl am besten darauf erwidern könnte.

Mossy Rooney blieb in der Spülküche, denn er wollte sich nicht unter die Menge mischen, die das ganze Haus zu füllen schien, sondern Patsy unter die Arme greifen, falls sie ihn brauchte. Auf der Treppe saß Maire Carroll, die Benny in der Schule so gehaßt hatte. Heute abend aber war sie voller Mitgefühl und konnte gar nicht genug Gutes über Bennys Vater sagen. »Ein sehr netter Mann, der für jeden immer ein freundliches Wort hatte.«

Benny fragte sich, was für Worte ihr Vater wohl für die langweilige Maire Carroll gefunden hätte.

Mitten in all dem Trubel saß Bennys Mutter und nahm die Beileidsbezeugungen entgegen. Von allen wirkte sie am unwirklichsten. Die schwarze Bluse, die sie trug, hatte Benny noch nie an ihr gesehen. Wahrscheinlich hatte Peggy sie aus dem Laden geholt. Mrs. Hogan hatte rotgeweinte Augen, aber sie war viel ruhiger, als Benny es unter den gegebenen Umständen erwartet hätte.

Die Männer vom Bestattungsinstitut hatten Benny gesagt, ihr Vater liege oben. Jack ging mit ihr ins Gästezimmer, wo Kerzen brannten und alles wie durch ein Wunder sauber und aufgeräumt war. Hier sah es nicht aus wie in einer Rumpelkammer. Es sah aus wie in einer Kirche.

Und Vater sah auch nicht aus wie Vater. Eine Nonne aus dem Kloster St. Mary saß neben ihm. Die Schwestern kamen oft ins Haus, wenn jemand gestorben war, und wachten bei den Toten. Irgendwie beruhigte es die Leidtragenden und nahm ihnen ein wenig von ihrer Angst, wenn eine Nonne am Totenbett Wache hielt.

Jack hielt Bennys Hand, während sie niederknieten und neben

dem Bett drei Ave-Maria beteten. Dann verließen sie das Zimmer wieder.
»Ich weiß nicht, wo du übernachten kannst«, sagte Benny.
»Was?«
»Heute nacht. Ich dachte, du könntest das Gästezimmer haben. Ich hatte ganz vergessen ...«
»Schatz, ich muß heimfahren. Das weißt du doch. Zum einen, um das Auto zurückzugeben ...«
»Ach so, natürlich. Das hatte ich auch vergessen.«
Eigentlich war sie davon ausgegangen, daß er bei ihr bleiben und ihr zur Seite stehen würde.
Vorhin im Auto, als sie an seiner Schulter geweint hatte, war er ein großer Trost für sie gewesen. Da hatte sie einfach angenommen, er würde bei ihr bleiben.
»Ich komme selbstverständlich zur Beerdigung wieder.«
»Zur Beerdigung. Ja.«
»Ich muß bald fort.«
Benny hatte keine Ahnung, wie spät es war. Oder wie lange sie wieder zu Hause war. Irgend etwas in ihrem Innern sagte ihr, daß sie sich zusammenreißen mußte. Augenblicklich. Sie mußte sich bei Jack bedanken, daß er so nett gewesen war. Sie durfte ihm nicht zur Last fallen.
Also brachte sie ihn zum Wagen hinaus. Es war windig geworden; dunkle Wolken jagten über den Mond hinweg.
Knockglen wirkte sehr klein und still, verglichen mit den hellen Lichtern von Dublin, die sie hinter sich gelassen hatten ... vor langer Zeit. Benny wußte nicht mehr, vor wie langer Zeit.
Jack zog sie an sich, aber es war eher eine brüderliche Umarmung als ein echter Kuß. Vielleicht fand er das in dieser Situation angebrachter.
»Bis Montag«, flüsterte er.
Montag.

Montag schien endlos weit entfernt. Und da hatte sie sich eingebildet, er würde übers Wochenende bleiben!

Am Sonntag kamen Eve und Aidan.
Von der Bushaltestelle aus gingen sie die Hauptstraße entlang.
»Das ist Healys Hotel, wo du meiner Meinung nach übernachten solltest.«
»Bis ich dich daran erinnert habe, daß ich ein armer Student bin, der noch nie im Leben eine Nacht im Hotel verbracht hat«, erwiderte Aidan.
»Na ja ...«
Dann zeigte sie ihm den Laden der Hogans mit der schwarzgeränderten Traueranzeige im Schaufenster. Sie erzählte, wie nett Birdie Mac vom Süßwarenladen war und wie schrecklich Maire Carroll vom Lebensmittelgeschäft. Von Zeit zu Zeit drehte sich Aidan um und sah zum Kloster hinauf. Er wäre gern zuerst dorthin eingeladen worden, aber Eve hatte sich gesträubt. Sie waren nicht zu einem gewöhnlichen Besuch hier, sondern um Benny zu unterstützen. Später war noch Zeit genug, Mutter Francis, Schwester Imelda und all die anderen kennenzulernen.
Sie kamen an Mario's Café vorbei, das sogar sonntags, wenn es geschlossen war, fröhlich, lebendig und anziehend wirkte.
Am Ende der Straße bogen sie um die Ecke zu Bennys Haus.
»Es ist schrecklich, wenn man jemanden besucht, der schon tot ist«, sagte Aidan plötzlich. »Ich wäre lieber gekommen, solange er noch lebte. War er nett?«
»Er war sehr nett«, antwortete Eve. Mit der Hand auf dem Gartentor hielt sie inne.
»Er hat nie etwas Schlechtes in einem Menschen gesehen. Und er hat auch nicht gesehen, wenn jemand erwachsen wurde. Er hat mich immer ›kleine Eve‹ genannt. Benny war in seinen Augen ungefähr neun, und nicht mal an Sean Walsh, der sich da drin jetzt sicher als Herr aufspielt, hatte er etwas auszusetzen.«

»Soll ich mir diesen Sean Walsh einmal vorknöpfen? Ihn so richtig zur Schnecke machen?« fragte Aidan begierig.
»Nein. Danke, Aidan, aber das ist im Augenblick nicht ganz angebracht.«

Der Tag wollte nicht enden, obwohl Eve und Aidan da waren. Benny hatte starke Kopfschmerzen und konnte sich nicht vorstellen, daß sie je wieder weggingen. So viele anstrengende Besuche hatte sie überstehen müssen. Zum Beispiel den von Mrs. Healy, die wissen wollte, ob sie die Familie in irgendeiner Weise beleidigt hätte.
Nein, warum? Nun, da sei sie aber froh; sie hätte sehr gern die Getränke zur Verfügung gestellt und auch schon alles vorbereitet. Als man ihr plötzlich mitteilte, das sei nicht mehr notwendig, habe sie sich sehr gewundert. Mit dem alten Mike aus dem Laden hatte Benny ebenfalls sprechen müssen, denn er war ganz durcheinander: Er hatte Dinge gehört, die Mr. Eddie bestimmt nicht so gemeint hatte, wie Mr. Walsh sie scheinbar verstanden hatte.
Mr. Walsh? Ja, er habe Mike wissen lassen, es sei nicht angemessen, einen Geschäftsteilhaber mit Sean anzureden. Und dabei war Mike doch schon Schneider gewesen, als Sean Walsh erst ins Geschäft gekommen war – ein grüner Junge!
Auch mit Dessie Burns war Benny fertig geworden. Er war gerade vom Alkohol losgekommen, drohte aber, das Saufen wieder anzufangen, weil es für einen Mann ganz wichtig sei, hin und wieder auch mal einen Kompromiß eingehen zu können. Und sie hatte sich auch um Mario gekümmert, der jedem erzählte, in Italien hätte man beim Tod eines Mannes wie Eddie Hogan geweint, geweint und noch mal geweint – und nicht nur im Haus rumgestanden, geplaudert und getrunken.
Da begannen die Kirchenglocken zu läuten. So oft hatten die Bewohner von Lisbeg schon die Glocken gehört: das Angelus-

läuten, der Ruf zur Messe. Oder es wurde ein beinahe Fremder in die Kirche getragen. Doch an diesem kalten Sonntagnachmittag legte Benny ihr schwarzes Spitzentuch um und schritt neben ihrer Mutter hinter dem Sarg die Straße entlang; die Menschen standen vor den Türen ihrer Häuser und Geschäfte.
Und als sie an ihrem eigenen Laden vorbeikamen, wurde Benny das Herz noch schwerer. Von nun an würde es Seans Geschäft sein. Beziehungsweise das von Mr. Walsh, denn er bestand bestimmt darauf, daß jedermann ihn so respektvoll anredete.
Benny wünschte, sie hätte mit ihrem Vater darüber sprechen können, was jetzt mit Mike passieren sollte. Vor Hogan's Outfitters blieb die Prozession kurz stehen. Dann ging es weiter. Nie wieder würde Benny mit ihrem Vater sprechen können, weder über Mike, das Geschäft noch über sonst etwas. Und er konnte nichts mehr tun für den Laden, den er so geliebt hatte.
Es sei denn, Benny würde etwas unternehmen, um alles in seinem Sinn zu regeln.

Aidan Lynch wurde Mutter Francis vorgestellt.
»Ich habe mich zu Eves Sittenwächter ernannt, solange sie auf die Universität geht«, sagte er ernst.
»Dafür bin ich Ihnen sehr verbunden«, bedankte sich Mutter Francis höflich.
»Ich habe nur Gutes über Eves Erziehung hier gehört. Ich wünschte, ich wäre ebenfalls im Kloster aufgewachsen.« Aidans Lächeln war ansteckend.
»Mit Ihnen hätten wir vielleicht mehr Probleme gehabt«, lachte die Nonne.
Mutter Francis hielt es für angebracht, daß Aidan Lynch in Eves Häuschen übernachtete, während Eve im Kloster blieb. Die Nonnen freuten sich darauf, daß Eve wieder unter ihrem Dach wohnte, und ihr Zimmer dort stand ihr immer zur Verfügung. Das hatten die Nonnen fest versprochen.

Eve zeigte Aidan, wie man den Herd ausfegte.
»Ich finde, wenn wir verheiratet sind, sollten wir uns etwas Moderneres zulegen«, brummte er.
»Wozu? Unsere acht Kinder können doch das Feuer schüren und sogar in den Schornstein hinaufklettern.«
»Du nimmst mich nicht ernst«, klagte er.
»Doch, das tue ich. Aber ich halte viel von Kinderarbeit, das ist alles.«

Als sie wieder im Kloster war und mit Mutter Francis in der Küche Kakao trank, konnte Eve kaum glauben, daß sie das Kloster je verlassen hatte.
»Ein sehr netter junger Mann«, stellte Mutter Francis fest.
»Aber im Grund natürlich ein Tier, wie Sie uns immer gesagt haben. Alle Männer sind wilde Tiere.«
»So habe ich das niemals ausgedrückt!«
»Aber gemeint.«
Inzwischen fühlten sie sich eher wie Schwestern und nicht mehr so sehr wie Mutter und Tochter. Gemütlich saßen sie zusammen in der warmen Küche und unterhielten sich über Gott und die Welt, über die Ereignisse im Dorf, über Mr. Floods Visionen und darüber, wie schwirig das alles für den armen Pater Ross doch war. Denn wenn die Vision so echt war wie in Fatima, wo alle daran glaubten, warum wagte man dann nicht zu glauben, daß Gleiches auch in Knockglen passieren konnte?
Möglicherweise weil es einem so unwahrscheinlich vorkam, daß ausgerechnet Mr. Flood, der Metzger, von einer heiligen Nonne auf einem Baum heimgesucht wurde! Oder auch von einer, die mit beiden Füßen auf dem Boden stand, wie Mutter Francis betonte.

Die Totenmesse begann um zehn Uhr. Benny, ihre Mutter und Patsy fuhren in dem vom Beerdigungsinstitut zur Verfügung gestellten Trauerwagen zur Kirche.

Während sie ihre Mutter den Mittelgang entlang zur ersten Reihe geleitete, nahm Benny all die Menschen wahr, die gekommen waren, um ihrem Vater die letzte Ehre zu erweisen. Die Bauern waren schon gestern in ihren Sonntagsanzügen erschienen; jetzt, an einem Werktag, arbeiteten sie auf dem Feld. Aber andere Männer in Anzügen saßen in den Bänken: Handlungsreisende, Großhändler, Leute, die in der nächsten und übernächsten Gemeinde wohnten. Cousins von Bennys Vater, Brüder ihrer Mutter. Und ihr eigener Freundeskreis war vollständig versammelt, was Benny als großen Trost empfand.

Da war Jack, der alle überragte und bestimmt jedem in der Kirche aufgefallen war. Er trug eine schwarze Krawatte. Als Benny und ihre Mutter hereinkamen, wandte er den Kopf in ihre Richtung. Fast wie bei einer Hochzeit, ging es Benny flüchtig durch den Kopf, wenn sich alle umdrehen, um die Braut zu bewundern.

Auch Bill Dunne war gekommen – eine sehr nette Geste – und Rosemary Ryan. Sie standen neben Eve und Aidan, und ihren Gesichtern sah man an, wie erschüttert sie waren.

Nan war ebenfalls da, in einem schwarzen Blazer und einem hellgrauen Rock, mit Handschuhen und einer kleinen schwarzen Handtasche. Ihr Spitzentuch sah aus, als wäre es von einem Modeschöpfer eigens für ihre blonde Lockenpracht entworfen worden, während die der anderen wie alte Lappen oder bestenfalls wie Kopftücher wirkten. Clodagh allerdings trug einen Hut, einen großen schwarzen Strohhut – ihr einziges Zugeständnis an die Trauerfarbe Schwarz. Ihr rot-weiß gestreiftes Mantelkleid war zu allem Überfluß auch noch wesentlich kürzer, als man es in Knockglen schätzte.

Aber es war ohnehin nicht einfach, es den Einwohnern von Knockglen recht zu machen. Auch Fonsies Mantel fiel unangenehm auf, obwohl er lang war – in dem Stil, wie auch Premierminister de Valera ihn trug, aber mit einem großen Samtkragen und an Taschen und Ärmelbündchen mit Leopardenpelz-Imitat besetzt.

Mrs. Hogan sah gealtert und traurig aus. Von Zeit zu Zeit schielte Benny zu ihr hinüber. Ein paarmal sah sie, wie Tränen auf das Gebetbuch ihrer Mutter tropften. Dann beugte sie sich rasch hinüber und wischte sie weg. Sie hatte den Eindruck, daß ihre Mutter es nicht einmal merkte.

Glücklicherweise hatte sich Sean Walsh nicht allzu aufdringlich benommen. Daß sein Vorhaben, Essen und Getränke aus Healys Hotel kommen zu lassen, zurückgewiesen worden war, hatte ihn derart bestürzt, daß er jetzt bei seinen Annäherungsversuchen vorsichtiger war, als Benny zu hoffen gewagt hatte. In der Kirche setzte er sich weder in ihre Nähe, noch maßte er sich die Rolle eines Hauptleidtragenden an. Benny ermahnte sich, einen kühlen Kopf zu bewahren und sich von diesem Mann nicht das Heft aus der Hand nehmen zu lassen. Sein Auftreten war so anders als das ihres Vaters, und was den Charakter anging, konnte man die beiden Männer überhaupt nicht miteinander vergleichen.

Trotzdem wünschte sich Benny, sie hätte jemanden, mit dem sie alles durchsprechen konnte, einen Menschen, der wirklich verstand, worum es ging. Ihr Blick fiel auf Jack Foley, dessen mitfühlendes Gesicht aussah wie aus Stein gemeißelt. Aber sie wußte, daß sie ihn nicht mit ihren Sorgen behelligen wollte.

Die ermüdenden internen Auseinandersetzungen um das Schicksal eines schäbigen Dorfladens. Niemand wäre Jack Foley mit so etwas auf die Nerven gefallen.

Nicht einmal, wenn man ihn liebte und diese Liebe erwidert wurde.

Vor der Kirche unterhielten sich die Bürger von Knockglen leise miteinander. Diese Gruppe junger Leute aus Dublin – das mußten wohl Bennys Freunde sein.

»Ein sehr hübsches Paar – dieser großgewachsene Junge und das blonde Mädchen. Die beiden sehen aus wie Filmstars«, meinte Birdie Mac.
Zufällig stand Eve in der Nähe.
»Die beiden sind gar kein Paar«, hörte sie sich sagen. »Der große Junge ist Jack Foley ... er ist Bennys Freund. Er und Benny gehen zusammen.«
Sie wußte selbst nicht recht, weshalb sie das sagte und weshalb Birdie Mac sie so seltsam musterte. Vielleicht hatte sie einfach zu laut geredet.
Oder es war zu diesem Zeitpunkt einfach nicht schicklich zu erwähnen, daß Benny einen Freund hatte.
Aber wahrscheinlich glaubte ihr Birdie Mac einfach nicht.

Als sie über den Friedhof zum offenen Grab gingen, blieb Eve stehen und zeigte Aidan einen kleinen Gedenkstein. »In liebender Erinnerung an John Malone«, stand darauf.
Das Grab war ordentlich gepflegt und mit einem Rosenstrauch bepflanzt.
»Kümmerst du dich darum?« fragte Aidan.
»Ein bißchen. Aber die Hauptsache erledigt Mutter Francis – wie du dir denken kannst.«
»Und deine Mutter?«
»Hinter dem Hügel, auf dem protestantischen Friedhof. Dem vornehmen.«
»Da gehen wir auch noch hin«, versprach er.
Eve drückte seine Hand. Ihr fehlten die Worte, was äußerst selten vorkam.

Bennys Freunde waren alle sehr nett und eine große Stütze. Zu den Einwohnern von Knockglen waren sie ausgesucht höflich. Nach der Beerdigung gingen alle mit nach Lisbeg, wo sie sich nach Kräften nützlich machten.

Sean Walsh dankte Jack, daß er gekommen war – als wäre Jack gekommen, um dem Geschäft seinen Respekt zu erweisen. Benny knirschte mit den Zähnen.
»Mr. Hogan hätte sich sehr geehrt gefühlt, Sie hier begrüßen zu dürfen«, säuselte Sean.
»Ich fand Mr. Hogan bei unserer Begegnung sehr sympathisch. Vor ein paar Monaten war ich einmal kurz mit Benny hier.« Beim Gedanken an diesen Tag lächelte er Benny liebevoll zu.
»Ah, ja«, erwiderte Sean. Benny gefiel es überhaupt nicht, daß Sean Walsh sich jetzt seinen Reim darauf machen konnte.
»Sie haben aber nicht hier übernachtet, oder?« erkundigte er sich von oben herab.
»Nein. Ich bin heute früh gekommen. Warum?«
»Ich habe gehört, daß einer von Bennys Freunden hier geblieben ist. Oben in dem Häuschen am Steinbruch.«
»Oh, das war Aidan.« Jack ließ sich nicht aus der Ruhe bringen. Wenn ihm dieses belanglose Geschwätz mit Sean auf die Nerven ging, ließ er sich das zumindest anmerken.
Schließlich lotste er Benny einfach weg.
»Das ist dieser Schleimer, stimmt's?« flüsterte er.
»Genau.«
»Und der hat Absichten auf dich?!«
»Eigentlich nur Absichten aufs Geschäft – und das hat er ja jetzt praktisch in der Tasche – auch ohne mich.«
»Dann ist ihm jedenfalls das Beste entgangen«, meinte Jack.
Benny lächelte folgsam. Sie wußte, daß Jack bald fahren würde, denn sie hatte gehört, wie er zu Bill Dunne sagte, sie müßten spätestens um zwei Uhr aufbrechen.
Benny machte es ihm leicht. Sie versicherte ihm, er sei ihr eine große Hilfe gewesen. Wie nett, daß all ihre Freunde den weiten Weg auf sich genommen hatten. Dann bat sie ihn zu fahren, solange es noch hell war.
Sie mußten sich in Bill Dunnes Wagen regelrecht hineinquet-

schen, denn sie waren zu viert hergekommen, wollten aber jetzt auch noch Eve und Aidan mitnehmen.
Benny bekräftigte, daß es wirklich eine gute Idee war, gemeinsam zu fahren, statt die beiden auf den Bus warten zu lassen.
Sie lächelte und dankte allen, ohne daß ihre Stimme zitterte.
Anscheinend traf sie damit ins Schwarze, denn sie merkte, daß Jack sie anerkennend musterte.
»Ich ruf dich heute abend an«, versprach er. »So gegen acht. Bevor ich ausgehe.«
»Großartig«, sagte sie. Ihr Blick war hell und klar.
Jack ging also aus. Irgendwohin. Am Abend nach dem Begräbnis von Bennys Vater.
Wohin mochte er wohl gehen, an einem Montagabend in Dublin?
Als der vollbepackte Wagen um die Ecke bog, winkte sie ihren Freunden zum Abschied nach. Es spielt keine Rolle, versuchte sie sich einzureden. Sie hätte sowieso nicht mitgehen können.
Letzten Montag, als ihr Vater noch lebte, war sie um acht Uhr wieder wohlbehalten zu Hause in Knockglen gewesen.
So war es schon immer gewesen, und so würde es immer sein.
Sie entschuldigte sich bei den Besuchern, die noch im Haus zusammensaßen, und sagte, sie wolle sich zwanzig Minuten oben hinlegen.
Im verdunkelten Zimmer warf sie sich aufs Bett und schluchzte in die Kissen.
Egoistische Tränen waren es, Tränen wegen eines hübschen jungen Mannes, der lächelnd und winkend mit seinen Freunden zurück nach Dublin gefahren war. Um ihn weinte sie genauso wie um ihren Vater, der unter Bergen von Blumen auf dem Friedhof lag.
Benny hörte nicht, wie Clodagh hereinkam und einen Stuhl ans Bett zog. Clodagh, die immer noch ihren albernen Hut aufhatte, Bennys Schulter tätschelte und genau die Worte fand, die Benny hören wollte.

»Es ist alles in Ordnung, glaub mir. Es wird alles gut werden. Er ist verrückt nach dir. Das merkt man sofort, schon allein daran, wie er dich anschaut. Es ist besser, daß er wieder gefahren ist. Beruhige dich. Er liebt dich, ganz bestimmt.«

Es gab ungeheuer viel zu erledigen.
Bennys Mutter war keine große Hilfe, denn sie schlief sehr viel und nickte sogar ein, wenn sie irgendwo auf einem Stuhl saß. Benny wußte, daß die Beruhigungsmittel daran schuld waren, die Dr. Johnson ihr verschrieben hatte. Er meinte, Mrs. Hogan habe ihr ganzes Leben auf ihren Ehemann ausgerichtet, und jetzt, da er tot war, würde sie eine Weile brauchen, um die neue Situation zu verkraften. Besser, man ließ sie sich nach und nach darauf einstellen, lautete sein fachmännischer Rat. Man solle ihr lieber keine drastischen Veränderungen zumuten und sie auch nicht zu Entscheidungen drängen.
Dabei gab es soviel zu entscheiden! Angefangen bei Kleinigkeiten wie Dankesbriefen oder Spaziergängen mit Shep oder Patsys Lohn bis hin zu schwerwiegenden Problemen: beispielsweise, ob Sean Walsh jetzt schon als Teilhaber galt, ob das Geschäft zu retten war und wie man den Rest des Lebens ohne Bennys Vater zurechtkommen sollte.
Mr. Green, der Anwalt, war zwar zur Beerdigung gekommen, hatte aber gesagt, in den folgenden Tagen werde es noch genug Gelegenheit geben, über alles zu sprechen. Benny hatte ihn nicht gefragt, ob Sean Walsh bei diesen Gesprächen zugegen sein sollte oder nicht.
Hätte sie das Thema nur zur Sprache gebracht! Denn gleich nach der Beerdigung wäre es eine vollkommen angemessene Frage gewesen, die man einem Menschen, der verzweifelt war und nicht wußte, wie es weitergehen sollte, nicht weiter übelnahm. Zum jetzigen Zeitpunkt hingegen würde eine solche Frage viel eher so wirken, als stecke eine – womöglich böswillige

– Absicht dahinter. Benny wollte Sean Walsh nichts streitig machen – auch wenn sie ihn nicht leiden konnte.
Es war erstaunlich, wie viele von Nans Maximen sich für die unterschiedlichsten Situationen eigneten. So sagte sie zum Beispiel immer, man solle das Schwierigste zuerst anpacken, was es auch sei: den Aufsatz, den man eigentlich nicht schreiben wollte; das Gespräch mit dem Tutor, dem man lieber nicht mit einem unfertigen Projekt unter die Augen treten wollte. Und Nan hatte immer recht, bei allem.
Also zog Benny am Morgen nach der Beerdigung ihres Vaters den Regenmantel über und machte sich auf den Weg in den Laden – zu Sean Walsh.

Zuerst einmal mußte Benny den alten Mike abwimmeln, der sofort auf sie zukam und das Gespräch weiterführen wollte, das er gestern bei ihr zu Hause begonnen hatte. So laut und energisch, daß Sean es hören mußte, erklärte sie Mike, ihre Mutter und sie würden sich gern später mit ihm unterhalten, aber im Moment müsse er sie bitte entschuldigen, denn sie habe zuvor noch einige Dinge mit Sean zu regeln.
»Nun, das ist sowohl freundlich als auch sehr geschäftstüchtig.« Sean rieb sich auf seine übliche unangenehme Art die Hände – als hätte er etwas zwischen den Handflächen, was er zu Staub zermahlen wollte.
»Danke für alles. Für das ganze Wochenende.« Benny merkte, daß ihre Freundlichkeit aufgesetzt wirkte. Sie riß sich zusammen. Denn Sean hatte wirklich lang bei ihnen gestanden, Trauergäste begrüßt und dankend Hände geschüttelt. Da spielte es keine Rolle, daß Benny ihn nicht in ihrer Nähe hatte haben wollen.
»Das war doch selbstverständlich«, antwortete er.
»Jedenfalls wollte ich dich wissen lassen, daß Mutter und ich das zu schätzen wissen.«

»Wie geht es Mrs. Hogan?« Selbst seine Besorgnis klang unecht – wie bei einem Schauspieler, der den falschen Text spricht.
»Sie steht noch unter Beruhigungsmitteln. Aber in ein paar Tagen ist sie bestimmt wieder auf dem Damm. Dann wird sie sich auch den geschäftlichen Angelegenheiten widmen können.«
Ob der Umgang mit Sean wohl auf alle Leute diese Wirkung ausübte? Normalerweise redete sie jedenfalls nicht so geschwollen daher.
»Das ist gut. Sehr gut.« Sean nickte bedächtig.
Benny holte tief Luft. Wieder ein Ratschlag, den Nan irgendwo aufgegabelt hatte. Wenn man die Luft bis zu den Zehen einsog und dann langsam wieder ausatmete, steigerte das angeblich das Selbstvertrauen.
Ihre Mutter und sie, teilte Benny Sean mit, würden gegen Ende der Woche einen Termin mit ihrem Anwalt Mr. Green vereinbaren. Ob Sean bitte bis dahin den Laden genauso weiterführen könne, wie es sich über die Jahre bewährt habe? Benny versicherte, sie wisse ja, daß schon allein aus Respekt vor ihrem Vater keine Veränderungen vorgenommen würden, keinerlei Veränderungen, betonte sie, und drehte den Kopf dabei in Richtung Hinterzimmer, wohin sich Mike furchtsam verkrochen hatte.
Sean war wie vom Donner gerührt.
»Ich glaube, dir ist nicht ganz klar ...«, setzte er an. Aber er kam nicht weit.
»Du hast völlig recht, mir ist vieles nicht ganz klar«, strahlte sie ihn an, als wäre sie ganz seiner Meinung. »Was die bisherige Geschäftsführung und auch die geplanten Veränderungen betrifft, gibt es Dinge, von denen ich keine Ahnung habe. Genau das habe ich Mr. Green auch gesagt.«
»Und was meinte Mr. Green dazu?«
»Nun, am Tag der Beerdigung hat er sich natürlich noch nicht endgültig dazu geäußert«, erwiderte sie mißbilligend. »Aber

wenn wir mit ihm gesprochen haben, sollten wir uns alle noch einmal zusammensetzen.«

Benny beglückwünschte sich zu ihrer überlegten Wortwahl. Sean konnte sich dieses Gespräch durch den Kopf gehen lassen, so oft er wollte, er würde nicht entscheiden können, ob er in die Unterredung mit dem Anwalt einbezogen wurde oder nicht.

Und er würde auch nicht bemerken, wie lückenhaft Bennys Informationen waren.

Sie wußte nicht, ob Sean offiziell schon Teilhaber war oder ob es nicht mehr zur Unterzeichnung eines Vertrages gekommen war. Aber sie hatte das Gefühl, daß ihr Vater gestorben war, ohne die Sache unter Dach und Fach gebracht zu haben. Und noch stärker war ihr Gefühl, daß sie moralisch verpflichtet war, die Wünsche ihres Vaters in die Tat umzusetzen.

Doch Benny wußte, wenn sie in diesen seltsam trüben Gewässern überleben wollte, in die sie sich jetzt stürzte, durfte sie Sean Walsh nicht wissen lassen, wie ehrenhaft sie sich ihm gegenüber verhalten würde. Obgleich sie eine tiefe Abneigung gegen ihn hegte, ihn sogar beinahe verachtete, erkannte sie doch ganz klar, daß Sean sich das Recht erworben hatte, im Geschäft die Nachfolge ihres Vaters anzutreten.

Bill Dunne erzählte Johnny O'Brien, er spiele mit dem Gedanken, Nan Mahon ins Kino einzuladen.

»Was hält dich zurück?« fragte Johnny.

Natürlich der Gedanke, er könnte sich einen Korb einhandeln. Warum eine Zurückweisung herausfordern? Andererseits ging Nan mit keinem anderen aus, das wußten sie beide. Und das war seltsam, denn sie war doch ein großartiges Mädchen! Man hätte annehmen sollen, die Hälfte aller Studenten würde sich um sie reißen. Vielleicht lag ja genau darin das Problem. Alle *wollten* es, aber niemand traute sich an sie heran.

Also beschloß Bill schließlich, den Stier bei den Hörnern zu packen und Nan einzuladen.
Doch Nan lehnte ab. Nein, sie ginge nicht sonderlich gern ins Kino. Schade, meinte sie und vermittelte Bill damit das Gefühl, nicht endgültig abgewiesen worden zu sein.
»Wo würdest du denn gern hingehen?« fragte er deshalb und hoffte dabei, daß er nicht zu unterwürfig oder gar bemitleidenswert wirkte.
»Tja, es gibt da etwas ... aber ich weiß nicht recht«, erwiderte Nan zweifelnd.
»Ja? Was denn?«
»Es gibt da eine ziemlich schicke Party im Russell. Eine Art Polterabend. Das würde mich interessieren.«
»Aber wir sind doch gar nicht eingeladen.« Bill war regelrecht schockiert.
»Ich weiß«, entgegnete Nan, und ihre Augen glitzerten unternehmungslustig.

»Bill Dunne und Nan wollen uneingeladen auf eine Party gehen«, erzählte Aidan Eve.
»Warum?«
»Frag mich was Leichteres.«
Eine Weile dachten sie darüber nach. Warum wollte jemand auf ein Fest gehen, bei dem er womöglich unerwünscht war? Es gab doch genügend Anlässe, wo man Nan Mahon begeistert willkommen geheißen hätte. Sie sah aus wie Grace Kelly, fand man allgemein, war selbstbewußt und schön, ohne je eingebildet zu wirken. Wirklich eine Kunst.
»Vielleicht brauchen sie den Nervenkitzel«, überlegte Aidan.
Die Angst, erwischt zu werden, die Augenblicke der Gefahr – wie beim Glücksspiel.
Warum sonst sollte man zu einer Hochzeitsgesellschaft gehen, wo sich der gesamte Landadel traf? Alles Pferdenarren, die

nichts weiter konnten als schnauben und wiehern? grübelte Aidan.
Sobald Eve hörte, um was für eine Art Party es sich handelte, wurde ihr schlagartig klar, weshalb Nan Mahon dorthin wollte. Und weshalb sie einen respektablen und soliden jungen Mann wie Bill Dunne als Begleiter brauchte.

Jack Foley fand die Idee großartig.
»Bloß weil du nicht mitgehen mußt«, brummte Bill.
»Ach, komm schon. Du brauchst doch nur jeden anzulächeln.«
»Das wäre vielleicht in Ordnung, wenn wir alle aussehen würden wie ein Matinee-Filmstar. Wie du. Wie eine wandelnde Zahnpastawerbung.«
Jack lachte ihm ins Gesicht.
»Ich wollte, sie hätte mich gefragt. Ich glaube, das wird ein Riesenspaß.«
Aber Bill hatte da seine Zweifel. Er hätte vorher wissen müssen, daß es Probleme geben würde, wenn er ein so gutaussehendes Mädchen wie Nan Mahon ausführen wollte. Alles hatte seinen Preis.
Außerdem war die Sache so rätselhaft! Wer um alles in der Welt wollte zu einem Fest, wo jeder jeden kannte, nur man selbst kannte keinen?
Nan verweigerte jede Erklärung. Sie sagte lediglich, sie hätte ein neues Kleid, und man könnte doch ein bißchen Spaß zusammen haben.
Bill bot an, sie zu Hause abzuholen, aber sie wollte ihn lieber im Hotelfoyer treffen.

Das neue Kleid war umwerfend: blaßrosa, hauteng, mit rosafarbenen Ärmeln aus echter Spitze. Dazu trug Nan eine kleine silberne Handtasche, an der eine rosarote Rose befestigt war.
Sie war ohne Mantel gekommen.

»Für den Fall, daß wir uns schnell aus dem Staub machen müssen«, kicherte sie.
Genau wie an dem Abend, als sie verspätet zu Eves Party in Knockglen erschien, war sie auch jetzt in Hochstimmung. Als wüßte sie ein Geheimnis, das alle anderen nicht kannten.
Bill Dunne dagegen fühlte sich höchst unbehaglich und fuhr sich immer wieder mit dem Finger in den Kragen, als sie die Treppe hinaufstiegen. Wenn er hier Ärger bekam, würde sein Vater fuchsteufelswild werden.
Aber es ging alles glatt. Die Freunde der Braut dachten, sie wären Gäste des Bräutigams, und umgekehrt. Sie nannten ihre wirklichen Namen, lächelten und winkten in die Runde. Und da Nan zweifellos das hübscheste Mädchen im Saal war, wurde sie bald von einer Gruppe junger Männer umlagert.
Bill bemerkte, daß Nan nie viel sprach. Sie lachte und lächelte, nickte und wirkte interessiert. Selbst wenn ihr jemand eine direkte Frage stellte, gelang es ihr, diese mit einer Gegenfrage zu beantworten. Eine Weile führte Bill eine ziemlich mühsame Unterhaltung mit einem langweiligen Mädchen in einem Tweedkleid, die immer wieder traurig zu Nan hinüberschielte.
»Ich wußte gar nicht, daß man sich heute so in Schale werfen sollte«, bemerkte sie.
»Ach so? Tja.« Bill versuchte es ebenfalls mit Nans Methode und gab sowenig wie möglich preis.
»Man hat uns gesagt, es sei alles eher zurückhaltend gedacht«, klagte das Tweedmädchen. »Aus gegebenem Anlaß und so. Sie verstehen?«
»Ach so? Selbstverständlich«, murmelte Bill verzweifelt.
»Nun, es ist doch offensichtlich, oder nicht? Warum sonst konnten sie nicht bis zum Frühling warten?«
»Bis zum Frühling, ja, sicher.«
Über den Kopf des Tweedmädchens hinweg hielt er Ausschau nach Nan. Sie unterhielt sich mit einem schlanken, dunkelhaa-

rigen Mann. Offensichtlich sehr angeregt, denn sie schienen kaum zu merken, daß eine Welt um sie herum überhaupt existierte.

Lilly Foley musterte sich im Spiegel. Es fiel ihr schwer zu glauben, daß die Falten nicht mehr weggehen würden. Nie mehr.
Sie war an kleine Fältchen gewöhnt, die auftauchten, wenn sie müde oder überanstrengt war. Aber wenn sie sich dann ausruhte, verschwanden sie wieder. Jedenfalls war das bisher so gewesen.
Bisher hatte sie sich auch keine Gedanken über ihre Oberarme machen müssen.
Seit dem Tag, als Lilly Foley ein Auge auf John Foley geworfen hatte, hatte sie mit dem Essen aufgepaßt. Sie achtete auch stets auf ihre Kleidung – und wenn sie ganz ehrlich war, auf beinahe jedes Wort, das sie äußerte.
Nur wenn man seine Rolle gut spielte, bekam man, was man wollte, und durfte es auch behalten.
Deshalb brach es ihr auch fast das Herz, wenn sie mit ansehen mußte, daß sich dieses Riesenbaby Benny Hogan tatsächlich Hoffnungen auf Jack machte. Jack war nett zu ihr; er besaß die Umgangsformen und den Charme seines Vaters. Aber es war unmöglich, daß er bei einem solchen Mädchen tatsächlich ernste Absichten hegte.
Aus angeborener Höflichkeit und Anteilnahme hatte er sie nach Knockglen gefahren und war auch bei der Beerdigung gewesen. Es wäre wirklich traurig, wenn die Kleine sich deshalb etwas einbildete!
Lilly hatte einen ziemlichen Schrecken bekommen, als Aidan Lynch von Benny und Jack sprach, als wären sie ein Paar.
Aber wenigstens hatte diese Benny genug Verstand, daß sie Jack nicht dauernd hinterhertelefonierte wie die anderen Mädchen.
Es *mußte* ihr klar sein, daß es zu nichts führen konnte!

Benny saß am Küchentisch und versuchte, durch bloße Willensanstrengung das Telefon zum Klingeln zu bringen. Um sie herum türmten sich Papiere und Bücher.

Sie hatte sich vorgenommen zu lernen, wie das Geschäft funktionierte, ehe sie sich am Ende der Woche mit Sean und Mr. Green traf. Leider konnte ihr der alte Mike aus dem Laden nichts erklären, und auch ihre Mutter war keine Hilfe. Außerdem hatte Benny eine Schachtel mit schwarzgerändertem Briefpapier gekauft und eine Liste der Leute angefertigt, die Blumen geschickt hatten. Sie hoffte, ihre Mutter würde jedem einen kurzen persönlichen Gruß schicken, nachdem Benny schon die Umschläge adressiert hatte.

Aber Annabel konnte sich nicht recht zum Schreiben aufraffen. Mehr als zwei Briefe pro Tag schaffte sie nicht, und schließlich schrieb Benny die Briefe selbst. Sie bestellte die Trauerbildchen mit einem Porträt ihres Vaters und verschiedenen Gebeten, die sich die Leute ins Gebetbuch legen konnten, damit sie daran dachten, für Eddie Hogans Seelenheil zu beten. Benny hatte auch die schwarzgeränderten Karten bestellt, auf denen eine Danksagung für die Beileidsbezeugungen aufgedruckt war.

Benny bezahlte das Bestattungsinstitut, die Totengräber, den Priester und die Rechnung bei Shea's. Sie bezahlte alles in bar, denn sie hatte eigens dafür eine größere Summe von der Bank in Ballylee abgehoben. Fonsie hatte sie in seinem Lieferwagen hingefahren.

»Warte nur, bis Knockglen endlich auch auf der Landkarte verzeichnet ist«, hatte Fonsie gesagt. »Dann kriegen wir unsere eigene Bank und müssen nicht warten, bis donnerstags der Wagen vorbeikommt, als wären wir irgendein Außenposten im Wilden Westen.«

Zwar war der Mann in der Bank von Ballylee sehr freundlich gewesen, aber anscheinend war ihm nicht ganz wohl dabei, den Betrag auszuzahlen.

»Ich treffe mich am Freitag mit Anwalt Green«, beruhigte ihn Benny. »Danach geht alles wieder seinen ordnungsgemäßen Gang.«

Der Ausdruck der Erleichterung auf dem Gesicht des Bankangestellten verblüffte sie.

Ziemlich rasch merkte Benny, daß sie nicht die leiseste Ahnung hatte, wie ihr Vater in all den Jahren seine Geschäfte abgewickelt hatte; und es blieben ihr nur ein paar Tage, es herauszufinden.

Bisher hatte sie zwei dicke Bücher und in der Kasse ein Bündel rosaroter Zettel entdeckt.

Einmal war da das Wareneingangsbuch. Jeder Posten war sorgfältig vermerkt. Manchmal handelte es sich um erbärmliche Kleinigkeiten: ein paar Kragenknöpfe, Sockenhalter, Schuhlöffel, Schuhbürsten.

Und dann das Buch für Zahlungseingänge, ein großer brauner, in Leder gebundener Wälzer mit einer Art Fenster im Einband. Es gab drei Spalten: Schecks, Bargeld und anderes. Letzteres konnten Postüberweisungen sein oder in einem Fall beispielsweise eine Zahlung in Dollar, die ein durchreisender Amerikaner geleistet hatte.

Jeden Donnerstag, wenn der Bankwagen ins Dorf kam, hatte sich Bennys Vater mit den anderen in die Schlange gestellt. Die Signatur der Bank am Ende der wöchentlichen Einzahlungsbeträge galt als Quittung und Bestätigung, daß die betreffende Summe dem Konto gutgeschrieben wurde.

In der Kasse waren immer rosarote Tombolalose, Blocks, die auf gut Glück von der Fremdenmission geschickt worden waren, ideal, um Blätter abzureißen und auf ihnen zu notieren, was man aus der Kasse entnommen hatte. Auf jedem Zettel stand ein Betrag mit einem Vermerk, zum Beispiel: »Zehn Shilling für Benzin.«

Heute war Mittwoch, der Tag, an dem die Läden schon mittags schlossen. Benny hatte beide Bücher in eine große Einkaufstasche gepackt, weil sie sie mit nach Hause nehmen wollte.

441

Sean hatte protestiert und gesagt, die Bücher seien noch nie aus dem Laden entfernt worden.

Aber Benny hatte erwidert, das sei Unsinn. Oft genug habe sie ihren Vater zu Hause über den Büchern brüten sehen, und jetzt wolle eben ihre Mutter einen Blick auf die Buchhaltung werfen. Unter den gegenwärtigen Umständen könne man ihr doch wohl diesen kleinen Gefallen nicht verweigern.

Dieses Argument erstickte Seans Einwände im Keim.

Eigentlich hatte Benny keine Ahnung, wonach sie suchte. Sie wollte einfach wissen, weshalb es mit dem Geschäft in letzter Zeit so bergab gegangen war. Ihr war klar, daß es saisonale Schwankungen gab: Nach der Ernte kamen beispielsweise viele Bauern, um sich neue Anzüge zu kaufen.

Jedenfalls fahndete sie nicht gezielt nach Unstimmigkeiten oder Fehlern.

Deshalb war sie auch überrascht, als sie entdeckte, daß die Einnahmen nicht mit den Bankeinzahlungen übereinstimmten. Wenn in der Woche eine bestimmte Summe eingenommen worden war, dann hätte der gleiche Betrag – abzüglich der auf den kleinen rosafarbenen Zetteln vermerkten Ausgaben, die übrigens kaum ins Gewicht fielen – auch eingezahlt werden müssen.

Aber soweit Benny nachvollziehen konnte, während sie mühsam die Zahlen entzifferte und addierte, bestand allwöchentlich eine Differenz zwischen dem, was eingenommen, und dem, was dem Bankkonto gutgeschrieben worden war.

Manchmal ging es um Beträge bis zu zehn Pfund.

Entsetzt und erschüttert starrte sie auf die Zahlen. Sowenig sie Sean mochte und sosehr sie ihn sich weit weg wünschte, sträubte sich doch alles in ihr, auch nur eine Sekunde in Betracht zu ziehen, daß Sean Walsh Geld aus dem Geschäft ihres Vaters veruntreut hatte. Zum einen schien es unvorstellbar: Sean war ein fast überkorrekter junger Mann! Und außerdem: Wenn er als

Sozius ins Geschäft eintreten wollte, warum sollte er dann Geld aus dem eigenen Unternehmen stehlen? Und was am allerwichtigsten war: Wenn Sean diese Gelder schon seit Monaten oder Jahren abzweigte, warum lief er dann in abgewetzten Anzügen herum und wohnte in dem engen Kabuff zwei Stockwerke über dem Laden? Benommen von ihrer Entdeckung, saß Benny da und hörte kaum, wie das Telefon klingelte.
Patsy ging an' den Apparat und sagte, ein junger Mann wolle Benny sprechen.
»Wie geht es dir?« fragte Jack besorgt. »Was machst du gerade?«
»Mir geht's gut. Alles in Ordnung.« Ihre Stimme war sehr leise.
»Gut. Du hast nicht angerufen.«
»Ich wollte dir nicht auf die Nerven gehen.« Es kam ihr alles so unwirklich vor. Sie konnte die Augen nicht von den Büchern losreißen.
»Ich würde dich ja gern besuchen«, sagte Jack mit einem gewissen Bedauern, als wollte er damit gleich unmißverständlich klarstellen, daß dies unmöglich war. Aber Benny wollte ihn sowieso nicht in der Nähe haben. Was sie hier entdeckt hatte, nahm sie zu sehr in Anspruch.
»Um Himmels willen, nein. Bitte nicht.« Ihre Antwort war eindeutig, und er verstand sie auch so. Anscheinend heiterte ihn das auf.
»Und wann kommst du zurück zu mir?«
Benny erklärte, wenn alles gutginge, würde sie nächste Woche wohl alles geregelt haben. Vielleicht konnten sie sich am Montag auf einen Kaffee im Annexe treffen?
Ihre Zurückhaltung wurde prompt belohnt. Es schien ihm tatsächlich etwas auszumachen, daß er sie so lange nicht sehen sollte.
»Das dauert ja noch ewig. Ich vermisse dich, weißt du«, sagte er.
»Ich vermisse dich auch. Es war wirklich wunderbar, daß ihr alle zum Begräbnis gekommen seid.«

Kaum hatte Benny aufgelegt, hatte sie das Gespräch auch schon vergessen.

Es gab keinen Menschen, den sie wegen der Bücher hätte um Rat fragen können.

Sie wußte, daß Peggy, Clodagh, Fonsie und Mario verstehen würden, worum es ging. Wie auch Mrs. Kennedy und andere Geschäftsleute im Dorf.

Aber sie wollte nicht, daß Eddie Hogan als unfähiger Stümper dastand. Das war sie ihrem Vater schuldig. Und sie war es Sean Walsh schuldig, daß sie ihren Verdacht für sich behielt, bis sie ihm etwas nachweisen konnte.

»Warum darf ich dich nicht nach Hause bringen, Nan?« fragte Simon nach dem Essen.

Das war bereits ihre zweite Verabredung in dieser Woche nach dem überaus erstaunlichen zufälligen Wiedersehen beim Polterabend.

Nan sah ihm in die Augen und antwortete ganz offen: »Ich lade nie jemanden zu mir nach Hause ein. Das habe ich noch nie getan.«

Ihr Ton war weder bedauernd noch trotzig. Sie stellte lediglich eine Tatsache fest.

»Darf man fragen, warum?«

Sie lächelte ihn schelmisch an. »Man darf, wenn man ziemlich naseweis und aufdringlich sein möchte.«

»Das ist man leider.« Er beugte sich über den Tisch und streichelte ihre Hand.

»Du siehst mich vor dir, wie ich bin und wie ich mich selbst sehe. Und wie ich mich fühle; und wie ich immer sein werde. Wenn du oder sonst jemand mit mir nach Hause kommen würde, wäre alles anders.«

Für Nans Verhältnisse war das eine lange Rede. Simon musterte sie überrascht und fast bewundernd.

Er wußte, daß sie irgendwo aus dem Norden Dublins stammte und daß ihr Vater in der Baubranche arbeitete. Vielleicht wohnten sie irgendwo in einem dieser neureichen Häuser. Zweifellos hatten sie Geld. Nans Kleidung war stets makellos, sie verkehrte nur in den besten Kreisen. Simon respektierte ihren Wunsch, daß sie nicht über ihr Familienleben sprechen wollte und daß sie sich so ehrlich dazu bekannte.
Trotzdem sagte er ihr ganz sanft, diese Geheimnistuerei sei doch albern. Er schämte sich doch auch nicht wegen *seiner* Herkunft, wegen des verfallenen Herrenhauses in Knockglen, das schon bessere Zeiten gesehen hatte und in dem er mit ein paar alten, schlechtbezahlten Dienstboten, einem senilen Großvater und einer ponynärrischen kleinen Schwester lebte. Eine ziemlich skurrile Szenerie für einen Gast. Trotzdem hatte er Nan nach Weihnachten eingeladen. Fragend neigte er den Kopf zur Seite.
Doch Nan ließ sich nicht erweichen. Für sie sei es kein Vergnügen, Freunde mit nach Hause zu bringen. Wenn Simon damit Probleme habe, sollten sie sich vielleicht lieber nicht mehr treffen.
Natürlich wußte sie, daß er daraufhin das Thema auf sich beruhen lassen würde.
In gewisser Weise war Simon sogar erleichtert. Dann brauchte er sich wenigstens nicht bei einem Sonntagsessen vorführen zu lassen, wo er eventuell falsche Hoffnungen weckte.

Im Handarbeitsunterricht war Heather alles andere als eine Musterschülerin. Aber nach einem Gespräch mit Dekko Moore, dem Geschirrmacher von Knockglen, hatte sie beschlossen, sich mehr Mühe zu geben. Dekko hatte ihr gesagt, vielleicht könnte sie später eine erfolgreiche Schneiderin werden und Jagdausrüstung für Ladys herstellen, die dann von Pine's oder Hogan's verkauft wurde.
So hatte sich Heather für das neue Schuljahr vorgenommen, ordentlich nähen zu lernen.

»Es ist scheußlich! Diese blöden Kreuzstiche und das alles. Ganz anders als bei richtigen Kleidern«, beklagte sie sich bei Eve. Es war ihr zwölfter Geburtstag, und sie hatte von der Schule die Erlaubnis bekommen, den Abend bei einer Verwandten zu verbringen, wenn sie bis acht Uhr zurückkam.
Bei Kit hatten sie Geburtstagstorte gegessen, und alle hatten applaudiert, als Heather die Kerzen ausblies. Die Studenten mochten Heather und ihre Leidenschaft für alles Eßbare.
Sie sprachen über den Handarbeitsunterricht und wie ungerecht es war, daß Jungen keine Kreuzstiche lernen mußten.
»Wenigstens braucht ihr keine riesigen grünen Unterhosen mit Zwickel zu nähen wie wir«, meinte Eve fröhlich.
»Warum mußtet ihr denn so was machen?« Heather war immer begierig auf Geschichten aus dem Kloster.
Aber Eve konnte sich nicht mehr daran erinnern. Vielleicht hatten sie die grünen Hosen über die normalen Unterhosen unter den Schulkittel anziehen müssen, wenn sie Handstand übten. Vielleicht bildete sie sich das aber auch nur ein. Sie hatte es ehrlich vergessen. Eve ärgerte sich über Simon, der es nicht für nötig befunden hatte, am Geburtstag seiner Schwester etwas mit ihr zu unternehmen. Lediglich eine alberne Geburtstagskarte mit einer Reifrock-Dame hatte er ihr geschickt. Es gab Hunderte von netten Karten mit Pferden, mit denen er seiner Schwester eine Freude hätte machen können!
Aber in erster Linie machte sich Eve Sorgen wegen Benny. Sie schlug sich mit irgendeinem Problem herum. Irgend etwas wegen des Geschäfts. Am Telefon wollte sie nicht darüber reden, aber sie hatte Eve versprochen, ihr nächste Woche alles zu erzählen.
Am Ende des Gesprächs hatte Benny etwas gesagt, was Eve nicht mehr aus dem Kopf ging.
»Falls du manchmal noch betest, Eve, dann solltest du es jetzt tun.«

»Worum soll ich denn beten?«

»Daß alles gut wird.«

»Aber dafür beten wir doch schon seit Jahren«, hatte Eve ärgerlich eingewandt. Das sei zu allgemein.

»Die Kluge Frau läßt es aber lieber noch eine Weile im allgemeinen«, hatte Benny geantwortet.

Dabei hatte sie sich allerdings weder besonders klug noch besonders fröhlich angehört.

»Simon hat eine neue Freundin«, erzählte Heather. Sie wußte, daß Eve sich immer für solche Neuigkeiten interessierte.

»Wirklich? Und was ist mit der Lady aus Hampshire?«

»Ich glaube, die wohnt zu weit weg. Jedenfalls ist die Neue aus Dublin, hat mir Bee Moore erzählt.«

Aha, dachte Eve, diese Neuigkeit wird unserer Freundin Nan Mahon aber gar nicht schmecken.

Aber dann kam ihr plötzlich ein Gedanke. Und wenn die neue Freundin nun Nan Mahon war?

Kapitel 15

Schon ganz früh am nächsten Morgen brachte Benny die Bücher wieder in den Laden zurück. Sie nahm Shep mit, und der Hund sah sich hoffnungsvoll um, ob nicht vielleicht doch plötzlich Eddie aus dem Hinterzimmer auftauchte und freudig in die Hände klatschte, weil sein guter alter Hund ihn endlich mal besuchen kam.

Als Benny Schritte auf der Treppe hörte, wurde ihr klar, daß sie nicht früh genug gekommen war. Sean Walsh war bereits auf den Beinen und fertig angezogen.

»Ach, du bist's, Benny«, begrüßte er sie.

»Ja. Jemand anderes kommt ja hoffentlich nicht hier rein. Wo soll ich die Bücher hinlegen, Sean?«

Bildete sie es sich ein oder musterte er sie wirklich so durchdringend? Er nahm ihr die Bücher ab und legte sie an ihren angestammten Platz. Noch eine gute Dreiviertelstunde, bis der Laden geöffnet wurde.

Es roch muffig und streng. Keine Atmosphäre, die einen zum Geldausgeben anregte. Nichts in diesem Laden hätte einen Mann dazu verführt, sich leichtfertig eine auffallende Krawatte und ein buntes Hemd zu kaufen, wenn er bisher immer nur weiße getragen hatte. Benny betrachtete die dunkle Einrichtung und fragte sich, weshalb ihr all das nie aufgefallen war, solange ihr Vater noch am Leben war. Vor nicht mal einer Woche hätte sie noch mit ihm darüber reden können.

Doch sie wußte, warum. Beinahe augenblicklich kam ihr die Antwort in den Sinn! Ihr Vater hätte sich so sehr über ihr Interesse gefreut, daß er sich sofort Hoffnungen gemacht hätte.

Und dann wäre wieder das Thema aufs Tapet gekommen, ob sie nicht Sean Walsh heiraten wollte.
Sean beobachtete, wie sie sich umsah.
»Suchst du etwas Bestimmtes?«
»Ich schau mich nur um, Sean.«
»Hier muß einiges verändert werden.«
»Ich weiß.« Benny schlug einen ernsten, gewichtigen Ton an, denn das war die einzige Sprache, die Sean verstand. Aber sie glaubte einen erschrockenen Ausdruck in seinen Augen zu entdecken, als hätte sie etwas Bedrohliches gesagt.
»Hast du in den Büchern gefunden, was du suchtest?« fragte er, ohne sie eine Sekunde aus den Augen zu lassen.
»Ich habe nichts Besonderes gesucht. Wie gesagt, ich wollte mich lediglich mit der Geschäftsroutine vertraut machen, bevor ich mich mit Mr. Green treffe.«
»Ich dachte, deine Mutter wollte die Bücher sehen.« Sean verzog ein wenig den Mund.
»Das wollte sie auch. Sie versteht wesentlich mehr davon, als uns allen klar war.«
Benny wußte selbst nicht, warum sie das sagte. Annabel Hogan hatte keine Ahnung von dem Geschäft, das von ihrer Mitgift gekauft worden war. Sie hatte sich absichtlich aus allem herausgehalten, weil sie fand, das Geschäft sei Männersache. Eine Frau würde da nur stören. Denn Männer kauften sich ja keinen Anzug oder ließen Maß nehmen, wenn eine Frau dabei herumstand.
Auf einmal begriff Benny, daß das die Tragödie im Leben ihrer Eltern gewesen war. Wenn ihre Mutter sich ebenfalls für den Laden engagiert hätte, wie anders wäre alles gekommen! Die beiden hätten soviel mehr gemeinsam gehabt, und Benny wäre nicht so zwanghaft in den Mittelpunkt ihres Lebens gerückt worden. Und Bennys Mutter, die in vieler Hinsicht klarer und praktischer dachte als Eddie, hätte diese Unstimmigkeiten,

wenn es denn welche waren, vielleicht schon lange entdeckt und für Abhilfe gesorgt. Bevor die Sache so ernst aussah wie jetzt.

Emily Mahon klopfte an Nans Tür und trat ein. Sie hielt eine Tasse Tee in der Hand.
»Willst du wirklich keine Milch?«
Seit einer Weile nahm Nan statt Milch eine Scheibe Zitrone in den Tee. Der Rest der Familie wunderte sich darüber, denn alle anderen nahmen reichlich Milch, bevor sie den Tee aus ihren großen Bechern schlürften.
»Es schmeckt gut so, Em. Versuch es doch mal«, drängte Nan.
»Es ist zu spät für mich, meine Gewohnheiten zu ändern. Und es hätte bei mir auch keinen Sinn – im Gegensatz zu dir.«
Emily wußte, daß ihre Tochter endlich einen Menschen gefunden hatte, der ihr sehr viel bedeutete.
Sie merkte es an den vielfältigen Vorbereitungen, die Nan in ihrem Zimmer traf, an den neuen Kleidern, an der Art, wie sie ihrem Vater Geld abschmeichelte, und vor allem am Glanz in ihren Augen.
Auf dem Bett lag ein kleiner Hut. Er paßte perfekt zu dem violetten Wildseidenkleid und dem Bolero, die in einem dunkleren Lila abgesetzt waren. Nan fuhr heute zum Pferderennen. Für die meisten Leute war es ein normaler Werktag, die Studenten waren bei ihren Vorlesungen, doch Nan fuhr zum Pferderennen.
Außer Mutter und Tochter war niemand zu Hause. Emily hatte heute Spätschicht.
»Gib auf dich acht, Liebes, ja?«
»Wie meinst du das?«
»Du weißt, wie ich es meine. Ich frage dich nicht nach ihm, weil ich weiß, du denkst, das bringt Unglück. Wir wollen ihn ja auch gar nicht kennenlernen, das würde nur deine Aussichten verschlechtern. Aber du paßt auf dich auf, ja?«

»Ich habe nicht mit ihm geschlafen, Em. Und ich habe es auch nicht vor.«
»Ich meine nicht bloß das«, entgegnete Emily, obwohl sie genau das im Sinn gehabt hatte. Aber es klang ein wenig kraß, wenn man es so direkt aussprach. »Ich meine, du mußt auch aufpassen, daß du das College nicht vernachlässigst und nicht in schnellen Autos durch die Gegend rast.«
»Nein, du hast gemeint, daß ich mit ihm schlafe.« Nan lachte ihre Mutter liebevoll an. »Und das habe ich nicht und werde es auch nicht, da kannst du ganz beruhigt sein.«

»Meinst du, wir werden uns immer und ewig an der Nase rumführen oder doch irgendwann mal unseren Bedürfnissen nachgeben und miteinander ins Bett gehen?« fragte Simon, als er mit Nan zum Rennen fuhr.
»Führen wir uns an der Nase rum? Das ist mir noch gar nicht aufgefallen.«
Simon blickte sie bewundernd an. Nichts konnte diese junge Frau aus dem Gleichgewicht bringen. Sie blieb immer obenauf.
Und sie sah sehr schön aus heute. Wahrscheinlich würde ihr Bild in den Zeitungen erscheinen. Schließlich hielten die Fotografen immer Ausschau nach geschmackvoll gekleideten Leuten und nach Frauen mit extravaganten Hüten. Seine Begleiterin war genau der Typ, auf den sie es abgesehen hatten.
Sobald sie die Rennbahn betreten hatten, blieben sie in der Menschenmenge stecken. Am Paradering saß die tyrannische Molly Black auf einem Jagdstuhl und begutachtete Nan von oben bis unten. Vor einiger Zeit hatte sich Simon Westward für ihre Tochter interessiert. Die Neue war ein ganz anderer Typ als die Mädchen, die Simon sonst ausführte. Ohne Zweifel sehr hübsch, offenbar eine Studentin aus Dublin, die rein gar nichts über sich und ihren familiären Hintergrund preisgab.

Mrs. Black klagte über den Erlaß aus Buckingham, der die Vorstellung der Debütantinnen bei Hof abgeschafft hatte.
»Ich meine, wie soll man denn dann noch wissen, wer wer ist?« stöhnte sie und musterte Nan unablässig mit stechendem Blick.
Nan sah sich nach Simon um und stellte zu ihrem Leidwesen fest, daß er verschwunden war. Also nahm sie Zuflucht zu ihrer bewährten Taktik, auf eine Frage mit einer Gegenfrage zu antworten.
»Warum wird es denn Ihrer Ansicht nach abgeschafft?«
»Das ist doch klar. Jedes Mädchen muß von einer Frau vorgestellt werden, die ihrerseits ebenfalls vorgestellt worden ist. Manche dieser Frauen machen ziemlich schwere Zeiten durch, und sie lassen sich von wirklich ganz unmöglichen Geschäftsmännern dafür bezahlen, daß sie deren gräßliche Gören präsentieren. Damit hat das alles angefangen.«
»Und hatten Sie denn jemanden zum Vorstellen?« erkundigte sich Nan mit kühler Stimme und ausgesuchter Höflichkeit.
Offensichtlich hatte sie ins Schwarze getroffen.
»Nicht direkt in der Familie, nein, natürlich nicht«, antwortete Mrs. Black ärgerlich. »Aber Freundinnen und Kinder von Freundinnen. Es war so schön für sie, einfach ein hübscher Brauch. Auf diese Weise haben die Mädchen ihresgleichen kennengelernt. Bis dann dieser Mißbrauch aufkam.«
»Aber ich denke doch, es ist leicht, seinesgleichen zu erkennen, meinen Sie nicht?«
»Ja, natürlich, sehr leicht«, erwiderte Molly Black ungehalten.
Endlich stand Simon wieder neben Nan.
»Ich habe mich sehr angeregt mit Ihrer reizenden kleinen Freundin über die Saison unterhalten«, sagte Mrs. Black zu ihm.
»Oh, schön.« Simon zog Nan weiter.
»So eine alte Fregatte!« meinte er.
»Warum gibst du dich überhaupt mit ihr ab?«
»Das muß ich.« Simon zuckte die Achseln. »Sie und Teddy sind überall. Bewachen ihre Töchter vor Glücksrittern wie mir.«

»Bist du ein Glücksritter?« fragte sie mit einem munteren Lächeln.
»Natürlich. Du hast doch das Haus gesehen«, erwiderte er. »Komm, wir trinken was und setzen dann eine riesige Summe, die wir uns nicht leisten können, auf ein Pferd. Dazu lebt man doch, oder?«
Damit nahm er Nan am Arm und führte sie über den Rasen in die überfüllte Bar.

Die Besprechung mit Mr. Green verlief sehr sachlich. Sie fand in Lisbeg statt, und Benny hatte ihre Mutter mit starkem Kaffee und gutem Zureden so weit wach bekommen, daß sie teilnehmen konnte.
Sie dürfe auf keinen Fall darum bitten, daß etwas aufgeschoben oder auf später vertagt wurde, schärfte Benny ihrer Mutter ein. Es gab kein Später. So schwer es für alle Beteiligten sein mochte, sie waren es Eddie Hogan schuldig, daß nicht alles in einem riesigen Schlamassel endete.
Zuvor hatte Benny ihre Mutter gebeten, sich alle Gespräche über Seans Teilhaberschaft ins Gedächtnis zu rufen. Der Brief existierte, der Brief, in dem Eddie Hogan die Absicht bekundete, eine Vereinbarung über die Teilhaberschaft zu treffen. Gab es denn irgend etwas, das Annabels Ansicht nach darauf hinwies, daß die Sache bereits offiziell geregelt war?
Müde erklärte Bennys Mutter, ihr Mann habe immer gesagt, man brauche die Sache nicht zu überstürzen. Abwarten, hieß seine Devise, zur rechten Zeit würde sich alles finden.
Aber hatte er das allgemein gemeint oder in bezug auf Seans Teilhaberschaft?
Daran erinnerte sich Annabel nicht mehr. Es sei so schwierig, alles im Gedächtnis zu ordnen, klagte sie. Vor wenigen Tagen hatte Eddie Hogan noch gelebt, war wohlauf gewesen und hatte sich selbst um sein Geschäft gekümmert. Und jetzt lag er unter

der Erde, und sie mußten sich mit einem Anwalt zusammensetzen, um Dinge zu besprechen, von denen sie nicht die leiseste Ahnung hatte. Konnte Benny nicht ein bißchen mehr Geduld und Verständnis aufbringen?
Patsy servierte Kaffee im Salon, der jetzt gelüftet war und des öfteren benutzt wurde, weil so viele Besucher erschienen, um ihr Beileid auszusprechen. Zunächst waren sie nur zu dritt, und Benny erklärte, sie wolle Sean Walsh anrufen und ihn bitten, sich später zu ihnen zu gesellen.
Mr. Green berichtete, was sie bereits wußten: Mr. Hogan hatte, trotz wiederholter Aufforderung, trotz zahlreicher Vorschläge und Warnungen, kein Testament gemacht. Was sie nicht wußten, war, daß der Teilhaberschaftsvertrag bereits aufgesetzt und vorbereitet, jedoch noch nicht unterschrieben war.
Im Januar war Mr. Green wie gewohnt an vier Freitagvormittagen in Knockglen gewesen, ohne daß Mr. Hogan die Gelegenheit genutzt hatte, ihn wegen der Unterschrift anzusprechen. Als ihn Mr. Green einmal daran erinnerte, hatte Mr. Hogan gemeint, er brauche noch etwas Bedenkzeit.
»Meinen Sie, er hatte etwas entdeckt, was ihn umstimmte? Schließlich hat er den Brief an Sean schon vor Weihnachten geschrieben.« Benny ließ nicht locker.
»Ich weiß. Ich habe eine Kopie des Briefes. Ich habe sie mit der Post bekommen.«
»Von meinem Vater?«
»Ich glaube eher von Mr. Walsh.«
»Und es gab keine Hinweise, keine Andeutungen ... Sie haben auch nie den Eindruck gehabt, daß ihm irgend etwas daran nicht gepaßt hat?«
»Miss Hogan, entschuldigen Sie, daß ich es so deutlich ausspreche, aber Eindrücke und Andeutungen gehen mich nichts an. Als Anwalt muß ich mich auf das beschränken, was ich schwarz auf weiß habe.«

»Und was Sie schwarz auf weiß haben, ist die Absichtserklärung, Sean Walsh zum Teilhaber zu machen, richtig?«
»Genau so ist es.«
Benny hatte keine Beweise, sie folgte lediglich ihrem Instinkt. Möglicherweise hatte ihr Vater in den Wochen vor seinem Tod ebenfalls bemerkt, daß sie weniger auf die Bank trugen, als sie eingenommen hatten. Aber es war nie zu einer Auseinandersetzung mit Sean Walsh gekommen.
In diesem Falle hätte Eddie seiner Frau davon erzählt, und Mike hätte im Arbeitsraum jedes Wort mitgehört.
Vielleicht hatte ihr Vater abwarten wollen, bis er Beweise in Händen hielt. Dann mußte auch Benny so vorgehen.
Wie ihr Vater würde sie darum bitten, die Frage einer Teilhaberschaft aufzuschieben – mit der Begründung, daß man noch nicht entscheiden könne, wer den Vertrag überhaupt abschließen sollte.
Mr. Green, der ein vorsichtiger Mann war, meinte, es sei ohnehin immer klug, sich nach einem solchen Verlust reichlich Zeit zu lassen, bis man derart grundlegende Veränderungen einleitete. Übereinstimmend waren sie dann der Meinung, jetzt sei der Zeitpunkt gekommen, Sean Walsh hinzu zu bitten.
Als er kam, wurde frischer Kaffee gebracht.
Er erklärte, er habe den Laden geschlossen, denn Mike sei der Verantwortung nicht gewachsen. Ohne Frage hatte er in der Vergangenheit treue Dienste geleistet, aber wie selbst Mr. Hogan immer gesagt habe – mit vielen Dingen der modernen Zeit käme Mike einfach nicht mehr zurecht.
Benny erinnerte sich tatsächlich daran, daß ihr Vater so etwas gesagt hatte, aber stets voller Sympathie und Verständnis. Nie hatten seine Worte abwertend oder herablassend geklungen.
Vorläufig sollte alles beim alten bleiben. War Sean der Meinung, man müsse vorübergehend eine Aushilfskraft einstellen? Er antwortete, das komme ganz darauf an.

Worauf denn, wollten sie wissen. Darauf, ob Miss Hogan in Erwägung zog, ihr Universitätsstudium abzubrechen und im Geschäft mitzuarbeiten. Wenn das der Fall war, gab es keinen Grund, eine Aushilfskraft einzustellen.

Benny erklärte, das sei absolut nicht im Sinne ihres Vaters. Ihre Eltern legten beide großen Wert darauf, daß sie ihren Universitätsabschluß machte. Dennoch werde sie sich mit großem Interesse und auch langfristig um das Geschäft kümmern. Sie mußte ihrer Mutter beinahe einen Rippenstoß versetzen, damit diese aufwachte und versicherte, sie werde das gleiche tun.

Ganz beiläufig und ohne den geringsten Hinweis darauf, daß etwas nicht stimmen könnte, bat Benny dann darum, daß man ihr und ihrer Mutter das einfache Buchführungssystem erklärte. Umständlich machte sich Sean ans Werk.

»Was im Wareneingangsbuch steht, sollte also jede Woche ungefähr das gleiche sein wie das im Buch für Zahlungseingänge, nicht wahr?« erkundigte sich Benny mit großen, unschuldigen Augen.

»Ja. Mehr oder weniger, je nach den Abzügen.«

»Den Abzügen?«

»Das, was dein Vater aus der Kasse genommen hat.«

»Ja. Und auf den kleinen rosaroten Zetteln wurde dann vermerkt, worum es sich dabei handelte. Ist das richtig?«

»Wenn Mr. Hogan daran gedacht hat«, erwiderte Sean mit Grabesstimme, bemüht, den Eindruck zu vermeiden, als wolle er schlecht über den Toten reden. »Dein Vater war ein wunderbarer Mann, wie du selbst weißt, aber äußerst vergeßlich.«

»Wofür könnte er denn Geld herausgenommen haben?« Bennys Herz war schwer. Wenn er dies glaubhaft machen konnte, hatte sie nichts gegen ihn in der Hand.

»Tja, laß mich überlegen.« Sean sah Benny an. Sie trug ihre besten Sachen: den neuen Rock mit dem Bolero-Oberteil, beides Weihnachtsgeschenke ihres Vaters.

»Beispielsweise für deine Kleider, Benny. Es wäre möglich, daß er dafür Geld aus der Kasse genommen hat, ohne daran zu denken, einen Zettel auszufüllen.«
In diesem Moment erkannte Benny, daß sie sich vorerst geschlagen geben mußte.

Kevin Hickey fragte Mrs. Hegarty, ob sie ihm vielleicht ein gutes Hotel in Dunlaoghaire empfehlen könne, denn sein Vater wolle aus Kerry zu Besuch kommen.
»Meine Güte, Kevin, du gehst doch jeden Tag mindestens an einem Dutzend Hotels vorbei«, erwiderte Kit.
»Ich glaube aber, daß es ihm lieber wäre, wenn Sie ihm eins aussuchen.«
Kit schlug das Marine vor und reservierte dort ein Zimmer für Kevins Vater.
Da sie annahm, daß Mr. Hickey auch das Haus kennenlernen wollte, in dem sein Sohn während des Semesters wohnte, drängte sie Kevin, ihn einmal auf eine Tasse Tee mitzubringen.
Paddy Hickey war ein großer, angenehmer Mann. Er erzählte, er arbeite auf dem Land im Maschinenbau. Zwar besaß er auch ein kleines Stück Land, aber in seiner Familie hatte niemand einen Hang zur Landwirtschaft. Seine Brüder waren nach Amerika ausgewandert, seine Söhne hatten alle studiert, aber keiner Agrarwissenschaft.
Wie alle Leute aus Kerry, so erklärte er, lege er großen Wert auf eine gute Ausbildung.
Kit und Eve fanden ihn auf Anhieb sympathisch. Er sprach auch von Kits totem Sohn ganz unbefangen und fragte, ob er ein Bild von ihm sehen könne.
»Möge er in Frieden ruhen, der arme Junge, der nie die Gelegenheit hatte, die Welt richtig kennenzulernen«, bemerkte er.
Es klang ein bißchen unbeholfen, aber sehr rührend. Weder Kit noch Eve fiel eine passende Antwort ein.

Er dankte ihnen, daß sie so gut für Kevin sorgten und ihn bei seinem Studium unterstützten.

»Es besteht wohl keine Hoffnung, daß er bei einem so hübschen Mädchen wie Ihnen ankommt?« fragte er Eve.

»Ach, nein. Mich schaut er ja nicht mal an«, lachte Eve.

»Außerdem ist ein Jurastudent hinter ihr her«, fügte Kit hinzu.

»Da sind Sie sicher manchmal ziemlich einsam«, meinte er zu Kit. »Wenn all die jungen Leute abends ausgehen.«

»Ich komm schon zurecht«, erwiderte sie.

Eve merkte, daß Mr. Hickey versuchte, sich ein Herz zu fassen und Kit Hegarty zu fragen, ob sie mit ihm ausgehen wollte. Aber sie wußte auch, daß Kit nichts davon ahnte.

»Sicher kommst du zurecht«, sagte Eve. »Natürlich. Und du wirst auch überall gebraucht. Trotzdem fände ich es schön, wenn du mal ausgehen und dich amüsieren würdest. Nur ein einziges Mal.«

»Tja, wo wir gerade übers Amüsieren sprechen«, hakte der große Paddy Hickey ein. »Es besteht wohl keine Aussicht, daß Sie mit einem einsamen alten Witwer aus Kerry einen netten Abend in der Stadt verbringen?«

»Also, wie gut sich das trifft!« rief Eve. »Heute abend gehen wir nämlich alle aus!«

Kit sah ganz erschrocken aus.

»Kommen Sie doch so um sieben Uhr vorbei, Mr. Hickey. Ich sorge dafür, daß sie fertig ist«, sagte Eve.

Als er gegangen war, stürzte sich Kit sofort auf Eve.

»Warum tust du das? Warum benimmst du dich so gemein und aufdringlich? Das sieht dir überhaupt nicht ähnlich.«

»Es sieht mir nicht ähnlich, wenn's um *mich* geht. Aber bei dir bleibt einem ja keine andere Wahl, weiß Gott.«

»Ich kann aber nicht mit ihm ausgehen. Schließlich bin ich verheiratet.«

»Ach ja?«

»Ja, ich bin verheiratet. Ganz gleich, was Joseph in England angestellt hat, ich bin trotzdem verheiratet.«
»Ach, hör doch auf, Kit.«
»*Eve!*«
»Ich mein's ernst. Wirklich. Niemand verlangt von dir, daß du mit Kevins Vater Ehebruch begehst. Du sollst doch nur mit ihm ausgehen und ihm vielleicht über deinen Anhang drüben in England erzählen, falls du dazu Lust hast. Aber du kannst eine Einladung von so einem anständigen Mann wirklich nicht einfach ausschlagen.«
Eve sah so wütend aus, daß Kit lachen mußte.
»Was soll ich denn anziehen?«
»Das hört sich schon wesentlich besser an.« Eve drückte Kit fest an sich, ehe sie die Treppe hinaufstiegen, um zu sehen, was ihre beiden Kleiderschränke zu bieten hatten.

»Ich habe mir überlegt, ob Wales für dich nicht eine Erholung sein könnte ...«, meinte Jack hoffnungsvoll.
»Nein, es ist noch zu früh.«
»Ich habe nur gedacht, es wäre eine angenehme Abwechslung. Und man sagt doch immer, das würde guttun.«
Benny wußte, worauf er hinaus wollte. Sie wäre schrecklich gern mit ihm nach Wales gefahren, als sein Mädchen, auf einem Schiff, das von Dunlaoghaire nach Holyhead fuhr. Sie sehnte sich danach, neben ihm im Zug zu sitzen, andere Leute kennenzulernen – als Jack Foleys Freundin, mit allem, was dazugehörte.
Und sie wußte auch, daß eine solche Reise sie vielleicht von den Gedanken und Verdächtigungen hätte ablenken können, die ihr im Kopf herumschwirrten.
Sie hatte versucht, ihre Mutter zu einem Besuch bei ihren Brüdern und Schwägerinnen zu bewegen, die sich bei der Beerdigung sehr um sie bemüht hatten. Aber Annabel erklärte Benny traurig,

daß ihre Brüder seinerzeit die Hochzeit mit Eddie nicht gutgeheißen hatten – eine Ehe mit einem jüngeren Mann, der beruflich nichts zu bieten hatte. Nach Meinung ihrer Verwandten hätte Annabel eine bessere Partie machen können. Deshalb wolle sie jetzt nicht in den großen Landhäusern ihrer Brüder auftauchen und ihnen von ihrer Ehe erzählen, in der sie so glücklich gewesen war, die ihre Verwandten aber nie gebilligt hatten.

Nein, sie wollte lieber zu Hause bleiben und versuchen, sich an das Leben zu gewöhnen, das jetzt vor ihr lag.

Doch das alles wollte Benny Jack nicht erklären. Er war kein Mensch, den man mit Problemen belastete. Wichtig war, daß er sich anscheinend freute, sie zu sehen. Er beachtete die bewundernden Blicke nicht, die ihm aus allen Ecken des Annexe zugeworfen wurden. Er saß auf seinem harten Stuhl und trank eine Tasse Kaffee nach der anderen. Außerdem verputzte er zwei »Fliegenfriedhöfe«, diese Gebäckteile mit der schwarzen, breiigen Füllung. Benny sagte, sie hätte sich solche Kalorienbomben abgewöhnt. Tatsächlich machten sie ihr den Mund wäßrig, aber sie hatte beschlossen, keinen Kuchen, keinen Pudding, keine Pommes und keine Kekse mehr zu essen. Wenn sie nicht Jack Foley gehabt hätte, der Licht in ihre Welt brachte, wäre ihr das Leben ganz schön trostlos vorgekommen.

Nan war begeistert, als Benny wieder zu den Vorlesungen erschien.

»Ich hatte niemanden, mit dem ich mich unterhalten konnte. Schön, daß du wieder da bist«, strahlte sie.

Ganz gegen ihren Willen freute sich Benny ebenfalls.

»Aber du hattest doch Eve. Himmel, ich beneide euch beide, daß ihr die ganze Zeit hier sein könnt.«

»Ich glaube, Eve ist nicht so besonders gut auf mich zu sprechen«, gestand Nan. »Ich bin mit Simon ausgegangen, weißt du. Und das findet sie nicht gut.«

Benny wußte, daß das stimmte: Eve gefiel diese Liaison nicht, aber andererseits wäre es bei jedem Mädchen, mit dem Simon ausging, das gleiche gewesen. Ihrer Ansicht nach hätte er sich mehr um seine Cousine kümmern sollen; schließlich war er alt genug, die Situation zu begreifen.

Außerdem ärgerte sich Eve, weil Nan nicht mit offenen Karten gespielt hatte. Sie behauptete nach wie vor, Nan habe Benny einzig mit der Absicht ins Hibernian geschleppt, Simon vorgestellt zu werden. Zwar konnte Benny das nicht glauben, aber in manchen Punkten war Eve unbelehrbar.

»Und wohin führt er dich aus?« Benny hörte für ihr Leben gern, was Nan in ihrer gelassenen Art über das vornehme Leben zu erzählen hatte, in das Simon Westward ihr Einblick gewährte. Nan beschrieb ihr die Bar im Jammet's, das Red Bank, das Baily und Davey Byrne's.

»Er ist soviel älter, weißt du«, erklärte Nan. »Deshalb treffen sich die meisten seiner Freunde in Bars und Hotels.«

Benny fand das traurig. Man stelle sich vor – nirgends mehr hingehen zu können, wo man sich wirklich amüsierte! Kein Coffee Inn mehr, kein Inca, kein Zanzibar. Die ganzen Kneipen, die sie und Jack so gern besuchten.

»Und magst du ihn?«

»Ja, sehr.«

»Warum siehst du dann so besorgt aus? Offensichtlich mag er dich doch auch, wenn er dich dauernd in all diese schicken Lokale mitnimmt.«

»Ja, aber er will mit mir schlafen.«

Bennys Augen weiteten sich. »Aber du tust es nicht, oder?«

»Doch, aber wie? Das versuche ich gerade auszuknobeln. Wo und wie.«

Es stellte sich heraus, daß Simon das Wo und Wie längst entschieden hatte: Auf dem Rücksitz eines Wagens, irgendwo in

den Hügeln um Dublin. Er meinte, es sei doch schrecklich albern, wenn sie beide weiterhin so taten, als wollten sie es nicht. Nan reagierte eiskalt. Sie habe nicht die Absicht, etwas Derartiges in einem Auto zu machen.
»Aber du willst mich doch?« fragte Simon.
»Ja, natürlich will ich dich.«
»Und?«
»Du hast ein tadelloses Haus, in dem wir es uns gemütlich machen können.«
»Nicht in Westlands«, widersprach Simon.
»Und garantiert nicht im Auto«, konterte Nan.

Am nächsten Tag wartete Simon an der Ecke von Earlsfort Terrace und Leeson Street. Es war Mittagszeit, und die Studenten strömten heraus. Fahrräder neben sich herschiebend, Bücher unter dem Arm. Sie waren unterwegs zu ihren Zimmern und Wohnungen und Restaurants, die über die ganze Stadt verstreut waren.
Nan hatte abgelehnt, als Eve und Benny sie fragten, ob sie mit ins Singing Kettle kommen wolle. Pommes für Eve und schwarzen Kaffee für die willensstarke Benny.
So sahen die beiden nicht, wie Nans Blick suchend umherschweifte, als wüßte sie, daß jemand sie erwartete.
Und sie sahen auch nicht, wie Simon kam und Nan bei der Hand nahm.
»Ich war gestern abend fürchterlich grob«, sagte er.
»Ist schon in Ordnung.«
»Nein, ich meine es ernst. Das war unverzeihlich. Ich habe überlegt, ob du vielleicht mit mir in einem netten kleinen Hotel essen würdest, wo wir auch übernachten könnten. Wenn du möchtest.«
»Das möchte ich gern, natürlich«, antwortete Nan. »Aber leider bin ich erst nächsten Dienstag wieder frei.«

»Du willst mich hinhalten.«
»Nein, wirklich nicht.«
Aber sie wollte ihn tatsächlich hinhalten. Denn sie hatte ausgerechnet, wann ihre unfruchtbaren Tage sein würden. Und der nächste Dienstag war der früheste Termin, an dem sie es wagen konnte, mit Simon Westward ins Bett zu gehen.

Clodagh saß im hinteren Zimmer und nähte. Durch die Glastür konnte sie sehen, ob ein Kunde persönliche Beratung brauchte. Ansonsten kamen ihre Tante und Rita, das junge Mädchen, das sie vor kurzem eingestellt hatten, gut ohne sie zurecht.
Benny kam herein und setzte sich neben sie.
»Wie macht sich Rita?«
»Gut. Man muß wissen, wen man nimmt – sie muß vif sein, aber auch nicht zu vif, weil sie sonst deine eigenen Ideen klaut und sich mit ihnen selbständig macht. Das ist der ganze Witz bei einem Geschäft.«
Benny lachte wehmütig. »Wenn das doch vor zehn Jahren jemand meinem Vater beigebracht hätte«, meinte sie.
Clodagh nähte weiter. Noch nie hatte Benny das Thema Sean Walsh angesprochen, obwohl es in den letzten Wochen zahlreiche Spekulationen gegeben hatte. Gleich nach Weihnachten kursierte das Gerücht, er werde Sozius bei Hogan's. Die Stammkunden in der Bar von Healys Hotel berichteten, Mrs. Healy sei überzeugt davon. Seit dem Tag, als Clodagh der Zutritt zu Healy's verwehrt worden war, hatte sie es sich zur Aufgabe gemacht, alles herauszufinden, was dort vor sich ging und über welche Themen gesprochen wurde.
Sie wartete, daß Benny ihr mehr erzählte.
»Clodagh, was würde passieren, wenn Rita Geld aus der Kasse nehmen würde?«
»Tja, ich würde es bei der Tagesabrechnung oder spätestens am Wochenende merken.«

»Du würdest es aber in jedem Fall rauskriegen?«
»Ja. Und dann würde ich vorschlagen, ihr die Hände abzuhacken. Aber Tante Peggy würde sie lieber entlassen wollen.«
»Und angenommen, ihr könntet es nicht beweisen?«
»Dann wäre ich sehr vorsichtig, Benny. Ganz, ganz vorsichtig.«
»Wenn sie das Geld irgendwo auf die Bank bringen würde, dann könnte es aber jemand rausfinden?«
»Klar. Sie würde es nicht auf die Bank bringen, nicht in der Gegend hier. Es müßte irgendwo versteckt sein.«
»Wo zum Beispiel?«
»Gott, keine Ahnung. Und ich würde gut aufpassen, daß man mich nicht beim Suchen erwischt.«
»Dann würdest du die Sache womöglich auf sich beruhen lassen, wenn du nichts beweisen könntest?«
»Wahrscheinlich, so schwer es mir auch fiele.«
Benny hatte Clodaghs Warnung verstanden. Sie wußten beide, daß es nicht um die untadelige Rita ging, die draußen im Laden herumhantierte. Aber ihnen war klar, daß es gefährlich war, deutlicher zu werden.

Jack Foley hatte Benny versprochen, sie anzurufen, sobald er in Wales war. Sie übernachteten in einer Pension, und er sollte sein Zimmer mit Bill Dunne teilen, der rein zum Vergnügen mitkam.
»Ihr werdet mich kein bißchen vermissen«, hatte Benny gesagt und ihre Enttäuschung, daß sie nicht dabeisein konnte, mit einem Lachen zu überspielen versucht.
»So nett Bill Dunne auch ist, ich glaube nicht, daß er dich ersetzen kann. Ich wollte, du würdest mitkommen.«
»Dann ruf mich doch an, wenn es am lustigsten ist«, schlug Benny vor.
Aber das Telefon klingelte nicht. Nicht am ersten, nicht am zweiten und auch nicht am dritten Abend. Benny hockte zu

Hause. Sie ging auch nicht mit ihrer Mutter in Healys Hotel, um auf Mrs. Healys Einladung eines der neuen Abendessen zu probieren.
Statt dessen blieb sie daheim, lauschte dem Ticken der Uhr und Sheps Schnarchen, hörte, wie Patsy mit Mossy tuschelte, während ihre Mutter ins Kaminfeuer starrte und Jack Foley nicht anrief, wenn es am lustigsten war.

Mit großer Sorgfalt packte Nan ihre Tasche. Ein Spitzennachthemd; Wäsche zum Wechseln für den nächsten Tag; ein sehr schickes Reisenecessaire von Brown Thomas, dem Körperpuder, eine neue Zahnbürste und Zahncreme enthielt. Zum Abschied gab sie ihrer Mutter einen Kuß.
»Ich übernachte bei Eve in Dunlaoghaire«, sagte sie.
»Schön«, meinte Emily Mahon, die genau wußte, was Nan nicht tun würde: bei Eve in Dunlaoghaire übernachten.

In der großen Haupthalle begegnete Benny Bill Dunne.
»Ich habe den Auftrag, dich zufällig zu treffen und die Lage zu peilen«, sagte er.
»Was in aller Welt meinst du denn damit?«
»Ist unser Freund in Ungnade gefallen oder nicht?«
»Bill, du wirst allmählich schlimmer als Aidan. Kannst du das nicht auch normal sagen?«
»Normal gesagt, möchte dein auf Abwege geratener Freund Mr. Foley wissen, ob er es wagen kann, dir unter die Augen zu treten, obwohl er es nicht geschafft hat, dich anzurufen.«
»Ach, sei doch nicht albern«, erwiderte Benny ärgerlich. »Jack weiß doch, daß ich nicht so bin, daß ich mich nicht in einen Schmollwinkel verkrieche. Er weiß, daß mir so etwas nichts ausmacht. Wenn er nicht anrufen konnte, dann konnte er eben nicht anrufen.«
»Jetzt verstehe ich auch, weshalb er dich so mag. Und warum er

solche Angst gehabt hat, daß er dich vor den Kopf gestoßen hätte«, meinte Bill Dunne bewundernd. »Du bist wirklich einmalig, Benny.«

Heather Westward gefiel es anfangs überhaupt nicht, daß Aidan zu den Ausflügen mitkam. Aber schon bald beklagte sich Eve, daß Heather Aidan lieber mochte als sie. Er war wesentlich unterhaltsamer als sie.
Aidan erzählte Heather, er und Eve würden acht Kinder bekommen, jeweils im Abstand von zehn Monaten. Sie würden 1963 heiraten und dann bis Ende 1970 Kinder kriegen.
»Macht ihr das, weil ihr katholisch seid?«
»Nein, das machen wir, damit Eve beschäftigt ist, während ich die ersten schwierigen Jahre beim Gericht hinter mich bringe. Ich werde den ganzen Tag in der juristischen Bibliothek zubringen, um das Geld aufzutreiben für die ganzen Knickerbocker-Glories, die die Kinder haben wollen. Wahrscheinlich muß ich nebenbei noch bei einer Zeitung als Redakteur arbeiten. Ich habe mir das alles schon genau überlegt.«
Heather kicherte in ihren riesigen Eisbecher. Sie war nicht ganz sicher, ob Aidan das alles ernst meinte. Fragend sah sie zu Eve hinüber.
»Daran glaubt er momentan. Aber in Wirklichkeit wird er eine hirnlose Blondine treffen, die ihm schöne Augen macht und ihn anlächelt. Und im nächsten Augenblick hat er mich und seine ganzen langfristigen Pläne vergessen«, orakelte Eve.
»Würde dir das was ausmachen?« fragte Heather, als wäre Aidan gar nicht anwesend.
»Nein, es wäre eher eine Erleichterung für mich. Acht Kinder sind ganz schön anstrengend. Erinnerst du dich, wie es Clara damals ging mit ihren vielen Welpen?«
»Aber du würdest sie wenigstens nicht alle gleichzeitig kriegen, oder?« Heather war mit Ernst bei der Sache.

»Obwohl das auch gewisse Vorteile hätte«, meinte Aidan nachdenklich. »Wir würden die Babysachen umsonst kriegen, und du könntest zu uns kommen und babysitten, Heather. Während du vier Babys trockenlegst, kümmert sich Eve um die restlichen vier.«

Heather lachte.

»Ich würde keine hirnlose Blondine wollen, ehrlich«, wandte sich Aidan an Eve. »Ich heiße doch nicht Jack Foley.«

Erstaunt sah Eve ihn an. »Jack?«

»Du weißt doch, die Fahrt nach Wales. Aber es ist in Ordnung, wirklich. Benny hat ihm verziehen. Behauptet jedenfalls Bill Dunne.«

»Sie hat ihm verziehen, daß er nicht angerufen hat. Von einer hirnlosen Blondine, die sie ihm auch noch verzeihen soll, weiß sie nichts.«

»Oh ... Ich glaube nicht, daß tatsächlich was war zwischen ihnen ...«, versuchte Aidan einen Rückzieher.

Eves Augen funkelten.

»Also, bloß ein Schiff, das in der Nacht vorüberfuhr – oder am Abend. Ein blondes, albernes walisisches Schiff. Ich weiß doch nichts Genaues, verflucht. Ich war nicht dabei. Man hat es mir nur erzählt.«

»Ja, das glaub ich gern, daß man dir davon erzählt hat. Inklusive sämtlicher pikanter Details.«

»Nein, wirklich nicht. Und an deiner Stelle würde ich Benny lieber nichts davon erzählen, Eve.«

»Ich bin ihre Freundin.«

»Heißt das, daß du es ihr sagst oder nicht sagst?«

»Das heißt, daß du das niemals erfahren wirst.«

Nan stieg zu Simon ins Auto.

»Du riechst wunderbar«, stellte er fest. »Immer das teuerste Parfüm.«

»Die meisten Männer erkennen gutes Parfüm nicht«, schmeichelte sie ihm. »Du hast einen sehr feinen Geruchssinn.«
Sie verließen Dublin in südlicher Richtung durch Dunlaoghaire, vorbei an Kit Hegartys Haus und Heathers Internat.
»Hier geht meine Schwester zur Schule«, bemerkte Simon.
Nan wußte das. Sie wußte auch, daß Eve sonntags immer hierherkam, im Gegensatz zu Simon. Sie wußte, daß Heather hier sehr unglücklich war und viel lieber auf eine Tagesschule in der Umgebung von Westlands gegangen wäre, wo sie ihr Pony, ihren Hund und ihr geliebtes Landleben hatte. Aber Nan verriet Simon nicht, daß sie von all dem wußte.
Sie hatte beschlossen, Simon wenig Fragen zu stellen und sich den Anschein zu geben, als wisse sie nur wenig über seine Familie. Damit er nicht das Recht zu haben glaubte, sie über ihre Verhältnisse auszufragen. Später, wenn sie ihn richtig an der Angel hatte, würde sie seine Fragen beantworten.
Bis dahin würde er sie gut genug kennen, um zu begreifen, daß ein besoffener Vater und unordentliche Verhältnisse keinerlei Einfluß auf ihr eigenes Leben hatten.
Jetzt fand sie, daß sie lange genug mit ihm geflirtet hatte und heute abend der richtige Zeitpunkt war, mit ihm in dieses Hotel zu gehen.
Sie hatte es in einem Reiseführer nachgeschlagen und sich genau informiert. Nan Mahon ging nirgendwohin, ohne sich nicht vorher über den gesellschaftlichen Rang eines Ortes kundig gemacht zu haben – auch nicht in ein Hotel, in dem sie ihre Jungfernschaft verlieren sollte.
Simon musterte sie mit einem schiefen Lächeln. Er ist wirklich sehr attraktiv, dachte Nan, auch wenn er etwas kleiner war, als sie es sich gewünscht hätte. Wenn sie mit ihm ausging, konnte sie ihre besonders schicken hochhackigen Schuhe nicht tragen. Er wirkte sehr selbstsicher, als hätte er genau gewußt, daß es früher oder später soweit sein würde.

Und genau darüber hatte er offenbar gerade nachgedacht.
»Ich habe mich sehr gefreut, daß du mit mir essen gehen und den Abend verbringen willst, statt vom nächsten Taxistand davonzubrausen«, sagte er.
»Ja. Ich glaube, das Hotel ist sehr hübsch. Es besitzt eine wunderschöne Sammlung von Porträts und Jagdszenen.«
»Stimmt. Woher weißt du das?«
»Keine Ahnung. Irgend jemand hat es mir wahrscheinlich erzählt.«
»Du warst nicht zufällig mit einem deiner früheren Freunde hier?«
»Ich war noch nie mit jemandem in einem Hotel.«
»Ach, komm.«
»Es stimmt.«
Simon sah ein wenig bedenklich aus. Als sei das, was vor ihm lag, doch schwieriger und heikler, als er erwartet hatte. Aber ein Mädchen wie Nan würde sich nicht auf so etwas einlassen, wenn sie es nicht selbst wollte.
Vielleicht sagte sie auch die Wahrheit, wenn sie behauptete, noch nie mit einem Jungen im Hotel gewesen zu sein. Andererseits mußte ein Mädchen wie Nan doch Erfahrungen gesammelt haben – sei es in einem Hotelbett oder auf einer Sanddüne. Er würde sich mit dieser Frage erst befassen, wenn es notwendig war.
Kerzen standen auf dem Tisch, als sie im dunklen Speisesaal mit den wuchtigen Ölgemälden Platz nahmen, auf denen die ernst dreinblickenden Vorfahren des Hoteliers zu sehen waren.
Der Kellner behandelte sie respektvoll wie ein Butler alter Schule. Man schien Simon hier zu kennen und zu schätzen.
Am Nebentisch saß ein Paar, und der Kellner redete den Mann mit »Sir Michael« an. Einen Moment schloß Nan die Augen. In vieler Hinsicht war es hier wirklich besser als in Westlands. Simon hatte recht gehabt.

Es war wie in einem hochherrschaftlichen Haus, und man behandelte sie wie Angehörige der Aristokratie. Nicht schlecht für die Tochter von Brian Mahon, Baustoffhändler und Alkoholiker.

Nan hatte nicht gelogen, wie Simon überrascht und mit ein wenig schlechtem Gewissen feststellte. Er war tatsächlich der erste Mann, mit dem sie ins Hotel gegangen war – oder sonstwohin. Das Mondlicht drang durch die Vorhänge und schimmerte auf ihrem makellosen schlafenden Gesicht. Sie war wirklich wunderschön, und sie hatte ihn anscheinend sehr gern. Simon schloß sie noch einmal in die Arme.

Benny wußte, daß sie das Problem von Sean Walshs Teilhaberschaft nicht auf die lange Bank schieben durfte. Hätte sie doch nur ihre Mutter dazu bringen können, sich dafür zu interessieren! Aber Annabel erwachte morgens wie zerschlagen aus dem bleiernen Schlaf, den ihr die Tabletten bescherten. Mehrere Stunden dauerte es, bis sie ihre Apathie endlich abgeschüttelt hatte.
Und dann wurde ihr wieder bewußt, wie einsam sie war. Ihr Ehemann war viel zu früh von ihr gegangen, ihre Tochter verbrachte den ganzen Tag in Dublin, und ihr Hausmädchen würde demnächst die Verlobung mit Mossy Rooney bekanntgeben. Nur aus Rücksicht auf die trauernde Familie hielt sie das genaue Datum noch zurück.
Dr. Johnson versicherte Benny, derartige Dinge brauchten manchmal viel Zeit. Aber wenn eine Ehefrau schließlich doch dazu gebracht werden konnte, ein Interesse am Geschäft ihres Mannes zu entwickeln – wie das bei Mrs. Kennedy von der Apotheke der Fall gewesen war –, dann würde sie sich auch rasch wieder erholen.
Dabei sah Dr. Johnson aus, als wollte er etwas sagen, was er sich in letzter Sekunde doch noch verkniff.

Benny wußte, daß er Sean Walsh schon immer verabscheut hatte.
»Das Problem ist Sean, wissen Sie«, begann sie zögernd.
»Wann war das je anders?« fragte Dr. Johnson.
»Wenn Mutter nur im Laden wäre! Wenn sie mit den Gedanken bei der Sache wäre und sich ein bißchen darum kümmern würde...«
»Ja, ich weiß.«
»Meinen Sie, das wird sie je wieder können? Oder mache ich mir da nur Illusionen?«
Liebevoll musterte Dr. Johnson das Mädchen mit dem kastanienbraunen Haar, das Mädchen, das er von einem rundlichen Krabbelkind zu einem großen ungelenken Schulmädchen hatte heranwachsen sehen. Jetzt hatte Benny ein wenig abgenommen, stellte er fest, aber man hätte sie immer noch als eine kräftige junge Frau bezeichnet. Benny Hogan hatte vielleicht ein angenehmeres Leben gehabt als manch andere Kinder in Knockglen, deren Mandelentzündungen, Windpocken und Masern Dr. Johnson kuriert hatte. Aber nie hatte sie soviel Freiheit gehabt wie die anderen.
Und jetzt hatte es den Anschein, als würden die Bande, die sie an ihr Zuhause fesselten, sogar noch stärker.
»Du mußt dein eigenes Leben leben«, brummte er.
»Das hilft mir jetzt nicht weiter, Dr. Johnson.«
Zu seiner eigenen Verblüffung stimmte er ihr zu.
»Du hast recht. Das hilft dir nicht weiter. Es war auch keine große Hilfe, deiner Mutter zu sagen: ›Hören Sie auf zu trauern und versuchen Sie zu leben.‹ Sie will nicht auf mich hören. Und es hat auch nichts geholfen, als ich vor all den Jahren Birdie Mac gesagt habe, sie soll ihre Mutter ins Heim geben, oder Dessie Burns, er solle den Mönch in Mont Mellary aufsuchen, der die Leute vom Saufen abbringt. Aber man muß solche Sachen trotzdem sagen. Schlicht und einfach, um nicht den Verstand zu verlieren.«

Solange Benny ihn kannte, hatte sie ihn noch nie so reden hören. Mit offenem Mund starrte sie ihn an.

Der Arzt faßte sich wieder. »Um diesen Schnösel Sean Walsh aus eurem Geschäft zu vertreiben, würde ich Annabel auch ein Aufputschmittel geben, damit sie zwölf Stunden am Tag im Laden arbeiten kann. Aber ich fürchte, das würde nicht klappen.«

»Mein Vater hat schriftlich erklärt, daß er Sean zu seinem Teilhaber machen will. Das können wir nicht einfach unter den Tisch fallen lassen.«

»Vermutlich nicht.« Dr. Johnson kannte den Sachverhalt.

»Es sei denn, mein Vater hatte einen triftigen Grund, den Vertrag nicht zu unterzeichnen.« Benny blickte Dr. Johnson beschwörend an. Hatte Eddie Hogan nicht vielleicht doch seinem alten Freund Maurice Johnson etwas anvertraut, was sie nicht wußten? Aber nein. Schweren Herzens hörte sie Dr. Johnsons traurige Antwort: Er hatte keine Ahnung, weshalb Eddie nicht unterschrieben hatte.

»Der Kerl ist ja auch nicht der Typ, den man mit den Händen in der Kasse erwischt. Seit er hier ist, hat er kaum einen Penny für sich selbst ausgegeben.«

Sean Walsh trank seinen Morgenkaffee bei Healy's. Er saß am Fenster, so daß er sehen konnte, ob jemand in den Laden ging.

Mit einfachen Dingen wurde Mike allein fertig. Auch mit dem Maßnehmen bei den Stammkunden. Aber wenn es um etwas Schwierigeres ging, mußte man ein Auge auf ihn haben.

Mrs. Healy setzte sich zu ihm. »Gibt's was Neues wegen der Teilhaberschaft?«

»Sie werden sie akzeptieren. Jedenfalls haben sie das in Gegenwart des Anwalts versichert.«

»Gut. Es wäre auch längst an der Zeit. Ihr Name sollte über der Ladentür stehen, daß alle ihn sehen können.«

»Es ist sehr nett, daß Sie eine so hohe Meinung von mir haben ... hmm ... Dorothy.« Bis vor kurzem war sie für ihn noch Mrs. Healy gewesen.
»Das hat mit Nettigkeit nichts zu tun, Sean. Sie haben es verdient, endlich nach oben zu kommen. Damit alle sehen, was wirklich in Ihnen steckt.«
»Ich werde es schon schaffen. Und ich werde es den Leuten zeigen. Aber ich will nichts überstürzen, das ist nicht mein Stil.«
»Solange Sie überhaupt etwas unternehmen und nicht nur abwarten.«
»Ich warte nicht nur ab«, versicherte Sean Walsh.

»Wann kann ich dich wiedersehen?« fragte Simon, als er Nan vor der Universität absetzte.
»Was schlägst du vor?«
»Also, ich würde vorschlagen, heute abend. Aber wo?«
»Wir könnten zusammen etwas trinken gehen.«
»Und danach?«
»Du kennst doch sicher noch mehr hübsche Hotels«, lächelte sie.
Das stimmte, aber er konnte es sich nicht leisten. Und er konnte sie auch nicht mitnehmen zu Buffy und Frank, bei denen er immer übernachtete, wenn er in Dublin war. Und sie wollte ihn nicht mit zu sich nach Hause nehmen. Auch ein Auto kam nicht in Frage, und Westlands war seiner Meinung nach überhaupt kein Thema.
»Es wird uns schon was einfallen«, versprach er.
»Bis dann«, sagte Nan.
Bewundernd sah er ihr nach. Ein Mädchen wie Nan war ihm noch nie begegnet.

»Benny, du siehst ja schrecklich aus. Du hast dir nicht mal die Haare gekämmt«, tadelte Nan.

»Tausend Dank. Das ist genau das, was ich hören wollte.«

»Das muß dir auch gesagt werden«, erwiderte Nan. »Einer der attraktivsten Männer im ganzen College läuft dir nach. Da kannst du nicht aussehen wie eine Wetterhexe.«

»Dann kämme ich mich eben«, gab Benny ziemlich unfreundlich nach.

Der attraktivste Mann im ganzen College lief ihr nicht nach, sondern schlich durch die Gegend wie das leibhaftige schlechte Gewissen. Jedesmal, wenn er Benny begegnete, stammelte er neue Entschuldigungen wegen der Geschichte in Wales. Benny hatte ihm gesagt, er solle es vergessen – solche Sachen passierten eben.

Für diesen Freitag hatte sie es so eingerichtet, daß sie in der Stadt bleiben konnte, und Jack vorgeschlagen, den Abend mit ihm zu verbringen. Sie hatte Eve gefragt, ob sie in Dunlaoghaire unterkommen konnte, sie hatte Patsy Bescheid gesagt und ihrer Mutter erklärt, sie müsse wenigstens einen Abend pro Woche in Dublin verbringen. Schließlich müsse jeder auf seine Weise über den schrecklichen Verlust hinwegkommen, und sie brauche einfach Zeit mit ihren Freunden.

Sofort war der Schleier über den trüben, leblosen Augen ihrer Mutter noch dichter geworden. So als hätte Benny ihr einen weiteren Schlag zugefügt.

Am schlimmsten war jedoch, daß Jack ihr sagte, am Freitag passe es ihm gar nicht. Da sei nämlich ein Treffen im Rugbyclub, und danach gingen alle zusammen einen trinken.

»Ein anderer Abend wäre mir lieber«, meinte er beiläufig. Benny hätte ihn am liebsten geohrfeigt. Er war wirklich gedankenlos wie ein Kind.

Warum begriff er denn nicht, wie schwierig es für sie war, sich überhaupt für einen Abend freizumachen? Jetzt mußte sie alles wieder rückgängig machen, was sie mit Eve, Kit, Patsy und ihrer Mutter abgesprochen hatte. Verdammt, das würde sie nicht tun!

Sie würde trotzdem in Dublin übernachten und vielleicht mit Eve und Aidan ins Kino gehen.
Schließlich hatten die beiden sie schon so oft eingeladen. Und danach konnten sie zusammen indisch essen gehen.

Sie pfiffen immer noch den River-Kwai-Marsch, als sie das Golden Orient in der Leeson Street betraten. Unterwegs hatten sie Bill Dunne getroffen, der gerade aus dem Hartigan's kam und sich ihnen anschloß.
Aidan gab fachmännische Kommentare zur Speisekarte ab.
Jeder sollte etwas anderes bestellen, damit sie vier verschiedene Gerichte probieren und Currykenner werden konnten.
»Aber wir mögen alle Kofta«, erklärte Eve.
»So ein Pech. Die Mutter meiner Kinder sollte aber nicht auf ein einziges Gericht festgelegt sein«, sagte Aidan.
»Wo ist Jack?« erkundigte sich Bill Dunne.
»Bei einem Treffen vom Rugbyclub«, antwortete Benny beiläufig. Einen Moment lang glaubte sie, die beiden jungen Männer hätten einen Blick gewechselt. Aber wahrscheinlich hatte sie sich getäuscht. Mittlerweile sah sie wohl schon Gespenster, weil sie dauernd Sean Walsh beobachtete.

Am Samstag rief Jack Foley an und war ziemlich verärgert.
»Anscheinend habt ihr euch gestern abend ja köstlich amüsiert! Am einzigen Abend in der ganzen Woche, an dem ich keine Zeit habe«, schimpfte er.
»Das hast du mir nicht gesagt. Sonst hast du immer behauptet, die Freitagabende in Dublin wären wunderbar«, erwiderte Benny verletzt.
»Das waren sie für bestimmte Leute ja wohl auch, wie man von Bill Dunne hört.«
»An welchem Abend *hast* du denn nächste Woche Zeit, Jack? Dann richte ich es so ein, daß ich in der Stadt bleiben kann.«

»Du bist doch bloß eingeschnappt«, sagte er. »Wegen der Sache in Wales.«
»Ich hab dir doch gesagt, ich verstehe, daß du keine Zeit hattest, mich anzurufen. Ich bin nicht eingeschnappt deswegen.«
»Deswegen nicht«, entgegnete er. »Aber wegen der anderen Sache.«
»Was für eine andere Sache?« fragte Benny.

Nan und Simon trafen sich dreimal, ohne tun zu können, was sie beide gewollt hätten – nämlich miteinander zu schlafen.
»Wie schade, daß du nicht eine kleine Wohnung in der Stadt hast«, sagte Simon.
»Wie schade, daß du keine hast«, konterte sie.
Was sie dringend gebraucht hätten, war ein Versteck, wo niemand sie beobachtete und störte.
Dieses Liebesnest mußte nicht unbedingt in Dublin sein. Es konnte auch irgendwo außerhalb liegen. Benzin war kein Problem. Anscheinend rechnete Simon alles über das Gut ab. Das war kompliziert, aber billig.
Allerdings mußte er nach Knockglen zurück, um zu tanken.
Da fiel Nan Eves Häuschen am Steinbruch ein.
Sie hatte einmal beobachtet, wie Eve den Schlüssel unter einen losen Stein in der Mauer gelegt hatte. Niemand kam zu der Kate, höchstens gelegentlich eine der Nonnen, um nach dem Rechten zu sehen. Aber bei Nacht war bestimmt keine Nonne unterwegs.

Nur in einer der Hütten brannte Licht. Nan erinnerte sich, daß dort ein schweigsamer Mann namens Mossy wohnte. Sie hatte gehört, wie Benny und Eve sich einmal über ihn unterhalten hatten.
»Das ist der Mann, den unsere Bee Moore gern gehabt hätte. Aber dann hat eine andere ihn weggeschnappt«, erzählte Simon lachend.

Nan hatte Laken, Kopfkissenbezüge und zwei Handtücher mitgebracht. Dazu ihr Reisenecessaire, das diesmal auch Seife enthielt. Sie durften keine Spuren hinterlassen.
Simon konnte nicht verstehen, warum sie nicht einfach Eve gefragt hatten. Aber Nan behauptete, das sei gänzlich ausgeschlossen. Eve würde ihnen nie ihre Erlaubnis geben.
»Warum? Du bist doch ihre Freundin. Und ich ihr Cousin.«
»Genau deshalb«, erwiderte Nan.
Simon zuckte die Achseln. Sie waren hier, alles andere zählte nicht. Sie wagten nicht, im Kamin oder im Herd Feuer zu machen. Und die Sektflasche stellten sie direkt neben das Bett.

Am nächsten Morgen war es empfindlich kühl.
»Ich muß meinen Primuskocher mitbringen, wenn ich ihn finde«, meinte Simon fröstelnd.
Nan faltete Laken und Handtücher sorgfältig zusammen und packte sie in die Tasche.
»Können wir das Zeug nicht hierlassen?« fragte Simon.
»Mach keine Witze.«
Nach einer Katzenwäsche mit kaltem Wasser inspizierte er, noch unrasiert, das Häuschen zum erstenmal genauer.
»Sie hat ja ein paar sehr hübsche Dinge hier«, bemerkte er. »Das stammt bestimmt aus Westlands.« Er machte eine Kopfbewegung zum Klavier. »Kann Eve denn überhaupt spielen?«
»Nein, ich glaube nicht.«
Er befingerte noch ein paar andere Sachen: Dies war mit Sicherheit aus dem Haus, jenes wahrscheinlich auch. Anscheinend wußte er alles, obwohl er doch noch ein Kind gewesen war, als seine Tante diese unbesonnene Ehe eingegangen und in die Kate gezogen war.
Er lachte über eine Statue, die auf einem Ehrenplatz auf dem Kaminsims prangte.

»Und wie heißt der hier?« fragte er mit Blick auf die Porzellanfigur eines Kindes mit Krone, Weltkugel und Kreuz.
»Das Prager Jesuskind«, erklärte Nan.
»Und warum hat sie es hier so protzig hingestellt?«
»Wahrscheinlich haben die Nonnen es ihr geschenkt. Von Zeit zu Zeit kommen sie und putzen das Haus. Warum sollte sie das Ding nicht da stehenlassen, damit sie sich freuen?« fragte Nan.
Er musterte sie anerkennend. »Zu allem übrigen hast du ja auch noch diplomatisches Geschick, Nan Mahon.«
»Gehen wir jetzt lieber«, sagte sie. »Es wäre schrecklich, wenn sie uns gleich beim erstenmal erwischen.«
»Meinst du, es gibt noch weitere Male?« neckte er sie.
»Nur wenn du deinen Primuskocher in Gang kriegst«, lachte sie.

Im ersten Stockwerk von Hogan's waren die Räume hoch und weitläufig. Früher hatten hier die Besitzer des Ladens gewohnt, und auch Eddie Hogan und seine junge Frau hatten die ersten fünf Jahre ihrer Ehe hier verbracht. Lisbeg hatten sie erst kurz vor Bennys Geburt gekauft.
Die Zimmer waren noch immer voller Gerümpel. Zu den untergestellten Möbeln kamen noch Sachen aus dem Laden: unbenutzte Kleiderständer, Bügel, Kartons. Es sah reichlich unordentlich aus.
Und im Stockwerk darüber hatte Sean Walsh seit nunmehr fast zehneinhalb Jahren seine Bleibe.
Ein Schlafzimmer, ein Zimmer, das als Wohnzimmer gelten konnte, und ein sehr altmodisches Badezimmer mit einem Durchlauferhitzer, der aussah wie eine abschußbereite Rakete.

Seit ihrem achten oder neunten Lebensjahr hatte Benny diese Wohnung nicht mehr betreten.
Sie erinnerte sich, wie ihr Vater Sean mehrmals gefragt hatte, ob

er einen Schlüssel zu seinem eigenen Wohnbereich wollte. Aber Sean hatte jedesmal versichert, das sei nicht notwendig.
Wenn er wirklich das Geld gestohlen hatte, war seine eigene Wohnung wahrscheinlich nicht das sicherste Versteck, denn hier würde man als erstes nachsehen, wenn er in Verdacht geriet. Also war es sinnlos, dort zu suchen. Sinnlos und gefährlich. Benny hatte Clodaghs Warnung noch im Ohr.
Selbst wenn Sean nicht Teilhaber wurde, war die Lage schwierig genug. Wenn sie ihn aber fälschlicherweise bezichtigte, ihren Vater bestohlen zu haben, würde in Knockglen ein Sturm der Empörung losbrechen. Benny gefiel der Gedanke nicht besonders, in Seans Privaträumen nach Hinweisen zu fahnden. Andererseits war sie so sicher, daß etwas dasein mußte. Vielleicht ein Postsparbuch von einer Filiale in einem anderen Ort ...?
Anfangs, als sie sich durch die einfache und dennoch nicht besonders gründliche Buchführung ihres Vaters gekämpft hatte, war es nur ein Verdacht, daß Sean jede Woche einen Betrag unterschlagen hatte. Aber jetzt *wußte* sie es. Und zwar aufgrund einer einzigen Lüge, die er ihr erzählt hatte.
Während der Besprechung mit Mr. Green hatte Sean Walsh auf die Kleider gedeutet, die Benny an jenem Tag trug, und vermutet, daß ihr Vater für derlei Anschaffungen Geld aus der Kasse genommen habe. Ein Gedanke, bei dem Benny der Atem gestockt hatte.
Bis sie die Schecks prüfte, die mit den Bankauszügen zurückgegeben wurden. Ihr Vater hatte damit jedes einzelne Kleidungsstück bezahlt, das er für sie gekauft hatte. Kleider, die sie mochte, Kleider, die sie haßte – aber für alles hatte er bei Pine's bezahlt, mit Schecks, ausgefüllt in seiner schrägen Handschrift.
Benny wünschte sich, daß alles schon überstanden wäre. Daß Sean überführt wäre und die Stadt verlassen hätte. Daß ihre Mutter sich aufraffte und die Führung des Geschäfts selbst

übernahm. Aber vor allem wünschte sie sich, daß ihr jemand sagte, was genau in Wales geschehen war.

Simon hatte den Primuskocher beim nächsten Treffen tatsächlich dabei. Nan steuerte hübsche Kerzenhalter aus Porzellan und zwei rosafarbene Kerzen bei.
Außerdem hatte Simon eine Flasche Sekt mitgebracht und Nan zwei Eier, dazu Kräuter sowie Brot, Butter und löslichen Kaffee. Zum Frühstück bereitete sie ein leckeres Omelett.
Simon fand das alles so aufregend, daß er am liebsten gleich wieder mit ihr ins Bett wollte.
»Wir haben ihr Bett doch gerade erst wieder in den Urzustand versetzt, Dummkopf«, erwiderte Nan. Eves Namen nahm sie nie in den Mund.
Nach einer Weile gebrauchte Simon ihn auch nicht mehr.

»Wo treibt sich deine Tochter eigentlich nachts herum?« wollte Brian Mahon von seiner Frau wissen.
»Du warst ein paarmal ziemlich betrunken, Brian. Ich glaube, das hat ihr angst gemacht. Sie ist oft bei ihrer Freundin Eve in Dunlaoghaire. Sie kommen gut miteinander aus.«
»Wozu zieht man Kinder groß, wenn sie anderswo übernachten?« brummte er.
»Paul und Nasey kommen auch oft nicht heim. Um sie machst du dir nie Sorgen.«
»Denen passiert auch nichts«, entgegnete er.
»Nan auch nicht«, meinte Emily Mahon mit einem stillen Stoßgebet.
In letzter Zeit war Nan mindestens drei Nächte in der Woche nicht zu Hause.
Emily hoffte inständig, daß ihrer wunderschönen, einzigartigen Tochter nichts zustieß.

Als Mossy Rooney eines Abends an dem Häuschen vorbeiging, sah er Licht im Fenster.
Eve Malone ist wohl still und heimlich nach Hause gekommen, um hier zu übernachten, dachte er bei sich.
Aber das ging ihn schließlich nichts an.
Am nächsten Tag bat ihn Mutter Francis, die Dachrinne an der Kate zu reparieren. Sie ging mit und zeigte ihm die Stelle, wo die Rinne herunterzufallen drohte.
»Dieses unternehmungslustige Kind ist schon seit Wochen nicht mehr dagewesen«, stellte sie tadelnd fest. »Wenn Sie und ich nicht hin und wieder hier nach dem Rechten sehen würden, hätte sie wahrscheinlich bald kein Dach mehr über dem Kopf.«
Mossy schwieg.
Vermutlich wollte Eve Malone manchmal in ihr Häuschen, ohne daß die Nonnen etwas davon erfuhren.

Sean Walsh machte oft ausgedehnte Abendspaziergänge zum Steinbruch. Hier begegnete man kaum einer Menschenseele, und so konnte er in Ruhe über seine Pläne, seine Hoffnungen und seine Zukunft nachdenken.
Dorothy Healy war einige Jahre älter als er, sicher. Eigentlich hatte er immer gedacht, er würde eine Frau heiraten, die jünger war als er selbst. Ein Mädchen eben.
Aber eine Verbindung mit einer älteren Frau hatte durchaus ihre Vorzüge. Immerhin hatte auch Eddie Hogan eine ältere Frau geheiratet und war mit seinem Los völlig zufrieden gewesen. Und er hatte eine Tochter gehabt.
Sean war ganz in Gedanken versunken, als er an der Kate vorbeikam. Von seiner Umgebung nahm er kaum etwas wahr.
Plötzlich glaubte er Musik zu hören. Aber das hatte er sich bestimmt nur eingebildet.
Schließlich war Eve ja gar nicht zu Hause. Und wer sollte da drin um Mitternacht Klavier spielen?

Er schüttelte den Kopf und versuchte, sich klarzuwerden, welchen Zeitraum Mr. Green wohl im Auge hatte, wenn er sagte, die juristischen Mühlen mahlten in einem bedauernswerten Schneckentempo.

Dr. Johnson griff nach seinem Rezeptblock auf dem Schreibtisch. Mrs. Carroll war schon immer eine schwierige Person gewesen, die eher den Beistand von Pater Ross benötigt hätte als die Hilfe eines Arztes. Aber konnte man denn mit gutem Gewissen all die neurotischen Klageweiber dem Priester zuschieben und die Probleme solcher Patienten als religiösen Wahn abtun?
»Ich weiß, man hört so was nicht gern, Dr. Johnson. Aber glauben Sie mir, ich sage Ihnen die reine Wahrheit. In dem Häuschen oben am Steinbruch, da spukt es. Die Frau hat damals herzzerreißend geschrien, als sie gestorben ist, und ihr armer geistesgestörter Ehemann, Gott hab ihn selig, hat sich, der Herr möge ihm vergeben, ja womöglich selbst das Leben genommen. Kein Wunder, wenn es in so einem Haus spukt.«
»Es spukt?« fragte Dr. Johnson müde.
»Dort ist noch keine Menschenseele friedlich aus der Welt geschieden. Kein Wunder, wenn eine zurückkehrt und nachts auf dem Klavier spielt«, erklärte Mrs. Carroll.

Heather rief in Westlands an. Am nächsten Wochenende wolle sie nach Hause kommen. Bee Moore sagte, das sei wunderbar, und sie werde es Mr. Simon ausrichten.
»Ich besuche Eve zum Tee in ihrer Kate«, verkündete Heather stolz.
»Mir wäre das nicht so angenehm. Die Leute sagen, daß es dort spukt«, erwiderte Bee Moore, die dies aus sicherer Quelle wußte.
Zu dritt saßen sie im Häuschen vor dem Feuer und rösteten Brot auf langen Toastgabeln, die Benny mitgebracht hatte.

Benny erzählte Eve und Heather, im ersten Stock über Hogan's gebe es noch viel erstaunlichere Dinge, aber sie wolle nicht alles ausräumen, falls Sean doch Teilhaber wurde. Deshalb habe sie nur die Gabeln genommen, denn wegen einer solchen Kleinigkeit würde er sie wohl kaum verklagen.

»Ist es denn inzwischen beschlossene Sache, daß Sean Teilhaber wird?« wollte Eve wissen.

»Das erzähle ich dir irgendwann, wenn du ungefähr fünfunddreißig Stunden Zeit hast...«

»Die hab ich.«

»Nicht jetzt.«

»Möchtet ihr allein sein? Ich kann nach draußen zu meinem Pony gehen«, bot Heather an.

»Nein, Heather. Es ist eine lange, lange Geschichte. Mich würde es traurig machen, wenn ich sie erzähle, und Eve würde es traurig machen, wenn sie zuhören muß. Bleib ruhig hier.«

»In Ordnung.« Heather steckte noch einen von Schwester Imeldas leckeren Teacakes auf die Toastgabel.

»Gibt's sonst was Neues?« Eve fand, daß Benny bedrückt aussah.

Aber Benny schüttelte den Kopf. Ihr Gesicht hatte einen resignierten Ausdruck, der Eve überhaupt nicht gefiel. Als wollte sie mit irgend jemandem einen Streit vom Zaun brechen, hätte aber nicht genug Kraft dafür.

»Ich könnte dir helfen. Wie früher. Die Kluge Frau würde raten, das Problem zu zweit anzugehen.«

»Die Kluge Frau würde sich vielleicht in das Unvermeidliche fügen.«

»Was sagt deine Mutter?«

»Sehr wenig.«

»Benny, möchtest du einen getoasteten Teacake?« Das war Heathers Lösung in fast jeder Lebenslage.

»Nein. Ich bilde mir ein, wenn ich nichts esse, mag mich dieser

Kerl mehr und läuft nicht mehr irgendwelchen gertenschlanken walisischen Flittchen nach.«
Eve seufzte tief. Also hatte es ihr doch jemand erzählt.

Fröhlich radelten sie dahin, und Eve grüßte fast jeden, dem sie begegneten. Heather dagegen kannte niemanden. Dafür wußte sie, auf welchen Feldern Esel am Tor standen oder wo es eine Lücke in der Hecke gab, durch die man eine Stute und zwei Fohlen bewundern konnte. Sie erklärte Eve die Bäume und ihre Blätter und daß Naturkunde das einzige Fach war, wo sie in der Schule brillierte. Die Schule wäre gar nicht so schlimm gewesen, wenn Heather nur Blumen und Blätter pressen oder Zeichnungen von den verschiedenen Stadien einer Buche hätte anfertigen müssen.
Eve dachte, wie seltsam es doch war, daß zwei Cousinen ersten Grades, zwischen denen nur ein Altersunterschied von sieben Jahren bestand und die nur zweieinhalb Kilometer voneinander entfernt wohnten, sich erst jetzt begegnet waren. Und während die eine jeden Menschen kannte, der vorbeikam, kannte die andere jedes Tier auf jedem Bauernhof.
Wie sonderbar, in Begleitung der Tochter des Hauses das schlecht instand gehaltene, holprige Sträßchen nach Westlands hinaufzufahren.
Obwohl sie natürlich keine Fremde war, die um ein Almosen bettelte, fühlte sich Eve unwohl. Am liebsten wäre sie wieder weggefahren.
»Wir gehen durch die Küche.« Heather hatte ihr Fahrrad bereits an die Hauswand gelehnt.
»Ich weiß nicht ...«, begann Eve. Sie hörte sich beinahe an wie kurz davor Heather, als Eve sie eingeladen hatte, im Kloster zu Mittag zu essen.
»Komm schon«, drängte Heather.
Mrs. Walsh und Bee Moore waren überrascht, Eve zu sehen. Und nicht unbedingt erfreut.

»Du hättest durch den Vordereingang kommen sollen, wenn du einen Gast mitbringst«, wandte sich Mrs. Walsh tadelnd an Heather.
»Es ist doch nur Eve. Wir haben in der Klosterküche zu Mittag gegessen.«
»Tatsächlich?« Mrs. Walshs Gesichtsausdruck zeigte unverhohlene Mißbilligung, weil Eve die Tochter des Gutshauses so kärglich bewirtet hatte. Das mindeste, was man ihr hätte bieten sollen, wäre ein Essen im Salon gewesen.
»Ich habe ihr erzählt, daß Sie köstliches Shortbread backen«, sagte Heather hoffnungsvoll.
»Wir werden irgendwann einmal eine kleine Dose davon zurechtmachen.« Mrs. Walsh blieb höflich, aber kalt. Es war ihr gar nicht recht, sich mit Eve Malone befassen zu müssen. Im Haus hörte man jemanden Klavier spielen. »Oh, wie schön«, freute sich Heather. »Simon ist daheim.«

Simon Westward war sehr charmant. Mit offenen Armen kam er auf Eve zu.
»Schön, daß Sie sich wieder mal hier blicken lassen.«
»Ich hatte eigentlich nicht die Absicht ...« Eve wollte unbedingt klarstellen, daß sie nicht vorhatte, einfach so hereinzuschneien. Sie mußte ihm begreiflich machen, daß sie es Heather zuliebe tat, die sich so einsam fühlte und sie einfach mitgenommen hatte. Aber es war nicht leicht, die richtigen Worte zu finden. Wahrscheinlich hatte Simon nicht die geringste Ahnung, was sie ihm mitzuteilen versuchte.
»Es ist großartig, daß Sie gekommen sind. Ihr Besuch war längst überfällig«, sagte er.
Eve sah sich um. Dies war nicht der Salon, in den man sie bei ihrem ersten Besuch geführt hatte, sondern ein anderer, nach Süden gelegener Raum mit alten Möbeln und verblichenen Chintzbezügen. In einer Ecke stand ein kleiner, mit Papieren

überhäufter Schreibtisch und vor dem Fenster ein großes Klavier. Wenn man sich vorstellte, daß diese Familie so viel Geld besaß, daß sie diese ganzen Zimmer instand halten und auch noch einrichten konnte...
Und so viele Bilder für die Wände.
Ihre Augen wanderten über die Porträts, in der Hoffnung, das ihrer Mutter zu entdecken. Das Bild, von dessen Existenz sie bis vor kurzem nichts gewußt hatte.
Simon hatte sie beobachtet. »Es ist an der Treppe«, erklärte er.
»Wie bitte?«
»Ich weiß, daß Nan Ihnen davon erzählt hat. Kommen Sie, ich zeige es Ihnen.«
Eve spürte, wie ihr Gesicht brannte. »Es ist nicht so wichtig.«
»Aber klar. Ein Gemälde Ihrer Mutter! Ich hab es Ihnen damals nicht gezeigt, weil alles ein bißchen förmlich ablief. Ich habe die ganze Zeit gehofft, Sie würden wiederkommen. Aber Sie sind nicht erschienen, sondern statt dessen Nan – also habe ich ihr das Bild gezeigt. Hoffentlich kränkt Sie das nicht allzusehr.«
»Warum sollte es?« erwiderte sie, mit geballten Fäusten.
»Ich weiß nicht. Aber Nan hat es wohl befürchtet.«
Daß die beiden es wagten, sich über Eve zu unterhalten! Wie konnten sie nur! Und dann erörterten sie auch noch, was sie kränken mochte...
Mühsam die Tränen zurückhaltend, schritt Eve mechanisch wie ein Roboter zum Fuß der Treppe, wo das Bild hing. Das Bild einer zierlichen, dunkelhaarigen Frau, deren Mund und Augen ihren eigenen so ähnlich waren, daß Eve einen Moment das Gefühl hatte, in einen Spiegel zu blicken.
Von ihrem Vater hatte sie offensichtlich wenig geerbt, wenn sie Sarah Westward so sehr glich!
Sarah hatte die Hand auf eine Stuhllehne gelegt, aber sie wirkte alles andere als entspannt; es schien vielmehr, als warte sie

sehnsüchtig darauf, daß endlich alles vorbei war und sie wieder gehen konnte. Weg, irgendwohin, Hauptsache weit weg.
Sie hatte kleine Hände und große Augen. Die dunklen Haare trug sie kurz geschnitten, wie es die Mode der dreißiger Jahre vorschrieb. Aber wenn man sie so ansah, wurde man das Gefühl nicht los, sie hätte sie lieber schulterlang getragen und hinter die Ohren gesteckt. Wie Eve.
War diese Frau eine Schönheit? Eve wußte es nicht. Bestimmt hatte Nan das nur gesagt, damit Eve wußte, daß sie das Bild gesehen hatte.
Nan. Nan war in diesem Haus herumgeführt worden. Als Gast.
»War Nan eigentlich seither noch mal hier?« fragte Eve.
»Warum fragen Sie?«
»Es ist mir nur gerade so eingefallen.«
»Nein. Sie war nur dieses eine Mal in Westlands«, antwortete Simon.
Zwar kam die Antwort etwas zögernd, aber Eve war sicher, daß er sie nicht anlog.
Währenddessen wurden in der Küche widerwillig die Vorbereitungen für den Nachmittagstee getroffen. Eve hatte das Gefühl, daß sie aus dem Essen und Trinken überhaupt nicht mehr herauskamen, aber Heather schien ganz glücklich darüber, und es wäre schade gewesen, ihr diese Freude jetzt zu verderben.
Eve bewunderte das Pony und die Gewissenhaftigkeit, mit der Heather das Sattelzeug sauberhielt. Dann besichtigte Eve Claras Welpen, schlug aber das Angebot aus, einen davon als Wachhund mitzunehmen.
»Er könnte gut auf dein Haus aufpassen«, versuchte Heather sie zu überzeugen.
»Ich bin zu selten da.«
»Um so mehr Grund für einen Wachhund. Sag es ihr, Simon.«
»Das muß Eve entscheiden.«

»Ich bin doch kaum zu Hause. Nur hin und wieder mal am Wochenende. Ein Hund würde vor Einsamkeit eingehen.«
»Aber wenn gerade jemand da ist, könnte er ihn ausführen.«
Heather hielt einen besonders hübschen männlichen Welpen zur Begutachtung hoch. Er war sieben Achtel Labrador, erklärte sie, aber ein bißchen weniger verspielt als die anderen.
»Nur ich bin manchmal da. Und von Zeit zu Zeit Mutter Francis.«
»Übernachtet sie auch dort?« wollte Heather wissen.
»Himmel, nein. Wie du siehst, brauche ich wirklich keinen Wachhund.«
Eve fragte nicht nach, warum Heather auf die Idee kam, die Nonne könnte in der Kate übernachten. Offenbar hatte das Mädchen keine Ahnung vom Leben in einem Kloster. Auch Simon verzog keine Miene.
Dann teilte ihnen Mrs. Walsh mit, der Tee sei im Salon serviert. Eve betrat den Raum und begegnete zum zweitenmal in ihrem Leben ihrem Großvater. Dem Großvater, den Nan allen ihren Freunden als liebenswerten alten Mann beschrieben hatte. Unwillkürlich straffte Eve die Schultern und atmete tief durch. Nan behauptete immer, das sei hilfreich, wenn man sich unter Druck fühlte. Als ob Nan davon eine Ahnung hätte!
Der alte Mann wirkte unverändert. Vielleicht sogar ein wenig wacher. Eve hatte gehört, daß er am Weihnachtstag krank gewesen war und daß Dr. Johnson gerufen werden mußte. Aber anscheinend hatte er sich inzwischen wieder erholt.
Es war rührend, wie Heather sich neben ihn setzte, wie sie sich an ihn schmiegte und ihm half, seine Tasse abzustellen. Sie war ja bei ihm aufgewachsen, und so gehörte er zu ihrem Leben.
»Heute braucht man die belegten Brote gar nicht für dich kleinzuschneiden, Großvater. Sie sind winzig. Bestimmt, damit Eve einen guten Eindruck von uns bekommt.«
Der alte Mann sah hinüber zu Eve, die auf einem unbequemen

Stuhl mit harter Lehne Platz genommen hatte. Er musterte sie lange und durchdringend.

»Du erinnerst dich doch an Eve, oder?« versuchte Heather zu vermitteln.

Keine Antwort.

»Natürlich erinnerst du dich, Großvater, nicht wahr?« schaltete sich Simon ein. »Ich habe dir doch erzählt, wie nett Eve zu Heather ist. Daß sie sie von der Schule abholt ...«

»Ja, selbstverständlich.« Die Stimme des alten Mannes klang schneidend und abweisend. Als hätte ihm jemand von einem Bettler auf der Straße erzählt, der früher einmal ein guter, fleißiger Arbeiter gewesen war.

Eve hätte dies einfach mit einem Lächeln abtun können. Aber etwas in seinem Ton traf sie mitten ins Herz. Das aufbrausende Temperament, das, wie Mutter Francis schon immer prophezeit hatte, eines Tages Eves Untergang sein würde, kam brodelnd an die Oberfläche.

»Wissen Sie wirklich, wer ich bin, Großvater?« fragte sie mit lauter, klarer Stimme. In ihrem Ton lag etwas Herausforderndes, so daß alle überrascht aufblickten – Heather, Simon und sogar der alte Mann. Aber niemand unterstützte ihn.

Jetzt mußte er antworten oder klein beigeben.

»Ja. Sie sind die Tochter von Sarah und irgendeinem Mann.«

»Die Tochter von Sarah und ihrem Ehemann Jack Malone.«

»Ja, möglicherweise.«

Eves Augen funkelten. »Nicht möglicherweise. Ganz sicher. Das war der Name meines Vaters. Vielleicht haben Sie ihn nie in diesem Haus empfangen, aber er hieß Jack Malone. Er und meine Mutter wurden in der Gemeindekirche getraut.«

Der Alte hob die Augen. Es waren die gleichen dunklen, mandelförmigen Augen, die sie alle hatten. Nur waren die Augen von Major Westward kleiner und schmaler.

Sein Blick schien Eve zu durchbohren. »Ich habe nie bezweifelt,

daß Sarah den Dienstboten Jack Malone geheiratet hat. Ich habe nur gesagt, er war möglicherweise Ihr Vater. *Möglicherweise*. Aber das ist längst nicht so sicher, wie Sie vielleicht denken ...«
Eve war starr vor Entsetzen. Die haßerfüllten Worte des alten Mannes ergaben für sie keinen Sinn. In seinem leicht verzerrten Gesicht sah man die Anstrengung, die es ihn kostete, deutlich zu sprechen, damit man ihn auch verstand.
»Sarah war nämlich eine Hure«, fuhr er fort.
Eve hörte das Ticken der Uhr.
»Sie war eine Hure. Und viele von den Hausangestellten waren nur allzugern bereit, ihre Bedürfnisse zu befriedigen. Ich erinnere mich, daß wir ihretwegen einige fähige Bedienstete verloren haben.«
Fassungslos war Simon aufgesprungen. Heather saß wie angewurzelt auf dem kleinen, mit Perlen gesäumten Hocker zu Füßen ihres Großvaters. Ihr Gesicht war kreidebleich.
Aber er war noch nicht fertig.
»Sprechen wir nicht von diesen unangenehmen Zeiten. Vielleicht sind Sie ja tatsächlich die Tochter des Dienstboten Jack Malone. Wenn Sie das gern glauben möchten ... meinetwegen ...«
Er streckte die Hand nach seiner Teetasse aus, offenbar am Ende seiner Kraft. Die Tasse klapperte heftig gegen die Untertasse.
Eves Stimme war leise, doch um so drohender.
»In meinem ganzen Leben habe ich mich nur für eins geschämt: dafür, daß mein Vater eine religiöse Feier, nämlich die Beerdigung meiner Mutter, dazu mißbraucht hat, Sie zu verfluchen. Ich hätte mir gewünscht, er hätte mehr Respekt gezeigt vor den Menschen, die gekommen waren, um die Tote zu betrauern. Ich habe sogar gedacht, daß Gott ihm womöglich aus diesem Grund zürnte. Aber jetzt weiß ich, daß sein Fluch nicht schlimm genug war und seine Gebete nicht erhört worden sind. Sie haben weitergelebt, voller Haß und Groll. Ich werde nie wieder

ein Wort mit Ihnen sprechen. Und ich werde Ihnen das, was Sie heute gesagt haben, niemals vergeben.«
Sie wartete nicht ab, wie die anderen reagierten. Sie ging zur Tür hinaus und durch die große Halle zur Küche. Wortlos schritt sie an Mrs. Walsh und Bee Moore vorbei und verließ das Haus durch den Hinterausgang. Dann stieg sie auf ihr Fahrrad und radelte den holprigen Weg hinab, der vom Haus ihres Großvaters wegführte. Sie blickte sich nicht ein einziges Mal um.
Am Fenster des Salons stand Heather mit tränenüberströmtem Gesicht.
Als Simon auf sie zutrat, um sie zu trösten, ging sie mit den Fäusten auf ihn los.
»Du hast sie gehen lassen! Du hast sie einfach gehen lassen. Du hast sie nicht aufgehalten. Jetzt wird sie nie mehr meine Freundin sein!«

Liebste, liebste, liebste Benny,
erinnerst Du Dich an die Wutanfälle, die ich manchmal in der Schule gekriegt habe? Ich habe gedacht, so etwas würde sich mit der Zeit geben, wie Pickel – aber nein. Dieser Teufel im Rollstuhl da draußen in Westlands hat mich so entsetzlich beleidigt, daß ich mich selbst nicht mehr kenne. Deshalb fahre ich lieber zurück nach Dublin. Ich habe Mutter Francis nichts über den Streit erzählt, und ich werde auch Kit und Aidan nichts davon sagen. Aber wenn ich wieder dazu in der Lage bin, werde ich Dir alles berichten.
Bitte verzeihe mir, daß ich weglaufe und wir uns heute abend nicht sehen können. Ich habe Mossy gebeten, Dir diesen Zettel zu überbringen. Glaub mir, es ist besser so.
Bis Montag.
Liebe Grüße von einer völlig konfusen
Eve

Als Mossy Benny den Brief aushändigte, dachte sie zuerst, er käme von Sean Walsh. Womöglich eine Drohung oder die Aufforderung, ihre Schnüffelei aufzugeben.
Die Nachricht von einem Streit, der so schlimm gewesen war, daß Eve von einer ihrer finsteren Stimmungen befallen wurde und das Weite suchte, erschütterte sie zutiefst. Und sie bedauerte dieses liebenswerte Kind, das jetzt zwischen die Fronten geraten war.
Egoistischerweise tat es ihr auch leid um ihrer selbst willen. Sie hatte gehofft, sie würde Eve an diesem Abend endlich alles erzählen können – warum sie mittlerweile überzeugt war, daß Sean Walsh tatsächlich Geld entwendet hatte. Und sie hätte gern Eves Rat gehört, wo sie danach suchen könnte.

Als Eve ins Haus kam, begegnete sie in der Küche Kevin Hickey.
»Du gehst am Samstagabend nicht aus, um die Mädchen in Versuchung zu führen, Kevin?« wunderte sie sich.
Sie hatte sich fest vorgenommen, mit ihrem Problem souverän umzugehen. Hier verdiente sie ihr Geld, dieses Haus war ihr Arbeitsplatz. Sie würde ihren Ärger nicht bei den Mietern abladen.
»Eigentlich hatte ich schon was vor«, antwortete Kevin. »Aber dann dachte ich mir, ich bleibe besser hier.« Er machte eine Kopfbewegung zur Treppe, zum ersten Stock, wo Kits Zimmer lag.
»Offenbar eine schlechte Nachricht. Ihr Mann ist gestorben, in England. Ich weiß, sie hat ihn gehaßt. Aber es war trotzdem ein Schock.«

Eve trat mit zwei Tassen Tee in der Hand in das dunkle Zimmer und setzte sich neben das Bett. Sie wußte, daß Kit nicht schlief. Kit hatte sich mehrere Kissen unter den Kopf gestopft und rauchte. Durch das Fenster glitzerten die Lichter des Hafens von Dunlaoghaire.

»Woher wußtest du, daß ich dich brauche?«
»Ich bin Hellseherin. Was ist passiert?«
»Ich weiß es nicht genau. Eine Operation. Irgendwas ist schiefgegangen.«
»Es tut mir sehr leid«, sagte Eve.
»Sie hat gesagt, die Operation kam ganz unerwartet für ihn. Er hatte keine Ahnung, daß etwas nicht mit ihm stimmte. Und er hat sie gebeten, mich anzurufen, falls er stirbt. Und mir zu sagen, daß er wirklich keine Ahnung von der Krankheit gehabt hat.«
»Wer hat dir das alles erzählt?«
»Irgendeine Vermieterin. Er hat ihr fünfzig Pfund in einem Umschlag gegeben und gesagt, das sei für sie.«
Eve schwieg. Das klang ziemlich seltsam und verwickelt. Wie alles, was Joseph Hegarty in seinem Leben angefangen hatte.
»Was bedrückt dich so, Kit?«
»Er muß gewußt haben, daß er stirbt. Deshalb ist er zurückgekommen. Er wollte die letzten Wochen seines Lebens hier verbringen. Und ich habe es nicht zugelassen.«
»Aber das hat er doch ganz eindeutig bestritten, stimmt's? Er hat nichts davon gewußt.«
»Das hat er nur behauptet, wegen der Versicherung.«
»Wegen was?«
»Wegen der Versicherungspolice. Er hat etwas getan, was er in seinem ganzen Leben nie zuvor getan hat – er hat Vorkehrungen getroffen, daß ich versorgt bin.«
Eve spürte einen dicken Kloß im Hals.
»Nächstes Wochenende ist die Beerdigung in England. Sie sind komisch da drüben; die Beerdigung ist nicht am nächsten Tag, sondern am Wochenende. Damit die Leute auch alle kommen können. Begleitest du mich, Eve? Wir könnten das Schiff nehmen.«
»Aber selbstverständlich.«

*Liebe Heather,
ich muß zu einer Beerdigung nach England. Kits Ex-Mann ist gestorben, und sie braucht mich. Deshalb kann ich am Sonntag nicht kommen. Das hat mit der anderen Sache nichts zu tun. Wir treffen uns dann am nächsten Wochenende. Vielleicht kann Aidan dann auch dabeisein.
Ich schreibe Dir das nur, damit Du weißt, wie dringend es ist. Sonst würde ich mich nämlich mit Dir treffen.*
*Liebe Grüße,
Eve*

Heather las den Brief beim Frühstück. Miss Thompson, nach Heathers Ansicht die einzige nette Lehrerin, sah sie prüfend an. »Alles in Ordnung?«
»Ja.«
Da zuckte Miss Thompson die Achseln und überließ Heather sich selbst. Sie war der Meinung, man sollte heranwachsenden Mädchen keine Vertraulichkeiten entlocken, wenn sie nicht von selbst damit herausrückten.
Sie wird nie mehr kommen, ging es Heather immer wieder durch den Kopf. Daran dachte sie beim Morgengebet, in der Mathematikstunde und in der Geographiestunde. Bald war es wie der Refrain eines Liedes, der einem nicht mehr aus dem Kopf geht. »Sie wird nie mehr kommen.«
Miss Thompson erinnerte sich nicht mehr an den Brief, aber sie sagte, ihr sei aufgefallen, daß Heather die Woche über äußerst still und in sich gekehrt gewirkt hatte. Und sie grübelte darüber nach, wie alle anderen auch, als Heather Westward am Freitag abend nicht zum Essen erschien und nirgendwo auf dem Schulgelände zu finden war. Auch zu Hause war sie nicht aufgetaucht. Schließlich mußten es selbst alle diejenigen begreifen, die es nicht hatten glauben wollen: Heather war aus der Schule weggelaufen.

Kapitel 16

Als Simon erfuhr, daß Eve Malone nach England gefahren war, war er überzeugt, daß man dort auch Heather finden würde.

Eve hatte nicht geantwortet auf seinen Entschuldigungsbrief, in dem er ausführte, sein Großvater sei aufgrund der Arterienverkalkung nicht mehr ganz zurechnungsfähig, und deshalb sei es ratsam, seine Äußerungen zu ignorieren.

Simon fragte sich, ob der Brief womöglich zu förmlich gewesen war. Er hatte Nan davon berichtet, und zu seiner Überraschung hatte sie ihm ordentlich die Meinung gesagt. Gewöhnlich war sie kaum aus der Reserve zu locken und gab sehr wenig von sich und ihren persönlichen Ansichten preis.

»Warum findest du den Brief denn so gräßlich?« fragte er besorgt.

»Weil er so eisig klingt, als hätte ihn dein Großvater geschrieben.«

»Das war nicht meine Absicht. Er sollte dazu beitragen, die erhitzten Gemüter etwas abzukühlen.«

»Ja, bis auf den Gefrierpunkt«, meinte Nan.

Am Freitag, als die Internatsleiterin ihm Bescheid sagte, rief Simon bei Nan an.

»Weißt du noch, was du über den Brief gesagt hast ... meinst du, deshalb hat Eve Heather mitgenommen?«

»Sie hat Heather doch nicht mitgenommen.« Das schien Nan offenbar reichlich unwahrscheinlich.

»Wo soll Heather denn sonst sein?«

»Sie ist weggelaufen, weil ihr euch alle so schrecklich benommen habt.«

»Warum läufst *du* dann nicht weg?« gab Simon gereizt zurück.
»Ich mag schreckliche Leute. Wußtest du das nicht?«

Die Internatsschülerinnen waren völlig verschreckt. So etwas hatte es noch nie gegeben. Man stellte ihnen die sonderbarsten Fragen. Hatten sie jemanden in die Schule kommen oder Heather mit jemandem weggehen sehen?
Ihr Schulmantel war weg, nur die verhaßte Mütze lag auf dem Bett. Ihr Schlafanzug und der Kulturbeutel, das Buch mit den gepreßten Blumen, die Fotos vom Pony und von Clara mit ihren Welpen waren ebenfalls verschwunden. Sonst standen sie neben Heathers Bett, dort, wo andere Mädchen Bilder ihrer Familie hinstellten.
Hatte Heather irgendwie verstört gewirkt? fragte man die Klassenkameradinnen. Doch denen war nichts aufgefallen.
»Sie war immer ziemlich still«, sagte eine.
»Ihr gefällt es hier nicht«, erklärte eine andere.
»Sie ist eine ziemlich trübe Tasse. Deshalb bemerkt man sie kaum«, meinte die Klassentyrannin.
Miss Thompson war bedrückt.
Auch im Bus war Heather nicht gesichtet worden. Mikey sagte, er kenne sie gut – ein Trumm von einem Kind, ungefähr so breit wie hoch. Selbstverständlich wäre sie ihm aufgefallen.
Mehr als elf Shilling konnte Heather nicht bei sich haben, wahrscheinlich sogar weniger. Bekanntlich gab Heather öfter mal ein paar Pennies für Süßigkeiten aus.

Als Simon in der Schule eintraf, hatte man bereits die Polizei verständigt.
»Ist das denn wirklich notwendig?« fragte er.
Heathers Lehrerin war erstaunt. »Wenn sie nicht zu Hause ist und Ihnen auch nichts einfällt, wo sie sein könnte ...«
Miss Thompson musterte Simon nicht besonders freundlich.

»Vermutlich wäre sie sowieso nur wegen ihres Ponys und ihres Hundes nach Hause gekommen. Und weil sie dort nicht ist, haben wir gedacht, es wäre in Ihrem Sinne, wenn wir die Polizei rufen. Das ist doch das Normalste in dieser Situation, oder etwa nicht?«
Simon sah sie bedrückt an. Bislang hatte er sich nie bewußtgemacht, wie unglücklich die arme Heather sein mußte.
Wenn er sie erst einmal aus England zurückgeholt hatte, würde er alles wiedergutmachen. Zweifellos hatte Eve sie dorthin verschleppt.

Im Gästehaus in Dunlaoghaire trafen die Polizisten und Simon nur drei Studenten an, die die Stellung hielten. Mrs. Hegarty sei zu einer Beerdigung nach England gefahren, erklärten sie. Eve Malone habe sie begleitet. Ja, natürlich hätten sie eine Telefonnummer hinterlassen, unter der sie im Notfall zu erreichen waren.
Mrs. Hegarty hatte ohnehin angekündigt, sie werde am nächsten Morgen anrufen, um sich zu vergewissern, ob die Studenten mit dem Frühstück zurechtgekommen waren.
Jetzt war es Freitag abend, elf Uhr. Das Postschiff hatte sicher noch nicht in Holyhead angelegt. Mrs. Hegarty würde nicht vor sieben Uhr morgens in London eintreffen, denn sie wollte mit Eve den Postzug nach Euston nehmen.
Man überlegte, ob die walisische Polizei ebenfalls in die Suche nach Heather eingeschaltet werden sollte.
Doch die beiden Polizisten, die sich eifrig Notizen machten, äußerten gewisse Bedenken.
»Sind Sie denn wirklich ganz sicher, daß Ihre Schwester dort ist, Sir?« erkundigte sich der eine zum wiederholten Male.
»Sie kann nirgendwo anders sein.« Davon war Simon fest überzeugt.
»Hat jemand gesehen, wie Mrs. Hegarty und Miss Malone mit dem Schiff abgereist sind?« fragte der andere Polizist.

»Ja, ich«, antwortete Kevin Hickey.
»Waren sie in Begleitung eines zwölfjährigen Mädchens?«
»Sie meinen Heather?«
Simon und die Polizisten hatten bisher den Zweck ihrer Ermittlungen nicht näher erläutert.
»War sie bei ihnen?«
»Natürlich nicht. Das ist ja das Problem. Eve hat sich Sorgen gemacht, weil sie zu dieser Beerdigung mußte. Sie fürchtete, Heather würde nicht verstehen, daß Eve wirklich dringend weg mußte.«
Eve hatte eine Schachtel Pralinen dagelassen und Kevin gebeten, diese am Sonntag zur Schule zu bringen. Zusammen mit einer Karte von Eve.
»Könnten Sie Heather die Sachen vielleicht mitbringen?« fragte er Simon.
Die Polizisten baten, die Karte sehen zu dürfen.
Sie lautete kurz und schlicht: »Damit Du weißt, daß ich Dich nicht vergessen habe. Nächste Woche darfst *Du* aussuchen, was wir unternehmen. Alles Liebe, Eve.«
Auch Simon las die Karte. Und zum erstenmal seit er vom Verschwinden seiner Schwester erfahren hatte, traten ihm Tränen in die Augen.

Bis zum Samstagmorgen hatte sich die Nachricht in Knockglen bereits wie ein Lauffeuer verbreitet. Dies war vor allem Bee Moore zu verdanken. Mr. Flood, der als einer der ersten von der Neuigkeit erfuhr, konsultierte umgehend die Nonnen in seinem Baum, mußte zu seinem Leidwesen jedoch feststellen, daß auch von dort keine himmlische Botschaft über Heather kam.
»Ich hatte gehofft, sie wäre im Himmel. Na ja, in ihrem Himmel eben«, fügte er hastig hinzu, da ihm einfiel, daß die Westwards ja Protestanten waren.
Dessie Burns verkündete, es gebe eine Belohnung für denjeni-

gen, der Heather ausfindig mache. Bestimmt sei sie entführt worden. Und zwar – man höre und staune – von einem Bekannten!

Paccy Moore dagegen fand es reichlich unwahrscheinlich, daß Heather von jemandem entführt worden war, den sie kannte. Denn wer die Westwards kannte, wußte, daß sie kaum ihre Rechnungen bezahlen konnten. Wenn wirklich einer das arme Kind entführt hatte, war es gewiß ein geldgieriger Dubliner, der glaubte, sie käme aus einer reichen Familie, weil sie so vornehm sprach und aus einem riesigen Herrschaftshaus stammte.

Mrs. Healy meinte zu Sean Walsh, jetzt würden die Westlands wohl von ihrem hohen Roß heruntersteigen müssen. Stets seien sie so distanziert gewesen, als wären sie was Besseres und stünden über den Dingen.

Sean wunderte sich, was Mrs. Healy auf einmal gegen die Westwards habe. Sie erwiderte, Mr. Simon Westward habe angedeutet, falls sie im Hotel Abendessen serviere, würde er dafür sorgen, daß demnächst einige höchst bedeutende Persönlichkeiten in ihrem Hotel abstiegen. Nun habe Mrs. Healy für ein entsprechendes Speiseangebot gesorgt, aber Mr. Westward habe sich nicht mehr blicken lassen.

»Aber andere Leute waren hier«, wandte Sean Walsh ein, »und haben gutes Geld dagelassen. Das ist doch die Hauptsache.«

Mrs. Healy pflichtete ihm bei. Aber schließlich habe man ja keine Lust, sich dauernd wegen jeder Laune von diesen Aristokraten abzustrampeln – als wäre man irgendein Dienstbote aus dem Pförtnerhäuschen!

Diese Meinung äußerte Mrs. Healy auch gegenüber Mrs. Kennedy von der Apotheke. Diese blickte sie nachdenklich an und fand traurig, daß Menschen so hartherzig seien – wo es doch um das Leben eines Kindes ging! Und da schlug Mrs. Healy gleich einen anderen Ton an.

Clodagh überbrachte Peggy Pine folgende Neuigkeit: Ein Mann

im Regenmantel habe der armen Heather im Hafen von Dunlaoghaire eine ganze Schachtel Pralinen angeboten.
Mario schlug vor, alle Männer von Knockglen sollten losziehen und mit Stöcken jeden Busch abklopfen, bis man Heather gefunden hatte.
»Du siehst dir zu viele schlechte Filme an«, beschwerte sich Fonsie.
»Und wo glaubst du, daß sie ist, Schlaukopf?«
»Ich sehe mir auch zu viele schlechte Filme an. Ich glaube, sie hat sich ihren Gaul geholt und ist in den Sonnenuntergang geritten.«
Doch das war wieder eine der zahlreichen Theorien, die näherer Überprüfung nicht standhielten. Denn das Pony graste friedlich in Westlands.
Peggy Pine ging hinauf ins Kloster, um mit Mutter Francis zu sprechen.
»Eve hat aus London angerufen«, berichtete Mutter Francis. »Ich habe bis hierher gehört, wie sie mit den Zähnen geknirscht hat. Anscheinend verdächtigt man sie, Heather entführt zu haben. Wenn sie zurückkommt, können wir uns auf was gefaßt machen.«
»Aber Eve hätte doch so etwas nie getan.«
»Ich weiß. Aber letzte Woche gab es in Westlands einen Riesenkrach. Ich brauche wohl kaum zu erwähnen, daß Miss Malone mir nichts davon erzählt hat... Himmel, Peggy, wo könnte das Kind bloß sein?«
»Wenn man wegläuft, will man doch bestimmt zu einem Ort, wo man einmal glücklich war«, meinte Peggy Pine nachdenklich. Aber das brachte sie auch nicht weiter.
Allem Anschein nach war Heather nirgendwo glücklich gewesen.
Schwester Imelda versuchte es mit dem dreißigtägigen Gebet. Sie sagte, das habe bislang noch immer geholfen.

»Das arme Kind. Ich bin noch nie einem Mädchen begegnet, dem mein Gebäck so gut geschmeckt hat. Ihr hättet sie hören sollen, nachdem sie in Eves Kate meine getoasteten Teacakes probiert hat.«

Plötzlich wußte Mutter Francis, wo Heather steckte.
Sie faßte in den Mauerschlitz. Und wie sie erwartet hatte – der Schlüssel war weg.
Auf Zehenspitzen ging sie zur Haustür. Sie war verschlossen. Mutter Francis spähte durchs Fenster und erblickte eine große Schachtel auf dem Tisch. Etwas bewegte sich darin. Zuerst dachte sie, es sei eine Katze, eine schwarze Katze. Aber dann sah sie, daß es ein Vogel war.
Ein schwarzgefiederter Flügel, seltsam abgeknickt, tauchte aus der Schachtel auf.
Heather hatte also einen verletzten Vogel gefunden und wollte ihn gesund pflegen – ohne großen Erfolg, wie es schien. Überall lagen Federn und zerfetztes Zeitungspapier herum.
Mit rotem, verängstigtem Gesicht versuchte Heather gerade, ein Feuer zu entfachen. Aber weil sie nur Zweige und Pappstücke benutzte, loderten die Flammen nur kurz auf und erstarben dann sofort wieder.
Mutter Francis klopfte ans Fenster.
»Ich laß Sie nicht rein!«
»In Ordnung«, erwiderte Mutter Francis zu Heathers Verblüffung.
»Es hat keinen Zweck, daß Sie da draußen rumstehen. Wirklich nicht.«
»Ich hab dir was zu essen mitgebracht.«
»Nein, stimmt nicht. Es ist bloß eine Falle. Sie werden mich schnappen, sobald ich die Tür öffne. Hinter der Mauer lauern bestimmt jede Menge Leute.«
»Was für Leute denn? Nonnen?«

»Die Polizei. Na ja, vielleicht auch ein paar Nonnen. Und mein Bruder. Und Leute von der Schule.«
Mutter Francis seufzte. »Wie's der Zufall will, glauben alle, du bist in London. Da suchen sie jetzt nach dir.«
Heather stieg auf einen Stuhl und spähte aus dem Fenster.
Weit und breit kein Mensch außer der Nonne.
»Sie könnten das Essen auf die Türschwelle stellen.«
»Könnte ich. Aber dann wird es kalt, und ich brauche den Topf für Schwester Imelda. Außerdem würde *ich* dann nicht satt werden.«
»Ich komm aber nicht heim oder so was.«
Mutter Francis trat ein und stellte einen zugedeckten Topf und ein paar große Butterbrote auf die Anrichte.
Zuerst sah sie sich den Vogel an.
»Das arme Tier. Wo hast du ihn gefunden?«
»Auf dem Weg.«
Vorsichtig hob Mutter Francis den Vogel hoch. Währenddessen plauderte sie munter weiter: Es sei bloß eine junge Krähe, die fielen oft von hohen Bäumen. Manche benähmen sich reichlich tolpatschig. Daß alle Vögel von Natur aus anmutig seien und sich in die Lüfte schwingen könnten, wann immer sie wollten, sei eine Legende.
Aber der Flügel sei nicht gebrochen. Deshalb versuche das arme Tier auch so verzweifelt zu entkommen. Es sei durch den Sturz lediglich betäubt worden.
Gemeinsam befühlten sie den kleinen Vogel und lächelten, als sie den Herzschlag der verängstigten Krähe spürten, die ja nicht wußte, welches Schicksal sie erwartete.
Mutter Francis gab dem Tier ein paar Brotkrümel zu fressen.
Dann brachten sie es gemeinsam zur Tür.
Nach ein paar wackligen Hopsern flog die Krähe davon; ziemlich schief und gerade hoch genug, um die Mauer zu überwinden.

»Gut, damit hätten wir die Probleme der Tierwelt also schon erledigt. Wenn du jetzt die ganzen Federn und das Zeitungspapier wegräumst und die Schachtel wieder in die Spülküche trägst, kümmere ich mich solange ums Essen.«
»Ich geh aber trotzdem nicht zurück, auch wenn Sie mir mit dem Vogel geholfen haben.«
»Hab ich das etwa behauptet?«
»Nein, aber das kommt bestimmt noch.«
»Nein. Ich bitte dich höchstens, deiner Familie mitzuteilen, daß du in Sicherheit bist. Sonst nichts.«
Dann brachte Mutter Francis erst einmal das Feuer in Gang. Sie erläuterte Heather Sinn und Zweck des getrockneten Torfs, der an der Wand lehnte. Dann zeigte sie ihr, wie man ein kleines Nest aus Zweigen machte, es anzündete und den Torf dann darauf legte, wenn die Zweige munter prasselten. Anschließend verzehrten sie Schwester Imeldas Lammeintopf zusammen mit den großen, mehligen Kartoffeln und tunkten ihre Butterbrote in die dicke Sauce.
Zum Nachtisch gab es für jede einen Apfel und ein Stück Käse. Mutter Francis erklärte, viel mehr habe sie nicht tragen können, weil der Weg so glitschig sei. Außerdem wollte sie keinen Verdacht erregen, als sie sich davonschlich.
»Warum sind Sie überhaupt gekommen?« wollte Heather wissen.
»Ich bin Lehrerin, weißt du. Ich bilde mir ein, daß ich mich mit Kindern gut auskenne. Das ist eben meine kleine Schwäche.«
»Sie können bei mir aber nichts ausrichten.«
»Moment, das wissen wir erst, wenn wir alle Möglichkeiten durchgesprochen haben.«

Eve rief Benny aus England an. Sie sagte, sie habe inzwischen so viele Ferngespräche geführt, daß sie ihre eigentliche Aufgabe, nämlich Kit zur Seite zu stehen, kaum mehr erfüllen könnte. Die ganze Geschichte machte sie dermaßen wütend, daß sie am liebsten Simon Westwards affektiertes Halstuch abgerissen, es ihm um seinen widerwärtigen Hals geschlungen und zugezogen hätte, bis er blau im Gesicht wurde und ihm die Augäpfel aus dem Kopf quollen. Erst dann hätte sie vielleicht von ihm abgelassen. Wenn überhaupt!

»Du verschwendest kostbare Zeit«, meinte Benny.

»Stimmt. Vermutlich gibt es keine Neuigkeiten, oder?«

»Wir haben nichts gehört.«

»Ich hatte gerade einen Geistesblitz, wo sie sein könnte. Aber es ist nur so eine Idee«, meinte Eve.

»Gut. Wem soll ich davon erzählen? Simon?«

»Nein, behalt es lieber für dich. Geh zu meiner Kate, als ob nichts wäre, und wenn der Schlüssel nicht an der üblichen Stelle liegt, dann weißt du, daß sie drin ist. Und, Benny, ich weiß, daß du andere Leute sehr gut trösten kannst. Genau das braucht Heather jetzt. Sag ihr, ich werde alles in Ordnung bringen, sobald ich zurückkomme.«

Auf dem Weg durchs Dorf überlegte Benny, ob sie nicht ein paar Süßigkeiten mitnehmen sollte. So konnte sie das Eis brechen, wenn Heather tatsächlich dort war und man ihr gut zureden mußte, daß sie herauskam. Benny hatte kein Geld dabei, aber sie wußte, daß sie bei Birdie Mac ohne weiteres anschreiben lassen konnte.

Als sie an der Tür von Hogan's vorbeikam, dachte sie plötzlich an die Ausgabenquittungen. Sie konnte eine davon ausfüllen und »1 Pfund für Verschiedenes« darauf schreiben. Warum sollte sie als Tochter eines Ladenbesitzers bei einem anderen anschreiben lassen?

Sean beobachtete sie genau.

»So müßte das in Ordnung sein, stimmt's?« lächelte Benny ihn an.

»Du interessierst dich in letzter Zeit sehr für die Geschäftsabläufe«, bemerkte er.

Benny wußte, daß er etwas zu verbergen hatte. Sie wußte es einfach. Aber sie durfte nichts übereilen, deshalb sprach sie im gleichen gutgelaunten Ton weiter.
»Na ja, mehr oder weniger. Aber ab jetzt muß ich mich noch viel mehr darum kümmern«, sagte sie.
Sean musterte sie verblüfft.
Das hätte sie wohl lieber nicht sagen sollen, denn man konnte daraus schließen, daß sie Bedenken gegen Seans Teilhaberschaft hegte. Benny hatte sich oft genug ermahnt, vorsichtig zu sein. Am besten spielte sie jetzt einfach die Rolle des naiven Dummchens.
»Oh, du weißt doch, wie ich das meine, Sean.«
»Wirklich?«
»Natürlich weißt du's.«
Beinahe im Laufschritt stürzte sie aus dem Laden. Rasch zu Birdie hinein, dann hinauf zum Platz, wo der Weg zum Steinbruch abzweigte. Den Pfad über das Klostergelände vermied sie, obwohl er kürzer gewesen wäre. Die Nonnen hätten sie mit Sicherheit entdeckt und gefragt, wohin sie wolle.

Mutter Francis und Heather Westward hatten inzwischen über eine Menge Dinge gesprochen: über die Schule in Dublin, den Sportunterricht, die Tatsache, daß die anderen Mädchen häufig von ihren Familien besucht wurden und am Wochenende heimfahren durften.
Und daß Heather ihr Zuhause sehr liebte und daß Großvater so gemein zu Eve gewesen war und daß Heather solche Angst hatte, Eve würde sie womöglich nie mehr besuchen.
Und daß es so schön wäre, auf eine Schule zu gehen, die sie jeden Tag mit dem Fahrrad erreichen konnte.
»Die gibt es doch«, meinte Mutter Francis.
Einige Themen waren noch nicht erschöpfend geklärt. Mutter Francis sagte, niemand werde versuchen, Heather zum Katholi-

zismus zu bekehren. Denn man sei heutzutage bereits vollauf damit beschäftigt, die bereits bestehende Gemeinde zusammenzuhalten.
Heather brauche auch nicht vor Heiligenbildern der Jungfrau Maria niederzuknien und zu beten. Allerdings gab es in der Schule zahlreiche Marienstatuen, damit diejenigen, die es wollten, der Mutter Gottes gedachten.
Heather müsse auch nicht am Religionsunterricht teilnehmen. Ebensowenig habe sie zu befürchten, daß man ihr in den Geschichtsstunden eintrichtere, der Papst hätte immer recht und alle anderen immer unrecht.
»Worum ging's denn überhaupt damals bei der Spaltung?« fragte Heather.
»Bei der Reformation, meinst du?«
»Ja. Ging es darum, daß die eurigen Götzen verehrt haben?«
»Ich glaube, es ging mehr um die Realpräsenz bei der Messe. Weißt du, ob das Abendmahl wirklich der Leib und das Blut Christi ist oder nur ein Symbol.«
»Das war alles?« fragte Heather erstaunt.
»Damit hat es angefangen. Aber es hat einiges nach sich gezogen. Du weißt ja, wie das so ist.«
»Ich finde, darum hätte man nicht soviel Wind machen sollen.«
Heather war sehr erleichtert darüber, daß die Glaubensdifferenzen, die die Christenheit seit drei Jahrhunderten beschäftigten, so minimal waren. Gerade schüttelte sie versöhnlich Mutter Francis die Hand, als es an die Tür klopfte.
Entsetzt sprang Heather auf. »Sie haben doch behauptet, Sie hätten keinem was gesagt!«
»Das hab ich auch nicht.« Mutter Francis stand ebenfalls auf und ging zur Tür.
Benny hatte ihre Rede schon vorbereitet. Aber als sie die Nonne und die wütende kleine Gestalt erblickte, blieb ihr vor Staunen der Mund offenstehen.

»Eve hat angerufen. Sie hat gedacht, Heather könnte vielleicht hier sein, und mich gebeten, herzukommen und ... tja ...«
»Hast du's irgend jemandem gesagt?« fauchte Heather.
»Nein, Eve hat es mir ausdrücklich verboten.«
Heathers Gesicht entspannte sich etwas.
Mutter Francis meinte, sie müsse jetzt gehen, bevor man im Kloster auf die Idee kam, sie ebenfalls als vermißt zu melden, und Suchmeldungen im Radio durchsagen ließ.
»Gibt es meinetwegen auch welche?«
»Noch nicht. Aber viele Leute machen sich Sorgen, dir könnte etwas zugestoßen sein.«
»Dann muß ich es ihnen wohl sagen ... vermutlich.«
»Ich könnte es für dich tun, wenn du möchtest.«
»Was würden Sie denn sagen?«
»Ich könnte sagen, du würdest heute am späteren Nachmittag zum Kloster kommen, um dir ein Fahrrad zu borgen.«
Und weg war sie.
Benny sah Heather an. Dann streckte sie ihr die Pralinenschachtel entgegen.
»Na, komm schon, die futtern wir jetzt auf. Beide Lagen.«
»Und was ist mit dem Mann, der hinter den walisischen Frauen her ist und für den du schlank werden willst?«
»Ich glaube, dafür ist es zu spät.«
Gut gelaunt stopften sie die Pralinen in sich hinein. Heather erkundigte sich nach der Klosterschule. Sie wollte genau wissen, welche Lehrer streng waren und welche nett.
Benny ihrerseits fragte nach dem Großvater und ob er überhaupt wisse, was für gräßliche Dinge er gesagt habe.
»Hat Eve allen davon erzählt?« Heather sah regelrecht beschämt aus.
»Nur mir. Ich bin ihre beste Freundin.«
»Ich habe keine beste Freundin.«
»Doch. Eve.«

»Jetzt nicht mehr.«
»Aber natürlich. Du kennst Eve schlecht, wenn du denkst, so etwas spielt für sie eine Rolle. Anfangs wollte sie dich nicht gern haben wegen all der Erinnerungen an diese alte Geschichte. Aber dann hat sie dich trotzdem liebgewonnen, und das wird auch so bleiben.«
Doch Heather war noch nicht ganz überzeugt.
»Außerdem kannst du mich auch als beste Freundin haben, wenn du willst. Und dazu noch Eves Aidan; dann ist es ein richtiger Freundeskreis. Ich weiß, wir sind viel zu alt für dich, aber wahrscheinlich wirst du dir sowieso bald eigene Freunde suchen.«
»Und was ist mit dem Kerl, der den schlanken walisischen Mädchen nachläuft? Gehört der auch dazu?«
»Am Rand«, meinte Benny.
In gewisser Hinsicht waren diese Worte zutreffender, als Benny zunächst bewußt war. Unter der Woche hatte sie sich zweimal mit Jack getroffen, und er war sehr in Eile gewesen. Er mußte viel trainieren, und sie hatten kaum Zeit gefunden, sich unter vier Augen zu unterhalten.
Wegen des nach wie vor nicht näher definierten Vorfalls beim Freundschaftsspiel in Wales war er sehr zerknirscht. Irgendwelche Mädchen seien im Club aufgetaucht, alle hätten einen Riesenspaß miteinander gehabt. Und das sei auch schon alles gewesen. Die Gerüchte darüber seien alle maßlos übertrieben. Vergeblich versuchte Benny ihm klarzumachen, daß sie überhaupt keine Gerüchte gehört hatte – deshalb brauche er ihr auch nicht zu erklären, was daran wahr und was falsch war.
Jack meinte, schließlich habe doch jeder Mensch ein Recht auf ein bißchen Spaß. Er habe sich ja auch nie beklagt, wenn sich Benny in seiner Abwesenheit bei Mario's amüsierte.
Das Gespräch war insgesamt höchst unbefriedigend verlaufen.
Die Pralinen gingen nicht auf. Also teilten sie sich die letzte, einen Mokkatrüffel.

Dann räumten sie die Kate auf und gossen Wasser auf die heiße Asche im Kamin. Gemeinsam verließen sie das Haus und legten den Schlüssel an seinen Platz in der Mauerspalte.
Mossy nickte ihnen mit ernster Miene zu, als sie an ihm vorbeikamen.
»Wer war denn das?« flüsterte Heather.
»Mossy Rooney.«
»Er hat Bee Moore das Herz gebrochen«, meinte Heather mißbilligend.
»Nicht für immer. Wenn es soweit ist, wird sie Patsys Brautjungfer.«
»Vermutlich kommen die Leute über solche Sachen hinweg«, sagte Heather.
Mutter Francis gab ihr Eves Fahrrad.
»Jetzt aber fort mit dir. Dein Bruder wartet sicher schon. Ich habe ihm gesagt, er soll dich selbst nach Hause fahren lassen.«
Die Nonne hatte Heathers Habseligkeiten – ihr Pflanzenbuch, ihren Schlafanzug, die Fotos von dem Pferd und dem Hund sowie ihren kleinen Kulturbeutel – ordentlich in Packpapier gepackt und klemmte das Paket auf den Gepäckträger.
Benny und Mutter Francis sahen ihr nach, wie sie davonradelte.
»Wie Sie darauf gekommen sind! Eve hat schon immer gesagt, Sie hätten das zweite Gesicht.«
»Wenn das stimmt, dann würde ich sagen, daß du irgend etwas auf dem Herzen hast.«
Benny antwortete nicht.
»Ich will mich nicht aufdrängen.«
»Nein, natürlich nicht«, murmelte Benny mechanisch.
»So ist das, wenn man außerhalb der normalen Welt lebt, wie die Leute es spöttisch nennen. Ich höre eine Menge darüber, was zwischen den Menschen vor sich geht, die in ihr leben.«
Fragend blickte Benny sie an.

»Und Peggy Pine und ich waren Schulfreundinnen vor langer Zeit. Wie du und Eve...«
Benny wartete. Mutter Francis sagte, falls es Benny irgend etwas nütze, könne sie ihr mitteilen, daß Sean Walsh – aus welcher Quelle auch immer – über eine Menge Geld verfüge. Jedenfalls so viel, daß er mit dem Gedanken spiele, sich eines der kleinen Häuschen beim Steinbruch zu kaufen. Mit Baranzahlung.

Bennys Mutter richtete ihr aus, Jack Foley habe angerufen. Nein, er habe keine Nachricht hinterlassen. Benny verfluchte insgeheim Heather Westward, die Benny aus dem Haus gelockt hatte, als der Anruf kam. Und sie wünschte, sie wäre nicht so eilig losgerannt, um Eves Bitte nachzukommen.
Aber Eve hätte das gleiche für sie getan. Und wenn Jack sie wirklich liebte und mit ihr reden wollte, dann würde er noch mal anrufen.
Wenn er sie wirklich liebte.

Nans Mutter kam herein und sagte, ein gewisser Simon Westward sei am Apparat.
Nan meldete sich in sehr kühlem Ton.
»Habe ich dir etwa meine Telefonnummer gegeben?« fragte sie.
»Nein, aber das ist jetzt doch unwichtig. Heather ist wieder da.«
»Oh, das freut mich. Wo war sie denn?« Nan überlegte immer noch, woher er ihre Nummer haben konnte. Sie hatte streng darauf geachtet, daß niemand erfuhr, wo sie zu erreichen war.
»Sie war in Eves Kate, stell dir vor.«
Mit einiger Wahrscheinlichkeit hätte sie dort Nan und Simon antreffen können. Bei dieser Vorstellung verschlug es ihnen einen Moment lang die Sprache.
»Geht es ihr gut?«
»Ja, aber ich kann jetzt nicht weg. Ich muß erst mal einiges mit ihr besprechen.«

Seit einer Stunde war Nan mit dem Bügeln ihres Kleides beschäftigt gewesen. Es hatte sehr komplizierte Falten. Ihre Haare waren frisch gewaschen, ihre Fußnägel schimmernd rosa lackiert.
»Ja, natürlich mußt du bei ihr bleiben«, bestätigte sie.
»Gut. Ich hatte schon Angst, du wärst böse.«
»Die Hauptsache ist doch, daß Heather nichts passiert ist.«
Nan ließ sich ihren Ärger nicht anmerken. Simons Ton war so beiläufig.
Er erzählte, Heather sei offenbar auf der Schule in Dublin sehr unglücklich gewesen. Nan seufzte. Genau das hatte Eve schon seit Monaten gesagt, und Heather erzählte es wahrscheinlich seit Jahren. Aber Simon hatte nicht zugehört. Es gab nur einige wenige Schulen, die für seine Schwester gut genug waren, und damit mußte sie sich eben abfinden. Das war seine Einstellung gewesen.
»Vielleicht können wir uns morgen sehen?« Seine Stimme klang selbstbewußt wie immer.
»Wie bitte?«
»Morgen, Sonntag abend. Bis dahin ist hier alles wieder im Lot...«
»Und?«
»Und ich habe gehofft, du könntest kommen... und übernachten.«
»Das würde ich gern.« Nan lächelte. Endlich hatte er sie eingeladen. Zwar hatte es eine Weile gedauert, aber jetzt lud er sie nach Westlands ein! Sie würde das Gästezimmer bekommen. Sie würde als Mr. Simons Freundin empfangen werden.
»Wunderbar.« Simon klang deutlich erleichtert. »Du nimmst den letzten Bus. Ich gehe schon mal vor zur Kate und richte alles her.«
»Zur Kate?« wiederholte Nan.
»Ja. Eve ist doch in England.«

Schweigen am anderen Ende der Leitung.
»Was ist los?« fragte er.
»Was ist, wenn Heather beschließt, noch mal dort Unterschlupf zu suchen?«
»Aber nein, weiß Gott nicht. Ich werde ihr eine Standpauke halten, daß man das Eigentum anderer Leute respektieren muß.«
Die unfreiwillige Ironie seiner Worte fiel ihm gar nicht auf.
»Ich glaube, ich komme nicht«, antwortete sie.
»Nan?«
Sie hatte bereits aufgelegt.

Joseph Hegarty hatte in England Freunde gehabt, wenn auch nicht sehr viele. Nach seinem Begräbnis hatten sie sich im Hinterzimmer einer Kneipe zusammengefunden: eine bunt zusammengewürfelte Gruppe. Unter anderem seine Vermieterin, die ihn sehr gemocht hatte: Wenn Joseph die Miete nicht bezahlen konnte, erledigte er für sie die Reparaturen, die im Haus anfielen – das sei zwanzigmal besser, als einen Untermieter zu haben, vertraute sie den Umsitzenden an. Eve bemerkte Kits leidenden Gesichtsausdruck. Daß Joseph Hegarty seine Miete nicht bezahlen konnte, war ja schlimm genug, aber daß er lieber für eine fremde Frau in England Klempner- und Schreinerarbeiten erledigte als in seinem eigenen Haus in Dunlaoghaire, war noch schlimmer.
Falls die Bardame ebenfalls unter den Trauergästen war, gab sie sich nicht zu erkennen. Überhaupt hatte die ganze Szenerie etwas so Unwirkliches an sich, daß Eve sich vorkam wie in einem Theaterstück. Jeden Moment konnte der Vorhang fallen, und dann würden sich alle wieder normal benehmen.
Den einzigen Hinweis darauf, warum Joseph Hegarty so lange in dieser zwielichtigen Welt geblieben war, lieferte Fergus, ein Mann aus der Grafschaft Mayo. Er behauptete, er sei mit Joseph befreundet gewesen.

Fergus hatte Irland schon vor langer Zeit verlassen. Es hatte keinen Streit gegeben und auch sonst keinen spektakulären Vorfall, durch den es ihn von seinem kleinen Bauernhof im Westen Irlands nach England verschlagen hatte. Eines Tages überkam ihn einfach die Sehnsucht nach Freiheit, er setzte sich in den Zug nach Dublin und nahm von dort das Schiff.
Seine Frau war inzwischen gestorben, seine Kinder waren erwachsen. Niemand wollte etwas mit ihm zu tun haben, und in vieler Hinsicht war es so auch am besten. Wenn er zurückgegangen wäre, hätte er sich rechtfertigen müssen.
»Wenigstens hat Joe letzten Sommer seinen Sohn noch mal gesehen. Das hat ihm sehr gutgetan«, erzählte er.
Überrascht blickte Kit auf.
»Nein, das stimmt nicht. Frank hat ihn nicht mehr gesehen, seit er noch ganz klein war.«
»Aber hat er ihm denn nicht geschrieben?«
»Nein«, erwiderte Kit mit schneidender Stimme.
Später gesellte sich Eve zu Fergus an die Bar.
»Er ist also mit seinem Sohn in Kontakt geblieben?«
»Ja. Aber ich glaube, es war wohl reichlich dumm von mir, davon anzufangen. Seine Frau ist so verbittert.«
»Sie wird noch mal froh darüber sein. Zu gegebener Zeit erzähle ich es ihr in aller Ruhe. Und vielleicht möchte sie dann auch mit Ihnen reden.« Eve zog ein Notizbuch und einen Stift aus der Handtasche. »Wo können wir Sie erreichen?«
»Tja, schwer zu sagen«, meinte Fergus ausweichend. Er gehörte nicht zu den Leuten, die weit in die Zukunft planten.
Danach gab es noch ein Gespräch mit dem Mann von der Versicherung, und einige Papiere mußten unterschrieben werden. Schließlich machten sich Eve und Kit auf den Weg nach Euston, wo sie in den Zug nach Holyhead stiegen.
Lange blickte Kit Hegarty schweigend aus dem Fenster auf das Land, in dem ihr Ehemann so lange gelebt hatte.

»Woran denkst du?« fragte Eve.
»An dich. Es war sehr nett von dir, daß du mitgekommen bist. Einige Leute haben dich für meine Tochter gehalten.«
»Mir kommt es vor, als hätte ich die meiste Zeit am Telefon verbracht«, meinte Eve entschuldigend.
»Gott sei Dank ist alles gut ausgegangen.«
»Das wissen wir noch nicht. Die sind eine seltsame Sippschaft. Womöglich schicken sie Heather zurück. Ich finde es widerwärtig, daß ich ihnen zu Dank verpflichtet bin. Wirklich.«
»Dazu hast du jetzt keinen Grund mehr«, entgegnete Kit.
»Wenn ich das Geld von der Versicherung bekomme, werde ich dir als allererstes etwas davon geben. Dann kannst du zu ihnen hingehen und ihnen ihr Geld vor die Füße werfen. Einfach auf den Boden.«

Patsy sagte, im Waisenhaus habe es zwar immer geheißen, man müsse eine sehr gute Hausfrau sein. Doch der Nähunterricht sei miserabel gewesen.
Mossy hatte ihr nämlich mitgeteilt, seine Mutter erwarte, daß sie bei ihrer Aussteuer ihre Nähkünste unter Beweis stelle – also beispielsweise die Kissenbezüge eigenhändig säume.
So hockte Patsy nun in der Küche und mühte sich ab. Das Problem war, daß sie sich sehr oft in den Finger stach, wodurch der schöne Leinenstoff bald lauter Blutflecke hatte.
»Er spinnt doch. Man kann bei McBirney's in Dublin wunderschöne Kissenbezüge kriegen, und zwar beinahe geschenkt!« meinte Benny empört.
Aber darum ging es nicht. Offensichtlich erwartete Mrs. Rooney, eine Frau, die ihren Mossy verdiente, müsse imstande sein, einen Saum sauber umzuschlagen und mit feinen Stichen zu fixieren. Patsy mußte sich also zusammenreißen und diesen Unsinn mitmachen, denn sie brachte ja ansonsten nichts in die Ehe mit. Keine Familie, kein Stück Land. Nicht einmal den Namen ihres Vaters.

»Muß es denn unbedingt von Hand genäht sein? Könnte man es nicht mit der Maschine machen?« Benny hatte selbst zwei linke Hände, was Handarbeiten anging. Ihre Stiche waren immer groß, unregelmäßig und locker.
»Wenn schon? Unsere Maschine funktioniert ohnehin nicht.«
»Dann bitten wir Paccy, daß er sie repariert. Betrachten wir es als Herausforderung«, schlug Benny vor.

Paccy Moore meinte, die Nähmaschine sei wohl von einem Pferd mit schwerbeschlagenen Hufen benutzt worden. Nicht mal eine Truppe hochbezahlter Ingenieure konnte dieses Gerät wieder zum Laufen bringen! Am besten, sie sagten der Herrin des Hauses, sie könne das Ding wegschmeißen. Gewiß stand irgendwo bei den Hogans noch eine alte Maschine herum. Eine von den alten, stabilen, die nicht einmal Trampeltiere wie Benny und Patsy kaputtkriegten.
Traurig marschierten sie zurück nach Lisbeg. Es hatte keinen Sinn, mit der Herrin des Hauses darüber zu reden. Sie war noch immer völlig apathisch. Aber irgendwo stand tatsächlich eine alte Nähmaschine herum, eine zum Treten. Benny erinnerte sich genau, daß sie sie gesehen und sogar damit gespielt hatte. Aber wenn sie ihre Mutter danach fragte, würde Annabel Hogan zunächst angestrengt nachdenken und dann erklären, daß sie wieder schlimme Kopfschmerzen bekam.
Doch Benny konnte es nicht mehr mit ansehen, wie Patsy, die vom Leben wirklich nicht verwöhnt worden war, sich abmühte, um es allen recht zu machen.
»Weißt du, ich kann nicht mit gekauften Sachen ankommen, Benny. Der alte Drachen gibt mir selbst den Stoff, um ganz sicherzugehen.«
»Dann frage ich Clodagh, ob sie dir hilft. Sie liebt solche Herausforderungen«, sagte Benny.
Clodagh schimpfte, es sei eine Schande, daß weder Benny noch

Patsy einen Saum nähen könnten. Dann zeigte sie es ihnen auf der Maschine.
»Los, probiert es selbst«, befahl sie.
»Wir haben keine Zeit dazu. Bitte mach du es. Dafür tun wir dir auch einen Gefallen.«
»Gut. Ladet meine Tante zum Essen ein und sorgt dafür, daß sie den ganzen Nachmittag wegbleibt. Dann können meine Freunde und ich in Ruhe den Laden umräumen. Und wenn Peggy dann zurückkommt, ist alles gelaufen und sie kann's nicht mehr ändern.«
»Wann?«
»Am Donnerstag, wenn wir früher schließen.«
»Und du nähst dafür die ganzen Kissenhüllen und ein paar Laken und die Nackenrollenbezüge?«
»Abgemacht.«

Jack Foley sagte, er wolle am Donnerstag die Vorlesungen schwänzen, damit sie zusammen ins Kino gehen könnten.
»Nicht am Donnerstag. An irgendeinem anderen Tag.«
»Verdammt. Ist Donnerstag nicht der Tag, an dem du keine Vorlesungen hast?«
»Ja, aber ich muß nach Knockglen. Wir haben da was Großes vor...«
»Oh, ihr habt doch immer was Großes vor in Knockglen«, brummte Jack.
»Freitag. Dann kann ich abends in Dublin bleiben.«
»In Ordnung.«
Benny war klar, daß sie dem verstörten Jack etwas mehr entgegenkommen mußte. Aber sie befürchtete, es könnte darauf hinauslaufen, daß sie im Auto noch gewagtere Dinge taten als bisher.
Wie Patsy immer sagte: Mindestens dreimal am Tag wurden die Männer vom Teufel geritten.

Nan hatte es riskiert, mitten im Gespräch mit Simon aufzulegen. Sie hatte den Hörer sogar schief eingehängt, damit er nicht noch einmal anrufen konnte. Ärgerlich ging sie in ihr Zimmer und legte sich aufs Bett. Das frisch gebügelte Kleid hing am Schrank, die rosaroten Nägel glitzerten. Eigentlich sollte sie trotzdem ausgehen, damit sie sich nicht ganz umsonst so herausgeputzt hatte.

Aber Nan Mahon wollte sich nicht mit Bill Dunne oder Johnny O'Brien oder sonst jemandem verabreden. Nicht einmal mit dem gutaussehenden Jack Foley, der unzufrieden in der Gegend herumschlich, weil Benny nie da war.

Benny! Bestimmt hatte Simon Nans Telefonnummer von Benny! Wahrscheinlich hatte Simon sie darum gebeten und beteuert, es sei dringend. Benny war wirklich ein bißchen beschränkt. Einen hübschen jungen Mann wie Jack Foley durfte man doch nicht allein in Dublin herumziehen lassen. Schön und gut, wenn sie behauptete, die Rosemary Ryans und Sheilas wüßten, daß er vergeben war. Aber wenn es darauf ankam, vergaßen die Leute meist ihre Loyalität. In Dublin genauso wie sonstwo.

»Du bist sehr wütend, stimmt's?« stellte Heather fest.
»Natürlich! Warum hast du uns denn nicht erzählt, wie schlimm es dort ist?«
Das hatte Heather mehrmals getan, aber sie war auf taube Ohren gestoßen. Ihr Großvater hatte geistesabwesend in eine andere Richtung geschaut, und Simon hatte nur gemeint, schließlich hasse doch jeder die Schule. Augen zu und durch! Mrs. Walsh war der Ansicht gewesen, ein Mädchen mit ihrer Herkunft brauche eben eine angemessene Erziehung, und zwar unter Menschen, mit denen sie auch später gesellschaftlichen Umgang pflegen würde. Und das waren eben nicht die Töchter von irgendwelchen armen Schluckern, die man in einer Dorfschule kennenlernte.

Heather hatte nicht erwartet, daß Simon so aufgebracht sein würde. Er hatte ein Telefongespräch geführt, und als er zurückkam, war er ziemlich geladen.
»Sie hat einfach aufgelegt«, murmelte er ein paarmal vor sich hin. Zuerst freute sich Heather über die Ablenkung, aber dann merkte sie, daß das die Diskussion über ihre Zukunft kein bißchen leichter machte.
»Mutter Francis will sich mit dir über die Schule unterhalten«, begann sie dennoch.
»Das ist doch alles, was diese alte Hexe will! Zuerst haben sie sich Eve geholt. Und jetzt wollen sie dich auch noch.«
»Das ist nicht wahr. Eve haben sie aufgenommen, weil niemand sonst sie haben wollte.«
»Oh, da haben sie dir ja nette Sachen erzählt. Wundert mich nicht.«
»Aber wer hätte sich denn sonst um Eve gekümmert, Simon? Sag's mir.«
»Darum geht es doch nicht. Sondern darum, daß wir dir die beste und teuerste Ausbildung zukommen lassen wollen.«
»Aber dort ist es viel billiger, wirklich. Ich hab schon gefragt. Es ist beinahe umsonst.«
»Nein. Das verstehst du nicht. Es geht nicht.«
»*Du* verstehst es nicht«, entgegnete Heather und ballte die Fäuste. Mit blitzenden Augen erklärte sie ihm, sie werde jedesmal wieder weglaufen, wenn sie auf diese Schule zurückgeschickt wurde. Sie sieht aus wie Eve, dachte er plötzlich. Wie Eve an jenem Tag, als sie nach Westlands kam...

Jack hatte seinen Ärger anscheinend überwunden. Am Donnerstag morgen ging er mit Benny zum Kaffeetrinken ins Annexe. Sie aß sogar ein Stückchen von seinem Fliegenfriedhof, aber nur, damit es ihm nicht zuviel wurde und er fit für das nächste Spiel blieb. Er nahm Bennys Hand.

»Ich bin eben ein launischer, ungehobelter Brummbär«, meinte er entschuldigend.
»Es dauert bestimmt nicht mehr lange. Bald hab ich alles geregelt, das schwöre ich«, erwiderte Benny.
»Tage, Wochen, Monate, Jahrzehnte?« wollte er wissen. Aber er lächelte dabei und war wieder ganz der alte.
»Wochen. Nur ein paar Wochen.«
»Und dann kannst du ganz ungehemmmt mit mir durch Dublin streifen und jedem meiner niederen Instinkte und körperlichen Gelüste nachgeben?«
»So ungefähr«, lachte Benny.
»Das glaube ich erst, wenn ich's erlebe«, sagte er und sah ihr in die Augen. »Du weißt, wie sehr ich dich begehre, oder?«
Benny schluckte und suchte nach einer passenden Antwort. Aber wie es der Zufall wollte, brauchte sie nicht lange zu grübeln, denn in diesem Moment erschien Nan.
»Macht ihr auf Sean und Carmel, oder kann ich mich auf einen Kaffee zu euch setzen?«
Benny war erleichtert. Jack ging zur Theke und holte Kaffee für Nan.
»Störe ich euch wirklich nicht?« Nan war einfach wundervoll. Man hätte sie allen Ernstes bitten können, mit ihrem Kaffee doch lieber an einen anderen Tisch zu gehen. Das hätte Nan nicht krummgenommen, denn sie war stets der Meinung, daß Frauen zusammenhalten mußten. Aber Benny fand es sowieso besser, die Diskussion über Sex nicht zu vertiefen.
»Ich wollte, daß Benny mit mir in *Frauen im Sumpf* geht, aber sie weigert sich standhaft«, erzählte Jack mit gespielt trauriger Stimme.
»Warum gehst du denn nicht mit dem netten Gentleman in *Frauen im Sumpf*, Schätzchen?« fragte Nan im gleichen scherzhaften Ton. »Ich an deiner Stelle würde mir das nicht entgehen lassen.«

»Dann komm du doch mit«, schlug Jack vor.
Nan sah zu Benny hinüber, die eifrig nickte.
»Oh, bitte, mach das, Nan. Er redet schon seit Tagen nur noch von dem Film!«
»Dann geh ich mit und paß auf ihn auf«, versprach Nan.

Auf dem Weg zum Kino begegneten sie Simon Westward.
»Bist du mir absichtlich aus dem Weg gegangen?« fragte er schroff.
Aber Nan lächelte und machte die beiden Männer miteinander bekannt. Jeder, der zufällig vorbeigekommen wäre, hätte gedacht, was für ein auffallend hübscher Anblick diese drei jungen Menschen waren.
»Wir wollten uns *Frauen im Sumpf* ansehen. Es geht darin um einen Gefängnisausbruch weiblicher Sträflinge und um Alligatoren.«
»Möchten Sie vielleicht mitkommen?« schlug Jack vor.
Simon musterte Jack mit durchdringendem Blick.
»Nein. Trotzdem vielen Dank.«

»Warum hast du ihn gefragt, ob er mitkommen will? Weil du wußtest, daß er ablehnen würde?«
»Nein. Weil ich gesehen habe, wie sehr er in dich verknallt ist.«
»Oh, ich glaube, das hält sich in Grenzen.«
»Nein, es ist was Ernstes, scheint mir«, entgegnete Jack.
Da Nan wußte, daß Simon ihnen nachschauen würde, hakte sie sich kameradschaftlich bei Jack unter.

Als Benny im Bus nach Knockglen saß, war sie bester Stimmung. Endlich war Jack wieder fröhlich. Und er sagte, daß er sie begehrte – deutlicher hätte er sich wohl kaum ausdrücken können. Und jetzt brauchte sie sich nicht einmal mehr Sorgen zu machen, daß sie ihn allein gelassen hatte, denn Nan war ja mit ihm in diesen albernen Film gegangen.

Jetzt mußte sie nur noch Peggy Pine aus dem Verkehr ziehen, solange in ihrem Laden unsägliche Dinge vor sich gingen. Sie wußte, daß Fonsie, Dekko Moore, Teddy Flood und Rita schon in den Startlöchern saßen. Mindestens bis fünf Uhr mußte Peggy vom Ort des Geschehens ferngehalten werden.

Als sie nach Lisbeg kam, stellte Benny mit Befriedigung fest, daß Patsy eine gute Suppe gekocht hatte; dazu sollten Scones serviert werden. Mr. Flood hatte eine kleine Lammkeule geschickt, und man roch die Minzsauce, die in einer hübschen Porzellansauciere dampfte.

Mrs. Hogan trug zu ihrem schwarzen Rock einen hellgrauen Twinset und sogar eine kleine Brosche am Hals. Sie wirkte insgesamt munterer. Wahrscheinlich brauchte sie einfach hin und wieder Menschen um sich.

Mit Genuß trank Peggy drei Fingerhutvoll Sherry, und Mrs. Hogan tat es ihr nach. Noch nie hatte Benny Clodaghs Tante so beschwingt erlebt. Ein Geschäft zu führen, so erklärte sie Bennys Mutter, sei allemal das Beste, was man in seinem Leben machen könne.

Dann vertraute sie ihnen an, daß sie in ihrer Jugend eine schwere Enttäuschung durchgemacht hatte – was natürlich alle längst wußten. Doch sie trug dem Gentleman nichts nach. Bei Licht betrachtet, hatte er ihr sogar einen Gefallen getan. Denn die Frau, die ihn geheiratet hatte, wirkte ganz und gar nicht glücklich. Das hatte Peggy Pine mit eigenen Augen feststellen können, denn sie war ihr hin und wieder über den Weg gelaufen. Während Peggy in ihrem Laden nicht glücklicher hätte sein können.

Mrs. Hogan hörte so interessiert zu, daß Benny ein Gedanke kam. Vielleicht konnte ja Peggy bei ihrer Mutter das erreichen, was sie selbst nicht fertigbrachte: daß Annabel Hogan wieder einen Sinn in ihrem Leben entdeckte!

»Unsere Hoffnung liegt in der Jugend«, meinte Peggy.

Benny sandte ein Stoßgebet zum Himmel: Wenn nur die Veränderungen, die sich momentan in Peggys Geschäft vollzogen, nicht derartige Ausmaße annahmen, daß Peggy ihre Ansicht änderte!
»Ja, daß wir Sean Walsh haben, ist wirklich ein Segen«, pflichtete Annabel bei.
»Aber nur, solange Sie im Laden das letzte Wort haben«, warnte Peggy.
»Ich kann mich da nicht einmischen. Solange mein armer Eddie lebte, hat Sean immer gute Arbeit geleistet.«
»Eddie hat ja auch für ein Gegengewicht gesorgt.«
»Ich könnte das nicht«, seufzte Annabel Hogan. »Ich habe ja keine Ahnung vom Geschäft.«
»Das würden Sie schnell lernen.«
Benny sah, wie die Unterlippe ihrer Mutter gefährlich zu zittern begann. Sofort schaltete sie sich ein und erklärte Peggy, daß im Augenblick die Dinge noch in der Schwebe seien. Es ginge immer noch um die Frage, ob Sean Teilhaber werden sollte. Und das müsse geregelt werden, bevor ihre Mutter in das Geschäft einstieg.
»Es wäre aber viel klüger, wenn sie schon anfinge, ehe der Vertrag unterzeichnet ist«, beharrte Peggy.
Zu Bennys Überraschung nickte ihre Mutter zustimmend. Ja, es schiene ihr tatsächlich sinnvoll, wenn sie sich jetzt schon einmal die wesentlichen Dinge erklären ließ. Damit es später nicht so wirkte, als würde sie nur einsteigen, damit die Hogans nicht übervorteilt werden konnten.
Und bestimmt war es auch Sean recht; dann brauchte man keinen weiteren Mitarbeiter mehr einzustellen. Deshalb, so verkündete Annabel, wollte sie vielleicht schon am Montag für ein paar Stunden in den Laden kommen, um ein wenig mehr über die tägliche Arbeit zu erfahren. Benny traute ihren Ohren kaum.

Peggy sah zufrieden aus, schien aber nicht sonderlich überrascht. Wahrscheinlich hat sie das Ganze geplant, ging es Benny durch den Kopf. Peggy Pine war eine äußerst kluge Frau.

Nan und Jack kamen aus dem Kino.
»Es war gräßlich«, stellte Nan fest.
»Aber wunderbar gruselig«, wandte Jack ein.
»Benny hat wirklich Glück. Sie sitzt gemütlich in Knockglen.«
»Ich wünschte, sie würde nicht soviel Zeit dort verbringen.«
Im Kino-Café tranken sie eine Tasse Kaffee, und Jack beklagte sich bei Nan, wie schwierig es sei, wenn man eine Freundin hatte, die meilenweit entfernt wohnte.
Was würde Nan tun, wenn sie einen Freund in Knockglen hätte? In diesem Kaff am Rande der Zivilisation?
»Das hab ich doch«, antwortete Nan.
»Natürlich! Der Bursche mit den Kavallerieklamotten und dem sonoren Akzent.«
Aber damit war Jacks Interesse an Simon auch schon erschöpft. Er wollte lieber über Benny reden. Wie um alles in der Welt konnte man ihre Mutter überreden, daß sie Benny erlaubte, in Dublin zu wohnen?
Ob es vielleicht bei Nan ein freies Zimmer gab? Nein, erwiderte Nan. Alles besetzt.
An der Bushaltestelle vor dem Kino verabschiedeten sie sich. Jack mußte sich beeilen, damit er noch einen Bus erwischte, der nach Süden fuhr.
Kaum war er weg, als Simon aus einem Hauseingang trat.
»Ich habe mich gefragt, ob du wohl mit mir essen gehen würdest?«
»Hast du auf mich gewartet?« Nan war sehr zufrieden.
»Ich wußte, du würdest diesen Film nicht ein zweites Mal aushalten. Wie wäre es mit dem kleinen Hotel in Wicklow? Wir könnten dort auch übernachten.«

»Eine wundervolle Idee«, antwortete Nan und klang dabei wie eine schnurrende Katze.

Es war ein wunderschöner Abend in Knockglen.
Peggy Pine war hellauf begeistert von den Veränderungen in ihrem Laden: die neue Beleuchtung, die Anprobekabinen, die leise Hintergrundmusik.
Annabel Hogan hatte gleich Sean Walsh besucht und ihm eröffnet, sie wolle am Montag in den Laden kommen und bitte ihn, Geduld mit ihr zu haben und ihr alles in einfachen Worten zu erklären. Seine Proteste mißverstand sie als Ausdruck von Galanterie und versicherte ihm, sie werde pünktlich um neun Uhr erscheinen.
Mossy Rooney erzählte, seine Mutter fände, daß Patsy ein prächtiges Mädchen sei. Und daß sie es sehr gern sehen würde, wenn sie zu Pater Ross gingen und mit ihm einen Termin vereinbarten.
Aber das Allerbeste war, daß Nan Mahon bei Benny anrief, um ihr mitzuteilen, *Frauen im Sumpf* sei der schlechteste Film, den sie je gesehen habe. Doch Jack Foley sei offenbar vollkommen verrückt nach Benny und wolle von nichts anderem reden als von ihr.
Tränen der Dankbarkeit traten in Bennys Augen.
»Du bist so gut, Nan. Ich danke dir von ganzem Herzen.«
»Wozu sind Freundinnen denn sonst da?« fragte Nan, während sie ihre Tasche packte und sich für das Rendezvous mit Simon und den Besuch in Wicklow fertigmachte.

Sean Walsh war in Healys Hotel.
»Was soll ich tun?«
»Lassen Sie sie ruhig kommen. Spätestens nach einer Woche hat sie die Nase voll.«
»Und wenn nicht?«

»Dann haben Sie jemanden, der Ihnen hilft, die Botengänge zu erledigen. Dadurch wird es für sie nur schwieriger, Ihnen die Teilhaberschaft zu verweigern.«
»Sie sind wirklich sehr klug ... ähm ... Dorothy«, erwiderte Sean.

Rosemary Ryan war stets auf dem laufenden. Eve sagte, Rosemary erinnere sie an Leute, die sich im Krieg eine Landkarte an die Wand hängten, auf der sie die Truppen- und U-Boot-Bewegungen nachvollzogen, als wären es Figuren auf dem Schachbrett.
So wußte Rosemary auch, daß Jack mit Nan im Kino gewesen war. Und sie vergewisserte sich, ob Benny Bescheid wußte.
»Bist du nicht ganz bei Trost, daß du seelenruhig wegfährst und deinen Freund einfach unbeaufsichtigt herumwandern läßt?« fragte sie entsetzt.
»Er war nicht lange ohne Aufsicht. Ich hab ihn mit Nan ins Kino geschickt.«
»Aha. Dann ist es ja gut.« Rosemary schien ehrlich erleichtert.
»Ja. Ich mußte zurück nach Knockglen, und er hatte einen freien Nachmittag.«
»Du verbringst zuviel Zeit in Knockglen.« In Rosemarys Stimme schwang ein warnender Unterton mit.
»Na ja, heute bleibe ich ja in Dublin. Wir gehen alle zu Palmerston. Kommst du auch mit?«
»Vielleicht. Ich habe einen Medizinstudenten im Visier und muß erst mal ein paar Erkundigungen einziehen, ob er auch hingeht.«
Wovor wollte Rosemary sie wohl warnen? Nicht vor Nan, soviel war klar. Alle wußten ja, daß Nan in Simon Westward verliebt war. Und Sheila hatte Jack abgeschrieben. Sonst kam niemand in Frage. Vielleicht ging es nur darum, daß sich Jack allmählich daran gewöhnte, allein auszugehen. Wenn Benny dauernd in

Knockglen saß, kam Jack womöglich auf den Gedanken, er könnte unverbindlich herumschnuppern. Und vielleicht hatte er auch schon ein bißchen geschnuppert, womöglich auf die walisische Art ... über die Benny immer noch nichts Genaues wußte. Sie riß sich zusammen und versuchte sich wieder auf die Tudor-Politik in Irland zu konzentrieren. Der Professor erklärte gerade, daß diese oft kompliziert und schwierig zu definieren war, da sie sich stets dem jeweiligen Zeitgeist anzupassen schien. Sonst noch was Neues? fragte sich Benny. Jack, der zu Nan so zärtlich über sie gesprochen hatte, war schon wieder verärgert.
Er hatte gedacht, sie würde das ganze Wochenende in Dublin bleiben, und bereits Pläne für Samstag und Sonntag geschmiedet. Aber Benny mußte nach Hause. Sie mußte ihrer Mutter helfen, sich auf die Arbeit am Montag vorzubereiten. Wenn er das nicht verstehen konnte, was für ein Freund war er dann? Eve hätte gesagt, daß er einfach ein attraktiver junger Mann war, der zufälligerweise ein Auge auf Benny geworfen hatte. Aber das konnte doch nicht alles sein.

Eve und Kit schmiedeten Zukunftspläne.
In jedes Zimmer sollte ein Waschbecken eingebaut werden. Außerdem waren eine weitere Toilette und eine Dusche nötig. Dann würde hoffentlich Schluß sein mit dem allmorgendlichen Gedränge auf dem Flur.
Montags wollten sie eine Frau zum Wäschewaschen kommen lassen. Sämtliche elektrischen Leitungen im Haus sollten neu verlegt werden; Teile der Elektroinstallation waren so alt, daß man besser vermied, daran zu denken.
Wenn alles ein bißchen komfortabler wurde, konnten sie auch mehr Geld verlangen. Aber der größte Vorteil wäre dann, daß sie keine Studenten mehr aufzunehmen brauchten, die ihnen nicht gefielen. Der Knabe, der nie sein Zimmerfenster öffnete, der Guinness-Flaschen unterm Bett lagerte und drei Brandlöcher

auf den Möbeln hinterlassen hatte, würde vor die Wahl gestellt werden, Besserung zu geloben oder auszuziehen. Nette Menschen wie Kevin Hickey dagegen würde man gar nie fortlassen. Zum erstenmal in ihrem Leben würde Kit Hegarty ein gewisses Maß an Freiheit genießen.
»Und wo bleib ich dabei?« fragte Eve beiläufig. »Jetzt brauchst du mich nicht mehr.«
Aber sie wußte genau, daß Kit sie sehr wohl brauchte.
Nach reiflicher Überlegung hatten sie beschlossen, Eves Anteil doch nicht den Westwards vor die Füße zu werfen, sondern auf ein Postsparbuch zu legen. Immer verfügbar, damit es jederzeit abgehoben und doch noch auf den Salonfußboden von Westlands geschleudert werden konnte, falls Eve danach zumute war.

Sie tanzten im Rugbyclub, und Benny fiel auf, daß es Stammgäste gab, die jeden Freitag herkamen und Jack alle kannten.
»Ich liebe dich«, sagte er plötzlich, als sie sich am Tisch ausruhten und mit Strohhalmen Orangenlimonade aus der Flasche tranken. Er strich ihr eine feuchte Haarsträhne aus der Stirn.
»Warum?«
»Himmel, ich weiß es nicht. Es wäre jedenfalls einfacher, ein Mädchen zu lieben, das nicht ständig weg ist.«
»Ich liebe dich auch«, erwiderte sie. »Es ist schön mit dir.«
»Es freut mich, daß du das sagst.«
»Es stimmt auch. Ich liebe alles an dir. Ich denke sehr oft an dich, und dann kriege ich jedesmal ein wunderschönes, warmes Gefühl – überall.«
»Da wir gerade von wunderbaren Gefühlen sprechen – mein Vater hat mir den Wagen geliehen.«
Benny schluckte. Wenn sie erst einmal im Auto saßen, war es sehr schwer, nein zu sagen. Laut allem, was sie in der Schule, von den Missionaren und in zahlreichen Sonntagspredigten über Keuschheit gehört hatten, war es eine ganz einfache Entschei-

dung: Sünde oder Tugend. Tugend wurde belohnt und Sünde bestraft. Und zwar nicht erst im Jenseits, sondern schon im Hier und Jetzt. Und ein Mädchen lernte auch, daß ein Junge die Achtung vor einem Mädchen verlor, wenn es seinen Forderungen nachgab.

Aber niemand hatte je darüber gesprochen, wie angenehm es sich anfühlte. Wie leicht es war, einfach weiterzumachen. Und wie blöd man sich vorkam, wenn man mittendrin aufhörte. Und welche Angst man hatte, damit aufzuhören. Weil es nämlich eine Menge anderer Mädchen gab, die bereit waren, für einen einzuspringen.

Mädchen, die leidenschaftlich und skrupellos waren. Mädchen, die man bis jetzt nur in Wales entdeckt hatte.

»Ich hoffe, wir haben euch nicht zu früh auseinandergerissen«, bemerkte Eve trocken, als sie sich in Kit Hegartys Haus schlafen legten.

»Nein, gerade rechtzeitig, würde ich sagen«, erwiderte Benny. Aidan und Eve hatten nämlich darauf bestanden, ins Auto gelassen zu werden, ehe sie sich vor lauter Rücksichtnahme Frostbeulen holten.

»Warum kannst du nicht übers Wochenende bleiben?« Auch Eve schien Benny vor etwas warnen zu wollen. *Sie sollte hierbleiben.* Aber das war jetzt einfach nicht möglich – ganz gleich, wie groß die Gefahr sein mochte. In Knockglen standen die Dinge auf Messers Schneide.

»Hast du eine Zigarette?« fragte Benny Eve.

»Aber du rauchst doch gar nicht.«

»Nein, aber du. Und ich möchte, daß du mir zuhörst, wenn ich dir jetzt die Geschichte von Sean Walsh erzähle.«

Sie knipsten das Licht wieder an, und Eve lauschte mit Entsetzen, während Benny von ihrem Verdacht, dem verschwundenen Geld und der aufgeschobenen Teilhaberschaft berichtete.

Und von ihrer Hoffnung, daß ihre Mutter einen neuen Lebensinhalt im Laden fand.
Eve verstand. Sie sagte, unter diesen Umständen könne man keine Rücksicht darauf nehmen, wie vielen Versuchungen Jack Foley ausgesetzt sei. Benny müsse Sean Walsh das Handwerk legen, koste es, was es wolle.
Eve meinte, sie würde selbst nach Knockglen kommen und ihr bei der Suche nach dem Geld helfen.
»Aber wir können nicht in seine Wohnung. Und wenn wir die Polizei holen, versteckt er es sofort.«
»Er ist so ein schlauer Fuchs«, fügte Eve hinzu. »Du mußt sehr, sehr vorsichtig sein.«

Jetzt gab es bei Mario's auch mittags Kundschaft, die mit Käsetoast und Schokoladenkuchen mit Sahne versorgt wurde. Das Café war beinahe voll, als Benny daran vorbeikam.
Sie ging in Peggy Pines Laden, um Clodaghs Neuerungen zu bewundern. Etwa ein halbes Dutzend Menschen begutachteten die Kleidungsstücke auf den Ständern. Und in den Anprobekabinen waren vermutlich noch einmal vier.
Gemeinsam hatten Clodagh und Fonsie die gesamte Kundschaft des Orts über ihre Schwelle gelockt. Es kamen sogar Menschen, die sonst eher zu einem Einkaufsbummel nach Dublin gefahren wären.
»Deine Mutter ist großartig in Form. Sie will ihre Röcke kürzer machen und sich überhaupt schicker anziehen.«
»Herr im Himmel – wer soll ihr denn die ganzen Röcke umnähen? Du hast ja zuviel zu tun.«
»Aber du wirst doch wenigstens einen einfachen Saum hinkriegen! Hast du nicht gesagt, ihr hättet irgendwo noch eine alte Nähmaschine?«
»Ja, aber sie ist irgendwo zwischen dem Gerümpel oben im Laden.«

»Oben in den Gemächern des Hochwohlgeborenen Sean Walsh?«
»Nein, der wohnt noch höher. Das Gerümpel ist im ersten Stock.«
»Ach, hol sie doch raus, Benny. Bitte jemanden, daß er sie dir nach Hause schleppt. Ich komme auf zehn Minuten mit und zeige dir, wie's geht.«
»Womöglich ist sie aber kaputt«, meinte Benny hoffnungsvoll.
»Dann muß deine Mutter weiterhin altmodisch rumlaufen, stimmt's?«
Benny beschloß, erst einmal in den Laden zu gehen und sich zu vergewissern, ob die Maschine tatsächlich dort war und einen einigermaßen funktionsfähigen Eindruck machte, bevor sie Teddy Flood oder Dekko Moore oder sonst jemanden mit einem Handkarren dazu verdonnerte, ihr das Gerät nach Hause zu fahren.
Im Laden war keine Spur von Sean. Nur der alte Mike sah, wie sie hinaufging.
Benny entdeckte die Nähmaschine hinter einem alten Sofa, aus dem die Federn heraustaken. Bestimmt war die Maschine seit zwanzig Jahren nicht mehr benutzt worden.
Sie sah aus wie ein kleiner Tisch; der Maschinenteil war unter der Tischplatte versenkt. Benny rüttelte ein wenig daran, bis sie ihn hochgeklappt hatte. Er glänzte und sah aus wie neu, was kein Wunder war, da die Maschine ja fast nie benutzt worden war. Sie erschien Benny recht stabil. An den Seiten waren kleine Schubladen, wahrscheinlich für Spulen, Faden oder Knöpfe oder all die anderen Kleinigkeiten, mit denen nähende Menschen ihr Leben ausfüllten.
Vorsichtig öffnete sie eine der Schubladen. Sie war vollgestopft mit kleinen braunen Umschlägen, einer hinter den anderen geknüllt. Eine seltsame Art, Knöpfe oder Fadenrollen aufzubewahren! Ohne darüber nachzudenken, öffnete Benny einen der

Umschläge und entdeckte grüne Pfundnoten und rosarote Zehnshillingnoten, alle eng zusammengepreßt. Es waren Dutzende von gebrauchten Briefumschlägen, in denen Rechnungen versandt worden waren; alle an den Laden adressiert und noch mit Briefmarke darauf. Wie ein Blitzstrahl durchzuckte Benny die Erkenntnis, daß dies das Geld war, das Sean seit Jahren von ihrem Vater gestohlen hatte.

Später konnte sie sich nicht daran erinnern, wie sie nach Hause gekommen war. Irgendwie mußte sie bei Carroll's und bei Dessie Burns, am Kino, bei Peggy Pine's, bei Paccy's und Mario's vorbeigegangen sein. Vielleicht hatte sie sogar jemanden gegrüßt. Aber sie wußte es nicht mehr.
In der Küche stand Patsy.
»Deine Mutter hat schon gedacht, du hättest den Bus verpaßt«, brummte sie. Benny sah, daß sie im Begriff war, das Essen aufzutragen.
»Könntest du ein paar Minuten warten, Patsy? Ich möchte mit Mutter über etwas sprechen.«
»Kannst du nicht beim Essen mit ihr sprechen?«
»Nein.«
Patsy zuckte die Achseln. »Sie ist oben im Schlafzimmer und probiert Kleider an, die nach Mottenkugeln stinken. Sie wird mit dem Kampfergeruch die ganze Kundschaft aus dem Laden vertreiben.«
Benny packte die Sherryflasche und zwei Gläser und ging hinauf zu ihrer Mutter.
Beunruhigt sah Patsy ihr nach.
In all den Jahren, die sie jetzt im Haus arbeitete, war sie noch nie von einem Gespräch zwischen der Herrin des Hauses und Benny ausgeschlossen worden. Und nie hätte sie gedacht, daß es einmal ein Thema geben würde, das die beiden mit einem Sherry im Schlafzimmer besprechen mußten.

Hoffentlich war Benny nicht schwanger! Vorsorglich sagte Patsy rasch drei Ave-Maria. Gerade netten, molligen, sanftmütigen Mädchen wie Benny passierten solche Sachen besonders leicht. Womöglich war sie auf einen Burschen hereingefallen, der ihr ein Baby gemacht hatte und sie jetzt nicht heiraten wollte!

Mit totenblassem Gesicht lauschte Annabel ihrer Tochter.
»Das hätte deinen Vater umgebracht.«
Benny saß auf der Bettkante und kaute auf der Unterlippe, wie immer, wenn sie sich Sorgen machte. Nan hatte gemeint, sie müsse sich das endlich abgewöhnen: Davon würde man einen schiefen Mund kriegen.
»Ich frage mich, ob Vater es gewußt hat«, meinte sie nachdenklich.
Es war durchaus möglich, daß Eddie Hogan einen Verdacht gehabt hatte. Aber ohne stichhaltige Beweise hätte er niemandem ein Wort davon erzählt. Immerhin war es ja seltsam, daß er die Sache mit der Teilhaberschaft auf die lange Bank geschoben hatte. Mr. Green hatte gesagt, er sei erstaunt, daß der Vertrag nicht längst unter Dach und Fach gebracht worden war.
»Dein Vater hätte diese Schande nicht ertragen. Die Polizei, eine Anklage, der Klatsch.«
»Ich weiß«, stimmte Benny ihr zu.
Sie sprachen wie Gleichberechtigte miteinander, hier in dem Schlafzimmer, in dem die Kleider herumlagen, die Annabel für ihren ersten Tag im Laden anprobiert hatte. Benny drängte ihre Mutter nicht zu einer Entscheidung, und Annabel war ganz konzentriert.
Weil sie gleichberechtigt waren, gaben sie sich gegenseitig Kraft.
»Wir könnten ihm sagen, daß wir Bescheid wissen«, sagte Annabel.
»Er würde alles abstreiten.«
Sie konnten nicht die Polizei rufen, das wußten sie. Es war auch

ganz ausgeschlossen, Mr. Green herzubitten, damit er in den ersten Stock stieg und den Inhalt der Nähmaschine inspizierte. Mr. Green war kein Anwalt, wie man ihn manchmal in Filmen sah. So etwas machte er nicht, er war der zurückhaltendste und respektabelste Anwalt in der ganzen Gegend.
»Wir könnten jemanden bitten, unser Zeuge zu sein. Sich alles anzusehen.«
»Und was sollte das nützen?« fragte Annabel.
»Ich weiß auch nicht«, gab Benny zu. »Jedenfalls könnten wir so beweisen, daß das Geld da war, falls Sean es wegholt und anderswo versteckt. Nachdem wir mit ihm gesprochen haben.«
»Wir sollen mit ihm sprechen?«
»Wir müssen, Mutter. Wenn du am Montag morgen in den Laden gehst, muß er weg sein.«
Annabel betrachtete ihre Tochter lange. Sie sagte kein Wort, aber Benny spürte ihren Mut, ihre neue Energie. Sie glaubte fest, daß ihre Mutter der Aufgabe, die ihnen jetzt bevorstand, gewachsen sein würde. Aber Benny mußte die richtigen Worte finden, um sie zu ermutigen.
»Wir sollten Dr. Johnson bitten, daß er den Fund bezeugt«, sagte Annabel Hogan. Und ihre Stimme war viel fester, als Benny je zu hoffen gewagt hätte.

An diesem Abend sagte Patsy zu Bee Moore, daß man neuerdings eine Engelsgeduld brauchte, wenn man in Lisbeg arbeitete. Es war ein dauerndes Kommen und Gehen, Türen wurden verriegelt, Geheimnisse ausgetauscht, Sherryflaschen mitgenommen. Erst wurde das Essen nicht angerührt, dann ließ man es zu den verrücktesten Zeiten doch wieder auftischen.
Falls das so weiterging, wenn die Hausherrin erst mal im Laden arbeitete, dann war es vielleicht nur gut, daß sie trotz diesem Drachen von Schwiegermutter Mossy Rooney heiratete und von dort wegkam.

Dann fiel Patsy ein, daß sich früher ja auch Bee für Mossy interessiert hatte, und sie beeilte sich, hinzuzufügen: Sie könne sich glücklich schätzen, daß Mossy sich für sie entschieden hatte, und sie fühle sich geehrt, in seine Familie aufgenommen zu werden. Bee Moore rümpfte die Nase und fragte sich wieder einmal, wie sie Mossy ausgerechnet an Patsy hatte verlieren können. Dann erzählte sie, im Haus ihrer Herrschaft sei es mindestens ebenso chaotisch. In Westlands waren anscheinend alle übergeschnappt. Heather ging jetzt in St. Mary zur Schule und brachte, wie Mrs. Walsh sich ausdrückte, Hinz und Kunz mit nach Hause, um sie auf ihrem Pony reiten zu lassen. Der alte Mann mußte das Bett hüten, und Mr. Simon ließ sich nicht blicken, obwohl man aus zuverlässiger Quelle hörte, er sei mindestens zwei Nächte in Knockglen gewesen, ohne heimzukommen. Wo um Himmels willen hatte er in Knockglen bloß übernachtet, wenn nicht in seinem eigenen Bett in Westlands? Das alles war äußerst rätselhaft.

Maurice Johnson hielt sich für einen Mann, der einiges gewöhnt war. Aber der Besuch von Annabel Hogan und ihrer Tochter und vor allem der Grund ihres Kommens brachten ihn doch ein wenig aus der Fassung.
Er hörte sich ihr Anliegen an.
»Wieso gerade ich?« wollte er wissen.
»Entweder Sie oder Pater Ross. Und die Kirche wollen wir nicht in die Sache reinziehen. Schließlich geht es um Schuld und Sühne.«
»Dann verschwenden wir keine Zeit«, sagte er. »Gehen wir.«

Als sie hereinkamen, waren zwei Kunden im Laden. Sean blickte von der Schachtel mit V-Ausschnitt-Pullovern hoch, die er gerade auf dem Ladentisch geöffnet hatte.
Irgend etwas an dieser Abordnung machte ihn nervös. Sein Blick folgte ihnen, als sie durch den Laden zur Treppe schritten.

»Kann ich vielleicht etwas...?« begann er.
Benny blieb auf den untersten Stufen stehen und sah Sean an. Sie hatte ihn von Anfang an nicht gemocht, aber jetzt empfand sie plötzlich Mitleid mit ihm. Sie betrachtete seine fettigen Haare und sein langes bleiches Gesicht.
Er hatte das gestohlene Geld nicht dazu verwendet, sich ein schönes Leben zu machen.
Aber sie durfte jetzt nicht schwach werden.
»Wir gehen nur hinauf in den ersten Stock«, sagte sie. »Meine Mutter und ich wollen Dr. Johnson etwas zeigen.«
Sie sah die Angst in seinen Augen.
»Er soll etwas bezeugen«, fügte sie hinzu, damit Sean Bescheid wußte.

Schweigend stieg Dr. Johnson die Treppe hinab. Die Augen beharrlich zu Boden gerichtet, ging er durch den Laden, ohne Mikes Gruß zu erwidern. Auch Sean, der reglos mit der Pulloverschachtel in den Händen dastand, würdigte er keines Blikkes. Zu Benny und ihrer Mutter hatte er gesagt, er werde jederzeit bezeugen, daß sie in seiner Gegenwart mehr als zweihundert Umschläge mit Beträgen zwischen fünf und zehn Pfund entdeckt hatten.

Die beiden Frauen saßen im Zimmer und warteten. Sie wußten, daß Sean Walsh heraufkommen würde. Der Schock ihrer Entdeckung saß ihnen noch in den Gliedern, und wenn sie an den zutiefst beschämten Sean Walsh dachten, der ihnen gleich gegenübertreten würde, wurde ihnen ganz flau.
Daß Sean zu toben anfangen oder abstreiten würde, das Geld versteckt zu haben, war nicht zu befürchten. Jetzt konnte er nicht mehr behaupten, sie hätten sich alles ausgedacht, denn dem Wort von Dr. Johnson würde man Glauben schenken.
Dann hörten sie seine Schritte auf der Treppe.

»Haben Sie den Laden zugemacht?« fragte Annabel Hogan.
»Mike kommt zurecht.«
»Das wird er von jetzt an auch müssen«, sagte sie.
»Haben Sie mir etwas zu sagen? Gibt es irgendeine Anschuldigung?« begann Sean.
»Reden wir nicht um den heißen Brei herum«, schlug Annabel vor.
»Ich kann alles erklären«, beteuerte Sean.
Von draußen hörte man die üblichen Geräusche eines Samstagnachmittags in Knockglen. Autohupen. Das Lachen und Toben der Kinder, die nachmittags schulfrei hatten. Ein aufgeregter Hund bellte, und irgendwo hatte wohl ein Zugpferd einen Schreck bekommen. Die drei saßen da und lauschten dem Wiehern, bis sich das Tier wieder beruhigt hatte.
Dann begann Sean zu erklären. Es sei eine Methode des Sparens gewesen, und Mr. Hogan habe Verständnis dafür gehabt – er habe es zwar nie ausdrücklich gutgeheißen, aber auch nichts dagegen einzuwenden gehabt. Der Lohn war nicht üppig gewesen, und bekanntlich hatte Sean den Löwenanteil der Arbeit erledigt. Man hatte schon immer von ihm erwartet, daß er sich hier ein eigenes kleines Heim schuf.
Annabel saß in einem Stuhl mit hoher Lehne, einem Holzstuhl, den man nie in Lisbeg hatte haben wollen, während Benny auf dem kaputten Sofa saß, das sie weggeschoben hatte, um an die Nähmaschine zu kommen. Obwohl nichts abgesprochen war, handelten sie wie ein eingespieltes Team. Keine von beiden sagte ein Wort. Keine unterbrach Seans Redefluß oder stellte irgend etwas in Abrede. Keine nickte zustimmend oder schüttelte ungläubig den Kopf. Die beiden Frauen saßen einfach da und beobachteten, wie sich Sean langsam, aber sicher selbst die Schlinge um den Hals legte. Schließlich stockte er, und seine hektischen Handbewegungen wurden langsamer. Die Arme sackten herab, und er ließ den Kopf hängen, als wäre er ihm zu schwer.

Dann verstummte er ganz.
Benny wartete darauf, daß ihre Mutter etwas sagte.
»Sie können heute abend gehen, Sean.«
Das klang entschlossener, als Benny es fertiggebracht hätte. Voll Bewunderung sah sie ihre Mutter an. In ihrer Stimme lag kein Haß. Sie hatte lediglich ihren Standpunkt klargemacht. Was Sean Walsh nicht weniger verblüffte.
»Das ist keine Frage, Mrs. Hogan«, stammelte er.
Sein Gesicht war kreidebleich, aber er winselte nicht um Gnade, bat nicht um Verständnis oder um eine zweite Chance.
Wieder warteten sie, was er zu sagen hatte.
»Das hätte ihr Mann nicht gewollt, Mrs. Hogan. Er hat schriftlich festgelegt, daß ich Teilhaber werden soll.«
Annabel blickte auf den Tisch mit den Umschlägen.
Jetzt schaltete sich Benny ein. »Vater hätte nicht gewollt, daß die Polizei verständigt wird. Aber er hätte gewollt, daß du noch heute abend gehst. Wir werden mit niemandem über das reden, was heute hier geschehen ist. Es muß wohl nicht erwähnt werden, daß Dr. Johnson schweigen wird wie ein Grab. Aber wir wollen, daß du gehst, und zwar ohne Aufhebens.«
»Und was wird aus eurem feinen Geschäft, wenn ich gehe?« Jetzt verzerrte sich sein Gesicht. »Was soll aus Hogan's werden, dem Witz der gesamten Textilbranche? Gibt es den großen Ausverkauf im Juni oder erst im Oktober? Das ist doch die einzige Frage.«
Mit einem seltsamen Lächeln im Gesicht lief er hektisch im Zimmer auf und ab und rieb sich die Hände.
»Ihr habt ja gar keine Ahnung, wie schlecht es um den Laden steht! Seine Tage sind längst gezählt. Was wollt ihr denn ohne mich anfangen? Soll der alte Mike mit seinem Spatzenhirn die Kundengespräche führen? ›Der Herr segne euch‹ und ›der Herr behüte euch‹, wie Barry Fitzgerald im Film? Wollen Sie, Mrs. Hogan, im Laden arbeiten, wo Sie nicht mal das eine Ende eines

Stoffballens vom anderen unterscheiden können? Wollen Sie irgendeinen blöden Grünschnabel aus einem anderen Kaff anheuern? Ist es das, was Sie sich für Ihren großartigen Familienbetrieb vorstellen? Ja? Sagen Sie's – ist es das?«
Seine Stimme begann sich zu überschlagen.
»Was haben wir Ihnen je angetan, daß Sie so über uns herziehen?« fragte Annabel Hogan ruhig.
»Sie glauben, Sie waren gut zu mir. Glauben Sie das, ja?«
»Ja.«
In Seans Gesicht zuckte es. Benny hätte nicht im entferntesten vermutet, daß er zu solchen Gefühlen imstande war.
Und dann brach seine Geschichte aus ihm heraus – wie er in das Dienstbotenquartier im oberen Stockwerk verbannt wurde, wie herablassend man ihn behandelte, wie er von Zeit zu Zeit eingeladen wurde, mit den Hogans zu speisen, als zitierten sie ihn in ihren Palast. Wie er das Geschäft allein führte und dafür einen lächerlichen Hungerlohn und einen Klaps auf die Schulter bekam. Wie man so oft verkündete, ohne Sean Walsh wäre man aufgeschmissen, bis dieses Lob jede Bedeutung verlor. Wie man sich über seine tiefe und ehrerbietige Zuneigung zu Benny lustig machte; wie sie ihn kalt abgewiesen hatte. Wie er sie stets geachtet hatte und stolz gewesen war, mit ihr auszugehen, obwohl sie ja nicht gerade eine Schönheit war.
Weder Annabel noch Benny zuckten bei seinen Beleidigungen mit der Wimper.
Er habe sich nie eingemischt, fuhr Sean fort, sich nie aufgedrängt oder seine Stellung ausgenutzt. Er sei diskret und loyal gewesen. Und das sei nun der Dank dafür.
Benny überkam eine große Traurigkeit. Es klang irgendwie aufrichtig, wie Sean Walsh redete. Wenn er sein Leben so sah, dann war das für ihn die Wahrheit.
»Wirst du in Knockglen bleiben?« fragte sie unvermittelt.
»Wie bitte?«

»Wenn du unser Geschäft verlassen hast, wirst du trotzdem hierbleiben?«
Da fiel plötzlich der Groschen. Sean begriff, daß sie es ernst meinten. Er blickte sie an, als sähe er sie zum erstenmal.
»Vielleicht«, antwortete er. »Das ist der einzige Ort, der mir etwas bedeutet hat, weißt du.«
Und das wußten Tochter und Mutter.
Natürlich würde es Klatsch und Tratsch geben. Eine Menge sogar. Aber am Montag würde der Laden unter Annabels Leitung öffnen. Sie hatten nur noch sechsunddreißig Stunden Zeit, um sich in die Materie einzuarbeiten.

Mrs. Healy empfing Sean in ihrem Büro. Selbst für seine Verhältnisse war er heute auffallend blaß; er sah aus, als habe er soeben einen tiefen Schock erlitten.
»Könnte ich wohl für eine Woche ein Zimmer mieten?«
»Selbstverständlich. Aber darf ich fragen, warum?«
Sean erzählte, er werde Hogan's verlassen. Unverzüglich. Deshalb müsse er auch seine Unterkunft dort aufgeben. Er hielt seinen Bericht so ungenau wie möglich, wich ihren Fragen hinsichtlich seiner zukünftigen Teilhaberschaft geschickt aus und leugnete, daß es einen Streit oder einen anderen unangenehmen Vorfall gegeben habe. Er sagte, er würde seine Habseligkeiten gern zu einem Zeitpunkt über die Straße transportieren, wenn nicht unbedingt das halbe Dorf dabei zuschaute. Beispielsweise zur Teezeit am späten Nachmittag.
Natürlich beobachtete Fonsie, wie er die vier Pappkartons, die seinen Besitz ausmachten, einen nach dem anderen über die Straße schleppte.
»Hallo, Sean«, sagte Fonsie ernst.
Doch Sean übersah ihn.
Darauf ging Fonsie schnurstracks zu Clodagh, um ihr davon zu berichten.

»Ich glaube, da wird ein Liebesnest eingerichtet. Sean Walsh hat Zweige und Blätter rübergeschleppt und fängt bei Healy's mit dem Bauen an.«

»Zieht er wirklich hinüber?« Clodagh war weniger überrascht, als Fonsie erwartet hatte.

»In aller Heimlichkeit. Und man sieht ihm seine Lust auf Dorothy aus zehn Kilometern Entfernung an«, erklärte Fonsie.

»Gut gemacht, Benny«, sagte Clodagh, schloß die Augen und lächelte.

Maire Carroll kam ins Kloster, um eine Referenz zu erbitten. Sie wollte sich um eine Stelle in einem Laden in Dublin bewerben. Während Mutter Francis verzweifelt überlegte, wie sie die Wahrheit schreiben konnte, ohne dem Mädchen zu schaden, offenbarte Maire ihr, daß man Sean Walsh gesehen hatte, wie er mit seinem gesamten Hab und Gut ins Hotel gezogen war.

»Gott sei Dank, Benny«, seufzte Mutter Francis im stillen.

Am Sonntag schufteten sie wie noch nie in ihrem Leben. Die Fensterläden waren geschlossen, damit niemand merkte, daß sie da waren, und das verlieh allem eine seltsam unwirkliche Atmosphäre.

Jeder, der sie gesehen hätte, wäre über dieses merkwürdige Grüppchen erstaunt gewesen. Patsy in ihrem Overall schrubbte das kleine Zimmer, das die Spuren von Unmengen stümperhaft zubereiteten Tees aufwies. Der alte Mike erklärte, daß sie sich immer abgewechselt hatten, wer den Tee machte und die Keksdose öffnete – und das sah man dem Zimmer auch an. Aus Seans Wohnung hatte man den Wasserkocher heruntergeholt. Von jetzt an würde es nur noch ordentlichen Tee geben, oder sogar Suppe und Toast.

Hogan's sollte sich gewaltig verändern.

Und zu diesem Zweck waren auch Peggy Pine, Clodagh und Teddy Flood erschienen.

Keinem von ihnen war eine Erklärung geliefert worden. Sie wußten lediglich, daß Sean Walsh weggegangen war und die Hogans deshalb gute Ratschläge und Unterstützung brauchten Clodagh meinte, ein Geschäft sei wie das andere. Wenn man eins verstand, kannte man sich bei allen anderen auch aus, und sie hoffe immer, sie bekäme einmal die Chance, ein Stahlwerk oder eine Autofabrik auf die Beine zu stellen.

Mike, der noch nie so im Mittelpunkt der Aufmerksamkeit gestanden hatte, bekam allerlei höfliche Fragen gestellt. Jeder wußte, daß man ihn gemächlich ansprechen und seine Antworten genauso sorgfältig abwägen mußte, wie er sie gab.

Wenn man Mike in Aufregung versetzte, brachte man nicht viel aus ihm heraus. Am besten ließ man ihn glauben, daß er alle Zeit der Welt hatte.

Ganz langsam, Stück für Stück, kamen sie dahinter, wie das Geschäft funktionierte. Welche Kunden Kredit bekamen und welche nicht. Wie Rechnungen verschickt wurden, wann eine Mahnung erfolgte. Welche Geschäftsleute mit ihren Bestellbüchern anrückten. Welche Spinnereien und Textilfabriken es gab.

Stockend erklärte Mike ihnen alles. Sie hörten zu und versuchten, das System zu begreifen, das hinter allem steckte.

Immer wieder verfluchte sich Annabel Hogan, daß sie sich zu Lebzeiten ihres Mannes nie für das Geschäft interessiert hatte. Vielleicht hätte Eddie das gefallen? Nur ihre eigene Engstirnigkeit hatte sie an Heim und Herd gekettet.

Auch Benny wünschte sich, sie hätte ihrem Vater im Geschäft geholfen. Wenn sie doch nur die Zeit hätte zurückdrehen können, dann hätte sie die Samstagnachmittage hier mit ihm verbracht und alles über seine Arbeit erfahren.

Ob er wohl stolz auf sie gewesen wäre? Ob er sich wohl gefreut

hätte, daß sie sich dafür interessierte? Oder hätte er sie für eine unerwünschte Ablenkung in der Männerwelt des Herrenbekleidungsgeschäfts gehalten? Das würde sie nie erfahren. Ohnehin hatte sie den Laden wegen Sean Walsh gemieden.
Patsy wärmte die Suppe und servierte Sandwiches. Gemütlich saßen sie beieinander und aßen.
»Was meint ihr, ist es eine Sünde, daß wir an einem Sonntag arbeiten?« überlegte Mike, der bei der ganzen Sache Skrupel hatte.
»*Laborare est orare*«, warf Peggy Pine unvermittelt ein.
»Könntest du das vielleicht übersetzen für diejenigen unter uns, die keine klassische Schulbildung genossen haben?« fragte Clodagh.
»Es bedeutet, für Gott ist Arbeit eine Form des Gebets«, erklärte Peggy, wischte die Krümel weg und schaffte Platz auf dem Tisch, damit sie Annabel zeigen konnte, wie man ordentliche Kassenbelege schrieb.
Spät am Samstag abend hatten sie die Hintertür des Ladens geöffnet, damit sie über den Weg hinter dem Geschäft kommen und gehen konnten, ohne daß es jemand bemerkte.
Jetzt schien die Sonne auf den unbenutzten Hinterhof, wo Müll und Gerümpel herumlag.
»Hier könnte man einen hübschen Garten anlegen«, meinte Clodagh bewundernd.
»Wozu?« fragte Benny.
»Um drin zu sitzen, du Dummkopf.«
»Die Kunden wollen sich doch nicht hinsetzen, oder?«
»Aber deine Mutter und du.«
Benny sah sie verständnislos an.
»Na, ihr werdet doch hier wohnen, oder?«
»Himmel, nein. Wir bleiben in Lisbeg. Wir können doch nicht über dem Laden wohnen.«
»Manche Leute tun das und kommen sehr gut damit zurecht«, erwiderte Clodagh ein bißchen eingeschnappt.

Benny hätte sich am liebsten die Zunge abgebissen. Doch Clodagh war nicht nachtragend.
»Gut für euch, wenn ihr euch das leisten könnt«, sagte sie. »Ich dachte, der Sinn der Übung wäre, den Laden umzukrempeln. Das geht nicht, ohne daß ihr ein bißchen Geld reinsteckt. Deshalb habe ich angenommen, ihr verkauft euer Haus.«
Benny wischte sich den Schweiß von der Stirn. Wann war das alles endlich ausgestanden? Wann konnte sie endlich wieder ein ganz normales Leben führen?

Von neun Uhr morgens bis mittag versuchte Jack Foley, Benny telefonisch zu erreichen.
»Sie kann doch nicht den ganzen Vormittag bei der Messe sein«, brummte er.
Benny rief Jack zu Hause an.
Seine Mutter ging an den Apparat.
»Sind Sie es, Sheila?« fragte sie.
»Nein, Mrs. Foley, hier ist Benny Hogan.«
Sie erfuhr, daß Jack nicht da war und erst spät zurück erwartet wurde. Er war schon früh losgezogen.
»Ich dachte eigentlich, er treibt sich irgendwo da draußen in Ihrer Gegend herum«, sagte Mrs. Foley.
Aus ihrem Mund klang das, als wäre Knockglen ein Sumpf mit Alligatoren. Wie in dem Film, den Benny nicht gesehen hatte.
Sie zwang sich zu einem lockeren und ungezwungenen Tonfall. Nein, sie wolle keine Nachricht hinterlassen. Man solle ihm nur ausrichten, daß sie angerufen habe, um ein wenig zu plaudern.
Mrs. Foley versprach, das gleich aufzuschreiben. Es klang, als wäre Benny Hogan nur ein weiterer Name auf einer langen Liste von Anruferinnen.

Dann waren sie fertig, und Benny hätte gern gefeiert. Alles, was sie sich seit dem Tod ihres Vaters für den Laden gewünscht hatte, war erreicht, mit der unschätzbaren Hilfe ihrer Freunde aus Knockglen. Die Auseinandersetzung mit Sean war in den Hintergrund getreten.

Benny brannte darauf, Jack alles von dieser Nacht des Triumphs zu erzählen. Die schrecklichen wie die lustigen Dinge. Was Sean für ein Gesicht gemacht hatte. Wie Patsy immer noch mehr Tee und Sandwiches servierte; wie der alte Mike plötzliche Energieschübe bekam, als wäre er Frankensteins Monster. Wie Peggy Pine ihrer Mutter die Bedienung der Kasse beibrachte. Vor allem aber wollte Benny ihm sagen, daß sie ab jetzt zu Hause nicht mehr ganz so dringend gebraucht wurde, sondern mehrmals pro Woche in Dublin übernachten konnte.

Aber sie hatte die entsetzliche Vorahnung, daß sie ihn zu lange hatte warten lassen.

Kapitel 17

Brian Mahon schimpfte, es sei ja wirklich großartig, daß man das ganze Geld für die Studiengebühren ausgab, wenn das Fräulein es nicht mal für nötig hielt, rechtzeitig für ihre blöden Vorlesungen aufzustehen.
Emily ermahnte ihn, leise zu sein. Er sei ungerecht. Nan arbeite sehr fleißig und schliefe sich nur selten einmal aus.
Wenn sie nicht nach Hause kam, erzählte Nan ihren Eltern immer, sie übernachte bei Eve in Dunlaoghaire. Ihr Vater meinte, es sei doch schade, daß die Frau in dem Gästehaus nicht auch Nans Studiengebühren und ihre Kleider bezahlte.
Aber er mußte sich mit einem Mann treffen, der mit dem Schiff zur North Wall gekommen war. Er war mit ihm in einem Hafenpub verabredet, wo sie einen Liefervertrag aushandeln wollten.
Emily seufzte. Vielleicht ging es tatsächlich um einen Liefervertrag, aber ganz bestimmt wurde dabei auch ordentlich gebechert. Als Brian das Haus verlassen hatte, ging sie nach oben.
Nan lag mit unter dem Kopf verschränkten Armen im Bett.
»Geht's dir nicht gut?«
»Doch, Em. Wirklich.«
Emily setzte sich auf den Stuhl vor dem Toilettetischchen.
Nan sah besorgt aus. Auf ihrem Gesicht lag ein Ausdruck, den Emily noch nie bei ihrer Tochter wahrgenommen hatte: Überraschung gepaart mit Unentschlossenheit.
Seit Nan ein kleines Mädchen gewesen war, hatte sie diese Empfindung nicht mehr gekannt.
»Geht es um ... Simon?«

Gewöhnlich erwähnte Emily seinen Namen nicht. Es kam ihr beinahe wie eine Herausforderung an das Schicksal vor.
Nan schüttelte den Kopf: Simon hätte gar nicht liebevoller und zuvorkommender sein können. Momentan war er in Knockglen. Morgen abend wollte sich Nan mit ihm zum Essen treffen.
Kopfschüttelnd stieg Emily die Treppe wieder hinunter, räumte die Frühstückssachen weg, zog ihre schicke Bluse an und machte sich auf den Weg zur Arbeit.
Als sie an der Bushaltestelle stand, überlegte sie immer noch, was mit ihrer Tochter los war.
Oben in ihrem Zimmer lag Nan und starrte vor sich hin. Sie wußte, daß sie keine Probe zur Frauenklinik in der Holles Street hätte schicken müssen. Ihre Periode war siebzehn Tage überfällig. Sie war schwanger.

Eve und Kit waren schon früh auf den Beinen. Heute sollten die Handwerker kommen, und sie wollten von Anfang an klarstellen, daß es in diesem Haus bestimmte Regeln gab, an die sich die Männer gefälligst zu halten hatten.
Am Abend zuvor waren bereits Säcke mit Sand und Zement im Hof abgeliefert worden. Auf den Säcken stand der Name Mahon.
»Du mußt Nan unbedingt erzählen, daß ihr Vater an uns ein paar Shilling verdient«, sagte Kit.
»Nein, das würde Nan nicht gern hören. Sie wird nicht gern an ihren Vater und seine Arbeit erinnert.«
Kit war verblüfft.
Für ein so attraktives Mädchen schien Nan ihr außerordentlich bescheiden. Nie ertappte man sie dabei, wie sie sich verstohlen im Spiegel betrachtete. Und sie prahlte auch nie damit, mit wem sie ausging.
»Bist du immer noch böse auf sie, weil sie mit Simon Westward ausgegangen ist?« fragte Kitty.

»Böse? Ich?« lachte Eve bitter. Schließlich war sie doch fast ihr ganzes Leben lang böse auf die Familie gewesen, die sie verstoßen hatte.
Außerdem benutzte Kit die falsche Zeitform. Nan ging immer noch mit Simon aus. Und wie.
Heather hatte angerufen und übersprudelnd vor Aufregung von ihrem neuen Leben in der Klosterschule berichtet. Wie komisch und verrückt und abergläubisch dort alle waren!
»Hoffentlich sagst du ihnen das nicht«, mahnte Eve.
»Nein, das erzähl ich bloß dir. Und ich verrate dir auch noch ein Geheimnis. Ich glaube, Simon hat was mit Nan. Manchmal ruft sie an, und ich weiß, daß er sich dann mit ihr trifft. Er packt nämlich eine Tasche. Und kommt nachts nicht nach Hause.«
Eve war ziemlich sicher, daß Nan und Simon »es« taten. Simon würde sich für kein Mädchen interessieren, das dazu nicht bereit war. Für ihn war das ja keine Sünde. Ohne Gegenleistung würde er Nan bestimmt nicht ausführen, egal, wie schön sie war.
Aber Eve wußte auch ganz genau, daß ihr Cousin Simon eine junge Frau wie Nan niemals nach Westlands bringen würde.

Als sie anrief, sagte man ihr, was sie längst wußte. Der Schwangerschaftstest war positiv.
Nan kleidete sich sorgfältig und verließ das leere Haus in Maple Gardens. Dann stieg sie in den Bus nach Knockglen.
Sie ging an den Toren des Klosters St. Mary vorüber und blickte die lange Allee hinauf. Man hörte Kinderstimmen. Seltsam, daß Simon seine Schwester dorthin gehen ließ, zu den Kindern, deren Eltern auf dem Gut arbeiteten.
Andererseits kam ihr das sehr entgegen, denn es bedeutete, daß Simon stärker an Knockglen gebunden war. Sie konnte öfter zu Eves Kate kommen. Und es würde weniger Krisen geben wegen einer unglücklichen Heather, die von der Schule weglief.
Sie konnte sich nicht mehr genau erinnern, wie weit es vom

Dorf nach Westlands war. Aber zu Fuß war es ihr zu weit. Allerdings machte Knockglen nicht den Eindruck, als gäbe es hier Taxis.
Also beschloß sie zu warten, bis ein annehmbares Auto vorbeikam. Ein Mann mittleren Alters in einem grünen Wagen kam in Sicht. Nan winkte. Und wie nicht anders zu erwarten war, hielt der Mann an.
Dr. Johnson erkundigte sich, wohin Nan wollte.
»Nach Westlands«, erklärte sie schlicht.
»Wohin auch sonst«, entgegnete der Mann.
Sie unterhielten sich über den Wagen. Es sei ein Morris Cowley, erklärte er, das billigste Modell von Ford. Viel lieber hätte er einen Zodiac gehabt oder sogar einen Zephyr. Aber manchmal mußte man eben auch ein wenig zurückstecken können.
»Das finde ich nicht«, erwiderte das hübsche blonde Mädchen, das Dr. Johnson irgendwo schon einmal gesehen hatte.
Sie wirkte ein wenig überdreht und aufgeregt, aber Dr. Johnson stellte keine Fragen über ihren Besuch.
Viele Menschen seien einfach zu schüchtern, erklärte sie ihm. Sie wagten es nicht, hochgesteckte Ziele zu verfolgen. Deshalb solle auch er sich einen Zephyr oder einen Zodiac kaufen, anstatt sich damit abzufinden, daß die Trauben ihm zu hoch hingen.
Maurice Johnson lächelte und erwiderte, er werde darüber mit seiner Frau und seiner Bank sprechen. Zwar könne er sich nicht vorstellen, daß eine von beiden seinen Wunsch billigte, aber er würde es auf jeden Fall versuchen.
Er bog durch das Tor von Westlands.
»Wollten Sie sowieso hierher?« fragte Nan beunruhigt.
»Keineswegs. Aber es ist doch selbstverständlich, daß ein Gentleman eine Lady bis vor die Haustür bringt. Auch wenn er nur einen Morris Cowley fährt.«
Sie schenkte ihm ein strahlendes Lächeln, und Dr. Johnson dachte im stillen, daß Männer wie Simon Westward, dieser

kleine Hüpfer, echte Glückspilze waren, wenn es um schöne Frauen ging. Und das alles nur, weil sie diesen vornehmen Akzent sprachen und große Gutshäuser besaßen.
Nan sah zu dem Haus empor. Leicht würde es nicht werden. Sie atmete dreimal tief durch und klingelte.

Mrs. Walsh wußte genau, wer Nan Mahon war. Sie hatte den Namen schon oft am Telefon gehört. Und obwohl sie Bee stets ermahnte, nicht zu klatschen, hatte sie erfahren, daß dieses Mädchen, das ein paar Tage nach Weihnachten hiergewesen war, mit Eve Malone und Benny Hogan befreundet war.
Um die Form zu wahren, erkundigte sie sich trotzdem nach ihrem Namen.
»Mahon«, antwortete Nan mit klarer, selbstbewußter Stimme.
In diesem Moment kam Simon aus dem Eßzimmer. Er hatte den Wagen gehört.
»War das Dr. Johnson, Mrs. Walsh? Anscheinend ist er weggefahren, ohne nach Großvater zu sehen ...«
Da entdeckte er Nan.
Schlagartig veränderte sich sein Ton.
»Oh, hallo«, sagte er.
»Hallo, Simon.«
Sie sah sehr schön aus in ihrem cremefarbenen Kostüm mit der roten Ansteckblume am Revers. Ihre Handtasche und ihre Schuhe waren im gleichen Rot gehalten. Als hätte sie sich zum Ausgehen feingemacht.
»Komm doch rein und setz dich«, sagte er.
»Kaffee, Mr. Simon?« fragte Mrs. Walsh, obwohl sie wußte, daß sie nicht benötigt wurde.
»Nein danke, Mrs. Walsh.« Simons Stimme klang locker und entspannt. »Nein, ich glaube, erst mal brauchen wir nichts.«
Dann schloß er die Tür hinter sich und Nan.

Im Pub kam Aidan Lynch auf Jack zu und erzählte ihm, Benny habe ihm Charleston beigebracht.
Eigentlich sei es ganz einfach, wenn man erst einmal kapiert habe, wie man die Beine unabhängig voneinander bewegte.
»Aha«, sagte Jack Foley.
Und es sah auch wirklich sensationell aus, erklärte Aidan weiter. Vielleicht sollte Benny statt Bibliothekarin lieber Lehrerin werden. Bücher verleihen und zurücknehmen konnte schließlich jeder, aber anderen etwas beibringen – das war etwas ganz anderes.
»Stimmt«, bestätigte Jack Foley.
Aidan fragte sich, wieviel dummes Zeug er noch reden mußte, bis sie auf das Wesentliche kamen. Eve und er, momentan sozusagen das neue Traumpaar der Universität, das Sean und Carmel auf die Plätze verwiesen hatte, wollten wissen, was zwischen Benny und Jack vorgefallen war.
»Frag sie doch«, sagte Jack.
»Das hat Eve längst getan. Und sie sagt, es ist gar nichts vorgefallen. Sie weiß nur nie, wo du bist.«
»Weil sie mich immer nur in Knockglen sucht«, entgegnete Jack.
»Konntest du ... na, du weißt schon?« erkundigte sich Aidan, ganz unter Männern!
»Kümmere dich um deine eigenen Angelegenheiten«, knurrte Jack.
»Also nicht. Ich übrigens auch nicht. Himmel, was bringen die denen in der Klosterschule eigentlich bei?«
»Sie erzählen ihnen wahrscheinlich von Männern wie uns.«
Dann vergaßen sie das Thema Frauen und unterhielten sich über das letzte Spiel und darüber, daß man manchen Leuten den Ball buchstäblich vor die Füße legen konnte und sie ihn trotzdem nicht trafen.
Mit Neuigkeiten über Benny konnte Aidan bei seinem nächsten Treffen mit Eve nicht aufwarten. Aber er konnte ihr wenig-

stens berichten, daß keine andere auf der Bildfläche erschienen war.

»So eine Überraschung«, sagte Simon. Die winzige Falte zwischen seinen Augenbrauen zeigte, daß es eher eine unwillkommene Überraschung war.
Nan hatte die Begegnung gut einstudiert. Keine Konversation, kein Drumherumgerede.
»Ich habe gewartet, bis ich ganz sicher war. Ich fürchte, ich bin schwanger.«
Simon sah sie besorgt an.
»O nein«, sagte er leise und ging auf sie zu. »O nein, Nan, nein, mein armer Schatz. Mein armer, armer Schatz.« Er nahm sie in die Arme und drückte sie fest an sich.
Sie sagte nichts, sondern spürte nur seinen Herzschlag an ihrer Brust. Dann löste er sich von ihr und musterte teilnahmsvoll ihr Gesicht.
»Wie furchtbar für dich«, flüsterte er sanft. »Es ist so ungerecht.«
»Was ist ungerecht?«
»Alles.« Er machte eine ausladende Handbewegung.
Dann ging er hinüber zum Fenster und fuhr sich mit den Fingern durch die Haare. »Das ist furchtbar«, wiederholte er. Er sah sehr betroffen aus.
So standen sie eine Weile, jeder für sich. Nan hatte den Kopf aufs Klavier gelegt, Simon lehnte am Fenster. Beide blickten hinaus auf die Koppel, wo Heathers Pony stand, und über die Felder, auf denen Rinder grasten.
Nan kam es vor, als geschähe alles in Zeitlupe. Sogar wenn Simon sprach.
»Weißt du denn, was du jetzt tun mußt?« fragte er. »Weißt du, wohin du gehen mußt?«
»Wie meinst du das?«

»Wegen dieser Sache.« Er machte eine vage Bewegung in Richtung ihres Körpers.
»Ich bin zu dir gekommen.«
»Ja, sicher, und das war auch richtig. Goldrichtig.« Es lag ihm sehr daran, daß sie das wußte.
»Ich hätte nie gedacht, daß so etwas passieren könnte«, sagte Nan.
»Das denkt man immer«, meinte Simon wehmütig, als passiere es überall und jedem, den er kannte.
Nan hätte gern offen mit ihm geredet. Am liebsten hätte sie einfach gesagt: »Was sollen wir jetzt machen?«
Aber sie durfte ihm keine Gelegenheit zu einer unbesonnenen oder verletzenden Bemerkung geben, auf die sie gereizt reagiert hätte. Sie mußte dafür sorgen, daß es immer wieder Gesprächspausen gab. Der Fachausdruck »Schwangerschafts-Pausen«, fiel ihr plötzlich ein, und beinahe wäre sie herausgeplatzt. Jetzt begann Simon wieder zu sprechen.
»Nan, mein Schatz«, sagte er. »Etwas Schrecklicheres hätte nicht passieren können. Aber es wird alles wieder gut. Das verspreche ich dir.«
»Ich weiß«, antwortete Nan und sah ihm vertrauensvoll in die Augen.
Doch dann begann er ihr von einer Freundin zu erzählen, die eine Frau kannte, und bei ihr war alles ganz einfach gewesen. Das Mädchen hatte gesagt, es sei viel weniger unangenehm als beim Zahnarzt.
Es habe auch keine unerwünschten Nebenwirkungen gegeben. Nan habe das Mädchen sogar einmal kennengelernt, aber es wäre nicht fair, ihren Namen zu nennen. Sie sei ein sehr nettes, lebhaftes Mädchen.
»Aber du meinst doch nicht...?« Nan sah ihn entsetzt an.
»Natürlich werde ich dich nicht allein lassen.« Er ging wieder auf sie zu und nahm sie wieder in den Arm.

Ein Gefühl der Erleichterung durchflutete sie. Aber warum hatte er ihr dann von diesem lebhaften Mädchen und ihrer Abtreibung erzählt? Hatte er es sich anders überlegt, als er ihr betroffenes Gesicht sah?
Simon Westward streichelte Nans Haar.
»Du hast doch nicht etwa geglaubt, ich würde dich damit allein lassen, oder?« fragte er.
Nan schwieg.
»Komm schon, wir hatten beide unseren Spaß. Natürlich kümmere ich mich darum.«
Er ließ sie los und zog ein Scheckheft aus der Schreibtischschublade.
»Ich weiß nicht mehr genau, welchen Betrag mir der Kerl damals genannt hat, aber ich denke, das hier müßte deine Unkosten decken. Und ich besorge dir auch den Namen und die Adresse und alles. Natürlich mußt du es in England machen lassen, aber das ist ja auch besser so, stimmt's?«
Fassungslos starrte sie ihn an. »Es ist dein Kind. Weißt du das?«
»Nan, mein Schatz, es ist kein Kind. Es ist noch gar nichts.«
»Und du weißt auch, daß du der erste warst und daß es keinen anderen gegeben hat?«
»Wir dürfen es uns nicht so sehr zu Herzen nehmen, Nan. Es darf nicht zwischen uns kommen. Du weißt das, ich weiß das, wir wissen es beide. Die ganze Zeit, seit wir uns in unser kleines Abenteuer gestürzt haben.«
»Warum denn nicht? Du willst doch heiraten. Du willst einen Erben für das Gut. Wir kommen glänzend miteinander aus. Ich passe in deine Welt.« Sie schlug absichtlich einen beiläufigen Ton an.
Doch mit diesem Einwand setzte sie alles auf eine Karte. Nie hätte sie gedacht, daß sie so würde betteln müssen. Simon hatte behauptet, daß er sie liebte. Jedesmal wenn sie miteinander schliefen, versicherte er ihr, wie sehr er sie liebte. Undenk-

bar, daß er jetzt zu einem Scheckheft griff, um sie abzuwimmeln.
Dabei war er sehr nett zu ihr. Er nahm sogar ihre Hand.
»Du weißt genau, daß wir nicht heiraten können, Nan. Gerade du weißt das. Du bist doch so vernünftig, so gelassen und klug. Du weißt es genausogut wie ich.«
»Ich weiß nur, daß du gesagt hast, du liebst mich.«
»Das tue ich auch. Glaub mir, ich liebe alles an dir.«
»Und ist das Liebe? Ein Scheck und eine Abtreibung?«
Er sah verwirrt aus, überrascht, daß sie so reagierte.
»Vermutlich hätte es auch keine Rolle gespielt, wenn mein Vater kein schäbiger kleiner Baulieferant, sondern ein Großunternehmer gewesen wäre?«
»Das hat damit nichts zu tun.«
»Ja, und bestimmt hat es auch nichts mit der Religion zu tun. Wir schreiben das Jahr 1958, und wir glauben beide nicht an Gott.«
Schweigend drückte er ihr den zusammengefalteten Scheck in die Hand.
Sie konnte es immer noch nicht glauben.
»Es tut mir leid«, sagte er.
Sie antwortete nicht. Schließlich murmelte sie: »Dann geh ich jetzt.«
»Wie kommst du nach Hause?« wollte er wissen.
»Ich war dumm genug zu glauben, ich sei schon zu Hause.« Sie sah sich um, auf die Porträts an der Wand, das Klavier. Die Koppel vor dem Fenster.
Etwas in ihrem Gesicht rührte ihn. Sie war wie immer so wunderschön.
»Ich wollte ...«, begann er, konnte den Satz aber nicht zu Ende führen.
»Kennst du jemanden, der mich nach Dublin zurückbringen könnte?«

»Ich fahre dich. Das ist doch selbstverständlich.«
»Nein. Lieber jemand anderes.«
»Ich weiß niemand anderen ... niemanden, den ich fragen könnte ...«
»Ja, du bleibst lieber für dich. Aber ich weiß, was wir machen. Ich fahre mit deinem Wagen bis zum Platz. Dort geht bald ein Bus, und du kannst das Auto dann später abholen.«
»Laß mich doch wenigstens ...«
Er ging auf sie zu.
»Nein, bitte, komm mir nicht zu nahe. Faß mich nicht an.«
Er gab ihr die Wagenschlüssel.
»Er braucht viel Choke«, sagte er.
»Ich weiß. Ich bin ja oft genug mitgefahren.«
Nan schritt die Stufen von Westlands hinunter. Simon sah ihr durchs Fenster nach, wie sie ins Auto stieg.
Er wußte, daß Bee Moore und Mrs. Walsh unten am Küchenfenster standen und alle möglichen Vermutungen anstellten.
Voller Bewunderung beobachtete er, wie sie den Motor anließ und die lange Auffahrt hinunterfuhr, ohne sich auch nur einmal umzudrehen.

Sie ließ den Schlüssel stecken. Hier in der feudalistischen Provinz würde es niemand wagen, Simon Westwards Auto zu stehlen.
Mike wendete den Bus. In fünf Minuten fahre er zurück nach Dublin, erklärte er Nan, als sie die Fahrkarte bezahlte.
»Sie hätten eine Rückfahrkarte kaufen können, das wäre billiger gewesen.« Mike legte immer großen Wert darauf, seine Fahrgäste auf das günstigere Angebot aufmerksam zu machen.
»Ich wußte nicht, daß ich zurückfahren würde«, antwortete Nan.
»Das Leben ist voller Überraschungen«, meinte Mike und betrachtete die junge Frau in Beige und Rot, die viel zu elegant aussah für diese Gegend.

Bill Dunne sah, wie Benny das Annexe betrat. Sie blickte sich suchend nach Jack um, konnte ihn aber nirgends entdecken. Also stellte sie sich zu den anderen Studenten in die Warteschlange. Wenn Jack dagewesen wäre, hätte er ihr einen Platz freigehalten.
Bill winkte und rief ihr zu, er habe eine Extratasse Kaffee. Zwar handelte es sich um seinen eigenen Kaffee, den er noch nicht mal angerührt hatte; aber dies schien ihm der richtige Weg, Benny an seinen Tisch zu locken. Sie sah heute sehr hübsch aus mit ihrem kastanienbraunen Pullover, der genau die Farbe ihrer Haare hatte, und einer hellgelben Bluse darunter.
Bill und Benny unterhielten sich angeregt. Wenngleich Benny sich trotzdem hin und wieder nach Jack umsah, ging sie mit keinem Wort darauf ein. Und Bill ließ sich nicht anmerken, daß er es mitbekam. Mit Benny konnte man sehr interessante Gespräche führen. Sie diskutierten über den Atomwaffenstopp und darüber, ob er je funktionieren würde. Benny befürchtete, es sei so ähnlich, als wollte man Boxern eine Hand auf den Rücken binden oder nach der Erfindung des Schießpulvers wieder mit Pfeil und Bogen kämpfen. Sie überlegten, ob Elvis wirklich zum Militär ging oder ob das nur ein Reklametrick war. Dann sprachen sie über Jack Kerouac. Ob wohl alle, die ihm »On the Road« begegneten, interessante Menschen waren? Manche von ihnen waren doch sicher todlangweilig.
Die Zeit verging wie im Flug, und schon mußten sie wieder zurück in ihre Vorlesungen. Falls Benny enttäuscht war, daß sie Jack Foley nicht getroffen hatte, merkte man es ihr zumindest nicht an. Andererseits waren Frauen ja bekannt dafür, daß sie ihre Gefühle gut verbergen konnten. Meistens wußte man nicht, woran man bei ihnen war.
Rosemary beobachtete alles und prägte es sich ein. Sie sah, wie angeregt Benny und Bill sich unterhielten – als wären sie die dicksten Freunde. Vielleicht tröstete Bill sie wegen Jack. Auch wenn sie sich selbst dafür tadelte, war Rosemary immer wieder

der Gedanke gekommen, daß Jack für Benny viel zu gut aussah. Diese Beziehung kam ihr vor wie eine Mischehe: schwarz und weiß, katholisch und nichtkatholisch. Sicher, manchmal klappte so etwas, aber im allgemeinen nicht. Aber Rosemary behielt diese Gedanken lieber für sich. Die anderen dachten sowieso schon, sie sei hinter Jack Foley her. Was komischerweise nicht mal stimmte, denn sie hatte einen sehr netten Medizinstudenten namens Tom kennengelernt. Es würde noch Jahre dauern, bis er mit seiner Ausbildung fertig war, und in der Zwischenzeit konnte Rosemary dann als Stewardeß arbeiten und das Leben ein bißchen genießen.

Sean Walsh stand an den Kais und wartete auf den Bus zurück nach Knockglen. Er hatte fünf Tage in einem Dubliner Männerwohnheim verbracht, um sich über seine Zukunft klarzuwerden. Tagsüber war er durch die Herrenbekleidungsgeschäfte von Dublin gestreift und hatte versucht sich vorzustellen, daß er in einem von ihnen arbeiten würde.
Doch das schien ihm immer unwahrscheinlicher.
Schließlich hatte er keine Referenzen vorzuweisen, und wer würde ihn da schon einstellen?
Nach und nach wurde ihm klar, wie eingeschränkt seine Möglichkeiten waren. Der Traum, sich ein Häuschen zu kaufen, oben am Steinbruch eine der Katen zu renovieren, war wie eine Seifenblase geplatzt. Und auch die Vorstellung, wie er an der Tür seines eigenen Geschäfts stand und die Einwohner des Dorfs vorübergehen sah, mußte er endgültig begraben. In Knockglen, wo er zehn Jahre gelebt hatte und sich letztendlich irgendwie zu Hause gefühlt hatte, würde man nie seinen Namen über einer Ladentür prangen sehen.
Jetzt fuhr er zurück, um einen Vorschlag zu unterbreiten.
Ein blondes, auffallend hübsches Mädchen stieg aus dem Bus, und Sean erkannte die Freundin von Eve und Benny. Sie war

auch bei Mr. Hogans Beerdigung gewesen und um die Weihnachtszeit zu Besuch in Westlands aufgetaucht. Sie nahm ihn nicht zur Kenntnis. Allem Anschein nach war sie völlig in Gedanken versunken.
Sean stieg in den Bus und betrachtete mißvergnügt Mikey, dessen Indiskretion er ebensowenig schätzte wie seine unangenehme Eigenschaft, Kommentare zum Äußeren seiner Mitmenschen abzugeben.
»Hallo, Sean – mit einem Gesicht wie drei Tage Regenwetter! Erleben wir heute die Rückkehr des verlorenen Sohnes?«
»Ich wollte, ich wüßte, was Sie meinen, Mikey.«
»Das war eine Anspielung auf das Neue Testament, Sean. Ein Mann wie du, der in der Kirche fast auf den Altar klettert, müßte das doch eigentlich wissen.«
»Ich kenne das Gleichnis vom verlorenen Sohn sehr gut. Aber da dieser Mann sein Leben in Sünde gelebt hat, sehe ich die Parallele leider nicht ganz.«
Mikey warf ihm einen verschlagenen Blick zu. Seine Frau hatte ihm von den wildesten Mutmaßungen berichtet, die über Hogan's Outfitters angestellt wurden. Aber offensichtlich war Sean Walsh nicht davongelaufen.
»Ich hab mich bloß gefragt, wo das gemästete Kalb geschlachtet werden soll, Sean«, grinste Mikey. »Vielleicht in Healys Hotel?«

Nan schloß die Tür des Hauses auf, das sie heute morgen verlassen hatte. Sie zog ihr cremefarbenes Kostüm aus und hängte es ordentlich auf einen gepolsterten Bügel. Dann tupfte sie es leicht mit Zitronensaft und Wasser ab, steckte Spanner in die roten Schuhe und rieb die Ledertasche mit Möbelpolitur ab, bevor sie sie sorgfältig in Seidenpapier wickelte und neben ihre vier anderen Handtaschen in eine Schublade legte. Anschließend zog sie ihre besten College-Sachen an, bürstete sich die Haare und ging zum zweitenmal zur Bushaltestelle gegenüber.

Mrs. Healy hatte ihr Büro aufgeräumt. Sie stellte eine große Vase mit Narzissen aufs Fensterbrett und zwei kleine Hyazinthen in Plastiktöpfen auf den Aktenschrank.
Sie war in Ballylee beim Friseur gewesen.
Das neue Korsett saß ausgesprochen gut. Es brachte alles wunderbar in Form, so daß sogar der enge Rock bemerkenswert kleidsam wirkte. Dazu trug sie die hochgeschlossene Bluse und die Brosche mit der Kamee. Alles Sachen, die für besondere Anlässe reserviert waren.
Schließlich war heute nachmittag auch ein besonderer Anlaß. Sean Walsh würde zurückkommen. Und ihr einen Heiratsantrag machen.

Es war Essenszeit im Kloster, und Mutter Francis hatte Aufsicht. Das bedeutete, daß sie auf und ab ging und für Ordnung sorgte, während die Mädchen ihre Brote aßen. Anschließend überwachte sie das Aufräumen, paßte auf, daß das fettabweisende Pergamentpapier für morgen ordentlich gesäubert und gefaltet wurde, ließ die Zimmer lüften und trieb die Schülerinnen abschließend zur Gymnastik in den Hof.
Sie beobachtete, wie ein paar Mädchen Heather Westward den Sinn der Rosenkranzperlen erklärten.
»Warum nennt ihr das ein Paar, wo es doch nur eine ist?« fragte Heather und betrachtete interessiert die Perlen.
»Man nennt sie eben so«, meinte Fiona Carroll, die Jüngste der schlecht erzogenen Carroll-Kinder aus dem Lebensmittelladen, ein wenig verächtlich.
»Und warum steht hier ›Irisch Horn‹?« erkundigte sich Heather.
»Das heißt nur, daß die Perlen daraus gemacht sind«, erklärte Siobhan, die Enkelin des Metzgers, wegwerfend.
»Und was *macht* der Rosenkranz?« wollte Heather wissen und blickte ängstlich auf die Perlen.
Sie ließ sich nicht vollständig überzeugen, daß der Rosenkranz

selbst gar nichts »machte« – er wurde lediglich zum Beten benutzt, und damit basta. Und die Abstände zwischen den Perlen bedeuteten, daß man zehn Ave-Maria sagte, danach ein Ehre sei Gott und dann ein Vaterunser.
»Wie das Vaterunser bei uns?« fragte Heather.
»Ja, aber so, wie's richtig geht«, stellte Fiona Carroll klar.
Sie erläuterten Heather, es gehe darum, daß man nicht unnötigerweise ein Ave-Maria zuviel sagte. Das sei der Sinn des Rosenkranzes.
Mutter Francis besaß die Gabe, einem Gespräch zuzuhören, während sie allem Anschein nach in ein anderes vertieft war. Ihr wurde das Herz schwer, als sie die Erklärung hörte, die man der armen Heather lieferte.
So sehr hatte sie sich bemüht – und das war es also, was die Mädchen dachten! Sie glaubten, der Sinn eines so wunderschönen Gebets zum Preise der Mutter Gottes sei, daß man nie ein Ave-Maria zuviel betete.
War ein Lehrer nicht beschränkt, wenn er glaubte, daß irgend etwas in den Köpfen seiner Schüler hängenblieb? Vielleicht war die Mutter Gottes ja gerührt und erfreut über die Unschuld dieser Kinder. Aber in diesem Augenblick hätte Mutter Francis gern einem nach dem anderen den Kragen umgedreht.

Um die Mittagszeit klingelte bei Kit das Telefon. Es war Eve, die fragte, ob Benny im Gästehaus übernachten konnte. Zwar wußte sie, daß die Antwort positiv ausfallen würde, aber solche Höflichkeiten waren seit eh und je zwischen ihr und Kit Brauch. Kit freute sich und wollte wissen, ob es eine Tanzveranstaltung oder etwas Ähnliches gebe.
»Nein, nichts dergleichen.« Eve klang bedrückt. »Benny hat gesagt, sie will ihre Mutter daran gewöhnen, daß sie nicht dauernd bei ihr zu Hause ist.«
»Und was ist mit Jack Foley?«

»Genau diese Frage wollte ich ihr eigentlich auch stellen«, antwortete Eve.

Mittags hatte Hogan's geschlossen. Annabel, Patsy und Mike zogen sich ins Hinterzimmer zurück und aßen Shepherd's Pie und Bohnen aus der Dose. Mike sagte, er habe sich seit Jahren nicht mehr so wohl gefühlt. Ein Mittagessen im Laden gab einem richtig Energie für den Nachmittag. Patsy fand, daß es sich hier gut kochen ließ, und sie sollten überhaupt hierher ziehen.

Nan versuchte es in drei Pubs, bevor sie fündig wurde. Man würde die Gäste gleich an die Luft setzen, denn während der sogenannten »Heiligen Stunde« zwischen halb drei und halb vier waren alle Kneipen in Dublin geschlossen.
»Da, seht mal, wer hier ist«, rief Bill Dunne erfreut.
»Ertappt, Nan. Du gibst 'ne Runde aus«, lachte Aidan.
Wie immer sagte Jack genau das richtige: Es sei großartig, Nan zu sehen – was wollte sie trinken?
Nan erklärte, sie habe für heute die Nase voll vom Studieren. Deshalb sei sie losgezogen, um zu sehen, ob ihr nicht ein paar gutaussehende Männer ein bißchen Abwechslung verschaffen könnten. Alle fühlten sich geschmeichelt, daß Nan dabei ausgerechnet an sie gedacht hatte, und so nahm sie im Kreis ihrer Bewunderer Platz.
In ihrem hellgrünen Pullover, dem dunkelgrünen Rock und der gleichfarbigen Jacke wirkte sie frisch und munter. Ihre Augen funkelten, wie sie so mit ihnen lachte und scherzte.
»Wie geht's deiner Liebesgeschichte mit dem Lord?« fragte Aidan.
»Mit wem?«
»Ach, komm. Mit Simon.«
»Den hab ich seit einer Ewigkeit nicht mehr gesehen«, erwiderte sie.

Das überraschte Aidan. Erst gestern abend hatte Eve über das Verhältnis der beiden gewettert.

»War es ein trauriges Ende?« Aidan wußte, daß Eve darauf brennen würde, die ganze Geschichte zu erfahren.

»Kein bißchen. Die Sache hatte doch keine Zukunft, das wußten wir die ganze Zeit. Er kommt aus einer völlig anderen Welt als ich«, antwortete Nan.

»Der mit seinem blöden Oberschichtgequatsche. Bloß weil er zu einer Klasse gehört, die dem Untergang geweiht ist«, warf Bill Dunne ein.

»Genau. Und obwohl ich weiß, daß man zu den untergehenden Klassen nett sein muß, sind sie manchmal ganz schön anstrengend.«

Bill, Jack und Aidan waren nun der festen Überzeugung, daß Simon in Nan verliebt war, sie ihm aber den Laufpaß gegeben hatte, weil sie nicht nach der Pfeife der Herrschaften im Gutshaus tanzen wollte.

Eve wird über diese Neuigkeiten sehr erfreut sein, dachte Aidan. Jack war zufrieden mit sich selbst, weil Nans Andeutungen seine eigene Einschätzung bestätigten. Erst vor ein paar Wochen hatte er miterlebt, wie Simon hinter Nan herlief, während sie höflich und distanziert geblieben war. Und Bill Dunne freute sich, weil er jetzt überall verbreiten konnte, Nan sei wieder solo.

Der Wirt erklärte ihnen barsch, daß sie jetzt genug Zeit zum Austrinken gehabt hätten. Jurastudenten waren keine große Hilfe, wenn er Schwierigkeiten wegen seiner Lizenz bekam.

Bill und Aidan schlenderten zurück zur Universität.

Jack trödelte noch ein bißchen und unterhielt sich mit Nan.

»Wahrscheinlich hast du keine Lust, richtig über die Stränge zu schlagen und mit mir ins Kino zu gehen?«

»Himmel, nein! Nicht schon wieder *Frauen im Sumpf!*«

»Wir könnten in der Zeitung nachsehen, was sonst alles läuft.«

Also kauften sie den *Evening Herald*.

»Was ist mit Benny?« fragte Nan.
»Was soll mit ihr sein?«
»Ich meine, wo ist sie?«
»Keinen blassen Schimmer«, antwortete Jack. Sie konnten sich auf keinen Film einigen. Gemächlich spazierten sie durch den Green, steckten die Köpfe über der Zeitung zusammen und unterhielten sich über diesen und jenen Film.
Bis zur Grafton Street brauchten sie eine ganze Weile. Noch immer hatten sie sich nicht entschieden. Jetzt waren die Pubs wieder offen, denn die »Heilige Stunde« war längst vorüber.
»Laß uns was trinken gehen. Dann werden wir uns schon einig«, schlug Jack vor.
Er bestellte ein Guinness, sie einen Ananassaft.
Jack klagte ihr in epischer Breite sein Leid über Bennys ständige Abwesenheit. Natürlich wußte er, daß die Lage in Knockglen schwierig war und Benny versuchte, ihre Mutter zur Leitung des Geschäfts zu bewegen. Aber mittlerweile fragte er sich, ob Benny sich nicht ein bißchen zuviel aufhalste.
»Jedenfalls sollte sie sich nicht ständig um ihre Mutter kümmern«, stimmte Nan ihm zu. Sie persönlich habe sich nie für ihre Mutter verantwortlich gefühlt. Schließlich ging Mrs. Mahon jeden Tag zur Arbeit und brauchte niemanden, der sich um sie kümmerte.
Jacks Gesicht hellte sich auf. Er hatte befürchtet, seine Sicht der Dinge sei zu egoistisch. Nein, versicherte ihm Nan, es sei doch nur ein Zeichen, wie gern er Benny bei sich hatte, wenn er sie so sehr vermißte.
Mit dieser Sichtweise konnte er sich gut anfreunden. Zum Beispiel heute abend – da gab es Tanz im Club. Alle brachten eine Partnerin mit. Und da würde er, Jack Foley, wieder allein dastehen.
Plötzlich sah er Nan forschend an.
»Es sei denn ...«

»Das möchte ich nicht. Benny könnte ...«
»Ach, komm schon. Benny macht das nichts aus. Sie wollte doch sogar, daß wir zusammen ins Kino gehen.«
Nan schien Zweifel zu haben.
»Du machst dir doch keine Sorgen über deinen alten Kumpel in den Kavallerieklamotten, oder?«
»Ich hab dir doch gesagt, das ist längst vorbei. Er spielt keine Rolle mehr in meinem Leben.«
»Na dann«, meinte Jack leichthin und etwas besser gelaunt. »Treffen wir uns im Club?«

Carmel gehörte zum Damenkomitee, und eine ihrer Pflichten war es auch, das Festessen vorzubereiten. Sean gefiel es, daß sie sich so einsetzte. Selbstverständlich fungierte er selbst als Kassenwart, eine sehr wichtige Stellung. Als Carmel gerade das Brot für die Sandwiches einkaufte, begegnete sie Benny, die sich bemühte, den Blick von den Süßigkeiten abzuwenden, und tapfer in einen Apfel biß.
»Dieser Tiffin-Riegel schreit förmlich danach, daß ich ihn mitnehme«, stöhnte sie. »Gott sei Dank bist du reingekommen. Ich war schon drauf und dran, mir einen zu kaufen.«
»Es wäre jammerschade, wenn du jetzt wieder den Schokoriegeln verfällst«, meinte Carmel.
Benny war überhaupt nicht erfreut, daß Carmel ihr indirekt unterstellte, sie hätte jahrelang nichts anderes getan, als sich einen Schokoriegel nach dem anderen in den Mund zu stopfen. Lustlos kaute sie an dem Apfel.
»Schade, daß du heute abend nicht kommen kannst«, sagte Carmel. »Die Party wird bestimmt prima. Wir haben viel mehr Geld bekommen als sonst. Es gibt Biskuitrollen mit Sahnefüllung, verziert mit Schokostreuseln. Oh, tut mir leid, Benny. Aber du bist ja nicht dabei, dann kommst du wenigstens nicht in Versuchung.«

»Zufälligerweise bin ich aber da. Ich bleibe bei Eve«, entgegnete Benny.
»Großartig«, freute sich Carmel. »Dann bis heute abend.«

»Ruf ihn an«, drängte Eve. »Ruf an und sag ihm, daß du in der Stadt bleibst.«
»Das weiß er doch. Er muß es wissen. Schließlich hab ich's ihm gesagt.«
»Männer hören nie zu. Ruf ihn lieber an.«
Aber Benny meinte, dann müsse sie wieder mit dieser Frau reden, mit Jacks Mutter, die einem immer das Gefühl vermittelte, man bettle um ein Autogramm, obwohl man nur ihren Sohn sprechen wollte. Eve erwiderte, das sei Unsinn. Benny habe doch nur ein einziges Mal angerufen. Sie müsse es versuchen. Jack würde sich bestimmt sehr freuen.
Schließlich rief Benny dann tatsächlich vom Gästehaus in Dunlaoghaire aus an.
»Tut mir leid, Jack ist im Rugbyclub. Sie haben heute abend eine Party, und er hat gemeint, es könnte spät werden«, lautete die Auskunft seiner Mutter.
»Dann kann er nicht gewußt haben, daß du in der Stadt bist«, meinte Eve.
»Nein.«
Sie saßen zu dritt am Küchentisch. Weder Kit noch Eve machte den Vorschlag, Benny solle sich hübsch machen und einfach in den Club gehen.
Weder Kit noch Eve meinte, es wäre alles nur der Vergeßlichkeit der Männer zuzuschreiben und Jack würde sich wahnsinnig freuen, sie zu sehen.
Statt dessen sprachen sie über Kit Hegarty, die mit Kevin Hickeys Vater ausgehen wollte.
»Aber mach es ihm bloß nicht zu leicht«, warnte Eve. »Sonst wird er dich nicht achten.«

Kit erwiderte, es sei doch wundervoll, daß die Jugend von heute so hohe moralische Werte pflegte.
»Aber nicht bei uns selbst. Da haben wir keinerlei Skrupel«, versicherte Eve. »Das gilt alles nur für euch.«
»Ich wünschte, wir hätten keine Skrupel«, meinte Benny finster. »Womöglich wären wir dann besser dran.«

Annabel Hogan sorgte für wesentlich mehr Licht im Laden, indem sie einen Teil der Holzvertäfelung und der Fensterumrandungen entfernte. Schon wirkte alles weit weniger gruftartig und düster. Auf den Ständern hatte sie Pullis mit V-Ausschnitt in den verschiedensten Farben ausgestellt. Zum erstenmal konnte man sich umschauen und in Ruhe auswählen, wenn man zu Hogan's kam, und mußte nicht von vorneherein genau wissen, was man wollte.
Außerdem konnte Annabel jetzt auch viel besser hinaussehen.
So beobachtete sie, wie Sean Walsh Healys Hotel betrat, ohne das Geschäft, in dem er so lange gearbeitet hatte, eines einzigen Blickes zu würdigen.
Annabel wußte, daß er seine Habseligkeiten dort untergestellt hatte, während er selbst sich nach einer Stelle umschaute. Vielleicht hatte er schon irgendwo etwas gefunden und kam jetzt zurück, um seine Siebensachen abzuholen. Peggy Pine hatte behauptet, Sean mache sich berechtigte Hoffnungen auf Mrs. Healy, aber das bezweifelte Annabel. Schließlich war Dorothy Healy ja nicht dumm. Sie würde schneller als alle anderen durchschauen, daß Sean das Bekleidungsgeschäft Hogan's nicht so unvermittelt verlassen hätte, wenn nicht irgend etwas Unangenehmes vorgefallen wäre. Sean Walsh war nicht mehr der aufstrebende junge Geschäftsmann von Knockglen.

»In diesem Ort gelte ich nicht mehr als gute Partie«, erklärte Sean Walsh.

Mrs. Healy neigte wohlwollend den Kopf. Vor einiger Zeit noch hatte er geglaubt, er hätte mehr zu bieten – etwas, womit er seinem Angebot Nachdruck verleihen konnte. Aber die Situation hatte sich geändert.

Dorothy Healy hielt den Kopf weiterhin zur Seite geneigt wie ein nachdenkliches Vögelchen. Sean eröffnete ihr, welche Bewunderung er für sie hegte. Welche Hochachtung er vor ihr hatte. Welche Möglichkeiten in Healys Hotel steckten – Möglichkeiten, die längst noch nicht voll ausgeschöpft waren.

Er meinte, eine Art Hausmeister wäre hier vonnöten, jemand, der sich um die alltäglichen Angelegenheiten kümmerte, um die organisatorischen Dinge sozusagen, damit Mrs. Healy mit ihrer wunderbaren Ausstrahlung sich ganz dem Umgang mit den Gästen widmen konnte.

Dorothy Healy wartete.

Er bekräftigte, wie sehr er sie verehre, wie dankbar er für das Interesse sei, das sie seiner Person und seinem beruflichen Schicksal entgegenbrachte, und für die Zuneigung, die sich – wie er hoffentlich zu Recht glaubte – zwischen ihnen entwickelt hatte. Er könne gar nicht in Worte fassen, wie leid es ihm tat, daß die Dinge ganz anders gekommen waren, als er es sich gewünscht hätte. Stets habe er sich vorgestellt, er könnte ihr all dies sagen, wenn er eines Tages Teilhaber eines gutgehenden Geschäfts und Eigentümer eines kleinen Grundstücks in der Straße am Steinbruch war.

Die meiste Zeit hielt Sean den Kopf gesenkt, so daß es oft so aussah, als spräche er mit Mrs. Healys Knien. Sie betrachtete sein glanzloses Haar, das bestimmt recht gut aussehen würde, wenn er ein gutes Shampoo benutzte und zu einem anständigen Friseur ging. Als er ängstlich zu ihr aufblickte, das bleiche Gesicht verzerrt vor Aufregung über sein kühnes Ansinnen, lächelte sie ihn aufmunternd an.

»Ja, Sean?«

»Würden Sie meinen Heiratsantrag annehmen?« fragte er.
»Ich nehme ihn mit Freuden an«, antwortete Dorothy Healy.
Sie beobachtete, wie sein ungläubiges Gesicht wieder ein bißchen Farbe bekam.
Dann ergriff er schüchtern ihre Hand.
Ihm war nicht klar, daß er für Dorothy Healy jetzt ein weit aussichtsreicherer Kandidat war als zuvor.
Mrs. Healy legte keinen Wert auf ein renoviertes Häuschen am Steinbruch.
Sie legte auch keinen Wert auf eine Verbindung mit einem dem Niedergang geweihten Textilgeschäft auf der anderen Straßenseite. Was sie brauchte, war ein Mann, der die gröberen und langweiligeren Arbeiten, die im Hotel anfielen, für sie erledigte. Und sie wußte, daß Sean Walsh in seiner neuen Stellung ausgesprochen vorsichtig sein würde, weil die Hogans von gegenüber ihn beim Klauen erwischt und hinausgeworfen hatten.
Dorothy Healy hatte Sean jetzt genau da, wo sie ihn haben wollte.
»Mir fehlen die Worte«, stammelte er.
Aber während der Tag sich dem Abend zuneigte, fanden sie reichlich Gesprächsstoff. Pläne wurden geschmiedet, große und kleine. Den Ring wollten sie bei einem Juwelier in Ballylee kaufen. Und bei Pater Ross wollten sie wegen eines Termins vorsprechen. Sean sollte nach Dublin fahren und drei Anzüge von der Stange erstehen, da er ja Konfektionsgröße hatte. Und am Montag würde Sean zum Geschäftsführer ernannt. Er würde in dem neuen Gebäude wohnen, das hinter dem Hotel errichtet worden war und dessen Zweck er bislang nicht gekannt hatte. Eigentlich hatte er angenommen, es handle sich um eine Art Lagerhaus. Gemeinsam besichtigten sie den Neubau. Es war alles da, was man zu einem ordentlichen Familienleben benötigte.
Als hätte Mrs. Healy gewußt, daß es eines Tages so kommen würde.

Paddy Hickey war ein ausgezeichneter Tänzer. Und er behauptete, Kit sei leicht wie eine Feder.
»Es war die Hand Gottes, die meinen Sohn zu Ihnen geführt hat«, sagte er.
»Die Hand Gottes und der Aushang in der Universität«, antwortete Kit.
»Wollen Sie mit mir nach Kerry kommen?« fragte er.
Kit blickte in das breite, wohlgeformte Gesicht. Paddy Hickey war ein ehrlicher Mann. Er würde ihr nicht davonlaufen.
»Vielleicht fahre ich eines Tages mit und sehe mir die Gegend an, aus der Sie kommen«, erwiderte sie.
Er hatte ihr erzählt, daß seine Kinder ihn nicht mehr brauchten; Kevin war der Jüngste. Sein Haus war wunderschön und modern, die Küche hatte eine erstklassige Resopaleinrichtung, und vom gefliesten Küchenfußboden hätte man essen können.
Er hatte ihr von seinen netten Nachbarn erzählt, die alles über Mrs. Hegarty wußten, die Witwe, die Kevin ein so wunderbares Zuhause gab.
»Ich bin aber erst seit kurzem Witwe«, meinte Kit.
»Tja, das habe ich nicht gewußt, bis Sie es mir gesagt haben. Die Nachbarn brauchen es nie zu erfahren, aber ich denke, Joe Hegarty wäre froh, daß sich jemand um Sie kümmert.«
»Ich habe ihn nie Joe genannt, in all den Jahren nicht. Nie«, sagte sie, fast ein bißchen verwundert.
»Vielleicht war das ein Teil des Problems«, entgegnete Kevin Hickeys Vater, der sich fest vorgenommen hatte, diese Frau zu heiraten.

Traurig tönte das Nebelhorn über die Bucht von Dunlaoghaire. Eve war so an das Geräusch gewöhnt, daß sie es kaum noch wahrnahm.
Aber heute drehte sie sich im Bett um und blickte auf ihren Wecker mit den Leuchtziffern. Es war halb vier Uhr morgens.

Sie lauschte. Bennys Atem hörte sich nicht an, als schliefe sie. Bestimmt lag sie wach.

»Benny?«

»Alles in Ordnung. Schlaf ruhig weiter.«

Aber Eve knipste das Licht an. Benny hatte sich auf dem schmalen Feldbett die Kissen in den Rücken gestopft, und ihr Gesicht war tränenüberströmt.

Eve schwang die Beine aus dem Bett und griff nach ihren Zigaretten.

»Es ist bloß, weil ich ihn so sehr liebe«, schluchzte sie.

»Ich weiß, ich weiß.«

»Und er will nichts mehr von mir wissen. Einfach so.«

»Es ist doch bloß ein Mißverständnis. Himmel, wenn er mit einer anderen hingegangen wäre, wüßten wir das.«

»Meinst du?«

»Natürlich. Du hättest ihn früher anrufen sollen, dann hättest du dir eine Menge Kummer erspart. Dann wärst du jetzt in einem Auto mit beschlagenen Fenstern und würdest versuchen, deine Klamotten am Leib zu behalten.«

»Vielleicht habe ich sie zu oft anbehalten.«

»Hör auf, dir Vorwürfe zu machen. Du glaubst immer, alles ist deine Schuld.«

»Würdest du es mir sagen, wenn du etwas wüßtest? Ganz ehrlich – würdest du es mir sagen? Würdest du es mir nicht verheimlichen, um mich zu schonen?«

»Ich schwöre dir, ich würde es dir sagen«, versicherte Eve. »Ich schwöre, ich würde nie zulassen, daß dich einer zum Narren hält.«

Die Party war ein voller Erfolg. Die meiste Zeit verbrachte Carmel in der Küche und bekam daher nicht mit, wie Jack Foley und Nan Mahon miteinander tanzten. Und daß sie sich über alles amüsierten und kaum ein Wort mit den anderen wechselten.

Carmel war gerade mit dem Abwasch beschäftigt, als Jack Foley Nans Mantel holte, um sie nach Hause zu bringen.
»Ich fühle mich geehrt, daß ich dich heimbegleiten darf. Bill Dunne und die anderen behaupten immer, du erzählst keinem, wo du wohnst.«
»Vielleicht will ich einfach nicht, daß sie das wissen«, erwiderte Nan.
Sie saßen vor der Haustür von Maple Gardens im Auto und unterhielten sich. Das Licht der Straßenlaternen schimmerte auf Nans Gesicht, und sie sah schöner aus denn je. Jack beugte sich zu ihr hinab und küßte sie.
Sie entzog sich ihm nicht, sondern schmiegte sich an ihn.
Es war ganz einfach, Nan Mahon zu küssen und im Arm zu halten. Sie schob einen nicht weg und wich nicht aus, wenn man gerade so richtig erregt war. Durch das lilafarbene Seidenkleid, das sie unter ihrem Mantel trug, streichelte er ihre Brüste.
Seine Stimme war heiser. Die Welt außerhalb des Autos existierte nicht mehr.
Als sie sich dann doch von ihm losmachte, redete sie so ruhig und gelassen, als wäre sie plötzlich eine ganz andere Frau. Nicht mehr die, welche er gerade noch im Arm gehalten hatte und die sich leidenschaftlich an ihn gepreßt hatte.
»Jack, findest du nicht, wir sollten über Benny sprechen?«
»Nö.«
»Warum nicht?«
»Sie ist nicht hier.« Er merkte, daß das zu schroff, zu wegwerfend klang. »Ich meine, was zwischen Benny und mir ist, hat nichts mit dem zu tun, was wir hier machen.« Er streckte wieder die Arme nach ihr aus.
Aber sie beugte sich nur zu ihm hinüber und gab ihm einen Kuß auf die Nase.
»Gute Nacht, Jack«, sagte sie und verschwand. Er sah, wie sie die Haustür aufschloß und hinter sich ins Schloß fallen ließ.

Nach dem üblichen Ritual hängte sie ihre Kleider auf, rieb sie mit dem Schwamm ab und bürstete sie aus.

Dann rieb sie ihr Gesicht mit Reinigungscreme ein und machte ihre Gymnastikübungen. Obwohl sie vielleicht bald andere Übungen machen mußte. Als sie im Bett lag und über die Ereignisse des Tages nachdachte, faltete sie die Hände über dem Bauch, dort, wo nach Auskunft des Labors genau das passierte, was sie erwartet hatte. In ihr reifte ein Kind heran. Sie dachte nicht an Simon Westward. Sie würde nie wieder an ihn denken, gleichgültig, was geschah.

So lag sie in dem Schlafzimmer, das sie und ihre Mutter im Lauf der Jahre eingerichtet und verschönert hatten, während sie einander versicherten, daß Nan eine Prinzessin war, daß sie Maple Gardens verlassen und einen Prinzen finden würde.

Ihr erster Versuch war fehlgeschlagen.

Nan starrte ins Dunkel und versuchte, sich über ihre Möglichkeiten klarzuwerden.

Sie wollte nicht zu dieser Frau und einen Eingriff vornehmen lassen, der weniger schlimm war als Zähneziehen. Es wäre so schmutzig und gemein gewesen, das bittere Ende von etwas, das ihr wichtig gewesen war.

Doch wenn sie es machen ließ, hatte sie es überstanden. Alles war in Ordnung, und sie konnte sich wieder ganz ihrem Studium widmen.

Sie sah zu ihrem Schreibtisch hinüber. Studieren machte ihr keinen Spaß. Es dauerte viel zu lange. Es kostete sie zuviel Zeit, die sie für ihre Toilette benötigte. Dafür, daß sie, wenn sie ausging, stets allgemeine Bewunderung erregte. Riesige muffige Säle, in denen es nach Kreide roch, machten sie nicht glücklich, genausowenig überfüllte Seminarräume. Sie war keine Akademikerin. Ihr Tutor hatte ihr des öfteren prophezeit, sie werde nie einen höheren akademischen Abschluß schaffen. Warum sollte sie sich also für einen einfacheren Abschluß abstrampeln, wenn

am Ende sowieso nur die höher Graduierten alle Lorbeeren ernteten?
Sie konnte nach England gehen und das Kind dort bekommen. Sie konnte es zur Adoption freigeben. Das würde weniger als ein Jahr ihres Lebens in Anspruch nehmen. Aber warum sollte sie das Kind bekommen, um es hinterher doch wegzugeben? Die Schwangerschaft und die Geburt durchstehen, nur um danach den Wunschtraum irgendeines anonymen Paares zu erfüllen?
In irgendeinem abgelegenen Dorf im Westen Irlands hätte man einem hübschen Mädchen verziehen, daß es sich in den Gutsherrn verliebt hatte und sein Kind großzog. Sie hätte sich geschämt, aber man hätte sie weiterhin akzeptiert.
Auch in bestimmten Kreisen der Dubliner Arbeiterklasse hätte man einen unerwarteten Familienzuwachs willkommen geheißen. Ein solches Kind wäre in dem Glauben aufgewachsen, seine Oma wäre seine Mutter.
Aber nicht in Maple Gardens. Hier hatten die Mahons und ihre Nachbarn den ersten Schritt zum Aufstieg ins anständige Bürgertum getan. Und für Nan und Em wäre es das Ende ihres gemeinsamen Traumes gewesen.
Was also sollte sie tun?

Es war noch zu früh für morgendliche Schwangerschaftsübelkeit. Aber Nan aß trotzdem nichts zum Frühstück.
Em musterte sie besorgt.
»Heute abend triffst du dich mit Simon, nicht wahr?« fragte sie in der Hoffnung, Nans Gesicht aufleuchten zu sehen.
Aber sie wurde enttäuscht.
»Ich habe Simon seit Wochen nicht mehr gesehen, Em.«
»Aber ich dachte, du hast gesagt...«
»Jetzt sage ich, daß ich seit kurz nach Weihnachten nicht mehr mit Simon Westward ausgegangen bin. Merk dir das bitte.«
Emily starrte ihre Tochter erschrocken an.

Doch etwas in Nans Gesicht sagte ihr, daß dies für sie sehr wichtig war.
Emily nickte, um zu zeigen, daß sie sich die Anweisung zu Herzen nehmen würde. Allerdings fiel es ihr dadurch nicht leichter, Nan zu verstehen. Entweder hatte sie gelogen, als sie von all den schicken Ausflügen mit Simon erzählte, oder sie log jetzt.

Jack kam ins Annexe. Aufgeregt winkte Benny ihm von ihrem Tisch aus zu. Sie hatte ihren Schal und ihre Bücher auf dem Stuhl neben sich ausgebreitet und den Platz gegen alle Ankömmlinge verteidigt.
Sie freute sich so sehr, daß er ein furchtbar schlechtes Gewissen bekam.
Niemand hatte ihr erzählt, daß er stundenlang mit Nan getanzt hatte. Er hatte gefürchtet, Carmel könnte es als ihre Pflicht angesehen haben, Benny über alles zu unterrichten.
Aber Bennys Augen leuchteten vor Wiedersehensfreude.
»Wie war die Party?«
»Na ja, du weißt schon – so wie immer eben. Alle waren aufgekratzt und fröhlich.« Man hatte zwei Siege gefeiert, die Mannschaft war gerade gut in Form, und dank Sean hatte man sogar Geldreserven. All diese Einzelheiten berichtete Jack, ohne auf den Abend an sich näher einzugehen.
»Es war wirklich schade, daß du nicht in Dublin sein konntest.«
»Aber ich war in Dublin. Weißt du nicht mehr? Ich habe dir doch erzählt, daß der Laden früher zumacht und meine Mutter sich ausruhen und früh schlafen gehen will.«
»Das habe ich vergessen«, gestand Jack.
Dann schwiegen beide.
»Und du wußtest natürlich nichts von der Party.«
»Doch, ich bin Carmel beim Einkaufen begegnet. Und sie hat mir davon erzählt.«

Sie blickte ihn unsicher an. Jack fühlte sich miserabel, nicht nur, weil er gestern abend mit Nan geknutscht hatte, sondern weil Benny offenbar glaubte, er hätte sie nicht einladen wollen.

»Ich hätte dich schrecklich gern dabeigehabt. Ich hab es einfach vergessen. Ehrlich, ich habe mich schon so daran gewöhnt, daß du sowieso nicht da bist. Was hast du denn gemacht?«

»Ich war mit Eve im Kino.«

»Du hättest mich anrufen sollen.«

»Das hab ich, aber es war zu spät.«

Jack hatte am Morgen nicht einmal auf den Notizblock gesehen. Seine Mutter schrieb ihm immer die Nachrichten sämtlicher Anrufer auf.

»Ach Benny, es tut mir so leid. Ich bin wirklich ein Trottel«, stöhnte er und schlug sich dabei an den Kopf, als wäre er aus Holz.

Er schien ehrlich geknickt zu sein.

»Na ja, halb so schlimm«, meinte Benny.

»Ich habe Nan getroffen. Und da sie nichts Besseres vorhatte, hab ich sie gefragt, ob sie mitkommt. Ich glaube, es hat ihr gut gefallen.«

Benny lächelte. Dann war ja alles in Ordnung!

Jack hatte es wirklich nur vergessen. Er versuchte nicht, ihr etwas vorzumachen oder sich herauszureden. Am liebsten wäre es ihm gewesen, wenn sie gestern abend mitgekommen wäre.

Gott sei Dank war er Nan begegnet und hatte sie eingeladen. Da brauchte sie sich ja keine Gedanken mehr zu machen.

Kapitel 18

Mit heftig klopfenden Herzen schreckte Jack aus dem Schlaf auf. Mitten aus einem Alptraum, der so realistisch war, daß er sich nicht so leicht verscheuchen ließ: Bennys Vater, Mr. Hogan, stand oben am Steinbruch und stieß den schwarzen Morris Minor von Dr. Foley über den Rand des Abgrunds.
Anstelle der Augen hatte Mr. Hogan rot glühende Kohlen, und er lachte, als das Auto krachend am Grund des Steinbruchs aufschlug.
Und dieses Krachen hatte Jack aus dem Schlaf gerissen.
Keuchend lag er da.
Neben ihm schlief Nan, die Hände unter dem Gesicht verschränkt, ein Lächeln auf den Lippen.
Sie waren in Eves Kate, dort, wo kurz nach Weihnachten die Party stattgefunden hatte.
Irgendwohin mußten sie doch gehen, hatte Nan gesagt. Und hier waren sie absolut sicher. Hier kam nie jemand vorbei. Und der Schlüssel lag in einer Mauerritze.
Nan war wundervoll gewesen. So umsichtig und praktisch! Sie hatte sogar vorgeschlagen, eine Spirituslampe, Laken und Handtücher mitzubringen.
An so etwas hätte Jack nie gedacht. Sie meinte, die Vorhänge müßten immer ganz zugezogen sein, und das Auto sollten sie am Platz abstellen. Dort würde es niemandem auffallen.
Nan war eben von Natur aus ein achtsamer Mensch.
Sie hatte ihm gesagt, sie hätte es nie für möglich gehalten, daß sie je einen Mann so sehr begehren könnte.
Natürlich hatte er sich über alles mögliche Sorgen gemacht, aber

sie hatte ihm versichert, es sei alles in Ordnung. Die Alternative war doch, daß sie sich weiterhin gegenseitig quälten. Aber sie wollte ihn lieben, rückhaltlos und ehrlich. Verglichen mit diesem Mädchen in Wales war es himmlisch gewesen, nicht so hastig und unbeholfen. Nans schöner Körper in seinen Armen war zauberhaft. Und ihr schien es genauso zu gefallen wie ihm. Für sie mußte es schrecklich gewesen sein, das erstemal. Aber sie hatte sich nicht beklagt. Was ihn am meisten erregte, war die Gelassenheit, die sie zur Schau trug, als sie sich dann im College begegneten. Diese kühle Nan Mahon, die so frisch und makellos aussah, war dieselbe Frau, die sich an ihn geschmiegt und ihm eine Ekstase eingeflößt hatte, von der er nie geträumt hätte.
Dies war ihr dritter Aufenthalt in der Kate.
Benny hatte er noch immer nichts davon gesagt.
Aber er wußte einfach nicht, was er sagen sollte.

In der Schule sollte ein Osterspiel aufgeführt werden, bei dem Heather unbedingt mitmachen wollte.
»Wir haben deinem Bruder versprochen, daß du nicht am Religionsunterricht teilnimmst«, gab Mutter Francis zu bedenken.
»Aber das ist doch auch kein Religionsunterricht. Es ist bloß eine Theateraufführung, nur ein Spiel«, entgegnete Heather.
Eigentlich war es eine geistige Übung mit dem Ziel, den Kindern die Osterbotschaft näherzubringen, indem man die Leidensgeschichte des Herrn nachspielte. Mutter Francis seufzte.
»Und wer wird deinem Bruder das erklären? Übernimmst du das, oder muß ich es machen?«
»Ich finde, wir sollten ihn damit nicht behelligen. Er hat furchtbar viel zu tun. Darf ich Hitler sein, Mutter Francis? Bitte!«
»*Wer* willst du sein?«
»Ähm ... Pontius Pilatus. Ich hab da was verwechselt ...«

»Wir werden sehen. Aber zuerst muß ich die Sache mit Mr. Westward besprechen.«
»Dafür ist es zu spät«, entgegnete Heather triumphierend. »Er ist heute nach England gefahren. Nach Hampshire. Er will sich eine Frau suchen.«

Nachdem Mossy Rooney Ordnung geschaffen hatte, sah der Hof hinter Hogan's aus, als hätte er schon immer ein Garten sein sollen. Benny und ihre Mutter beschlossen, Blumen und Sträucher zu pflanzen.
Mossy meinte, sie könnten sogar einen kleinen Freisitz haben, so hübsch und geschützt, wie es hier war.
Patsy hatte ihm gegenüber geäußert, wenn ihre Hausherrin auch nur einen Funken Verstand besaß, würde sie Lisbeg verkaufen und endgültig über den Laden ziehen. Schließlich gab es dort genug Platz. Und wozu sollte es gut sein, wenn sie in dem riesigen Haus herumklapperte wie eine Blechbüchse im leeren Mülleimer?
Außerdem wäre es leichter für Patsy, in den Laden zu kommen und ein bißchen Hausarbeit zu erledigen – längst nicht so aufwendig, wie wenn sie sich um das große Haus kümmern mußte, wo sowieso niemand mehr lebte. Und als Annabel nun neben Benny stand und die Fuchsien goß, die sie auf Eves Bitte aus ihrer Kate geholt hatten, dachte sie plötzlich, daß dies wahrscheinlich die klügste Entscheidung wäre.
In gewisser Hinsicht wäre es schön, einfach nur die Treppe hinaufzusteigen und dann zu Hause zu sein. Oder einfach mal die Beine auf dem Sofa auszustrecken.
Aber darüber konnte sie auch später noch nachdenken. Erst einmal mußte eine Menge anderer Dinge erledigt werden.
Benny hatte dafür gesorgt, daß der erste Stock, wo sie das Geld in der Nähmaschine gefunden hatte, nicht eine Rumpelkammer blieb, die man am liebsten gar nicht betrat. Stück für Stück warf

sie alles hinaus, was nicht mehr gebraucht wurde, und schaffte Dinge von Lisbeg herüber. Im Lauf der Zeit gestaltete sie mit Patsys Hilfe den großen Raum so gemütlich, daß man Lust bekam, hier auch einmal den Abend zu verbringen. Sie brachten ein Radio und ein paar Sessel, deren Federung noch intakt war. Sie polierten einen schäbigen alten Tisch und legten Platzdeckchen darauf. Schon bald nahmen sie hier oben ihre Mahlzeiten ein. Shep verbrachte inzwischen einen Großteil seiner Zeit auf der Straße oder in dem kleinen Gärtchen, das er als seinen persönlichen Spielplatz ansah. Oder er saß gebieterisch im Laden, anstatt im leeren Haus den Wachhund zu spielen.
Schon bald fühlten sie sich in dem Laden wie zu Hause.
Und schon bald würde Benny mehr Freiheit genießen.

Dekko Moore fragte Dr. Johnson, ob Mrs. Hogan schon einmal daran gedacht habe, sich von Lisbeg zu trennen.
Sehr oft kamen Kunden zu ihm, noble, schwerreiche Leute, die sich erkundigten, ob demnächst Häuser eines bestimmten Stils auf den Markt kämen.
»Geben wir ihnen noch ein paar Monate«, antwortete Dr. Johnson. »Ich denke, gegen Ende des Sommers ziehen sie über den Laden. Aber man sollte sie nicht drängen.«
Dekko meinte, es sei doch erstaunlich, wie die Dinge sich entwickelt hatten. Er war neulich zu Hogan's gegangen, um sich ein Paar Socken zu kaufen, und hatte statt dessen ein kleines Vermögen ausgegeben.

Nan und Jack rannten den Weg vom Steinbruch hinunter zum Platz. Der Morris Minor stand hinter dem Wartehäuschen an der Bushaltestelle versteckt. Schon zum drittenmal hatten sie Glück, denn niemand war in der Nähe. Es war erst halb sieben Uhr morgens. Der Wagen sprang an, und schon waren sie unterwegs nach Dublin.

»Eines Morgens wird er nicht anspringen. Dann sitzen wir in der Tinte«, meinte Jack und drückte Nans Hand.
»Wir sind doch so vorsichtig. Wir lassen uns nicht erwischen«, entgegnete sie. Während sie an Feldern und Bauernhöfen vorüber in Richtung Dublin brausten, sah sie nachdenklich aus dem Fenster.
Jack dachte an die Nächte, die sie in Eve Malones schmalem Bett verbracht hatten, und seufzte.
Doch gleichzeitig war ihm angst und bange, wenn er an das Risiko dachte, das sie eingingen. Wenn Eve gewußt hätte, daß Nan und er ihre Kate zu diesem Zweck mißbrauchten, hätte sie alle beide umgebracht. Knockglen war ein Dorf. Früher oder später mußte jemand sie erwischen. Und Knockglen war mehr als ein gewöhnliches Dorf. Knockglen war Bennys Heimat.
Benny.
Er versuchte, sie aus seinen Gedanken zu verbannen. In den letzten beiden Wochen, seit diese erstaunlich explosive Leidenschaft für Nan aufgeflammt war, hatte er es geschafft, sie nur mit anderen zusammen zu treffen. Er glaubte nicht, daß Benny etwas vermutete. Immer sorgte er dafür, daß Bill, Aidan oder Johnny bei ihm waren, und sonst rief er rasch irgendwelche Bekannten herbei.
Nicht mal ins Kino gingen sie allein. Die hart erkämpften Abende, an denen Benny in Dublin bleiben konnte, organisierte er so, daß sie in einer Gruppe ausgingen. Nach Möglichkeit bezog er Nan nicht mit ein, aber manchmal brachte Benny sie mit.
Nan versicherte ihm, sie akzeptiere das, was er bei ihrem ersten Treffen im Auto gesagt hatte: Das, was zwischen ihnen geschah, hatte mit Jack und Benny nichts zu tun. Das waren zwei verschiedene Welten.
Ja, das hatte er im Eifer des Augenblicks behauptet. Aber wenn er in Bennys vertrauensvolles Gesicht sah und über ihre Witze lachte ... wenn sie an einem eiskalten Nachmittag auftauchte,

um ihm beim Training zuzusehen, wenn sie sich erbot, Carmel mit den Sandwiches zu helfen, wenn ihm klar wurde, daß er eigentlich nur mit ihr allein sein und sie so berühren wollte, wie er Nan berührte – dann war er grenzenlos verwirrt.
Es war leicht gesagt, daß man sich seine Welt in verschiedene Bereiche einteilte. Aber im wirklichen Leben war es nicht so einfach.
Nan mußte reifer sein als die anderen, wenn sie akzeptierte, daß Jack für sie eine große und beinahe überwältigende Leidenschaft empfand, die sehr viel mit Begehren zu tun hatte und sehr wenig mit einer gemeinsamen Zukunft. Im Auto sprachen sie kaum miteinander. Wenn er dagegen mit Benny zusammen war, sprudelten die Worte nur so aus ihnen heraus.
Jack spürte, wie er immer nervöser wurde. Der Verkehr wurde allmählich dichter, und sie näherten sich Dublin. Von ihrer Familie und ihrem Zuhause hatte ihm Nan nie etwas erzählt.
»Wie kommt es, daß man dich die ganze Nacht wegbleiben läßt?« hatte er einmal gefragt.
»Wie kommt es, daß dich deine Eltern die ganze Nacht wegbleiben lassen?« hatte sie erwidert.
Die Antwort war einfach. Weil er ein Mann war. Ihm konnte nichts Schreckliches geschehen. Zum Beispiel konnte er nicht schwanger werden.
Doch das sagte er nicht. Seine Höflichkeit hinderte ihn daran – und der Aberglaube.

Nan sah zu, wie die Felder verschwanden und Fabrikgelände auftauchten, die dann Wohnblocks wichen. Bald waren sie zu Hause. An der Ecke von Maple Gardens würde sie Jack bitten, sie abzusetzen. Sobald sein Auto verschwunden war, würde sie zur Bushaltestelle gehen.
Sie würde zeitig zum College kommen und sich auf die Vorlesungen vorbereiten.

Das bedeutete allerdings nicht, daß sie mit dem Herzen bei der Sache war. Aber sie konnte nicht nach Hause. Ihr Vater glaubte schließlich, sie übernachte bei Eve Malone in Dunlaoghaire – und statt dessen vergnügte sie sich in Eves Kate in Knockglen.
Wenn sie heimging, würde außerdem ihre Mutter stutzig werden und sich Gedanken machen. Jack konnte in aller Ruhe nach Hause gehen, wo es heißes Wasser und frische Hemden gab, wo eine mäßig verwunderte Mutter ihn empfing und ein Dienstmädchen ihm Speck und Eier vorsetzte. Er brauchte sich keine Gedanken zu machen, er hatte eine Geliebte und eine duldsame, liebevolle Freundin. Wenn man den Büchern Glauben schenken konnte, war das alles, was ein Männerherz begehrte.
Nan kaute auf der Unterlippe. Schweigend saßen sie nebeneinander. Bald mußte sie es ihm sagen. Sie sah keinen anderen Ausweg.
Als sie in dieser Nacht im Bett lag, spielte sie noch einmal alle Möglichkeiten durch. Es war der einzige Ausweg, der sich ihr bot.
Sie würde nicht an Benny denken. Jack hatte gesagt, das sei seine Sache. Es habe nichts mit dem zu tun, was zwischen ihnen war. Sie konnte sich niemandem anvertrauen, denn niemand hätte gebilligt, was sie vorhatte. Zum zweitenmal innerhalb eines Monats würde sie einem Mann gestehen müssen, daß sie schwanger war. Und weil das Leben nun einmal nicht gerecht war, würde der zweite, den weder Schuld noch Verantwortung traf, wahrscheinlich das Richtige tun.

Mossys Mutter meinte, Mai sei ein guter Monat zum Heiraten. Paccy Moore schlug vor, sie sollten den Empfang im Zimmer hinter seinem Laden arrangieren. Schließlich war seine Schwester Bee Brautjungfer, und Patsy hatte kein eigenes Zuhause.
Das war allerdings nicht das, was Patsy sich erhofft hatte. Die Gäste mußten durch den Schusterladen! Aber es wäre erst recht

unangenehm gewesen, wenn sie, die ohnehin rein gar nichts in die Ehe brachte, den Empfang im Hause ihrer Schwiegermutter hätte ausrichten müssen.
Am liebsten hätte sie in Lisbeg gefeiert und den Empfang dort, bei den Hogans, ausgerichtet, aber das kam wohl kaum in Frage. Der Herr des Hauses war gerade erst vier Monate unter der Erde. Die Hausherrin und Benny verbrachten viel Zeit über dem Laden und hatten sicher wenig Muße und Energie, um auf Patsys Bedürfnisse einzugehen. Ihr Hochzeitskleid hatte sie von Pine's; dafür stotterte sie seit Weihnachten ihre Raten ab.
Clodagh berichtete Benny von Patsys Wunsch. »Vielleicht geht es ja wirklich nicht. Aber ich denke, es ist besser, wenn ihr es wißt, damit ihr euch hinterher nicht ärgert.«
Benny war sehr dankbar für den Hinweis. Daß sie nicht gleich daran gedacht hatten! Aber sie hatten angenommen, daß alles von Mossys Seite arrangiert wurde.
Patsys Freude kannte keine Grenzen. Jetzt konnte sie Mossys Mutter eins auswischen. Sofort machte sich Patsy auf den Weg, um die Einladungen drucken zu lassen.
»Und was macht bei dir die Liebe?« wollte Clodagh wissen.
»Neulich war er abends da, stimmt's?«
»Gott, ich wünschte, es wäre so. Ich *glaube,* es ist alles in Ordnung. Er kommt dauernd an und macht alle möglichen Vorschläge, was wir unternehmen könnten. Aber wenn wir dann ausgehen, sind immer tausend Leute dabei.«
»Ach, weißt du, das ist nur gut so. Er will dich seinen Freunden vorführen. Und er hat eine Menge Freunde. Der Verrückte da drüben auf der anderen Straßenseite hat gar keine Freunde, höchstens welche, die Flipperautomaten und Musikboxen verkaufen. Aber ich hätte schwören können, daß er neulich bei Dessie Burns getankt hat.«
»Wer? Fonsie?«
»Nein, dein Freund. Na ja, vermutlich gibt's Dutzende von

gutaussehenden Kerlen mit Collegeschal, die einen Morris Minor volltanken.«

»Mr. Flood ist nicht der einzige, der Visionen hat«, erzählte Benny, als sie Jack am nächsten Tag traf. »Clodagh meint, sie hätte dich neulich abends gesehen, wie du in Knockglen getankt hast.«
»Würde ich etwa nach Knockglen kommen, ohne dich zu besuchen?« fragte er.
Was für eine alberne Frage. Sie verdiente nicht mal eine Antwort. Ohnehin hatte Benny die Sache nur erwähnt, um Jack zu zeigen, daß man ihn hier kannte, daß er für die Dorfbewohner bereits ein Begriff war.
Jack sog langsam Luft durch die Zähne. Nan und er waren vor Schreck fast gestorben, als sie festgestellt hatten, daß die Benzinanzeige auf Null stand. Sie mußten auf der Stelle tanken. Wenn sie am frühen Morgen aus ihrem Versteck aufbrachen, hatte noch niemand offen.
Gerade noch mal davongekommen. Er würde Nan nichts davon erzählen. Und Benny hoffentlich auch nicht.

Sean Walsh machte seinen Morgenspaziergang. Neuerdings begleiteten ihn die beiden unansehnlichen Jack-Russell-Terrier, mit denen er sein zukünftiges Heim teilen würde. Wenn man ihnen am Morgen reichlich Bewegung verschaffte, kläfften sie weniger und waren auch sonst etwas erträglicher.
Inzwischen betrachtete er die Häuschen am Steinbruch nicht mehr voller Groll und Neid wie früher.
Alles hatte sich viel besser entwickelt, als er es je zu hoffen gewagt hatte.
Dorothy war eine einmalige Frau.
Auf einmal sah er zwei Leute aus Eve Malones Kate kommen. Die Morgensonne blendete ihn, und er konnte sie nicht erkennen.

Sie hatten es offenbar ziemlich eilig, denn sie rannten Hand in Hand den Weg zum Platz hinunter. Sean kniff die Augen zusammen. Irgendwie kamen sie ihm bekannt vor. Aber wahrscheinlich täuschte er sich. Bestimmt waren es Leute aus Dublin, die das Häuschen gemietet hatten.
Aber wohin wollten sie nur?
Für den Bus war es noch viel zu früh. Und auf dem Platz hatte er kein Auto gesehen.
Es war ein Rätsel. Und Rätsel konnte Sean Walsh überhaupt nicht leiden.

Lilly Foley sprach mit ihrem Mann über Jack.
»Drei Nächte letzte Woche und diese Woche schon wieder, John. Du mußt mit ihm reden.«
»Er ist erwachsen.«
»Er ist zwanzig. Da ist man nicht erwachsen.«
»Na ja, aber er ist kein Kind mehr. Laß ihn in Frieden. Wenn man ihn bei der Teamauswahl übergeht oder wenn er durch eine Prüfung fällt – dann muß man mit ihm reden.«
»Aber mit wem könnte er denn zusammensein? Immer mit der gleichen, oder ist es jedesmal eine andere?«
»Er legt jedenfalls immer eine ordentliche Strecke für sie zurück, nach dem Kilometerzähler zu urteilen.« Jacks Vater lachte schelmisch.
Er hatte eine Benzinquittung aus Knockglen gefunden.
Also war es wohl das große rundliche Mädchen Benny Hogan. Erstaunlich. Aber wo um alles in der Welt trafen sie sich nur? Ihr Vater war gestorben, aber ihre Mutter führte ein strenges Regiment. Das Mädchen konnte Jack nicht zu sich nach Hause nehmen, oder?

Heather rief Eve an. »Wann kommst du nach Hause? Ich vermisse dich.«

Wider ihren Willen fühlte sich Eve geschmeichelt.
Sie versprach, bald zu kommen. Am nächsten oder spätestens am übernächsten Wochenende.
»Es muß nicht unbedingt am Wochenende sein.«
Eigentlich hatte sie recht, denn Eve konnte sich auch an einem Nachmittag unter der Woche freimachen. Sie konnte zusammen mit Benny den Bus nehmen, mit Mutter Francis Tee trinken und Heather dann zur Kate mitnehmen. Dann erfuhr sie aus erster Hand, wie es mit den Plänen für das Osterspiel stand. Sie konnte Bennys Mutter besuchen und das neugestaltete Geschäft bewundern. Und am späteren Abend dann bei Mario's vorbeischauen. In Knockglen gab es zur Zeit jede Menge Attraktionen. Eigentlich konnte sie gleich morgen fahren! Aber zuerst mußte sie sich noch mit Benny absprechen. Damit sie nicht ausgerechnet den Abend erwischte, an dem Benny in der Stadt blieb.
Benny schlug vor, eine Vorlesung ausfallen zu lassen und mit dem Drei-Uhr-Bus zu fahren. Dann hatten sie ein bißchen Zeit. In der Kneipe, die den jungen Männern so gut gefiel, aßen sie ein Sandwich. Es war der Pub, der es mit der »Heiligen Stunde« nicht so genau nahm.
Aidan, Jack und Bill leisteten ihnen Gesellschaft. Auch Rosemary war kurz vorbeigekommen, um sich zehn Shilling zu borgen. Sie mußte unbedingt zu einem erstklassigen Friseur. Tom, der Medizinstudent, war eine härtere Nuß, als sie es sich vorgestellt hatte. Jetzt war der Zeitpunkt für schwerere Geschütze gekommen – beispielsweise einen neuen Haarschnitt.
Niemand hatte Lust zu arbeiten, aber Eve und Benny schlugen das Angebot aus, sich mit den anderen im Spielsalon zu vergnügen.
»Ich muß zum Bus«, erklärte Benny.
»Adieu, Aschenputtel!« rief Jack und warf ihr eine Kußhand nach. Seine Augen strahlten. Sie mußte verrückt gewesen sein, daß sie sich seinetwegen Sorgen gemacht hatte.

So verließen Benny und Eve den Pub.
Aidan meinte, er habe das sichere Gefühl, daß die beiden die ganze Nacht bis zur Morgendämmerung bei Mario's herumhüpfen würden.
»Wie bitte?« Jack verschüttete etwas von seinem Bier.
Er hatte gar nicht mitbekommen, daß Eve zu ihrer Kate fuhr. Er war um sechs Uhr mit Nan am Kai verabredet. Und sie hatten vorgehabt, ebenfalls zur Kate zu fahren.

Mit raschen Schritten eilte Nan Mahon in Richtung Fluß. Ihre Reisetasche enthielt wie üblich Laken, Kissenbezüge, Kerzenhalter, Sachen fürs Abendessen und fürs Frühstück. Jack brachte immer nur seinen Primuskocher und etwas zu trinken mit. Aber diesmal hatte auch Nan eine Flasche Wein eingepackt. Vielleicht brauchten sie die. Heute war die Nacht, in der sie es ihm erzählen wollte.

Heather war außer sich vor Freude, Eve endlich wiederzusehen. Als Eve die Aula betrat, rief Heather sie gleich aufgeregt zu sich. Die Probe für das Osterspiel war in vollem Gang. In ein Leintuch gehüllt, stellte Heather Westward Simon von Kyrene dar, den Mann, der Jesus beim Tragen des Kreuzes half.
Noch vor sechs Wochen hätte man in Knockglen so etwas nicht für möglich gehalten.
»Kommst du zur Aufführung, um mich anzufeuern?« wollte Heather wissen.
»Ich glaube nicht, daß Anfeuern das ist, was sich Mutter Francis vorstellt ...«
»Aber ich bin einer von den Guten. Ich helfe ihm. Ich trete vor und trage seine Last«, erklärte Heather.
»Ja, ich komme natürlich und unterstütze dich.«
»Weißt du, von mir kommt ja niemand.«
Eve versprach, sie werde bei der Aufführung anwesend sein.

Vielleicht würde sie sogar Aidan mitbringen; dann hatte Heather schon zwei Gäste. Eve Malone kannte das Gefühl nur zu gut, das einzige Mädchen in der ganzen Schule zu sein, dem niemand einen Kuchen für den Wohltätigkeitsbasar mitgab oder bei den Aufführungen Beifall klatschte. Genau das war auch ihr Schicksal gewesen in all den Jahren, die sie in St. Mary gelebt hatte.
Nachdem sie sich für später in Eves Kate verabredet hatten, ging Heather zu ihrer Probe zurück. Jetzt war es Zeit für einen Schwatz mit Mutter Francis.
Eve erzählte, sie müsse in Healys Hotel einen Kaffee trinken, um aus nächster Nähe einen Blick auf das frischgebackene Liebespaar zu werfen: Dorothy und Sean, das Traumpaar aller Zeiten.
Mutter Francis meinte, sie solle sich nicht über die beiden lustig machen. Alle hielten ihre Zunge im Zaum, und Eve solle das bitte auch.
War es nicht besser gekommen, als alle zu hoffen gewagt hatten? Mutter Francis sagte das sehr ernst, und Eve begriff, daß die Nonne etwas gewußt oder zumindest geahnt hatte von dem Geheimnis um das verschwundene Geld.
Aber selbst wenn es so war, würde es nie zur Sprache kommen.
Während sie dann in ihrer Kate auf Heather wartete, sah sie sich ein bißchen um.
Irgend etwas war verändert. Nicht nur, wie die Sachen dastanden. Mutter Francis kam oft hierher. Sie wischte Staub und machte sauber. Manchmal räumte sie auch etwas um. Aber diesmal war es anders.
Lange Zeit kam Eve nicht darauf. Es war nur ein Gefühl, als wäre jemand hier gewesen. Als hätte jemand sich hier aufgehalten, sogar gekocht. In ihrem Bett geschlafen. Sie fuhr mit der Hand über den Herd. Niemand hatte ihn benutzt. Ihr Bett war genauso ordentlich gemacht, wie sie es in der Schule gelernt hatte.

Eve schauderte. Jetzt fing sie auch noch an, sich Sachen einzubilden. Die ganzen Schauergeschichten, daß es in dem Häuschen spukte, zeigten anscheinend doch ihre Wirkung. Aber an einem hellen Aprilabend war das doch lächerlich.
Entschlossen schüttelte sie diese seltsamen Gedanken ab und machte sich daran, ein Feuer zu entfachen. Heather verlangte bestimmt gleich einen Toast zur Stärkung, wenn sie auftauchte.

Später ging Eve zu Healys Hotel und traf dort Sean. In einem dunklen Anzug, wie es sich für den Geschäftsführer gehörte.
»Darf ich dir als eine der ersten gratulieren?« sagte sie.
»Das ist ausgesprochen freundlich von dir, Eve.«
Sie erkundigte sich höflich nach dem geplanten Hochzeitstermin und lauschte höflich interessiert seinen Ausführungen über die Hotelvergrößerung sowie über die Hochzeitsreise, die Mr. und Mrs. Healy in die Heilige Stadt und an die italienischen Seen führen sollte. Dann fragte sie, ob Mrs. Healy da sei, damit sie ihr persönlich gratulieren könne.
»Dorothy ruht sich gerade ein wenig aus, wie immer am späten Nachmittag«, erklärte Sean in einem Ton, als beschreibe er die Lebensgewohnheiten eines lange ausgestorbenen Tieres im Museum.
Eve hielt sich die Hand vor den Mund, um nicht laut loszuprusten.
»Offenbar hast du dich jetzt entschlossen, ein wenig Kapital aus deinem Besitz zu schlagen«, meinte Sean.
Eve sah ihn verständnislos an.
»Indem du dein Häuschen vermietest.«
»Nein, das tu ich doch gar nicht.«
»Oh, entschuldige bitte.«
Wollte er sie etwa bitten, ob sie ihr Häuschen nicht an ihn oder einen seiner Bekannten vermieten könnte?
Widerwillen überkam Eve, und sie beschloß, ein derartiges

Ansinnen gleich im Keim zu ersticken. Sean Walsh brauchte sich gar keinen Illusionen hinzugeben, daß Eve ihr Häuschen irgend jemandem überlassen würde, auch nicht für Geld.
»Nein, tut mir leid, daß ich so heftig geworden bin, Sean. Es ist nur, daß mir so was nie in den Sinn kommen würde. Ich nutze die Kate für mich und für meine Freunde.«
»Für deine Freunde. Ach so.«
Auf einmal wußte Sean, wen er aus Eves Kate hatte kommen sehen. Das blonde Mädchen, dem er schon ein paarmal begegnet war – erst vor kurzem sogar, als sie am Kai von Dublin aus dem Bus gestiegen war, der aus Knockglen kam.
Und der junge Mann – natürlich erinnerte er sich auch an ihn. Das war Bennys Freund gewesen. Der Arztsohn.
Da hatte die kleine Affäre also nicht allzulange gehalten. Und niemand hatte ein Wort darüber verloren.
Sein Mund verzog sich langsam zu einem Lächeln. Irgend etwas daran gefiel Eve ganz und gar nicht. Jetzt bekam sie schon zum zweitenmal heute nachmittag eine Gänsehaut. Anscheinend entwickelte sie sich allmählich zum Nervenbündel. Aidan hatte recht. Eve Malone war eine durch und durch neurotische Person. Im Augenblick hatte sie nur noch das Bedürfnis, von Sean Walsh wegzukommen.
Sie sprang auf und eilte in Richtung Ausgang.
»Richte Mrs. Healy bitte meine besten Wünsche aus.« Eigentlich hatte sie Dorothy sagen wollen, aber der Name kam ihr nicht über die Lippen.

Der Verkehr am Hafen war fürchterlich. Jack hatte Nan entdeckt, es gelang ihm aber nicht, sie auf sich aufmerksam zu machen. Sie lehnte an einer Mauer und sah geistesabwesend hinab in den Liffey.
Schließlich hatte sein Hupen und Rufen Erfolg, und Nan bahnte sich selbstsicher einen Weg durch die Autos im Stau.

Wieder einmal dachte er, wie schön sie war und wie schwer es war, auf die Nächte mit ihr zu verzichten. Aber heute nacht mußte er widerstehen. Der Schock, daß sie um ein Haar entdeckt worden waren, saß ihm noch in den Gliedern. In Zukunft würden sie sich jedesmal doppelt und dreifach vergewissern müssen, ob Eve nicht mitten unter der Woche nach Knockglen fuhr.

Das eine Mal, als sie den Mann mit den Hunden gesehen hatten, war schon schlimm genug gewesen. Diesen dünnen Kerl, den Benny so abgrundtief haßte und wegen dessen Entlassung es einen solchen Zirkus gegeben hatte.

Lässig stieg Nan in den Wagen und verstaute ihre Tasche auf dem Rücksitz.

»Wir müssen umdisponieren«, sagte er nur. »Gehen wir was trinken und unterhalten wir uns darüber.«

Benny lächelte immer über diesen Satz. Nan konnte nichts damit anfangen.

»Warum?«

»Weil wir nicht hinfahren können. Eve ist zu Hause in ihrer Kate.«

»Verdammt!« Nan sah verärgert aus.

»Ist es nicht ein Glück, daß wir es rechtzeitig erfahren haben?«

Jack wollte, daß sie ihn beglückwünschte. Schließlich war es nur einem enormen Zufall zu verdanken, daß Aidan ihm davon erzählt hatte.

»So ein Pech, daß sie ausgerechnet heute dort sein muß!«

Jack fiel auf, daß Nan nie Eves Namen aussprach.

»Na ja, schließlich ist es ihr Haus«, meinte er mit einem zögernden Lachen.

Aber Nan fand das überhaupt nicht komisch.

»Ich wollte heute nacht unbedingt dort sein«, sagte sie. Selbst wenn sie die Stirn runzelte, sah sie schön aus.

Dann hellte sich ihr Gesicht auf. Sie schlug vor, zu einem

wunderschönen Hotel in Wicklow zu fahren. Es sei bezaubernd. Und ganz ruhig; man sei dort völlig ungestört. Genau das richtige für heute nacht.
Jack kannte den Namen des Hotels. Seine Eltern gingen manchmal dort essen. Aber für ihn war das viel zu teuer. Ein Doppelzimmer dort konnte er sich nicht leisten, und das sagte er ihr auch.
»Hast du ein Scheckheft?«
»Ja. Aber nicht genug Geld auf der Bank.«
»Dann beschaffen wir uns das Geld eben morgen. Oder ich besorge es. Laß uns hinfahren.«
»Nan, wir sind nicht verheiratet. Sie werden uns kein Zimmer geben«, erwiderte Jack erschrocken.
»Oh, dort fragt keiner nach einer Heiratsurkunde.«
Jack starrte sie an.
»Ich hab das von Leuten gehört, die schon mal dort übernachtet haben. Sie hatten keinerlei Probleme.«
Als sie Dublin in Richtung Süden verließen, kamen sie an dem Haus vorbei, in dem Eve und Kit Hegarty wohnten.
»Warum kann sie heute nacht nicht dort sein?« sagte Nan.
Das wäre für alle Beteiligten wesentlich billiger gewesen, dachte Jack.
Es war ihm zuwider, daß er in diesem Hotel einen ungedeckten Scheck ausstellen und seinen Eltern unter die Augen treten mußte, wenn alles herauskam.
Warum hatte sich Nan nicht damit abfinden können, daß sie auf diese Nacht verzichten mußten! Benny hätte das verstanden.
Er wünschte, er müßte in solchen Situationen nicht immer an Benny denken.

Am nächsten Morgen trafen sich Benny und Eve auf dem Platz. Sie saßen im Bushäuschen und warteten, bis Mikey mit dem Bus eintraf.

»Warum nennen wir das hier eigentlich einen Platz?« fragte Eve. »Im Grunde genommen ist es doch weiter nichts als ein Stück unbebautes Land.«
»Nur so lange, bis die jungen Tiger es in die Finger kriegen. Nächste Woche könnte es schon eine Rollschuhbahn sein«, lachte Benny.
Tatsächlich waren Clodagh und Fonsie unermüdlich in ihrem Bestreben, Knockglen zu verändern. Und sie hatten schon manchen Einwohner dazu gebracht, sein Geschäft zu modernisieren.

Fonsie war bei Flood's gewesen und hatte gesagt, wenn er eine so schöne Fassade hätte wie diese, würde er den Schriftzug in Gold nachziehen lassen. Mr. Flood hatte wohl befürchtet, daß man ihm womöglich sein Geschäft wegnehmen würde, falls er die Erwartungen dieses jungen Mannes nicht erfüllte, und die Maler gleich für den nächsten Tag bestellt. In Mrs. Carrolls schlampigem Lädchen hatte Clodagh die Bemerkung fallenlassen, daß die Lebensmittelinspektoren heutzutage überall Geschäfte schließen ließen. Doch es sei ganz erstaunlich, wie leicht man sie mit ein bißchen frischer Farbe und einem Frühjahrsputz beeindrucken könnte. Natürlich tat sie die ganze Zeit über so, als stelle sie ganz allgemeine Betrachtungen an. Aber sie hätte Mossy Rooney Brief und Siegel geben können, daß Mrs. Carroll am nächsten Tag seine Dienste in Anspruch nehmen würde – und so geschah es auch.
Außerdem sagte sie Mossy, er solle gleich auch eine Vorrichtung für eine Markise anbringen, auch wenn ihm niemand ausdrücklich den Auftrag erteilte. Dessie Burns hatte jetzt nämlich große Leinenplanen in verschiedenen Farben auf Lager. Wenn Clodagh und Fonsie so weitermachten, würde das Dorf bald in allen Regenbogenfarben leuchten.
»Vermutlich heiraten sie bald«, meinte Eve.

»Clodagh meint, nie im Leben. In nächster Zeit gebe es viel zu viele Hochzeiten, da hätten alle bald die Nase voll. Mrs. Healy und Mr. Walsh, Patsy und Mossy. Und Maire Carroll hat aus Dublin auch schon einen Verlobten angeschleppt, wie ich gehört habe. Im Gegensatz zu uns beiden alten Jungfern.«
Sie kicherten wie immer, als sie in den Bus stiegen. Nichts hatte sich seit der Schulzeit verändert.

Rosemary strahlte. Ihre neue Frisur habe Wunder gewirkt, berichtete sie. Benny hatte ihr drei Shilling geliehen, die ihr Rosemary jetzt gewissenhaft auf den Tisch zählte. Tom sei hin und weg gewesen.
»Es sieht ein bißchen plattgedrückt aus«, meinte Benny, während sie Rosemarys Haare begutachtete.
»Ja, ich weiß«, erwiderte Rosemary glücklich. »Ich schulde Jack auch noch einen Shilling. Kannst du ihm den vielleicht geben?«
Benny versprach es. Sie würde ihn im Annexe ja ohnehin treffen.

Sean und Carmel saßen zusammen an einem Tisch, und Benny setzte sich zu ihnen. Jacks Shilling hielt sie in der Hand, damit sie Rosemarys Auftrag nicht vergaß.
»Jack hat dich heute morgen überall gesucht«, sagte Sean. Benny war beglückt.
»Er hat sogar vor einer Lateinvorlesung auf dich gewartet, weil er gedacht hat, es wäre deine. Aber das war Baby-Latein.«
»Oh, Baby-Latein habe ich längst hinter mir«, meinte Benny stolz. Sie war im nächsthöheren Kurs. Alle Geisteswissenschaftler mußten im ersten Jahr einen Grundkurs in Latein machen. Mutter Francis hätte ihr den Hals umgedreht, wenn sie sich den leichtesten ausgesucht hätte.
Bill Dunne gesellte sich zu ihnen.

»Ich soll dir von Jack ausrichten, daß er um eins in der Halle auf dich wartet«, sagte er. »Aber wenn du meine persönliche Meinung hören willst – ich würde ihn nicht mit der Feuerzange anfassen. Er ist unrasiert und benimmt sich wie ein Bär mit Kopfweh. Er hat dich nicht verdient.«

Benny lachte. Wenn Bill Dunne vor allen anderen solche Dinge sagte, versetzte sie das in Hochstimmung. Auf diese Weise wurde klargestellt, daß sie Jacks Freundin war.

»Dann kommt er also nicht hierher«, sagte sie mit einem Blick zur Tür.

»Der kommt doch nirgendwohin. Ich hab ihn wegen des Autos für den Osterausflug nach Knockglen angesprochen. Da hat er gesagt, wenn ich noch mal über Autos, Ausflüge oder Knockglen rede, macht er mich einen Kopf kürzer.«

Benny wußte, daß Bill gern übertrieb, um sich selbst als den wohlerzogenen, netten Menschen und Jack als den ungehobelten Schurken hinzustellen.

Da das natürlich nicht zutraf, war allen klar, daß er Spaß machte. Sie lächelte Bill freundlich zu, denn sie wußte ja, wie sehr sich Jack auf das Wochenende in Knockglen freute. Es würde sicher noch schöner werden als an Weihnachten.

Schon seit Wochen waren alle mit der Planung beschäftigt. Sean hatte Geld gesammelt, hier einen Shilling, da einen Shilling. Die Geldreserven wuchsen.

Sie wollten bei Eve, bei Clodagh und aller Wahrscheinlichkeit auch oben bei den Hogans feiern. Der erste Stock über dem Laden war mit seinen hohen Decken so geräumig, daß man hier einfach feiern *mußte*. Benny hatte bei ihrer Mutter schon vorgefühlt, und die Zeichen standen günstig.

Aber jetzt freute sie sich darüber, daß Jack sie suchte.

In den letzten Wochen hatte er sich nie allein mit ihr getroffen. Insgeheim hoffte sie, daß er sie zum Essen einladen wollte – nur sie beide, wie damals bei Carlo's.

Vielleicht sollte sie ihn diesmal einladen. Aber sie würde erst mal abwarten, in welcher Stimmung er war. Sie wollte ihn nicht unter Druck setzen.

Bill hatte recht. Jack sah tatsächlich schlecht aus. Bleich und übernächtigt, als hätte er die Nacht nicht geschlafen. Aber er war immer noch attraktiv, vielleicht sogar noch attraktiver. Weniger der konventionelle College-Held, mehr der Hauptdarsteller in einem Film oder einem Theaterstück.
Ja, Jack Foley sah aus, als spiele er in einem Theaterstück.
Und er redete auch so.
»Benny, ich muß mit dir sprechen. Wohin können wir gehen, damit wir allein sind?«
Benny lachte ihn gutmütig an.
»*Du* hast doch die Halle vorgeschlagen! Hast du geglaubt, wir wären um diese Zeit allein hier?«
Die Studenten strömten an ihnen vorüber oder standen in Gruppen redend um sie herum, den Dufflecoat über den Arm gehängt, den Schal lose um den Hals geschlungen. Eigentlich war es schon zu warm für einen Mantel, aber der Dufflecoat gehörte einfach zum Studentendasein. Deshalb trennte man sich nur ungern davon.
»Bitte«, sagte Jack nur.
»Tja, möchtest du vielleicht zu Carlo's? Du weißt schon, das nette Lokal, in dem wir ...«
»*Nein!*« er schrie beinahe.
Überall sonst würden sie Leute treffen, die sie kannten. Selbst wenn sie sich in St. Stephen's Green setzten, würde jetzt, um die Mittagszeit, die halbe Uni auf dem Weg in die Grafton Street an ihnen vorbeikommen.
Benny war ratlos, aber sie wußte, daß sie die Entscheidung treffen mußte.
Jack war dazu offensichtlich nicht in der Lage.

»Wir könnten uns an den Kanal setzen«, schlug sie vor. »Vorher könnten wir uns ein paar Äpfel kaufen und ein bißchen altes Brot mitnehmen, falls wir Schwäne entdecken.«
Sie blickte ihn fragend an.
Doch das schien ihn noch mehr aus der Fassung zu bringen.
»O Gott, Benny«, stöhnte er und zog sie an sich. Einen Moment überkam sie die Angst, daß etwas Schlimmes passiert war. Andererseits hatte sie dieses Gefühl oft, und ihre Befürchtungen hatten sich nie bewahrheitet.
In der Nähe der Schleusen gab es einen kleinen Grashügel, wo sie oft saßen.
Benny zog ihren Mantel aus und legte ihn auf den Boden, damit sie sich daraufsetzen konnten.
»Nein, nein, so ruinieren wir ihn nur.«
»Das ist doch bloß Erde. Die bürste ich nachher weg. Du bist ja fast so schlimm wie Nan«, neckte sie ihn.
»Es geht um Nan.«
»Was ist mit Nan?«
»Sie ist schwanger. Sie hat es gestern erfahren.«
Benny erschrak. Gleichzeitig war sie erstaunt, daß ausgerechnet Nan mit Simon Westward bis zum Äußersten gegangen war. Nan. Die kühle, distanzierte Nan. Wie konnte sie überhaupt mit jemandem schlafen? Benny hätte gedacht, daß Nan die letzte wäre, die sich auf so etwas einließ.
»Die arme Nan«, sagte sie. »Ist sie sehr durcheinander?«
»Sie ist völlig außer sich«, antwortete er.
Schweigend saßen sie nebeneinander.
Benny ließ sich die ganze schreckliche Geschichte durch den Kopf gehen. Eine abgebrochene Universitätslaufbahn, eine zwanzigjährige Mutter. Und nach Jacks betroffenem Gesichtsausdruck zu schließen, offenbar auch noch ein Problem mit Simon Westward.
Eve hatte also doch recht gehabt mit ihrer Einschätzung.

Simon Westward würde Nan Mahon, Tochter eines Bauarbeiters aus dem Norden Dublins, nicht heiraten. So schön sie auch war – dadurch, daß sie sich ihm hingegeben hatte, achtete er sie noch weniger.
»Was hat sie jetzt vor? Heiraten wird sie wohl nicht, oder?«
Sie blickte in Jacks Gesicht, das sich vor Anspannung verzerrte. Er schien nach Worten zu ringen.
»Sie *wird* heiraten.«
Erschrocken sah Benny ihn an. Das war nicht mehr normal, wie er jetzt redete.
Er nahm ihre Hand und preßte sie an sein Gesicht. Tränen rannen ihm über die Wangen. Jack Foley weinte.
»Sie heiratet ... mich«, schluchzte er.
Verständnislos blickte Benny ihn an. Sie brachte kein Wort heraus.
Noch immer drückte er ihre Hand an sein Gesicht.
Sein Körper bebte.
»Wir müssen heiraten, Benny«, brachte er mühsam hervor. »Es ist mein Baby.«

Kapitel 19

Eve saß im Singing Kettle, als sie Benny an der Tür entdeckte. Zuerst dachte sie, Benny wollte sich zu ihnen setzen, und war schon im Begriff, einen Stuhl heranzurücken.
Aber dann sah sie Bennys Gesicht.
»Bis später«, verabschiedete sie sich hastig von ihren Freunden.
»Du hast deine Pommes noch nicht aufgegessen.« Aidan war verblüfft. So dringend konnte es doch wohl nicht sein!
Aber Eve war schon draußen auf der Leeson Street.
Sie zog Benny von der Kneipentür weg, denn hier ging beinahe jeder ihrer Bekannten um die Mittagszeit ein und aus.
An das Eisengeländer eines Hauses gelehnt, erzählte Benny ihre Geschichte. Manchmal waren ihre Worte kaum verständlich, dann wieder sagte sie das gleiche mehrmals hintereinander.
Zum Beispiel, daß er sie liebte. Jack liebte Benny! Wirklich. Er hatte das alles nie gewollt. Aber er konnte nichts mehr daran ändern. Am Samstag sollte die Verlobungsanzeige in der *Irish Times* erscheinen.
Eve blickte über die Straße und entdeckte ein Taxi, das jemanden vor der Privatklinik St. Vincent absetzte. Sie schleppte Benny durch den Verkehr auf die andere Seite und schubste sie auf den Rücksitz des Wagens.
»Dunlaoghaire«, sagte sie energisch.
»Alles in Ordnung mit euch beiden?« Der Taxifahrer musterte sie beide im Rückspiegel. Die Große sah besonders mitgenommen aus. Womöglich übergab sie sich noch in seinem Auto.
»Wir können die Fahrt bezahlen«, versicherte Eve.
»Das habe ich nicht gemeint«, erwiderte er.

Eve sagte zu Benny, sie solle sich ausruhen. Wenn sie zu Hause waren, hatten sie noch genug Zeit zum Reden.

Kit war nicht da. Sie war einkaufen: neue Sachen für Ostern, wenn sie Kevin Hickey und seinen Vater in Kerry besuchte.
So hatten sie die Küche für sich. Benny saß am Tisch und beobachtete Eve wie durch einen Nebel. Eve bereitete das Essen zu: Resolut schnippelten ihre schmalen Hände die abgekühlten gekochten Kartoffeln und schnitten die Schwarte von den Speckscheiben. Mit ihren dünnen Fingern tunkte sie geschickt die Brotstücke in verquirltes Ei.
»Ich will nichts essen«, murmelte Benny.
»Aber ich. Schließlich hab ich mein Mittagessen im Singing Kettle stehenlassen, erinnerst du dich?«
Eve holte eine Flasche Sherry aus einer Cornflakespackung.
»Damit die versoffenen Studenten sie nicht finden«, erklärte sie.
»Ich will nichts davon.«
»Das ist Medizin«, sagte Eve, goß zwei große Gläser ein und stellte die weißen Teller auf den Tisch. Tröstliches Essen ...
»Jetzt fang mal von vorne an und erzähl mir alles ganz langsam und der Reihe nach. Von dem Augenblick an, als ihr euch am Kanal auf den Mantel gesetzt habt. Aber sag nicht noch mal, daß er dich liebt, sonst schmeiß ich den Tisch mit dem ganzen Zeug drauf um, und du mußt die Sauerei dann wegwischen.«
»Eve, bitte. Ich weiß ja, daß du's gut mit mir meinst.«
»Klar meine ich es gut mit dir«, sagte Eve. Benny hatte sie noch nie so grimmig gesehen. Nicht einmal, wenn sie über die Westwards redete, war Eve Malones Gesicht jemals so hart und erbarmungslos gewesen.

Sie redeten, während die Schatten immer länger wurden. Benny hörte, wie Kit heimkam, und sie blickte besorgt auf die unordentliche Küche und die halbleere Sherryflasche.

»Es ist schon in Ordnung«, sagte Eve leise. »Kit versteht das. Ich räume schnell ein bißchen auf.«
»Ich müßte eigentlich zum Bus.«
»Nein, du bleibst hier. Ruf deine Mutter an. Und, Benny ... sie wird dich fragen, ob du mit Jack verabredet bist. Sag ihr gleich, daß du dich nicht mehr mit ihm triffst. Bring ihr bei, daß es vorbei ist.«
»Es muß aber nicht vorbei sein. Er will nicht, daß es vorbei ist. Er sagt, wir müssen miteinander reden.«
In diesem Moment erschien Kit in der Küchentür und sah sich überrascht um. Bevor Benny den Mund öffnen konnte, erklärte Eve: »Benny muß einen ... kleinen Schock verkraften. Wir versuchen, so gut wie möglich damit fertig zu werden, indem wir uns über das morgige Frühstück hermachen. Ich gehe später in den Laden vom Halsabschneider und kaufe alles nach.«
Kit begriff, daß es sich nicht um einen kleinen Schock handeln konnte.
»Ich muß meine neuen Sachen aufhängen. In einer halben Stunde komme ich runter und mache das Abendessen – das heißt, wenn ihr was übrigläßt.«
Dann nickte sie ihnen aufmunternd zu und verschwand.

Annabel Hogan sagte, es sei in Ordnung. Sie habe im Laden eine Menge zu tun, und wenn Benny nicht heimkäme, bräuchten sie und Patsy abends nicht zu kochen und würden sich einfach etwas bei Mario's holen. Voll Bitterkeit dachte Benny an all die Abende, an denen sie Jack Foley allein in Dublin hatte herumziehen lassen und sich selbst widerwillig nach Hause getrollt hatte, um ihrer Mutter Gesellschaft zu leisten. Und jetzt machte es Annabel auf einmal nichts mehr aus, wenn ihre Tochter in Dublin blieb!
»Gehst du mit Jack aus?« fragte sie.
Trotz Eves Ermahnung brachte Benny es nicht übers Herz, ihrer

Mutter zu sagen, daß es vorbei war. Es auszusprechen hätte bedeutet, daß es Wirklichkeit war.
»Heute nicht«, erwiderte sie munter. »Nein, heute unternehme ich was mit Eve.«
Während Eve unten das Abendessen auf den Tisch stellte, lag Benny auf Eves Bett und badete ihre Augen in kaltem Wasser. Die Vorhänge waren zugezogen, und sie hörte das Klappern von Tellern und Besteck. Vorhin hatte Kit kurz mit einer Tasse Tee hereingeschaut, aber keine Anstalten unternommen, Benny aufzumuntern oder zu bemitleiden. Man konnte sich gut vorstellen, wie angenehm es war, mit dieser einfühlsamen Frau unter einem Dach zu wohnen.
Benny hatte jetzt schon Angst vor den Mitleidsbekundungen, mit denen ihre Mutter sie überschütten würde, vor dem endlosen Grübeln und Spekulieren und vor den absurden Vorschlägen: Vielleicht nützt es etwas, wenn man hellere oder dunklere Farben trägt ... vielleicht sollte man mit seiner Mutter reden ... Männer mögen Mädchen, die gut mit ihren zukünftigen Schwiegermüttern auskommen ...
Auf keinen Fall würde Benny ihrer Mutter erzählen, daß Nan schwanger war.

Benny und Eve machten einen Spaziergang, der ihnen wie eine Ewigkeit erschien.
Manchmal stritten sie sich, manchmal blieb Benny stehen und weinte. Und sagte, Eve wäre bestimmt nicht so unversöhnlich, wenn sie Jacks Gesicht gesehen hätte. Dann preßte Eve die Lippen zusammen und schwieg. Als sie die Burma Road hinaufgingen und in den Killiney Park einbogen, erklärte Benny, alles sei ihre Schuld. Sie hätte nicht erkannt, wie sehr ein Mann die körperliche Liebe brauchte. Das sei nun mal eine biologische Tatsache. Als sie dann am Obelisk saßen und auf die Bucht hinabblickten, meinte sie, Jack Foley sei der verlogenste, ge-

meinste Mann auf der ganzen Welt – warum in Gottes Namen sagte er dauernd, daß er sie liebte, wenn es doch gar nicht stimmte?

»Weil er dich geliebt hat. Oder es zumindest geglaubt hat«, sagte Eve. »Das ist doch genau das Problem.«

Daß Eve in der ganzen Geschichte einen Hoffnungsschimmer und eine Spur von Aufrichtigkeit entdecken konnte, munterte Benny ein wenig auf.

»Ich habe gar nichts gegen ihn«, erklärte Eve leise. »Ich habe nur was dagegen, daß du glaubst, du kriegst ihn irgendwie zurück.«

»Aber wenn er mich immer noch liebt...«

»Er liebt sein Bild von dir, und er will dir nicht weh tun. Das ist etwas ganz anderes.«

Eve legte ihre kleine Hand auf Bennys Hand. Hätte sie doch nur passendere Worte gefunden, sanftere Worte. Aber sie wußte, daß Benny alle falschen Hoffnungen so schnell wie möglich begraben mußte. Deshalb erklärte sie ihr mit Nachdruck, wie aussichtslos die Lage war, wenn einer der Beteiligten seiner fassungslosen Familie in Donnybrook das Problem erklärte und die andere in Maple Gardens dasselbe tat.

»Warum habe ich nicht mit ihm geschlafen? Dann würden wir das Problem heute abend in Knockglen besprechen.«

Als es dunkel war und sie nach Dunlaoghaire zurückkehrten, sagte Eve, Benny solle ein Bad nehmen.

»Aber ich habe noch keine Lust, ins Bett zu gehen.«

»Davon war auch nicht die Rede. Wir gehen aus, in die Stadt.«

Benny starrte ihre Freundin an, als wäre sie übergeschnappt. Wenn Eve jetzt so etwas vorschlug, obwohl sie Benny stundenlang und scheinbar verständnisvoll zugehört hatte, war ihr Bennys Zustand offenbar immer noch nicht klar!

»Ich will niemanden sehen. Ich will mich nicht mit anderen abgeben müssen.«

Eve erwiderte, das sei auch nicht der Zweck der Übung. Sie

würden überall hingehen und alle treffen. Sie würden die Geschichte von Jack und Nan erzählen, bevor darüber geklatscht wurde und bevor die Verlobungsanzeige in der Zeitung erschien. Das sei das einzige, was man jetzt tun könne. Benny mußte sich sehen lassen, und zwar mit hocherhobenem Haupt. Oder wollte sie etwa ihr Leben lang von allen Seiten bemitleidet werden? Oder als eine Frau abgeschrieben werden, die sitzengelassen worden war? Keiner sollte sich damit brüsten können, daß er Benny die Nachricht überbracht hatte. Sie mußte die Geschichte selbst in Umlauf bringen.
»Was du von mit verlangst, ist völlig sinnlos«, sagte Benny. »Selbst wenn ich es fertigbrächte, würden mich alle durchschauen. Jeder würde merken, wie durcheinander ich in Wirklichkeit bin.«
»Aber sie würden wenigstens nicht denken, daß man dich für dumm verkaufen kann«, entgegnete Eve mit funkelnden Augen. »Das einzig Gute an der ganzen Sache mit Jack ist, daß er es dir als erste erzählt hat. Er hat es dir erzählt, bevor er es seinen Freunden erzählt und sich ihre guten Ratschläge angehört hat. Du hast es noch vor seinen Eltern und vor dem Kaplan erfahren. Diesen Vorteil mußt du nutzen.«
»Ich will das aber nicht ... und irgendwie hoffe ich vielleicht immer noch, daß seine Eltern ihn nicht heiraten lassen.«
»Das werden sie aber. Sobald sie von Nans Familie die Pistole auf die Brust gesetzt kriegen und die Kirche ihnen was von moralischer Pflicht predigt. Und Jack ist zwanzig. In ein paar Monaten braucht er nicht einmal mehr die elterliche Zustimmung.«

Es war eine finstere Nacht. Benny konnte sich später nur noch bruchstückhaft an alles erinnern. Bill Dunne fragte, ob es ein Aprilscherz sein sollte. Er konnte nicht glauben, daß Jack Nan Mahon *tatsächlich heiratete*. Wenn er überhaupt heiratete, dann doch Benny! Das sagte er in Bennys Anwesenheit dreimal.

Und dreimal entgegnete sie munter, sie sei viel zu beschäftigt, in Knockglen zur führenden Geschäftsfrau aufzusteigen und ihren Universitätsabschluß zu machen – sie habe überhaupt keine Zeit zum Heiraten.
Carmel drückte ihr viel zu fest und viel zu mitfühlend die Hand. Am liebsten hätte Benny sie ganz schnell zurückgezogen, aber sie wußte, daß Carmel es gut meinte.
»Vielleicht ist es zu deinem Besten. Aber wir sehen dich doch trotzdem noch bei uns, oder?«
Sean sagte, das haue ihn glatt um. Und er fragte sich, wie Jack es die ganzen Jahre, die noch vor ihm lagen, als verheirateter Mann aushalten wollte? Vielleicht gab er das Studium auf und ging als Lehrling in die Firma seines Onkels. Und wo wollten sie wohnen? Die ganze Geschichte war doch äußerst beunruhigend. Vermutlich wollten sie ja eine Familie gründen. Ziemlich bald. Daher die Eile. Hatte Jack Benny irgend etwas gesagt, wovon er leben wollte? Benny verneinte mit zusammengebissenen Zähnen.
Johnny O'Brien warf die Frage auf, wo sie es wohl getrieben haben mochten. Jedenfalls widerlegte der Vorfall die Behauptung, daß ein Mädchen in einem Morris Minor nicht schwanger werden konnte.
Als sie erschöpft in ihren Betten in Dunlaoghaire lagen, meinte Benny sarkastisch, sie hoffe, daß Eve mit dem Verlauf des Abends zufrieden war und er ihren Zwecken gedient habe.
»Allerdings«, antwortete Eve fröhlich. »Erstens bist du jetzt so müde, daß du im Stehen einschlafen würdest, und zweitens brauchst du morgen keine Angst zu haben, dich irgendwo blicken zu lassen. Alle wissen, daß du den Schlag verkraftet hast.«

Aengus Foley hatte Zahnschmerzen und wurde mit einem in Whiskey getränkten Wattebausch abgespeist. Man bemitleidete ihn weder, noch schenkte man ihm große Aufmerksamkeit. Mit barschen Worten schickte seine Mutter ihn ins Bett – er solle die

Tür hinter sich zumachen und endlich begreifen, daß man im Leben Schmerzen ertragen mußte. Schließlich war es ein vorübergehendes Leiden, das wahrscheinlich verschwand, sobald man ihn zu Onkel Dermot, dem Zahnarzt, brachte.
Im Wohnzimmer fanden endlose Gespräche zwischen Jack und seinen Eltern statt. Zweimal war Aengus schon heruntergekommen, um zu lauschen. Aber die Stimmen waren so undeutlich, und selbst wenn er einmal ein paar Gesprächsfetzen aufschnappen konnte, verstand er sie nicht.
Mit zornesbleichen Gesichtern standen John und Lilly Foley im Salon, während ihr ältester Sohn ihnen erklärte, wie er sein Leben verpfuscht hatte.
»Wie konntest du nur so dumm sein?« stöhnte sein Vater immer wieder.
»Du kannst doch kein Vater sein, Jack, du bist ja selbst noch ein Kind«, jammerte seine Mutter, während ihr die Tränen über die Wangen liefen. Die Eltern bettelten, argumentierten, redeten auf ihn ein. Sie wollten Nans Eltern besuchen, sie wollten ihnen erklären, daß Jacks Karriere auf dem Spiel stand. Daß man sie nicht einfach ruinieren durfte, ehe sie richtig angefangen hatte.
»Und was ist mit *ihrer* Karriere? Die ist ruiniert, egal, was passiert«, erwiderte Jack mit tonloser Stimme.
»Willst du sie wirklich heiraten?« fragte sein Vater aufgebracht.
»Ich will sie nicht jetzt heiraten und nicht in drei Wochen, das ist doch klar. Aber sie ist ein wunderbares Mädchen. Wir haben miteinander geschlafen. Ich wollte es. Und jetzt haben wir keine andere Wahl.«
Von neuem wurden Argumente ins Feld geführt. Vielleicht konnte sie nach England fahren und das Kind zur Adoption freigeben. Viele Leute taten das.
»Es ist mein Kind. Ich werde es keinen Fremden überlassen.«
»Entschuldige, Jack, aber wissen wir denn hundertprozentig, daß es dein Kind ist? Ich muß dich das fragen.«

»Das mußt du nicht, aber ich werde trotzdem antworten. Ja, ich bin vollkommen sicher, daß es mein Kind ist. Sie war Jungfrau, als ich das erstemal mit ihr geschlafen habe.«
Jacks Mutter wandte peinlich berührt den Blick ab.
»Und wissen wir hundertprozentig, daß sie schwanger ist? Ist es kein falscher Alarm? So was kommt vor, glaub mir.«
»Das glaube ich gern, aber nicht in diesem Fall. Sie hat mir die Diagnose von der Holles Street gezeigt. Der Labortest war positiv.«
»Ich finde, du solltest sie nicht heiraten. Wirklich. Sie ist nicht mal eine von denen, mit denen du länger gegangen bist. Kein Mädchen, das du kennst, das wir alle seit Jahren kennen.«
»Ich hab sie am ersten Tag im College kennengelernt. Sie war Gast in unserem Haus.«
»Ich will damit ja nicht sagen, daß sie kein nettes Mädchen ist...« Jacks Vater schüttelte den Kopf. »Du hast einen Schock, und du hast Angst. Warte doch erst mal ab. Warte einfach ein paar Wochen.«
»Nein, das wäre ihr gegenüber nicht fair. Wenn ich sage, warten wir lieber noch ab, dann denkt sie, ich habe mich zu einer anderen Entscheidung überreden lassen. Und ich will nicht, daß sie das denkt.«
»Und was sagen ihre Eltern zu dem ganzen Schlamassel?«
»Sie erzählt es ihnen heute abend.«

Brian Mahon war nüchtern. Schweigend saß er am Küchentisch, während Nan in ruhigem Ton ihrem Vater, ihrer Mutter und ihren beiden Brüdern erklärte, daß sie in drei Wochen den Jurastudenten Jack Foley heiraten werde.
Sie sah, wie ihre Mutter die Hände nervös zusammenpreßte und sich auf die Unterlippe biß. Ems Traum war in tausend Stücke zersprungen.
»Einen Dreck wirst du tun«, brüllte Brian Mahon.

»Ich glaube aber, es ist für alle Beteiligten besser.«
»Wenn du glaubst ... ich werde zulassen, daß du ...«, begann er, hielt aber plötzlich inne. Es waren sowieso alles nur leere Drohungen. Der Schaden ließ sich nicht rückgängig machen.
Kühl und gelassen sah Nan ihn an, als hätte sie ihm gerade erklärt, sie wolle ins Kino.
»Ich nehme an, du hast die ganze Zeit Bescheid gewußt«, sagte Brian, an seine Frau gewandt.
»Ich habe es Em absichtlich nicht erzählt, damit du ihr nicht vorwerfen kannst, sie hätte dir was verheimlicht«, erwiderte Nan.
»Und bei Gott – es gibt wahrhaftig genug zu verheimlichen. Vermutlich hat er sich an dir vergangen, was?«
»Brian!« kreischte Emily.
»Na, wenn das der Fall ist, wird er jedenfalls ordentlich dafür bezahlen, so oder so.« Er sah albern aus, wie er dasaß, wütend, mit puterrotem Gesicht, und den starken Mann markierte.
»Du wirst überhaupt nichts entscheiden«, entgegnete Nan kalt.
»Ich entscheide. Unsere Verlobung wird am Samstag morgen in der *Irish Times* stehen.«
»Donnerwetter, in der *Irish Times*«, staunte ihr Bruder Nasey. Es war die vornehmste der drei Dubliner Tageszeitungen, und im Haushalt der Mahons bekam man sie nur selten in die Hand.
»Solange du deine Füße unter meinen Tisch streckst, treffe ich die Entscheidungen!« polterte Brian.
»Das ist genau der Punkt. Ich werde nicht mehr lange hier wohnen.«
»Nan, bist du denn sicher, daß du das wirklich willst?«
Nan blickte ihre ängstliche, unscheinbare Mutter an. Immer hatte sie im Schatten eines anderen gelebt. Im Schatten eines unbeherrschten, alkoholsüchtigen Ehemanns, eines gemeinen Chefs im Hotel, einer schönen Tochter, deren Wunschträume sie gefördert hatte.

Emily würde sich nie ändern.
»Ja, Em. Und ich mache es auch.«
»Aber das Studium ... dein Examen?«
»Das wollte ich nie machen, wie du weißt. Wir wissen es beide. Ich bin bloß zur Uni gegangen, um die richtigen Leute kennenzulernen.«
Mutter und Tochter unterhielten sich, als wären die Männer überhaupt nicht anwesend. Nachdem ihre Träume zerbrochen waren, sprachen sie miteinander ohne Vorwürfe oder Ausreden, in die sich die meisten Leute in einer solchen Situation geflüchtet hätten.
»Aber du wolltest doch keinen Studenten kennenlernen. Jedenfalls nicht auf diese Art.«
»Das andere hat nicht funktioniert, Em. Die Kluft war zu tief.«
»Und was erwartest du jetzt von uns, wo du mit einer solchen Nachricht heimkommst?« Brian ertrug diesen seltsamen Wortwechsel nicht mehr länger.
»Ich möchte dir eine Frage stellen. Bist du bereit, einen guten Anzug anzuziehen und dich auf einer Hochzeit vier Stunden lang anständig zu benehmen, ohne einen Drink in der Hand – oder bist du's nicht?«
»Und wenn nicht?«
»Dann fahren wir nach Rom und heiraten dort. Und ich erzähle allen, daß mein Vater uns die Hochzeit nicht ausrichten wollte.«
»Dann fahrt doch nach Rom«, höhnte er.
»Wenn es sein muß, tu ich das auch. Aber ich kenne dich. Du wirst deinen Kumpeln und den Leuten, denen du deine Baustoffe verkaufst, voller Stolz erzählen wollen, daß deine Tochter in die bessere Gesellschaft einheiratet. Es wird dir Spaß machen, dich in Schale zu werfen, denn du bist immer noch ein gutaussehender Mann, und das weißt du.«
Emily Mahon sah ihre Tochter staunend an. Nan wußte genau, wie sie ihren Vater herumkriegen konnte.

Brian würde an nichts anderes mehr denken. Und er würde keine Kosten scheuen.

Bennys Mutter war noch im Laden. Es war schon nach sieben, und Benny hatte aus reiner Gewohnheit einen Blick hineingeworfen. Als sie ihre Mutter entdeckte, holte sie ihren Schlüsselbund hervor und sperrte auf.
»Dem Himmel sei Dank, du kommst gerade recht.«
Annabel Hogan stand auf einem Stuhl und versuchte an etwas heranzukommen, was oben auf dem Schrank nach hinten gerutscht war. Sie hoffte, daß es die schönen Papierrollen mit dem Namen Hogan's darauf waren. Eddie hatte sie vor Jahren anfertigen lassen, aber feststellen müssen, daß man sie schlecht schneiden konnte. Da oben mußten sie liegen.
Benny blickte in das lebhafte Gesicht ihrer Mutter. Vielleicht erholte man sich leichter von Schicksalsschlägen, wenn man ein bißchen älter war. Kaum zu glauben, daß das die gleiche Frau war, die teilnahmslos am Kamin gesessen hatte und nicht einmal ein Buch in den Händen halten konnte! Jetzt war sie aufgekratzt und geschäftig, ihre Augen strahlten, und ihre Stimme klang munter und energisch.
Benny meinte, sie sei größer, sie käme bestimmt dran. Und tatsächlich, es waren die Papierrollen, eine ganze Menge davon. Sie warfen sie auf den Boden. Morgen würden sie alles gründlich abstauben und sehen, was noch zu gebrauchen war.
»Du siehst müde aus. Hattest du einen anstrengenden Tag?« fragte Bennys Mutter. Mit bleischwerem Herzen hatte sich Benny durch die Universitätskorridore geschleppt und in Vorlesungen gesessen, während sich die Geschichte von Jack und Nan wie ein Lauffeuer verbreitete. Sogar Sheila kam, um Benny ihr Beileid auszusprechen – als handle es sich um einen Todesfall. Mehrere Gesprächsgrüppchen verstummten, als Benny sich näherte.

Aber Eve hatte recht gehabt. Es war besser, wenn sich auch die andere Nachricht verbreitete, nämlich, daß Benny nicht trauernd umherschlich. Daß sie sogar ganz gelassen über die Sache reden konnte. Weder Nan noch Jack ließen sich im College blicken. Immer wieder stellte Benny sich vor, daß Jack wie durch ein Wunder plötzlich auftauchen und sich lächelnd bei ihr unterhaken würde – und alles wäre nur ein böser Traum gewesen.

Natürlich wußte ihre Mutter nichts von alledem. Aber sie sah, daß Benny erschöpft war.

Und sie glaubte zu wissen, was ihre Tochter aufheitern würde.

»Komm rauf und sieh dir an, was Patsy und ich heute gemacht haben. Wir haben fast alle Möbel im ersten Stock umgestellt. Für eure Party ist es bestimmt großartig. Wir lassen die Maler lieber erst später kommen, dann könnt ihr euch aufführen, wie ihr wollt, und braucht euch nichts dabei zu denken ... ein paar von den Jungs könnten sogar hier übernachten und die Mädchen in Lisbeg ...«

Bennys Gesicht blieb wie versteinert. Sie hatte die Party vollkommen vergessen. Das große Fest am Wochenende nach Ostern. Dabei hatte sie mit Jack und ihren Freunden in den letzten Wochen kaum über etwas anderes geredet. Und in der ganzen Zeit hatte er, nachdem er sich von Benny verabschiedet hatte, mit Nan geschlafen. Womöglich jede Nacht.

Benny schauderte bei dem Gedanken, wie sie hintergangen worden war und wie Jack ihr unter Tränen beteuert hatte, er habe einfach nicht anders gekonnt und es täte ihm unsäglich leid. Schweigend stieg sie hinter ihrer Mutter die Treppe hinauf, während diese fröhlich von der Party plauderte, die nie stattfinden würde.

Als sie merkte, daß Benny nichts erwiderte, verstummte Annabel allmählich.

»Sie kommen doch, oder?« fragte sie schließlich.

»Ich weiß es nicht genau. Bis dahin wird sich einiges geändert haben.« Benny schluckte. »Jack und Nan werden heiraten«, sagte sie.
Mit offenem Mund starrte ihre Mutter sie an.
»Was hast du gesagt?«
»Jack. Er wird Nan heiraten, verstehst du. Deshalb ist mit der Party noch einiges unklar.«
»Jack Foley ... dein Jack?«
»Er ist nicht mehr mein Jack. Schon eine ganze Weile nicht mehr.«
»Aber wann ist das denn passiert? Du hast mir nie ein Wort davon gesagt! Sie können doch nicht einfach so heiraten.«
»Doch, das können sie, Mutter. Morgen erscheint die Verlobungsanzeige in der *Irish Times*.«
Der Gesichtsausdruck ihrer Mutter war beinahe unerträglich. Das nackte Mitgefühl, die völlige Fassungslosigkeit, das Ringen um Worte.
Mehr und mehr erkannte Benny, daß Eve wahrscheinlich recht gehabt hatte mit ihrer Roßkur. So schlimm es jetzt war, es wäre noch schlimmer gewesen, wenn sie nichts gesagt hätte und ihre Mutter es von anderen erfahren hätte. Wenn Benny jetzt nach außen hin den Kopf oben behielt, würde sie sich nicht lange mit dem Mitleid und dem Getuschel ihrer Umgebung auseinanderzusetzen haben. Doch es fiel ihr sehr schwer, so zu tun, als hätte es zwischen ihr und Jack nur eine jener oberflächlichen Romanzen gegeben, die nicht mit gebrochenen Herzen endeten.
»Benny, es tut mir so leid Ich kann dir gar nicht sagen, wie leid es mir tut.«
»Ist schon in Ordnung, Mutter. Du selbst hast mir doch immer erzählt, daß Liebeleien kommen und gehen ...« Bennys Stimme zitterte.
Wenn ihre Mutter sie jetzt in den Arm nahm, würde sie den letzten Rest ihrer Selbstbeherrschung verlieren. Auch Bemer-

kungen über die wankelmütigen Männer konnte sie jetzt nicht ertragen.
Aber die wenigen Wochen im Laden hatten Annabel anscheinend eine Menge über das Leben gelehrt.
Sie schüttelte ein wenig den Kopf über die heutige Jugend und schlug dann vor, zum Tee nach Hause zu gehen, ehe Patsy einen Suchtrupp nach ihnen ausschickte.

Nach dem Essen ging Benny zu Clodagh. Während sie sich über alles mögliche unterhielten, wanderte sie ruhelos im Laden umher. Nahm mal hier und dort etwas in die Hand, um es dann achtlos wieder wegzulegen. Clodagh saß da und nähte. Hin und wieder warf sie einen forschenden Blick auf Benny.
»Bist du schwanger?« fragte sie schließlich.
»*Ich* nicht. Leider«, antwortete Benny. Dann erzählte sie die ganze Geschichte. Clodagh ließ keine Sekunde die Nadel sinken. Sie nickte, stimmte zu, widersprach, stellte Fragen. Sie sagte nicht, Jack Foley sei ein Schuft und Nan sei noch viel schlimmer, weil sie ihre Freundin hintergangen habe. Sie nahm es hin als etwas, womit man im Leben eben fertig werden mußte.
Während Benny erzählte, fühlte sie sich immer sicherer. Das Kitzeln in Nase und Augen, der Drang zu weinen, ließ allmählich nach.
»Ich glaube immer noch, daß er eigentlich *mich* liebt«, schloß sie schüchtern.
»Kann gut sein«, entgegnete Clodagh sachlich. »Aber das spielt jetzt keine Rolle. Wichtig ist, was die Leute tun. Nicht, was sie sagen oder fühlen.«

Spät in der Nacht, am Küchentisch, meinte Patsy, alle Männer seien Schufte. Und die Gutaussehenden seien die Allerschlimmsten. Sie sagte, man habe Jack in diesem Haus stets willkommen geheißen. Aber er habe nicht mal gemerkt, mit was für einem großartigen Mädchen er es zu tun hatte. Woran er mit dieser eingebildeten Nan war, würde er schon noch rausfinden – wenn es zu spät war.

»Aber Nan ist seine Geliebte geworden«, wandte Benny ein. »Und in dieser Hinsicht war ich eine Niete.«

»Das ist auch ganz richtig so«, sagte Patsy. »Ist es nicht schlimm genug, daß wir es ständig über uns ergehen lassen müssen, wenn wir verheiratet sind? Doch dann sind wir immerhin versorgt. Aber wozu sollen wir denn die Männer schon vorher umsonst ranlassen?«

Diese Bemerkung ließ Patsys und Mossys gemeinsame Zukunft in nicht gerade rosigem Licht erscheinen. Zwar fiel es Benny schwer, sich vorzustellen, daß andere Leute Sex hatten, aber daß Patsy so sehr davor graute, war niederschmetternd.

Patsy schenkte heißen Kakao nach und sagte, sie wünsche Nan keinen einzigen glücklichen Tag in ihrem ganzen Leben. Und sie hoffe, ihr Baby würde mit mißgebildetem Rücken und schielenden Augen geboren.

Hiermit geben wir die Verlobung bekannt zwischen
Ann Elizabeth (Nan), der einzigen Tochter von
Mr. und Mrs. Brian Mahon, Maple Gardens, Dublin,
und John Anthony (Jack), dem ältesten Sohn von
Dr. und Mrs. John Foley, Donnybrook, Dublin.

»Ich habe heute früh die *Irish Times* gelesen.« Sean Walsh hatte die beiden Terrier so lange die Straße hinauf und hinab geführt, bis ihm endlich Benny über den Weg lief.

»O ja?«

»Das ist eine ziemliche Überraschung, stimmt's?«

»Die Sache mit Prinzessin Soraya?« fragte Benny unschuldig. Der Schah von Persien wollte sich von seiner Frau scheiden lassen, und die Zeitungen waren voll davon. Sean war enttäuscht. Er hatte sich eine andere Reaktion erhofft. Daß sie wenigstens den Kopf senkte. Oder verlegen wurde.

»Ich meinte, daß deine Freundin heiratet.«

»Nan Mahon? Stimmt. Das hast du also in der Zeitung gelesen? Wir wußten alle noch nicht genau, wann sie es offiziell bekanntgeben würden.«

»Aber der Mann ... sie heiratet doch deinen Freund.« Jetzt war Sean endgültig verwirrt.

»Jack? Natürlich«, erwiderte Benny leichthin.

»Ich dachte, du und er ...« Sean fehlten die Worte.

Benny half ihm auf die Sprünge. Ja, sie seien tatsächlich befreundet gewesen, sogar zusammen ausgegangen. Aber das College-Leben sei ja berüchtigt für die rasch wechselnden Freundschaften im ersten Semester. Alles sei ständig in Bewegung, als spielte man Reise nach Jerusalem. Sean musterte Benny durchdringend. Er wollte sich nicht so einfach um seinen Triumph bringen lassen.

»Soso. Freut mich, daß du so gut damit fertig wirst. Ich muß schon sagen, als ich die beiden hier in Knockglen gesehen habe, da hab ich gedacht, das ist doch ein bißchen ... ein bißchen rücksichtslos, weißt du. Aber ich hab dir nichts davon gesagt. Ich wollte niemanden damit beunruhigen.«

»Sicher, Sean. Aber sie können nicht hier in Knockglen gewesen sein. Da mußt du dich getäuscht haben.«

»Das glaube ich nicht«, entgegnete Sean Walsh.

Noch lange grübelte Benny darüber nach, wie er das gemeint haben konnte. Sie dachte daran, daß Clodagh Jack an Dessie Burns' Zapfsäule gesehen haben wollte. Sie dachte an Johnny O'Brien, der gerätselt hatte, wo die beiden sich getroffen hatten. Aber wohin hätten sie denn in Knockglen gehen sollen? Und wenn Jack sie liebte, hätte er es doch nicht fertiggebracht, ausgerechnet in ihrem Heimatdorf mit einer anderen Frau zu schlafen, oder?

Irgendwie ging das Wochenende vorüber. Jedesmal, wenn das Telefon klingelte, mußte Benny sich einschärfen, daß es nicht Jack sein konnte. Es war ein schrecklicher Moment, als Fonsie von der Party anfing, die nun gar nicht stattfinden würde. Es war schwer zu glauben, daß Jack nicht mehr im Annexe auf sie warten würde, daß er sie nicht mehr mit strahlenden Augen zu sich winken würde.
Am schwersten aber war es zu vergessen, daß er ihr am Ufer des Kanals gesagt hatte, er liebe sie.
Für Eve oder Clodagh war es leicht, das als belanglos abzutun. Aber Benny wußte, daß Jack so etwas nicht gesagt hätte, wenn es nicht wahr gewesen wäre. Und wenn er sie immer noch liebte, ergab diese ganze andere Geschichte überhaupt keinen Sinn.
Am College kursierten widersprüchliche Gerüchte über Nan. Die einen behaupteten, Nan würde weiter studieren und ihren Abschluß machen, während ihre Mutter das Baby versorgte. Die anderen meinten, Nan würde ihr Studium sofort abbrechen und sei bereits auf Wohnungssuche. Benny hatte die Verlobungsanzeige aus der Zeitung ausgeschnitten und las sie immer wieder.
Vielleicht hatte Nan Simon Westward nicht bekommen und sich Jack als Ersatz ausgesucht. Wie unfair von Simon, daß er Nan zurückgewiesen hatte. Ja, so mußte es gewesen sein! Benny kam die Galle hoch, wenn sie an Simon und seine Arroganz dachte. Nan paßte doch wunderbar nach Westlands! Hätten sich die beiden nur nicht getrennt! Dann wäre das alles nicht passiert.

Benny stand hinter dem Ladentisch, denn ihre Mutter und Mike mußten ein wichtiges Gespräch über eine Stoffbestellung führen. In diesem Moment kam Heather Westward herein, in der Schuluniform von St. Mary.
Sie wollte ein Taschentuch für ihren Großvater kaufen. Er war sehr krank; vielleicht konnte sie ihm damit eine kleine Freude

machen. Gab es denn eines für weniger als einen Shilling, Sixpence? Benny fand ein passendes Taschentuch und fragte, ob sie es einpacken solle. Heather meinte, das sei nicht nötig. Ihr Großvater könnte es gar nicht aufmachen, wenn es richtig verpackt sei. Am besten nur eine Tüte.
Benny reichte Heather das kleine Geschenk für den alten Mann, der Eves Mutter eine Hure genannt hatte.
Was hätte er wohl getan, wenn Simon Nan geheiratet hätte ...?
Auf einmal schoß Benny ein Gedanke durch den Kopf. Hatte Nan etwa auch mit Simon geschlafen?
Angenommen, sie hatte mit ihm geschlafen. Nur mal angenommen ... dann könnte das Baby auch von ihm sein und nicht von Jack.
Warum war sie nicht früher darauf gekommen?
Bei diesem Gedanken begannen Bennys Augen zu funkeln. Sie merkte, wie Heather sie erschrocken anstarrte.
Sie *mußte* es Jack erzählen. Man konnte ihn nicht zwingen, eine Frau zu heiraten, die er nicht liebte, wenn es vielleicht gar nicht sein Kind war. Auch wenn er mit Nan geschlafen hatte. Das konnte Benny ihm verzeihen. Genau wie die Geschichte in Wales. Solange er Benny liebte, spielte das keine Rolle.
Sie versuchte sich zu erinnern, wann Nan das letztemal begeistert von Simon gesprochen hatte. Es schien schon Ewigkeiten her zu sein.
Und außerdem hätte Jack es doch merken müssen, oder? Deshalb mußte eine Frau ja bis zur Hochzeit Jungfrau bleiben: Damit der Mann sicher sein konnte, daß es das erstemal war.
Auch das war nur eine unsinnige, abwegige Hoffnung gewesen.
Heather stand noch immer im Laden. Anscheinend hatte sie etwas auf dem Herzen.
»Brauchst du noch was, Heather?«
»Du weißt doch, daß wir ein Osterspiel aufführen. Eve und Aidan wollen kommen. Es findet am Gründonnerstag statt. Da

wollte ich dich fragen, ob du vielleicht auch kommen würdest. Weil du doch zu meinem Freundeskreis gehörst.«
»Ja, natürlich. Ich komme gern«, antwortete Benny, doch in Gedanken war sie immer noch anderswo.
»Ich hätte Simon schon dazu gebracht, daß er auch kommt, aber er ist immer noch in England. Wahrscheinlich kommt er noch nicht mal an Ostern zurück.«
»Was macht er denn in England?«
»Ach, ich glaube, er will diese Frau fragen, ob sie ihn heiratet. Sie ist steinreich.«
»Das wäre ja schön.«
»Dann könnten wir die Kanalisation und die Umzäunung machen lassen.«
»Würde es dir etwas ausmachen, wenn noch jemand bei euch wohnt?«
»Nein, ich würde es kaum merken.« Heather sah die Sache von der praktischen Seite.
»Und seine Romanze mit der englischen Lady... geht das schon lange so, oder ist es was Neues?« fragte Benny.
»Das geht schon seit einer Ewigkeit«, antwortete Heather. »Es ist wirklich Zeit, daß etwas passiert.«
Das war es dann also. Die verrückte kleine Hoffnung war dahin. Benny starrte geistesabwesend vor sich hin. Eigentlich hatte Heather vorgehabt, ihr von dem Streit zwischen Nan und Simon zu erzählen. Daß Nan vor ungefähr vier Wochen nach Westlands gekommen war, todschick angezogen, daß es einen lauten Wortwechsel gegeben hatte und Nan anschließend allein in Simons Wagen zur Bushaltestelle gefahren war.
Heather erinnerte sich sogar noch an das Datum. Denn am gleichen Tag waren die Rollen für das Osterspiel verteilt worden, und sie war deshalb schrecklich nervös gewesen. Wenn sie Benny dies alles erzählt hätte, wäre Benny klargeworden, daß es sich um den Tag handelte, an dem die Party im Rugbyclub

stattgefunden hatte. Die Party, zu der sie nicht gegangen war, aber Nan. An dem Abend, als alles begonnen hatte.

Am Sonntag besuchte Nan die Foleys zum Mittagessen, um die Familie kennenzulernen. Sie war tadellos gekleidet, und Lilly dachte bei sich, daß man bestimmt keine Entschuldigungen oder Erklärungen vorbringen mußte, was ihre äußere Erscheinung anging.
Sie stieg die Vortreppe des großen Hauses in Donnybrook hinauf, als wäre es ihr gutes Recht. Sie wirkte überhaupt nicht wie ein Mädchen aus der Arbeiterklasse, das sich den Sohn des Hauses geangelt hatte. Sie redete ungezwungen und offen; und sie versuchte nicht, sich einzuschmeicheln.
Wie man es von jedem intelligenten Mädchen in dieser Situation erwartet hätte, schenkte sie Dr. Foley mehr Aufmerksamkeit als seiner Frau.
Gegenüber Kevin, Gerry, Ronan und Aengus war sie freundlich, aber zurückhaltend. Sie merkte sich ihre Namen und verwechselte sie kein einziges Mal. Doch sie versuchte nicht, die Jungen auf ihre Seite zu ziehen.
Widerwillig musterte Lilly Foley dieses gerissene, durchtriebene Mädchen, das ohne moralische Skrupel ihren Sohn umgarnt hatte. Aber es gab nicht das geringste, was sie an Nans Benehmen hätte beanstanden können. Auch ihre Tischmanieren waren vollendet.
Als sie später im Salon zu viert Kaffee tranken, sprach Nan auf eine so direkte und unverblümte Art mit Jacks Eltern, daß beide verblüfft waren.
»Mir ist klar, was für eine Enttäuschung all dies für Sie sein muß, auch wenn sie sich wirklich nichts anmerken lassen. Ich möchte Ihnen sehr dafür danken.«
Mr. und Mrs. Foley murmelten erschrockene Beteuerungen und stritten jede Enttäuschung ab.

»Jack hat Ihnen sicher gesagt, daß meine Familie wesentlich einfacher ist als die Ihre, weniger gebildet, und daß sich in vielerlei Hinsicht ihre Hoffnungen eher erfüllt haben als zerstört worden sind, wenn ich in eine Familie wie die Ihre einheirate.«
Sie fuhr fort zu erklären, wie sie die Hochzeitsfeier ausrichten wollten und daß ihr Vater selbstverständlich dafür aufkam. Ein Essen für zwanzig bis dreißig Personen in einem der besseren Hotels. Höchstwahrscheinlich das Hotel, in dem auch ihre Mutter arbeitete.
Die Reden sollten auf ein Minimum beschränkt sein, denn ihr Vater sei von Natur aus kein Redner. Sie selbst wolle, statt eines langen weißen Hochzeitskleids, lieber ein austernfarbenes Seidenkleid mit Umhang tragen. Sie hoffe, daß auch ein paar von Jacks und ihren Freunden kommen könnten. Von ihrer Seite erwarte sie beide Elternteile, zwei Brüder, zwei Geschäftspartner ihres Vaters und eine Tante.
Als Jack mit ihr nach Maple Gardens zum Tee aufbrach, sahen sich John und Lilly Foley an.
»Nun?« fragte sie.
»Nun?« sagte er.
Das darauffolgende Schweigen überbrückte er, indem er jedem ein kleines Gläschen Brandy einschenkte. Es gehörte durchaus nicht zu den Gewohnheiten der Foleys, am Nachmittag Alkohol zu trinken, aber unter den gegebenen Umständen erschien es angemessen.
»Sie ist sehr präsentabel«, meinte Jacks Mutter widerwillig.
»Und sehr praktisch veranlagt. Sie hatte den Befund von Holles Street in der offenen Handtasche liegen, daß er nicht zu übersehen war, falls wir Zweifel hätten.«
»Und sie war sehr aufrichtig, was ihren familiären Hintergrund angeht.«
»Aber sie hat kein Wort davon gesagt, daß sie Jack liebt«, bemerkte Dr. Foley mit einem besorgten Stirnrunzeln.

In Maple Gardens war der Teetisch reich gedeckt. Eine Platte mit Salzkeksen und Sardinen, eine zweite mit Mayonnaiseeiern. Eine gekaufte Biskuitrolle und ein Teller mit feiner Teegebäck-Mischung. Nasey und Paul trugen dunkelblaue Anzüge. Brian Mahon präsentierte sich in seinem neuen braunen Anzug, den er billiger bekommen hatte, weil er dem Verkäufer unter der Hand ein paar Eimer Farbe für sein Haus beschafft hatte. Farbe, für die Brian selbst nichts bezahlen mußte.

»Das brauchst du aber Jack Foley nicht auf die Nase zu binden, wenn er kommt«, hatte Emily ihm eingeschärft.

»Herrgott, hör doch auf, ständig an mir rumzunörgeln! Ich habe mich bereit erklärt, keinen Tropfen Alkohol anzurühren, bis die beiden wieder weg sind, was an sich schon eine ziemliche Zumutung ist für einen Mann, der sich wegen einer großkotzigen Hochzeit in Unkosten stürzt. Aber wenn man euch den kleinen Finger gibt, nehmt ihr gleich die ganze Hand...«

Jack Foley war tatsächlich ein gutaussehender junger Mann. Beim Tee saß er neben Nan. Er probierte von allem etwas. Er bedankte sich bei Mr. Mahon, daß er die Hochzeit so großzügig ausrichten wollte, und bei Mrs. Mahon für ihre Unterstützung. Und er äußerte die Hoffnung, daß Paul und Nasey in der Kirche die Plätze anweisen könnten.

»Für die paar Leute braucht man doch wohl keinen Platzanweiser«, meinte Nasey, der es unsäglich knausrig fand, nur zwanzig Leute einzuladen.

»Wer wird denn dein Trauzeuge?« erkundigte sich Paul.

Jack antwortete ausweichend, darüber habe er noch nicht nachgedacht. Wahrscheinlich einer seiner Brüder.

Er hatte Hemmungen, Aidan zu fragen, weil Eve doch mit Nan befreundet gewesen war. Und Bill Dunne oder Johnny... nein, dabei war ihm auch nicht ganz wohl.

Er wandte sich an Nan. »Wer wird deine Brautjungfer?« fragte er.

»Das ist noch ein Geheimnis«, lächelte Nan.

Dann kamen sie auf die Frage der Wohnung zu sprechen. Brian Mahon meinte, er könne ihnen die Namen von ein paar Baufirmen geben, die auf Renovierungen spezialisiert waren, falls sie ein älteres Haus fanden und es herrichten wollten.

Jack berichtete, er werde im Büro seines Onkels arbeiten, anfangs nur als Gehilfe, später dann als Lehrling. Demnächst wollte er auch Buchhaltung lernen, damit er sich dort gleich nützlich machen konnte.

Mehrmals spürte er den Blick von Nans Mutter auf sich ruhen. Ein sehr trauriger Blick.

Sicher war Mrs. Mahon besorgt wegen der Schwangerschaft ihrer Tochter. Aber Jack hatte das Gefühl, daß es da noch etwas anderes gab.

Während Nan munter über Kellerwohnungen in der South Circular Road und über Dachwohnungen in Rathmines plauderte, füllten sich Emily Mahons Augen mit Tränen. Sie versuchte sie unauffällig wegzuwischen, aber Jack merkte, daß sie todunglücklich war. Offensichtlich hatte sie sich für ihre schöne Tochter etwas anderes gewünscht.

Als Jack und Nan gegangen waren, lockerte Brian Mahon seinen Hemdkragen.

»Man kann nicht viel gegen ihn sagen.«

»Ich habe auch nie etwas gegen ihn gesagt«, erwiderte Emily Mahon.

»Er hat seinen Spaß gehabt, und jetzt zahlt er dafür. Das muß man ihm lassen«, brummte Brian.

Mechanisch zog Emily Mahon ihre gute Bluse aus und die alte wieder an. Dann band sie sich eine Schürze um und begann den Tisch abzuräumen. Und wenn sie noch so lange darüber grübelte, sie verstand nicht, warum sich Nan damit zufriedengab.

Nan und sie hatten nie eine schäbige Mietwohnung, eine Studentenbude oder eine renovierte Altbauwohnung im Sinn ge-

habt. Jahrelang hatten sie in Zeitschriften geblättert und sich Häuser angeschaut, die für Nan in Frage kommen würden. Keine Sekunde hatten sie an eine überstürzte Hochzeit mit einem Studenten gedacht.
Und Nan beharrte so nachdrücklich darauf, daß die Sache mit Simon Westward längst vorüber war. Und daß nie etwas Ernstes zwischen ihnen gewesen sei.
Auch Brian zog sich wieder seine Alltagsklamotten an, um in den Pub zu gehen.
»Na los, Jungs, trinken wir ein Bier und unterhalten uns zur Abwechslung mal normal.«
Emily goß heißes Wasser in die Spüle und wusch das Geschirr ab. Sie machte sich wirklich große Sorgen.

Jack und Nan saßen im Wagen seines Vaters.
»Jetzt haben wir das Schlimmste hinter uns«, sagte sie.
»Es wird alles gut werden«, versicherte er.
Nan glaubte nicht, daß sie das Schlimmste hinter sich hatten, und Jack glaubte nicht, daß alles gut werden würde.
Doch sie konnten es sich beide nicht eingestehen.
Schließlich stand es schwarz auf weiß in der Zeitung. Und der Kaplan würde ihnen einen kurzfristigen Termin geben können.

Aidan Lynch meinte, ohne Heather seien die Sonntage einfach keine richtigen Sonntage.
Eve erzählte, sie könnten sich am Gründonnerstag ansehen, wie Heather in ein Laken gewickelt dem Heiland half, sein Kreuz zu tragen. Ob er sich wohl durchringen könne, auch zu kommen? Mit Vergnügen, antwortete Aidan, schließlich wurde einem so etwas als die Erfüllung der Osterpflicht angerechnet. Sollten sie Heather zur Premiere ein Geschenk mitbringen?
Eve erwiderte, er sei ja noch schlimmer als Heather. Das Stück diene der religiösen Erbauung und sei keine Gesangs- und

Tanznummer. Trotzdem sei es großartig, daß er mitkäme, und er könne sogar in ihrer Kate übernachten, wenn er wolle.
»Als Ersatz, weil die Party ausfällt«, sagte Eve.
»Warum fällt die Party denn aus?« fragte Aidan.

Rosemary saß zusammen mit Bill und Johnny im Annexe. Sie erzählte den beiden, daß Tom, ihr Medizinstudent, heilende Hände besaß. Auf die anzüglichen Witze, die darauf folgten, ging sie gar nicht erst ein, sondern berichtete von gräßlichen Kopfschmerzen, die er einfach wegmassiert habe.
»Ich finde es unheimlich schade, daß es jetzt doch keine Party in Knockglen gibt«, meinte sie. »Dabei habe ich mich schon so darauf gefreut, daß ich euch allen endlich Tom vorstellen kann.«
»Daß die Party abgeblasen werden soll, ist mir aber neu«, wunderte sich Johnny O'Brien.

Jack ging nicht mehr zu seinen Vorlesungen. Zwar hatte er das Studium nicht offiziell abgebrochen, aber er verbrachte den ganzen Tag im Büro seines Onkels, um sich einzuarbeiten. Um sechs wollte er sich mit Aidan treffen.
»Für die Kneipen hat er aber genug Zeit, wie?« erkundigte sich Eve mißbilligend.
»Hör mal, er ist doch kein Verbrecher. Er heiratet, weiter nichts. Das ist schließlich kein Weltuntergang«, entgegnete Aidan.
Eve zuckte die Achseln.
»Und außerdem mache ich den Trauzeugen, wenn er mich fragt.«
»Nein!« Eve war entsetzt.
»Er ist mein Freund. Er kann sich auf mich verlassen. Jeder sollte sich auf seine Freunde verlassen können.«

Nan kam tatsächlich ins College. Sie erschien zu einer Vorlesung um zehn Uhr und schloß sich dann dem Strom an, der die Treppe hinunter zum Annexe strebte.

Als sie sich in die Schlange einreihte, ging ein Raunen durch die Menge.

»Tja, ich verschwinde jetzt«, flüsterte Rosemary Carmel zu. »Wenn ich etwas nicht ertragen kann, dann ist es der Anblick von Blut.«

»Benny fängt bestimmt keinen Streit an«, wisperte Carmel zurück.

»Die nicht. Aber hast du Eves Gesicht gesehen?«

Benny versuchte Eve zu besänftigen. Man konnte Nan doch nicht verbieten, sich im College sehen zu lassen. Eve sollte jetzt bitte keine Szene machen. Was für einen Sinn hatte es denn, wenn Benny sich nichts anmerken ließ, aber statt dessen Eve ausrastete?

»Stimmt«, sagte Eve unvermittelt. »Mich hat nur gerade die Wut gepackt.«

»Na ja, dann geh doch jetzt lieber, bevor sie dich noch mal packt.«

»Ich kann nicht, Benny. Ich habe Angst, daß du verdammt nett zu ihr bist. Daß du sie nach ihrem Hochzeitskleid fragst und ihr womöglich anbietest, Babyschuhe zu stricken.«

Benny drückte ihrer Freundin die Hand. »Du kannst ruhig gehen, Eve. Es ist besser, wenn ich allein bin. Und ich werde nichts dergleichen tun. Außerdem setzt sich Nan sowieso nicht zu uns.«

Tatsächlich ging Nan an einen anderen Tisch und trank ihren Kaffee mit ein paar Bekannten aus einem anderen Semester.

Aber sie sah zu Benny hinüber, die ihren Blick erwiderte.

Reglos und schweigend starrten sie sich an. Nan wandte als erste die Augen ab.

Nan lag auf dem Bett. Jack hatte sich mit Aidan verabredet, was sie wunderte. Sie hatte eigentlich mit einem strikten Boykott von Eves Seite gerechnet.

Aber Männer waren lockerer und großzügiger, wenn es ums Verzeihen ging. Männer waren überhaupt großzügiger. Nan hatte die Füße auf zwei Kissen gelegt.

Wäre Em eine andere Mutter gewesen, dann wäre sie der Frage zielstrebiger nachgegangen, die ihr so unter den Nägeln brannte. Emily Mahon wußte, daß ihre Tochter mit dem Kind von Simon Westward schwanger war. Was sie nicht wußte, war, weshalb Nan, die Prinzessin, sich durch diesen einzigen kleinen Fehler ihre Lebensplanung zunichte machen ließ. Emily hätte ihr geraten, nach England zu fahren, das Kind zur Adoption freizugeben und noch einmal von vorn anzufangen.

Was war aus ihrem Wunsch, ihrem Streben, ihrer Suche nach einem besseren Leben geworden? Doch Emily wußte nicht, wie müde Nan war. Müde und erschöpft, weil sie immer den Schein wahren mußte. Und Em wußte auch nicht, daß ihre Tochter endlich jemanden gefunden hatte, einen guten und ehrlichen Menschen, der sich keinen Lebensplan zurechtgelegt hatte, kein System, das ihn zwang, sich selbst und anderen etwas vorzumachen. Und genau das hatte sie selbst immer getan. Und auch Simon hatte stets den Schein gewahrt und vorgetäuscht, er wäre reich.

Jack Foley dagegen war einfach er selbst.

Als sie ihm sagte, das Kind sei von ihm, hatte er das keinen Augenblick bezweifelt. Und wenn es dann geboren war, würde es ihrer beider Kind sein. Sie konnte die Universität verlassen. Auf Jacks Eltern hatte sie einen guten Eindruck gemacht, das war unverkennbar. Hinten in ihrem Garten stand ein ausgebauter ehemaliger Stall. Den würde man für die junge Familie herrichten, und irgendwann zogen sie dann in ein großes Haus wie seine Eltern. Sie würden Gesellschaften geben, Dinnerpartys ausrichten, und Nan würde die Verbindung mit ihrer Mutter aufrechterhalten können.

Was für eine Vorstellung, verglichen mit dem endlosen Konkur-

renzkampf! Diesem Kampf, in dem die Ziellinie dauernd anders gezogen wurde und die Regeln sich ständig änderten.
Nan Mahon würde Jack Foley nicht nur wegen des Babys heiraten. Sondern weil sie mit ihren zwanzig Jahren unendlich müde war.

Kit Hegarty hatte für ihre Reise nach Kerry ein zitronengelbes Kostüm und eine weiße Bluse erstanden.
»Du brauchst noch eine Farbe, die dazu paßt. Ich vergesse immer wieder, daß wir Nan ja nicht mehr fragen können.«
»Hast du überhaupt schon mit ihr gesprochen?«
»Nö.«
»Himmel, bist du ein Dickkopf. Dich möchte ich nicht zur Feindin haben.«
Das Ehepaar Hayes vom Haus nebenan war gekommen, um Kit alles Gute zu wünschen. Ann Hayes meinte, Kit brauche eine große kupferfarbene Brosche, und sie habe genau die passende daheim.
Mr. Hayes betrachtete Kit bewundernd.
»Donnerwetter, Kit, Sie sehen aus wie eine Braut«, sagte er.
»Wir sollten unsere Hoffnungen nicht zu hoch stecken. Es ist doch bloß ein Ausflug.«
»Ihr Joseph würde sich bestimmt freuen, daß Sie einem anderen Mann begegnet sind. Das hat er oft gesagt.«
Kit starrte ihn verblüfft an. Joseph Hegarty hatte mit den Hayes nur sehr wenig gesprochen; er hatte sie ja kaum gekannt.
Sie dankte Mr. Hayes für das Kompliment, fügte aber hinzu, daß sie da doch ihre Zweifel hätte.
»Da irren Sie sich, Kit. Er hat uns gut gekannt. Er hat uns die Briefe für Ihren Sohn geschickt.«
Eve blieb beinahe das Herz stehen. Warum mußte dieser Mann das ausgerechnet jetzt erzählen?
»Er wollte den Kontakt zu seinem Jungen aufrechterhalten.

Deshalb hat er jeden Monat geschrieben und jedesmal seine Adresse hinterlassen, wenn er wieder umgezogen war.«
»Und Frank hat die Briefe gelesen?«
»Frank hat alle gelesen. Letzten Sommer, als er in England in der Konservenfabrik arbeitete, hat er Joe besucht.«
»Warum hat er mir das nicht erzählt? Warum hat mir das niemand von euch erzählt?«
»Wir wollten Sie nicht verletzen. Die Zeit war noch nicht reif dafür.«
»Und warum ist sie jetzt reif?«
»Weil Joe Hegarty mir vor seinem Tod noch geschrieben hat. Er hat geschrieben, wenn Sie einen anständigen Mann kennenlernen, dann sollten Sie ihn heiraten.«
»Wußte er, daß er sterben würde?«
»Sicher, wir müssen ja alle sterben«, antwortete Mr. Hayes. In diesem Augenblick kam seine Frau zurück und befestigte die Brosche an Kits Revers.
Die Hayes versprachen, die nächsten beiden Wochen ein Auge auf das Haus zu haben. Kit würde viel länger wegbleiben als nur über das Wochenende, wie ursprünglich geplant. Und Eve würde nach Knockglen fahren. Zu ihrer Freude erfuhr Kit, daß sie doch beschlossen hatten, die Party zu feiern. Es wäre nur ein weiterer Rückzieher gewesen, wenn sie das Fest hätten ausfallen lassen. Nur weil die Stars nicht kamen.

Carmels Sean hatte in seiner Eigenschaft als Kassenwart Jack elf Pfund gegeben. Denn Jack konnte am ehesten ein Auto organisieren, und außerdem bekam er bei einem Weinhändler Rabatt. Deshalb sollte er für die Getränke sorgen. Aber jetzt war natürlich alles anders. Und keiner hatte Lust, Jack daran zu erinnern, daß er noch elf Pfund aus ihrer gemeinsamen Kasse besaß.
Carmels Sean schlug vor, das Geld einfach zu vergessen. Die

anderen erklärten sich einverstanden. Jack hatte genug um die Ohren, da brauchte man ihn nicht auch noch wegen der elf Pfund zu behelligen.

Heather war großartig beim Osterspiel.
Aidan, Eve und Benny waren enorm stolz auf sie. Zwar war Heathers Simon von Kyrene stämmiger und kräftiger, als man ihn von sonstigen Aufführungen kannte. Andererseits war es durchaus einsichtig, daß man einen starken Mann aus der Menge geholt hatte, damit er dem Herrn beim Gang nach Golgatha half.
Mutter Francis hatte die Kinder ermuntert, sie sollten das Geschehen in ihre eigenen Worte fassen.
Für Heather war das ein leichtes gewesen.
»Komm, ich helfe dir mit dem Kreuz, lieber Jesus«, sagte sie zu Fiona Carroll, die mit frommem Gesicht den Heiland spielte.
»Es ist schwierig, das Ding bergauf zu schleppen«, fügte Heather hinzu. »Auf der Ebene wäre es viel leichter. Aber da würde man die Kreuzigung nicht so gut sehen können, weißt du.«
Danach gab es Tee und Kekse in der Halle, und Heather wurde mit Komplimenten überhäuft.
»Das ist das schönste Ostern, das ich je erlebt habe«, strahlte sie. »Und Eve sagt, ich kann nächste Woche bei ihrer Party die Kellnerin spielen, wenn ich heimgehe, bevor alle anfangen zu schmusen.«
Eve und Mutter Francis tauschten einen bekümmerten Blick, der zu sagen schien, daß Kinder einen an den Galgen bringen konnten. Doch Heather war sich keiner Schuld bewußt.
»Kommt dein Freund auch?« fragte sie Benny.
»Welcher Freund?«
»Der hinter den Mädchen aus Wales her war und dann wieder zurückgekommen ist.«
»Er ist schon wieder abgehauen«, erklärte Benny.

»Dann läßt du ihn wohl lieber laufen«, riet Heather. »Klingt, als wäre er ein bißchen unzuverlässig.«
Da stand sie in ihrem Laken und hatte keine Ahnung, weshalb Eve, Aidan und Benny derart hysterische Lachkrämpfe bekamen, daß sie sich die Tränen aus den Augen wischen mußten. Wenn sie nur gewußt hätte, was daran so komisch war! Trotzdem freute sie sich, daß sie zur allgemeinen Erheiterung beigetragen hatte.

Alle waren begeistert von der Idee, nach Knockglen zu fahren. Nicht nur zu einer Party, sondern zu einer ganzen Reihe von Vergnügungen.
Freitag nach sechs wollten sie bei den Hogans eintreffen, wo Drinks serviert wurden. Den Rest des Abends wollten sie dann bei Mario's verbringen. Im Laden der Hogans gab es Klappbetten und Sofas und Schlafsäcke für die Männer; die Mädchen übernachteten bei Eve und bei Benny. Am Samstag fand dann ein großer Ausflug nach Ballylee statt, wo sie essen gehen und durch den Wald wandern wollten. Abends würde dann die eigentliche Party in Eves Häuschen steigen.
Alle meinten, es würde bestimmt noch besser als an Weihnachten. Eve war sogar der Ansicht, es würde diesmal besser denn je. Der April-Mond, blühende Hecken und Gras anstelle von Schlamm. Im ehemaligen Steinbruch wuchsen jetzt überall Blumen, und er sah nicht mehr so sehr nach einem Bombenkrater aus wie im Winter. Jetzt würde keiner mehr auf den matschigen Wegen ausrutschen. Und sie brauchten sich auch nicht vor dem Feuer zusammenzukauern.
Wie üblich wartete Schwester Imelda sehnsüchtig darauf, daß man ihre Kochkünste in Anspruch nahm.
»Es ist nicht das volle Vergnügen, wenn Sie den Gästen nicht beim Essen zusehen können, Schwester«, meinte Eve.
»Aber wahrscheinlich ist es besser, wenn ich nicht alles mitbe-

komme, was dort so vor sich geht. Mir genügt es, wenn ich höre, daß es allen geschmeckt hat.«
»Wenn Simon und die Frau aus Hampshire nächste Woche auftauchen, lädst du sie dann auch ein?« wollte Heather wissen.
»Nein«, antwortete Eve.
»Ich dachte, du haßt nur Großvater. Und mit Simon kommst du einigermaßen zurecht.«
»Geht so«, erwiderte Eve trocken.
»Wenn er Nan geheiratet hätte, wärst du dann zur Hochzeit gekommen?«
»Du kannst einen ganz schön löchern mit deinen Fragen.«
»Mutter Francis sagt immer, wir sollen wißbegierig sein«, erwiderte Heather altklug.
Eve lachte herzlich – genau das hatte Mutter Francis tatsächlich schon immer gesagt.
Heather meinte, für Simon sei es entscheidend gewesen, ob Nan Geld habe oder nicht. Schließlich könne er keine mittellose Frau heiraten – wegen der Kanalisation und der Umzäunung.
Anfangs habe er geglaubt, Nans Vater wäre ein wohlhabender Bauunternehmer. Heather hatte von Bee Moore eine Menge darüber erfahren. Aber Bee mußte immer schnell still sein, wenn Mrs. Walsh hereinkam, denn Mrs. Walsh mochte keinen Klatsch.
Heather half Eve beim Unkrautjäten in ihrem Garten. Sie warfen das Unkraut in einen großen Sack, den Mossy später mitnehmen sollte.
Munter arbeiteten sie vor sich hin, die beiden ungleichen Freundinnen und Cousinen, Seite an Seite.
Eve bemerkte, vielleicht sollten sie am Wochenende nicht allzuviel über Nan sprechen. Nan würde nicht zur Party kommen, und Jack Foley auch nicht.
»Warum?« fragte Heather.
Eve respektierte die Wißbegierde. Während sie Löwenzahn aus-

gruben und die Nesseln abhackten, erzählte sie eine leicht zensierte Fassung der Geschichte. Heather lauschte mit ernstem Gesicht.
»Ich glaube, du verkraftest das noch schlechter als Benny«, sagte sie schließlich.
»Wahrscheinlich hast du recht«, pflichtete Eve ihr bei. »Benny hat in der Schule alle Kämpfe für mich ausgefochten. Und jetzt kann ich nichts für sie tun. Wenn es nach mir ginge, würde ich Nan Mahon umbringen. Mit bloßen Händen.«

In der Nacht bevor alle eintreffen sollten, lag Benny im Bett und konnte nicht schlafen.
Sie schloß die Augen und hatte das Gefühl, es sei eine lange Zeit vergangen. Doch als sie dann auf die Leuchtzeiger der Uhr sah, merkte sie, daß nur zehn Minuten verstrichen waren.
Schließlich stand sie auf und setzte sich ans Fenster. Draußen im Mondlicht sah sie Dr. Johnsons Haus und daneben eine Ecke von Dekko Moores Haus, wo Heather einmal als Geschirrmacherin arbeiten wollte.
Was hatte sich Benny gewünscht, als sie zwölf Jahre alt war wie Heather? Den Wunsch nach rosaroten Samtkleidern und spitzen Schuhen mit Pompons hatte sie damals gerade überwunden. Was hatte sie gewollt? Vielleicht eine Menge Freunde, Leute, mit denen Eve und sie spielen konnten, ohne daß sie zu einer bestimmten Zeit zu Hause sein mußte. Kein sehr anspruchsvoller Wunsch.
Und er hatte sich erfüllt, wenn man es sich recht überlegte. Eine ganze Menge Freunde kamen morgen aus Dublin, um Benny und Eve zu besuchen. Wie ahnungslos man mit zwölf Jahren doch war! Auch Heather Westward würde keine Geschirrmacherin mehr werden wollen, wenn sie zwanzig war. Sie würde vergessen, daß sie das einmal gewollt hatte.
Heute nacht ging ihr Jack einfach nicht aus dem Kopf. Die

letzten Wochen waren verstrichen, ohne wirklich einen Eindruck zu hinterlassen. Jacks Gesicht war ihr genauso lieb wie vorher, und es war ihr nie lieber gewesen als an jenem Tag, wo er am Kanalufer geweint und ihr versichert hatte, daß er sie immer noch liebte und all das niemals gewollt hatte.
Benny fragte sich, worüber Nan und er sich wohl unterhielten. Ob Nan ihm wohl erzählt hatte, wie sie Benny beim Schminken und bei der Auswahl ihres Parfüms beraten hatte? Wie sie Benny beigebracht hatte, daß man den Bauch einziehen und die Brust herausstrecken mußte?
Aber es war eigentlich verrückt anzunehmen, daß die beiden über sie sprachen.
Wahrscheinlich erinnerten sie sich nicht einmal daran, daß sie dieses Wochenende in Knockglen hatten verbringen wollen.

»Was ziehst du an?« fragte Clodagh sie am nächsten Morgen.
»Ich weiß nicht. Ich hab's vergessen. Es interessiert mich nicht. Bitte, Clodagh, geh mir damit nicht auf die Nerven.«
»Das würde mir nicht im Traum einfallen. Wir sehen uns dann heute abend bei Mario's.«
»Und was ist mit der Einladung bei uns? Wir wollten uns doch hier treffen!«
»Wenn es dir zuviel Mühe macht, dich dafür schick anzuziehen, warum soll ich mir dann die Mühe machen, dich zu besuchen?«
»Zum Teufel mit dir, Clodagh! Also, was soll ich anziehen?«
»Komm mit in den Laden, dann sehen wir weiter«, schlug Clodagh vor und grinste von einem Ohr zum anderen.
Gegen sechs kamen die Gäste die Treppe herauf. Sie waren voll des Lobs über die riesigen Räume, die hohen Zimmerdecken, die hübschen alten Fenster, den Sekretär, die wunderschönen alten Bilderrahmen.
Es war wie Aladins Wunderhöhle.
»An Ihrer Stelle würde ich sofort hier einziehen«, sagte Bill

Dunne zu Bennys Mutter. »Ihr eigenes Haus ist zwar auch nicht ohne...«
»Ich spiele auch schon mit dem Gedanken«, entgegnete Annabel Hogan.
Bennys Herz pochte vor Freude. Vielleicht zahlte sich die ganze Mühe jetzt tatsächlich aus. Aber sie hatte Angst, zuviel zu lächeln. Clodagh hatte ihr ein hautenges Western-Mieder genäht, und sie sah aus, als würde sie sich gleich eine Gitarre schnappen und ein Lied zum besten geben. Aber Johnny O'Brien meinte, sie sehe einfach umwerfend aus. Eine sensationelle Figur, gut geformt, sagte er und verdeutlichte das mit einigen Handbewegungen. Jack müsse verrückt sein, fügte er hinzu.
Alle waren bester Laune, als sie über die Straße gingen, um sich bei Mario's die Nacht um die Ohren zu schlagen.
Eve stupste Benny an, als sie Sean Walsh, Mrs. Healy und die beiden Terrier entdeckte, die ihren abendlichen Verdauungsspaziergang durchs Dorf machten.
Mario freute sich sehr, sie zu sehen, und hieß alle herzlich willkommen. Beinahe überschwenglich, fand Fonsie, bis er erfuhr, daß Mr. Flood dagewesen war und eine Nachricht von seiner Nonne im Baum übermittelt hatte: Das Café sei eine Lasterhöhle, die nicht nur geschlossen, sondern auch noch von bösen Geistern befreit werden mußte.
Deshalb war Mario im Moment über jede Kundschaft außer Mr. Flood hoch erfreut.
Fonsies neue Jukebox, die Mario insgeheim für die Ausgeburt eines kranken Gehirns hielt, sorgte für die passende Musik. Die Tische wurden weggerückt, und wer keinen Platz mehr im Café bekam, winkte und lachte von draußen herein.
Halb bedauernd, halb staunend dachte Mario an die Zeit zurück, bevor der Sohn seiner Schwester zu ihm gekommen war. Die friedlichen Tage, als das Geld knapp war, die Kasse kaum

einmal klingelte und die meisten Leute nicht wußten, daß es ein Café und einen Fish-and-Chips-Laden in Knockglen gab.

Am Samstag machten Benny und Patsy Frühstück für Sheila, Rosemary und Carmel. Das gleiche taten sie dann im Laden für Aidan, Bill, Johnny und den jungen Mann, den alle immer nur Carmels Sean nannten.

»Ich habe eigentlich auch eine eigene Persönlichkeit«, brummte er, als Benny wissen wollte, ob Carmels Sean ein Ei oder zwei Eier wollte.

»Wenn du in diesem Dorf Sean heißt, ist es besser, du machst dich durch einen Zusatz kenntlich«, erwiderte Benny, und Patsy begann zu kichern. Es war wunderbar, daß man sich ausgerechnet in diesen Räumen über Sean Walsh lustig machen konnte.

Allmählich erwachten die Lebensgeister wieder, und sie machten sich auf den Weg nach Ballylee. Nie hatte sich die Gegend in schönerem Licht gezeigt. Zweimal drehte sich Benny im Auto um, weil sie Jack auf etwas aufmerksam machen wollte. Sie fragte sich, wie lang es wohl dauern würde, bis sie begriffen hatte, daß er nicht mehr da war. Und auch nie wieder da sein würde.

Auf dem Weg zu einer alten Prachtvilla, die sie besichtigen wollten, gingen Bill Dunne und Eve etwas getrennt von den anderen. Das Haus war als Sommersitz von einer Familie gebaut worden, die wenig mit dem Land vertraut war, und hatte eine denkbar ungünstige Lage.

»Benny ist ganz gut über die Geschichte mit Jack hinweggekommen, stimmt's?« fragte Bill und sah Eve an.

»Es sind ja auch eine ganze Menge Verehrer hinter ihr her. Natürlich ist sie drüber weg«, erwiderte Eve in ihrer bedingungslosen Loyalität.

»Tatsächlich?« Bill klang enttäuscht.

Nichts habe ihn je so überrascht wie dieses jähe Ende, erklärte er Eve. Jack redete gern mit seinen Freunden, das war bei jungen Männern wohl nicht anders als bei den Mädchen. Aber er habe nie über Nan gesprochen. Natürlich habe er sich oft darüber beklagt, daß Benny durch und durch eine Klosterschülerin war, was offensichtlich bedeutete, daß sie trotz seiner Schmeicheleien nicht mit ihm ins Bett gehen wollte und daß sie zu selten in Dublin war. Aber Jack war vor der Party im Rugbyclub nicht mal mit Nan ausgegangen, das wußte Bill hundertprozentig.
»Das ist ja erst ein paar Wochen her«, meinte Eve überrascht.
»Ja, die Sache mit Nan ist unheimlich schnell gegangen, finde ich.« Bill schauderte – vielleicht wurde man schon Vater, wenn man bloß darüber sprach.
»Na ja, ein einziges Mal kann schon genügen, wie man sagt«, entgegnete Eve leichthin.
»Mehr kann es auch nicht gewesen sein«, meinte Bill mitfühlend.
Eve wechselte das Thema. Bill dachte in eine gefährlich ähnliche Richtung wie sie – daß die Schwangerschaft viel zu plötzlich gekommen war.
Jetzt konnte Eve zeitlich festmachen, wann Jack und Nan zum erstenmal zusammengewesen waren, und anscheinend war das erst ein paar Wochen her. Der Abend, an dem sie und Benny in Dunlaoghaire im Kino gewesen waren. Selbst mit Bennys schwachen Rechenkünsten mußte man dahinterkommen, daß die Zeit viel zu kurz war, um eine Schwangerschaft festzustellen und auch noch von einem Labor bestätigen zu lassen. Aber das wußten die beiden doch bestimmt. Jedenfalls Jacks Vater, der Arzt!
Und das bedeutete, daß hier etwas absolut Unglaubliches vor sich ging. Es bedeutete, daß Nan Mahon mit dem Kind eines anderen Mannes schwanger war und Bennys Jack einfach zum Vater gekürt hatte!
Eves Gedanken rasten, bis ihr eine plötzliche Erkenntnis kam.

Die Verlobung war bereits bekanntgegeben, das Hochzeitsdatum festgelegt. Nan und Jack würden heiraten. Es würde kein Melodrama mit Blutuntersuchungen und üblen Auseinandersetzungen geben. Die Sache würde ihren geregelten Gang gehen, komme, was wolle.

Wenn sie ihren Verdacht äußerte, gab das Benny nur neue Hoffnung und brach ihr das Herz womöglich zum zweitenmal. Und es bestand ja durchaus die Möglichkeit, daß Eve sich irrte. Sie hatte sich nie vorstellen können, wo Simon und Nan miteinander geschlafen hatten, so daß sie die Möglichkeit grundsätzlich in Frage stellen mußte. Westlands konnte nicht sein, ebensowenig Maple Gardens, und ein Auto war auch ausgeschlossen. Simon hatte kein Geld für Hotels. Und Nan hatte keine Freunde – außer Benny und Eve. Sie hatte ja schon Schwierigkeiten, eine Brautjungfer zu finden.

Widerwillig hatte sich Eve mit dem Gedanken anfreunden müssen, daß die beiden vielleicht nie ein Liebespaar gewesen waren. Was sehr enttäuschend war, denn dann gab es keine Chance, Simon die Schwangerschaft in die Schuhe zu schieben.

Andererseits hätte Nan das bestimmt getan, wenn es irgendwie möglich gewesen wäre. So eine Chance hätte sie sich nicht entgehen lassen.

Aber sie hatte nichts von einem Streit zwischen Nan und Simon gehört. Allen Berichten zufolge, das hieß, eigentlich nur Nans Bericht zufolge, war die Beziehung vor längerer Zeit in gegenseitigem Einvernehmen gelöst worden.

»Du führst Selbstgespräche«, stellte Bill Dunne fest.

»Ja, das ist meine einzige schlechte Angewohnheit. Aidan sagt immer, es ist ›ein winziger Makel meines ansonsten perfekten Charakters‹. Komm schon, machen wir einen Wettlauf zu der Villa.«

Sie wollte dieses Gedankenkarussell aus ihrem Kopf verscheuchen.

Das Haus sah wunderschön aus. Es hatte sich wirklich gelohnt, Mossy die Tür streichen zu lassen. Und der Garten war Heathers und Eves Werk. Heather wartete schon mit ihrer weißen Kochmütze, die Clodagh für sie genäht hatte, und einer Metzgerschürze. Vielleicht war diese Aufmachung ein bißchen übertrieben für jemanden, der nur Erfrischungen servierte, aber Heather kam sich darin ungeheuer wichtig vor. Die Dämmerung wich der Dunkelheit. Am klaren Himmel erschienen die Sterne.
Den Pfad herauf näherten sich Gestalten. Teddy Flood, Clodagh Pine, Maire Carroll und ihr neuer Verlobter sowie Tom, der Medizinstudent, mit dem Rosemary so große Pläne hatte. Dazu ein paar weitere Bekannte vom College, die nur für den Abend kamen und nicht das ganze Wochenende bleiben wollten.
Aidan erklärte gerade, daß der nächste Tag der Weiße Sonntag war, was man vielleicht als Omen verstehen konnte. Nach all dem Essen und Trinken und Tanzen in dieser Nacht würde man am nächsten Morgen ihre Gesichter durchaus als weiß bezeichnen können.
»Sorg dafür, daß jeder was zu trinken hat, ja? Ich muß das Biest hier zerlegen«, sagte Eve.
Teddy Flood hatte einen riesigen Schweinerollbraten mitgebracht und behauptete, er müsse sich eigentlich wie Butter schneiden lassen. Oder wie eine Biskuitrolle. Trotzdem wollte Eve auf Nummer Sicher gehen. Sie schloß die Küchentür hinter sich, um sich in Ruhe dem Braten zu widmen.
Und während sie alles vorbereitete – die große Bratenplatte, die Benny im Laden gefunden hatte, die Teller, die unten im Herd gewärmt wurden –, war sie so konzentriert, daß sie gar nicht hörte, wie die Tür aufging und zwei weitere Gäste eintrafen.
Beladen mit Weinflaschen und Bierdosen, erschienen Jack und Nan auf der Bildfläche.

Rosemary, die in der Nähe der Tür saß, sah die beiden als erste. Ihr Arm sank von Toms Schulter, wo sie ihn den ganzen Abend plaziert hatte, um die Besitzverhältnisse klarzustellen.
»Mein Gott«, sagte sie nur.
Jack lächelte sein entspanntes Lächeln. »Nein, nicht ganz. Nur sein Vertreter«, erwiderte er.
Auf einer Bank gleich daneben kuschelte sich Carmel an Sean.
»Du hast mir gar nicht gesagt, daß sie kommen«, warf sie ihm flüsternd vor.
»Ich hatte doch selbst nicht die blasseste Ahnung«, wisperte er zurück.
Johnny O'Brien übte gerade einen komplizierten Tangoschritt mit Sheila.
»Hallo, da kommen die schwarzen Schafe«, rief er gut gelaunt.
Sheila wirbelte herum und sah sich nach Benny um. Gerade rechtzeitig, um zu beobachten, wie Benny, die mit Bill Dunne die Schallplatten begutachtete, den Kopf hob. Und wie alle Farbe aus ihrem Gesicht wich und ihr drei Platten einfach aus den Händen glitten.
»Gott sei Dank gibt's keine Achtundsiebziger mehr«, seufzte Fonsie, der mit seiner Plattensammlung schlecht weggekommen wäre.
»Na, das ist ja eine Überraschung«, sagte Bill.
Obwohl die Musik von »Hernando's Hideaway« um sie herum weiterdröhnte, konnte Nan und Jack das frostige Schweigen kaum entgehen.
Doch Jacks legendäres Lächeln war wieder einmal seine Rettung.
»Also, kommt schon, habt ihr etwa vergessen, daß ich die Getränke besorgen wollte?« lachte er. Er hatte die Flaschen abgestellt und die Hände in einer hilflosen kleinen Geste ausgebreitet, die Benny an ihm so liebte.
Es mußte ein Traum gewesen sein. Die ganze Geschichte. Und jetzt, wo er zurückkam, war der Traum vorüber.

Sie ertappte sich dabei, wie sie ihn anlächelte.
Und er sah das Lächeln. Quer durch den Raum.
»Hallo, Benny«, sagte er.
Jetzt spürten alle die Stille. Alle außer den Johnson Brothers, die ungerührt weiter von »Hernando's Hideaway« sangen. Clodagh hatte Benny für die Party ganz in Schwarz und Weiß gesteckt: ein weiter schwarzer Cordsamtrock, dazu eine weiße Bluse mit schwarzem Samtbesatz. In dem Moment, als Jack sie entdeckte, sah sie strahlend und glücklich aus.
Er ging auf sie zu.
»Wie geht's deiner Mutter und dem Laden?«
»Danke, sehr gut. Gestern abend hatten wir eine Party bei uns.«
Sie redete viel zu hastig. Als sie über seine Schulter blickte, sah sie, daß Aidan Lynch Nan die Weinflaschen abgenommen und auf den Tisch gestellt hatte. Clodagh versuchte, Fonsie unauffällig über den Stand der Dinge zu informieren.
Johnny O'Brien, auf den man sich immer verlassen konnte, wenn es darum ging, etwas zu sagen – wenn auch nicht unbedingt das Richtige –, kam herüber und knuffte Jack freundschaftlich in den Arm.
»Schön, dich zu sehen. Ich hab schon gedacht, du wärst ausgeschlossen worden«, meinte er.
Aidan schenkte Jack etwas zu trinken ein. »Jack, alter Knabe«, sagte er. »Wie in alten Zeiten.«
»Ich fand, es wäre doch wirklich albern, so zu tun, als hätten wir Streit miteinander.« Jetzt wirkte Jack doch ein wenig beunruhigt.
»Was für einen Streit denn?« fragte Aidan und sah nervös zu Nan hinüber, die neben der Tür stand und sich seit ihrer Ankunft kaum von der Stelle gerührt hatte.
»Na ja, wie auch immer. Jedenfalls konnte ich mich ja nicht einfach mit dem ganzen Geld davonmachen.«
Sie wußten beide, daß es nicht um die Getränke ging.

»Wie geht's denn so?« erkundigte sich Aidan.
»Ganz gut. Alles ein bißchen unwirklich.«
»Ich verstehe«, meinte Aidan, der es natürlich nicht verstand. Sicherheitshalber wechselte er das Thema.
»Und das Büro deines Onkels?«
»Ein verrückter Laden. Sie sind alle so pingelig, du würdest es nicht glauben...« Jack hatte den Arm auf eine große Kommode gestützt und redete völlig ungezwungen. Benny hatte sich ein Stück entfernt. Ihr wurde abwechselnd heiß und kalt. Hoffentlich fiel sie nicht in Ohnmacht! Vielleicht war es besser, wenn sie ein wenig an die frische Luft ging.
Dann fiel ihr plötzlich ein, daß Eve noch gar nicht wußte, wer gekommen war. Sie mußte in die Küche und es ihr sagen.
Im gleichen Moment fiel Aidan dasselbe ein. Er überließ Jack der Obhut von Fonsie und paßte Benny an der Küchentür ab.
»Ich mach das«, sagte er. »Komm mir zu Hilfe, wenn ich in einer Stunde nicht zurück bin und auch das Abendessen nicht auftaucht.«
Benny lächelte schwach.
»Alles in Ordnung?« fragte Aidan besorgt.
»Ja, schon.« Wenn Benny sich so ausdrückte, bedeutete das, daß ihr miserabel zumute war. Hilfesuchend sah sich Aidan um und wechselte einen Blick mit Clodagh. Sie kam sofort zu ihnen.
Als Aidan in die Küche ging, sagte sie: »Nan kann meinetwegen die ganze Nacht dort an der Tür stehen. Die hat vielleicht Nerven, hier einfach aufzutauchen. Ich hab kurzen Prozeß mit ihr gemacht.«
»Was?«
»Sie hat ›Hallo, Clodagh‹ gesagt und dabei gegrinst wie ein Honigkuchenpferd. Ich hab sie nicht beachtet. Da hat sie's noch mal gesagt. Und ich hab nur geantwortet: ›Kennen wir uns?‹«
Clodagh war sehr zufrieden, daß sie ihr diese Abfuhr erteilt hatte.

»Jemand muß mit ihr reden.«
»Warum? Ich jedenfalls nicht.«
Tatsächlich blieb Nan seltsam isoliert, während Jack schon wieder im Mittelpunkt seiner Kumpel stand.
Benny sah zu ihr hinüber. Heiter und schön wie immer blickte sie um sich, mit interessiertem und ein wenig fragendem Gesichtsausdruck. Man merkte ihr nicht an, daß sie sich unwillkommen fühlte. Sie erweckte den Eindruck, als fühle sie sich ganz wohl dort neben der Tür, wo sie schon stand, seit Aidan ihr die Weinflaschen abgenommen hatte.
Benny betrachtete Nan, wie sie es so oft getan hatte – voller Bewunderung. Nan wußte, was man sagen, wie man sich benehmen, was man anziehen mußte. Heute abend trug sie schon wieder ein neues Kleid, mit Blumendruck, ganz in Mauve und Weiß. Es wirkte so frisch, als hätte man es erst vor ein paar Minuten vom Kleiderbügel genommen, nicht, als hätte es eine lange Autofahrt hinter sich.
Benny schluckte. Für den Rest ihres Lebens würde Nan in Jacks Auto fahren, sie würde neben ihm sitzen und all die Dinge mit ihm teilen, die Benny einst mit ihm geteilt hatte. Bittere Tränen traten ihr in die Augen. Warum hatte sie nicht getan, worum er sie gebeten hatte, warum hatte sie ihre Kleider nicht ausgezogen, sich neben ihn gelegt, ihn hingebungsvoll und leidenschaftlich geliebt? Warum hatte sie statt dessen alles zugeknöpft, war von ihm weggerückt und hatte gesagt, sie sollten lieber nach Hause fahren?
Wenn Benny schwanger gewesen wäre, hätte er sich bestimmt gefreut und wäre stolz gewesen.
Er hätte es seinen Eltern und Bennys Mutter erklärt, so wie er es jetzt für Nan getan hatte. Dicke Tränen über ihre eigene Dummheit verschleierten ihr den Blick.
Nan sah es und ging zu ihr.
»Ich bin dir nicht aus dem Weg gegangen«, sagte sie.

»Nein.«
»Ich wollte dir schreiben. Aber wir haben uns ja nie geschrieben, und da wäre es mir so aufgesetzt vorgekommen.«
»Ja.«
»Und ich hätte nicht gewußt, was ich sagen soll.«
»Du weißt das doch sonst immer«, meinte Benny und sah Nan an. »Und du weißt auch immer, was du tun sollst.«
»Aber daß es so kommt, war nie meine Absicht. Das schwöre ich dir.«
Da war irgendein falscher Ton in Nans Stimme. Mit einem Schlag wurde Benny klar, daß Nan sie anlog. Vielleicht war es doch ihre Absicht gewesen! Vielleicht hatte Nan alles genau so geplant.

In der Küche stand Eve mit schneeweißem Gesicht.
»Das glaube ich dir nicht«, sagte sie.
»Leg die Sachen weg.« Aidan deutete auf das Tranchiermesser und die Gabel in ihren Händen.
»Also, die haben gefälligst wieder zu verschwinden. Die bleiben nicht in meinem Haus, darauf kannst du Gift nehmen.«
»Nein, Eve«, widersprach Aidan ungewöhnlich entschieden. »Jack ist mein Freund, und er wird nicht rausgeschmissen. Es war von Anfang an abgemacht, daß er kommt ... und er hat sogar Getränke mitgebracht.«
»Ach, sei doch kein Esel«, fauchte Eve. »Niemand wollte die blöden Getränke. Wenn die ihm wirklich so am Herzen liegen, hätte er sie ja liefern lassen können. Ich will die beiden nicht hier haben.«
»Sie sind doch unsere Freunde, Eve.«
»Das war einmal. Jetzt nicht mehr.«
»Du kannst sie nicht für immer ausschließen. Wir müssen wieder normal mit ihnen umgehen. Ich finde es völlig richtig, daß sie gekommen sind.«

»Und was machen sie da drin? Halten sie hof oder was?«
»Eve, bitte. Sie sind deine Gäste. Unsere Gäste. Bitte mach keine Szene. Es würde allen die Party verderben. Und da drinnen benehmen sich alle tadellos.«
Eve ging zu ihm und schlang die Arme um seinen Hals.
»Du bist sehr großherzig und viel netter als ich. Ich glaube nicht, daß wir zusammenpassen.«
»Ja, da hast du wahrscheinlich recht. Aber können wir das nicht ein andermal besprechen, und nicht ausgerechnet dann, wenn unsere Gäste auf das Abendessen warten?«
Bill Dunne kam durch die Küche, um zur Toilette zu gehen.
»Entschuldigt«, sagte er, als er das engumschlungene Paar sah. »Man weiß heutzutage wirklich nicht mehr, wohin man gehen soll.«
»Also gut«, gab Eve nach. »Solange ich nicht mit ihr reden muß.«

Benny tanzte gerade mit Teddy Flood, als Eve hereinkam. Jack unterhielt sich mit Johnny und Sean. Er sah genauso gut aus und wirkte genauso selbstsicher wie immer. Und anscheinend freute er sich, Eve zu sehen.
»Eve!«
»Hallo, Jack«, entgegnete sie, nicht gerade herzlich, aber auch nicht unhöflich. Schließlich hatte sie Aidan ein Versprechen gegeben.
»Wir haben dir eine Vase mitgebracht, eine Art Glaskrug. Sie würde sich bestimmt gut mit deinen Osterglocken drin machen«, meinte Jack.
Es war ein hübscher Krug, in der Tat. Wie schaffte es dieser Jack Foley nur, immer ins Schwarze zu treffen? Woher wußte er, daß Eve Osterglocken hatte? Wo er doch seit Weihnachten nicht mehr hiergewesen war! Und damals hatte außer Stechpalmen nichts geblüht.

»Danke. Das ist sehr nett.« Eve machte eine Runde durchs Zimmer, leerte Aschenbecher und schaffte Platz für die Teller.
Nan stand allein am Rand einer Gruppe.
Eve brachte es nicht über sich, sie zu begrüßen. Sie öffnete den Mund, brachte aber kein Wort heraus. Schließlich ging sie in die Küche zurück und stützte sich dort mit beiden Händen auf den Tisch. Ihre Wut war so übermächtig, beinahe greifbar ... wie ein dicker roter Nebel.
Sie dachte daran, wie oft Mutter Francis, Kit Hegarty und auch Benny sie gewarnt hatten, daß sie sich mit solchen Ausbrüchen am Ende nur selbst schaden würde.
Da ging die Tür auf, und Nan trat herein. In ihrem frischen Blumenkleid blieb sie stehen, und ein leichter Luftzug vom offenen Fenster spielte mit ihren blonden Haaren.
»Hör zu, Eve ...«
»Entschuldige, aber ich höre nicht zu. Ich muß das Essen machen.«
»Ich will nicht, daß du mich haßt.«
»Du schmeichelst dir selbst. Niemand haßt dich. Wir verachten dich. Das ist etwas ganz anderes.«
Jetzt fingen Nans Augen an zu funkeln. Darauf war sie nicht gefaßt gewesen.
»Das ist ein bißchen kleinlich von euch, findest du nicht? Ein bißchen provinziell. Das Leben geht weiter. Aidan und Jack sind Freunde ...«
Sie wirkte wie immer stolz und selbstsicher. Sie wußte, daß sie alle Trümpfe in der Hand hielt, daß sie gegen alle Regeln verstoßen und dennoch gewonnen hatte. Sie hatte nicht nur ihrer Freundin den Freund weggenommen, einen Platz gefunden – weiß der Himmel, wo –, damit sie mit ihm schlafen konnte, und ihn dazu gebracht, ihr das Heiratsversprechen zu geben. Nein, sie erwartete auch noch, daß in ihrem Freundeskreis alles beim alten blieb.

Eve schwieg. Fassungslos starrte sie Nan an.

»Na los, sag endlich was«, drängte Nan. »Irgendwas geht dir doch durch den Kopf. Raus damit.«

»Ich habe gedacht, daß Benny wahrscheinlich deine einzige Freundin war. Daß sie dich als einzige von uns einfach so gemocht hat, wie du bist, und nicht nur wegen deiner Schönheit.«

Eve wußte, daß es sinnlos war. Nan würde das gleichgültig zur Kenntnis nehmen, sozusagen achselzuckend. So was kam nun mal vor.

Nan würde sich alles nehmen, alles, was ihr in die Finger geriet. Sie war wie ein Kind, das auf einen glänzenden Gegenstand zukrabbelt. Sie tat es instinktiv.

»Benny ist so besser dran. Sie hätte ein Leben lang auf ihn aufpassen müssen. Sie hätte sich immer fragen müssen, woran sie mit ihm ist.«

»Und du mußt das nicht?«

»Ich werde damit zurechtkommen.«

»Sicher, du bist ja mit allem zurechtgekommen.«

Eve merkte, daß sie zitterte. Sie konnte kaum das Wasser in die Vase füllen und den Strauß arrangieren, den jemand mitgebracht hatte, so sehr zitterten ihre Hände.

»Die hab ich für dich ausgesucht«, sagte Nan.

»Was?«

»Die Vase. Du hast ja keine.«

Auf einmal fiel es Eve wie Schuppen von den Augen. Jetzt wußte sie, wo Jack und Nan ihre gemeinsamen Nächte verbracht hatten. Hier, in diesem Haus, in ihrem Bett!

Sie waren nach Knockglen gefahren, den Weg heraufgekommen und hatten sich mit dem in der Mauerritze versteckten Schlüssel Zutritt verschafft. Sie hatten in Eves Bett miteinander geschlafen! Entsetzt starrte sie Nan an. Deshalb hatte sie das Gefühl gehabt, daß jemand in ihrem Haus gewesen war!

»Ihr wart hier, stimmt's?«
Nan zuckte die Achseln. Dieses gräßlich wegwerfende Achselzucken. »Ja, manchmal. Aber was macht das jetzt schon...«
»Mir macht es was.«
»Wir haben alles ordentlich hinterlassen. Niemand hätte es gemerkt.«
»Du bist in meinem Haus gewesen, in meinem Bett, um mit Bennys Jack zu schlafen. In Bennys Dorf. Herrgott, Nan...«
Doch jetzt verlor Nan die Fassung.
»Bei Gott, ich hab die Nase voll davon! Es macht mich krank! Dieses scheinheilige Getue, wo ihr doch alle nichts anderes im Kopf habt, aber nicht genug Mumm in den Knochen, es wirklich zu tun, es euch einzugestehen. Statt dessen haltet ihr euch und alle anderen immer weiter hin...«
Ihr Gesicht war rot und verzerrt vor Wut.
»Und red mir bloß nicht über diese Hütte... red nicht, als wäre sie das Schloß von Versailles. Sie ist ein feuchter, baufälliger Schuppen, weiter nichts. Nicht einmal mit Strom. Mit einem uralten Herd, den wir nicht angezündet haben, aus Angst, daß du Spuren entdecken würdest. Überall Ritzen und Durchzug. Kein Wunder, daß alle sagen, hier spukt's. Man spürt's ja förmlich. Man riecht es direkt.«
»Niemand sagt, daß es hier spukt.« Tränen der Wut traten Eve in die Augen.
Doch plötzlich hielt sie inne. Die Leute hatten erzählt, daß jemand bei Nacht hier Klavier spielte.
Aber das war lange her. Jack konnte nicht Klavier spielen. Also mußte es vor Jack gewesen sein.
»Du hast Simon auch hierhergebracht, stimmt's?«
Sie erinnerte sich daran, wie Simon in Westlands Klavier gespielt hatte. An jenem Tag, als Eve mit Heather dort gewesen war, als der Alte ihre Mutter eine Hure genannt hatte. Nan antwortete nicht.

»Du warst mit Simon Westward in meinem Bett, in meinem Haus. Du wußtest, daß ich ihn niemals über meine Schwelle gelassen hätte. Und du hast ihn hierhergebracht! Und dann, als er dich nicht heiraten wollte, hast du Jack Foley reingelegt...«
Nan war blaß geworden. Sie sah zur Tür, hinter der die anderen tanzten.
Auf dem Plattenspieler lief Tab Hunter.
»Young love, first love...«
»Beruhige dich...«, begann Nan.
Plötzlich hatte Eve das Tranchiermesser in der Hand und kam auf sie zu. Die Worte sprudelten aus ihr heraus, sie hatte sie nicht unter Kontrolle.
»Ich werde mich nicht beruhigen. Was du getan hast, das werde ich nicht einfach so hinnehmen. Bei Gott nicht!«
Nan stand zu weit von der Tür zum Wohnzimmer entfernt, sie erreichte die Klinke nicht mehr. Sie wich zurück, doch Eve kam immer näher, mit funkelnden Augen, das Messer in der Hand.
»Eve, hör auf!« schrie Nan und sprang, so schnell sie konnte, zur Seite. Sie prallte gegen die Badezimmertür, so heftig, daß die Glasscheibe zersplitterte.
Nan stürzte zu Boden, mit dem Arm in die Scherben. Plötzlich war überall Blut, selbst auf ihrem Gesicht.
In Sekundenschnelle war das Blumenkleid purpurrot. Eve ließ das Messer fallen. Ihre eigenen Schreie waren so laut wie die von Nan. Da stand sie, mitten in ihrer Küche, zwischen Glasscherben, Blut, dem fertig zubereiteten Essen. Und von nebenan hörte man, wie alle in den Schlager mit einstimmten.
»Young love, first love, is filled with deep emotion.«

Endlich hörte sie jemand und öffnete die Tür.
Aidan und Fonsie waren als erste zur Stelle.
»Welcher Wagen steht am nächsten?« fragte Fonsie.
»Der von Jack. Gleich vor der Tür.«

»Ich fahre. Ich kenne die Straße besser.«
»Sollen wir sie hochheben?« fragte Aidan.
»Wenn wir's nicht tun, verblutet sie vor unseren Augen.«
Bill Dunne sorgte dafür, daß die anderen nicht in die Küche kamen. Nur Jack, Fonsie und natürlich Tom, der Medizinstudent, durften herein; möglicherweise waren seine Fachkenntnisse vonnöten. Alle anderen sollten bleiben, wo sie waren, denn es war ja schon so ziemlich eng.
Sie hatten die Hintertür geöffnet; der Wagen stand nur ein paar Meter entfernt. Clodagh hatte eine Decke und saubere Handtücher aus Eves Schlafzimmer geholt. Sie wickelten ein Handtuch um den Arm mit der riesigen, klaffenden Wunde.
»Drücken wir so nicht die Splitter noch weiter rein?« fragte Fonsie.
»Wenigstens bleibt dann auch das Blut drin«, antwortete Aidan.
Sie sahen sich verwundert an. Wenn es hart auf hart ging, waren diese beiden Spaßvögel diejenigen, die die Sache in die Hand nahmen.
Benny saß reglos im Wohnzimmer, den Arm um Heather gelegt.
»Es wird wieder gut«, sagte sie immer wieder. »Alles wird wieder gut.«
Bevor Aidan einstieg, kam er noch einmal zu Eve.
»Paß auf, daß keiner geht«, sagte er. »Ich komme gleich zurück.«
»Was meinst du damit?«
»Laß keinen abhauen, auch wenn sie denken, das wäre jetzt das beste. Gib den Leuten was zu essen.«
»Ich kann nicht ...«
»Dann eben jemand anderes. Die Leute brauchen jedenfalls was zu essen.«
»Aidan!«
»Im Ernst. Alle haben zuviel getrunken. Gib ihnen was zu essen, um Himmels willen. Wir haben keine Ahnung, mit wem wir es heute noch zu tun kriegen.«

»Was meinst du damit?«
»Na ja, wenn sie stirbt, kommt die Polizei.«
»Wenn sie stirbt? Sie darf nicht sterben!«
»Gib ihnen was zu essen, Eve.«
»Ich hab sie nicht ... sie ist gestürzt.«
»Weiß ich doch, du Dummkopf.«
Dann fuhr der Wagen mit Jack, Fonsie, Aidan und einer immer noch hysterischen Nan davon.
Eve richtete sich auf.
»Ich halte es zwar für Schwachsinn, aber Aidan Lynch meint, wir sollen alle was essen. Wenn ihr also ein bißchen Platz macht, dann bring ich's euch rein«, sagte sie.
Verstört, wie sie alle waren, gehorchten sie. Und obwohl niemand auf die Idee gekommen wäre, erwies es sich als genau das Richtige.

Dr. Johnson untersuchte Nans Arm und telefonierte mit dem Krankenhaus.
»Wir bringen eine junge Frau mit einer Arterienverletzung«, sagte er knapp. Mit kreidebleichen Gesichtern sahen die Jungen ihn an, als er auflegte.
»Ich fahre sie«, erklärte er. »Einer kann mitkommen. Aber nur einer.«
Jack trat vor. Maurice Johnson betrachtete den jungen Mann. Sein Gesicht kam ihm bekannt vor. Der Junge spielte in der Rugby-Jugendmannschaft und war schon einmal in Knockglen gewesen. Dr. Johnson glaubte sich sogar zu erinnern, daß er mit Benny Hogan ging.
Doch jetzt war keine Zeit für Mutmaßungen. Dr. Johnson nickte Fonsie und Aidan zum Abschied zu und fuhr mit Jack los.

Der Sonntag verging endlos langsam. Ganz Knockglen wußte schon von dem Mädchen aus Dublin, das gestürzt war und sich an den Scherben einer Glastür verletzt hatte.

Dr. Johnson hatte sofort klargestellt, daß es sich um einen Unfall handelte. Alle seien stocknüchtern gewesen. Tatsächlich hatte er keine Ahnung, ob das stimmte, aber er wollte nicht, daß sich die Leute über Eve Malone das Maul zerrissen.
Außerdem erzählte Dr. Johnson jedem, der es hören wollte, daß das Mädchen durchkommen werde.
Und so war es auch. Am Sonntag abend war Nan Mahon außer Lebensgefahr. Sie hatte mehrere Bluttransfusionen erhalten, und einmal war der Blutdruck gefährlich abgesunken. Aber sie war jung und gesund. Es war unglaublich, wie schnell junge Leute wieder zu Kräften kamen.
In der Montagnacht hatte Nan eine Fehlgeburt. Aber das Krankenhaus behandelte die Angelegenheit sehr diskret. Schließlich war sie ja nicht verheiratet.

Kapitel 20

Es war schon Sommer, und das entscheidende Gespräch zwischen Jack Foley und Nan Mahon stand immer noch aus. Nan war nach ihrem Aufenthalt im Krankenhaus von Ballylee sofort nach Dublin zurückgekehrt.
Darauf hatte sie bestanden. Und sie schien so aufgewühlt, daß Dr. Johnson schließlich zustimmte.
Jack arbeitete noch immer im Büro seines Onkels, aber er lernte auch fürs erste Examen. Unausgesprochen stand der Gedanke im Raum, daß er sein Jurastudium doch weiterführen würde. Aidan hob alle Vorlesungsskripte für ihn auf.
Aidan und Jack trafen sich oft, aber sie redeten nie über das, was ihnen am meisten am Herzen lag. Irgendwie war es leichter, zu plaudern und die Freundschaft zu erhalten, wenn sie es nicht erwähnten.

Brian Mahon wollte vor Gericht gehen. Er meinte, schließlich würden seine Kunden auch dauernd aus irgendwelchen an den Haaren herbeigezogenen Gründen verklagt. Warum sollte er da nicht ein paar Pfund rausschlagen? Das Mädchen brauchte doch irgendeine Versicherung, oder?
Nan war sehr schwach, aber ihre Wunde verheilte gut, und auch die grellrote Narbe würde mit der Zeit verblassen.
Da sie ihrer Familie nie ausdrücklich gesagt hatte, daß sie schwanger war, brauchte sie jetzt auch nicht bekanntzugeben, daß sie es nicht mehr war. Stundenlang lag sie einfach in ihrem Bett, in dem sie so vielen Träumen nachgehangen hatte.
Besuche von Jack Foley lehnte sie strikt ab.

»Später«, ließ sie ihn wissen. »Später, wenn wir miteinander reden können.«
An seinen Augen hatte sie ablesen können, daß er darüber erleichtert war. Sie wußte, daß er sich wünschte, es wäre vorüber, ein für allemal. Damit er sein Leben weiterleben konnte.
Aber sie war noch nicht bereit. Und sie mußte sich von einer schweren Verletzung erholen. Er schuldete ihr wenigstens die Zeit, die sie zum Nachdenken brauchte.
»Dein Verlobter läßt sich gar nicht blicken«, meinte Nasey.
»Das ist ganz in Ordnung.«
»Dad sagt, wenn er dich wegen deiner Narbe verläßt, können wir ihn wegen Bruch des Eheversprechens vor Gericht bringen«, berichtete Nasey.
Nan schloß müde die Augen.

Heather erzählte die Geschichte von dem blutigen Unfall gern und oft. Sie wußte, daß man ihr wahrscheinlich nie wieder so gebannt zuhören würde; die Zuhörer hingen förmlich an ihren Lippen. Mit ihren zwölf Jahren war Heather auf einer Erwachsenenparty gewesen, mit einer Kochmütze auf dem Kopf, und sie hatte eine Unmenge Blut fließen sehen. Und niemand hatte sie nach Hause geschickt. Ihre Zuhörer brauchten ja nicht zu erfahren, daß ihr schwindlig geworden war und sie die meiste Zeit an Bennys Busen geweint hatte. Sie erzählte auch niemandem, wie Eve totenbleich dagesessen und stundenlang kein Wort gesprochen hatte.

Eve brauchte lange, um über die Ereignisse jener Nacht hinwegzukommen. Nur drei Leuten erzählte sie, daß sie das Tranchiermesser in der Hand gehabt hatte: Benny, Kit und Aidan. Alle drei sagten ihr das gleiche: daß sie Nan nicht angerührt und das Messer nur in der Hand gehalten hatte. Daß sie Nan ja nichts getan hatte. Und daß sie sich besonnen hätte, bevor sie ihr zu nahe gekommen wäre.

Benny meinte, wenn man seit zehn Jahren Eves beste Freundin sei, dann wisse man das einfach.
Kit erklärte, sie würde niemanden bei sich im Haus wohnen lassen, den sie nicht gut kannte. Eve schrie und tobte, aber sie würde nie jemanden niederstechen.
Aidan sagte, das sei doch alles Unsinn. Schließlich hatte Eve das Messer den ganzen Abend in der Hand gehalten. Hatte er ihr nicht selbst gesagt, sie solle es weglegen? Die zukünftige Mutter seiner acht Kinder besaß zwar viele irritierende Eigenschaften, aber sie war bestimmt keine potentielle Mörderin.
Allmählich glaubte Eve ihnen.
Im Lauf der Zeit konnte sie auch wieder ihre Küche betreten, ohne sofort Blut und Glassplitter vor sich zu sehen.
Bald wich auch der angespannte Ausdruck aus ihrem Gesicht.

Annabel Hogan sagte zu Peggy Pine, wahrscheinlich würden sie die ganze Wahrheit über die Nacht in der Kate nie erfahren, ganz gleich, wie sehr sie nachbohrten. Peggy erwiderte, am besten sei es wahrscheinlich, gar nicht mehr nachzufragen und an erfreulichere Dinge zu denken. Zum Beispiel an Patsys Hochzeit oder ob Annabel Lisbeg verkaufen und über den Laden ziehen wollte. Nachdem bekanntgeworden war, daß das Haus eventuell zum Verkauf stünde, waren einige sehr interessante Angebote eingegangen. Mit Preisvorstellungen, bei denen sich der arme Eddie Hogan sicher im Grab umgedreht hätte.
»Vor Freude«, erklärte Peggy Pine. »Er wollte immer das Beste für euch beide.«
Das waren genau die richtigen Worte. Annabel Hogan begann sich ernsthaft mit den Angeboten zu beschäftigen.

Benny kam das Sommertrimester am College vor wie sechs Wochen in einer anderen Stadt. Es war alles so ungewohnt. Die Tage waren lang und warm. Oft nahmen sie ihre Bücher mit in den Garten hinter dem Newman House in St. Stephen's Green und lernten dort.

Sie hatte sich immer schon einmal erkundigen wollen, wer für diese Gärten zuständig war. Anscheinend gehörten sie der Universität. Es war friedlich dort und kein bißchen vertraut. Nicht wie fast jeder andere Quadratzentimeter von Dublin, den sie immer irgendwie mit Jack in Verbindung brachte.

Manchmal blieb Benny über Nacht bei Eve in Dunlaoghaire, manchmal fuhren sie zusammen mit dem Bus nach Hause. In Eves Kate stand ein ausziehbares Sofa, und gelegentlich übernachteten sie beide dort. Bennys Mutter, die sich ganz ihren Plänen und Renovierungsarbeiten widmete, schien zufrieden, daß Benny sich mit Eve unterhalten konnte. Zwar nannten sie es Studieren, aber in Wirklichkeit war es hauptsächlich Reden. Während die Fuchsien ihre ersten Knospen trieben, während die alten Rosensträucher zu blühen begannen, saßen die Freundinnen beieinander und redeten. Allerdings sprachen sie nur sehr wenig über Jack und Nan und die damaligen Ereignisse. Es war noch zu früh, und die Wunden waren noch zu frisch.

»Ich frage mich, wo sie sich getroffen haben«, sagte Benny einmal aus heiterem Himmel. »Ein paar Leute behaupten, sie hätten die beiden in Knockglen gesehen. Aber wo hätten sie denn hingehen sollen?«

»Hierher«, antwortete Eve schlicht.

Natürlich brauchte sie Benny nicht zu erklären, daß es ohne ihre Zustimmung geschehen war. Tränen standen in Bennys Augen.

Lange schwiegen sie beide.

»Sie hat das Baby bestimmt verloren«, meinte Benny schließlich.

»Das denke ich auch«, sagte Eve.

Plötzlich mußte sie an den Fluch denken, den ihr Vater über die Westwards ausgesprochen hatte.

Tatsächlich schienen viele von ihnen vom Pech verfolgt.

Ob dieses Ereignis wohl dazugehörte? Ein Westward, der nicht einmal bis zur Geburt überlebte?

Mr. Flood wurde zu einem neuen Psychiater überwiesen, einem sehr netten jungen Mann. Er nahm sich sehr viel Zeit für Mr. Flood, hörte ihm geduldig zu und verschrieb ihm dann ein Medikament. Auf einmal gab es keine Nonnen mehr auf dem Baum. Mr. Flood war es sogar peinlich, daß er das jemals geglaubt hatte. Man beschloß, es einer optischen Täuschung zuzuschreiben. So etwas konnte jedem passieren.

Dessie Burns meinte, die Trunksucht sei das Grundübel dieses Landes. Jeder, dem man begegnete, hing entweder an der Flasche oder war gerade davon losgekommen. Was man brauchte, war Mäßigung. Ab jetzt werde er selbst nur noch mäßig trinken. Nicht mehr bis zum Umfallen saufen und dann wieder keinen Tropfen anrühren. Die Geschäftsleitung von Shea's meinte, es hänge viel von der Auslegung des Wortes Mäßigung ab, aber wenigstens habe Mr. Burns das Trinken um die Mittagszeit aufgegeben, und das könne für alle nur von Vorteil sein.

Um die Hochzeit von Mrs. Dorothy Healy und Mr. Sean Walsh wurde Knockglen betrogen. Sie ließen verlauten, sie wollten in Rom heiraten, da es für Mrs. Healy die zweite Ehe sei und Sean Walsh keine nahen Verwandten in der Gegend habe. Deshalb hatten sie sich für etwas ganz Besonderes entschieden. Und obgleich sie nicht vom Papst persönlich getraut wurden, gehörten sie doch zu mehreren hundert anderen neuvermählten Paaren, die von ihm gesegnet wurden.

»Sie hätten zusammen keine zehn Leute aufgetrieben, die freiwillig zu ihrer Hochzeit erschienen wären«, sagte Patsy zu Mrs. Hogan. Patsy war sehr zufrieden über diese Entscheidung. Denn das bedeutete, daß Patsys eigene Hochzeit keine Konkurrenz bekam.

Eve war überrascht, als sie die Einladung zu Patsys Hochzeit erhielt. Sie hatte eigentlich gedacht, sie würde nur zum Gratulieren in die Kirche kommen. Dann fiel ihr ein, daß sie ja bald Nachbarinnen an der Straße zum Steinbruch wurden. Vermutlich hatte Mossys Mutter von den ungeheuerlichen Ereignissen bei der Party gehört und wollte jetzt einen Blick auf das schamlose Mädchen werfen, das solche Saufgelage veranstaltete. Allerdings vergaß Eve, daß Mossy seiner Mutter genausowenig erzählte wie allen anderen auch. Die alte Frau wurde allmählich taub, und da sie von der Welt nur das mitkriegte, was Mossy ihr erzählte, wußte sie ausgesprochen wenig.
Doch sie wußte immerhin, daß Patsy gut kochte und keine eigene Familie hatte, die Ansprüche an sie stellte. Deshalb war sie genau die Richtige, um Mossys Mutter im Alter zu versorgen.

Mutter Francis sah, wie Dr. Johnson im Auto an der Schule vorbeifuhr. Wie so oft, wenn die Schülerinnen eine Klassenarbeit schrieben, blickte sie aus dem Fenster und dachte über Knockglen nach. Wie ungern würde sie von hier weggehen! Jeden Sommer wurde den Nonnen nämlich mitgeteilt, wer in ein anderes Kloster des Ordens überzuwechseln hatte. Und es war immer eine Erleichterung, wenn Mutter Francis erfuhr, daß sie ein weiteres Jahr hierbleiben konnte. Heiliger Gehorsam bedeutete, daß man ohne Widerrede dorthin ging, wohin die Generaloberin einen schickte.
Jedes Jahr hoffte sie auch, daß Mutter Clare nicht zu ihnen versetzt wurde, so unwürdig dieser Wunsch auch sein mochte. Sie betete nicht direkt darum, daß Mutter Clare in Dublin blieb, aber Gott kannte ja ihre Einstellung zu diesem Thema. Jetzt konnte es wieder jeden Tag soweit sein. Es war immer eine unruhige Zeit, wenn man auf diese Nachricht wartete.
Wohin Dr. Johnson wohl fuhr? Es mußte doch ein sehr anstrengendes Leben sein, wenn man dauernd unterwegs war, um bei

Geburt und Tod zugegen zu sein. Und bei all den komplizierten Dingen, die sich dazwischen abspielten.

Als der Arzt eintraf, war Major Westward bereits verschieden. Dr. Johnson drückte dem Toten die Augen zu, zog das Laken über seinen Kopf und setzte sich zu Mrs. Walsh. Er würde das Bestattungsunternehmen und den Pfarrer anrufen. Und Simon mußte verständigt werden.
»Ich habe heute morgen mit ihm telefoniert«, sagte Mrs. Walsh. »Er reist gerade von England zurück.«
»Gut. Viel mehr kann ich nicht tun.« Dr. Johnson stand auf und griff nach seinem Mantel.
»Kein großer Verlust«, sagte er.
»Wie bitte, Dr. Johnson?«
Sie sah ihm aus gleicher Höhe direkt ins Gesicht. Eine seltsame Frau. Die Atmosphäre im Gutshaus gefiel ihr, auch wenn es eher groß als großartig war. Wenn Simon eine Braut mitbrachte, würde Mrs. Walsh vermutlich dableiben und hier alt werden. Voller Stolz darauf, einer adligen Familie zu dienen.
Es war nicht fair, daß er sich abfällig über den Toten äußerte. Er hatte den alten Westward nie gemocht, er fand, daß er sich arrogant und hartherzig gegenüber den Einwohnern des Dorfes benommen hatte, das vor seiner Haustür lag. Und daß er Eve Malone enterbt hatte, war für ihn vollkommen unbegreiflich.
Aber er durfte nicht die Gefühle anderer Menschen verletzen. Das hatte ihm seine Frau schon tausendmal eingeschärft.
Er beschloß, seinen Nachruf zu ändern.
»Entschuldigen Sie, Mrs. Walsh, ich habe nur gesagt: ›Was für ein Verlust!‹ Drücken Sie doch bitte Simon mein Beileid aus, ja?«
»Mr. Simon wird Sie sicher anrufen, Herr Doktor, sobald er zurückkommt«, erwiderte Mrs. Walsh und preßte die Lippen zusammen. Sie hatte genau verstanden, was der Arzt gesagt hatte.

Jack Foleys Eltern fanden, daß sich ihr Sohn sehr unvernünftig verhielt. Was sollten sie davon halten, was sollten sie sagen? Würde die Hochzeit nun abgeblasen werden oder nicht? Da offenbar keine Dringlichkeit mehr bestand und auch die Dreiwochenfrist längst überschritten war, konnten sie wohl davon ausgehen, daß das Mädchen nicht mehr schwanger war. Doch Jack hatte gereizt geantwortet, man könne nicht von ihm erwarten, daß er das alles zum gegenwärtigen Zeitpunkt mit ihnen erörterte, obwohl Nan noch gar nicht völlig genesen war.
»Ich denke, wir haben ein Recht zu erfahren, ob es jetzt einen Grund dafür gibt, diese überstürzte Heirat abzusagen«, entgegnete sein Vater in scharfem Ton.
»Sie hatte eine Fehlgeburt«, sagte Jack. »Aber ansonsten hat sich nichts geklärt.«
Er sah so elend aus, daß sie ihn schließlich in Ruhe ließen. Immerhin war die wichtigste Frage beantwortet. Und die Antwort war so ausgefallen, wie sie es gehofft hatten.

Am Fenstertisch eines Hotels in Dunlaoghaire machte Paddy Hickey Kit einen Heiratsantrag. Seine Hände zitterten, als er sie fragte, ob sie gewillt sei, mit ihm in den Stand der Ehe zu treten. Er wählte diese formelhaften Worte, als wäre sein Antrag eine Beschwörung.
Er erklärte, seine Kinder wüßten, daß er sie fragen würde, und sie warteten ebenso hoffnungsvoll wie er selbst auf ihr Jawort. Er hielt eine so lange und blumige Rede, daß Kit kaum Gelegenheit blieb, ihr Ja anzubringen.
»Was hast du gesagt?« erkundigte er sich.
»Ich habe gesagt, ich möchte dich sehr gern heiraten. Und ich glaube, wir werden einander sehr glücklich machen.«
Da stand er auf und ging um den Tisch herum zu ihr. Vor den Augen aller Gäste im Restaurant nahm er sie in die Arme und küßte sie.

Mitten in der Umarmung merkte er plötzlich, daß die Leute ihr Besteck weggelegt und die Gläser abgesetzt hatten und sie mit offenen Mündern anstarrten.
»Wir werden heiraten«, rief er, und sein Gesicht war rot vor Freude.
»Gott sei Dank ziehen wir uns in die Wildnis von Kerry zurück – ich könnte mich hier ja nie wieder blicken lassen«, meinte Kit.
Überall sahen sie lächelnde Gesichter, man schüttelte ihnen die Hände, und es gab sogar Hochrufe von den Gästen an den umliegenden Tischen.

Simon Westward fragte sich, ob sein Großvater vielleicht gewußt hatte, welch unpassenden Tag er sich zum Sterben ausgesucht hatte. Die Verhandlungen mit Olivia waren in die entscheidende Phase getreten. Es wäre wirklich nicht nötig gewesen, daß man ihn ausgerechnet jetzt an das Bett des Kranken rief. Andererseits war er vielleicht in einer besseren Verhandlungsposition, wenn er auch dem Namen nach Herr von Westlands war. Er versuchte, Mitleid für den einsamen alten Mann zu empfinden. Aber der hatte viel von seinem Elend sich selbst zu verdanken.
Natürlich wäre es nicht einfach gewesen, Sarahs völlig unstandesgemäßen Ehemann – einen Dienstboten! – im Haus willkommen zu heißen. Aber er hätte sich wenigstens mit ihrem gemeinsamen Kind aussöhnen sollen.
Eve wäre in all den Jahren gewiß eine gute Freundin gewesen. Wäre sie im Gutshaus verwöhnt und verhätschelt worden, dann hätte sie bestimmt nicht diese Reizbarkeit und diesen Groll entwickelt.
Simon dachte nicht gern an Eve. Denn das erinnerte ihn jedesmal wieder an diesen unangenehmen Tag, als der Alte in Westlands zu seinem Rundumschlag ausgeholt hatte.
Außerdem erinnerte es ihn an Nan.

Jemand hatte ihm einen Zeitungsausschnitt aus der *Irish Times* geschickt. Es war Nans Verlobungsanzeige. Die Adresse auf dem Umschlag war mit Schreibmaschine geschrieben. Zuerst hatte er gedacht, der Brief wäre von Nan selbst, aber später kam er zu dem Schluß, daß das nicht ihr Stil war. Sie hatte ihn verlassen, ohne einen Blick zurückzuwerfen. Und nach seinen Kontoauszügen zu urteilen, hatte sie auch den Scheck nicht eingelöst. Wer also konnte ihm den Ausschnitt geschickt haben? Vielleicht Eve?

Heather fragte Mutter Francis, ob Eve zur Beerdigung ihres Großvaters kommen werde.
Mutter Francis antwortete, sie glaube eher nicht.
»Er war früher immer so nett. Erst als er alt war, hat er sich verändert«, sagte Heather.
»Ich weiß«, erwiderte Mutter Francis. Sie hatte ihre eigenen Sorgen. Die Generaloberin hatte verfügt, daß Mutter Clare nach Knockglen kommen sollte. Peggy Pine hatte leicht reden, wenn sie meinte, Mutter Francis solle ihr zeigen, wer im Kloster das Sagen hatte, und ihr noch eine Reihe anderer Vorschläge unterbreitete, die mit einer gottgefälligen Lebensführung schwerlich in Einklang zu bringen waren. Es würde die Klostergemeinschaft empfindlich aus dem Gleichgewicht bringen. Wenn ihr doch nur irgendeine Aufgabe eingefallen wäre, mit der sie sich Mutter Clare hätte vom Hals halten können!
»Haben Sie schlechte Laune, Mutter Francis?« fragte Heather.
»O Gott, Kind, du bist wahrhaftig Eves Cousine! Du merkst auch sofort, wenn mich etwas beschäftigt. Im Gegensatz zu dem ganzen Rest der Schule.«
Heather musterte sie nachdenklich.
»Ich denke, Sie sollten mehr an das Dreißig-Tage-Gebet glauben. Schwester Imelda sagt, es wirkt immer. Sie hat es für mich

gebetet, als ich verschwunden war, und Sie sehen ja selbst, wie gut alles ausgegangen ist.«
Manchmal machte sich Mutter Francis Sorgen darüber, wie Heather bestimmte vielschichtige Aspekte des katholischen Glaubens auslegte.

Nan bat Jack um ein Gespräch.
»Wo wäre es dir recht?« fragte er.
»Du kennst doch Herbert Park. Ganz in deiner Nähe.«
»Ist das nicht zu weit weg für dich?« Beide benahmen sich sonderbar förmlich.
Wie die beiden hübschen Menschen so durch den sommerlichen Park spazierten, hätte jedermann gedacht, sie seien ein Liebespärchen.
Es gab keinen Ring, der zurückgegeben werden mußte.
Sie erzählte ihm, sie werde nach London gehen. Sie hoffte, daß sie an einem Kurs für Modedesign teilnehmen konnte. Und sie wollte eine Weile weg aus Dublin. Zwar wußte sie immer noch nicht recht, was sie wollte, aber zumindest, was sie nicht wollte.
Ihre Stimme klang monoton und matt. Jack kämpfte mit schlechtem Gewissen gegen die grenzenlose Erleichterung an, daß er dieses wunderschöne, leblose Mädchen nicht heiraten und den Rest seines Lebens mit ihr verbringen mußte.
Als sie den kleinen Park mit den farbenfrohen Blumenbeeten verließen, war ihnen beiden bewußt, daß sie einander wahrscheinlich nie wiedersehen würden.

Hell und sonnig dämmerte Patsys Hochzeitstag herauf. Eve und Benny sollten ihr beim Ankleiden helfen, und Clodagh würde kommen, um sich zu vergewissern, daß die beiden Ulknudeln auch keinen Unsinn anstellten.
Paccy Moore war Brautführer. Er hatte zwar gesagt, wenn Patsy lieber einen Mann mit einem richtigen Bein wollte, wäre er kein

bißchen beleidigt, und er würde in der Kirche ein ziemliches Geklapper veranstalten. Aber Patsy wollte keinen anderen.
Paccys Cousin Dekko war Trauzeuge, seine Schwester Bee Brautjungfer.
Das beste Familiensilber wurde herausgeholt, obwohl Patsy gesagt hatte, daß ein paar von Mossys Cousins gerne lange Finger machten. Es gab Huhn und Schinken, Kartoffelsalat, ungefähr ein Dutzend verschiedene Kuchen und Biskuitrollen mit Sahne. Kurzum, ein echtes Festessen.
Clodagh hatte Patsys Augenbrauen gezupft und darauf bestanden, sie zu schminken.
»Was meint ihr, ob mich meine Mutter vom Himmel herunter wohl sehen kann?« überlegte Patsy.
Einen Moment lang fiel keinem der drei Mädchen eine Antwort ein. Es rührte sie zutiefst, daß Patsy die Unterstützung einer Mutter suchte, die sie nie gekannt hatte, und so fest davon ausging, daß sie im Himmel war.
Benny putzte sich geräuschvoll die Nase.
»Bestimmt kann sie dich sehen. Und wahrscheinlich findet sie, daß du sehr hübsch bist.«
»Meine Güte, Benny, schneuz dich bloß in der Kirche nicht so. Du bläst ja die halbe Gemeinde von den Sitzen«, warnte Patsy.

Dr. Johnson fuhr die Gesellschaft zur Kirche.
»Du bist ein gutes Mädchen, Patsy«, sagte er, als er Paccy und die Braut hinten in seinen Morris Cowley verfrachtete. »Die alte Ziege wird aus den Latschen kippen, wenn sie dich so sieht.«
Das war genau die richtige Bemerkung, um Patsy zu zeigen, daß sie zum Gewinnerteam gehörte und Mossys Mutter nicht mal am Rennen teilnahm.

An diesem Morgen verabschiedete sich Dessie Burns vom Prinzip der Mäßigung. Er versuchte, der Hochzeitsgesellschaft von seiner Haustür aus zuzuwinken, aber das war nicht einfach mit einer Flasche in der einen und einem Glas in der anderen Hand. Er geriet so heftig ins Schwanken, daß er umkippte. Dr. Johnson sah ihn grimmig an. Bestimmt mußte er demnächst diesem Idioten den Kopf zusammenflicken.

Die Hochzeit war wunderbar. Patsy mußte mehrmals daran gehindert werden, aufzuräumen oder in die Küche zu gehen und den nächsten Gang aufzutragen.
Um vier Uhr verabschiedete man sich winkend von dem Brautpaar.
Dekko wollte sie zum Bus fahren, aber Fonsie mußte sowieso nach Dublin und erklärte sich bereit, die Neuvermählten nach Bray mitzunehmen.
»Fonsie sollte heiliggesprochen werden«, sagte Benny zu Clodagh.
»Ja, ich kann mir seine Statue schon lebhaft in allen Kirchen vorstellen. Vielleicht bekommt er hier sogar seinen eigenen Wallfahrtsort. Das würde Lourdes in den Schatten stellen.«
»Ich meine das ganz ernst«, sagte Benny.
»Denkst du, ich weiß das nicht?« Clodaghs Gesicht nahm einen sehr zärtlichen Ausdruck an, was nicht oft geschah.

An diesem Abend fragte Annabel Hogan, was Benny davon hielte, wenn sie Lisbeg verkauften.
Benny wußte, daß sie nicht zuviel Begeisterung zeigen durfte. Deshalb meinte sie nachdenklich, es sei eine gute Idee, und es bringe auch Geld für den Laden. Bennys Vater hätte es bestimmt gewollt.
»Wir haben uns nur immer vorgestellt, wie wir hier deine Hochzeit ausrichten.«

Noch waren die Spuren von Patsys Hochzeit überall zu sehen: die silbernen Verzierungen der Torte, die Papierservietten, das Konfetti, die Gläser überall im Haus.
»Ich will noch lange nicht heiraten, Mutter. Ganz im Ernst.«
Seltsamerweise stimmte das.
Sie dachte daran, wie sie sich vor Sehnsucht nach Jack verzehrt hatte. Wie sehr sie sich gewünscht hatte, den Weg zur Kirche hinaufzugehen, wo ein lächelnder Jack Foley auf sie wartete.
Diese Sehnsucht war jetzt lange nicht mehr so schmerzlich.

Rosemary meinte, sie sollten in Dublin eine Party veranstalten, um zu beweisen, daß nicht nur die Leute aus Knockglen so was auf die Beine stellen konnten. Vielleicht eine Grillparty am Abend nach dem Examen; unten beim White Rock, am Strand zwischen Killiney und Dalkey.
Mit einem Feuer, mit Würstchen und Lammkoteletts und jeder Menge Bier.
Diesmal sollten nicht Sean und Carmel die Sache in die Hand nehmen. Rosemary wollte sich um das Essen kümmern und ihr Freund Tom das Geld einsammeln. Die Jungs fingen gleich mit Spenden an.
»Sollen wir Jack einladen?« fragte Bill Dunne.
»Vielleicht diesmal lieber nicht«, meinte Rosemary.

Eve und Benny wollten sich im nächsten Jahr zusammen eine Wohnung nehmen. Kits Studentenhaus in Dunlaoghaire würde schließen. Sie waren ganz aufgeregt und sahen sich schon vor den Sommerferien nach etwas Geeignetem um, damit sie dem Ansturm im September zuvorkamen.
Sie hatten viele Pläne. Bennys Mutter würde sie besuchen, vielleicht sogar Mutter Francis. Aus dem Kloster gab es wunderbare Neuigkeiten: Mutter Clare hatte sich die Hüfte gebrochen. Natürlich nannte Mutter Francis die Nachricht nicht wunder-

bar. Aber jetzt mußte Mutter Clare in der Nähe eines Krankenhauses und eines Heilgymnasten bleiben, und von St. Mary mit all den Treppen und weiten Wegen konnte man ihr nur abraten. Mutter Francis befand sich mitten im Dreißig-Tage-Gebet, als es passierte. Sie erzählte Eve, das Ereignis habe sie in ihre bisher größte Glaubenskrise gestürzt. Hatte dieses Gebet vielleicht zuviel Einfluß?
Als sie aus einer der Wohnungen kamen, die sie besichtigt hatten, lief ihnen Jack über den Weg.
Er sah Benny an.
»Hallo, Jack.«
Eve erklärte, sie müsse weg, ganz dringend, und würde Benny später in Dunlaoghaire treffen. Und bevor die beiden etwas sagen konnten, war sie auch schon weg.
»Hast du vielleicht Lust, heute abend mit mir auszugehen?« fragte Jack.
Benny sah ihn an. Ihre Augen wanderten über das Gesicht, das sie so sehr geliebt hatte, über jede Kontur, jedes Fältchen.
»Nein, Jack, danke.« Ihre Stimme klang sanft und höflich. Sie spielte keine Spielchen mit ihm. »Ich habe heute abend schon eine Verabredung.«
»Aber doch nur mit Eve. Sie hat doch bestimmt nichts dagegen.«
»Nein, es geht wirklich nicht. Trotzdem vielen Dank.«
»Dann vielleicht morgen? Oder am Wochenende?« Er hatte den Kopf zur Seite geneigt.
Auf einmal erinnerte sich Benny daran, wie seine Eltern an jenem Abend auf der Treppe vor ihrem Haus gestanden hatten. Seine Mutter hatte einen so wachsamen und mißtrauischen Blick gehabt.
Kleinigkeiten, die sie in den letzten Monaten über die Foleys erfahren hatte, gaben ihr das Gefühl, daß sich daran wahrscheinlich nie etwas ändern würde.

Benny wollte Jack nicht den Rest ihres Lebens argwöhnisch beobachten müssen. Wenn sie jetzt mit ihm ausging, war alles übrige ganz einfach. Sie würden dort weitermachen, wo sie aufgehört hatten. Irgendwann würde Nan genauso in Vergessenheit geraten wie das Mädchen in Wales.
Aber Benny würde sich immer Sorgen machen, daß es wieder passierte.
»Nein«, erwiderte sie mit einem freundlichen Lächeln.
Er sah sie überrascht und traurig an. Mehr traurig als überrascht. Er wollte etwas sagen.
»Ich hab nur getan, was ...« Er stockte.
»Ich wollte nicht ...« Wieder brach er ab.
»Es ist in Ordnung, Jack«, sagte Benny. »Wirklich, es ist in Ordnung.«
Sie glaubte Tränen in seinen Augen zu sehen und blickte hastig weg. Sie wollte nicht an den Tag am Kanal erinnert werden.

Das Feuer loderte, und sie warfen immer mehr Scheite in die Flammen. Aidan hatte gesagt, er frage sich allmählich, ob er und Eve ihren Plan mit den acht Kindern nicht zu lange aufschoben. Aber Eve hatte ihm versichert, das sei nicht der Fall, doch man dürfe so etwas nicht überstürzen. Mit einem resignierenden Seufzer meinte er, er habe schon vorher gewußt, daß sie genau das sagen würde.
Rosemary sah frisch und hübsch aus wie immer, und Tom machte ihr die ausgefallensten Komplimente; Johnny O'Brien war in Ungnade gefallen, weil er einen glühenden Holzscheit herumgewirbelt und dabei eine große Schüssel Punsch in Brand gesetzt hatte. Die Stichflamme war beeindruckend gewesen, die Punschmenge jedoch deutlich reduziert.
Fonsie und Clodagh waren aus Knockglen gekommen. Ihr Jive auf dem großen flachen Felsen würde allen noch lange in Erinnerung bleiben.

Sean und Carmel kuschelten sich aneinander wie eh und je; Sheila von der juristischen Fakultät hatte eine neue Frisur und sah insgesamt glücklicher aus. Benny fragte sich, warum sie Sheila früher nicht gemocht hatte.
Wahrscheinlich wegen Jack. Alles war immer wegen Jack gewesen. Die Wolken, die den Mond verhüllt hatten, zogen weiter, und es wurde beinahe taghell.
Sie lachten einander fröhlich an. Es war, als hätte jemand einen riesigen Scheinwerfer über ihnen eingeschaltet. Doch dann kamen wieder Wolken und verdunkelten die Szene.
Sie waren müde vom Singen und Tanzen zur Musik des kleinen Plattenspielers, den Rosemary mitgebracht hatte. Jetzt wollten sie nur noch ruhige Lieder singen.
Nichts, bei dem Fonsie wieder aufsprang und zu tanzen begann. Jemand stimmte »Sailing Alone on Moonlight Bay« an. Alle stöhnten, weil es so scheußlich und altmodisch sei; aber trotzdem sangen sie mit, denn alle kannten den Text.
Benny lehnte halb an dem Felsen und halb an Bill Dunne, der neben ihr saß. Bill genoß den Abend sehr und kümmerte sich rührend um Benny – dauernd besorgte er ihr wunderbare verbrannte Wursthäppchen am Spieß und Tomatenketchup zum Hineintauchen. Bill war ein großartiger Freund. Bei ihm brauchte man nachts nicht wach zu liegen und sich Gedanken zu machen, ob er es mit dem Amüsieren nicht übertrieb.
Benny dachte gerade, wie wohl sie sich bei ihm fühlte, als sie Jack die Treppe herunterkommen sah.
Es war sehr dunkel, und für die anderen war er vielleicht nur eine Gestalt in der Ferne. Aber Benny wußte, daß es Jack war, der zu ihrer Sommerparty gekommen war. Der wieder dazugehören wollte.
Sie rührte sich nicht von der Stelle. Eine ganze Weile beobachtete sie ihn: Manchmal blieb er im Schatten stehen, als frage er sich unschlüssig, ob er erwünscht war.

Aber Jack Foley war nie lange unschlüssig. Er wußte doch, daß sie seine Freunde waren. Die lange, gewundene Treppe war ein gutes Stück von den Felsen entfernt, wo sie ums Feuer saßen. Nicht sehr weit, aber es schien eine ganze Weile zu dauern, bis er den Sand durchquert hatte.

Lang genug für Benny, um zu erkennen, wie oft sie sein Gesicht überall gesehen hatte. Einmal lächelnd, dann wieder stirnrunzelnd. Sie hatte es vor sich gesehen wie Mr. Flood seine Visionen, in den Baumkronen und in den Wolken. Im toten Laub auf der Erde. Wenn sie erwachte und wenn sie einschlief, war nie ein anderes Bild in ihrem Kopf. Und das nicht etwa, weil sie es so wollte. Das Bild wollte einfach nicht verschwinden.

So war es lange Zeit gewesen, an guten wie an schlechten Tagen.

Aber heute abend fiel es Benny auf einmal schwer, sich Jacks Gesicht zu vergegenwärtigen. Sie würde warten müssen, bis er in den Feuerschein trat, ehe sie wieder wußte, wie er aussah. Ein seltsam angenehmes Gefühl.

Sie waren mitten im Gesang, als jemand Jack entdeckte. Aber sie sangen weiter. Sie betonten den Text übertrieben pathetisch und mußten lachen. Ein paar Leute winkten Jack zu.

Am Rand der Gruppe blieb er stehen.

Jack Foley stand am Rand. Niemand winkte ihn ins Zentrum des Geschehens. Er sah sich um und lächelte, froh, wieder dazusein. Sein Alptraum war vorüber, seine Sünden, so hoffte er, waren vergeben. Er schien glücklich, wieder Teil des Hofstaats sein zu dürfen. Nicht einmal sein schlimmster Feind hätte ihm je vorwerfen können, daß er selbst König hatte sein wollen. Es hatte sich einfach so ergeben.

Über das Feuer hinweg fiel sein suchender Blick auf Benny. Schwer zu sagen, worum er sie bat. Um Erlaubnis, hier zu sein? Um Verzeihung für alles, was geschehen war? Oder um das Recht, zu ihr zu kommen und sie in den Arm zu nehmen?

Benny lächelte das breite, herzliche Lächeln, wegen dem er sich in sie verliebt hatte. Ihr Willkommensgruß war echt. Sie sah wunderschön aus im Licht der Flammen, und sie tat etwas, was niemand sonst getan hatte. Sie deutete auf die Getränke und die Stöcke, mit denen sie das Fleisch rösteten. Er machte ein Bier auf und ging langsam auf sie zu. Das war doch eine Einladung gewesen, oder?
Die Decke, auf der Benny saß, halb an Bill Dunne und halb an den Felsen gelehnt, war nicht sehr groß.
Keiner rührte sich, um Jack Platz zu machen. Alle nahmen an, er werde sich dort niedersetzen, wo er war.
Und nach einer Weile tat Jack Foley das auch. Er kauerte sich auf einen Felsen. Am Rand.
Bill Dunne, der seinen Arm leicht um Bennys Schulter gelegt hatte, nahm ihn nicht weg, denn auch sie hatte sich nicht bewegt – was er eigentlich angenommen hatte.
Das Lied war zu Ende, und jemand begann mit »Now is the Hour«. Wieder sangen sie mit übertriebenen Posen und Grimassen, mit komischem Akzent und gespielter Leidenschaft. Benny blickte ins Feuer.
Es war hier so friedlich. Nächte wie diese würde es öfter geben. Nächte, in denen man sich treiben lassen konnte, statt sich zu hetzen. Und während sie beobachtete, wie die Scheite zusammenfielen und einen Funkenwirbel zum Himmel schickten, konnte sie Jacks Gesicht nicht sehen.
Nur die Flammen und die Funken, die langen Schatten über dem Sand, den weißen Saum des Ozeans, der über die Steine und den Sand schwappte.
Und ihre Freunde, all ihre Freunde, die einen großen Kreis bildeten und aussahen, als wollten sie ewig weitersingen.
Da sie mit den Sentimentalitäten nun schon einmal begonnen hatten, meinte Fonsie, durften sie auf keinen Fall »For Ever, and Ever, my Heart will be True« vergessen.

Die Stimmen erhoben sich, zusammen mit dem Rauch und den Funken. Und nirgends am Himmel sah Benny das Gesicht von Jack Foley.
Benny sang mit den anderen. Und sie wußte, daß Jack Foleys Gesicht irgendwo zwischen den anderen Gesichtern um sie herum war und nicht den ganzen Nachthimmel für sich beanspruchte.